LES LILAS FLEURISSENT
À VARSOVIE

ALICE PARIZEAU

LES LILAS FLEURISSENT À VARSOVIE

roman

ÉDITIONS
PIERRE TISSEYRE

8925, boulevard Saint-Laurent – Montréal, H2N 1M5

Dépôt légal : 4e trimestre 1981
Bibliothèque nationale du Québec
Bibliothèque nationale du Canada

Données de catalogage avant publication (Canada)

Parizeau, Alice, 1930-1990
  Les lilas fleurissent à Varsovie : roman
  Éd. originale : 1981.
  Suite : La charge des sangliers.
  ISBN 2-89051-440-4
  I. Titre.

PS8531.A74L54 1991   C843'.54   C91-096479-3
PS9531.A74L54 1991
PQ3919.2.P37L54 1991

Illustration de la couverture : Jocelyne Bouchard

© Copyright, Ottawa, Canada, 1981
Nouvelle édition en format poche : 1991
Éditions Pierre Tisseyre

ISBN 2-89051-293-2

1234567890 IG 987654321
10626

1

Le retour

Les nuages pèsent étrangement sur la terre. La brume légère qui monte lentement, en cette matinée d'automne, paraît sale. Le soleil n'est pas encore levé et, dans la grisaille de la fin de nuit, on distingue mal les contours des maisons.

Helena ne voit rien. Elle avance, silhouette frêle, d'un pas lent et indécis. Ses pieds endoloris, mal enveloppés de torchons, se posent prudemment sur le sol inégal. Elle s'en rend à peine compte. La souffrance est en elle. Ses membres lui semblent désarticulés. Tantôt la douleur se fait plus forte dans son dos, tantôt dans un bras, et tantôt encore l'écho dans sa tête la force à fermer les yeux.

Helena voudrait s'arrêter et se coucher, comme ça, tout simplement, n'importe où. Elle voudrait se fondre dans la brume et ne plus résister. Mais elle ne le peut pas. Il faut qu'elle arrive. Une volonté de bête blessée la pousse en avant. Ses longs cheveux blonds s'animent ; parfois ils lui tombent sur les yeux et parfois ils frôlent ses lèvres. Elle ne les écarte pas. Lever le bras lui paraît un effort surhumain. Et puis ses mèches qui chatouillent sa peau sont comme une présence amie. Un encouragement...

Depuis combien de temps marche-t-elle ainsi ? Elle ne saurait le dire. Des semaines, des mois, des années... De toute façon, cela importe peu, ce qu'il faut, c'est continuer. Elle se souvient d'avoir couché dans une grange, où elle a eu chaud. Pour repartir, le courage lui avait manqué, mais il y avait eu des bruits de voix et aussitôt la peur l'avait chassée sur la route.

La brume s'étire, puis commence à tomber en lambeaux sous les rayons du soleil. Helena heurte de son pied droit une grosse pierre et la douleur lui fait réaliser où elle se trouve. C'est un endroit étrange, ni ville, ni campagne ; une sorte d'immense terrain vague recouvert de débris.

À sa gauche, cependant, s'élève une carcasse vide de ce qui devait être une maison à plusieurs étages. Un mur est resté debout et, bien qu'il soit drôlement étroit, sa hauteur a déjà quelque chose de rassurant. Car si ce mur a pu se maintenir ainsi tout seul dans ce désert, c'est que tout doit être encore possible.

Le soleil éclaire un chemin, un bout de pavé mouillé. Helena relève la tête, regarde de tous ses yeux et découvre un peu plus loin d'autres murs solitaires, d'autres ruines et puis, tout au fond, dans un espace qui lui paraît inaccessible, un bâtiment intact. Sans qu'elle sache pourquoi et comment, le son de sa propre voix la fait s'arrêter.

– Varsovie, hurle-t-elle à gorge déployée. Varsovie. Je suis arrivée... é... é !

Helena court maintenant. Elle dépasse le bâtiment sans même remarquer qu'il est éventré et que des meubles épars, réduits en morceaux ridicules dans leur totale inutilité, forment un tas à côté. Ce qu'elle a compris, par contre, c'est que, petit à petit, le paysage se précise, que quelqu'un a dû revenir avant elle, qu'on a dû peiner ici à ramasser des monticules de briques et que, plus loin, il y aura certainement des maisons habitées. Helena rejette la tête en arrière. Le soleil fait cligner ses yeux. Ses paupières sont douloureuses. Un liquide frais et légèrement salé mouille ses lèvres. Des larmes... Ça fait du bien de pleurer. Il lui semble que cela ne lui est pas arrivé depuis très, très longtemps, et elle éprouve une sorte de joie comme si elle retrouvait ainsi une parcelle d'elle-même, telle qu'elle avait été autrefois.

Les squelettes de maisons se font plus nombreux. Inconsciemment Helena se met à prier à haute voix : Mon Dieu ! fais que la prochaine maison soit comme celles d'autrefois. Avec des murs, des planchers, des plafonds et des portes. Que je puisse entrer et me coucher sur un plancher. Mon Dieu, je t'en prie...

Et soudain, il y a une porte tout près. Elle la touche, la palpe, caresse de ses doigts le cadre et lit une inscription étrange, mi-russe, mi-polonaise. Sur une feuille de papier, quelqu'un a écrit au crayon en grosses lettres moulées *miny niet* et signé d'un nom, *Wladymir, kapitan**.

Affolée, Helena se met à courir. À nouveau, elle est traquée par une meute d'hommes en uniforme. Elle revit la scène vécue plusieurs semaines auparavant dans ce petit village où ils l'ont poursuivie jusqu'au sous-bois. Dans son corps réapparaît la douleur lancinante tapie comme une bête dans le fond de son ventre. Le poids des corps sur le sien, des grosses mains qui pétrissent ses bras, des visages tordus, laids, inhumains au-dessus du sien...

Helena tombe et reste un long moment couchée sur le ventre. Il n'y a plus rien autour d'elle. Juste une espèce de brume opaque, striée de points rouges.

– Une enfant a perdu connaissance, crie quelqu'un.

C'est une voix de femme. Elle est petite, grosse, et elle a de bons yeux verts sous des paupières plissées et lourdes. Elle relève Helena, l'appuie contre son épaule et la traîne presque jusqu'à l'endroit où quelques personnes entourent un autobus renversé. Une bonne odeur caresse ses narines. Une légère fumée s'échappe de la carcasse du véhicule tordu drôlement en avant, du côté du moteur. On y a installé un réchaud et une autre femme, plus jeune, fait des sandwiches. Les gens tiennent entre leurs mains de gros morceaux de pain avec une saucisse chaude au milieu.

---

* Pas de mines. Capitaine Wladymir.

– Mange, dit la femme, et Helena docile se met à mastiquer, pendant qu'elle l'observe avec un bon sourire plein de tendresse. À nouveau, elle est petite fille. Il n'est rien arrivé. Tout simplement, il lui faut manger et boire le café noir pour faire plaisir à la grand-mère. Cela fait du bien. Cela réchauffe et cela rend les pensées plus claires.

– Comment t'appelles-tu ? lui demande-t-on, qui cherches-tu, où veux-tu aller ?

Des visages, trop de visages...

Helena se tourne vers la vieille femme et se serre contre elle.

– Laissez-la tranquille, dit la femme. L'enfant a peur. Allez, mange ma petite. Quand tu voudras parler, je serai là pour t'aider. Faut pas t'en faire. Ce sont tous de braves gens. Tu sais, tu n'es pas la seule. Partout, dans toutes les rues, dans toutes les ruines, il y a des gens qui rôdent. Ils cherchent leur famille, des amis, quelqu'un... Le bon Dieu est charitable. Petit à petit, tout va rentrer dans l'ordre. Les Boches sont partis, la guerre est terminée. Que peut-on demander de plus... Allez. Commence par manger ton sandwich. Veux-tu encore du café ? Il est noir et il n'est pas bon, je le sais bien, mais il est chaud, c'est l'essentiel.

Helena avale la dernière bouchée et la dernière goutte de liquide, pousse un long soupir de satisfaction et tend son visage que la vieille femme se met maintenant à essuyer avec un torchon.

– Tu es bien sale, ma parole. Il est temps que tu retrouves tes couleurs. Viens un peu par ici.

Derrière la carcasse de l'autobus, de l'autre côté où il n'y a personne, elle apporte un récipient rempli d'eau et un morceau de savon.

– Frotte-toi, comme il faut, je te laisse. Tiens, voici de quoi te débarbouiller.

Comme il est bon de savoir qu'on retrouvera le regard des yeux verts... Un regard humain. Helena se lave lentement, soigneusement, puis avec ses doigts essaie de démêler ses cheveux.

– Attends, je vais t'aider, dit la vieille femme qui revient.

8

Elle sort un peigne de la poche de son tablier brun.

– Assieds-toi par terre.

Debout, au-dessus de la tête d'Helena, son dos solidement calé contre ses genoux, elle se met à arranger ses longs cheveux en grosses nattes, tout en parlant sans arrêt.

– Je ne sais pas d'où tu viens ni comment tu t'appelles, mais tu as l'air bien malade, ma petite. Faut te trouver un endroit où aller. Peut-être que ta famille est déjà revenue. Beaucoup sont de retour. Moi je suis revenue tout de suite, dès que les derniers Boches sont partis. Ce n'était pas une bonne idée parce qu'ils ont placé des mines, les salauds. Sous les maisons, dans les ruines, n'importe où. Le Dieu miséricordieux m'a protégée, parce que j'aurais pu tomber sur cette saleté-là. Mais non, je suis arrivée saine et sauve jusque chez nous. C'est à Saska Kepa que j'habite, juste dans le quartier qui est resté debout. Qu'en dis-tu ? Ça tient du miracle, quoi... Bien entendu, les « camarades »* sont là, mais ils valent mieux quand même que l'autre charogne. Allez, tiens-toi tranquille. Je ne peux pas te coiffer quand tu bouges.

Elle se penche et murmure à l'oreille d'Helena :

– T'en fais pas. Je sais bien qu'ils étaient à Saska Kepa et qu'ils ont attendu tranquillement que les nôtres se fassent tuer par les Boches sur les barricades, pour entrer à leur tour. Je le sais, ma petite, mieux que toi. Mes deux fils y étaient et ils sont partis comme prisonniers de guerre après la capitulation. Dieu est miséricordieux et ils vont certainement revenir. Seulement, vois-tu, faut plus parler de l'insurrection. Il paraît qu'ils fusillent ceux qui disent qu'ils y ont été. Pour le reste, ils ne sont pas méchants. Ils nous aident à enlever les mines et ils ont fait des distributions de vivres.

Alors motus, ma petite, si toi tu y as été, n'en parle pas. On ne sait jamais qui écoute, ni qui rapporte quoi...

La vieille femme se redresse et pousse Helena.

---

* Nom familier sous lequel on désignait à cette époque les Soviétiques.

9

— Montre-toi un peu, dit-elle en riant. T'es belle à présent ma petite et tout à fait présentable. Sais-tu parler ?

— Merci, articule Helena avec un grand effort. Merci pour tout.

— Et polie avec ça... Bravo ! petite. Alors, ton nom, c'est quoi au juste ?

— Helena.

— Et t'as quel âge ?

— Treize ans.

— Treize ans, mais c'est un bel âge. As-tu eu des parents, une mère, quelqu'un ?

— Je crois...

— Ah, tu crois, voyons cela. Ça fait longtemps que tu vadrouilles comme ça toute seule pour avoir oublié ta mère. C'est pas gentil. Allons, vous habitez où ?

Helena penche la tête. Il y a si longtemps qu'on ne lui a pas demandé où elle habitait avant. Avant l'insurrection de Varsovie, avant le camp des prisonniers de guerre, avant cet automne de 1944, où pour la dernière fois elle a embrassé sa mère pour partir, sac au dos, rejoindre sa formation de Rygiel qui se rassemblait dans une maison située en face de l'Ogrod Saski. Il y a si longtemps... Elle essaie de l'expliquer à la vieille dame qui lui fait signe de parler plus bas et qui se penche pour mieux l'entendre tout en entourant ses épaules de son bras.

— Tu es revenue à pied de l'Allemagne, murmure-t-elle ensuite pensive. Ce n'est pas étonnant que tu sois dans cet état. Peux-tu encore marcher ?

— Un peu.

— C'est bon. Écoute, tu vas te coucher dans un coin. Je vais t'y emmener. Ce n'est pas très loin d'ici. Il faut que je reste pour donner à manger aux gens. Le temps de faire un petit somme et je viendrai te chercher. À la sortie du pont, juste au début de la rue Paryska, il y a plusieurs feuilles où on a affiché les noms des gens qui sont revenus. Des fois que celui de tes parents y serait. S'ils habitaient à Saska Kepa, il y a des chances que ta mère soit de retour. Si elle n'est pas là, on ira chez moi. J'ai juste une pièce pour moi et pour mes deux gars, s'ils reviennent. Le reste est réquisitionné par un colonel soviétique, mais il y a encore de la place dans mon lit. On se poussera et ça va s'organiser. Ne t'en fais pas, je me charge de tout. T'es arrivée à la maison...

La vieille femme pousse Helena devant elle jusqu'à une construction basse, sorte de cabane à outils. Derrière la planche qui sert de porte, il y a des sacs de jute par terre. Helena se couche, ferme les yeux et s'endort aussitôt tandis que des mains tendres et pourtant rugueuses et pleines de callosités la recouvrent tant bien que mal avec d'autres sacs.

Helena cesse de voir et d'entendre. Elle sombre dans un vide. Il n'y a plus rien ni personne autour d'elle, mais cela est agréable. Elle n'est plus obligée de marcher, d'avoir mal, d'avancer et de chercher à trouver son chemin. Elle n'a plus ni faim, ni soif, ni peur. Elle est pleinement et totalement libre. Mais, petit à petit, le trou noir devant ses yeux s'éclaircit. C'est Jeanne, son amie, qui la force à la suivre. Elles sortent de la baraque. Au milieu du quadrilatère du camp, des femmes courent. Un bruit infernal l'empêche d'entendre Jeanne. L'armée soviétique encercle le camp. C'est la fin. Elles vont être libérées. Mais les soldats allemands, les gardes, les S.S. sont encore là et ils hurlent comme d'habitude.

– *Schnell, schnell, raus, raus, Donnerwetter, noch a mal raus* !*

Jeanne se met à courir avec les autres. Un soldat s'arrête. Sa carabine est aussi droite que son dos, puis il la penche drôlement et plusieurs femmes tombent. Une explosion secoue le sol et Helena se colle contre la terre et se met à ramper vers la grande porte qu'elles franchissent tous les matins pour aller ramasser, en dehors du camp, les navets pourris et les charger sur les wagons. Elle parvient jusqu'aux fils barbelés, jusqu'à la clôture et il ne lui reste plus que quelques mètres. Un corps tombe à côté d'elle.

– *Donnerwetter, noch a mal. Lieber Gott** !*

---

* Vite, vite, dehors, dehors ! Tonnerre ! encore une fois dehors !
** Tonnerre de tonnerre ! Bon Dieu !

— Ah non ! pas cela. Dieu ne parle pas l'allemand. Il ne peut pas parler allemand à cause d'Hitler, des S.S., de l'insurrection de Varsovie et des avions qui piquaient tout bas, presque au niveau des toits pour lâcher leurs bombes sur les partisans polonais. Dieu parle polonais... Voici soudain sa grand-mère, assise dans son lit.

— Mon enfant, dit-elle avec un petit sourire, de nos jours, Dieu parle non seulement le polonais, mais aussi la langue des Juifs. Ne l'oublie jamais...

Helena veut lui répondre que cela ne se peut pas parce que sa maîtresse d'école a assez répété dans le temps que les Juifs ont crucifié le Christ, mais la grand-mère lui fait signe de se taire et part, comme ça, dans son lit qui semble flotter dans le vide.

Helena rampe. Le haut poteau de la grande porte est tout proche à présent. Le bruit cesse subitement. Le silence surprend et fait peur. Il est tellement inattendu... Collée contre la terre, Helena relève la tête et s'aperçoit qu'elle est entourée de cadavres. C'est étrange, pendant l'insurrection de Varsovie, elle s'en souvient fort bien, les cadavres étaient en civil, juste avec des brassards blancs et rouges sur le bras, tandis qu'ici tous les cadavres portent des uniformes de soldats allemands et de S.S. Jamais Helena ne parviendra à traverser ce champ de cadavres. Il y en a beaucoup trop.

— *Swolocz** ! hurle un soldat au-dessus de sa tête. Son uniforme n'est pas vert, mais brun.

— Les Soviétiques sont arrivés, murmure une voix. Ce sont nos libérateurs.

— Allez, petite, il est temps de partir.

Helena ouvre les yeux. La vieille femme à côté d'elle sourit. Il lui manque une dent en avant et les autres, chicots noircis, ne sont pas jolies à regarder. Mais il y a la bonté de ses yeux, le geste brusque, mais tendre, de sa lourde main et Helena se serre contre elle, comme si elle avait le pouvoir de chasser les cauchemars et d'exorciser les souvenirs.

— Tu parles beaucoup dans ton sommeil, dit-elle, ce n'est pas bien, petite. Pas bien du tout. Je suis arrivée il

---

* Exclamation populaire de mépris.

y a quelques instants à peine et j'ai déjà compris que tu as été libérée de ton camp par des Soviétiques. Mais non, ne fais pas cette tête-là. J'ai plaisanté, voyons. Le rire, c'est ce qui nous reste de plus sain. Va !

Dehors, c'est le soir. Le soleil se couche à l'horizon et l'ombre légère commence à envahir les ruines. La vieille femme tient Helena par la main et la force à marcher aussi vite qu'elle peut, mais ses genoux plient et elle tombe.

– Oh, là ! là ! ce qu'on peut être faible, dit la femme. On va remédier à cela, t'en fais pas.

Elle soulève Helena de terre, la charge sur son dos sans ménagement et continue d'avancer.

– Elle est encore solide la vieille Razowa, dit-elle. Solide comme un tronc d'arbre. Vois-tu le bon Dieu là-haut, petite ?

Helena ouvre les yeux. Il y a des gens un peu partout. Tantôt seuls, tantôt en petits groupes, des hommes et des femmes s'arrêtent devant les pans de ruines sur lesquels on a accroché des petites feuilles de papier, des cartons ou encore des planches où on a inscrit des noms. Les noms des vivants sans doute qui cherchent à retrouver les leurs, ou peut-être des morts en mal de sépulture.

– Tiens-toi bien, petite, lui crie Razowa, faut qu'on se dépêche pour rentrer avant la nuit.

De ses deux bras, elle tient étroitement serrées les jambes d'Helena, assise maintenant à cheval sur ses épaules. Helena essaie de reconnaître les lieux. Voici le pont ; c'est bien cela. La Vistule coule en bas, Saska Kepa est de l'autre côté. Sous les pieds de Razowa, il y a le bruit des planches qu'amplifient les pas des gens qui arrivent en sens inverse.

– Ils nous ont monté un pont temporaire, les « camarades », lui crie Razowa, il n'y a pas à dire, ils font ce qu'ils peuvent pour aider, mais s'ils voulaient partir, j'aurais un coin pour toi. Allons, faut pas trop se plaindre. Tant qu'il y a de la vie, il y a de l'espoir, pas vrai, petite ?

La traversée du pont paraît à Helena interminable. Finalement, les voici de l'autre côté. Razowa se penche,

Helena se glisse par terre et toutes les deux se mettent à lire la grande feuille affichée sur un poteau. Les lettres sautent devant les yeux d'Helena et soudain elle se met à crier. Sa mère est là, elle est vivante.

« Je supplie quiconque aurait des nouvelles d'une petite fille blonde, yeux verts, âge treize ans, assez grande, nez retroussé, de communiquer avec moi, sa mère, à la rue Paryska 49, app. 3, chambre 5. »

– C'est maman, crie Helena, c'est maman !

Non, elle ne veut plus être portée. Elle peut marcher. C'est tout près. Juste quelques pas. Elle peut courir. Elle peut... Mais Razowa est bien obligée de la tenir serrée contre elle parce que ses dents s'entrechoquent et que ses mains s'agrippent à ses épaules. Des officiers soviétiques passent dans une voiture militaire, ouverte, d'autres marchent dans la rue et Razowa se tourne vers eux comme si elle voulait leur demander de l'aide.

– Non, supplie Helena, ne me quitte pas. J'ai peur.

La vieille femme parvient juste à temps à rattraper le petit corps léger qui glisse par terre.

– Pauvre petite, murmure-t-elle, qu'est-ce qu'ils t'ont fait ces salauds ?

Sous les paupières d'Helena évanouie, coulent des larmes. Elle est à nouveau seule sur la route. Il y a des passe-roses près d'une maison. Helena s'approche. Elle a faim. Cela doit être bon de manger les pétales des passe-roses. Des soldats en uniforme brun surgissent devant elle. Ils ont bu sans doute parce qu'ils se déplacent drôlement d'un bord de la route vers l'autre. C'est une sorte de ronde folle. Ils sont très rouges et rient aux éclats. L'un d'eux lui lance une boule, qui retombe par terre. Helena se penche. C'est une miche de pain noir. Cela fait plus d'un an qu'elle n'a pas vu de miche de pain aussi belle et aussi grosse. La dernière fois, c'était quand... Elle ne parvient pas à se rappeler. La miche de pain est toute chaude sous ses doigts. Elle la porte à sa bouche, comme ça, en entier et essaie d'y enfoncer ses dents, mais des mains se saisissent de ses épaules, de sa taille, de ses cuisses et de ses bras. Cela fait très mal. Helena crie, lâche la miche de pain et se débat en cognant de sa tête, mais aussitôt tout devient rouge. Des visages, des visages d'hommes, une douleur inconnue qui la déchire, monte, serre son estomac, atteint sa poitrine, résonne dans sa tête et la cloue au sol. Du sang, il y a du sang partout et même sur la grosse main couverte de poils qu'elle mord de toutes ses forces...

–'Helena, mon petit, c'est moi.

Une voix douce lui parle, mais Helena ne peut pas ouvrir les yeux. C'est pourtant la voix de sa mère. Suis-je morte, se demande-t-elle ? C'est probablement cela. Je suis morte et me voilà au paradis, puisque maman est là. Elle doit être morte aussi, mais où est papa ?

La voix s'éloigne. Helena est couchée sur la mousse. Il n'y a plus de soldats autour d'elle. Ses bras, ses jambes, sa bouche lui font mal, mais surtout le ventre. Un liquide chaud et douceâtre envahit sa gorge. Du sang. Elle essaie de se lever, mais n'y parvient pas. Autour, c'est la nuit, puis soudain, le jour, la chaleur, le soleil et à nouveau le froid de la rosée. Autour, le sous-bois sombre et là-haut des couronnes d'arbres qui s'agitent au vent. Helena rampe. Des herbes, de la mousse, une nappe d'eau. C'est bon, l'eau, c'est doux, c'est rassurant et c'est propre. Helena boit, plonge ses bras, asperge sa figure et parvient à se mettre à genoux. Un chien jappe. Il va la mordre. Dans un dernier effort, Helena se redresse et se met à courir. Des arbres, des buissons qui égratignent ses bras nus et frappent son visage, un ravin, une clairière, une maison basse. Le visage rond couvert de taches de rousseur d'un jeune garçon. Il lui parle allemand. Helena hurle et se débat, puis se laisse aller. Elle n'a plus la force de se lever quand le garçon revient avec une femme et que tous les deux lui cachent le bleu du ciel.

Une pièce basse. Un lit. Le goût du lait dans la bouche efface tous les autres, des voix, des gens et des mots qui volent autour d'elle. La nuit. Une charrette remplie de foin est là, juste devant ses yeux. Elle veut l'atteindre, mais pour cela, il lui faut se lever, marcher puis grimper là-haut. Quelqu'un la pousse, quelqu'un d'autre l'aide. Le foin sent bon. À nouveau, c'est le jour, puis la route, puis la nuit encore.

– Si la température baisse progressivement, elle est

sauvée, dit Andrzej. Sortons d'ici. Il faut éviter tout bruit.

Helena, couchée sur le grand lit, semble se détendre. Les mots décousus, les cris cessent. Il n'y a plus que les larmes qui coulent sur ses joues.

— Helena, mon enfant, murmure Irena, aucun mal ne peut plus t'arriver, je suis là. Ta mère est là. Tu es arrivée, mon chéri. C'est fini Helena. Nous sommes ensemble. Papa est de retour. On va te soigner. Tu ne manqueras de rien, ma petite. Je suis là.

Helena voudrait lui répondre, mais aucun son ne sort de sa bouche. Alors, elle se tourne sur le côté, enfonce sa figure dans l'oreiller et s'endort sans retrouver, cette fois, ni rêves, ni cauchemars.

* * *

Il fait froid. La maison est intacte, mais on a dû remplacer les carreaux brisés par des morceaux de carton. Le soleil ne pénètre pas à l'intérieur, mais la fraîcheur du soir s'y engouffre. Andrzej Rybicki s'assoit sur l'unique chaise, en la tournant du côté de Robert qui fait rouler son fauteuil tout près. Ils se taisent pendant un long moment.

— Je vais faire du thé, dit Irena. Il reste encore un peu de pain et on va manger en même temps.

Sans attendre la réponse des deux hommes, elle prend la clé suspendue sur le mur, près de la porte, et s'en va chez les voisins. Dans tout l'immeuble, ce sont les seuls locataires dont la cuisine n'a pas été réquisitionnée pour l'usage exclusif des officiers soviétiques. Leur propre appartement a été divisé en deux. On leur a laissé deux pièces, dont une pour Andrzej et l'autre pour Irena et Robert. Comme Andrzej est médecin, il a pu obtenir aussi la petite salle de bains attenante. Il n'y a pas d'eau pour le moment, mais quand on en aura ce sera fort commode.

— Tu sais, Andrzej, murmure Robert, elle ne m'a pas reconnu. Mon enfant, ma petite fille m'a regardé comme un étranger. J'ai vécu beaucoup de choses au cours de ces dernières années, mais je crois que rien n'a été aussi pénible. Ni les bombardements, ni la charge contre les

16

tanks allemands, ni même la captivité. Au camp de prisonniers de guerre, je pouvais au moins m'offrir le luxe de croire qu'un jour on serait libéré et on retrouverait une vie, tandis que maintenant...

– Cesse de radoter ! Helena est revenue, c'est l'essentiel.

Andrzej se passe la main dans les cheveux, se secoue et se lève.

– Une fille de treize ans qui parvient à traverser l'Allemagne à pied pour revenir chez elle, comme ça toute seule et cela malgré ce qui lui est arrivé, c'est un vrai miracle. Et c'est moi qui te dis cela, moi vieux mécréant ! Elle a plusieurs blessures sur le corps. Tu l'as bien vu pendant que je faisais des pansements. Normalement, cela aurait dû s'infecter. Eh bien, non ! Même la plaie dans le bas-ventre se cicatrise fort bien. Il y a des chances pour qu'elle ne laisse pas de traces trop moches. Tu sais, Robert, ta fille, c'est quelqu'un ! Irena te l'a raconté, mais je ne peux m'empêcher de t'en parler une fois de plus. Elle était haute comme trois pommes quand elle a commencé à travailler dans le maquis. De sa classe, elle était la seule que leur aumônier a bien voulu enrôler. Et le brave père avait raison. Nous l'appelions « Mascotte ». On pouvait l'envoyer partout. Avec son air angélique et ses longues nattes blondes, elle savait se faufiler où il le fallait. Tiens, c'est Helena qui a sauvé ma mère quand ils sont venus m'arrêter. Elle a réussi à la prévenir à temps et à la persuader de partir par l'escalier de service pendant que la Gestapo commençait à encercler la maison. Elle lui a trouvé un appartement où elle a pu rester quelque temps et elle s'est débrouillée pour me faire parvenir la nouvelle à l'hôpital. J'y travaillais à l'époque sous un faux nom, mais il était urgent que je disparaisse. Tu ne peux pas comprendre cela, Robert, parce que, toi, tu étais dans ton camp de prisonniers de guerre. Pour toi, tout cela s'est terminé en 1939, tandis que nous, nous avons continué à résister, tant bien que mal...

– D'accord, d'accord... J'ai eu le mauvais goût de vous abandonner à votre triste sort, mais c'est moi qui ai une jambe en moins. On recevait parfois une balle dans ces camps paradisiaques surtout quand on essayait de s'évader pour revenir aider les siens... On y a eu aussi faim et froid pendant quatre longues années pour finir tout cela en beauté dans des wagons à bestiaux qui nous ont ramenés, par la grâce des Soviétiques, au bercail. Et encore mes camarades m'enviaient, parce qu'ils me transportaient tandis qu'eux revenaient à pied, étape par étape.

— Fais attention, dit Andrzej. La cloison est très mince. Il vaut mieux qu'on ne nous entende pas. Ça sera déjà assez compliqué d'expliquer aux « camarades » la présence d'Helena.

— Tu connais bien mal leurs habitudes, ironise Robert. Forcément, tu pars pour l'hôpital et tu rentres tard, mais moi qui suis ici, cloué à ma chaise, jour après jour, je les entends... Ils arrivent généralement soûls vers sept heures du soir et se mettent à boire et à jurer. Leurs capacités éthyliques sont fort heureusement limitées puisque, peu après, tout se calme et ils ronflent à faire trembler la cloison.

Comme s'il ne l'avait pas entendu, Andrzej parle en faisant le vide.

— La petite... La dernière image que j'ai conservée d'elle, ce fut celle de son corps agile vêtu d'un pantalon beaucoup trop grand qui rampait. Le tank, le monstre, avançait. Elle n'avait entre les mains qu'une bouteille d'essence. Il lui fallait s'approcher aussi près que possible et lancer... Crois-le ou non, le tank a explosé et elle a réussi à sortir de l'aventure avec un peu de poussière sur le visage. Seuls les enfants peuvent avoir un courage pareil... Les enfants ou les fous, comme ces aviateurs polonais, véritables commandos-suicides, qui pendant l'insurrection sont venus de Londres pour nous lancer des munitions. Ils n'avaient pas assez d'essence pour revenir, se faisaient descendre au retour au-dessus de l'Allemagne et les munitions étaient inutilisables pour nous parce qu'elles ne correspondaient pas aux armes allemandes qui étaient les seules dont nous disposions. Et pour cause. On les avait obtenues de haute lutte en vidant les trains qui les transportaient vers le front de l'est. Tiens, là aussi Helena a laissé sa marque. Elle partait avec les gars et organisait le guet pendant que les autres s'occupaient des gardes allemands et déverrouillaient les wagons plombés. Eh oui ! ta fille, Robert, c'est quelqu'un !

18

— Pourquoi me racontes-tu tout cela, demande Robert sans relever la tête ? Tu sais qu'Irena m'en a déjà parlé en détail et en ta présence par-dessus le marché. Tu étais là, Andrzej, tu m'as vu pleurer et tu m'as prédit à moi, qui n'y croyais plus, que la petite reviendrait...

— Il te faut du courage pour deux, murmure Andrzej. Selon mon examen, Helena a été violée et elle est enceinte.

Les deux hommes se dévisagent comme si le fait de se regarder ainsi dans la lumière hésitante de la lampe à huile demeurait la seule façon pour eux de surmonter l'horreur. Puis Robert repousse son ami et roule son fauteuil vers le bout de la pièce jusqu'à la petite porte qui mène au cabinet de toilette. Il a à peine le temps de l'entrouvrir. Une odeur nauséabonde monte vers lui. Il n'y a pas d'eau courante et, pour les commodités domestiques, on se débrouille comme on peut. Robert vomit. Des spasmes le secouent. Il a l'impression que cette coulée chaude qui monte vers sa gorge, envahit ses narines et remplit sa bouche ne s'arrêtera jamais. Les yeux pleins de larmes, il crache le liquide jaune. Il y a eu la mobilisation, l'uniforme, le départ et la catastrophe. Lieutenant de réserve, Robert dirigeait la charge de l'escadron. La dernière charge de cavalerie de l'Europe. Les chevaux contre les tanks, le courage contre la force, le carnage, ultime moyen de se défendre contre l'esclavage et la honte de la défaite. Quand son cheval s'est écroulé, il a continué de courir, son revolver au bout de son bras. Ils ont été obligés de le matraquer à dix contre un. Il s'est réveillé à l'hôpital militaire.

Robert se souvient de chaque détail comme si c'était hier. Le voyage à travers l'Allemagne dans des wagons à bestiaux, l'humiliation de faire ses besoins accroupis comme des bêtes, les uns à côté des autres, la faim, le camp de Fallingsbostel avec ses barbelés, les transferts, les passages souterrains qu'on creuse avec des gamelles, les mégots fumés à plusieurs jusqu'à la dernière bouffée... L'attente d'un mot, d'un signe de la maison, des nuits sans sommeil et des nuits troubles où on rêve qu'on tient la femme qu'on aime dans ses bras. L'amputation et la peur panique que jamais elle ne voudra de lui... Et soudain, dans ce réduit puant, tout cela lui apparaît sans importance. Helena, sa petite fille blonde, la joie de sa vie, son rayon de soleil, celle dont la minuscule photo était cachée sous sa langue pendant toutes les fouilles et les vérifications, Helena a été violée. Elle porte la marque indélébile de la sauvage contrainte de cet autre occupant venu les délivrer. Quelle dérision... Une rage sourde l'envahit. Irena n'a pas su protéger l'enfant. Elle et Andrzej, son meilleur ami, ont laissé une petite fille jouer au soldat. Ils ont permis qu'elle aille sur les barricades. Ils sont sortis avec les blessés, sans la retrouver, sans l'emmener. Et tandis qu'ils s'occupaient des autres dans ce camp de Pruszkow, où affluaient les civils, les malades, les estropiés, les lâches et les rats, la petite partait avec l'Armée du Pays, ces maquisards dirigés par des jeunes fous auxquels les Allemands avaient reconnu le statut de prisonniers de guerre parce que, de l'autre côté de la Vistule, l'armée soviétique attendait déjà la fin de l'agonie pour se servir à son tour.

— Avale donc ça.

Andrzej tend à Robert un petit verre rempli de liquide blanc. Robert le dévisage comme s'il voulait le gifler.

— Essaie de te dominer, supplie l'autre. Je sais ce que tu penses. Je ne pouvais rien faire d'autre et Irena non plus. Il faut la rassurer. Il vaut mieux qu'elle ne sache pas. Pas tout de suite. C'est une femme et une mère.

La maternité... Comme de bien entendu, il n'est que le père ! Il n'a rien à dire et bien non, cela ne se passera pas comme ça !

— Tu vas l'opérer, dis ? Tu vas l'avorter et aussi vite que possible. Dieu ne peut pas exiger que cet enfant vienne au monde. Tu m'entends, Andrzej ?

— C'est impossible. La grossesse est trop avancée et elle est trop faible. Il se peut qu'elle fasse une fausse couche, mais ce n'est pas certain. Elle a eu beaucoup de fièvre et l'enfant... Chut ! Irena revient, j'entends ses pas.

Un instant plus tard, Andrzej ouvre la porte d'entrée et aide Irena qui tient un plateau. Elle le pose sur la table, avec un air préoccupé, et Robert fait rouler sa chaise tout près afin qu'elle ne s'aperçoive de rien. Irena dispose les trois tasses, l'assiette avec les grandes tranches de pain recouvertes de fromage blanc et se met à verser le liquide chaud. Elle voudrait retourner auprès de sa fille. Elle voudrait contempler en silence le visage d'Helena, ne serait-ce que pour mieux se persuader qu'elle ne rêve pas, que son enfant est retrouvée et qu'elle dort bien au chaud, sous la douillette en plumes, une douillette qui a appartenu à ses parents et qui, par conséquent , est un des objets les plus précieux qu'elle possède.

Son regard croise celui d'Andrzej et il y lit une muette prière.

— Je vais voir comment ça va à côté, dit-elle, et elle se lève précipitamment, comme si elle craignait que quelqu'un s'avise de la suivre, mais Andrzej la devance.

— Reste ici, dit-il, je vais vérifier son pouls.

Andrzej, le petit rouquin d'autrefois, pense Robert, la cour d'école, le grand arbre contre lequel il est appuyé et la bande de garçons qui l'entourent. Une fois de plus, ils s'apprêtent à le battre. Peu importe le prétexte, il est juif et il est roux. Au bout de la cour, un autre garçon serre les poings ; c'est bien lui, Robert. La peur le cloue sur place. Il n'ose pas avancer. Il fait beau, c'est le dernier jour de classe. Demain, ce sera le début des vacances. Là-bas, près de l'arbre, on roule par terre et on se chamaille, puis soudain, on crie son nom ; c'est Andrzej. Robert surmonte l'étrange résistance qui retient ses pieds comme s'ils étaient coulés dans le béton de la cour, et aussitôt il plonge dans la mêlée. Autour, il y a les bras, les jambes, et les coups de pieds qu'il reçoit et qu'il donne, puis la course folle dans une ruelle et les bancs du parc. Andrzej et lui s'arrêtent, essoufflés. Ils ont réussi à échapper aux autres. Devant eux, une femme pousse un landau, un bambin lance des cailloux dans le bassin en essayant de déranger le cygne qui s'y promène majestueusement.

— Ils étaient plus nombreux que d'habitude, dit lentement Andrzej.

— Heu... acquiesce Robert...

Je le protégeais autrefois, pense-t-il, et maintenant

ce n'est qu'un juste retour des choses, mais est-ce qu'il me manifeste son amitié, ou est-ce qu'il est tout simplement amoureux d'Irena ? Ils ont vécu ensemble pendant toute l'année 1944. Elle le cachait. Il le fallait bien, sans cela, c'était une mort certaine pour lui.

Je ne peux même pas lui poser de questions, se dit Robert. Je n'en ai pas le droit. Je n'avais qu'à être là pour protéger ma femme et mon enfant. Leur vie à toutes les deux a été plus pénible que la mienne. Être prisonnier de guerre, c'est cesser de lutter. C'est survivre tant bien que mal dans une sorte de vide. Ici, ils devaient se battre au jour le jour pour manger, pour gagner un peu d'argent, pour échapper aux arrestations et pour croire que les Boches partiraient un jour et qu'il y aurait une victoire, que quelque part, en Occident, on retrouverait l'indépendance et la liberté. Et tout cela pourquoi ? Pour geler dans cette pièce sinistre avec pour toute consolation le droit d'avoir une cloison en carton qui les sépare des officiers soviétiques soûls. Cette fois-ci, il n'y a même plus d'espoir. La Russie ne lâche jamais sa proie et ce ne sont pas les Alliés qui vont la lui arracher. La Pologne est condamnée par l'Occident à rester dans la zone d'influence soviétique et, malgré tout ce qu'Andrzej peut affirmer à ce propos, Robert sait qu'il s'agit d'une réalité irréversible. Mais, forcément, Andrzej peut se permettre d'être optimiste. Il aime et il est aimé.

— Ça va ? demande Irena avec sollicitude. Je t'ai gardé un peu de thé dans ma tasse. Finis-la, je n'en ai plus envie.

Je devrais avoir honte de les soupçonner, pense Robert, en observant sa femme. Je n'en ai pas le droit. Et puis si cela est vrai qu'ils s'aiment, je n'ai qu'à m'effacer. Car qui suis-je sinon un infirme incapable de satisfaire une femme, tandis que lui, il a fait sa médecine, il est utile et il peut sauver Helena, pendant que moi, dans ces ruines, je ne suis qu'une bouche de plus à nourrir.

Une main chaude et douce se pose sur sa main. Un sourire espiègle, des fossettes, des grands yeux brillants et des cheveux indisciplinés qui tombent sur le front.

— Je t'aime, Irena, murmure Robert malgré lui.

— Moi aussi, je t'aime et tu verras, Helena va aller mieux dès demain. Andrzej connaît son métier. Maintenant que nous sommes tous les trois ensemble, nous allons pouvoir nous organiser. On te trouvera certainement quelque chose. Il faudra reconstruire, il faudra des ingénieurs. Tu es juste un peu trop impatient. Ça ne fait que quatre semaines que tu es de retour à la maison et j'ai bien de la chance parce que toutes mes amies attendent encore en vain des nouvelles de leurs gars. C'est à peine si nous avons eu le temps, jusqu'à présent, de parler, de réfléchir et de faire des projets. Je ne voulais pas t'énerver, mais je pensais sans cesse à Helena et j'avais peur. Maintenant, tout est bien. Tu sais, la femme du colonel russe qui habite en face m'a dit ce matin qu'ils vont essayer, dès que possible, de faire fonctionner une salle de concert. Dans ce cas-là, je vais avoir ma chance. Je pourrais peut-être donner un concert ou deux.

Elle se penche, entoure de ses deux bras le cou de Robert et l'embrasse.

— Nous allons être heureux, chéri, maintenant que nous sommes tous les trois ensemble.

— Tous les quatre, murmure Robert, puisque Andrzej est vraiment un ami qui fait partie de la famille...

* * *

Le silence s'installe dans la pièce. Les voisins sont partis. Il y a eu le bruit des chaises, des tables et des verres qui se brisent et des voix qui s'agressent. Subitement, tout est calme. Messieurs les militaires et leurs femmes sont désormais en ville. Ils ont emmené avec eux le garçon, l'insupportable Igor, qui passe ses journées à lancer des cailloux dans la rue. Et puis, c'est vraiment une journée faste. Tout d'abord, Helena dort, mais n'a plus de température. Robert et Irena ont couché dans la chambre d'Andrzej, parce qu'il s'est débrouillé pour avoir temporairement un coin à l'hôpital. En plus, Razowa, la brave femme qui a ramené Helena a le sens inné de la débrouillardise. Elle a apporté du verre à vitre.

— Vous pensez bien qu'on ne peut pas laisser une petite fille malade dans une chambre où il n'y a même pas de lumière du jour, parce que les fenêtres sont bouchées par du carton. C'est malsain. Alors, j'ai pensé que...

Elle avait l'air toute gênée de s'imposer ainsi et de leur faire en quelque sorte la morale, à eux, les parents, les pauvres intellectuels, les bourgeois d'autrefois, incapables de se débrouiller avec les moyens du bord. Fort heureusement Robert à réussi à sauver l'honneur de la famille. Il a su découper les vitres, tracer des lignes droites et les ajuster aux cadres des fenêtres. Ensuite, avec du mastic qui avait déjà servi ailleurs et qu'il a fallu faire tremper des heures pour le rendre à nouveau utilisable, il a fait tenir les vitres.

— Tiens, tiens, lui a-t-elle dit en examinant son œuvre. À vous regarder, j'aurais cru que vous étiez incapable de faire quoi que ce soit avec vos dix doigts. Si vous voulez, maintenant qu'on a fait connaissance, je peux vous apporter des bouts de planches. Certains ne sont pas mal du tout. On peut faire des meubles avec ça et même les vendre. J'en connais qui vont nous payer un bon prix en argent ou en nature.

— Tu es sensationnel, lui a déclaré Irena après le départ de la vieille femme. Non seulement le soleil est revenu chez nous, mais encore on va gagner de l'argent. Comment as-tu appris tout cela, mon chéri ?

Incrédule au départ, Robert a fini par s'amuser de la naïve admiration de sa femme. Elle le découvrait en quelque sorte, lui, son mari d'autrefois qui laissait au jardinier le soin des menus travaux dans leur villa toute neuve.

— Ne suis-je pas le meilleur ingénieur de ma promotion ? plaisante-t-il.

Le fait d'avoir enfin la lumière du jour força Irena à faire le ménage. Tout est propre désormais et la pièce, grâce à son travail, finit par avoir un air pimpant. C'est pour Helena, pense Robert. La petite va commencer à se lever. Il faut qu'elle puisse avoir un cadre pas trop triste.

Le bruit strident de la sonnette s'introduit comme une agression, comme un danger imminent d'une présence ennemie auquel il n'y a pas moyen d'échapper. Debout, devant Robert, Irena le fixe de ses grands yeux qui ont peur. Pendant combien de temps encore, le simple fait qu'on sonne à la porte va-t-il la mettre dans un état pareil ? Elle lui avait longuement expliqué que, tout au long de ces quatre années de guerre, les amis sonnaient selon un code. Deux coups quand rien ne pressait, deux fois deux coups quand il y avait urgence.

La guerre est finie, les Allemands sont partis et les Soviétiques sont arrivés, mais les yeux d'Irena ont toujours la même expression de biche aux abois. Et elle n'est pas la seule. Tout le monde a peur, y compris andrzej. Sait-on jamais ? Une vérification des papiers d'identité, un ordre d'expulsion, une visite imprévue de cette nouvelle police de citoyens dont certains agents ont bien plus l'air de bandits que d'honnêtes gardiens de la nouvelle justice.

Robert fait rouler son fauteuil jusqu'à la porte, soulève doucement le judas, puis se met à tirer sur le crochet qui la retient, en plus de la poignée qui tombe chaque fois qu'on la tourne.

— Sainte Vierge, Jésus, Marie, mais c'est Monsieur...

Magda franchit le seuil et aussitôt Robert se met à reculer pour lui laisser la place.

Petite, trapue, avec une expression de bonheur qui illumine son visage rond, Magda n'a pas changé. La guerre et les privations n'ont pas entamé ses bonnes joues rouges qui ressemblent à deux moitiés d'une grosse pomme. Un fichu en laine, à carreaux verts et bruns, recouvre ses épaules et ses bras, ses pieds sont enfoncés dans de lourdes bottes de paysan et une sorte de force et de robustesse se dégage de tout cela. D'un geste lent, Magda montre le panier en osier suspendu à son bras, sous le fichu, se penche et le pose par terre avec précaution.

— Attention aux œufs, recommande-t-elle à Irena et puis avant qu'on ne parvienne à l'en empêcher, elle se jette à genoux devant la chaise roulante et saisit les mains de Robert qu'elle couvre de baisers.

— C'est Monsieur, c'est bien mon jeune Monsieur, répète-t-elle en riant de toutes ses dents, et moi qui croyais ne plus jamais vous revoir. Moi qui apportais pour la vieille dame du fromage et du petit salé tandis qu'elle me lisait vos lettres du camp. Ah ! si seulement elle avait pu vivre encore pour vous serrer dans ses bras... Mais ça ne fait rien. Elle doit savoir là où elle est que vous êtes de retour, que la petite demoiselle est arrivée et que tout va bien. Oh ! monsieur, comme je suis heureuse.

Robert essaie de dégager ses mains, tandis qu'Irena approche une chaise. On l'installe, on la débarrasse de son fichu, et on lui apporte du thé, mais elle refuse d'un air énergique.

– Voyons donc, c'est des habitudes de la ville. J'en prends quand je suis malade, mais quand même pas là.

– Un verre de vodka ? propose Robert.

– Non, attendez, j'en ai apporté, du Wisniak de ma fabrication.

Magda fouille dans les poches profondes de sa large jupe, d'où elle parvient finalement à extraire une grosse bouteille remplie de liquide rouge foncé. Irena tend les verres, Magda verse et ils trinquent tous les trois. Avant de porter l'alcool à ses lèvres, Magda s'essuie la bouche avec la manche de sa veste, renifle, recommence la même manœuvre, puis boit d'un trait en renversant la tête légèrement en arrière.

– Vous ne savez pas, monsieur, combien on vous a attendu ici. Vous ne pouvez pas vous imaginer comme on parlait de vous ; la vieille dame, madame Irena et moi et aussi le docteur quand il y était. Chaque fois que je venais avec mon homme, apporter un panier ou deux, c'était à vous qu'on voulait tout donner. J'avais beau leur raconter que c'était la petite Helena qui en avait besoin tandis que vous, vous étiez loin, votre respectée mère ne voulait rien entendre. La vieille dame avait de la volonté, vous le savez mieux que moi, et elle était certaine que mes œufs allaient vous parvenir intacts jusqu'en Allemagne, empaquetés ou pas.

– Il suffit de les choisir comme il faut, disait-elle, et de bien préciser à la poste que c'est un colis fragile.

– Vers la fin, c'était pitié de l'entendre, parce qu'elle n'avait plus toute sa tête. Que Dieu ait son âme et lui ouvre les portes du paradis ! Je prie tous les dimanches pour son repos, et parfois en semaine aussi.

À l'heure qu'il est, elle doit être près du bon Dieu, c'est certain, mais une prière, ça ne fait de mal à personne, n'est-ce pas, monsieur ?

Magda s'essuie le nez avec la manche de sa veste et fait le signe de la croix. Robert est ému. Cela fait plus de quatre ans qu'il n'a pas revu Magda, sa nourrice et la protectrice de ses vacances d'enfant contre les idées pédagogiques de son père et les craintes constantes de sa mère. C'est avec Magda que, tout petit, il allait dans les champs et c'est son mari qui lui avait appris plus tard à se servir d'une canne à pêche. C'est avec Magda qu'il passait des heures entières à l'étable à traire les vaches et c'est avec ses enfants qu'il montait à cheval sans prendre la peine de s'embarrasser d'une selle. Des questions se pressent et aussitôt formulées, elles lui paraissent stupides, mais Magda répond avec beaucoup de sérieux, visiblement ravie d'être l'objet de tant d'attention.

Son mari est mort à la guerre, mais ses deux garçons étaient bien vaillants. L'aîné, Jasiu, travaillait la terre et buvait sec le dimanche. Il était devenu un homme et il était temps de le marier mais il ne trouvait pas de fille à son goût. Le plus jeune, Wlodek, un enfant encore, gardait les vaches, comme il continue d'ailleurs de le faire. Malheureusement Jasiu a été tué au printemps par les Russes sans même avoir une promise. Quand ils sont entrés au pays, ils ont demandé que les maquisards abandonnent leurs armes et viennent se présenter au poste de police. Jasiu qui avait passé la dernière année de la guerre à tirer sur les Boches, en vivant avec une bande de gars dans les forêts, vint justement à la maison. Elle avait eu tort de lui conseiller d'aller au poste de milice. Les Russes y étaient et on ne le savait pas. Ils l'avaient fusillé, visage contre le mur, d'une balle dans le dos. Ses copains avaient compris. Ils se sont sauvés à temps et ils se cachent toujours encore dans les environs de Celestynow. Parfois, la nuit, quelqu'un vient coucher dans sa grange et elle lui donne à manger, s'il repart avant l'aube, ce qu'elle a sous la main.

Ils ne pourront pas rester longtemps ainsi, mais en attendant, tout vaut mieux que de mourir comme Jasiu. Ses trois sœurs sont mortes, elles aussi. C'est encore les

Allemands qui ont fait ça. En 1944, en hiver, juste après les fêtes, ils ont organisé une rafle à Celestynow. Cela se passait en pleine nuit. Les malheureuses étaient à la maison quand ils sont arrivés, tandis que Magda, son mari et les garçons étaient allés aider les cheminots. Les trains transportaient des armes pour le front russe. Les maquisards en avaient besoin comme de raison et on en prenait tant qu'on pouvait.

Le visage de Magda reflète beaucoup de satisfaction à l'évocation de ce souvenir. Il est évident qu'elle est fière de raconter que son homme et ses fils l'avaient traitée comme il se doit en l'emmenant avec eux. D'autres femmes restaient à la maison. Des vraies poules mouillées, mais Magda jamais !

— Mon homme sautait à l'intérieur du wagon, des gars tabassaient les soldats qui étaient de garde et puis ils lançaient tout ce qu'ils pouvaient sur les bas-côtés tandis que, moi, je ramassais les lourdes caisses et je les portais jusqu'à la route. C'est là qu'attendaient la charrette et le cheval. Ça faisait loin à marcher par rapport au poids de ces affaires-là, mais une fois sur la charrette on était bien. Les caisses de munitions dans le fond, enterrées sous la paille, et hop ! on partait...

Magda se rend compte d'avoir trop parlé et, intimidée soudain, se tait.

Celestynow, pense Robert, la petite gare où s'arrêtait le rapide Varsovie-Lublin. Le chemin sablonneux entre les arbres qui mène au village, la rue principale, l'église, la taverne en face, le café à côté et la boulangerie où, à quatre heures de l'après-midi, on achète du pain chaud pour le souper. L'odeur de la forêt de pins, les escapades dans les sous-bois, la cueillette des champignons et le premier baiser échangé sous les couronnes des arbres avec Irena. Toute rouge de honte, elle s'était sauvée aussitôt et lui, affolé de lui avoir fait de la peine, avait couru derrière. Il l'avait rattrapée près de Teczynek, le joli manoir situé en retrait et il avait saisi sa main. Elle accepta de marcher à côté de lui, mais ne lui abandonna pas tout de suite ses doigts. Ils parlèrent d'amour, de mariage, d'un avenir ensoleillé, d'enfants... À la maison de ses parents, à l'orée du bois, on jouait au bridge dans le jardin. Robert s'était montré impoli à force de timidité, puis était parvenu à bégayer quelques mots à son père. Ce n'était pas une demande de bénédiction paternelle réglementaire, cohérente et comme il faut, mais il était parvenu quand même à s'expliquer.

– Les arbres sont toujours là ? demande Robert pensif. Et les chevaux, que sont-ils devenus ?

Magda retrouve aussitôt toute sa volubilité. Bien sûr, les Boches n'ont pas réussi à déraciner les arbres et les *Kacapy** non plus. La maison est fermée parce que le président de la cellule locale du Parti a jugé bon de la réquisitionner, tandis que son adjoint s'efforce de l'ouvrir pour en faire une bibliothèque publique. Tout cela fait que, pour le moment, elle ne sert à personne, sauf aux maraudeurs qui se cachent en espérant qu'un jour ils pourront se battre contre les Soviétiques, à des gens de Varsovie n'ayant plus où se loger, leur ancien logement ayant été démoli, à des vagabonds et aussi au fils du voisin de Magda qui a eu des ennuis avec la milice pour avoir fabriqué illégalement du *Bimber***. Les meubles, les tapis et tout ce qu'il y avait à l'intérieur a été volé depuis longtemps, mais la maison sert bien de refuge ; les murs et le toit sont intacts, tandis que les fenêtres ont été bouchées avec des planches. C'est plus commode. Quand il y a de la lumière à l'intérieur, cela ne se voit pas du dehors.

Irena regarde Robert et, comme s'il le sentait, il relève la tête. Ils échangent un sourire complice, tissé de souvenirs qui leur sont chers à tous les deux. Ils n'osent pas s'avouer qu'ils aimeraient y retourner, de crainte de ne plus se retrouver semblables à ce qu'ils étaient l'un pour l'autre autrefois, quand ils s'embrassaient en cachette dans les sous-bois de Celestynow.

– Le rapide Varsovie-Lublin fonctionne-t-il à nouveau ? demande tout doucement Irena.

– Comme de raison. Faut bien. Avec leur fichu gouvernement à Lublin, le va-et-vient est constant avec Varsovie et les wagons sont bondés. Il y a du monde jusque sur les marchepieds. Faute de pouvoir monter à l'intérieur, ils restent suspendus à l'extérieur. Ils peuvent se faire décapiter dans les tunnels ou encore

---

* Nom donné à l'époque aux occupants soviétiques.
** Alcool fabriqué par les paysans de façon artisanale.

tomber sous les roues, mais il y a un Dieu pour ceux qui ne peuvent faire autrement que de risquer leur vie pour rien.

Magda soupire.

— Plus ça change, plus c'est pareil. Pendant la guerre, on se bousculait dans les trains jusqu'à s'étouffer, pour emmener à Varsovie, qui des feuilles de tabac, qui des poulets, qui des œufs, du lait ou du lard salé. Ça rapportait et ça rendait service. Sans nous, les Varsoviens auraient crevé de faim. C'est pas dans les rues que les vivres poussent. Et maintenant que les Allemands sont partis, c'est exactement pareil. C'est à se demander si cela va être autrement un jour. Faut admettre qu'on a fait de l'argent à Celestynow. Les paysans ont échangé de la viande contre des pianos, des bijoux et des livres.

— Je me suis acheté des tableaux, constate fièrement Magda. C'est beau à n'en pas croire que c'est vraiment fait par des gens. J'ai un paysage qui ressemble comme deux gouttes d'eau à ce qu'on voit de nos fenêtres et il paraît que ça a été fait dans un pays étranger. Croyez-vous ça ?

— Dis donc, demande soudain Robert saisissant la main d'Irena, pourquoi est-ce qu'on n'expédie pas Helena à Celestynow ? Elle aura du bon air, de la nourriture saine en abondance, la paix, de l'espace pour courir et des forêts pour se promener. Le curé acceptera certainement de s'en occuper et même de lui donner quelques cours. C'est sûrement un pédagogue, alors en attendant qu'on parvienne à l'inscrire à l'école, il pourra lui donner des leçons. Cela nous permettra de nous retourner, de trouver un travail, de nous organiser une vie et de la recevoir au retour. Qu'en penses-tu ?

— Mais elle vient à peine d'arriver, proteste Irena, et elle est gravement malade. Elle a besoin de soins et Andrzej est sur place. Comment veux-tu que j'accepte de me séparer de mon enfant pour l'envoyer à Celestynow où je ne pourrais même pas aller la voir ?

— Oh, mon Dieu ! murmure Magda. C'est comme si Madame et Monsieur revenaient sur terre pour me parler. Quand monsieur Robert était petit, chaque fois qu'il ne se sentait pas bien, on me faisait signe. Le médecin disait qu'il avait besoin de changer d'air pour se remplumer et Madame me l'amenait aussitôt. Bien sûr que cela va aider Helena à retrouver des joues rouges et que, pour moi, ça va être un recommencement. J'aurai l'impression de retrouver ma jeunesse, mon homme et mes petits. Dites oui, madame Irena, dites oui et je vous jure que vous ne le regretterez pas. La demoiselle va boire chaque matin du bon lait, manger du pain et du fromage blanc fait à la maison avec du miel de mes abeilles et elle prendra des forces. Heureusement, cette année, j'ai gardé des pommes pour l'hiver parce que le vieux pommier a donné comme jamais, sans parler de la confiture. J'ai plusieurs bocaux dans ma réserve. Il a fait sec et les fraises sont venues belles. À Varsovie, vous n'avez rien et ce n'est pas avec le peu que j'apporte qu'on peut nourrir comme il faut une enfant.

— C'est gentil à vous de vouloir la prendre, dit Irena. Pour le moment, c'est impossible parce qu'elle fait de la fièvre, mais d'ici un petit mois, tout rentrera dans l'ordre.

Magda semble ne pas l'avoir entendue. Elle se tourne vers Robert et, les yeux brillants, elle répète à plusieurs reprises :

— Vous n'allez pas me refuser ça, monsieur Robert, la vieille dame ne serait pas contente de vous...

— Je ne pourrais même pas la voir, murmure tristement Robert. Dans mon état, Magda, il n'est plus très facile de prendre le train accroché sur des marchepieds.

— Ça ne sera pas nécessaire, monsieur Robert, proteste Magda. Vous viendrez en charrette avec moi. Je suis bien capable de conduire. Tenez, pendant qu'on se parle, Czarnula* est dehors devant votre maison. C'est un bon cheval et il tire comme il se doit.

— C'est un grand dérangement pour vous, Magda...

— Mais non. J'ai apporté des pommes de terre et j'en ai vendu rue Paryska. C'est plus tranquille par ici qu'en ville et il y a moins de cette charogne de soldats qui nous chassent et qui nous prennent tout. C'est des

---

* La noiraude.

voleurs. Autrefois, c'étaient les Allemands qui nous poursuivaient, maintenant, ce sont eux. Pourtant, pendant la guerre comme maintenant, si ce n'était pas de nous, les gens seraient morts de faim dans les villes. Ils veulent qu'on leur livre des quotas, les Boches demandaient la même chose et tout cela bien entendu sans nous payer comme il se doit. Jamais on n'acceptera de leur donner nos récoltes ; on préfère les brûler. Ce n'est pas la peine de travailler aussi dur sur la terre pour ne recevoir en échange qu'une aumône. Un mendiant ramasse chez nous plus de sous après la messe du dimanche que ce qu'ils veulent nous payer pour nos pommes de terre ou pour notre farine. C'est pour vous dire que, de toute façon, faut que je fasse des voyages avec mes légumes. Il y a toujours une place sur la charrette pour vous prendre ou vous ramener. Et puis vous savez bien que je voudrais que vous veniez chez nous. J'ai assez de temps pour prendre soin de vous et après vous arriverez peut-être à marcher. L'air est si bon à Celestynow et avec l'aide de Dieu, on va vous débarrasser de ce fauteuil. Hein ! monsieur Robert, qu'est-ce que vous en dites ?

Robert est ému. Cela fait des années, des milliers d'années même, que personne ne lui a parlé ainsi. Que personne n'a songé à lui offrir l'hospitalité d'une façon aussi chaleureuse et aussi simple. Et puis il est évident que Magda ne s'adresse qu'à lui et à lui seul. Pour Magda, il est le « jeune Monsieur », comme autrefois quand son père vivait encore. Elle l'avait connu debout et non pas écrasé dans ce fauteuil, incapable de se débrouiller sans l'aide d'Irena. Pour elle, Robert continue d'être l'homme, donc le maître !

— Vous allez me la montrer, la petite ? demande Magda à Irena. Juste un petit moment, comme ça, sans la déranger ?

— Mais bien sûr, murmure Irena. Justement je voulais aller la voir. Venez.

Les deux femmes pénètrent sur la pointe des pieds dans la chambre d'Helena. Elles sont en tout point différentes, mais elles ressentent la même angoisse devant le visage émacié de l'adolescente qui s'agite un peu sur son lit.

— De l'eau, murmure Helena. De l'eau. Je veux de l'eau...

— Oh, mon Dieu ! Heureusement que nous sommes venues. On ne l'aurait pas entendue de l'autre côté.

Irena se précipite pour chercher un verre, tandis que Magda s'arrête près de la table. Elle voudrait bien caresser les cheveux en désordre, les natter et les fixer en arrière de la petite tête. Elle voudrait bien retrouver les gestes familiers d'autrefois, mais elle n'ose pas. Helena a changé Ce n'est plus la petite fille qu'elle avait connue avant l'insurrection et qui venait chez elle la nuit avec d'autres enfants de son âge chercher des armes qu'ils transportaient à Varsovie dans des sacs à dos. Combien de fois ne l'avait-elle pas coiffée avant qu'elle ne parte ? Helena ressemblait alors à un jeune animal sûr de son adresse. Elle sautait sur les marchepieds des wagons à la dernière minute quand le train s'ébranlait déjà, son lourd sac sur le dos. Ses mains crispées sur la poignée de fer étaient solides et fortes. Malgré le poids du sac à dos qui la tirait vers l'arrière, elle savait se tenir ainsi en équilibre pendant des heures. Avant Otwock, elle descendait, quand le train ralentissait pour entrer en gare. Il le fallait bien. Souvent il y avait des rafles. Durant l'hiver de 1944, peu après les Fêtes, on avait pu organiser une meilleure collaboration avec les cheminots. Au lieu de prendre le train des passagers, constamment arrêté et fouillé par les S.S., Helena montait la nuit dans les wagons de marchandises. Couchée dans un coin avec son sac à dos rempli de cartouches, elle dormait tranquillement jusqu'à Varsovie, où le responsable du train se débrouillait pour la faire sortir à la gare de triage. Magda préférait ce genre d'arrangement parce qu'elle connaissait bien l'équipe des cheminots et qu'ils venaient souvent manger chez elle, quand ils pouvaient passer quelques heures à Celestynow entre deux trains. Ils aimaient tous la petite et son sourire radieux. De leur doigts couverts de suie, ils caressaient les cheveux blonds de l'enfant comme s'ils voulaient mieux la protéger ainsi. Comme eux, elle risquait la torture et la mort à chaque voyage, mais inconsciente de ce qui pouvait arriver, c'est elle qui les encourageait, ces gars rustres qui avaient l'âge de son père ou même de son grand-père.

Magda fait un petit pas en avant, puis un autre et finalement s'assoit sur le bord du lit. Doucement, elle prend les cheveux blonds dans ses mains et se met à faire deux nattes qui coulent entre ses gros doigts.

Helena soupire un peu mais ne réagit pas. Irena vient humecter ses lèvres sèches. Comme elle est timide devant la souffrance de son enfant ! C'est à peine si elle ose s'approcher d'elle, comme si elle avait peur de lui faire mal, ou de la déranger. À côté d'elle, Magda semble beaucoup plus à l'aise. Tantôt elle touche le front d'Helena en hochant la tête, tantôt elle donne des petites tapes à l'oreiller pour le rendre plus confortable.

— Il faut que j'arrive, il faut que j'arrive, il faut que j'arrive, crie soudain Helena.

Les deux femmes se penchent, mais tandis qu'Irena se tait, Magda répète doucement.

— Tu es arrivée, Helena. Tu es arrivée, petite. C'est fini. Tu entends, c'est Magda qui te le dit. C'est fini, tu es chez toi, t'es au chaud.

La jeune fille se calme et se tourne sur le côté.

— On dirait qu'il y a du mieux, murmure Magda. Faudra qu'elle mange quand elle sortira de là. Qu'elle mange beaucoup. Il ne lui reste que la peau et les os sur le corps.

Pour Irena, sa fille est devenue une héroïne, une sorte d'étrangère qu'elle admire ; pour Magda, ce n'est qu'une enfant à qui on a fait du mal.

À Celestynow, le choc serait moindre pour elle, quand cela commencera à se voir et les braves paysans seront moins scandalisés que nos chers citadins, pense Robert. Ils en ont vu bien d'autres à la campagne. Elle sera bien nourrie en plus, tandis qu'ici il n'y a aucune chance que cela s'améliore cet hiver. Bien au contraire. On prévoit déjà qu'on va manquer de chauffage et que le charbon sera rare et cher, tandis qu'à Celestynow, ils ont du bois tant qu'ils veulent pour leur poêle.

La clé tourne dans la serrure ; c'est Andrzej qui arrive. Il a l'air fatigué et soucieux.

— Tu veux un verre de Wisniak, propose Robert. Magda est là et nous sommes pleins aux as.

– Bravo, dit Andrzej en se servant, mais il demeure pensif. J'ai soigné hier un blessé, dit-il en s'asseyant à cheval sur une chaise, un tout jeune homme. Quelqu'un l'avait amené à l'hôpital et l'avait laissé dans la salle d'attente. Il saignait comme un bœuf, mais les infirmières étaient trop occupées, semble-t il, pour m'appeler. Toujours est-il que quand je l'ai fait transporter dans la salle d'opération, il avait déjà perdu beaucoup de sang. J'ai décidé de faire une transfusion, j'ai réussi à lui trouver un donneur et je suis parvenu à extraire la balle sans trop de dommage. En partant, j'étais satisfait de moi, il allait bien, mon patient. Mais ce matin, nous l'avons envoyé à la morgue. La milice est venue en pleine nuit. Ils étaient quatre. Ils ont essayé de l'emmener, il a résisté et ils l'ont si bien persuadé de les suivre qu'il a rendu l'âme à Dieu. Comme ça, tout simplement au milieu de la salle, où plusieurs malades ont eu droit au spectacle. De quoi était-il coupable ? Il venait tout simplement de rentrer au pays. Déjà à la descente de l'avion, ils ont voulu l'arrêter. Il paraît qu'ils font ça avec tous ceux qui ont pris part à l'insurrection de Varsovie. Le gars a réussi par je ne sais trop quel miracle à s'enfuir, mais ils ont tiré et il a été blessé. Tu comprends, selon la version officielle, seuls les communistes aidés par Moscou se sont battus dans le maquis contre les Boches, les autres n'existent pas. Or, pendant toute la guerre, la fameuse Armée populaire, commandée prétendument par un certain Rola Zymierski, n'était pour nous qu'un fantôme, tandis que nos gars, eux, se recrutaient dans toutes les couches de la société et dans tous les milieux. C'est curieux quand même que les gens qui vivent à Paris ou à Londres reviennent sans savoir qu'ils seront fusillés ou jetés en prison. Mon jeune homme, tiens-toi bien, c'était le fils du docteur Abramowicz, un collègue de mon père. Me voilà obligé d'aller apprendre la nouvelle à sa mère. Son mari a été liquidé dans le ghetto de Varsovie et c'est son fils sans doute qui a réussi à la faire passer de l'autre côté et à lui sauver la vie. C'est à se demander si elle n'aurait pas été plus heureuse de mourir en même temps que le docteur au lieu de se terrer maintenant, comme c'est son cas, dans une cave en ruines. Il faudra bien que je la voie, et, crois-le ou non, cela me rend malade.

– Pourquoi ne me laisses-tu pas aller à ta place ?

propose Robert. Il me semble qu'il est plus facile d'apprendre une pareille nouvelle de la bouche d'un invalide. Donne-moi son adresse. Tiens ! écris-la sur un bout de papier. Sinon, je ne retiendrais pas le numéro de la porte.

– Comment feras-tu pour t'y rendre ?

– En carrosse, mon cher, plaisante Robert. Il se fait tard et je vais persuader Magda de passer la nuit chez nous. Ça va faciliter les choses à Irena. On va bavarder, évoquer les vieux souvenirs et elle s'inquiétera moins pour la petite. Demain matin, à la première heure, j'irai en ville. Cela va me changer les idées de voir les ruines. Allons, ne t'en fais pas. Écris-moi aussi le prénom du jeune homme, pour le reste, tu peux me faire confiance.

– Merci Robert, soupire Andrzej tout en faisant courir son stylo sur un bout de papier.

– Laisse donc. Je te dois bien ça. Un médecin ne devrait jamais annoncer la mort. Ce n'est pas son rôle. Par définition, il doit être porteur de bonnes nouvelles. Dépêche-toi, mon vieux, et fais attention à toi. Les rues sont mal éclairées et on ne sait jamais qui on rencontre. Irena n'ose pas mettre le nez dehors après la tombée de la nuit. Comme elle dit, pendant l'occupation, elle n'avait peur de rien et maintenant elle a peur de tout. C'est bien cela, la liberté démocratique et populaire...

– À propos, dit Andrzej en enfilant sa veste et en se levant, je crois que je vais te dégoter une prothèse. Elle n'est ni neuve, ni parfaite mais, pour le moment, elle pourra servir. C'est une prise de guerre. Des gens qui travaillent à déblayer les ruines l'ont trouvée dans une cave. Elle n'est même pas rouillée. Ça sera toujours mieux que des béquilles et que cette chaise, mais cela va te demander un effort d'adaptation.

– Compte sur moi, mon vieux. Robert hésite un instant, puis fait rouler son fauteuil et l'arrête tout près d'Andrzej.

– Tu es sûr, demande-t-il à voix basse, qu'on ne peut pas l'avorter ? Non, je t'en prie, ne te rebiffe pas. Je connais tes idées sur la question. Tu n'es pas un boucher, c'est toujours beau de donner la vie, il n'y a rien de plus merveilleux que l'enfance... D'accord avec tout cela mais, cette nuit, il faut que je puisse annoncer à ma femme que sa fille âgée de treize ans va mettre un bébé au monde et, crois-moi, ce n'est pas une mince affaire.

— Comme je te l'ai déjà expliqué, se fâche Andrzej, je ne suis pas un tueur, mais un médecin. Dans son état, pratiquer une intervention serait une folie. Nous devons attendre que la fièvre tombe et qu'elle reprenne des forces, ce qui prendra au minimum un mois, sinon plus. Or, dans un mois, il sera beaucoup trop tard. La grossesse sera trop avancée. Plus encore, je ne peux pas la faire entrer à l'hôpital pour un avortement, parce que les malades couchent de ce temps-ci un peu partout. Nous n'avons même plus de place dans les corridors. Alors si vous voulez absolument risquer la vie de la petite pour faire honneur à vos idées arriérées et stupides, adresse-toi donc à une faiseuse d'anges. Mais, dans ce genre de démarches, je ne suis pas l'homme qu'il vous faut ; je ne connais pas ces dames et je ne tiens pas du tout à m'en occuper.

— Crois-tu qu'une petite fille de treize ans qui met un bébé au monde à la suite d'un viol, une petite fille qui a été mutilée par des brutes, peut être en mesure de l'aimer ?

— Toute femme qui met un enfant au monde ne l'aime pas nécessairement. Malgré ce qu'on nous a enseigné sur la question à coups de principes moraux, ce n'est guère prouvé. Il y a toujours une part d'hypocrisie, de contraintes, d'habitudes et de tabous culturels. Il se peut que le bébé aide Helena à oublier ce qui lui est arrivé, comme il est également possible qu'elle refuse de le voir et de s'en occuper. Ce que je t'affirme, moi, c'est que dans son état actuel il serait criminel de faire un curetage et qu'il est trop tard... Est-ce clair ?

— Oui, Andrzej, c'est très clair, répète comme un écho Robert.

La porte claque. Le médecin est parti. Robert retourne jusqu'à la table, s'appuie sur ses coudes et se cache la figure entre les mains. Il est enfin seul et il peut pleurer. Cela dure un long moment, puis il se ressaisit, se mouche, rejette la tête en arrière et ferme les yeux. Il voudrait pouvoir dormir, oublier et cesser d'avoir à décider, mais déjà une main fraîche caresse ses cheveux.

– Irena, dit-il, il faut que je te parle. Comment va la petite ?

– Elle s'est calmée et elle dort. Magda est à côté d'elle. Je vais t'aider à te déshabiller et je vais retourner dans sa chambre. Magda veut coucher dans le grand fauteuil. Il est trop tard pour qu'elle puisse rentrer et demain elle a encore de la marchandise à vendre.

– Irena, promets-moi de ne pas pleurer, dit brusquement Robert.

– Mais voyons, chéri, pourquoi veux-tu que je pleure ? Notre petite fille est retrouvée. Nous sommes enfin ensemble. C'est merveilleux et si j'ai des larmes dans les yeux, c'est de joie. D'ailleurs, regarde-moi ; suis-je triste ? Tout s'arrange. Si tu es d'accord, elle ira passer un mois ou deux à la campagne, retrouvera ses joues roses et puis on avisera pour trouver une école. Il est temps de s'occuper de ses études. Sous l'occupation, les lycées étaient fermés et il était défendu de suivre des cours ailleurs. Elle a travaillé un peu avec Andrzej et avec d'autres, mais cela n'est certes pas suffisant. Il est important qu'elle complète le programme...

– Irena, dit doucement Robert en prenant sa main entre les siennes ; notre petite fille est enceinte. C'est monstrueux, mais c'est ainsi. D'après les marques et les déchirures que porte son corps, elle a été violée. Andrzej affirme qu'il ne peut pas l'avorter parce qu'elle est trop faible et parce qu'elle fait de la fièvre. Il espère que d'ici un mois elle retrouvera des forces, mais il sera trop tard alors. Il nous conseille de l'aider à mener cette grossesse à terme.

Sous le choc, Irena s'affaisse sur la chaise qu'Andrzej a laissée juste à côté de Robert. Elle le regarde de ses grands yeux humides comme si elle ne comprenait pas.

– Helena n'a que treize ans, murmure-t-elle. On ne peut pas être mère à treize ans. C'est monstrueux.

– Souviens-toi, ma chérie, ta grand-mère a eu son premier enfant à seize ans. C'était dans l'esprit de l'époque et à la campagne cela arrivait tous les jours. Réalises-tu que ta grand-mère avait à peine trois ans de plus qu'Helena ?

— Mais elle va le haïr, ce bâtard, se fâche Irena. Ma grand-mère était mariée avec un brave garçon qu'elle connaissait depuis toujours, tandis qu'Helena a été sauvagement contrainte à... Oh, mon Dieu ! Robert, c'est trop atroce !

Appuyée contre l'épaule de son mari, Irena cache son visage comme si elle n'osait pas le regarder en face, puis soudain se redresse, saute sur ses jambes et plantée devant lui se met à crier.

— C'est insensé ! J'ai l'impression que vous êtes tous devenus fous. Comment oses-tu imposer à une petite fille l'obligation de vivre une monstruosité pareille ! Je ne veux pas de bâtard des Soviétiques dans la famille. Car ce sont sûrement ces salauds-là qui sont responsables. Ils devaient être complètement soûls, selon leur habitude. Ce ne sont pas des hommes ! Ce n'est pas une armée ! Ils marchent comme des punaises et ils détruisent tout sur leur passage. Ils ne respectent rien ni personne. C'est une bande de brutes ! Les Allemands étaient disciplinés. Ils tuaient d'une balle. Eux tuent pour s'amuser. Ils étranglent, violent et éventrent pour satisfaire leur plaisir. Je ne veux pas que ma petite fille porte l'enfant d'un de ces salauds-là. Je ne veux pas ! Fais quelque chose, Robert. Il y a des moyens. Je le sais. Je suis prête à tout pour lui épargner cette honte...

— Andrzej dit que ce n'est pas possible. Veux-tu qu'on consulte un autre médecin ?

— Oh ! oui, chéri, supplie Irena en essuyant les larmes qui coulent sur ses joues. Andrzej a tort. Il y a certainement un moyen... Du moment que tu acceptes de comprendre que c'est impossible de laisser ainsi notre petite, tout peut encore s'arranger. Dieu nous aidera. Sainte Vierge, pourquoi faut-il que cela nous arrive à nous et à notre enfant ? Prostrée, Irena sanglote en cachant sa figure de ses deux mains, comme une enfant. C'est le seul moyen pour elle de s'isoler, ses deux mains qui protègent ses traits déformés par le chagrin contre les regards des autres...

— Dieu n'y est pour rien, soupire Robert. Laisse-le où il est. Il a certainement beaucoup à faire ces temps-ci. Et ne t'énerve pas, on va faire ce que tu voudras. Je suis là, je suis avec toi, tu as cessé d'être seule. Écoute, je ne suis pas médecin, mais un enfant conçu dans de telles circonstances peut être anormal à la naissance. C'est un argument additionnel en faveur de l'avortement. L'essentiel, c'est de trouver quelqu'un capable de le faire et de le faire dans des conditions aussi bonnes que possible.

— L'avortement, répète Irena, comme si le mot lui faisait peur. Il faudra faire avorter notre petite fille. Mais n'y a-t-il pas d'autres moyens ? Des cachets, des piqûres, je ne sais trop quoi, mais pas ça quand même...

— Allons, ma chérie, ce n'est pas si terrible que cela. C'est plus simple pour un chirurgien que d'enlever un appendice.

Mais Robert a beau essayer de la rassurer, Irena tremble de tous ses membres comme si elle avait la fièvre.

— C'est trop atroce, murmure-t-elle, c'est trop inhumain. Je ne veux pas de bâtard soviétique chez nous et Helena non plus. J'en suis certaine. Je me battrai avec mes ongles pour l'en débarrasser. Je suis sûre qu'on y parviendra. Mon père disait qu'il suffit de vouloir pour pouvoir et je le veux. Je le veux de toutes mes forces...

— La petite vient de se réveiller, annonce triomphalement Magda en entrant en coup de vent dans la pièce. Je vais faire du thé. Cela lui fera du bien, un thé chaud.

Irena pivote sur ses talons et se précipite dans la chambre de sa fille, tandis que Robert s'efforce de faire tourner son fauteuil. Il n'est pas facilement maniable et Irena ne se rend pas compte à quel point il a besoin d'aide. Forcément, il fait ce qu'il peut depuis qu'il est de retour pour lui donner l'illusion que c'est facile de vivre dans ce fauteuil. Et puis, maintenant qu'Helena est revenue, c'est elle sans doute qui est le plus profondément mutilée et la plus vulnérable...

Il n'en reste pas moins, pense Robert, que ce sacré fauteuil a besoin d'huile et d'un tour de vis un peu partout. Si Andrzej parvient à me rafistoler une prothèse, je vais faire n'importe quoi pour m'y habituer. Des gouttes de sueur perlent sur son front quand il parvient finalement à faire avancer les roues dans la bonne direction, mais il ne les essuie pas. Il éprouve une étrange satisfaction d'être obligé de faire cet effort ; cela lui permet de se sentir moins coupable à l'égard de sa femme et de son enfant. L'héroïsme, ce n'était pas d'aller à la guerre, mais de rester avec elles, se dit-il. Certes, je ne pouvais pas le faire, je n'en avais pas le droit, mais cela ne change rien à la réalité Et moi qui me croyait malheureux dans ce camp de prisonniers de guerre... Si j'avais su ce qui m'attendait après, j'aurais... j'aurais fait quoi, au juste ? Robert ne trouve pas de réponse à cette question et se contente de redresser tant bien que mal son dos endolori pour mieux se prouver qu'il est encore capable d'assumer les responsabilités d'un homme, chef de famille, prêt à se charger de tout, de tous et de chacun.

2

L'apprentissage

La route, libérée de la neige, de blanche est devenue noire. La boue qui a tout envahi, est lourde, profonde et gorgée d'eau. Les roues des charrettes y ont creusé des ornières, où les pieds s'enfoncent et laissent des traces. On peut, en faisant bien attention, y lire l'histoire de la matinée. Voici les petits pas des enfants qui sont passés par là pour aller à l'école, la marque d'un sac que l'un a laissé tomber, l'endroit où ils se sont arrêtés pour se chamailler, ou pour se parler un peu, les lourdes bottes du fossoyeur qui est allé à l'église avant de continuer son chemin jusqu'au cimetière, le rond du fond d'un bidon de lait qu'on a posé en bordure...

Helena relève la tête. Elle est seule sur cette route, principale rue du village, et ne risque pas, pour une fois, de croiser un regard, ni de déceler sur un visage un sourire mi-ironique, mi-apitoyé. Certes, derrière la fenêtre du magasin général, il y a des yeux qui la suivent, mais cela lui importe peu. Elle vit à Celestynow depuis le début de l'hiver et elle s'est déjà habituée à cette présence constante de la curiosité des autres. Tant qu'elle demeure invisible et muette, cela ne la touche pas. Eh, oui ! elle porte devant elle ce gros ventre que tout le monde remarque, bien qu'elle le cache sous les plis d'un fichu en laine, cadeau de Magda.

Helena frissonne un peu et s'efforce d'éviter la flaque entre deux ornières en posant son pied sur une grosse pierre ronde, mais elle est trop lourde et ne parvient pas toujours à trouver un équilibre. Son pied glisse dans l'eau froide qui pénètre à travers les vieilles bottes noires. Magda les lave soigneusement tous les soirs, parce que la boue se ramasse à l'extérieur et à l'intérieur en formant une croûte qui blesse les pieds d'Helena. Ce n'est pas grave, ce petit détail, mais Helena ne veut plus avoir mal. Elle ne veut plus souffrir. À la seule idée de la plus insignifiante des douleurs, son corps lui renvoie l'écho de celles qu'elle a vécues, les larmes lui montent aux yeux et elle cherche aussitôt la chaleur de la poitrine de Magda pour échapper aux souvenirs. Elle est bonne, Magda. Fruste, simple et comme indifférente, mais elle comprend tout sans qu'on lui parle. À maman, à papa, à tonton Andrzej, il faut raconter. Ils posent des questions, commentent ses réponses, la caressent et la plaignent. Magda et monsieur le curé sont différents ; ils lui racontent leurs affaires, leurs problèmes, mais ne tiennent pas du tout à ce qu'elle en fasse autant.

Helena dépasse les deux maisons blotties au bord du chemin, puis la taverne où, à cette heure matinale, on lave le plancher à grande eau, la porte largement ouverte sur l'extérieur. Tout à côté, voici le grand arbre avec son tronc marqué de cœurs percés de flèches. Helena ne comprend pas pourquoi tant de gens ont éprouvé le besoin de faire mal à cet arbre.

– C'est parce qu'ils se sont aimés, lui avait expliqué Magda. C'est pour que leurs amours durent. Vois-tu, quand on est jeune, quand on a la tête chaude, on va faire des choses défendues dans les foins et dans les bois. La fille pense à l'avenir, veut avoir son homme, sa maison, son grand lit, sa caisse pour serrer le linge et ses enfants qui courront un jour autour de ses jupes, dans la cour de sa ferme et dans les champs. Pour l'homme, ce n'est pas la même chose. Il cherche le plaisir et après il oublie. Graver deux noms sur l'écorce de l'arbre, c'est espérer mieux le retenir surtout quand cet arbre est juste devant l'église. C'est de la superstition, mais ça fait des générations que cela dure. Tomasz et moi avons fait comme tout le monde et cela a marché. On a passé devant monsieur le curé et, moi, j'ai eu ma robe blanche et ma petite couronne de fleurs.

Helena s'arrête devant l'arbre et cherche les initiales de Magda et de Tomasz. Elles sont un peu effacées par le temps, mais elles sont bien visibles encore. De ses doigts, Helena caresse le petit cœur, entouré de la boursouflure de l'écorce qui ressemble à une cicatrice, puis se retourne et monte lentement les marches en bois qui mènent à l'église. Sur les planches soigneusement frottées, le soleil danse. Après la boue de la route, cela donne une impression de propreté et de sécurité. Helena entre dans l'église où flotte l'odeur du bois. Les bancs usés par des générations de fidèles sont vides. Plusieurs vitraux, peints à la main, ont été cassés et on les a remplacés par des vitres qui laissent entrer la lumière à profusion. Il y a du soleil sous la voûte haute, sur les murs et sur les planchers. Helena s'agenouille, fait le signe de la croix, puis tourne à droite et prend le passage qui mène au presbytère. Dans la grande pièce basse, assis derrière son bureau, monsieur le curé l'attend. Il n'y a pas de meubles, juste des bancs le long des murs et une petite chaise que le curé a placée pour elle à côté de lui.

— Tu es ponctuelle, dit le curé en se levant, c'est bien. Allez, débarrasse-toi de ton fichu. J'ai eu du bois et j'ai fait du feu dans le poêle, viens te chauffer les mains. Tu veux bien du thé et une tartine de quelque chose ?

Helena acquiesce, enlève lentement son fichu et s'assoit lourdement.

— Je suis fatiguée, se plaint-elle. C'est si lourd.

— Il ne reste que six semaines. Dans six semaines, tout sera fini et tu auras un beau bébé dans tes bras. Va, Magda sera heureuse de t'aider et, à l'automne prochain, tu reprendras le chemin de l'école. Cela ne sert à rien de penser constamment à toi et rien qu'à toi. Il y a autre chose dans la vie. As-tu préparé tes leçons ? Juste pour essayer, dis-moi vite : le roi Jean III Sobieski a battu les Turcs quand ?

— Le 12 septembre 1683 à Vienne. Ce fut une

bataille d'autant plus importante que le roi de Pologne avait ainsi sauvé l'Europe menacée par l'occupation des barbares. À l'époque les Turcs...

– Bravo, petite, l'interrompt en riant le curé, tu as droit à deux tartines avec du miel.

– Je ne peux pas vous aider à les préparer ?

Il y a une sorte de supplication dans la voix d'Helena, mais le curé ne semble pas s'en apercevoir.

– Non, repose-toi, parce que quand je reviendrai, il faudra travailler sérieusement. Reprends ton souffle et tes esprits. De la maison de Magda jusqu'ici, c'est une bonne trotte et la route est noyée par la boue. D'ailleurs, ce ne sera pas long.

Il lui sourit et son grand corps mince qu'allonge encore la soutane noire disparaît derrière la porte du fond. Il est jeune, le curé Marianski. C'est même pour cela qu'il a été nommé à Celestynow, il y a deux ans à peine, tout de suite après le départ des Allemands. Il a remplacé l'ancien curé dont on a dit bien du mal. Pendant la guerre, il s'était mis à boire et les mauvaises langues chuchotaient dans le village qu'il s'égarait parfois dans la chambre de la ménagère qui vivait au presbytère. Magda n'avait jamais cru à ces racontars, la ménagère était vieille et grosse et le curé un bel homme entre deux âges. Et puis, il avait toujours été bon pour elle, autant quand son mari était mort que quand son fils aîné, Jasiu, avait été fusillé. Mais les gens sont ce qu'ils sont et, à Celestynow, il suffit de peu pour devenir la cible de la médisance. Forcément, les gens s'ennuient pendant les longues veillées d'hiver et aiment bien se raconter n'importe quoi. Comme on a peur de parler politique, on s'occupe surtout de son prochain. Sachant tout cela, le curé Marianski s'était promis d'être prudent. Il avait retenu les services de Magda qui venait une fois par semaine faire son ménage et il avait décidé, contrairement à toutes les traditions et usages, de ne pas avoir d'aide au presbytère. Au début, les gens s'étaient sentis offusqués, les femmes surtout, mais, petit à petit, ils l'avaient adopté. D'ailleurs tout le monde sait que le curé Marianski a une sœur qui doit venir habiter bientôt à la paroisse. Une sœur beaucoup plus âgée que lui, qui a passé sa vie à soigner leurs parents malades et à travailler dans un couvent. Forcément, le gouvernement ne donne rien et le clergé doit se débrouiller tant bien que mal pour réparer les édifices endommagés par la guerre, entretenir les lieux du culte et faire vivre les communautés. Les fidèles aident comme ils peuvent, mais l'argent et les moyens manquent.

C'est différent à Celestynow, les cultivateurs entretiennent à tour de rôle le champ attenant à l'église et le potager. Ils ont repeint le presbytère à l'automne, bien qu'on manquât de peinture partout et ils ont réparé le toit qui s'était soudainement mis à couler, Dieu seul sait pourquoi. Et puis le curé Marianski n'a pas besoin de se faire du souci, on lui apporte tout ce qu'il faut comme nourriture, non seulement pour lui, mais encore pour les pauvres : des sacs de pommes de terre, des pommes, des poulets, du lard, des œufs et même des fleurs pour l'autel. Pendant l'hiver, faute de fleurs, les femmes l'ont décoré avec des branches de sapin. C'est certes la piété qui les pousse à agir ainsi, mais c'est surtout la place que le curé Marianski a su se faire dans la communauté. Jeune, dynamique, il n'a pas peur du travail. Tantôt, il aide un vieux à réparer sa grange, et tantôt une femme qui doit rafistoler sa maison seule parce que son mari et ses fils ne sont pas revenus de la guerre. Un curé ne doit pas, en principe, faire une telle besogne, mais le curé Marianski se veut « le meilleur ami de tous et de chacun » comme il se plaît à le répéter. Tant pis pour les vieux paroissiens qui se scandalisent en le voyant grimper avec sa soutane sur les échelles et clouer des planches. C'est pourtant à cause de cette réaction des paysans plus âgés, que les jeunes ont fini par avoir honte. Depuis quelques mois, dès que le curé Marianski se met à aider quelqu'un à la construction, ou dans les champs, il y a aussitôt deux ou trois jeunes qui proposent leurs services sans rien demander en échange.

Et puis, le curé Marianski est très savant. Il a su mettre le plâtre à un enfant qui s'était cassé le bras et il soigne à l'occasion des malades, ce qui est d'autant plus précieux qu'il n'y a pas de médecin à plusieurs kilomètres à la ronde et que personne ne tient à aller à Varsovie et attendre des heures dans un hôpital pour se faire examiner. Il a aussi la manière avec les enfants et les cours qu'il donne tous les samedis au presbytère aux garçons et aux filles de tous les âges ont beaucoup de succès. Les parents sont tranquilles de les savoir là plutôt qu'en vadrouille dans les sous-bois et puis ils apprennent beaucoup et pas seulement du catéchisme. Le curé Marianski a même réussi à constituer une petite bibliothèque et il prête des livres qui parlent de bien des choses, de littérature, d'histoire, des plantes et de la nature des sols.

Helena a bien de la chance qu'il ait trouvé le temps de lui donner des leçons particulières, à elle toute seule, trois fois par semaine, pour la préparer à son entrée au lycée. Elle apprécie d'ailleurs ces matinées-là, parce que le curé est gentil avec elle et que ses cours l'intéressent. Il la fait lire, écrire, calculer et, pendant tout le temps qu'elle se consacre à ses devoirs, elle cesse de penser à elle, à sa condition, à son gros ventre et à cet enfant qu'elle attend.

Je le hais, ce petit, pense Helena. Je voudrais mourir et le tuer en même temps pour qu'il ne puisse jamais voir le jour. Je ne veux pas de ce bébé-là. Je n'ai rien fait pour l'avoir. De quel droit m'a-t-on condamnée à le porter ?

Helena se lève de sa chaise et s'approche du poêle qui ronronne dans le coin de la pièce.

Pourvu que maman et papa ne viennent pas en fin de semaine. J'en ai assez de leurs mines compatissantes et des fausses confidences de tonton Andrzej, qui ne cesse de me répéter qu'on ne pouvait rien faire d'autre parce qu'il était déjà trop tard. Le curé Marianski est plus franc. Selon lui, il faut donner la vie, parce qu'un bébé, c'est merveilleux, c'est comme un miracle et que, peu importe son père, sa mère et les conditions de sa naissance, c'est l'espoir du monde. Il est naïf le curé. Il ne sait pas ce que c'est que d'être enceinte. Il ne peut l'imaginer ! Mais peu importe ! Quand il parle, cela fait du bien. Il a peut-être raison après tout, il affirme que tous les bébés sont beaux et que c'est toujours une joie de les voir grandir.

Le curé Marianski revient les mains chargées et crie à Helena de lui ouvrir la porte. Il pose le plateau en bois sur son bureau et reprend sa place. Il y a du thé qui fume dans deux verres, des grosses tartines de pain noir dégoulinant de miel qu'on a fait couler sur des tranches épaisses de fromage blanc. Helena y enfonce les dents et ressent aussitôt un sentiment de soulagement. Dans sa gorge, la boule se dénoue et tous ses muscles se relâchent sous l'effet du plaisir qu'elle éprouve à mastiquer ce pain chaud qui sent bon. Comme s'il devinait ses pensées, le curé Marianski lui dit en souriant :

— Alors, c'est bien agréable de vivre, de bouger et de manger le pain quotidien que le bon Dieu veut bien nous donner ?

La bouche pleine, Helena acquiesce de la tête.

— Aucun drame ne résiste au plaisir de manger notre pain de campagne, ajoute en riant le curé Marianski. Vois-tu, ma petite fille, nous exagérons nos peines, mais nous oublions de remercier pour nos joies. Au fait, prier, c'est dire merci au Tout-Puissant pour ce qu'il nous donne et ce que nous pouvons espérer obtenir de lui. Excuse-moi, ce n'est qu'une réflexion qui me vient à l'idée. Ce n'est pas de cela que nous devons discuter ce matin, mais de Jean Sobieski. Donc, comme tu viens de me l'annoncer, il a vaincu les Turcs et il est fêté dans toute l'Europe. C'est important cela. C'est l'époque de gloire de notre pays.

Helena hésite un instant, avale un peu de thé et fait courageusement face au visage souriant du prêtre.

— Vous ne me parlez que de gloire, dit-elle, et de grandeur. Seulement voilà, tout cela s'est passé il y a longtemps. Depuis il y a eu les partages de la Pologne et cent ans d'esclavage sous l'occupation russe, allemande et autrichienne, une Première Guerre mondiale, l'indépendance et une Deuxième Guerre mondiale. Moi, c'est cette deuxième guerre qui me concerne. Mon père me parle du gouvernement de Londres qui est en exil et de celui de l'Union nationale qui est à Varsovie et qu'il n'aime pas. Il y a des gens, des noms, Morawski, Gomulka, Mikolajczyk, ils sont vivants, ils décident, ils sont là. Vos rois à vous sont morts il y a longtemps. On ne sait même plus s'ils ont vraiment existé. Le fils de Magda est allé hier à une réunion. Il est revenu et il a dit que Marx avait raison parce que, grâce à lui, les paysans vont recevoir plus de terres. Magda a crié parce que Wlodek m'a annoncé que la maison de mes parents va être à lui désormais. J'aime bien Wlodek et Magda, mais notre maison a l'air triste et abandonnée. Cet hiver, un peu après Noël, quelqu'un a volé des planches et un mur s'est écroulé. Pourquoi est-ce comme ça ? Je ne suis plus une enfant, monsieur le curé, je vais être mère, que je le veuille ou non, et j'ai droit de savoir comme n'importe qui d'autre. Mon avenir ce n'est pas le roi Sobieski, c'est tout de suite...

Helena a les joues rouges. Elle sait qu'elle se rend coupable de manque de respect à l'égard d'un prêtre, mais cela lui importe peu. Quelque chose va certainement arriver, mais quoi ? Le plafond va s'écrouler, ou plus simplement le curé Marianski va la chasser et lui ordonner de ne plus remettre les pieds à l'église. Justement, il se lève et se met à marcher de long en large pendant que le bord de sa soutane trop longue balaie le plancher. Il va se mettre en colère et elle va perdre un ami. C'est stupide ce qu'elle vient de faire, mais c'est plus fort que tout, ce besoin de révolte.

Le curé s'arrête au milieu de la pièce et se tourne de son côté. Il est tout proche à présent.

– Vois-tu, mon petit, l'histoire permet d'expliquer le présent, de le justifier et de l'éclairer. Toi, tu veux que je te parle des réalités contemporaines et ça, c'est beaucoup plus compliqué. Le passé, c'est une réalité analysée et filtrée par la science. L'actualité, ce sont des faits déformés par les passions et les réactions individuelles qu'on ne peut pas évaluer sur-le-champ. Il faut que plusieurs années se passent avant qu'on puisse traiter d'un événement à son mérite. Il faut un recul, une sorte de perspective. Peux-tu comprendre cela ? Moi, je suis persuadé que tu comprends, mais tu te révoltes. Tu crois que je veux te cacher quelque chose. Ce n'est pas cela, mon petit. Plus simplement, je ne veux pas t'imposer ma façon de voir et ma conception de notre monde. Je te donne des cours en espérant que le reste, tu vas le découvrir toute seule, en vieillissant, en mûrissant et en observant. Les faits sont simples. Il y a eu l'occupation allemande que tu as vécue et l'insurrection de Varsovie, où tu t'es battue sur les barricades avec d'autres enfants de ton âge. Il y a eu la capitulation et tu es partie en Allemagne comme une des plus jeunes prisonnières de guerre au monde. En janvier, l'Armée rouge est entrée à Varsovie, tandis que dans d'autres capitales européennes, à Paris, à Rome, à Bruxelles et à Londres, ce furent des armées alliées ; des Anglais, des Américains, des Canadiens et des Polonais qui se sont battus sous le même commandement. Tu comprends ?

– Oui, jusque-là, ça va bien. Mais depuis...

Le curé soupire et se frotte le front.

– Depuis... Tu sais que dans la lutte contre Hitler, les Russes sont devenus des alliés des Américains. Eh bien ! un certain 11 février 1945, pendant que toi tu étais prisonnière de guerre en Allemagne, Staline a rencontré à Yalta le président Roosevelt et, de concert avec les Britanniques, ils ont décidé que la Pologne perdrait une partie de son territoire. Tu sais que Lvov et Wilno ne sont plus à nous, que les cousins de ta famille ont dû tout quitter là-bas sous peine d'être envoyés en Sibérie, que c'est terminé cette période où on avait droit de parler notre langue et de prier dans nos églises. On nous a donné en échange des terres à l'Ouest, « conquises » sur les Allemands. Et puis le gouvernement polonais de Londres a cessé d'être reconnu par l'Occident. Les grands de ce monde traitent désormais avec le gouvernement de l'Union nationale de Varsovie qui est le nôtre. Ce gouvernement est communiste. Conformément aux théories de Karl Marx, il veut instaurer l'égalité des classes. Pour cela il doit nationaliser les propriétés privées, les terres, les maisons, les usines et les banques. Pour cela, il doit également ignorer ou faire disparaître les églises. Comprends-tu ?

– Non ! Vous voulez dire, monsieur le curé, qu'il peut ne plus y avoir d'église à Celestynow et que vous pouvez ne plus être là quand je vais accoucher ?

Il y a de la peur dans les grands yeux d'Helena et cela fait rire le prêtre.

– Voyons, mon petit, tu sais bien que c'est impossible, qu'on va se défendre jusqu'au dernier et que jamais nous n'accepterons une chose pareille. Écoute, dis-toi bien une chose. Pendant l'occupation allemande, nous n'étions pas seuls pour nous battre. Il y avait des alliés, des Occidentaux qui comme nous défendaient la liberté et luttaient contre l'armée hitlérienne. Désormais, nous sommes seuls face à Staline, à la politique soviétique et à l'impérialisme de Moscou. Nous, notre pays, la Pologne, mais aussi les Tchèques, les Hongrois et les Allemands de l'Est. L'Amérique et l'Europe occidentale nous ont abandonnés, nous de l'Europe centrale, à l'hégémonie des Soviétiques.

— Alors, il faut recommencer à se battre, constate Helena en léchant avec application le miel qui dégouline sur ses doigts. Organiser un autre maquis...

— Non, soupire le curé Marianski. La guerre est terminée. Nous devons survivre et résister, ma petite fille, et faire de notre mieux pour continuer à croire.

— C'est compliqué...

— Eh, oui ! c'est compliqué... Je voudrais juste te dire quelque chose d'important. Quelque chose qu'il ne faudra jamais oublier. Quand on dénigrera devant toi l'Église et les prêtres, quand on se moquera de la religion, essaie de ne pas croire que Dieu n'existe pas. C'est tout ce que je tiens à ce que tu saches pour aujourd'hui et pour demain. Allons, prends ton livre et lis-moi donc ce qui est arrivé après la mort de Sobieski. Ça aussi, c'est important pour comprendre ce qui nous arrive à tous, à cette terre et à ce peuple qui n'a certainement pas commis assez de crimes pour vivre l'esclavage qu'on nous impose...

Le curé Marianski s'en va arranger le feu dans le poêle. Il tourne ainsi le dos à Helena, comme s'il voulait indiquer qu'il ne parlera plus parce qu'il a déjà l'impression de lui en avoir trop dit.

— Je ne répéterai rien à personne, constate-t-elle lentement. Je sais que c'est comme pendant le maquis. Je ne suis plus une enfant. J'ai appris à me taire. Magda m'a raconté qu'on a arrêté des prêtres à Varsovie. Je n'ai pas voulu croire que des Polonais ont pu emprisonner des curés de chez nous, mais maintenant je vais mieux écouter ce qu'on raconte. Je ne vous poserai plus de questions, monsieur le curé. Je m'excuse, mais il fallait bien que quelqu'un m'explique. Mon père, ma mère, tonton et Magda se plaignent ; vous, vous m'avez appris des choses. Est-ce que Marx vit toujours ?

— Non, il est mort. Ce fut un grand philosophe, probablement honnête et idéaliste, mais il s'est trompé. Le Christ nous a appris bien avant lui qu'il faut respecter l'égalité des hommes, lui il a voulu l'imposer à travers un système où Dieu n'existe pas. Eh bien ! Dieu existe et c'est cela le véritable sens de la vie individuelle et collective.

Helena a envie de lui crier que, si Dieu existe, il n'est pas juste qu'elle soit forcée de traîner ce gros ventre et d'attendre un enfant, ce bâtard d'un soldat ivre, mais n'ose pas. Pourtant il faudra bien qu'elle pose un jour cette question, plus tard, quand son enfant sera déjà né et quand elle retournera à Varsovie vivre avec ses parents.

— Tiens, tu devrais lire *Le capital* de Marx. Tu es peut-être un peu jeune, pour comprendre, mais cela t'ouvrira des horizons. J'ai ici un exemplaire annoté, je vais te le passer et on discutera ensemble à la prochaine occasion.

— Dois-je le lire tout de suite ? demande Helena. Je suis si fatiguée ces temps-ci, et puis chez Magda, le soir, on s'éclaire à la bougie pour économiser le pétrole. Elle prétend que je ne dois pas lire dans mon lit parce que cela abîme les yeux et, comme elle est très gentille pour moi et se donne beaucoup de mal, j'évite de la contredire. J'aimerais lire quelque chose de beau...

Le curé Marianski sourit.

— Ma bibliothèque n'est pas très riche, tu le sais bien... J'ai quelques poèmes, des livres d'histoire, des classiques... Tiens, voudrais-tu un roman de Sienkiewicz, *Quo Vadis ?* Cela va te changer les idées. Cela se passe à l'époque de la Rome antique. On y parle des premiers chrétiens.

— Oh, oui ! acquiesce Helena. Je le lirai vite et je vous le rendrai pour que vous puissiez le prêter à quelqu'un d'autre.

— Bon ! alors on se remet au travail, conclut le curé Marianski en se frottant les mains. Je vais te donner une dictée sur un texte choisi de Marx justement. Ensuite, je vais le commenter et tu me poseras des questions si tu veux.

Le soleil s'impose entre eux et fait cligner des yeux Helena. Penchée sur son cahier elle écrit avec application. Les mots, les phrases, n'ont pas beaucoup de sens. Elle s'efforce d'écrire lisiblement et fait trop attention à l'orthographe pour saisir le sens. Le curé Marianski assis en face sort une boîte de tabac et se met à rouler une cigarette. Helena se sent bien. On ne lui propose ici qu'un objectif : apprendre ! Le reste, le monde, les problèmes de la prothèse de son père, les événements, le poids de son ventre, son passé et son avenir, sont relégués au second plan. Tout son être est tendu vers un seul but : ne pas décevoir monsieur le curé, ne pas provoquer sur son visage ce petit sourire un peu méprisant.

— Chaque fois que je suis en face de quelqu'un qui refuse d'étudier, d'essayer de s'instruire, je manque de charité chrétienne, lui avait-il dit un jour. La meilleure façon de surmonter le chagrin, de désamorcer le drame, de dominer ses propres peines et faiblesses du corps, c'est de travailler et d'étudier. Vois-tu le monde est si vaste, il y a tant de connaissances à assimiler, à digérer, à utiliser et à mémoriser qu'une vie ne suffit pas. Alors il faut se dépêcher, ne pas perdre de temps et exploiter chaque instant qui passe. C'est très court l'existence d'un être humain. Beaucoup trop court pour découvrir la somme des connaissances qui nous a été léguée par les siècles. La soif de savoir est une des plus belles soifs de l'humanité.

— Magda dit que l'ignorance protège contre le péché, lui rétorque Helena avec un sourire espiègle.

Le curé Marianski se prend au jeu. Il lui parle de la sagesse populaire que certains qualifient à tort d'ignorance parce qu'elle est déjà une richesse en soi. Mais Helena ne l'écoute pas. Dans son corps elle ressent une sorte de mouvement qu'elle ne peut dominer. Je le hais ce bâtard, pense-t-elle, et je voudrais mourir. Tout de suite ou au moment de l'accouchement, mais surtout ne jamais le voir vivant.

— Qu'est-ce que tu voudrais faire plus tard, lui demande à brûle-pourpoint le curé Marianski.

— Être un écrivain, lui répond tout aussi brusquement Helena. Raconter des choses et des histoires, avec assez de talent pour que les gens puissent avoir envie de les lire.

— Pauvre petit, soupire le curé Marianski, ce n'est

pas facile et dans ce pays de censure tu vas avoir sans doute plus de mal qu'ailleurs. Mais cela ne fait rien. Il faut écrire si tu en as envie. N'importe quoi, des contes, des poèmes, des pièces de théâtre, des romans, des nouvelles... Tiens, fais-moi un texte de cinq pages sur Celestynow, en vers ou en prose, comme il te plaira. Décris-moi le village, les gens, les forêts environnantes, une maison, ce que tu voudras, mais décris-moi cela comme si je n'habitais pas ici.

— Bien, monsieur le curé, je vais le faire. Pour quand voulez-vous que je l'écrive ?

— Eh bien ! pour la leçon de la semaine prochaine. En attendant, elle est très bonne ta dictée. On t'a bien appris l'orthographe à l'école primaire et tu n'as pas oublié. Il y a de quoi être fier de notre enseignement d'avant-guerre.

— Monsieur le curé, murmure Helena, croyez-vous qu'un jour tout cela sera fini et que je vais pouvoir être comme tout le monde ?

Le curé Marianski l'observe un instant en silence.

— Tu veux que je te dise ce que je pense, n'est-ce pas et tu n'as que faire des paroles rassurantes ? C'est cela que tu attends de moi ?

— Oui, répond Helena avec une ferveur subite, c'est exactement ça que je veux.

— Eh bien ! physiquement, tu vas être libérée avant les grandes chaleurs et tu redeviendras comme avant, grande, mince, élancée et fort jolie, ma parole. Non ne proteste pas. Dieu t'a donné la beauté, autant le reconnaître pour mieux l'en remercier. Pour ton intérieur, Helena, pour ce que tu penses, ce que tu ressens, la façon suivant laquelle tu vois les gens et les choses, tu ne seras jamais comme les autres. Tu es très douée, tu as une maturité plus grande que celle de ton âge et tu as vécu la guerre plus profondément peut-être que d'autres enfants. Tu sera donc différente et c'est un acquis. Nous ne sommes pas coulés dans le même moule. À chacun Dieu a conféré ce statut unique de la création divine, de l'individu. Tu es un individu, tu as déjà une personnalité et c'est merveilleux qu'il en soit ainsi. Allons, il faut que j'aille dire mon bréviaire, veux-tu lire un peu ici en attendant Magda ?

— Elle ne viendra pas me chercher aujourd'hui. Ses jambes lui font très mal. Je suis bien capable de rentrer toute seule.

— Je vais t'accompagner un bout de chemin, décide le curé. Cela me permettra d'aller voir la femme du menuisier qui est très malade. Allons, viens...

Le curé Marianski ne lui laisse pas le temps de protester et ouvre déjà la porte qui donne sur le petit jardin attenant au presbytère. Elle est imprudente, Magda, pense-t-il. Dans l'état où est la petite et compte tenu des méchantes langues qui existent dans le village, ce n'est pas le moment de la laisser marcher seule sur la route. Les gens sont ce qu'ils sont et ses parents n'ont pas que des amis ici.

Le curé avance déjà à grands pas, suivi d'Helena qui a tiré son fichu sur sa tête de façon à ce qu'on distingue à peine son visage. Le soleil du printemps chauffe ses épaules, mais elle ne le sent pas. Le matin de bonne heure, elle n'a pas peur. Les cultivateurs sont dans les champs, ou dans leurs étables, la route qui sert de rue principale est déserte et même les enfants ne se montrent pas, occupés qu'ils sont à l'école. Mais à l'approche de midi, le village s'anime. Même avec Magda, il lui est arrivé déjà de se sauver en courant sous une bordée d'injures, alors à plus forte raison seule. Heureusement, monsieur le curé est là et sa soutane impose suffisamment de respect pour qu'ils n'osent pas lui faire du mal. Helena se dépêche de diminuer la distance entre elle et le curé qui marche très vite, malgré la boue et les flaques d'eau, mais n'y parvient pas. Plongé dans ses pensées, le curé ne s'en rend pas compte et elle n'ose pas l'appeler. Soudain, à la hauteur d'une ruelle transversale, un groupe d'enfants débouche sur la grand-route en criant et Helena s'arrête pour les laisser passer. Elle est craintive. Sans trop le savoir elle calcule ses gestes de façon à protéger constamment ce gros ventre qui lui pèse. C'est plus fort qu'elle. C'est comme si cela était à la fois une malédiction et quelque chose d'infiniment précieux sur quoi il lui faut veiller nuit et jour.

— Helena, Helena, tu n'es pas belle, comme ça,

grosse Helena. Qui t'a fait ça, la traînée, qui t'a fait ça, Helena...

Un garçon a commencé à chanter et les autres reprennent en chœur le refrain. Ils n'ont pas remarqué le curé, dont la soutane gonflée par le vent apparaît à Helena très loin, comme un but inaccessible. Ils la croient seule. Quelqu'un ramasse une motte de boue, puis une autre. Ils lancent cette boue, mêlée de petits cailloux et de gravier, sur ses épaules, sa tête, sa figure... Helena essaie de courir, mais n'y parvient pas. Une motte de boue plus grosse l'atteint au visage, son nez se met à saigner et le goût douceâtre se répand dans sa bouche. Elle avance plus vite, tant bien que mal, en cherchant péniblement son équilibre, lourde, ridicule, s'enfonçant à chaque pas dans les flaques dont l'eau froide éclabousse ses jambes.

Il y a deux hommes qui marchent à sa rencontre.

— Alors, Helena, la traînée, on ne reconnaît pas les amis ? lui demande l'un d'eux. Pourtant c'est bien pour ton père que j'ai travaillé autrefois quand il était riche et quand il avait ici sa maison d'été. J'y ai même aidé à construire la véranda, mais pour ce qu'il m'a payé, moi et mon oncle, le menuisier, nous n'avons pas pu acheter une poche de patates. Il n'était pas « payeux » ton père, pas « payeux » et pas généreux !

Helena s'écarte vers la gauche en essayant d'éviter l'homme qui parle, mais celui qui l'accompagne lui barre le chemin. Il la frappe comme en plaisantant sur l'épaule, rapproche son visage tout près du sien et lui murmure en riant :

— Alors, ton bâtard, c'est pour bientôt...

Helena se met à le repousser avec ses deux mains tendues en avant, mais en le faisant elle ne peut plus retenir son fichu qui tombe dans la boue. Elle se penche pour le ramasser, mais au moment où elle se redresse, il n'y a plus de soleil devant ses yeux, mais les visages rigolards des deux hommes penchés au-dessus d'elle ; alors prise de panique, comme une bête aux abois, Helena se met à hurler :

— Monsieur le curé, monsieur le curé...

Le sang coule toujours dans sa bouche grande

ouverte, et cela la stimule et lui donne des forces. Elle quitte la route, passe entre les maisons et débouche dans la petite gare où le train de midi est justement prêt à partir. Le chef de gare, avec son allure fière, malgré l'état lamentable de son uniforme, dont les boutons qui restent, autrefois brillants, sont devenus ternes, lève sa main droite munie d'un bâton à signaux. À cet instant précis, il a l'impression de détenir toute la puissance et toute l'autorité du monde.

Comme une folle, Helena passe devant lui, atteint le marchepied du wagon et pousse devant elle les gens qui s'y sont accrochés. Quelqu'un jure, mais quelqu'un d'autre lui fait de la place, tandis que des mains charitables l'agrippent et l'entraînent vers l'intérieur. Sous ses pieds, le plancher du wagon se met à bouger, tandis qu'elle se sent portée par la foule qui l'entoure et qui la presse dans l'étroit passage.

– Il faut que je parvienne jusqu'aux cabinets, pense Helena, et que je me lave le visage, sinon je vais leur faire l'effet d'un épouvantail. S'ils ont peur, ils vont me dénoncer, tandis qu'une fois cachée dans les cabinets, je ne risque plus rien...

* * *

Le père Marianski se retourne. Le voilà arrivé devant la maison du menuisier. Il avait essayé de réciter des prières tout en marchant et il avait complètement oublié Helena. C'est maintenant seulement qu'il se rend compte qu'on l'appelle et que c'est sa voix.

– Monsieur le curé, monsieur le curé...

Cela lui prend toujours un peu de temps à réaliser que c'est ainsi qu'on s'adresse désormais à lui, Tadeusz Marianski. Même en cet instant cela lui demande une seconde de réflexion pour retrouver son personnage et puis l'a-t-il vraiment retrouvé pleinement ? Tadeusz Marianski en fait c'est un autre homme que celui qu'on voit à travers le cadre traditionnel de la soutane. À douze ans, il était un élève brillant et indiscipliné, fils d'un ouvrier et d'une femme merveilleuse : sa mère. Ils étaient pauvres, fiers et résistants dans la famille. C'est ainsi que Tadeusz avait décidé d'étudier, chose impossible de prime abord et, à seize ans, il avait passé son baccalauréat avec les félicitations du jury et une permission spéciale du ministère de l'Éducation. Il fut alors le plus jeune bachelier de sa promotion et un des rares sans doute à avoir payé ses études en coltinant des bagages à la gare. Cela lui avait permis d'apprendre à dormir peu, à travailler beaucoup et à faire confiance à sa force. À dix-sept ans il rencontrait le père Marek, homme de tous les défis et d'un enthousiasme contagieux. Il ne sut, ni ne voulut résister. Il accepta de le suivre. Ce fut donc le séminaire, la guerre, la prison, le travail avec les jeunes, la philosophie, le sport, le sacerdoce et l'obligation de mettre en pratique au jour le jour sa vérité. Quand on le nomma curé à Celestynow, ce fut une fois de plus une exception. Il était bien trop jeune, trop dynamique et trop impatient pour assumer une pareille responsabilité. Mais l'évêque lui avait dit en souriant :

— Notre Église a besoin de soldats et moi je veux avoir des curés capables de se battre, de résister aux pressions, de lire, de réfléchir, de contester et de contrecarrer la propagande et le matérialisme historique. Vous êtes particulièrement bien placé pour remplir toutes ces conditions.

Sous la soutane noire il y a des muscles d'homme. Tadeusz Marianski se retrouve en quelques bonds auprès des deux hommes qui s'apprêtent à suivre Helena. Un enfant sidéré, s'arrête comme rivé sur place. Jamais, de mémoire d'homme, il n'est arrivé à Celestynow de voir le curé rosser quelqu'un.

Tadeusz se bat avec les poings, les dents serrées, le visage parfaitement impassible. Tout se passe très vite. Un des hommes, celui qui a abordé Helena le premier, se retrouve allongé sous un arbre tandis que le second s'effondre dans une flaque d'eau et ne parvient plus à se relever. L'enfant, un jeune garçon, se sauve à toutes jambes. Il ne tient pas du tout à se faire reconnaître par le curé et à avoir à répondre de sa présence à cet endroit lors de la prochaine leçon de catéchisme.

Surpris par le vide qui l'entoure soudain, Tadeusz secoue sa soutane pour faire tomber les gouttes d'eau qui se sont accrochées au tissu noir. Il passe sa main dans ses cheveux, cherche des yeux Helena et ne la voyant pas, se dit qu'elle a dû se sauver et courir chez Magda. Autant y aller au plus vite pour la calmer.

Tadeusz Marianski avance sans se soucier de l'eau qui éclabousse sa soutane. Un curé n'a pas le droit d'user de la force de ses poings, pense-t-il. Un curé doit savoir parler, convaincre, distribuer des pénitences et des indulgences.

Mon Dieu ! j'ai failli à ma tâche, j'ai déshonoré la soutane que je porte et. j'ai démontré que mon évêque a eu tort de me faire confiance. Mon Dieu !...

Il avait raison le père Marek, il n'est pas facile d'être prêtre et pourtant sa tâche à lui a été tout compte fait plus légère... Il a été arrêté et fusillé pendant l'occupation. Il n'a pas eu à vivre la paix. Il n'a pas eu à s'ajuster aux normes et aux exigences du quotidien, de l'habituel, de toute cette banalité d'un petit village où l'ignorance, la malveillance et la brutalité font bon ménage sans être justifiées par la résistance à l'occupant, à ces soldats allemands que tous ont appris à détester. Les formations S.S. ont procédé à plusieurs reprises à Celestynow aux arrestations et aux exécutions. Ils étaient des bourreaux pour tous, hommes et femmes : voleurs, hâbleurs, ivrognes, brutes ou honnêtes gens. Désormais tout est différent. Les humains sont ce qu'ils sont et l'ordre nouveau est bien fait pour protéger certains au détriment des autres. Le curé Marianski croit déjà entendre les commères.

– Ce n'est pas une conduite digne d'un prêtre. Qu'est-ce qu'il a notre curé à défendre ainsi une fille perdue...

Et les autres ne manqueront pas d'ajouter :

– Voyez, on vous a bien dit, le clergé cela défend toujours les riches. Helena, la fille des richards, mérite tous les égards. Ça serait une pauvre fille du village, enceinte à pleine ceinture, et le curé se contenterait de lui interdire l'entrée de l'église à l'heure de la grand-messe du dimanche. Cela s'est déjà vu par le passé et il n'y a pas de raison que cela cesse.

Le curé Marianski marche à grands pas en s'efforçant de répondre aux saluts que lui adressent les gens qu'il croise. Il a du mal, en effet, à se concentrer, à vivre la minute présente et à surmonter l'angoisse qui l'envahit. Au croisement, il rencontre le jeune Wlodek, le fils de Magda. Il est déjà au courant de ce qui s'est passé et lui apprend qu'Helena a été vue à la gare où elle a sauté dans le rapide de Varsovie. Comment va-t-elle se débrouiller pour arriver chez ses parents ? se demande le curé. Toute seule, sans argent, dans son état, obligée de marcher de la gare jusqu'à Saska Kepa ? C'est si loin... À moins qu'elle n'aille à l'hôpital retrouver Andrzej...

— Vous savez, dit Wlodek, ce Bolek et ce Jurek que vous avez rossés, ce sont de véritables bandits. Ils passent leur temps à voler et à boire. Ce sont eux qui ont mis le feu à la grange de notre voisin, mais il n'a pas osé les dénoncer parce qu'il avait peur. Ils l'ont menacé de lui faire son compte. Ce ne sont pas les miliciens qui vont intervenir. Ils tiennent surtout à ne pas avoir de problèmes avec ces deux-là. D'ailleurs la dernière fois que j'ai vu Bolek à la taverne, il m'a annoncé qu'il était question qu'il s'enrôle dans la milice. Il paraît qu'il attend son engagement parce que son oncle haut placé va lui garantir une meilleure paye et de l'avancement. Vous vous rendez compte, monsieur le curé, ce que cela va signifier, pour nous tous ici...

Le curé Marianski le tranquillise de son mieux, mais il sait que Wlodek n'a pas tort. Bolek peut parfaitement devenir officier de milice et venir le narguer quand bon lui semblera.

Le plus grand danger du système, lui avait dit l'évêque à leur dernière rencontre, c'est la délation, la diffamation gratuite et la contrainte. Soyez vigilant. N'oubliez jamais qu'il ne s'agit pas uniquement de vous, mais des symboles qu'on veut détruire. Chaque dénonciation, chaque scandale, va être soufflé et colporté de façon à rejaillir sur les catholiques et le catholicisme.

Et lui qui a trahi la confiance de son évêque en se servant de la force de ses poings...

— Tout Celestynow doit savoir à l'heure qu'il est, dit Wlodek, que vous avez rossé, à vous tout seul, Bolek et Jurek. À cause de vous ils sont perdus de réputation.

Tadeusz Marianski sourit et aussitôt une étrange fossette se creuse dans son menton et lui donne un petit air espiègle.

— T'en fais pas Wlodek, dit-il, ils vont éviter de s'en vanter au village. Et puis, souviens-toi, il ne faut jamais laisser humilier une fille ou une femme. Tu te souviendras ?

– Oui, monsieur le curé.

Wlodek incline la tête et s'en va aussi vite que possible, mais au lieu de rentrer chez lui, il se dirige vers le cimetière, en se retournant de temps en temps. Quand la soutane du curé disparaît derrière la porte du presbytère, il revient sur ses pas jusqu'au café. Il avait raison ; Bolek et Jurek sont attablés dans un coin et boivent de la vodka. Bolek fait signe à Wlodek de les rejoindre et le jeune garçon se fraye un chemin dans l'espace étroit, encombré par les chaises qu'on a placées ensemble, pour laver le plancher à grande eau. Il n'y a personne en dehors d'eux dans la salle basse, sombre et exiguë. La fenêtre étroite ne laisse filtrer à travers ses vitres souillées que peu de lumière.

– Tu sais, le curé, commence Bolek...

– Oh ! laisse-le où il est le corbeau, rétorque Jurek, on a à discuter de choses autrement importantes.

Ils ont déjà eu le temps de vider plusieurs verres qui traînent sur la table et ils semblent en veine de confidences.

– T'es capable de tenir ta langue ?

– Oh, oui ! acquiesce Wlodek.

– Veux-tu gagner de l'argent ?

Wlodek penche la tête avec un sourire entendu.

– Alors, écoute bien. Ils se sont battus pas loin d'ici, dans la forêt. Les gars qui sont venus avec les « camarades », entre eux. Il y en avait deux groupes. Le premier dirigé par Bruno, qui est dans la région depuis un certain temps déjà. Ils sont arrivés de Lublin peu après le départ des Boches.

– Bruno et ses vingt gars sont de l'*Armia Ludowa**, constate Wlodek, ils volent et pillent ce qu'ils peuvent dans les environs. C'est à peine s'ils savent parler polonais.

– Tais-toi, imbécile, lui ordonne Jurek. Tout le monde sait que ce sont les « camarades » qui nous ont

---

* Armée du Peuple (AL).

envoyé cette charogne pour mieux nous saigner à blanc. Sous l'occupation, ils allaient jusqu'à s'attaquer aux formations du maquis de l'*Armia Krajowa**, mais évitaient soigneusement les Boches ; et pour cause. Ils attendaient qu'on s'en débarrasse pour grimper sur notre dos.

— Oh ! laisse Jurek, tu parles trop, proteste Bolek. On n'a pas le temps de tout lui expliquer. Toujours est-il que Bruno et sa bande ont attaqué un groupe de « camarades » qui avaient en plus de leurs voitures pas mal de butin. Cela s'est passé la nuit dernière sur le chemin de Lublin, tout juste à quelques kilomètres de chez nous. Les officiers soviétiques se sont mal défendus parce qu'il faisait noir comme chez le loup et qu'ils ne s'attendaient pas à ce qu'on leur tombe dessus. Ils sont tous morts ou tout comme. Bruno, lui, a quelques blessés, mais ils peuvent les emmener dans les voitures.

— Où qu'ils vont aller ?

— Eh bien ! c'est simple. À l'Ouest, sur les terres reconquises sur les Allemands. Il paraît que là-bas on vit comme des rois. Des belles villas, des vrais manoirs, tout neufs et tout meublés, avec des réserves de vodka dans les caves. Un paradis, quoi. Les Boches sont partis sans avoir le temps d'emporter une épingle, alors forcément tout cela est resté et nous attend.

— Nous ou Bruno ?

— Malheureusement, nous et Bruno. Parce que Bruno, espèce de demeuré qui ne comprend rien, a besoin de nous pour sauver sa peau. Il lui faut de l'essence. À deux, on ne peut pas se débrouiller, mais si tu nous aides, ça ira. On charge les bidons sur une charrette, on les porte à Bruno, on se fait grassement payer, ou encore on part avec lui et sa bande. Tu piges ?

— Où voulez-vous que je vous trouve de l'essence ? se lamente Wlodek.

— Sur la voie ferrée, pardi ! Il paraît que des wagons-citernes sont immobilisés à l'heure où on se parle sur la voie secondaire tout près d'ici. Faut que tu viennes avec nous avec la charrette, le cheval de Magda

---

* Armée du Pays (AK).

et quelques bidons. On en a déjà deux ou trois planqués dans la forêt juste à côté, mais cela ne suffira pas. Faudra nous aider aussi à porter tout ça après à Bruno et à ses gars. Si tu marches, t'auras ta part, si tu refuses, toi, ton corbeau de prêtre, ta mère, et la petite putain de malheur enceinte à pleine ceinture, vous allez tous avoir des ennuis. Parole de Jurek et tu peux me croire qu'elle vaut son pesant de roubles...

Ils se mettent à rire tous les deux tandis que Wlodek réfléchit en silence.

— C'est bon, dit-il, finalement. Allons-y tout de suite et qu'on en finisse.

Ils décident de ne pas se montrer ensemble dans le village. Les deux compères s'éloignent, tandis que Wlodek va chercher chez lui la charrette, le cheval et les bidons vides. Heureusement, sa mère a couru au presbytère pour s'enquérir auprès du curé de ce qu'il convenait de faire par rapport à la fuite d'Helena et Wlodek a toute sa liberté de manœuvre. Il sort le cheval de l'écurie, attelle la charrette, charge à la hâte cinq bidons et grimpe sur le siège. Il a froid, mais n'y fait pas attention. Il lui faut faire vite et Czarnula qui n'écoute que Magda avance avec une lenteur désespérante.

* * *

Une clairière, puis une autre, un sentier qui tourne à gauche, la clôture à moitié arrachée et voici les rails. Jurek et Bolek s'arrêtent, puis se séparent en fouillant dans les fougères.

— Par ici, appelle Bolek, j'ai trouvé. Les bidons sont bien où on les a laissés. Wlodek les rejoint. Il prend les deux récipients qu'ils lui tendent et, penché, descend en courant jusqu'à la voie de chemin de fer. Les wagons-citernes sont là. À côté de lui Jurek manipule quelque chose dans l'ombre en jurant. Cela dure un instant et Wlodek, qui ne distingue plus rien dans la nuit noire qui vient de tomber brusquement, fait le signe de la croix comme si ce geste pouvait le protéger contre tous les dangers qui le guettent.

— Ça y est, ça coule, chuchote Bolek. Donne les bidons.

Combien de temps se passe-t-il ? Wlodek ne saurait le dire. Tout ce dont il se souviendra plus tard, c'est que sa veste était à ce point trempée qu'il la trouvait singulièrement lourde.

La lune commence à monter là-haut quand Jurek se met à rouler les bidons, le long des rails, en leur faisant signe de faire la même chose. Ils avancent ainsi tous les trois, l'un derrière l'autre, pliés en deux pour mieux pousser les bidons, transpirant et jurant à voix basse. Finalement, un cri de coucou se fait entendre à leur droite.

— C'est Bruno et ses hommes, annonce Jurek. Wlodek va nous attendre ici avec les bidons. Nous deux on va négocier les détails de la transaction et on revient tout de suite. Obéissant, Wlodek s'assoit sur les rails. La lune se lève là-haut. Tout est calme puis soudain il y a une série de détonations, comme si on tirait avec une carabine automatique, puis un silence et une autre série de coups encore.

Wlodek se laisse rouler en bas du talus, rampe de l'autre côté dans les fougères et plonge dans le sous-bois. C'est de là que, couché sur le ventre, il voit des ombres remuer sur la voie. Il a très froid et très peur, mais reste immobile dans sa cachette, en retenant son souffle comme si le petit bruit insignifiant de sa respiration pouvait trahir sa présence. Des heures s'écoulent. Les ombres sur la voie de chemin de fer ont disparu depuis longtemps quand Wlodek ose enfin se relever. Wlodek se sauve. Il progresse lentement dans la forêt. Les branches accrochent ses vêtements, égratignent ses mains et sa figure et s'agrippent à ses cheveux, mais cela ne semble pas l'importuner. Il arrive tout essoufflé jusqu'à la clairière, tombe, se relève et court sans s'arrêter jusqu'à la route qui mène à leur maison. Le cheval et la charrette ne sont plus là. Wlodek se retourne pour s'assurer que personne ne le suit et rentre chez lui à pied, lentement, posément, de manière à avoir tout le temps pour réfléchir comment il va expliquer à sa mère la disparition de leur unique cheval et de leur unique charrette.

* * *

— Bouge-pas, j'ai à te parler.

Le curé Tadeusz Marianski se réveille en sursaut. Un homme se tient devant lui dans l'ombre. La lumière de la lune trace une tache claire entre lui et l'autre. Le curé Marianski est prompt dans ses réactions. Il ignore ces longs moments qui brouillent la vue et l'esprit au réveil.

— Si tu as faim, il y a encore un peu de pain à la cuisine, dit-il. De ce temps-ci, il n'y a pas grand-chose à manger, il faudra te contenter de ça. Je n'ai ni argent, ni objets précieux. Si tu viens voler, on va allumer la lampe à pétrole ou une bougie et tu fouilleras toi-même.

L'inconnu se met à rire dans l'ombre.

— T'es brave, curé. Va, je ne te ferai pas de mal. Faut juste me cacher. J'ai liquidé avec mes hommes quelques « camarades » et ils me cherchent.

— Qui, ils ?

— Les Soviétiques. Ils vont arriver d'un instant à l'autre.

— C'est bon, dit le curé. Recule jusqu'à la porte, va dans le corridor. Tu y trouveras un passage qui relie le presbytère à l'église. Monte en haut dans le chœur. Il y a une armoire dans le coin à gauche qui sert pour ranger les vêtements des enfants qui chantent à la messe. Le fond de l'armoire est double. Tu n'as qu'à déplacer la planche, à te glisser derrière et à la replacer. C'est le meilleur endroit.

— Merci, monsieur le curé, murmure la voix dans l'ombre.

Puis c'est le silence et on entend à peine le bruit des pas. Tadeusz Marianski ferme les yeux et se met à prier, mais le calme de la nuit se déchire presque aussitôt. Des lumières dansent dans la fenêtre. Il y a des hommes dehors qui courent et qui crient. Le curé Marianski ne bouge pas. Lentement le temps s'écoule. Les bruits s'éloignent. L'aube grise pénètre dans la pièce. Le curé regarde sa montre, attend encore, puis son réveil sonne six heures et il se lève.

Il faudrait qu'il mange, cet homme, se dit-il, il doit avoir d'autant plus faim qu'il se cache et qu'il a peur. Tadeusz Marianski va chercher de l'eau à la pompe. Dehors il fait frais et tout est calme encore. La campagne semble dormir, mais le curé qui connaît bien les habitudes de ses paroissiens sait que les femmes se lèvent déjà et allument le feu dans les poêles, pour cuire le pain, ou pour faire chauffer la soupe. Au-dessus de certaines maisons, la fumée blanche commence à monter vers le ciel.

Le seau d'eau froide au bout du bras, le curé retrouve la sensation d'autrefois, celle qu'il avait vécue jeune vicaire, dans une autre paroisse. Les Allemands n'étaient pas encore partis. Des partisans vivaient dans les forêts avoisinantes. Tantôt ils venaient chercher des vivres et tantôt ils amenaient un blessé qu'il fallait soigner, puis dès qu'il allait mieux, ils l'expédiaient ailleurs avec l'aide des cheminots. Le vieux curé savait soigner les plaies aussi bien qu'un médecin et Tadeusz avait beaucoup appris avec lui. Il lui avait enseigné bien des choses d'ailleurs, le vieux curé, et entre autres l'art de ne pas avoir peur.

Cela se passait en hiver. À Varsovie, la Gestapo venait de pendre vingt prêtres sur les balcons de la rue Marszalkowska. Dans les journaux on avait publié la photo, avec comme sous-titre : « Voici ce qui arrive aux hommes d'Église qui osent s'opposer à la volonté des représentants du Grand Reich. »

Pendant des mois, Tadeusz ne pouvait s'endormir sans retrouver sous les paupières l'image des martyrs. Les visages des prêtres torturés étaient à ce point tuméfiés qu'il était impossible d'en distinguer les traits... Cette idée avait hanté longtemps le jeune vicaire ; Dieu me donnera-t-il assez de force pour supporter la torture ? Un jour il en avait parlé à mots couverts au curé.

– Oui, il te donnera assez de force, lui avait-il dit. Il suffira que tu penses à Notre-Seigneur et aux autres, à ceux que tu peux dénoncer par mégarde.

Tadeusz a appris depuis que cela pouvait lui arriver à lui aussi. Il a été arrêté, interrogé et relâché, mais il n'a pas parlé...

Comment se fait-il, se demande le curé en se lavant dans la cuvette le visage et le torse, que je ressente à nouveau tout cela, ces angoisses d'autrefois ? La guerre est finie, les Allemands sont partis et pourtant pour moi, pour nous tous, la peur est toujours présente. La faim, les pénuries, la misère, le mensonge... Quand est-ce que tout cela sera oublié ?

* * *

— Ils sont tous morts, Igor.

Jozef parle d'une voix à peine audible. Igor et lui marchent d'un bon pas sur le sentier dans la forêt, mais bien qu'il n'y ait personne autour d'eux, Igor lui fait signe de se taire.

— Voyons, dit-il, vas-tu cesser de m'appeler Igor.

— Excuse-moi, c'est l'habitude. Et puis, personne ne peut nous entendre ici.

— Ça ne fait rien. Janek que je me nomme.

— Janek, répète docilement Jozef.

— C'est mieux. Et où est Bruno ?

— À Varsovie.

— C'est bien. Pas de témoins gênants ?

— Bruno m'a assuré que non.

— Et ce curé de malheur, a-t-il réussi à l'impliquer ?

— Hum ! cela a été difficile. Il ne voulait rien savoir, rien entendre. Il lui a dit où se cacher, sans se lever de son lit. À l'aube, Bruno est parti sans même l'avoir vu. Je crois que le gars s'est senti gêné. C'est bête, mais on n'y peut rien. Ils sont coriaces nos prêtres polonais et pas faciles à avoir.

Il y a une fierté contenue dans la voix de Jozef qui déplaît à Igor.

C'est surprenant, pense-t-il. Nous avons vécu à Moscou pendant trois ans comme des frères. Il n'est même pas catholique, mais juif. Il est profondément persuadé que les Polonais ont livré les siens aux Boches et que, de toute façon, ils sont antisémites, et pourtant il ne parvient pas à se libérer de cet étrange attachement. C'est de la superstition, ou de l'enfantillage, on ne sait trop quoi. Enfin, c'est quand même un bon militant et il fait ce que je lui dis, c'est l'essentiel.

— Bon, bon ! dit-il à haute voix. J'ai communiqué avec le chef. Contrairement à ce que nous voulions, il n'y aura pas de représailles. Ils ne veulent pas. Ils ont donné l'ordre de garder l'affaire secrète. Ce Bruno est-il capable de se taire ?

– Oh, oui ! C'est un bon communiste et il est entraîné depuis longtemps. On peut lui confier n'importe quel travail sans risquer de pépins. Une vraie tombe.

– Qu'est-ce que tu veux en faire ?

– Moi, rien ou pas grand-chose. Ici à Celestynow, je ne peux pas l'engager dans la milice. Quelqu'un peut le reconnaître. Ils ont vécu parfois dans les environs et ils ont fait plusieurs descentes chez les paysans. Forcément, ils avaient faim. S'ils le voient, ils sont capables de le faire disparaître en douce. Ça serait dommage. Il peut être utile. Il est bien formé, il a le sens du commandement, et il est fort comme un bœuf. C'est aussi un communiste de longue date.

– Il sait un peu trop de choses, soupire Janek. Il sait comment nous nous organisions pendant la guerre pour faire entrer en Pologne des hommes de chez nous et faire de la diversion contre les maquisards de l'*Armia Krajowa*. Il sait que Julek, par exemple, le grand héros dont on parle maintenant a donné... Enfin, passons. Ce n'est pas le moment de rassasier les vieilles histoires.

– Je me souviens bien de Julek, soupire Jozef. C'était un bon militant. Pendant six mois nous partagions la même chambre. Quand il est parti pour Varsovie, il était plein d'enthousiasme. Il voulait se battre contre les Boches.

– Eh bien, quoi ? Il s'est battu à sa manière. Tu ne voulais quand même pas que ces messieurs les bourgeois reviennent ici au pouvoir à l'ombre des héros de l'*Armia Krajowa* ? On ne peut pas faire d'omelette sans casser des œufs. Pour imposer le communisme, et c'est cela qui est le plus important, il faut parfois... Enfin... Écoute Jozef avec ta façon romantique de t'attacher à tous et à chacun tu vas nous attirer des ennuis. Ce qui s'est passé avant 1945 est mort et enterré, y compris les gens que nous avons connus à l'époque. Nous n'avons jamais rencontré ces personnes, rappelle-toi.

– Oui, Janek.

Une neige fine et légère se met à tomber.

– Sale temps, dit Janek en se secouant. On serait mieux dans ton bureau à côté du feu. Faut ce qu'il faut.

– Les planchers et les murs ont des oreilles, dit sentencieusement Jozef. Les ennemis du peuple sont partout...

Soudain, en entendant le son de sa propre voix, il a l'impression de répéter une leçon et ça le gêne. C'est comme s'il récitait le manuel appris par cœur autrefois, dans cette école de Moscou qui lui était apparue comme une sorte de paradis quand il y était arrivé du camp d'Omsk.

– Bon, je te quitte, dit Janek et la prochaine fois évite de me faire venir ici de toute urgence. Passe plutôt à Varsovie, sous un prétexte quelconque et tâche de me rencontrer à la sortie de mon bureau. Mais discrètement. Moins on nous voit ensemble, mieux ça vaut. Tu ramasses des renseignements sur tout ce qui vit dans ce trou. Tu fais des fiches. Je veux savoir ce qu'ils font, ce qu'ils pensent, ce qu'ils disent et à quoi ils peuvent éventuellement nous être utiles. L'affaire de l'autre nuit n'existe plus.

– Quand on trouvera les cadavres...

– On ne les trouvera pas, Jozef, parce que tu vas te débrouiller pour les enterrer en douce, ou pour les faire disparaître.

– Bruno a déjà enlevé les uniformes et les a brûlés. Il avait de l'essence.

– Bien, je m'occupe du reste au cas où leur commandant serait curieux de savoir où ils sont passés. Le matériel, les carabines automatiques, la voiture ?

– Je me suis permis, bafouille Jozef un peu gêné, de prendre ce que Bruno a laissé. Si tu es d'accord, je vais les montrer comme le don de la glorieuse armée soviétique à notre poste de milice et je vais même demander au curé de les bénir. Ça serait drôle, non ?

– Très, dit Janek sans l'ombre d'un sourire. N'oublie pas le curé. Il va recevoir bientôt des visites d'autres corbeaux, un peu spéciaux, mais pareils à lui quand même. N'interviens pas, mais ouvre l'œil. Je verrai Bruno à mon retour à Varsovie et je vais évaluer ce qu'il vaut. S'il est utilisable, il aura un poste à condition qu'il se souvienne que c'est à moi qu'il le doit. Si par contre je n'ai pas la même opinion que toi, tant pis pour lui. Ce dont je veux être sûr c'est que toi tu ne te laisses pas emporter par ton romantisme polonais qui te joue des tours.

— Mais non. J'évalue Bruno comme un agent valable et je peux même ajouter qu'il serait dommage de se priver de ses services. Après tout, nous ne sommes pas trop nombreux et nous avons beaucoup de travail sur la planche.

— Plus que tu ne le penses, acquiesce Janek. J'ai appris que l'armée va se retirer bientôt. Certes des formations vont rester, mais ça ne sera plus la même chose. Je te le dis pour que tu puisses t'organiser au plus vite. Après leur départ nous devrons compter uniquement sur notre groupe et sur la force de la milice qu'on parviendra à organiser d'ici là.

— Il y aura aussi l'armée polonaise...

— Hum ! acquiesce comme à regret Janek. Hum !...

Il sait mieux que quiconque, pour avoir travaillé comme agent du parti auprès des troupes polonaises formées par les instructeurs soviétiques, que les hommes ne sont pas sûrs. Ils ont très mal pris l'ordre de rester inactifs de l'autre côté de la Vistule, à Saska Kepa et ailleurs, dans les faubourgs, pendant que l'armée hitlérienne bombardait les barricades des insurgés de Varsovie. Ils ne grognent pas, mais l'humeur des soldats semble maussade. On doit les surveiller de près pour s'assurer que l'esprit de révolte ne se propagera pas. À la longue, avec quelques cas-exemples qu'on fusillera pour haute trahison, conduite antisocialiste ou contacts avec l'étranger, tout cela rentrera dans l'ordre, mais saiton jamais avec ces têtes folles de Polonais ? On a beau les entraîner, les former, les menacer, ils demeurent toujours imprévisibles.

Igor, alias Janek, soupire, sort de la poche intérieure de sa veste une bouteille plate, dévisse le bouchon et avale une large rasade de vodka.

— Ça fait du bien, constate-t-il en s'essuyant les lèvres. En veux-tu ?

Jozef se sert à son tour. Il n'a jamais aimé la vodka, mais l'avouer serait susciter de la méfiance et il a appris très tôt qu'il faut éviter d'être différent sous peine de s'attirer une série de réactions en chaîne plutôt pénibles. Après tout, il vient d'obtenir un renseignement sans prix. L'armée soviétique va quitter bientôt le territoire de la nouvelle Pologne. Tels qu'il les connaît, ils ne manqueront pas de piller, voler et violer sur leur passage. Autant prévenir quelques hommes au village de cacher leurs vaches et leurs poules comme il faut, sans parler des chevaux. Une armée qui marche, aime bien les chevaux. Et pour marcher, ils marchent ; les véhicules motorisés c'est pour les très hauts gradés !

Ceux qu'il préviendra, parents et amis de ses miliciens recrutés sur place, vont être reconnaissants et ça sera une bonne chose pour le cas où... On ne peut jamais tout prévoir et il vaut mieux avoir des amis dans tous les camps et dans tous les groupes. Jozef a appris cela très jeune quand il est parti de Lvov dans un wagon à bestiaux. Sa mère était avec lui, mais quand, après six jours, ils avaient ouvert les portes pour la première fois, quand ils étaient arrivés enfin au camp de travaux forcés, lieu de destination, elle était morte de faim et de froid et il était descendu seul. Il n'avait que quinze ans...

Dans un premier temps, il avait appris au camp à haïr, à se battre pour sa pitance comme un jeune animal, sans se soucier des autres. Plus tard, il avait su devenir le petit protégé des « droits communs » et la bête noire des « politiques ». Les criminels connaissaient la musique. Les Polonais considérés comme des gens coupables du crime politique par le simple fait qu'ils habitaient Lvov, ville polonaise condamnée à devenir soviétique, étaient des pestiférés. Jozef était un adolescent brillant et il avait compris tout cela très rapidement. Il s'était si bien appliqué à apprendre le russe, à être utile et à dénoncer à l'occasion qui il fallait que, six mois plus tard il repartait, cette fois-ci pour Moscou, pour le paradis d'une chambre d'étudiant et d'une salle d'école.

Jamais, ah, non ! jamais, il ne pourra oublier cet incroyable changement, cette transformation complète de son sort, cette école, oasis inespérée à un point tel qu'il en a même gardé pour les camarades et les maîtres de l'époque une certaine forme de reconnaissance.

— Ne m'accompagne pas, dit Igor, il vaut mieux qu'on ne nous voie pas ensemble. Ah, oui ! quand tu auras frotté comme il faut les carabines automatiques et le reste, fais venir quelqu'un pour qu'il puisse les offrir à ton poste de milice... Tu communiqueras avec moi et je t'expédierai un rutilant officier. Allons, sois prudent. Longue vie à *batiouchka** Staline !

— Longue vie à *batiouchka* Staline ! répond Jozef comme un écho.

À force de vouloir sauver leur peau, ils devaient répéter avec le même empressement *Heil Hitler*, pense Igor en accélérant le pas. Non, je suis injuste, Jozef est un bon communiste et il nous est sincèrement attaché. Si on peut faire confiance à un Juif polonais c'est bien à lui plutôt qu'à quiconque d'autre. Bien sûr, il ne sera jamais content, jamais satisfait. C'est une caractéristique nationale chez eux. C'est grâce à nous, grâce à Staline, que ces maudits Polonais ont eu des terres allemandes, mais pas plus tard qu'hier, un morveux a osé dire à un autre, en ma présence, qu'il aurait préféré garder ce qui était à eux, Lvov... Le morveux ne le répétera pas de sitôt après la correction que je lui ai servie. Drôle de pays, mais on va les mater. Parole d'Igor, on va les mater, même s'il faut pour cela arrêter, condamner, fusiller et envoyer dans des camps...

Igor disparaît au tournant de la route et Jozef se dépêche de rentrer. En somme, tout est en ordre pense-t-il. Des officiers soviétiques ont été assassinés, les maquisards qui les ont tués ont été liquidés à leur tour et Bruno, qu'il aime bien, a pu s'en sortir sain et sauf. Et pourtant en réfléchissant à tout cela il ressent une certaine gêne. À l'origine, Igor lui avait présenté l'opération comme prévue dans le cadre des politiques de « pacification ». Les officiers soviétiques se sont rendus coupables de fautes graves. Ils ont déshonoré l'uniforme qu'ils portaient. Ils ont écouté des nouvelles retransmises de l'étranger et ils ont osé en parler. Pour le prestige de l'armée, il était préférable de ne pas les condamner de façon formelle et de ne pas les juger. Ils devaient être liquidés aussi discrètement que possible, mais leur exécution devait être utilisée également pour d'autres fins. Les commandos dans les forêts ont des

---

* Petit père. Diminutif russe d'affection et de respect.

conduites intolérables. Ceux qui sont sortis et se sont présentés aux autorités ont été immédiatement incorporés dans la milice et sont devenus des éléments valables. Mais les autres, tel le groupe de Bruno, ont osé se révolter. Forcément, il s'agissait des éléments incertains, formés en Pologne, par des agents envoyés à cet effet dès 1943, mais n'ayant quand même pas tous les moyens nécessaires à leur disposition. Ce n'est pas comme ceux qui ont pu être éduqués à Moscou, dans une immersion totale. Des gars trop jeunes, nationalistes à outrance, qui ont voulu se battre contre l'occupant sans trop se demander qui procure les armes et l'argent. Une fois les Boches partis, ils ont osé se retourner contre les alliés soviétiques. Une vraie hérésie et une folie de désespérés. Des mauvais garnements, pense Jozef, des criminels qui refusent la vie normale...

Pourtant c'est comme une épine dans son esprit ces cadavres allongés dans les fougères qu'il a vus en aidant Bruno à récupérer les armes. C'est toujours dégoûtant un mort, se dit Jozef en avalant un verre de vodka.

Le voilà à son bureau situé dans les anciens locaux de la police. Il y fait bon parce qu'on a bourré le poêle de bois.

J'ai tort d'y penser se dit Jozef en prenant un autre verre, puis un autre encore jusqu'à ce que, complètement soûl, il s'écrase sur son lit de camp, placé dans un coin de la pièce. C'est là que le trouve un jeune milicien fraîchement recruté qui l'admire beaucoup pour la façon dont il sait parler au paysans et se faire craindre. Doucement, il lui enlève ses bottes, lui met une couverture sur les épaules et sort à reculons sur la pointe des pieds.

3

Vivre sa vie

Libre, légère, mince !

Helena se tourne et se retourne devant son miroir. C'est donc cela accoucher ? Cette sensation de délivrance et de renouveau ! Plus de ventre qui pèse et tire de tout bord et de tout côté, plus de douleurs dans le dos, plus de crampes dans les jambes. Tout est changé. Même sa figure, même sa peau, redevenue lisse et colorée après avoir été grisâtre et craquelée. Dieu ! ce que la vie est belle !

Helena tourne comme une toupie. Sa jupe droite, sombre, moule bien ses hanches, la chemise vert clair, avec ses grandes poches, fait paraître ses épaules plus larges et la cravate rouge a un petit air masculin qui n'est pas pour lui déplaire. C'est son uniforme d'écolière, de jeune fille, qui comme toutes les autres se rend tous les matins à l'école.

C'est merveilleux de pouvoir aller à l'école. Finis les cours clandestins qu'elle a connus pendant la guerre, finies les leçons de monsieur le curé où il fallait essayer de comprendre et de paraître intelligente. Terminé tout cela. Une nouvelle époque est commencée. Elle n'est pas l'élève unique et exceptionnelle, ni le plus jeune membre de la formation du lieutenant Rygiel qui apprend les mathématiques dans l'appartement du vieux professeur Szymanski où on a organisé aussi le dépôt des journaux clandestins. La signification des mots n'est plus la même.

Être patriote ne signifie pas transporter des armes sur les trains de nuit et avoir des bonnes notes en latin, mais chanter à tue-tête, réciter des poèmes, danser dans le ballet folklorique de l'école et préparer la prochaine « académie » du premier mai. La vraie vie, enfin !

Helena fait briller ses chaussures avec un chiffon, sans les enlever, attrape sa serviette pleine de livres et pousse la porte de sa chambre. Un baiser sur la joue de sa mère, un autre sur celle de son père et la voilà partie. Elle arrive à l'école juste à l'heure.

Les rangs se forment dans la cour. Au-dessus de leurs têtes flotte au vent le drapeau rouge. Les professeurs s'installent en avant de chaque rangée formée par les élèves de leur classe. On chante l'*Internationale*, puis c'est le silence. La radio de l'école diffuse un poème :

> « Nous construisons la Pologne socialiste. Un grand pays est en train de naître. Nous travaillons tous ensemble et tout ce que nous faisons est à la gloire de l'avenir. »

– Ce poème, annonce la voix, a été composé par Kazimierz Skola, qui obtient le premier prix d'excellence.

Le mois prochain, on lira aussi le mien, pense Helena. Il a été sélectionné comme le meilleur poème et il sera certainement diffusé. Kazimierz lui sourit. C'est son meilleur copain. Ils sont assis en classe l'un à côté de l'autre et ils sont inséparables.

À l'intérieur de l'édifice, le soleil éclaire les corridors. Helena marche dans le rang. Un, deux, un, deux... Le groupe de sa classe s'efforce d'avoir une démarche coordonnée et une conduite irréprochable pendant les périodes libres. Ils ont été sélectionnés pour les concours interdépartementaux de la meilleure tenue et ils veulent les gagner.

C'est le printemps et les corridors de l'école sont décorés avec un soin particulier parce que la fin de l'année est proche et que des invités officiels vont venir pour la distribution des prix. Les élèves ont recopié les meilleurs poèmes lus publiquement au cours de l'année et ils les ont affichés sur les murs, les uns à côté des autres. Il y a aussi de beaux dessins, très colorés, inspirés des divers motifs d'art régional, des chansons, la publicité pour le spectacle des ballets, auxquels Helena participe comme soliste, et sa photo en costume régional de Kujawy.

Le groupe entre dans la classe. Il y a le bruit des garçons et des filles qui s'assoient sur les bancs et puis plus rien. Le silence absolu, à entendre voler une mouche. Ce matin, ils vont avoir l'honneur de recevoir le directeur de l'école qui va leur parler de la parade du premier mai.

Madame Rutkowska, la vieille institutrice responsable de leur classe, porte un chemisier blanc qui lui donne un air de fête. Sur le tableau noir, au fond de la classe, on a inscrit l'objet de la visite : « La parade du premier mai ».

Le directeur n'est pas en retard, il franchit la porte au moment où se déclenche la sonnerie annonçant le début des cours. Zygmunt Wolkonski est un homme grand, mince, et jeune. Il a des cheveux blonds, des yeux verts et un sourire espiègle. Toutes les filles ont le béguin pour lui, mais Helena ne partage pas cet engouement.

– C'est un joli salaud, votre directeur, lui a dit son père. Entraîné à Moscou, il se préoccupe davantage de vous confesser sur ce que disent vos parents que de surveiller l'enseignement qu'on vous donne. Passe encore que c'est biaisé, tendancieux et orienté vers une propagande systématique, mais ils pourraient au moins vous laisser le temps d'apprendre en paix une langue, un peu de mathématiques, de chimie... je ne sais trop quoi, moi ? Mais non. Ce qui les préoccupe, c'est de former des mouchards.

Helena n'a pas réagi tout de suite. Elle avait trouvé Robert très injuste et atrocement vieux jeu. Par la suite, cependant, quand convoquée chez le directeur elle avait été obligée de répondre à de drôles de questions, elle s'était dit que son père n'avait pas tout à fait tort. Le directeur tenait à savoir notamment si ses parents l'emmenaient à l'église tous les dimanches, si on discutait de politique à la maison et si on recevait des lettres de l'étranger. Helena avait pris la précaution de répondre de façon négative, bien qu'ils aillent régulièrement à la messe ensemble, y compris l'oncle Andrzej, et que le cousin de sa mère leur ait envoyé un colis de Pittsburgh, aux États-Unis, où il vit depuis plusieurs années, paraît-il.

Confusément, Helena sait bien qu'il vaut mieux ne pas souffler mot de tout cela non seulement devant le directeur, mais même devant son meilleur ami, Kazimierz. En premier lieu, elle ne tient pas à se distinguer, à être différente, à avouer que sa famille, son passé et son présent sont particuliers. Le père de Kazimierz est ouvrier et n'a jamais lu un livre de sa vie. Son père, à elle, dévore tout ce qui lui tombe sous la main. Et ce n'est pas parce qu'il n'a plus sa jambe. L'oncle Andrzej lui a trouvé une prothèse et il parvient non seulement à marcher comme tout le monde, mais encore à travailler. Il fait des meubles qui sont fort beaux et il gagne assez d'argent pour que maman puisse rester à la maison. Ça aussi c'est quelque chose qu'il est préférable de ne pas trop raconter. La mère de Kazimierz travaille, et les mères de ses autres amies aussi. De celles qui restent chez elles on dit que ce sont des « bourgeoises ». Tant pis pour les différences. Pourvu qu'ils n'apprennent pas l'existence d'Inka, parce que cela serait une véritable catastrophe.

Inka... La petite chose entrevue à l'hôpital. Le minuscule visage plissé comme celui d'une vieille femme. Inka, le bébé... Sa mère l'a déclaré comme sa fille, avec l'aide d'Andrzej qui a tout organisé ; l'accouchement, le baptême du bébé, les papiers officiels et jusqu'à la demande, complètement saugrenue d'ailleurs, d'un appartement pour Inka quand elle atteindra sa vingtième année. Elle vient à peine de naître et déjà le tonton Andrzej se préoccupe de lui assurer un appartement quand elle sera grande...

Peu importe !

Depuis qu'Inka est née tout le monde est de

meilleure humeur. Magda la garde jalousement à Celestynow et refuse de la ramener en ville sous prétexte qu'il n'y a pas assez de place chez eux et que l'air de la grande ville ne vaut pas celui de la campagne. N'empêche que sa mère semble plus jeune ; son père s'efforce d'être plus élégant en plaçant systématiquement son pantalon sous son matelas pour qu'il soit repassé le lendemain et même tonton Andrzej soigne davantage son apparence.

C'est trop drôle. Il a rapporté de l'alcool à friction de l'hôpital et, avec des herbes, des pétales de fleurs et d'autres trucs bizarres, Irena fabrique de l'eau de Cologne. Helena se moque de sa mère, mais doit admettre que cela sent très bon.

— Helena, au tableau, dit la voix de l'institutrice.

Et Helena se lève aussitôt comme mue par un ressort. La voilà en avant de la classe. Elle récite son poème. Le directeur la félicite, toute la classe applaudit et il lui remet une décoration. C'est un ruban rouge, joliment noué autour d'un petit carton sur lequel on a écrit « distinction particulière ».

Helena est rouge de fierté et ses cheveux blonds dansent plus que jamais sur son front et sur ses joues. Elle porte des nattes, mais les mèches rebelles sont toujours là, malgré le mal qu'elle se donne pour les discipliner.

— J'ai une bonne nouvelle à annoncer, dit le directeur. C'est Helena qui sera responsable de la troupe qui dansera demain à Otwock. Tu es dispensée des cours pour aujourd'hui et je mets à ta disposition un petit bureau pour que tu puisses tout organiser. L'entreprise d'état « Ruch » nous assure le transport. Les camions viendront vous chercher demain à six heures du matin ici à l'école.

Rouge de plaisir, Helena remercie et les élèves applaudissent à nouveau tandis qu'elle fait la révérence devant le directeur et quitte la classe avec lui.

Cela fait plusieurs semaines déjà qu'on prépare cette journée où toute la classe présentera des danses folkloriques à Otwock, dans le cadre de la manifestation « Culture à la campagne », mais Helena ne savait pas qu'allait lui échoir le grand honneur d'être responsable de la troupe. Certes il lui faudra obéir à leur institutrice qui viendra avec eux, mais quand même, c'est elle la responsable.

Helena passe sa journée à vérifier les costumes que les garçons et les filles ont confectionnés à la maison avec l'aide de leurs parents et amis, à corriger les listes des noms et à rencontrer chacun de ses camarades séparément pour s'assurer que tout marche bien de leur côté. Elle se sent importante, responsable et aimée.

Car elle est très populaire, Helena, autant parmi les élèves que parmi les professeurs. Certes, l'institutrice, qui enseigne le latin et qui est une vieille dame, lui reproche de mieux danser les danses folkloriques que de décliner le pluriel de *rosa* et le professeur de mathématiques, qui n'est pas jeune, lui non plus, l'accuse de « paresse intellectuelle », mais cela ne l'empêche pas d'être première de sa classe et d'avoir constamment son nom affiché au tableau d'honneur.

Ce n'est pas pour rien qu'elle est considérée comme la meilleure danseuse et que c'est à elle qu'on demande de réciter des vers lors de toutes les « académies », de toutes les manifestations commémoratives auxquelles participe son lycée.

Les notes de bonne conduite, d'« implication communautaire », du « sens de camaraderie », compensent largement celles qu'elle obtient en latin ou en mathématiques.

Contente d'elle-même, heureuse, Helena termine sa besogne fort tard. Il est plus de sept heures quand elle rentre finalement à la maison. Andrzej, Irena et Robert sont en train de manger au moment où elle franchit le seuil avec Kazimierz qui l'accompagne et porte ses livres comme à l'accoutumée.

Kazimierz embrasse sa mère, mais ne s'en va pas tout de suite.

— Mon père, dit-il, voudrait savoir si l'appartement à côté est toujours inoccupé. Il m'a chargé de vous le demander.

Une ombre passe sur la figure d'Irena, mais c'est Andrzej qui intervient très vite comme s'il voulait l'empêcher de parler.

– Il n'a jamais été libre, dit-il. Il est vrai que le colonel soviétique est parti avec sa famille, mais l'appartement est attribué à notre hôpital par ordre de la milice et de la ville.

– Ah ! soupire Kazimierz déçu, dans ce cas-là il n'y a rien à faire.

– Je ne crois pas, constate Andrzej. J'ai même ici la copie de l'ordre de la milice, regarde toi-même, les tampons sont très lisibles.

Il étend devant Kazimierz une feuille de papier, qu'il sort de son portefeuille, insiste pour qu'il l'examine, puis replie le document avec beaucoup de soin.

Les yeux de Kazimierz jettent des regards fouineurs sur les victuailles disposées sur la table, s'arrêtent sur un morceau de viande, puis le garçon pivote sur ses talons.

– Nous venons de recevoir un peu de viande de la coopérative des invalides, constate posément Robert, j'aimerais bien t'en donner pour tes parents, mais c'est tout ce qui reste et Helena n'a pas encore mangé.

Ah ! acquiesce Kazimierz, dans ce cas ce sera pour une prochaine fois.

Il s'en va finalement ce qui provoque chez Irena un soupir de soulagement. Ils se taisent un instant, jusqu'à ce que le bruit des pas s'éteigne dans le corridor, puis Robert explose.

– Vas-tu cesser de nous amener ici ce mouchard ! crie-t-il à l'adresse d'Helena. Veux-tu qu'on perde cette malheureuse pièce à côté et qu'Andrzej soit obligé de prendre ta chambre et toi de coucher avec nous ? C'est la première fois qu'on a l'espoir de récupérer une autre partie de notre appartement d'avant-guerre, mais avec ce morveux dans les jambes ça ne se fera pas, milice ou pas milice ! Et puis il est bien capable de rapporter aux andouilles du Parti qu'on reçoit de la viande des pays capitalistes, dans des colis miraculeux qui nous parviennent tous les jours des États-Unis. Cela suffira pour nous faire foutre en prison tous les quatre. Évidemment, toi tu t'en fous. Comme il a le béguin pour toi, il va t'épargner, mais ça ne signifie pas que nous, tes parents y compris Andrzej, on ne sera pas en cellule. Il y a encore de la place, va ! Ils vont nous recevoir là-bas avec beaucoup de plaisir.

– Voyons, proteste Irena, notre fille n'y est pour rien. Ce n'est quand même pas sa faute s'il ne la quitte pas d'une semelle. Et puis, si ce n'est pas lui, ça sera un autre. Ils leur apprennent la délation bien mieux que la grammaire polonaise. Qu'est-ce que tu veux ? Qu'on empêche Helena d'aller au lycée et de faire son bachot ? C'est cela que tu veux ?

Helena se mord les lèvres. Comme elle est pénible, l'atmosphère à la maison ! À l'école tout est simple, gai, enrichissant, tandis qu'ici c'est constamment la peur, les privations, le souci du lendemain et les contraintes... À peine commence-t-elle à manger que déjà son père parle d'Inka.

– La petite vient d'avoir sa première dent, constate-t-il. Ta mère et moi, ainsi qu'Andrzej, nous allons passer la fin de semaine à Celestynow. Magda a tout organisé. Et bien entendu, toi tu ne peux pas venir avec nous... Finie la vie de famille. Mademoiselle danse pour la population rurale d'Otwock. Si c'est ça s'instruire, je suis le roi de Prusse !

Helena connaît bien son père et sait l'amadouer. Il lui suffit de rejeter ses cheveux en arrière, de le regarder d'une certaine manière et aussitôt il redevient doux comme un agneau. Comme d'habitude, elle obtient son petit effet.

– Va ! murmure-t-il. Tu es si jeune... Je n'ai rien dit. Ne fais pas attention. C'est juste un mouvement d'humeur parce que je suis très fatigué.

– Qu'est-ce que vous avez fait, papa ?

– Oh ! j'ai passé des heures à examiner les briques que les autres coltinaient à qui mieux mieux. C'est la campagne de récupération et ça marche bien. On va te reconstruire Varsovie et t'auras une belle ville, va... C'est surprenant ce qu'on parvient à tirer de cet amas de ruines. Ils étaient bons nos matériaux d'avant-guerre pour avoir pu résister comme ça à l'insurrection, aux mines allemandes et au déminage soviétique. Faut admettre ce qu'il faut admettre, l'armée soviétique a fait du bon travail. S'ils n'avaient pas enlevé systématiquement les mines, non seulement il y aurait eu des pertes de vie, mais en plus il serait impossible de faire maintenant de la récupération. Il ne resterait rien que de la poussière. Sais-tu qui a organisé la récupération ? Un ancien colonel de l'armée polonaise. Il s'est même débrouillé pour avoir quelques camions et surtout de l'argent pour nous payer, nous les spécialistes, parce que pour le reste c'est bénévole. À propos, toi tu ne penses qu'à tes « académies », fêtes commémoratives et je ne sais trop quoi, tandis que moi je manque de bras pour ramasser des briques...

— Oh, papa ! s'écrie Helena heureuse, je vais organiser cela. Tu verras. L'école au grand complet ira t'aider. Pas cette fin de semaine, parce qu'on est pris, mais samedi prochain. Fais-moi confiance, je m'en charge.

Elle est toute joyeuse, Helena. Enfin elle a trouvé un moyen d'aider son père. Andrzej penche la tête sur son assiette. Étrange époque, pense-t-il. Ils ont enrégimenté les jeunes, les aînés s'en rendent compte, n'y peuvent rien et finalement préfèrent cet enthousiasme de commande à la rêverie et à la paresse des adolescents moins bien motivés, car en fait c'est la seule façon de survivre dans ce fichu pays, ruiné, démoli, pauvre comme Job et incapable de compter sur l'aide de quiconque.

— Je vais faire du café, dit-il. Je vous attends de l'autre côté.

« L'autre côté », c'est l'ancien salon où Helena couchait pendant la guerre. C'est la grande pièce, tant convoitée, réquisitionnée par le colonel soviétique et désormais devenue le très luxueux appartement d'Andrzej. Ils n'osent pas encore enlever la cloison afin de faire communiquer les trois pièces et Andrzej fait le tour par l'extérieur, mais un jour cela sera certainement possible. Il faut éviter tout d'abord de faire des jaloux, parce que les documents officiels, conquis de haute lutte, peuvent toujours être annulés par d'autres documents, non moins officiels. Sait-on jamais ! Et puis l'ordre de la milice a coûté une fortune et ils ne pourront jamais s'offrir un autre papier de ce prix. Il a fallu mobiliser Magda et donner deux meubles fabriqués par Robert à un procureur, puis porter au chef du poste de milice un quart de cochon... Peu importe ! Pour le moment, ils peuvent s'offrir le luxe de prendre le café « au salon », comme autrefois. Pour Irena, Robert et Andrzej, ce rite semble avoir une importance toute particulière et pour Helena c'est une sorte de jeu qui l'amuse.

On sort dans le corridor, comme si on allait en visite chez le tonton Andrzej et puis on revient chez soi en s'éclairant d'une lampe de poche, cadeau de Kazimierz. Ce soir, ils restent longtemps ensemble à discuter de l'avenir du monde, tandis qu'Helena sommeille assise par terre.

* * *

Et puis c'est samedi matin. Helena avale à la hâte le déjeuner et s'en va en courant. Déjà elle les oublie tous les trois et redevient libre et gaie.

Les camions promis arrivent à l'heure devant le lycée. Il y a la bousculade, les rires, les costumes qu'on transporte et puis le départ. Il fait froid sur les plates-formes protégées uniquement par les montants en fer sur lesquels il n'y a pas de toile, mais qui permettent de se tenir dans les tournants. Pour se réchauffer on chante à tue-tête. Chansons scoutes, chants folkloriques, tout y passe.

Serrée entre deux garçons plus grands qu'elle, Helena est heureuse. Non, elle n'aurait pas aimé être maintenant à Celestynow en train d'écouter le babillage d'Inka. Elle n'éprouve à l'égard de ce petit être qu'une vague curiosité.

– Tu verras quand elle commencera à parler, ça sera différent, lui répète souvent son père. Moi non plus je ne m'intéressais pas à toi quand tu étais bébé. Cela est venu plus tard, quand tu parlais déjà...

Pauvre papa, il se fait des illusions. Cet enfant n'est pas à elle. Il lui a été imposé et, quand elle le regarde, les pires souvenirs de son existence remontent à la surface. Non, autant l'admettre, Helena n'aime pas Inka et, plus encore, fait son possible pour ne pas montrer aux autres à quel point elle la déteste. Heureusement que la petite est chez Magda, parce qu'Helena serait très malheureuse s'il fallait qu'elle subisse constamment sa présence.

À Otwock, l'arrivée des camions est saluée de vivats. Les garçons et les filles descendent devant la salle communautaire, un ancien cinéma désaffecté et une délégation des « jeunesses agricoles » les reçoit. En tant que « directeur de la troupe », Helena a droit à un bouquet d'œillets blancs et rouges. On chante l'*Internationale*, puis on décharge les costumes, on organise l'arrière-scène, on visite les réduits aménagés pour permettre aux danseurs de se changer, on rit et on prépare le repas. Assis le long d'une grande table commune, on dévore des sandwiches au fromage, on boit du thé et on écoute des discours.

C'est tout d'abord celui du responsable des « jeunesses agricoles », puis du directeur de leur lycée, puis du *wojt**. Le curé n'a pas été invité et la vieille institutrice le remarque, mais elle est bien la seule et de toute façon elle n'ose en parler à personne en dehors d'Helena quand elles se retrouvent ensemble dans les cabinets de toilette.

Helena pense que les adultes ont le don de créer des problèmes là où il n'y en a pas, puis se souvient de la promesse faite à son père et va voir le directeur. Tout se passe bien, le directeur semble très favorable au projet et l'encourage fortement à l'annoncer comme une proposition formelle après le spectacle.

– Qu'ils votent donc à main levée leur acceptation, tes camarades, dit-il. Je me charge pour ma part de contacter les autorités appropriées afin que vous puissiez travailler la fin de semaine prochaine. Je te communiquerai les détails concernant le quartier dès que je les aurai.

Le premier spectacle a lieu à deux heures de l'après-midi. La salle est pleine. Un couple se trompe lors de la dernière danse et au lieu de passer à gauche passe à droite, une fille perd sa couronne de paille tressée, mais pour le reste tout est parfait et le public applaudit chaleureusement. C'est même une ovation à la fin et il leur faut satisfaire les spectateurs en dansant encore et encore, tard dans la soirée.

Helena fatiguée, essoufflée, couverte de sueur, mais rayonnante se couche à minuit. Il fait froid dans la

---

* Maire.

grange qui sert de dortoir aux filles, mais le foin sent bon et le sommeil vient vite.

Le lendemain, dimanche, il y a une « matinée », puis ils repartent comme ils sont arrivés suivis des applaudissements, des cris et des chansons des « jeunesses agricoles » qui courent derrière les camions jusqu'à l'endroit où la route fait un tournant. Helena serrée contre le directeur de l'école, en avant du camion, discute de l'organisation de la fin de semaine suivante et de l'action « reconstruction » dûment acceptée par tous les élèves sans exception aucune. Le directeur est très content. Avec cette initiative proposée spontanément par un excellent sujet de son lycée, cette jeune et jolie Helena, il est pratiquement certain d'obtenir la médaille du meilleur lycée lors des concours éliminatoires inter-régionaux de « préparation sociale » et de « tenue patriotique ». En descendant du camion à Varsovie, Helena a l'impression de flotter sur un nuage et le goût de serrer l'univers entier dans ses bras...

* * *

C'est assez étrange, pense Robert. Au fait, tout le monde a envie d'être riche et prospère ou tout au moins d'avoir un peu plus que ce qu'il possède, mais il n'en reste pas moins que dès que cela arrive, une partie de la sympathie que les autres éprouvent pour lui disparaît ou, pis encore, se transforme en haine. Ceux qui font d'eux-mêmes méprisent les pauvres, les invalides et les faibles, essaient de le cacher soigneusement sachant que ce ne sont pas des sentiments nobles, mais, à l'opposé, ne se gênent pas pour manifester l'envie face à d'autres qui ont un peu plus qu'eux, car la notion même de richesse est bien relative selon les lieux et les époques. Et pourtant c'est si agréable d'être riche, se dit Robert en frottant le dessus d'une petite table avec du papier d'émeri.

Depuis qu'Andrzej a la chambre à côté, que lui-même obtient de plus en plus de contrats pour réparer et pour faire des meubles et qu'Helena retrouve son adolescence, Robert se sent riche. Certes, la prothèse n'est pas parfaite et il a beaucoup de mal à s'y habituer, certes, sa cuisse lui fait souvent très mal, mais il refuse d'y penser. Après tout il est un privilégié du sort. Il est vivant, il aime le sourire d'Irena et il parvient à gagner de l'argent. Magda leur apporte des vivres, ils ne manquent pas de l'indispensable et, dans cette ville se relevant péniblement de ses ruines, où tout est devenu difficile, c'est parfaitement inespéré.

Quand les gens viennent chercher les meubles, Robert leur sourit et s'efforce de cacher sa claudication, parce qu'il aime mieux susciter l'envie que la pitié. Irena de son côté fait preuve, depuis quelques semaines, d'une euphorie fort agréable à voir. Elle a écrit une chanson qu'elle s'amuse à chanter sur tous les tons : « Ils sont partis les "camarades" et ils ne reviendront plus. Ils ont pillé, ils ont volé, mais ils n'ont pas eu ni les poulets de Magda ni notre matelas. »

La femme du colonel avait très envie en effet d'emporter leur matelas unique et fort ancien puisqu'il avait survécu à la guerre. À la dernière minute, Irena avait réussi à le cacher chez des voisins et c'est ainsi qu'il fut sauvé, tandis qu'à Celestynow Magda a emmené toute sa famille et toute sa basse-cour dans la forêt, ce qui lui avait permis de prétendre par la suite que ses poules avaient à ce point peur de se faire égorger par les soldats russes, qui raflaient tout sur leur passage, qu'elles avaient consenti à picorer des champignons.

Robert termine une partie du dessus de la table, secoue la poussière de son pantalon et décide de s'offrir un peu de bon temps en allumant sa pipe. C'est à ce moment précis qu'on frappe à la porte. L'angoisse, vieille compagne, est aussitôt là, à côté de lui.

– Qui est là ?

– Milice...

Il fait froid dans la chambre mal chauffée, mais Robert sent soudain la sueur couler dans son dos. Ils sont deux. Ils ont de ces visages dont on dit qu'on préfère ne pas les voir dans une ruelle sombre à la tombée de la nuit. Ils entrent, jettent un regard circulaire comme s'ils prenaient possession de la pièce, puis posent quelques questions.

– Qui vit là ? Combien êtes-vous ? Où est ta femme ?

Le plus âgé tire sur le pantalon de Robert, le relève,

regarde la prothèse et, tandis que Robert, humilié, serre les poings enfoncés dans ses poches, demande :

– Qui t'a fait ça, camarade ?

– Les Allemands répond Robert, comme à regret.

– Tu peux bien marcher jusqu'au poste de milice, constate aussitôt l'homme. Voici une convocation pour demain matin, camarade. Il faut te présenter à neuf heures trente au bureau numéro dix.

Ils s'en vont. Robert respire profondément. Il verrouille la porte, se laisse tomber dans l'unique fauteuil et se met à lire la convocation. Il y apprend que son *referent**, un prénommé Bruno Zadra, l'attend pour l'interroger. Que lui vaut ce plaisir ? Le père de Kazimierz qui a été obligé après une année de démarches, de visites intempestives et de dénonciations au bureau communautaire, de renoncer à la chambre à côté, occupée par Andrzej, le médecin, le locataire privilégié par son métier ? Et Helena qui continue à le laisser venir la chercher, ce garçon qui ne la quitte pas d'une semelle, porte ses livres, s'occupe de sa serviette et lui procure les manuels usagés introuvables ailleurs.

Robert soupire et allume sa pipe. Une fois de plus, il relit la convocation et ses mains se mettent à trembler.

Ai-je peur à ce point ? se demande-t-il.

Oui, il a peur. Non pas de la mort, mais de la souffrance, de la prison, des questions qui humilient et avilissent.

Dehors, dans la rue, juste sous ses fenêtres, Razowa, la vieille femme qui, autrefois, il y a longtemps déjà, avait ramené Helena à la maison malade et à moitié qu'elle peut, murmure des mots sans suite. Elle est lourde, elle est pauvre et elle a du mal à se mouvoir. Finie l'époque où « son magasin », comme elle le disait pompeusement, marchait, et où les gens se pressaient autour de son autobus renversé pour acheter ses sandwiches avec des saucisses chaudes. Désormais Razowa vend des journaux au coin de la rue, vêtue de sa grosse veste et de bottes bourrées de paille. Elle a froid,

_____
* Membre de la police secrète chargé des interrogatoires.

ses rhumatismes la font terriblement souffrir et elle est seule tandis que ces gens-là, là-haut, s'organisent une vie.

Certes, l'homme est infirme, mais il peut faire des meubles sans sortir dans la rue et sans grelotter des heures et cette Irena a un homme dans son lit, estropié, il est vrai, mais un homme quand même. Tandis qu'elle, elle n'est qu'une vieille femme laissée pour compte. La petite Helena chante lors des diverses fêtes et semble être la coqueluche du quartier, tandis que Razowa ne sait même pas où sont ses enfants, ses fils. Ils ne sont pas revenus chez eux. Sont-ils morts, ou perdus quelque part dans le vaste monde ? Alors pourquoi est-ce que d'autres auraient le droit d'être ensemble ?

Et puis, Razowa ne mange pas à sa faim, parce qu'elle est vieille et n'a pas de dents. Non seulement on manque de tout et les étalages au marché sont aux trois quarts vides ou fermés, mais encore ce qu'on trouve, c'est une nourriture dure comme ce pain trop sec, que les gencives de Razowa ne parviennent pas à mâcher, ces pois chiches qu'elle a beau faire cuire pendant des heures sans les rendre pour autant assez tendres.

Razowa baisse la tête. Non, elle n'est pas fière de ce qui vient de se passer. Elle a vu les agents en civil sortir de la maison et elle sait que, pour Robert, cette visite aura des suites. Déjà elle commence à avoir des remords. En fait, tout cela s'est passé si rapidement qu'elle n'a même pas eu le temps de réfléchir. À la recherche d'une aide quelconque, Razowa fréquente assidûment des réunions : celles du Parti, celles des divers organismes du quartier, comme celles des vétérans. Tout d'abord, elles ont lieu généralement le soir et dans des salles chauffées, ce qui lui permet non seulement de rencontrer du monde, mais encore de ne pas grelotter pendant quelques heures. Et puis elle espère toujours y trouver quelqu'un qui aurait des nouvelles de ses enfants, ou lui proposerait un travail autre que cette vente de journaux, dure besogne qu'il lui faudra abandonner un jour quand elle ne pourra plus se traîner dans les rues.

C'est à une de ces réunions du Parti qu'on avait demandé aux gens de donner les noms des personnes pouvant être considérées comme suspectes. Razowa a bien remarqué que ceux qui s'étaient exécutés avaient obtenu quelque chose en échange. Des promesses, une inscription dans un registre spécial, un peu d'argent... Et c'est ainsi qu'elle avait signalé Robert et sa femme, parce qu'ils étaient les premiers dont elle s'était souvenue ce soir-là.

Razowa s'en va. Elle longe le trottoir de la rue Paryska en se tenant près des murs comme si elle voulait se cacher parce que, de ce côté-là, l'ombre du soir est plus épaisse que du côté de la chaussée. En fait, elle préfère être proche des maisons, pour pouvoir s'appuyer de temps en temps quand ses genoux fléchissent sous son corps. Elle a peur de tomber et de ne plus pouvoir se relever. Cela lui arrive de rêver qu'elle est couchée par terre et que les passants la contournent sans se pencher et sans répondre à ses appels. Pour Razowa, c'est une sorte d'avertissement du bon Dieu. Elle est persuadée que les songes deviendront réalité. Elle n'a pas lu beaucoup dans sa vie, mais elle a à la maison un petit bouquin, publié avant la guerre, donc certainement vrai, puisque la propagande n'a été inventée qu'après, où on raconte comment il convient d'interpréter les rêves. Un nourrisson signifie des ennuis graves et une maladie dans la famille ; un chat noir, la mort prochaine. La nuit dernière elle a justement rêvé d'un chat noir...

Razowa arrive devant sa porte et monte lentement l'escalier en se tenant à la rampe. Une fois seule dans sa petite chambre, elle allume une bougie et voit son image dans la glace suspendue au-dessus de l'évier. Des rides, des yeux mauvais, une bouche tordue, des cheveux d'un gris sale... Ce n'est pas elle, cette femme méchante, vieille, sinistre ! De toutes ses forces, elle crache sur cette figure jusqu'à ce que la salive se mette à couler sur la surface du miroir au point de brouiller complètement les traits qui s'y reflètent, puis s'installe sur son lit et se met à compter l'argent qu'elle sort de la poche de son tablier.

* * *

Je me tais, je lui dis, je me tais, je lui dis ? Robert pèse le pour et le contre pendant qu'ils boivent avec Irena le thé du petit déjeuner. Finalement, c'est Andrzej qui tranche la question. Il entre en coup de vent en leur lançant un bonjour sonore. Robert l'entraîne dans la chambre d'Helena qui est déjà partie à l'école.

– Si je ne reviens pas du poste de milice, tu t'occuperas de mes femmes. Promets-le-moi...

– Promis, acquiesce Andrzej, ne l'ai-je pas fait pendant la guerre ? Allez, tu reviendras. Je vais être ici ce soir et tu me raconteras tout. Ensuite on avisera.

– C'est cela, répète docilement Robert en s'efforçant de sourire et d'avoir un ton détaché, mais la peur est là, tapie au fond de lui-même, communicative et humiliante.

– D'ailleurs, je t'accompagne, décide Andrzej. C'est sur mon chemin.

Ils partent ensemble, en plaisantant avec Irena qui leur annonce un bon dîner pour le soir, mais dans la rue ils se taisent. On entend juste le bruit de la prothèse de Robert sur les pavés. Devant le poste central de la milice, Andrzej serre le bras de Robert à lui faire mal.

– Et n'oublie pas de parler lentement, murmure-t-il, cela permet de réfléchir. À ce soir.

L'escalier est gris, le corridor est gris, les murs sont gris, et les visages des gens qui attendent là, debout, sont également gris. Ils sont très nombreux. Des vieux, des jeunes, des filles, des garçons, des femmes, un vieillard qui tremble de tout son corps appuyé sur sa canne, presque plié en deux comme s'il devait tomber d'un instant à l'autre. Personne ne parle. Les têtes penchées, les yeux rivés par terre, ils ont tous l'air d'avoir des secrets qu'ils craignent de trahir par un regard, ou un geste. Robert essaie de réagir.

– Bonjour, dit-il à voix haute. Est-ce qu'on distribue des numéros, ou est-ce qu'on doit attendre tout simplement notre tour ?

Pas de réponse et le silence est à ce point pesant que Robert ne parvient pas à répéter la question. Sa voix meurt dans sa gorge.

Dans le fond du corridor, il y a quatre portes qui s'ouvrent de temps en temps. De l'intérieur on lance un nom, quelqu'un se détache de la grisaille, passe entre eux, puis la porte se referme derrière lui. Il doit y avoir une autre sortie puisque les gens ne reviennent pas, ou encore... Non, on ne les tue quand même pas, parce qu'on entendrait le bruit. Au pire on les arrête et on les mène aux cellules par un chemin différent, un escalier qui descend vers une cave, par exemple. Est-ce que c'est dans cette cave qu'on les achève ? Robert se secoue. C'est ridicule, la Gestapo est partie, le NKVD ne fonctionne pas au grand jour et il est inconcevable que la milice polonaise, que des Polonais appliquent les mêmes méthodes. Ce sont après tout des compatriotes...

Il est plus de midi quand on appelle son nom. Robert a atrocement mal à la jambe. C'est une douleur protectrice, puisqu'elle lui fait oublier sa peur.

Le bureau est petit. Derrière la table, un homme assis dans un fauteuil tourne le dos à la fenêtre recouverte d'un grillage de fortune. Robert s'appuie de ses deux mains sur l'accoudoir de la chaise.

— Ton nom, prénoms, adresse...

La voix est neutre et le visage aussi. C'est un homme plutôt jeune. Il a les cheveux bruns, bouclés, des yeux noirs et une bouche sensuelle. Robert décide de crâner.

— Vous n'êtes pas de la milice, camarade ? dit-il.

— Je suis votre *referent*, mon nom est Bruno et j'ai quelques questions à vous poser.

Le ton change. Il a cessé de le tutoyer. C'est toujours ça de pris.

— Est-ce que je peux m'asseoir ? demande Robert. J'ai une prothèse.

— Ce n'est pas l'usage, mais dans votre cas, marmonne Bruno.

Robert s'installe et la douleur se faisant moins lancinante, la peur revient. Il s'efforce de parler lentement et d'éviter de citer des noms. C'est leur méthode, que de demander des noms. Ils les utilisent ensuite contre d'autres, à leur convenance.

— Citer des noms c'est déjà moucharder sans le savoir, c'est déjà trahir des innocents, lui avait expliqué Andrzej qui l'avait appris d'un malade à l'hôpital. L'homme avait les deux mâchoires cassées, des multiples contusions et il était parvenu malgré tout à se présenter en pleine nuit à la salle d'urgence. À peine ses plaies nettoyées et ses pansements mis, il avait disparu en passant par la ruelle en arrière. Il avait eu de bonnes raisons, semble-t-il, de se conduire ainsi. Vingt minutes plus tard les agents de l'UB* venaient le chercher.

Aurai-je la force de me rendre jusqu'à l'hôpital, se demande Robert, s'ils me battent sauvagement et me laissent la possibilité de partir ?

– Vous savez, camarade, que vous devez dire la vérité, le met en garde le *referent*. Donc vous avez été tout d'abord au camp de prisonniers de Fallingsbostel.

– Oui, c'est cela.

– Qui étaient les officiers qui s'y trouvaient avec vous ? Donnez-moi des noms.

– Je ne me souviens pas de noms, mais de certains prénoms.

– Donnez-les lentement pour que je puisse noter.

Robert invente des prénoms et les récite comme une litanie.

– Il y avait aussi au camp des prisonniers d'autres nationalités ; lesquelles ?

– Des Américains, des Britanniques, des Français et des Soviétiques.

– Qui avez-vous connu parmi eux, camarade ? Des noms ?

Robert explique qu'ils étaient séparés par des barbelés et qu'il n'y avait aucune communication entre les groupes.

– C'est faux, se met à hurler soudain Bruno, tu t'es évadé et tu n'étais pas seul. C'est là que tu as organisé tes contacts avec l'étranger que tu continues encore à entretenir. Allez, avoue !

De sa main, il frappe le bureau. L'idée qu'il finira par se faire mal passe comme un éclair dans la tête de Robert et cela l'aide à garder son calme.

---

* Police secrète polonaise (*Urzad Bezpieczenstwa*), nom changé plus tard en SB (*Sluzba Bezpieczenstwa*).

– Je me suis évadé seul. Personne ne m'a aidé. Malheureusement, je ne suis pas allé loin. La sentinelle a tiré et je me suis retrouvé à l'hôpital où on a amputé ma jambe. J'ai déjà répondu à toutes ces questions quand j'ai été interrogé, après la libération, par un officier soviétique.

– Ah ! se calme Bruno. Recommençons donc tout dès le début. Vous êtes arrivé à Fallingsbostel quand ?

Le temps se traîne. Les questions se répètent. Robert répond lentement en choisissant ses mots de façon à ce qu'il n'y ait pas la moindre différence entre deux réponses à la même question posée à plusieurs reprises. L'homme en face est comme endormi. Il griffonne sur la feuille de papier, prend des notes, relève la tête, la penche à nouveau... Soudain, il se lève.

– Assez discuté, annonce-t-il. Je vais te faire rencontrer quelqu'un...

Il y a sur le bureau une sonnette que le *referent* agite. Aussitôt un milicien arrive par la porte du fond. J'avais raison, il y a deux portes dans les bureaux, constate machinalement Robert, une pour entrer et l'autre pour sortir, mais on sort où ?

– Emmène l'autre, dit Bruno et fais vite. Il y a des gens qui attendent.

Tiens ! il vient de s'en apercevoir, pense Robert. Des minutes s'écoulent. Bruno allume une cigarette. Robert sort de sa poche sa pipe et sa blague à tabac. Il la bourre soigneusement. S'il me défend de fumer, se dit-il, je vais lui répondre que je ne suis pas à la Gestapo, mais en face d'un détective polonais et que je veux discuter avec lui d'égal à égal tant que je ne suis pas accusé de façon formelle d'un crime, mais ses mains tremblent. C'est au moment où il allume sa pipe qu'un garde revient avec le curé Marianski. La soutane du curé est déchirée à plusieurs endroits. Sur son visage émacié, il y a de longues égratignures et un bleu déforme son œil gauche. Saisi, Robert se redresse.

– Mais ce n'est pas possible ! crie-t-il. Vous n'avez pas le droit. Nous sommes des citoyens de la République populaire polonaise et pas d'un pays occupé par la Gestapo !

Face à Bruno, Robert s'étrangle d'indignation. Il n'a plus peur. Il est de nouveau cet autre homme, cet officier polonais qui s'est battu pour la liberté, à cheval contre les tanks allemands. Cela réussit, le courage. Quelques couleurs apparaissent sur le visage inexpressif de Bruno.

— Nous ne disposons que de cellules communes, dit-il lentement. Des cellules où les détenus ne sont pas toujours contrôlables, hélas... Il suffit d'éviter de s'y trouver, mais quand on commet des actes répréhensibles...

— Des actes répréhensibles, répète Robert. Mais voyons donc, je connais bien le curé Marianski. C'est un homme dont je réponds comme de moi-même.

— Voyons, camarade, vous vous avancez un peu trop, je crois, ironise Bruno. Je ne vous imagine pas capable de prononcer des sermons aussi brillants que ceux de monsieur le curé. Il y est question du matérialisme marxiste. C'est de la propagande capi-taliste.

— Non, dit Robert lentement, en scandant les mots ; c'est de la science.

Eh bien ! toute la vérité scientifique n'est pas faite pour être divulguée devant des gens simples. À ce niveau cela devient de la propagande. Tu peux t'asseoir, curé !

Il pousse son fauteuil vers le curé et s'installe nonchalamment sur le bureau, les jambes ballantes dans le vide.

— Comme ça, vous vous connaissez tous les deux ?

— J'ai l'honneur de connaître l'abbé Marianski, je lui dois une aide spirituelle sans prix et je ne peux pas concevoir qu'on puisse le détenir dans une prison de mon pays.

Robert parle lentement, posément.

— C'est bon, conclut Bruno. Vous pouvez disposer, camarade. Je vous attends demain à la même heure qu'aujourd'hui.

Il consulte une feuille de papier placée sur le bureau comme s'il réfléchissait profondément à ce rendez-vous.

– Non, pas demain, lundi prochain. Je suis trop occupé cette semaine.

Robert hésite un instant, mais le curé lui fait un signe imperceptible de la tête comme s'il voulait lui dire que la résistance ne servirait à rien. Il sort donc tandis que sa prothèse fait un bruit qui lui semble plus sinistre que jamais. Dans le corridor les têtes se relèvent, on sent que les gens qui attendent voudraient lui poser des questions, mais personne n'ose ouvrir la bouche. On le suit des yeux et il sent tous ces regards dans son dos. La file est longue et il y a des femmes qui se tiennent dehors, frileusement enveloppées dans des vestes et des fichus, muettes et angoissées. Le soleil se couche déjà et Robert se hâte de retrouver le sourire d'Irena, mais il n'éprouve aucune joie d'être libre. Devant ses yeux, il y a le visage torturé du curé Marianski avec son œil tuméfié...

Pendant ce temps-là, Bruno continue dans le petit bureau à fixer le bout de ses chaussures, tandis que le curé Marianski essaie de se souvenir où il a déjà entendu la voix du *referent*. Je devrais le libérer, ce saint homme qui m'a reçu en pleine nuit comme un ami, mais je dois le torturer, pense-t-il. C'est ça la beauté du régime que j'ai rêvé d'édifier. Que le diable l'emporte ! ...

– Je suis désolé pour ce qui se passe dans les cellules la nuit, dit-il lentement. J'ai une bonne nouvelle à vous apprendre. À partir de maintenant vous serez enfermé seul. J'ai pu trouver un coin.

Tadeusz Marianski garde la tête baissée. Il ne faut pas que l'autre s'aperçoive de la joie qui s'empare de lui. Seul... Mais c'est absolument inespéré. Fini le cauchemar du dortoir rempli à un point tel qu'on couche par terre, serrés les uns contre les autres. Finie la lutte pour défendre ce jeune garçon sur lequel un groupe de détenus s'est précipité, comme un troupeau de bêtes, pour lui faire violence et qu'il a défendu seul à la force de ses poings jusqu'à ce que le bruit oblige les gardiens à rallumer les lumières. Ils ont reculé alors devant sa soutane bien plus que devant la puissance de ses biceps.

Je n'ai pas le droit d'accepter cette faveur, se dit-il, je n'ai pas le droit d'abandonner ce jeune. Sans moi, ce garçon se transformera en bête semblable aux autres, parce qu'il n'aura pas d'autres moyens de survivre dans cet univers immonde...

Comme s'il devinait ses pensées, Bruno dit froidement :

— Ne protestez pas, cela ne servira à rien. La décision est prise. Vous serez seul. Et puis le jeune garçon que vous avez défendu si vaillamment la nuit dernière a été libéré, donc il n'aura plus besoin de votre aide.

Cette fois-ci le curé Marianski ne parvient pas à cacher sa réaction, ce qui redonne à Bruno un peu de cette méchanceté qui le défend comme un bouclier contre les autres, contre tous les autres bourreaux avec lesquels il est obligé de frayer au jour le jour. Alors, pour couper court à la joie du curé, il dit ce qu'il ne devrait pas lui dire. Il le dit à voix basse, comme une confidence amicale.

— Il a eu sa leçon, le jeune homme, et il a accepté ce midi de travailler comme informateur.

Dans l'œil valide du curé, il y a une tristesse telle que Bruno saute sur ses pieds et se met à marcher de long en large pour mieux lui tourner le dos. À nous deux, mon saint homme, pense-t-il, on va bien voir jusqu'où va ta résistance.

— À vous, je demande de réfléchir. Vous allez être seul dans votre cellule et vous aurez tout le temps pour cela. Vous comprenez que la tradition polonaise est désuète et ne correspond plus aux besoins d'aujourd'hui. Nous voulons donc demander aux gens valables, aux gens comme vous, de repenser les moyens de renouveler un peu les coutumes. Il est stupide d'exiger d'un peuple comme le nôtre, tragiquement appauvri par la guerre, de faire vivre un clergé qui en somme demeure parfaitement improductif. Nous ne voulons plus que vous fassiez de l'enseignement, mais vous pouvez quand même vous rendre utile. Il s'agirait d'accepter des réformes. Par exemple, le mariage des prêtres, une façon plus civique de concevoir la religion et moins abstraite, des petits compromis face à l'utilisation des églises... Le peuple n'a pas besoin de temples, mais de salles de réunions du Parti... Vous me suivez... Donc réfléchissez. Si vous parvenez à me faire des propositions dans ce sens lors de notre prochaine rencontre, qui sait, vous deviendrez peut-être cardinal. Car nous avons bien l'intention de les nommer, nos cardinaux, et de ne pas laisser des décisions aussi importantes aux seules autorités religieuses. D'autres curés ont été pressentis par mes supérieurs et il y a de fortes chances pour qu'ils acceptent nos propositions. Pourquoi pas vous ? Non, ne répondez pas tout de suite, nous nous reverrons cette semaine. Pour le moment, allez vous reposer à l'infirmerie. On va panser vos égratignures et les désinfecter.

Bruno sonne. Le garde arrive, fait signe au curé de le suivre et, comme un automate, Tadeusz Marianski lui emboîte le pas. Resté seul, Bruno s'approche de la fenêtre et écarte les rideaux. Des ouvriers travaillent dans la cour intérieure. Ils fixent dans les murs des rails qu'on a récupérés. Des dispositifs semblables ont été installés à la prison. Ils serviront pour pendre les récalcitrants de manière à ce que tous les prisonniers puissent bien les voir. Il se servira de l'exécution d'un prêtre pour persuader le curé Marianski. Il a beau être jeune et résistant, il cédera. Ce n'est qu'une question de temps. Eh, oui ! la faim et le froid aidant, ils vont tous céder tôt ou tard, torturés, détenus ou tout simplement laissés à eux-mêmes. L'ennui c'est que Bruno ne désire plus que cela arrive. Bien au contraire, il espère que le curé Marianski, lui surtout, saura résister !

Je deviens complètement stupide, se dit Bruno en faisant entrer dans son bureau une jeune femme. Si cela continue, je vais finir par me balancer sur une corde à sa place. Je suis épuisé, voilà tout. Je travaille trop.

— Tu reviendras demain ! crie-t-il soudain à la femme qui tremble devant lui, puis se domine et répète la même chose en pénétrant dans le corridor. Les gens décollent leur dos fatigué des murs qui leur ont servi d'appui et s'en vont, tandis que Bruno ferme à clef les deux portes de son bureau, lève le récepteur du téléphone, aboie qu'il ne veut plus être dérangé, raccroche, sort d'un tiroir une bouteille de vodka et se met à avaler un verre après l'autre, affalé dans son fauteuil, jusqu'à ce que le sommeil s'empare de lui et qu'il glisse par terre complètement assommé.

* * *

98

L'atmosphère est lugubre. Helena regarde tantôt sa mère et tantôt son père. Ce qui lui arrive est tout simplement incroyable. Passe encore que son père ait été chez le *referent* et y ait rencontré le curé Marianski, le visage marqué de coups, il a vécu avant la guerre et il a été à l'étranger, puisqu'il a été prisonnier de guerre dans un camp en Allemagne. En soi, c'est déjà une bonne raison pour qu'on l'interroge, comme dirait son professeur de marxisme, mais elle, elle n'a rien fait de pareil. Certes, elle a aussi été dans un camp, mais juste neuf mois, et puis avant la guerre elle n'était qu'une enfant, alors pourquoi est-elle convoquée chez le *referent* pour le lendemain ? Comment va-t-elle expliquer son absence à l'école où justement elle présente le poème qu'elle a écrit sur le socialisme polonais glorieux et victorieux ? Va-t-on la rayer de la distribution de la prochaine pièce de théâtre parce qu'elle a été chez le *referent*, à la milice ?

— Oui, constate Irena, il vaut mieux que cela ne se sache pas à l'école. Andrzej va lui faire un certificat ou dire qu'elle a eu une indigestion. Sinon la petite peut avoir des ennuis...

Il sont catastrophés tous les trois et attendent le retour d'Andrzej comme la venue d'un sauveur. L'arrivée inopinée de Magda fait figure d'un cadeau du ciel. Magda est toujours de bonne humeur. Oui, il est tard. Oui, elle ne pourra plus retourner chez elle et elle va coucher chez eux.

Irena lui sert une assiette de soupe, tandis qu'Helena vide en s'extasiant le panier qu'elle a apporté. Et il y a de quoi ! Elle y trouve des œufs, du pain de campagne, un morceau de lard et même quelques pommes de terre. Une vraie fortune. Robert raconte son entrevue avec le *referent*, décrit l'état du curé Marianski, l'atmosphère du corridor où les gens attendent et puis sa propre impuissance.

— Il se nomme comment ce gars-là ? demande Magda d'une voix étouffée.

— Attendez, il y avait un nom sur la porte, mais je n'en ai retenu que le prénom dit Robert en se frottant le front. Bruno...

Un éclair passe dans les yeux de Magda, mais elle continue à écouter sans poser aucune autre question, puis examine attentivement la convocation que les agents ont laissée pour Helena.

La soirée s'anime. Ils mangent, boivent du thé, commentent. Avec Magda tout paraît moins sinistre comme si avec ses joues rouges, ses paniers à provisions et sa grosse voix elle avait le pouvoir d'exorciser les menaces qui pèsent sur eux. À dix heures ils soufflent les bougies. Andrzej est de garde ; inutile d'attendre son retour. Magda couche dans le même lit qu'Helena qui se serre contre elle, instinctivement comme si elle demandait ainsi une protection.

– C'est peut-être une erreur, dit-elle en s'endormant.

– T'en fais pas, petite, lui murmure Magda. J'irai voir ce Bruno et il y a des chances qu'il change. Tu sais, la vieille Magda peut tout, comme des sorcières.

Les doigts rugueux caressent les cheveux blonds, mais Helena dort et ne s'en rend pas compte.

* * *

– Comme ça tu étais dans l'insurrection de Varsovie, dit lentement Bruno. Tu avais reçu les ordres de qui ?

– De mon commandant.

– Son nom... Comment tu ne le connais pas ? Juste le pseudonyme, dis-tu ?

– Rygiel...

– Sais-tu seulement qui il était ce Rygiel ? Un autre valet aux ordres des capitalistes sans doute, ennemis de la Pologne socialiste. C'est pour cela que nous sommes obligés d'arrêter des membres de l'Armée du Pays et de les détenir. C'est parce que vous refusez tous de donner des noms. Si tu continues à ne pas te souvenir je vais être obligé de te garder comme les autres.

Helena avale sa salive. Non, elle ne donnera aucun nom. Elle a cru que ce que ses parents lui avaient raconté était des balivernes et qu'on ne pouvait pas arrêter des Polonais qui, comme elle, s'étaient battus sur les barricades. Que ce n'était qu'invention de ces réactionnaires, trouble-fête, dont ses professeurs, exception faite de l'institutrice de latin, vieille et laide, disent tant de mal. Maintenant elle réalise que Robert et Irena ne radotent pas et elle est soudain heureuse d'avoir gardé pour elle certaines de leurs réflexions. Ni Kazik, son meilleur copain, ni ses professeurs, n'ont jamais réussi à la faire parler de sa famille. Ils avaient eu beau l'interroger, elle avait appris à détourner leurs questions en parlant du travail de tonton Andrzej à l'hôpital, de l'infirmité de son père et du courage avec lequel il répare les vieux meubles.

Helena a eu envie pourtant, à plusieurs reprises, de faire comme certaines de ses amies qui rapportent des conversations entendues à la maison, ou dans le voisinage, ce qui leur vaut de fort bonnes notes.

Même le directeur, quand il la convoque dans son bureau sous prétexte de régler des détails d'une manifestation artistique à venir, ne parvient pas à tirer d'elle le moindre renseignement. Si je parle, s'était dit Helena, ils finiront par savoir que j'ai un enfant ; autant ne rien leur raconter. Elle est incapable de savoir en ce moment si elle protège depuis des mois ses parents contre une arrestation toujours possible ou si, plutôt, elle s'efforce de garder son propre secret. En somme, j'ai la conscience tranquille, pense Helena, non pas parce que par amour j'ai respecté leurs opinions, mais parce que je n'ai pas voulu être différente des autres et avouer que j'ai accouché, moi la fille qui danse et récite les vers mieux que les autres.

Bruno la fixe de ses yeux inexpressifs, puis se met à taper sur la table en criant qu'il saura comment la mettre au pas. Qu'elle sera chassée de l'école et qu'elle ne pourra jamais passer son bachot ni à plus forte raison aller à l'université. Qu'elle sera éliminée de toutes les activités et cessera de chanter dans le chœur de son lycée. Helena a peur, comme autrefois, comme à l'époque où la Gestapo roulait dans les voitures noires à travers Varsovie. C'est à ce moment précis qu'un milicien entre. Il se penche tout près du *referent* et lui murmure quelque chose à l'oreille. Bruno se calme, sourit et ordonne à Helena de sortir.

— On se reverra, lui dit-il d'un ton menaçant. D'ici là je te conseille de réfléchir.

Helena se retrouve dans le corridor et se dépêche de partir. Elle court dans la rue pour rejoindre plus vite ses camarades, retrouver la classe, s'excuser de son retard, inventer un gros mensonge et l'imposer comme une vérité incontestable.

Resté seul, Bruno se tourne vers le milicien.

— Fais venir la bonne femme avec ses poulets frais et que je me renseigne s'il n'y a pas moyen de recevoir plus souvent de cadeaux du même genre.

Le milicien sourit et pousse la porte du fond. Magda entre, enveloppée dans son fichu de paysanne, la tête haute, les pieds enfoncés dans des grosses bottes qui, à chaque pas, font beaucoup de bruit. Elle ne marche pas, elle écrase le plancher.

— Alors, ma bonne, la salue Bruno d'un air engageant, c'est gentil de venir nous voir.

— Fais-le sortir, ordonne Magda en montrant le milicien, je veux être seule avec toi.

— Allez, va-t'en dit Bruno. C'est à moi seul qu'on veut parler.

Le milicien disparaît derrière la porte. Magda se précipite, vérifie qu'elle est bien fermée puis s'approche de Bruno autant qu'elle le peut et murmure :

— On a tué des officiers soviétiques à Celestynow et j'ai le témoignage d'un gars, caché en bonne place. Ça t'intéresse ? Avant d'aller te porter de l'essence Bolek et Jurek ont tout raconté et...

Au fur et à mesure que Magda chuchote, le visage de Bruno pâlit. Il sent que ses mains se mettent à trembler, chose qui lui arrive de plus en plus fréquemment. Il saisit le bord de son bureau pour dominer ses crispations qui lui font mal. Non, elle ne ment pas la vieille folle, elle est trop bien informée pour pouvoir inventer.

— Tu viens de Celestynow, donc tu sais qu'il peut t'y arriver un petit accident, siffle-t-il.

— Oh, oui ! acquiesce Magda, en reculant un peu, je le sais. Le feu dans ma grange, des bêtes qui meurent sur commande, des poulets qui disparaissent, le chien qui crève... Je connais tout cela à la perfection. Je peux aussi tomber dans ma chambre et ne plus me relever. On peut aussi décider de me prendre ma terre, parce que mon homme est mort et que c'est à son nom. On peut même forcer mon fils à me dénoncer par rapport à la viande que je ne livre pas comme il se doit aux autorités. Seulement, vois-tu, espèce d'enfant de qui tu sais, Magda a des confidents, des cachettes et des moyens de te poursuivre au-delà de sa propre mort. Si tu es sage, mon Bruno, personne n'en saura rien, mais si tu te crois plus finaud que la vieille Magda, tes patrons vont te faire la peau, et vite ! Les braves gens sont impuissants, mais la charogne sait comment te liquider, toi et cet Igor qui se dit Janek.

Cette fois-ci, c'est Bruno qui se lève et va vérifier les portes, dont singulièrement celle du fond qu'il ouvre brusquement pour constater qu'aucune oreille indiscrète n'est collée de l'autre côté de la cloison.

— Tu ne l'as pas prévenu ? demande-t-il avec effort.

Non, entre la charogne étrangère et locale, je commence par la locale, c'est-à-dire toi.

— Qu'est-ce que tu me veux au juste ?

— Pas grand-chose.

— Mais encore... De la terre ? Tu peux en avoir si tu veux, celle du voisin et aussi la vieille maison des Stanowski, un peu d'argent... Ça te va ?

Non, dit lentement Magda. Tu vas libérer le curé Marianski. Tu vas aussi m'écrire une lettre pour Robert Stanowski et une autre pour sa petite, comme quoi tu es satisfait et que tu ne leur veux plus rien. Un certificat de bon citoyen, comme qui dirait, pour les trois. Tu vas les faire maintenant devant moi, tu vas demander à ton aide de chercher le curé et tu vas nous renvoyer ensemble comme ça, tout bonnement.

— Je ne peux pas...

— Et pourquoi cela ?

— La prison est trop loin, il faudra attendre que la voiture le cherche, ton curé de malheur, et ça va prendre du temps.

— Je peux attendre toute la journée, t'en fais pas.

— Pour que tu racontes au curé comme tu t'es débrouillée... Jamais !

— Je serai muette comme une tombe, parole de Magda, tu peux me croire et tu le sais.

Bruno réfléchit un instant. Le curé Marianski est très malade. Il est à l'infirmerie. Il a une forte fièvre et il délire. Il peut le libérer sous prétexte qu'il ne veut pas d'histoire à Celestynow. De toute façon, après ce qui lui est arrivé, il y a de fortes chances qu'il mourra en arrivant au presbytère ce qui serait préférable que d'avoir son cadavre sur les bras à la prison. En ce qui concerne ce Robert Stanowski et sa fille, tant pis pour la vieille sorcière de Razowa. Elle en dénoncera d'autres et on lui dira que ces deux-là... Non, il n'est pas nécessaire de discuter avec les informateurs de chaque cas. Ce n'est pas de leurs affaires ce qui arrive aux gens qu'ils signalent. En somme, il peut tout arranger sans casse.

— Que veux-tu de plus, la lune ?

— Non, juste les étoiles, mais dans l'heure.

Magda est assise maintenant sur la chaise, les jambes allongées, les bras croisés sur sa poitrine. Elle n'a pas peur et il est évident que rien, ni personne ne pourra la faire bouger tant que Bruno ne s'exécutera pas.

— C'est bon, tu gagnes, dit Bruno en prenant un morceau de papier dans son tiroir et en commençant à écrire.

Entre eux, il n'y a plus que le bruit de la plume qui crisse sur le papier. Bruno remplit deux formulaires, vérifie l'orthographe des noms et des prénoms, signe, puis relève la tête.

— Va-t'en, Magda. Ton curé sera au presbytère ce soir et s'il crève ça sera de ta faute. Il a une pneumonie, je crois, et le transporter c'est l'achever. T'auras sa mort sur la conscience. Ça ne te fait rien ?

— Rien du tout. S'il meurt, monsieur le curé, il ira tout droit au paradis. Il y sera heureux. Ce n'est pas comme toi. Toi, tu n'as qu'à ne pas te faire tuer, parce que tu iras en enfer pour y rester jusqu'à la fin des temps. Maintenant écoute-moi bien, mon jeune, si le curé Marianski n'est pas arrivé au presbytère avant la tombée de la nuit, je rencontre ce soir ton Igor et...

Bruno lui fait signe de se taire et sonne.

— Portez ces deux enveloppes immédiatement et ce n'est pas la peine d'y aller à trois en voiture. Un seul homme à pied, mais tout de suite.

Le détective qui prend les papiers jette un regard empreint de curiosité à Bruno, puis à Magda.

— Dépêche-toi, ordonne sèchement Bruno, puis il décroche le téléphone.

— Allô ! c'est l'infirmerie ? Vous avez toujours un dénommé Tadeusz Marianski ? Bon. Renvoyez-le chez lui immédiatement. Quoi... il fait de la fièvre ? Justement. Raison de plus. Je veux qu'il soit à Celestynow avant la tombée de la nuit. Comment vous allez trouver un moyen de transport ? Ce n'est pas mon problème. Mobilisez les pompiers, ou Dieu le Père. Oui, c'est ça...

Bruno raccroche et regarde Magda. Au fait, il commence à éprouver pour la femme qui lui fait face une certaine admiration.

— T'es pas riche, lui dit-il. T'aurais pu mieux vendre ce que tu sais. Pourquoi tiens-tu tant à ces imbéciles ?

— C'est pas ton affaire, mais la mienne, constate Magda en se levant prestement. Et puis sois tranquille. Magda n'a trompé personne de toute sa vie et ce n'est pas maintenant qu'elle va commencer. Tu peux dormir sur tes deux oreilles. Un conseil quand même. Si tu veux pas cuire dans le goudron de toute ton éternité, tâche de ne pas torturer les braves gens que tu fais venir dans ton bureau. T'as pas intérêt à faire du zèle. Tes patrons vont t'arranger à leur manière tôt ou tard... Allez, je m'en vais maintenant.

Bruno crache par terre, comme pour se protéger du mauvais sort, referme la porte derrière Magda puis contemple en silence ses mains qui tremblent de plus en plus...

* * *

— Allez, hue !...

Hissée sur le haut siège, Magda encourage son

105

cheval à avancer plus vite. Andrzej assis à côté d'elle ne pose pas de questions. Elle était venue le chercher à l'hôpital et lui avait dit qu'il fallait qu'il la suive. Andrzej avait ramassé ses instruments, rangé sa trousse et était sorti par la porte de derrière pour éviter d'avoir à donner des explications à l'infirmière. Il avait juste griffonné un mot pour l'aviser qu'il avait eu un malaise. C'est bien la première fois que cela lui arrivait et ils seraient tous étonnés, mais enfin il avait droit d'être malade comme le plus humble des malades du dispensaire. La maladie ne choisit pas en principe ses victimes entre les médecins et les autres...

Andrzej est content de ce voyage imprévu à Celestynow et de cette complicité avec Magda. Cela lui rappelle le maquis et la guerre. Il a envie aussi de se confier, car il réalise qu'elle comprendra sans doute mieux sa situation que Robert ou Irena.

— J'ai des ennuis, commence-t-il en remontant le col de sa veste pour se protéger du froid qui lui pique le visage. Il est question, paraît-il, d'enlever le droit de pratique à tous les médecins d'origine juive. Te rends-tu compte Magda ? C'est pour ça que tu m'as caché pendant la guerre, c'est pour ça que j'ai pratiqué pendant des années des opérations, en tremblant de foutre la gangrène aux malheureux. Te souviens-tu de ce jeune à qui j'ai enlevé sur la table de ta cuisine la balle qu'il avait reçue dans la cuisse ? On a désinfecté avec du *Bimber* de ta fabrication et j'ai passé trois jours à me demander du matin au soir s'il faudrait l'amputer ou pas. Dieu a été généreux pour lui et pour nous. Il s'en est sorti comme un champion.

— Qui vous a appris qu'on va empêcher les docteurs de pratiquer ?

— Un collègue que j'aime bien. C'est un homme sûr. Il déplore la chose, mais il semble que le règlement soit sur le point d'être voté par le Parti.

— Qu'allez-vous faire ?

— Protester, bien sûr. Que veux-tu que je fasse d'autre ? Le collègue en question me conseille de ne pas attendre et de me porter volontaire pour travailler sur les « terres reconquises ». On manque de médecins là-bas et, selon lui, on m'y laissera tranquille.

— Oh ! vous savez, on sait ce qu'on a et pas ce qu'on va avoir. On manque de médecins partout. À votre place je n'irais pas. Vous n'avez qu'à déclarer que c'est faux, que vous n'êtes pas d'origine juive, que c'est de la médisance et que vous pouvez produire des témoins pour le prouver.

— Où est-ce que je vais les trouver ces témoins ?

— À Celestynow. Je vous promets que le chef de milice lui-même va s'empresser de déclarer que vous n'êtes pas juif. Comptez sur moi.

— Ce n'est pas une mauvaise idée, constate Andrzej pensif, mais elle me répugne.

— Faut ce qu'il faut, conclut sentencieusement Magda. C'est ça la vie chez nous. Dire la vérité n'est pas donné à tous, c'est même comme qui dirait du luxe.

La carriole roule sur le chemin inégal. À droite, c'est le sous-bois, avec de temps en temps de jolies villas blotties parmi les arbres. À gauche, des gros tas de neige séparent la route de la voie surélevée du chemin de fer.

— Elle va bien, ma jument, constate avec satisfaction Magda. C'est déjà Otwock. Avec vous, on ne sent pas passer le temps. On va arriver pour sûr avant la tombée de la nuit.

— Eh, oui ! acquiesce Andrzej. Elle a beau être âgée, elle est bien vaillante. Te souviens-tu combien de fois nous avons fait ce chemin-là ensemble avec des caisses de grenades cachées sous la paille... C'était le bon temps... Sais-tu, on m'aurait dit à l'époque que nous allions tous les deux évoquer la guerre de cette façon un peu nostalgique, j'aurais éclaté de rire. Comme tu vois, tout est possible... Les « terres reconquises »...

— Non, décide soudain Magda. N'allez pas là-bas. Ce n'est pas à nous et cela ne le sera jamais. On a eu ces terres en échange des nôtres. Ils ont pris Lvov et ils ont donné ce qui n'était pas à eux, mais aux Allemands. Ce n'est que justice après toutes ces années de misère qu'on nous accorde quelque chose, mais moi je n'ai pas confiance. Les gens qui vont s'y établir sont bien contents, paraît-il, de trouver de belles maisons propres, mais ils y vivent comme qui dirait « en attendant ».

C'est pas pour toujours, pas pour de bon, c'est juste en attendant...

– En attendant quoi ?

– Je ne sais pas trop. En partant, l'armée des « camarades » a volé, pillé et emporté le butin ; c'est vous dire qu'il n'y est pas resté grand-chose. Juste la terre et les maisons vides.

– C'est déjà pas mal, constate lentement Andrzej.

Les voici à Otwock. Ils passent devant la gare.

– Tu vas me dire, maintenant, le nom de ce malade si précieux.

Magda regarde Andrzej en souriant.

– Ma foi non, je ne vous dirai rien. C'est comme autrefois. Il ne faut pas qu'on sache à l'avance pour ne rien avoir à avouer quand on se fait arrêter.

– Je suis patient, mais toi tu es aussi têtue qu'autrefois... Les « terres reconquises » sont à nous, Magda, contrairement à ce que tu penses. Les années vont passer, les gens changeront, une existence s'organisera. Ce n'est pas cela le problème. C'est que je n'en peux plus. Je suis fatigué, Magda. Vois-tu, je suis polonais et médecin et ce sont là les deux réalités auxquelles je tiens le plus au monde. Mais constamment il y a quelqu'un pour me dire que ce n'est pas vrai, que je suis juif, ce qui n'a pas de signification pour moi, mais uniquement pour l'autre ; celui qui me parle et qui m'accuse. Je voudrais être juif, Magda, partir pour Israël et me battre pour leur réalité, mais je ne peux pas. Comprends-tu cela ?

– Non, constate Magda. Pour moi, vous êtes le docteur Andrzej. Le Juif, c'est le tavernier qui avant la guerre faisait boire chez lui mon homme. Il est mort de vieillesse et la taverne est gérée maintenant par un couple venu on ne sait trop d'où. Ils sont amis avec la milice et écoutent les conversations aux tables. Ce sont des sales mouchards.

– Tu vois. Tu ne dis pas « sales catholiques de mouchards », mais tu disais sans doute autrefois « sale Juif de tavernier ».

Elle ne répond pas et le silence s'établit entre eux. La route encastrée dans les bois est parallèle à la voie

108

du chemin de fer, mais on a l'impression d'être très loin de Varsovie, dans un univers à part, champêtre et immuable.

Les guerres et les révolutions passent, mais la campagne polonaise demeure ce qu'elle a toujours été, pense Andrzej. Comme sa mère et sa grand-mère, Magda travaille la terre, élève les enfants et va à l'église le dimanche. La taverne appartient désormais à l'État, le poste de police local est devenu celui de la milice, on fait des réunions du Parti dans la salle de l'école et tout cela n'a pas plus d'importance que le souffle du vent qui brouille, par une belle journée d'été, la surface d'un lac. Ce n'est qu'un infime moment dans l'éternité de ce peuple, tandis que les Juifs, eux, n'ont que les cimetières. Le Ghetto de Varsovie. Des morts. Rien que des morts... Et moi, j'aime ce pays et je ne pourrais jamais vivre ailleurs. Ils ont beau me rejeter comme un paria, comme un être d'ailleurs, j'y suis attaché comme un chien. C'est humiliant, c'est pénible, c'est absurde, mais je vais continuer à m'accrocher, malgré moi, malgré tout ce qu'ils ont fait subir autrefois, avant la guerre, aux miens. Cela ne sert à rien de se débattre, c'est ainsi. Et puis, il suffit que quelqu'un me témoigne de l'amitié, qu'il m'accepte comme faisant partie de ce peuple, qu'il me traite d'égal à égal, pour que je devienne à l'instar d'un enfant d'une confiance absolue. Irena, Robert, Magda, peu importe d'où ils viennent et qui ils sont. Je leur suis reconnaissant de leur amitié et je perds toute faculté de jugement. C'est fou ce que je suis en train de faire en ce moment, mais j'éprouve tant de plaisir à être désiré, demandé et indispensable que je suis prêt à aller en enfer sans même me demander pourquoi et au nom de quelle logique...

Magda avait bien calculé ; ils arrivent à Celestynow à la tombée du soir. Le cheval s'arrête devant le presbytère, comme s'il connaissait leur destination.

– On ne va pas chez toi ? s'étonne Andrzej.

– Non, plus tard, répond Magda qui semble inquiète.

Forcément, elle a beau garder son calme, mais en fait elle a peur. Bruno tiendra-t-il parole ? Ils entrent au presbytère. C'est sombre et sinistre. Ils se taisent, gênés, comme doivent l'être des voleurs qui pénètrent dans une maison inconnue.

Dieu tout-puissant fais qu'il arrive, le curé, et qu'on le sauve, prie Magda. Fais que dimanche prochain il dise une messe dans cette église vide. Mon Dieu !...

Dehors, c'est la nuit. Andrzej, couché sur le lit du curé Marianski, dort. Magda, assise près de la fenêtre récite le chapelet jusqu'à ce que ses yeux se ferment et qu'elle perde la notion du réel, la tête appuyée sur la table, les deux bras allongés sur le bois clair. Il est plus de minuit quand une voiture s'arrête devant la grille, les lumières des phares balayent les fenêtres, puis le moteur se remet à tourner et l'auto repart. Magda se réveille en sursaut, court à la porte et sort dans le jardin, à peine consciente de ce qu'elle fait, poussée par le sentiment que c'est ce qu'on attend d'elle. Dans le petit jardin, elle bute sur un corps. Tadeusz Marianski est là, couché dans la neige et la boue...

* * *

C'est dimanche. À l'église de Celestynow, muette depuis plusieurs semaines, les cloches sonnent à nouveau. C'est la grand-messe de midi. De toutes parts les gens arrivent. Ils viennent de Celestynow et des campagnes voisines. Ils ont fait plusieurs kilomètres à pied, comme tous les dimanches, mais cette fois-ci ils ont emmené non seulement leurs enfants, mais aussi les bébés. Car c'est une grande fête et il convient que tout le monde soit présent. Pour recevoir dignement, les gens de Celestynow ont nettoyé la route. Dès le matin, des hommes ont agité des gros balais faits de branches liées ensemble, avec lesquels on chasse l'eau des ornières et on élimine les grosses flaques. Puis ils ont jeté du sable pour assécher la boue devant l'église. Pendant ce temps-là, les femmes ont décoré l'autel avec du sapin, car ce n'est pas la saison des fleurs, et elles ont ciré le plancher de l'église pour le faire briller comme un sou neuf. Mais, quand enfin le curé Marianski a commencé à célébrer la messe, la foule était telle qu'on a dû laisser ouvertes les grandes portes pour que les gens restés dehors, faute de place, puissent l'entendre. Agenouillés sur les marches extérieures et jusqu'au bord de la route, qui sert aussi de rue principale, certains échangent des sourires complices. Ils ne se sont pas consultés, ils ne se sont pas parlés, ils n'ont pas fait de réunions, mais la nouvelle s'est répandue comme d'habitude, de bouche à oreille. On sait tout au pays. On n'a pas besoin de journaux pour cela. Le curé, leur curé, a été arrêté, battu, mais il n'a pas cédé. Il est comme eux : dur, résistant et vaillant. C'est Magda qui a amené le docteur de Varsovie, cet Andrzej Rybicki, pour qu'il soigne le curé au presbytère et, comme c'est un homme qui connaît son métier, le curé Marianski est complètement remis. C'est en somme une belle histoire à raconter pendant les longues soirées d'hiver.

Ce qui amuse les gens, c'est que, tout près de la grande porte, il y a Jozef, le chef de la milice locale. De toute évidence, il n'est pas venu pour prier, mais pour être vu. Forcément, pour vivre au village, il doit faire comme les autres. Il a beau avoir le pouvoir, le revolver à la ceinture et tout et tout, il n'en reste pas moins que ses propres hommes ne comprendraient pas qu'il ose se conduire autrement. Tous les miliciens sont là d'ailleurs, avec leurs femmes. Ce soir peut-être, ils vont avoir à arrêter quelqu'un, ou à battre un homme sans savoir pourquoi, mais pour le moment, c'est la trêve du dimanche, c'est la messe, c'est le curé qui est de retour.

Tout au fond de l'église, devant l'autel, Tadeusz Marianski, ému, parle d'une voix forte pour qu'on puisse l'entendre dans les bancs éloignés. Tant pis pour ceux qui sont restés sur le parvis, les autres leur répéteront.

— Je n'ai pas déserté, dit-il. J'ai été éloigné et avec l'aide de Dieu je suis revenu. Merci pour tout ce que vous avez fait pour moi. Je vous promets que jamais plus l'église de Celestynow ne restera silencieuse. La prochaine fois, il y aura un curé qui me remplacera.

Un léger murmure monte de la foule vers l'autel, puis tout se calme. C'est la messe, et le chant du chœur se confond avec celui des fidèles. Après la communion, qui dure longtemps parce qu'il y a beaucoup de monde, on entonne le vieil hymne à la gloire de Dieu et du Pays.

« Ô toi, Dieu qui depuis tant de siècles protèges la Pologne... »

Vers la fin de ce chant il y a un passage, où juste

deux mots clés ont été changés depuis 1945. Au lieu de chanter, comme l'impose le Parti, « daigne nous conserver la liberté de notre patrie », les fidèles chantent « daigne nous rendre la liberté de notre patrie », comme pendant la guerre ou encore comme autrefois, à l'époque des partages de la Pologne entre les Prussiens, les Russes et les Autrichiens.

Il faudra que je le mette dans mon rapport, pense Jozef, mais il chante avec les autres, comme les autres, car cela lui procure de la satisfaction et un sentiment de revanche sur ce Janek auquel il est obligé d'obéir en rapportant régulièrement tout ce qui se passe au presbytère.

4

Les bâtisseurs

Irena se regarde dans le petit miroir du cabinet de toilette.

— Tu n'as pas changé, lui murmure la voix de Robert. Tu es toujours aussi belle.

Depuis qu'il est revenu, depuis qu'il est là, Irena n'a plus peur de son miroir. Au contraire, elle éprouve même un certain plaisir à contempler son reflet. Et puis son existence est si pleine, si occupée, qu'elle a cessé de vieillir. Certes elle ne sera jamais une grande pianiste de concert, comme elle l'aurait voulu autrefois, quand, jeune fille encore, elle suivait des cours au Conservatoire, au grand scandale de certaines amies de sa mère. Ces dames estimaient qu'une jeune fille se doit de rester à la maison et d'attendre un mari, tandis qu'Irena étudiait, donnait des concerts et avait même été invitée à jouer en France, à Lille.

Ce fut une expédition épique, où l'avait accompagnée une vieille tante, puisqu'il n'aurait pas été décent de la laisser partir toute seule. Irena avait alors dix-neuf ans, mais elle se souvient mieux de ce voyage que de certains événements récents. Ah ! elle a bien de la chance, Helena, sa fille, de pouvoir aller et venir comme bon lui semble. Quel dommage qu'au lieu de pratiquer son piano, elle préfère danser des *Kujawiak** dans les fêtes commémoratives et écrire de mauvais poèmes sur le grand rôle du Parti, dispensateur de tous les bienfaits. Le dernier, un hommage au chef de l'État, Bierut, a rendu Robert furieux. Il a voulu le déchirer, mais Irena ne l'a pas permis.

Cela se sait à l'école qu'Helena a été convoquée chez le *referent* et, pour regagner sa popularité, la petite est prête à faire n'importe quoi. Certes, ce n'est pas très noble, mais elle est si jeune encore et a tant de mal à comprendre...

Irena soupire. Ce qui est le plus désolant, c'est l'indifférence, teintée d'animosité, qu'Helena voue à Inka. Pourtant la petite est si jolie, si sage et si gaie ! Irena attend le prochain dimanche comme un cadeau du sort. Ils vont aller avec Robert à Celestynow. Elle aura les petits bras potelés d'Inka autour de son cou et pourra la manger de baisers. C'est vraiment sa fille et, au fur et à mesure que le temps passe, elle lui est bien plus proche qu'Helena, qu'elle ne comprend pas et en présence de qui elle se sent souvent gênée.

Pas plus tard que la semaine dernière, Irena a donné un concert au profit des vétérans. Ce fut merveilleux de se retrouver ainsi en robe longue sur la scène, avec le trou noir de la salle à ses pieds.

— Pourquoi ne veux-tu pas jouer à la fête du Parti ? lui avait demandé Helena le lendemain. Tu joues si bien !

L'admiration naïve de sa fille l'avait touchée, mais elle avait jugé sa question stupide.

— J'aime la musique, avait-elle murmuré, mais je ne veux pas la mêler à la politique. Ça serait mal.

Helena n'a pas réagi, mais son mutisme était déjà une sorte de condamnation. Tout cela est très compliqué, pense Irena, et Robert ne veut pas que j'accepte certaines propositions, très flatteuses par ailleurs, mais cela finira mal. Le directeur de l'école d'Helena, ce

---

* Danses folkloriques de la région de Kujawy.

Zygmunt Wolkonski, dont Andrzej dit que les Soviétiques l'ont amené dans leurs bagages pour mieux enseigner aux petits Polonais le « catéchisme marxiste », l'a déjà convoquée à deux reprises. Il a été gentil, charmeur et empressé. Il voulait qu'elle s'occupe d'organiser certaines manifestations culturelles données en l'honneur des étudiants soviétiques invités pour le mois de mai. Irena a refusé, avec une pointe de regret, en prétextant qu'elle ne pouvait pas laisser seul son mari invalide.

Elle sait trop bien que Robert ne lui aurait jamais pardonné ce qu'il appelle de la « prostitution » et elle tient par-dessus tout à Robert... Pour le reste, cela lui est en fait indifférent. Communisme, capitalisme, l'emprise soviétique... Tant qu'on les laisse en paix, tant que Magda parvient à les approvisionner, tant qu'Helena apporte de bonnes notes et qu'Inka n'est pas malade, tout va bien. Certes, ses chaussures prennent l'eau et elle cherche en vain à en acheter une autre paire. Certes, elle s'épuise à remonter les mailles de son unique paire de bas qui filent comme à plaisir, mais ce ne sont là que des détails. Cela énerve les hommes, mais pas elle qui est prête à se contenter de ce qu'elle a. Andrzej et Robert crient à qui mieux mieux qu'il est inconcevable que, cinq ans après la guerre, on ne puisse toujours pas trouver dans les magasins ce dont on a besoin et qu'on continue d'acheter au marché noir le savon de toilette, mais Irena s'en moque bien. Magda fait du savon qui est fort agréable à l'usage.

— Cela ne te fait rien que Mikolajczyk ait été obligé de s'enfuir, qu'on nous ait organisé des élections qui ne sont qu'une parodie de la démocratie, que les gens se fassent arrêter et pourrissent en prison, que les communistes fassent tout ce qu'ils veulent et que nous soyons tous à la merci de l'arbitraire ?

Indigné, Robert s'étouffe tandis qu'elle se permet de l'embrasser pour le calmer. Car, que le président Bierut soit un agent à la solde des Soviétiques, comme on le prétend, et que Jozef Cyrankiewicz succède comme premier ministre à Osobka Morawski, cela a certainement moins d'importance que la présence de Robert à la maison et le fait qu'il parvienne à marcher avec sa prothèse.

– Il va nous évangéliser, ce Jakob Berman, se fâche Andrzej. C'est l'éminence grise du régime, l'homme de Moscou. Il contrôle la censure et décide de ce que nous avons le droit de savoir et de penser. Nous sommes en train de devenir un peuple d'esclaves. Nos enfants sont manipulés. Les gens, les pauvres gens, ne parlent que de nourriture, de logement et de moyens de se procurer du charbon.

Andrzej a raison sans doute, mais Irena est heureuse quand même, tellement plus heureuse que pendant les sombres années de la guerre, et c'est déjà une raison suffisante pour essayer d'oublier le reste.

Je ne suis pas brillante, se dit Irena, mais je préfère avoir froid et vivre dans une seule pièce que de risquer en plus d'être torturée par la Gestapo. Certes le jour où Robert a été obligé de se rapporter à la milice, elle a regretté de ne pas avoir de relations et de ne connaître personne parmi les gens du Parti et du pouvoir. Mais, désormais, elle préfère ne plus y penser. Dimanche, elle tiendra Inka dans ses bras et elle lui sourira selon son habitude. Ah ! si seulement Helena pouvait être plus ouverte, plus spontanée, mais hélas ! sa fille lui échappe. Elle est si jeune et pourtant elle semble avoir une volonté de fer. Depuis son retour, depuis sa maladie, Irena essaie de la faire parler. Helena ne raconte rien ; ni le passé, ni le présent. A-t-elle pu oublier ce moment atroce où elle a été violée par des soldats ivres ? Comment a-t-elle fait pour effacer complètement sa grossesse, son accouchement et même jusqu'à l'existence de son bébé ? Est-elle amoureuse de ce Kazimierz Skola, ou est-ce uniquement un camarade parmi bien d'autres ?

Irena fouille dans l'armoire, y trouve un morceau de pain sec, le grignote et se met à préparer le dîner. Il y a encore deux carottes, trois pommes de terre et un morceau de hareng. Un vrai festin ! Il lui suffira de mettre tout cela sur la table pour que Robert lui annonce avec un regard admiratif qu'elle est une fée !

– Bonjour, je suis en avance, crie Helena en entrant et j'ai apporté quelque chose.

Elle extrait de sa serviette un morceau de lard salé et un pain.

116

— Cadeau de Kazimierz, annonce-t-elle avec fierté. C'est ma récompense pour le devoir de polonais que j'ai rédigé pour lui. Une juste rétribution, en somme.

— Il ne faut pas accepter de cadeaux des garçons, proteste Irena, pour la forme, car elle est trop heureuse pour gronder sa fille.

— Ce n'est pas un cadeau, c'est un dû, plaisante Helena. Sans moi Kazik* ne peut pas se débrouiller.

— Tu sais, demain, nous irons à Celestynow et je suis si contente...

Le sourire d'Helena s'efface.

— Ah ! dit-elle, vous irez avec papa, moi je suis occupée.

— Tu ne peux quand même pas rester seule ici...

— Oh ! je vais être à l'école et je rentrerai tard puisque nous avons bien des choses à préparer pour la décoration des classes.

— Tu n'as pas envie de voir ta petite sœur ?

Helena vient de se rendre compte que, pour la première fois, sa mère a affirmé à voix haute qu'Inka est sa fille et cela sans nécessité aucune. Elle l'avait dit au moment du baptême, comme de bien entendu, mais il s'agissait alors de cacher la vérité aux autres. En cet instant, ce n'est plus un mensonge, c'est un cri du cœur.

— Ma petite sœur, répète lentement Helena, se passera fort bien de ma présence. Pour le moment j'ai à faire ailleurs.

Robert et Andrzej arrivent ensemble peu après. Ils ont des mines réjouies. On vient de remettre une maison en état. Ils ont fêté l'événement avec les équipes de bénévoles qui y ont travaillé et la famille qui a pu emménager au deuxième étage.

— J'ai une bonne nouvelle, annonce Andrzej, je vais demain à Cracovie et je peux emmener avec moi une certaine jeune personne nommée Helena. Imaginez-vous qu'on va avoir la camionnette de l'hôpital parce que je dois voir des malades là-bas. Il semble qu'on compte

---

* Kazik, diminutif de Kazimierz, généralement utilisé entre amis.

sur ma science pour les examiner. Tu viens avec moi Helena ?

— Oh, oui ! mais...

— Mais quoi ?

— J'ai promis à Kazik...

Andrzej ne lui laisse pas le temps de terminer sa phrase.

— Adjugé, déclare-t-il en riant. Il y aura une place pour lui à condition qu'il sache tenir sa langue. Remarque, j'ignore jusqu'à la nature de la maladie de ces personnes, mais ça peut être une affaire grave, un danger de contagion, je ne sais trop... C'est un peu comme le dernier coup de Magda. Quand je suis parti avec elle à Celestynow, jusqu'à la dernière minute elle n'a pas voulu me dire qu'il s'agissait de soigner le curé Marianski.

Irena n'intervient pas dans la conversation. Elle met la table, silencieuse et efficace, tout en surveillant les pommes de terre qui cuisent sur le petit réchaud de fortune.

Robert s'installe dans l'unique fauteuil et annonce à la ronde :

— Attention, attention, nous avons un nouveau maréchal. Décidément, les Soviétiques sont seigneurs et maîtres chez nous. Le pauvre maréchal Pilsudski doit se retourner dans sa tombe. Désormais notre ministre de la Guerre, maréchal et membre important du Bureau politique, se nomme Rokossowski.

— Il est né à Varsovie, objecte timidement Helena.

— Oui, mais élevé, nourri et formé dans l'Armée rouge. Ils ne se gênent plus ma parole, ni pour arrêter, ni pour emprisonner, ni pour nommer !

— Nous devons nous protéger contre les forces réactionnaires des pays capitalistes qui nous ont laissés à la merci des fascistes en 1939, récite Helena.

Un éclair passe dans les yeux d'Andrzej. Quelque chose qui ressemble à de la crainte. Elle est fanatisée, la petite, pense-t-il et il vaut mieux faire attention. Un jour elle va nous dénoncer tous à son cher directeur. La visite à la milice ne lui a rien appris. Bien au contraire, c'est à croire qu'elle nous prend pour une bande de traîtres à la patrie qui risquent de lui compliquer la vie à l'école.

— C'est grâce à Staline que nous avons pu retrouver nos frontières jusqu'à l'Oder et la Neisse, continue Helena, et nous devons manifester notre reconnaissance à nos amis soviétiques.

Dans la pièce, il y a un long silence puis Andrzej se met à parler très vite de leur voyage à Cracovie. Pendant toute la soirée, Robert et Irena se taisent, mais quand Helena les embrasse et s'en va se coucher dans la pièce à côté, Robert explose.

— C'est merveilleux !... Me voilà en train de me méfier de ma propre fille. Il n'y a pas à dire, c'est une réussite que ce régime qu'on nous impose. En 1946, ils ont nationalisé les usines, ils ont fait la réforme agraire et ils ont commencé à organiser des kolkhoses. On arrête qui on veut et comme on veut, on torture des prêtres et des religieuses, mais tout cela ne suffit pas. Ils sont en train de nous prendre nos enfants...

Chut ! tais-toi, murmure Andrzej. La petite ne peut pas faire autrement. Si elle se met à penser comme toi, elle ne sera jamais admise à l'université. Est-ce que c'est cela que tu veux ? Laisse-la passer son baccalauréat en paix, on verra bien ensuite. Ne crois-tu pas qu'elle a assez souffert et qu'elle mérite un peu de bon temps ? Aurais-tu préféré qu'elle s'installe avec Inka sur ses genoux pour mieux pleurer sa jeunesse perdue ? Elle est communiste et c'est tant mieux. Cela lui rend la vie plus facile. Pour nous c'est trop tard. Nous sommes des individualistes impénitents et toute forme de collectivisme nous sera toujours suspecte. Ajoute à cela que nous avons vécu avant la guerre et profité de certains avantages que nous donnait notre statut de professionnels. Un ingénieur et un médecin cela gagnait pas mal d'argent.

— Oh ! laisse, Andrzej, l'interrompt Robert. Je suis fatigué et je veux me coucher. Merci de l'emmener à Cracovie, mais méfie-toi de ce Kazik. C'est un monde à part que nous comprenons mal. Son père et sa mère se soûlent tous les samedis soirs à ne plus voir clair. C'est cela la glorieuse classe ouvrière qui a désormais tous les droits.

– À qui la faute ? C'est nous qui les avons ignorés. C'est nous qui n'avons pas su leur donner à temps l'éducation dont ils avaient besoin. Alors rien d'étonnant que l'histoire se venge. C'est la justice immanente.

– Tralala ! comme par hasard, l'histoire ne se venge qu'à Varsovie. À Paris, à Londres et ailleurs on continue comme si rien n'était. Là-bas ils ont l'aide américaine et des villes qui tiennent debout. Ici nous n'avons que les ruines à reconstruire et un nouvel occupant pour nous apprendre à obéir...

* * *

– Mon Dieu ! que notre pays est beau, soupire avec ravissement Helena.

Assise à côté du chauffeur, elle regarde de tous ses yeux. Derrière elle, l'oncle Andrzej et Kazik sommeillent. Helena voudrait bien parler un peu avec le chauffeur, mais il est plutôt désagréable et répond par des monosyllabes, sans tourner la tête vers elle comme s'il voulait oublier sa présence et ne s'occuper que de la conduite.

Les parents ont tort, pense Helena. Ils gâchent tout avec leur façon de critiquer et de dénigrer. Certes, le curé Marianski a été emprisonné sans raison et Magda n'a pas reçu la part de la terre qu'on lui avait promise, mais ce ne sont que des injustices individuelles. Il y a tant à faire, tant à reconstruire, à réparer, à corriger et à transformer, qu'il est normal qu'on commette parfois des erreurs. L'essentiel c'est de travailler à la construction d'une Pologne nouvelle. Cet été, elle ira aider à installer l'électricité dans deux villages. Cela sera certainement une expérience merveilleuse. C'est une initiative de « Wici », organisation des jeunes faite pour des jeunes et par des jeunes. Les parents ne seront pas contents, mais c'est tant pis.

Helena, plongée dans ses réflexions, remarque à peine qu'une pluie fine se met à tomber. La vitre mal ajustée laisse passer un mince filet d'eau. La manche de son pull-over devient humide. Helena recule sur son siège.

– Nous entrons à Cracovie, dit le chauffeur d'une voix enrouée. Réveille les autres.

Helena obéit.

– Où on les laisse ? demande le chauffeur à Andrzej.

– À Wawel, répond Andrzej, sans hésiter. Vous allez vous promener, mes enfants, et quand vous en aurez assez on se retrouvera chez Wierzynek. J'y serai à six heures. Si des fois j'étais en retard, vous n'aurez qu'à manger et à m'attendre.

La camionnette s'arrête. Kazik descend le premier et tend la main à Helena, mais elle le repousse. C'est insensé de s'imaginer que les filles ont besoin des gars pour se débrouiller.

Un signe, un sourire et les voilà seuls dans la rue au pied du château royal de Wawel.

– Je veux aller au centre, déclare Helena, on reviendra ici après s'il nous reste du temps. Ils marchent d'un bon pas jusqu'à la place du marché, jusqu'aux Halles aux draps.

– C'est inouï, s'extasie Helena, une ville où toutes les maisons sont debout. Te rends-tu compte ? Pas de façades criblées de balles, pas de fenêtre bouchées avec des planches, aucun amas de pierres, rien... Une vraie ville, comme dans les livres, des pavés partout, des rues propres...

– Cracovie, ville historique dont les origines remontent à 995 et même avant. Ancienne capitale, Cracovie compte plus de 760 monuments d'une valeur architecturale inestimable. Kazimierz récite tout cela d'un trait. Et toi, espèce de primaire, tu te contentes de constater qu'ici les maisons sont debout, tandis qu'à Varsovie il y a des ruines.

– Oh, Kazik, proteste Helena, tu ne sais pas comme cela me fait du bien de ne plus penser à l'insurrection de Varsovie, de me promener comme ça, avec toi, sans me dire que je devrais aider à la reconstruction au lieu de m'amuser. Ici, pas de remords, pas d'obligations, pas de travail urgent à faire.

Helena danse sur ses pieds, s'arrête devant les étalages, sourit aux gens, s'extasie devant les petites figurines sculptées exposées sur les comptoirs, palpe les nappes multicolores tissées sur les métiers des artisans, essaie un chapeau de montagnard en feutre et rit aux éclats en saisissant une merveilleuse petite poupée en costume de la région de Kujawy dont les longues nattes blondes ressemblent aux siennes.

– Oh ! Kazik, je suis heureuse, heureuse, chante Helena en lui faisant face. Je suis heureuse et j'ai faim !

– J'ai de l'argent, annonce fièrement Kazik. Je peux t'acheter deux bretzels. Viens.

Il la prend par le bras, pour l'obliger à le suivre, mais au même moment ils s'arrêtent tous les deux, saisis. Le long de la petite rue qui débouche sur la place du Marché marchent un groupe de religieuses entourées de miliciens qui pointent en avant leurs carabines. Machinalement, Helena fait le signe de la croix et une des religieuses l'ayant remarqué lui adresse un sourire rassurant.

– Allons, insiste Kazik comme s'il voulait ignorer ce spectacle, il se fait tard.

Des passants qui arrivent à leur hauteur pressent le pas en regardant ailleurs. Helena et Kazik se taisent. Rue Grodzka, la place Dominikanski et la petite porte de l'église des Dominicains ouverte. Helena lâche le bras de Kazik et pénètre à l'intérieur. C'est sa façon de protester contre ce qu'elle vient de voir. L'église est sombre, froide et humide. Helena s'agenouille et Kazik l'imite. Ils restent ainsi un instant, l'un à côté de l'autre puis, soudain, Kazik touche son bras. Elle tourne la tête vers lui. Dans les yeux du garçon il y a quelque chose d'indéfinissable qui la fait rougir.

– Un jour nous allons nous marier, toi et moi, murmure Kazik. Je t'aime Helena.

Helena secoue la tête et des mèches blondes se mettent aussitôt à danser sur son front. C'est stupide, pense-t-elle, ce lourdaud est en train de gâcher notre belle camaraderie. Que lui répondre à présent ? Que je ne l'aime pas ? Non, je ne peux pas faire cela, parce qu'il peut fort bien me dire que je suis une « allumeuse », une de ces mauvaises filles qui provoquent et font rêver les garçons, sans rien leur accorder en échange. Après ce qui vient de se passer entre nous, je vais être obligée de me fâcher et de refuser de le voir. Dommage ; il est bien commode, Kazik, il fait tout ce que je lui demande, transporte les costumes et dessine les affiches à la perfection. Il s'occupe de moi et me protège mieux qu'un chien fidèle sans rien demander en échange. Certes, d'autres sont prêts à faire autant, mais Jurek et Olgierd essaient à chaque occasion de me serrer de près dans un coin sombre et de m'embrasser.

Helena éprouve une profonde répugnance pour ces jeux entre filles et garçons qui plaisent tant à certaines de ses amies. Le contact d'une main d'homme sur la sienne lui rappelle aussitôt une certaine souffrance et, comme une bête piégée, elle éprouve le besoin de fuir au loin. Kazik, lui, est délicat ; il attend son heure.

— Un jour nous allons nous marier, répète-t-il un peu plus fort, et si tu veux ce sera ici, dans cette église.

Helena se redresse, s'éloigne, sort dans la rue et quand Kazik la rejoint, se met à courir. Ils arrivent tout essoufflés chez Wierzynek, où Andrzej les attend déjà. Helena s'approche et aussitôt il se lève, comme il est d'usage, mais avec une aisance et une simplicité qui enlèvent à son geste ce formalisme qui chez d'autres lui paraît risible.

— Alors le mystère est-il éclairci ? demande Helena en riant.

— Eh, oui ! Les personnes sont vraiment malades, mais c'est moins grave qu'on ne le croyait. Il faudra cependant qu'on passe la nuit ici. J'ai administré des médicaments qui doivent faire baisser la fièvre, mais il me faut les examiner à nouveau demain matin.

— Bravo, crie Helena, on reste à Cracovie.

— Heureuse, demande Andrzej ?

Il y a de la tendresse dans ses yeux, mais aussi quelque chose d'autre.

— Cela t'embellit d'être contente, constate-t-il en lui prenant la main. Je voudrais toujours te voir comme cela.

Le tonton Andrzej n'est plus du tout tonton, mais un homme encore jeune, qui n'est pas déplaisant à regarder, bien au contraire. Helena n'a pas remarqué jusqu'à présent les petites rides qui se creusent autour de ses yeux quand il sourit, ni l'effet séduisant de ses tempes légèrement argentées, ni l'aspect félin des mouvements de son corps long, mince et souple. Et puis, Andrzej sait commander. Le vieux serveur vêtu d'une veste noire, brillante d'usure, s'occupe de lui comme d'un client de marque.

Non, hélas ! les plats indiqués sur le menu ne sont pas disponibles, mais il va leur trouver quelque chose. Il suffit qu'on lui fasse confiance et en un tour de main il va préparer un repas royal. Certes on manque de tout, même de beurre, mais il y a toujours moyen de s'arranger pour que les habitués n'en souffrent pas trop. Le vieux serveur jette un regard éloquent du côté de la petite table, où le chauffeur de la camionnette, transformée en ambulance, mange, le visage caché derrière son journal. Andrzej évite de protester. Il a envie de jouer au grand seigneur, au don Juan irrésistible qui est en train de séduire une merveilleuse jeune fille blonde aux grands yeux verts. Surtout ne plus penser, surtout ne pas se poser de questions. La présence de Kazik, grand garçon dégingandé qui ne sait que faire de ses jambes et de ses bras trop longs, le stimule. L'autre est jeune, il appartient à ce présent, à cette réalité trouble, dominée par la peur, la lâcheté, l'héroïsme et l'humiliation. Lui est vieux. Il a plus de cent ans puisqu'il a connu l'avant-guerre, l'invasion allemande, l'occupation, l'insurrection de Varsovie et l'invasion soviétique. Ce n'est pas du champagne qu'ils boivent, mais de la vodka ; peu importe ! Il entoure Helena de prévenances, il établit une sorte de complicité mâle avec Kazik, semblable à un prestidigitateur qui a caché dans ses manches cette denrée unique et si rare, la gaieté et la confiance que le lendemain existe. Vite, un pianiste. Il ne faut pas que là-bas, dans le fond de la pièce, le piano reste muet. Oui, des mazurkas, des valses, c'est cela qu'il veut. Du Chopin s'il vous plaît, et rien que cela. La belle argenterie, des verres en cristal ancien qui renvoient la lumière, la nappe et les serviettes blanches, un luxe d'un monde déjà oublié ou jamais connu...

Kazik, mal à l'aise, avale sa vodka en espérant se mettre ainsi au diapason. Helena, surprise, ravie, joue les coquettes avec toute l'innocence de ses dix-sept ans. Seulement voilà, entre Kazik, lourdaud et bafouillant, et cet homme qu'elle a l'impression de voir pour la première fois de sa vie, il n'y a pas de commune mesure. Le tonton Andrzej vient de se transformer en un charmant compagnon dont le savoir-faire l'éblouit.

Le serviteur s'incline, la serviette sur le bras et Helena se sert délicatement. Ce n'est qu'une pomme de terre à l'eau et un morceau d'une viande trop dure, mais, grâce à l'atmosphère, au sourire de ce médecin assis en face, sûr de lui et charmeur, tout se transforme. C'est le premier grand dîner de sa vie, c'est le premier restaurant où elle pénètre, c'est le premier homme qui lui plaît. L'occupation, la guerre, le retour, l'école, les « académies », tout est oublié, balayé, effacé.

Je l'aime d'amour, pense Helena en avalant sa troisième vodka. C'est merveilleux et insensé. Comme tout ce que Kazik peut dire ou faire paraît pâle à côté ! Comme toute mon agitation, mes préoccupations et mes activités me semblent soudain sans intérêt !

La mazurka de Chopin, le vieux pianiste qui tourne constamment la tête de son côté, comme pour lui rendre hommage. La main d'Andrzej sur la sienne... Le thé est brûlant et le gâteau sec délicieux.

– Dansons, décide Andrzej.

Le vieux pianiste incline la tête , voici un tango. Helena est enlevée de terre, son corps se fait léger dans les bras d'Andrzej, ils ne font plus qu'un à chaque mouvement, à chaque figure, ils évoluent entre les tables, puis il la serre en contournant le piano. Une panne de courant providentielle, la lumière des bougies, le corps chaud qui se fond avec le sien, la peau rugueuse de la joue de l'homme contre sa joue à elle. Helena ferme les yeux. Elle n'a pas peur. Elle voudrait que ce contact dure indéfiniment, elle voudrait qu'il la caresse, qu'il l'embrasse, qu'il l'emporte au loin où ils seraient seuls à danser ainsi jusqu'à la fin des temps.

Je suis capable d'aimer, pense Helena, je suis normale, je suis comme les autres filles. Il suffit qu'un homme sache me plaire, qu'il soit différent et séducteur pour que je puisse cesser d'avoir peur de lui.

– Jalousie, chantonne Andrzej, d'une voix chaude, profonde, qui fait frissonner Helena.

Il sent son trouble, la serre un peu plus fort, puis s'éloigne comme par jeu pour mieux lui faire comprendre à quel point ils ont envie l'un de l'autre, combien leurs corps se cherchent et comme il est évident à l'avance qu'ils ne peuvent que se compléter.

La lumière se rallume. C'est fini. On éteint les bougies. Andrzej, comme dégrisé, demande l'addition. Le pianiste s'approche. Il glisse un billet dans la poche de son veston. Pour Helena ce n'est plus un magicien, mais un vieil homme fatigué et pauvre. Il y a le visage du chauffeur, dur et fermé, le front baissé de Kazik, le sourire encourageant d'Andrzej et ses propres pieds qui refusent de la porter. Helena s'accroche au bras d'Andrzej qu'elle ne lâche qu'au moment de monter dans la camionnette.

Andrzej a retenu trois chambres à l'hôtel Francuski et la sienne est verte.

– Comme tes yeux, murmure Andrzej en lui souhaitant bonne nuit. Comme tes yeux qui sont les plus beaux du monde.

Une fois seule Helena enlève ses vêtements, les lance un peu partout, puis plonge sous l'édredon de duvet. Elle a l'impression de rêver et elle s'endort avec un goût de baiser sur ses lèvres. Elle ne saura jamais si, cette nuit-là, Andrzej l'a vraiment embrassée ou si elle l'a imaginé...

* * *

Dans la chambre à côté, Andrzej, allongé sur le dos, regarde le plafond. Dans un univers de pénurie, de misère et de terreur larvée, l'honnêteté n'est qu'une affaire de manque d'occasion, pense-t-il. Cette fois-ci, je la tiens ma chance, à moi et à nous tous. J'ai enfin un atout dans mes cartes. Tout dépend maintenant comment je vais les jouer. Pour mieux réfléchir, il se remémore les événements.

Tout d'abord il y a eu ce chauffeur, « tête de mort », qui lui a apporté un message. Il fallait qu'il se rende de toute urgence à Cracovie au chevet d'un malade. Le chauffeur qui s'est présenté comme un infirmier expérimenté devait l'accompagner. En échange on lui promettait une généreuse récompense. Andrzej avait refusé tout d'abord, en disant qu'il avait trop de travail, mais vingt minutes plus tard le directeur de son hôpital lui ordonnait de partir au plus vite. Andrzej, surpris, décida de terminer sa journée et de se mettre en route le lendemain matin.

Une fois arrivé à Cracovie, le chauffeur l'avait conduit dans une grande maison grise située un peu en dehors de la ville. Un hôtel particulier, entouré d'un parc privé, qui avait appartenu sans doute, avant la guerre, à une famille noble, ou encore à un riche industriel. Là il a rencontré un homme, un juif, ressemblant étrangement à Jakob Berman, sous-secrétaire d'État du premier ministre, considéré comme l'éminence grise du régime, l'homme fort ayant la haute main sur tous les services de la police secrète et de la censure.

On le dit, dans certains milieux, l'agent soviétique qui tire dans l'ombre toutes les ficelles, mais est-ce vraiment lui ou ai-je été victime d'un mirage, se demande Andrzej ? Je n'ai vu Berman qu'une fois, dans la rue au moment où il sortait du ministère et où un ami m'avait chuchoté son nom. Cet après-midi son malade lui ressemblait... Andrzej l'ausculta avec soin. Cela ressemblait à une indigestion due à un empoisonnement. Andrzej discuta longtemps des symptômes avec son malade, gêné uniquement par le regard narquois du chauffeur qui ne l'avait pas quitté d'une semelle. Quand il sortit de sa trousse le médicament et qu'il s'apprêta à faire une piqûre, le chauffeur s'approcha et examina la seringue.

Un faux mouvement il va me tuer, avait pensé Andrzej.

Une heure après, le malade sembla aller mieux.

— Pourquoi m'avez-vous choisi, moi ? lui avait demandé un peu plus tard Andrzej. Il y a des bons médecins à Cracovie. Et puis, il serait sans doute plus sage de permettre à celui qui vous a déjà traité de continuer.

— Je vous ai choisi parce que vous êtes juif, qu'on dit de vous que vous connaissez votre métier et aussi parce que vous avez pas mal de choses sur la conscience.

Andrzej eut l'impression de recevoir une douche froide.

– Vous vous trompez, répondit-il, je n'ai rien à me reprocher, sauf l'imprudence que j'ai eue de répondre à un appel aussi étrange que le vôtre.

– Voyons donc, soupira l'homme en se redressant un peu sur son lit. Là-bas, sur la table vous allez trouver un dossier. Lisez-le pendant que je me repose et ensuite on va en parler.

Docilement, Andrzej prit le gros document portant son nom sur la couverture et se mit à l'examiner. Il y apprit que lui, Andrzej Rybicki, était accusé d'action subversive, anticommuniste, de haute trahison et d'espionnage. Pendant l'occupation allemande, il était lieutenant dans l'Armée du Pays et il avait donné l'ordre de tirer sur un groupe de partisans de l'Armée du Peuple, formation communiste dirigée par un officier soviétique parachuté près de Lublin. En plus, il communiquait régulièrement à l'époque avec les agents du Gouvernement de Londres et recevait d'eux de l'argent destiné à financer sa formation. En conséquence de quoi, lui, Andrzej Rybicki, était passible de peine de mort, ou d'un emprisonnement à perpétuité et il fallait lui faire un procès public pour que cela serve d'exemple aux autres traîtres à la patrie qui avaient rempli des missions comparables à la sienne.

Surpris au début, au fur et à mesure de la lecture, il sentit un immense écœurement. En somme, lui et ses compagnons avaient risqué pendant quatre ans leur vie pour être accusés maintenant, par leurs propres compatriotes, de trahison et d'intelligence avec l'ennemi.

– Et alors ? lui avait demandé l'homme.

– Oh ! vous savez, rétorqua sèchement Andrzej, je n'ai jamais vu un pareil tas d'ordures. On en parle, on lit dans la presse des comptes rendus des procès publics, c'est vrai. Mais il faut sans doute lire son propre dossier pour comprendre vraiment ce que cela signifie...

– Ordures ou pas, ricana le malade, les prisons sont mal chauffées chez nous et surchargées. Voici ce que j'ai à vous proposer. J'ai des bonnes raisons de croire qu'on veut m'empoisonner. Ils m'ont raté cette fois-ci, mais ils vont recommencer. J'ai besoin de compter sur vous. Dès qu'il m'arrivera quelque chose, le même chauffeur ira vous chercher et il faudra venir tout de suite sans que personne ne sache où vous allez et qui vous soignez. En échange de ce service, je vous offre d'ici deux ou trois ans un passeport et un visa pour Israël.

— Je ne tiens pas à partir, répondit Andrzej d'une voix blanche, et je n'ai jamais refusé de soigner un malade.

— On le sait bien ; même quand il s'agit d'un minable curé relâché de prison, vous allez à Celestynow en charrette.

— Vous êtes bien informé.

— Eh, oui ! c'est mon métier.

Décidément, le médicament fait son effet, pense Andrzej. Il reprend du poil de la bête.

— Réfléchissez bien : vos amis, ces Stanowski, n'ont pas la conscience tranquille eux non plus. Elle a été dans l'Armée du Pays avec vous, tandis que lui est placé sous notre surveillance à cause de ses idées subversives et de ses curieuses évasions du camp des prisonniers de guerre en Allemagne. Je suis en mesure de les faire parler tous les deux et ils vont avouer. Faites-moi confiance. Si vous acceptez de vous occuper de moi, nous fermerons les yeux et, qui sait, peut-être je pourrai obtenir pour vos amis certains avantages...

— Merci à l'avance, avait répondu Andrzej avec un sourire en coin. Pour le moment, vous allez vous reposer et je reviendrai demain. Voici des cachets que vous devez prendre toutes les quatre heures. Je voudrais aussi vous faire une prise de sang.

— Allez-y, le chauffeur va la porter au laboratoire et ira la chercher quand cela sera prêt. Je crois que je ne suis plus à l'article de la mort et que je peux manger un peu ?

— Oui, ce soir, du thé et du pain, s'il y en a. Mais pas trop. Au fait, pourquoi essaie-t-on de vous empoisonner ? Êtes-vous sûr que toute cette histoire n'est pas une invention ?

– On ne peut plus sûr. Le chien qui a mangé les restes de mon assiette a crevé.

– Dans ce cas-là, il faudrait prendre certaines précautions, avait constaté Andrzej en se levant. On s'en parlera demain.

– Ami ? avait demandé l'homme en lui tendant la main.

– Toute personne malade est importante pour moi, répondit évasivement Andrzej. C'est mon métier de soigner et je l'aime. C'est d'ailleurs la seule chose dont je suis sûr et qui ne change pas avec le temps.

Incroyable, pense Andrzej. Si je comprends bien, je peux obtenir de cet individu beaucoup de choses. Grâce à lui, je peux passer en quelque sorte de l'autre côté de la barrière et tout cela sans devenir un salaud. Protéger des gens, sortir de prison quelques copains et même, qui sait, aller un jour vivre ailleurs... Mais est-ce vraiment Jakob Berman ou ai-je eu des hallucinations ?

Andrzej a beau essayer de faire le vide, de ne plus penser, il ne s'endort pas. Le lever du jour lui paraît être une délivrance. Il passe à se poser des questions le reste du temps qui le sépare de l'heure où il a promis de retourner au chevet de son malade, mais il sait déjà qu'il va accepter. Qu'il va saisir à pleines mains le peu de moyens de pression que cette affaire peut lui valoir. Qu'il fera tout ce que cet homme va lui ordonner, non pas pour échapper à la prison, mais pour pouvoir être utile aux autres ; à Robert, à Irena, au curé Marianski et à toutes ces ombres qu'il retrouve constamment sur son chemin, ses copains du maquis.

Certains se cachent, d'autres s'attendent à être arrêtés et condamnés du jour au lendemain, d'autres encore deviennent des informateurs pour sauver leur peau. On dit qu'il y a plus de vingt-cinq mille anciens résistants de l'Armée du Pays dans des cellules communes, sordides, où les condamnés de droit commun se déchaînent contre les « politiques ». C'est le curé Marianski qui a rapporté cette nouvelle qui lui a été transmise à l'infirmerie par une garde-malade.

Et c'est ainsi qu'on traite chez nous des hommes et des femmes fiers qui ont tout sacrifié à la lutte contre l'occupation nazie, pense Andrzej.

Il y a aussi ce petit noyau de durs qui continuent à se cacher dans les forêts. Ils vivent d'expédients et se font décimer par les patrouilles polonaises et soviétiques. Les irréductibles ! Au fait, je devrais les rejoindre et mourir avec eux ; au moins cela aurait un sens, tandis que mon existence au jour le jour n'en a pas.

Des yeux verts, des cheveux blonds, une mèche rebelle, un nez retroussé, Helena... Oui, mais Helena n'a que dix-sept ans et je pourrais être son père...

En pénétrant dans la maison habitée par son étrange malade, Andrzej se dit néanmoins que le monde est quand même beau, puisqu'elle est là, Helena bien vivante et qu'il va la revoir.

L'homme l'attend debout dans un cabinet de travail tapissé de livres. Il a une conduite très étudiée. Cela ressemble à une sorte d'imitation. C'est ainsi que les anciens propriétaires devaient recevoir autrefois leur médecin de famille, mais comme il n'est que de passage et qu'Andrzej n'est qu'un médecin qu'il fait chanter la scène est grotesque.

— Vous allez mieux, constate Andrzej, et l'analyse de sang ne semble indiquer aucune anomalie. Un peu trop de sucre peut-être mais c'est tout. Il faudrait faire attention et ne pas boire de vodka pendant quelques temps...

— Vous êtes un sacré bon médecin, constate l'homme. J'espère que je vais pouvoir compter sur vous à l'avenir ?

— Je n'ai jamais refusé de soigner quelqu'un qui a besoin de moi, répond évasivement Andrzej.

— Vous êtes têtu comme un Polonais au lieu d'être souple comme un Juif, mais bon sang ne peut mentir ironise l'homme. Vous finirez par réaliser où est votre intérêt. Nous allons déjeuner ensemble et causer un peu.

Le chauffeur leur apporte du thé, du pain, du beurre, du jambon et des fromages et cela représente un tel luxe qu'Andrzej ne peut s'empêcher de le relever.

– Oh ! il y a aussi du caviar, du saumon et de la vodka, si vous y tenez. Et du caviar russe qui est le meilleur. Au fait, je vais vous faire préparer un petit paquet.

– Non, merci, proteste Andrzej. Je ne saurai quoi dire à mes amis pour justifier un pareil cadeau.

– Alors, revenons au fait. Comment puis-je éviter de me faire empoisonner à l'avenir ?

– Il n'y a qu'un moyen : faire goûter tout ce que vous allez manger à un être humain ou à une bête. Avec les chiens, le problème ce sont les boissons chaudes. Je vous vois mal demander à un animal domestique de boire votre thé.

– Je connais une très jolie fille qui va s'acquitter de cette tâche, dit l'homme. Elle fera certainement l'affaire. La prochaine fois c'est pour elle que je vous ferai venir. Et n'oubliez pas que vous me devez en échange votre peau.

L'homme se lève ; l'entretien est terminé. Andrzej regagne la cabine de la camionnette.

– Vous devez oublier l'endroit et le malade, lui dit le chauffeur. Il y a une menace dans sa voix. On m'a donné ça pour vous.

Andrzej prend lentement l'enveloppe que le chauffeur a déposée sur ses genoux et l'ouvre. À l'intérieur, il y a plusieurs billets de banque et une petite carte sur laquelle on a indiqué un numéro de téléphone.

– C'est mon numéro, lui dit le chauffeur. C'est là que vous devez vous rapporter quand vous quittez Varsovie. Autant porter cette carte toujours sur vous.

– En somme, on m'enlève ma liberté de m'absenter. Me voilà en résidence surveillée.

Andrzej essaie de demeurer calme et de faire de l'ironie mais il a peur.

– Puis-je savoir au moins comment se nomme mon illustre patient ?

– Vous n'avez qu'à le lui demander la prochaine fois ?

– Je croyais que vous le saviez, camarade, continue Andrzej sur un ton badin. Et reprenez donc cet argent.

Je suis médecin et je suis rémunéré par mon hôpital. D'ailleurs, ce n'est pas moi qui ai sauvé votre patron mais le médecin qui l'a vu avant moi et qui a pratiqué le lavage d'estomac.

– Écoutez-moi bien, camarade, se fâche soudain le chauffeur. Si vous voulez revoir la fille et le gars qui vous accompagnent, si vous voulez rentrer à Varsovie, prenez cet argent et cessez de me provoquer. « Il » ne plaisante pas et moi non plus.

Andrzej se rend bien compte qu'il est inutile d'insister. Comme tout cela est compliqué, étrange et humiliant, pense-t-il. La guerre, le parachutiste blessé ; un pilote polonais de l'armée britannique. On lui avait tout caché au début et il était furieux d'ignorer l'identité de l'homme qu'il avait soigné ; mais par la suite, quand il fut arrêté, il n'eut rien à avouer et cela lui sauva la vie, à lui et aux autres...

Mais on ne lui promettait rien en échange de ses services, on ne le menaçait pas et il n'avait pas de dossier en dehors de celui que la Gestapo avait confectionné. Tandis que maintenant...

De retour à l'hôtel, Andrzej retrouve Helena et Kazik dans le hall. Il y a de l'inquiétude dans les yeux d'Helena comme si elle avait pressenti quelque chose. Alors, pour qu'elle retrouve au plus vite son merveilleux sourire, pour qu'elle puisse profiter du voyage de retour, Andrzej essaie de ne plus penser à rien d'autre. Une heure plus tard, il ne sait plus s'il fait la cour à Helena pour faire enrager Kazik ou s'il s'est pris au jeu au point de ne pas pouvoir réintégrer son rôle de tonton, protecteur naturel de la fille de son meilleur ami...

* * *

Helena a chaud. Des grosses gouttes de sueur coulent sur son front, collent ses cheveux et mouillent son cou. Cela fait plus de deux heures qu'elle lance les bottes de foin sur le camion. Elle s'applique à travailler aussi rapidement qu'elle le peut et plus vite que tous les autres. C'est une course folle contre le temps, où des garçons et des filles essaient de se surpasser comme les athlètes qui avancent vers une ligne d'arrivée où les attendent les applaudissements et les décorations. Mais, au bout de la fatigue, à la frontière extrême de la résistance, Helena ne peut que s'appuyer contre le mur de la grange. C'est terminé. Le camion est chargé. Elle se sent vidée, inutile et étrangement seule.

— Tu es meilleure que les jeunes cultivateurs, lui dit le responsable de l'exploitation rurale où ils travaillent. Mes félicitations, camarade.

Helena esquisse péniblement un sourire et s'en va se laver à la pompe. L'eau froide sur la peau la fait frissonner. Autour d'elle d'autres discutent, rient, ou chantonnent. L'heure du repas approche, la journée est terminée et tout le monde semble de bonne humeur. Tout le monde, sauf Helena. Car, bien qu'elle évite de l'admettre franchement, ce séjour à Zielona Gora pour lequel elle a tant lutté avec son père et sa mère, qui s'opposaient à son départ, est infiniment moins agréable qu'elle l'espérait. Tout d'abord le groupe ne comprend aucun de ses amis. Ils viennent de partout. Il y a des Polonais, mais aussi quelques Tchèques et Hongrois. Ils travaillent dans ce PGR* où ils doivent démontrer que le rendement peut être plus élevé que celui des fermes qui appartiennent aux paysans. Helena prend son rôle au sérieux, mais les autres se moquent d'elle et lui manifestent une sorte d'hostilité à laquelle elle, la fille la plus populaire de sa classe, n'est pas habituée. Alors, sans trop se l'avouer, Helena compte les jours qui la séparent de la fin du mois, de la date de retour à Varsovie. Non, elle ne restera pas pour le Festival de la Chanson soviétique, elle partira avant avec le premier groupe qui retourne.

Sous la tente, il fait chaud et l'air est lourd, chargé d'odeurs de jeunes corps. Helena change sa blouse. Autour d'elle, des filles se contorsionnent drôlement pour cacher leur nudité l'une à l'autre. Elles enlèvent toutes les mêmes blouses pour enfiler les mêmes chemises réglementaires et nouer ensuite les mêmes cravates rouges. D'habitude, cette atmosphère de détente qui précède le repas du soir l'amuse, mais en ce moment elle voudrait être loin, seule dans sa chambre en train de rêvasser sur son lit. Elle pense à Andrzej. À son sourire, à ses grosses mains d'hommes, à ses cheveux bouclés, à cette façon qu'il a de la regarder de haut en bas, tandis

---

* PGR : *Panstwowe Gospodarstwa Rolne* (exploitations rurales d'État).

qu'elle, beaucoup plus petite que lui, est obligée de relever la tête.

— Il est aussi âgé que ton père, lui avait dit Kazik d'une voix rageuse, en la quittant.

Il s'en allait à Wroclaw chez son oncle. Il voulait voir les « terres reconquises » disait-il, mais en fait il fuyait Varsovie et Helena. Il avait obtenu la permission de s'y rendre de même qu'un moyen de transport. Comment a-t-il réussi cela ? Helena préfère ne pas se poser de questions à ce sujet.

Robert et Irena sont à Celestynow chez Magda. Ils doivent gâter Inka et faire des longues promenades dans la forêt, pense Helena, et soudain elle découvre qu'elle aimerait y être avec eux. Surtout si Andrzej y passe ses dimanches...

Depuis leur voyage à Cracovie, il évite d'être seul avec elle et une gêne étrange s'installe entre eux, même quand ils sont avec d'autres. Une gêne qui fait monter du rouge sur les joues d'Helena et qui rend Andrzej plus bavard que de coutume...

Sous le toit de la tente, on crie, on s'interpelle et on se chamaille, mais Helena est incapable de s'intéresser à toutes ces filles. Elle se dépêche, sort la première et va se promener un peu sur la grand-route. Tout à coup, un nuage de poussière lui cache le soleil, puis la voiture s'immobilise tout près et elle est happée par des bras chauds et forts.

— Andrzej, comment se fait-il ?

Helena bafouille dans sa joie de le trouver là, grand, fort, beau et capable de l'emmener loin, vers un univers totalement différent du quotidien. Comment se fait-il que, pendant des années, il n'était pour moi que le tonton Andrzej et que maintenant il est devenu un homme à qui je pense sans arrêt ? se demande Helena.

Comment se fait-il que pendant tant d'années je n'ai pas remarqué à quel point il est séduisant ? Comment est-ce possible que pendant tant d'années il m'a traitée comme une petite fille et que maintenant il semble avoir compris que je peux être pour lui autre chose ?

— Ça va, Helena ?

Andrzej cache son émotion sous une gaieté un peu factice.

– D'où sortez-vous ?

– Comme d'habitude, d'un hôpital et je m'en vais de ce pas chez un malade. Je me suis souvenu en chemin de ton existence et j'ai décidé de faire un crochet pour te voir.

– Emmenez-moi, supplie Helena. C'est pénible ici.

– Tu ne peux pas partir comme ça. On va avoir des ennuis. Allez, viens. Je vais rencontrer le responsable du groupe et on essaiera d'arranger une sortie. Ça te va ?

– Oh, oui !

Le chef de l'équipe est justement en train de discuter dans la cour devant la grange. Andrzej sait être persuasif. Helena n'a qu'à chercher son sac à dos. Elle part avec l'oncle Andrzej pour deux jours et ensuite il la ramène à Varsovie. Oui, cela raccourcira d'une semaine son séjour, mais il a du travail pour elle à l'hôpital. Un travail très urgent. Le chef du groupe est impressionné. Un oncle médecin, un homme qui arrive en voiture, un bon « camarade » utile à la collectivité.

Helena revient en courant. C'est gagné. Il lui suffit de signer un papier, puis de marquer son nom sur un autre formulaire et le tour est joué.

La voiture toussote au moment du départ, puis se met à rouler sur les cahots de la route. Helena a l'impression de flotter.

– Nous irons voir un malade et puis on va manger. Tu n'as pas trop faim ?

Non, Helena peut attendre. Elle peut même attendre toute la vie pourvu qu'il continue à lui sourire.

Il fait déjà sombre quand ils arrivent devant une jolie maison cachée dans la verdure. Andrzej gare sa voiture.

– Ce ne sera pas long, dit-il, attends-moi dans la voiture et ne parle à personne.

Restée seule, Helena s'allonge sur les coussins et ferme les yeux. Comme tout cela est inespéré, confortable, féerique...

— Le docteur Rybicki, se présente Andrzej à la femme qui lui ouvre la porte.

À l'intérieur, c'est une belle maison ancienne qui a dû appartenir à plusieurs générations d'Allemands cossus et industrieux. Du salon proviennent des cris et des éclats de voix en russe et en polonais. Ils sont complètement soûls, pense Andrzej, en espérant que le malade ne l'est pas. On le fait monter au premier et il pénètre dans une chambre pleine de monde. Ici aussi on boit sec et on discute.

— Tu ne crois quand même pas, camarade, que nous allons continuer à nous faire avoir. Le Parti doit défendre nos intérêts. Nous sommes des bons communistes et nous méritons certains avantages. Je veux cette maison...

C'est à peine si on remarque la présence d'Andrzej qui se fraye un passage jusqu'au lit, dépose posément sa trousse sur la petite table et se penche. Le malade a l'air épuisé. Autour d'eux, la fumée est à ce point dense qu'il a du mal à distinguer ses traits, mais en prenant son pouls, il s'aperçoit qu'il est faible et irrégulier. Andrzej se redresse.

— Peut-on demander aux camarades de nous laisser seuls, crie-t-il.

Un murmure, des regards étonnés, des protestations et finalement un homme fait signe aux autres de sortir. Le bruit des pas, quelques remarques acerbes et la foule se déplace dans le corridor. Andrzej referme la porte derrière eux, enjambe les bouteilles vides qui traînent par terre, renverse par mégarde un verre de vodka, laissé sur un tabouret, et finit par s'asseoir près du lit.

— Ma blessure me fait souffrir, dit l'homme. Allez-vous me faire un pansement, camarade ?

Il y a de l'inquiétude dans ses yeux comme dans ceux de tous les malades du monde et cela suffit pour rendre Andrzej attentif. Il n'a pas de température, mais ses bandages sont souillés de sang.

— Vous vous agitez trop, camarade. Vous devriez avoir un peu de calme et de repos. Cela n'a pas de sens de recevoir autant de monde, de respirer la fumée et de boire comme vous le faites. L'homme empeste la vodka et Andrzej incommodé va ouvrir la fenêtre. L'air frais pénètre dans la pièce et aussitôt le malade réagit.

– C'est vrai que cela fait du bien, dit-il.

Avec des gestes rapides et précis, Andrzej défait le pansement. C'est une profonde coupure, un coup de couteau sans doute, qui saigne un peu.

– Joli cadeau, camarade, murmure Andrzej entre ses dents. Qui vous a fait cela ?

– Un mari jaloux, répond l'homme, avec brusquerie. Vous êtes là pour me soigner camarade ; d'habitude c'est moi qui pose des questions.

– Ah ! et pourquoi cela ?

– Parce que c'est mon métier et parce que je suis curieux de nature, répond l'autre.

Encore un malade signalé par le chauffeur de cet étrange individu de Cracovie qui ressemble tant à Jakob Berman. Chaque mois, Andrzej reçoit ainsi un à deux appels. Ensuite tout se passe le plus simplement du monde. Il se rend à l'adresse indiquée, fait son travail et rappelle le chauffeur « tête de mort » pour lui faire son rapport. Le lendemain il trouve dans sa chambre une enveloppe remplie de billets, des bons pour l'essence, des permis spéciaux pour circuler sur les routes, des bons pour les hôtels et jusqu'à la voiture elle-même, cadeau ou prêt du généreux et invisible donateur. Le chauffeur lui avait apporté un matin une serviette dans laquelle il avait placé les clés et les papiers de la voiture.

– C'est en attendant, lui avait-il annoncé. Quand on en aura besoin, je viendrai la chercher. J'ai avisé votre directeur, camarade, que c'est un véhicule de l'UB qu'on vous prête pour les urgences. Autant ne pas lui donner plus de précisions. C'est compris ?

Eh, oui ! Andrzej a parfaitement compris que pour profiter d'une pareille aubaine il a tout intérêt à se taire. Il a eu beaucoup de mal à expliquer à Robert et à Irena la provenance de ce véhicule providentiel qui leur permet désormais d'aller plus souvent à Celestynow voir Inka.

Andrzej désinfecte la plaie et refait le pansement.

– Vous pouvez vous lever un peu, dit-il et faire quelques pas dans la chambre. Je reviendrai dans une semaine pour voir si tout va bien. Je ne prévois pas de complications d'ici-là. Si toutefois, vous aviez de la fièvre, prévenez-moi immédiatement à l'hôpital à Varsovie, à moins que vous n'ayez un autre médecin sur place. Vous comprenez, cela demande beaucoup de temps pour venir jusqu'ici.

– Je le sais bien, camarade, et j'apprécie.

– Voici mon nom et mon numéro de téléphone, ajoute Andrzej en tendant à l'homme un morceau de papier arraché de son agenda.

– C'est une fille qui m'a fait cela, dit soudain le blessé, comme pour effacer la mauvaise impression. Une salope de dix-huit ans. Elle n'entendait pas la plaisanterie... Enfin, elle ne recommencera pas, la traînée, elle a eu son compte.

Andrzej se redresse et range sa trousse. Son estomac se contracte. C'est une sorte de crampe. Je suis en train de soigner une jolie bande d'assassins, pense-t-il. Combien de temps va durer ce petit jeu de cache-cache ?

Dans le long corridor les hommes continuent à boire, appuyés contre les murs. Dans les marches des escaliers une fille est assise sur les genoux d'un homme. Complètement ivre, elle pleure et elle rit. Son visage est souillé de taches de rouge à lèvres et de rimmel qui a coulé. Andrzej est pressé. Il pense à Helena restée seule dans la voiture. Il l'a garée un peu en retrait, mais sait-on jamais. Quelqu'un a pu la voir... J'ai été très imprudent de l'emmener avec moi, se dit-il.

– Eh ! camarade, crie, en russe, un des hommes dans le vestibule en bas. Venez trinquer avec nous. On va bien s'amuser ensemble.

Andrzej le repousse et essaie de se frayer un passage jusqu'à la sortie.

– C'est le médecin, dit quelqu'un. Il faut qu'il parte, camarades.

– Ah, bon ! admet l'autre, mais ce n'est pas une raison d'avoir cet air dégoûté. Il mérite une correction, le toubib. Autrefois, les messieurs et les belles dames s'amusaient beaucoup au détriment du peuple, ce n'est que justice qu'on en fasse autant. N'est-ce pas camarades ?

– Filez vite, docteur, murmure la femme qui lui a ouvert la porte à son arrivée.

Elle le pousse en avant, Andrzej donne un coup de coude à un corps qui obstrue le passage et se retrouve dehors, dans la nuit qui apporte l'odeur des foins fraîchement coupés. La voiture est toujours à sa place et quand Andrzej s'installe sur le siège, la tête d'Helena glisse sur ses genoux. Elle dort, la petite fille, pense-t-il et elle fait sans doute des beaux rêves. Je n'ai pas le droit de l'aimer. J'étais fou de penser que cela se pourrait un jour. Le visage bronzé sous la masse des cheveux blonds a une expression enfantine.

Je t'aime, Helena, mais tu ne le sauras jamais. Je suis trop vieux, ma chérie. Je risque de tout gâcher. Autant jouer mon rôle de tonton Andrzej jusqu'au bout. Cela te laissera des beaux souvenirs et je n'aurai jamais honte de moi-même.

De ses lèvres, Andrzej effleure le bout du nez retroussé, le front, les cheveux, puis sans la réveiller fait partir le moteur et allume les phares. C'est merveilleux de rouler ainsi dans la nuit avec son corps blotti contre le sien. À l'image d'Helena se superpose celle de la fille soûle de tout à l'heure. Andrzej serre les dents. En allant chercher Helena à Zielona Gora il était décidé à lui parler. Après tout, malgré la différence d'âge, il pouvait la rendre heureuse, cette enfant devenue femme. D'autres ont réussi, alors pourquoi pas eux ? Mais maintenant, il sait que c'est impossible, parce qu'il a trop peur de la salir, de déformer l'image du monde qu'elle est en train de rebâtir petit à petit après tout ce qui lui est arrivé. Il sait qu'il n'aura jamais le courage de faire face à Robert, à Irena et à sa propre image dans le miroir.

Je ne te volerai pas ta jeunesse, Helena, mais je vais t'aider à la vivre avec d'autres. C'est stupide peut-être, mais c'est ainsi, parce que je n'ai rien à t'offrir, ni illusions, ni enthousiasmes. Et c'est surtout de cela dont tu as besoin pour vivre au jour le jour cette réalité qui est la nôtre.

Tout en réfléchissant ainsi, Andrzej décide soudain qu'il lui faut partir loin, à l'étranger, là d'où il n'y aura plus de possibilité de revenir en arrière. Il peut fort bien demander au chauffeur « tête de mort » d'organiser une rencontre avec son patron et négocier un passeport et un visa pour n'importe quel pays. Le monde est grand. Il y a d'autres peuples et d'autres horizons. C'est lâche, pense-t-il, de les abandonner tous ici, c'est lâche de fuir, mais je n'ai pas d'autre solution. Tôt ou tard, je finirai par l'aimer et cela je n'ai pas le droit de le faire. Tant pis, ils vont me considérer comme un traître, mais quand ils apprendront que je suis parti, je serai déjà loin et avec le temps cela s'arrangera. Qui sait, je parviendrai peut-être à gagner beaucoup d'argent et à les aider. Qui sait...

— Mascotte, murmure Andrzej, ma petite mascotte du temps de la guerre, je ne peux pas te garder pour moi, Helena, je n'en ai pas le droit. C'est bête, mais c'est ainsi. Une stupide question de dates de naissance ; toi tu es née trop tard et moi trop tôt. Ailleurs, à l'époque de la Grèce ou de la Rome antique cela n'avait peut-être pas autant d'importance, mais ici, chez nous, c'est une lacune irréparable. Tout a changé si vite, tu comprends, mascotte, qu'on nous demande de ne plus avoir de mémoire. Pour continuer à vivre il faut non seulement ne plus penser, mais encore ne plus se souvenir. Toi, tu peux réussir ce tour de force, mais pas moi et c'est pour cela que je n'ai pas, que je n'aurai jamais le droit de t'encombrer de ma personne qui est déjà celle d'hier. Ailleurs, on aurait pu voler à l'éternité quelques années de bonheur, mais pas chez nous, pas à Varsovie que j'ai connue avant toi, où j'ai vécu et où j'ai appris des vérités que jamais je ne pourrai effacer.

Sur la route, dans le faisceau des lumières des phares, il y a devant lui le visage de la femme soûle de tout à l'heure. Ils vont nous transformer tous en prostitués et en maîtres chanteurs, ma parole, jure Andrzej, et seuls les jeunes, comme Helena, parviendront à y échapper. C'est bien cela ; je n'ai pas d'autre solution que de partir...

Il a envie de fumer, mais ne peut sortir le paquet de cigarettes de sa poche sans risquer de réveiller Helena. Et sa résolution est trop neuve, trop fragile pour qu'il veuille la confronter avec le regard interrogateur de ses yeux verts.

Un obstacle sur la route ; la masse noire d'un camion placé en travers. Andrzej freine brusquement et la voiture s'immobilise, dans un crissement de pneus.

— Vos papiers, camarade.

Ils sont une dizaine de miliciens, armés de carabines automatiques qu'ils pointent dans sa direction. Helena, réveillée, se redresse sur le siège. Les miliciens entourent l'auto, ouvrent les portières, font descendre Helena. Comme elle paraît fragile dans la lumière des phares ! Andrzej a peur, non pas pour lui, mais pour elle. Il descend, s'approche et la prend par le bras.

— Tu as volé cette voiture, camarade, se met à crier un des miliciens et cette fille est ta complice. Allez, avoue !

— Je suis médecin et je viens de rendre visite à un malade. Cette jeune fille, c'est ma nièce qui revient du Camp des jeunesses de Zielona Gora. Vous n'avez pas le droit...

Un des miliciens le bouscule comme par mégarde, mais Andrzej qui a prévu le coup parvient à maintenir son équilibre. Un autre s'approche.

Combien de temps pourrai-je résister comme ça, tout seul contre cette bande, se demande Andrzej, et qu'adviendra-t-il de la petite quand je serai inconscient, roué de coups, par terre... Il voit le visage d'Helena devenu très pâle, il se rend compte de ce que tout cela signifie pour elle et des souvenirs qui lui reviennent à la mémoire. Ses muscles se durcissent, sa voix devient tranchante, faite pour commander.

— Où est le responsable de la patrouille, demande Andrzej ?

Deux hommes s'approchent. D'un geste brusque Andrzej sort de sa poche la petite carte que le chauffeur « tête de mort » lui avait recommandé de toujours porter sur lui et la met sous le nez du plus vieux. Il l'examine de très près puis tend la main comme s'il voulait la saisir, mais Andrzej recule. Il y a maintenant de la crainte dans les yeux de l'autre.

— Enlevez le camion, ordonne Andrzej, je suis pressé. Les agents de l'UB s'écartent. Quelqu'un commence à bafouiller des excuses.

– Vous comprenez, camarade, les routes ne sont pas sûres, nous ne pouvions pas savoir, on cherche un véhicule volé...

– Reconduisez la camarade dans la voiture tout de suite, commande Andrzej.

Ils s'exécutent. D'un pas rapide, Andrzej rejoint la voiture, monte et tourne la clé de contact. Le moteur ronronne à nouveau. Devant eux le camion effectue la manœuvre et se range sur le bas-côté.

– Ouf ! soupire Andrzej, en accélérant. Nous avons eu de la chance.

Sur le siège à côté de lui, Helena sanglote. C'est la réaction. Elle pleure et tremble de tout son corps, il a beau lui parler, entourer ses épaules de son bras, elle ne parvient pas à se calmer. Je ne peux pas la laisser, pense-t-il. Elle a besoin de moi. Le patron du chauffeur « tête de mort » doit être un joli salaud, si une simple petite carte avec un numéro dessus libère ses protégés des pattes de l'UB.

– J'ai peur, sanglote Helena. Ils vont nous suivre. Ils vont nous tuer. Ils vont...

Mais personne ne les poursuit sur la route déserte et petit à petit Helena se calme. Quand ils arrivent au village où Andrzej a réservé deux chambres chez un habitant, Helena est à ce point épuisée qu'il la porte jusqu'à son lit, où elle s'endort aussitôt comme une masse.

– Combien d'années encore serons-nous soumis à l'arbitraire de ces bandits ? enrage Andrzej. Combien de temps nous faudra-t-il pour qu'on apprenne à respecter notre dignité d'hommes ? Dans combien de temps et à quel prix y aura-t-il chez nous une justice digne de ce nom ?

Soudain, Andrzej sait qu'il ne partira pas à l'étranger et qu'il lui faudra continuer à jouer son rôle de tonton, un monsieur drôle, protecteur et paternel.

Elle pouvait être ma fille, se répète-t-il, et quoi que je fasse il y aura entre nous la guerre. Elle a été la mascotte de notre formation. Moi, j'ai survécu ; les autres sont morts. Si j'ai été sauvé du carnage, si j'ai pu sortir vivant de quatre années de maquis et de l'insurrection, c'est que j'ai une mission à remplir. C'est que je dois à ceux qui dorment sous les pavés de Varsovie, dans les bois et en bordure des routes de campagne, le sacrifice de mes rêves et de mon propre bonheur. C'est bien cela. Je n'ai tout simplement pas le droit d'être heureux, comme n'importe qui d'autre. Je dois remplir une mission, accomplir quelque chose, aider comme je peux, créer, construire et rebâtir de mon mieux cet univers de cauchemar. J'ai contracté une lourde dette à l'égard des morts qui n'ont même pas eu dans leur propre pays la reconnaissance de leur héroïsme. Ailleurs, on fête la fin de la domination fasciste, ici on doit tricher et s'humilier pour défendre les survivants contre l'arbitraire. C'est cela notre prétendue libération !

5

L'amnistie

Bruno Zadra, assis derrière son bureau, écoute depuis plusieurs heures le silence en fumant cigarette sur cigarette. Il sait qu'en ce moment même Wladyslaw Gomulka parle à une foule qui a envahi les rues de Varsovie. Si les tanks soviétiques n'interviennent pas, c'est la fin d'une époque. L'armée a déjà refusé d'obéir à Rokossowski et aux généraux soviétiques, le commandant de la milice a changé et c'est désormais un homme de Gomulka qui détient son poste. Il n'y a plus rien qui tient. Bruno avait pressenti tout cela dès le début de l'hiver, mais Igor n'avait fait que se moquer de lui. Pourtant, il y a eu tout d'abord le limogeage du général Radkiewicz, puis la condamnation de plusieurs de ses hommes sous prétexte qu'ils avaient torturé, pillé, tué... Certes tout cela est vrai, mais n'est-il pas dangereux de l'admettre ?

Ils ont aussi libéré des prisonniers, commencé à préparer une amnistie pour ceux qui se sont battus contre les Allemands dans les formations de l'Armée du Pays et qui étaient condamnés à mort, jusque-là par contumace, pour avoir reçu des ordres du Gouvernement polonais de Londres. Les résultats ne se sont pas fait attendre.

On prétend que plus de trente mille prisonniers ont été relâchés et Bruno croit qu'il y en a plus encore. Mais peu importe ! Des centaines ou des milliers c'est bien la même chose. Ils se sont mis à raconter des horreurs, à relater comment ils ont été traités, à citer les noms de ceux qui ont été liquidés dans les cours des prisons sans aucune autre forme de procès. Les gens n'avaient vraiment pas besoin de cela.

En février encore, Bruno espérait que Bierut reviendrait de Moscou et mettrait à la raison tous ces révoltés, mais il apprenait deux mois plus tard qu'il ne le reverrait plus. Certains de ses collègues murmuraient qu'il avait été assassiné par les Soviétiques parce qu'il savait trop de choses et parce qu'il avait cessé d'être utile. Officiellement, on déclarait qu'il avait été victime d'une maladie, mais peu importe ! De toute façon, les prévisions de Bruno se sont réalisées.

Dès le printemps, les agitations ont commencé. En juin, les métallos ont manifesté à Poznan, la milice est intervenue et il y a eu beaucoup de morts. Au lieu de sévir, ce Cyrankiewicz de malheur, devenu président du Conseil par la grâce des peureux et des lâches, a déclaré que les émeutes de Poznan étaient justifiées par les insuffisances du plan, les pénuries et les erreurs commises. C'est tout juste s'il ne s'est pas excusé. Et qui a profité de tout cela ? Comme de bien entendu, ces maudits prêtres. Non seulement, ils ont été relâchés des prisons, mais encore ils ont organisé pour l'Assomption un pèlerinage monstre à Czestochowa.

Depuis, les étudiants manifestent un peu partout. La jeunesse dorée ! Il ne leur suffit pas d'avoir des privilèges que Bruno n'a jamais eus, le droit de ne rien faire et de prétendre qu'ils apprennent quelque chose ; ils veulent encore la liberté d'expression. Comme si, lui, Bruno, ne méritait aucune récompense pour les longues journées passées dans ce bureau sinistre à interroger des hommes et des femmes au regard chargé de haine. Et tout cela pourquoi ? Pour qui ? Pour avoir un appartement et la voiture de service ? Et maintenant le Comité central a nommé Gomulka. Aussitôt, Khrouchtchev et sa délégation sont arrivés à Varsovie. Tout était encore possible alors, mais ils sont déjà repartis, sans bruit, ni déclaration officielle.

Si les tanks soviétiques n'interviennent pas, se dit Bruno, je suis foutu. Je ne parviendrai jamais à me sortir de ce guêpier et je vais payer pour les autres.

Il allume une autre cigarette et se met à marcher de long en large. Devant ses yeux défilent des visages, des mains qui s'agrippent, des corps qui s'effondrent sur le plancher. Non, il n'a pas été plus cruel que ses collègues. Tout simplement il a fait son boulot parce qu'il n'avait pas d'autre solution. Ils lui promettaient en échange de l'avancement, mais maintenant il n'y a plus personne pour l'aider.

— Bon Dieu, de bon Dieu ! si seulement ce satané Igor voulait se manifester, murmure Bruno, je verrais plus clairement ce que je dois faire. Il a promis pourtant de venir ce matin, c'est à se demander ce qu'il fabrique.

La montre sur son poignet indique midi. C'est une belle montre en or qu'il a reçue d'un officier de l'Armée du Pays qu'il a interrogé. L'homme espérait acheter ainsi sa liberté, mais Bruno avait accepté la montre et avait appelé les gardes pour qu'ils l'emmènent en lieu sûr. Fort heureusement, celui-là ne reviendra pas le narguer, il est mort et dort sous terre. Il n'a pas supporté le troisième interrogatoire.

Bruno revient vers son bureau et se verse un verre de vodka. La bouteille est sur la table. Il ne se donne même plus la peine de la cacher. Foutu pour foutu, c'est tout ce qui lui reste. Sa main tremble et il renverse un peu du liquide blanc sur son veston, ce qui le fait jurer. C'est à ce moment que le téléphone sonne. Bruno se précipite. Dans l'écouteur, il y a la voix d'Igor, déformée comme toujours par le mouchoir qu'il tient devant sa bouche pour qu'on ne puisse pas l'identifier.

— On liquide, dit-il. Je viens te chercher dans quelques minutes et nous partons.

— Où ? demande Bruno.

— À la maison. L'ami n'ira pas à la chasse parce que ses compagnons sont trop occupés.

Bruno sait que cela signifie que les tanks soviétiques n'interviendront pas, parce qu'il est impossible de compter sur l'appui de l'armée polonaise.

– Les chasseurs se proposent de faire une expédition ailleurs, ajoute Igor.

Bruno décode le message ; Rokossowski et les trente généraux soviétiques de l'armée polonaise vont retourner chez eux. C'est le début de la fin et tout ce qu'on lui propose à lui, Bruno, c'est de le rapatrier avec eux à Moscou, où ils vont se retrouver tous sans doute dans une prison ou dans un camp. Car quand Igor parle de la « maison » c'est de sa mère patrie à lui qu'il s'agit. Pour Igor, Moscou, c'est son chez lui, mais pas pour Bruno. Dans ce cas-là, il préfère encore risquer de crever à Varsovie, ou n'importe où dans cette campagne polonaise qu'il a toujours aimée plus que tout au monde. A-t-il rêvé de la revoir, en Sibérie tout d'abord aux travaux forcés, puis dans cette maudite école moscovite où on lui a appris à mener des interrogatoires qui se terminent toujours par des aveux !...

– Non, dit Bruno, ne viens pas. Merci d'avoir téléphoné. Adieu et bonne chance.

En raccrochant, Bruno n'éprouve aucun ressentiment à l'égard d'Igor, mais juste un peu de mépris. C'était bien la peine de se croire maître après Dieu pour arriver à cela. Cette sorte de pagaille où personne n'est plus responsable de rien. Bruno vérifie que tous les tiroirs de son bureau sont vides, qu'il n'a pas laissé la moindre feuille de papier, puis sort dans le corridor et se met à dévisser la plaque portant son nom qu'on a oublié d'enlever de la porte comme il l'avait ordonné il y a plusieurs jours déjà. Une fois dans la rue, il essaie de s'en débarrasser, mais il y a trop de monde autour de lui, alors il la glisse dans sa poche en attendant une occasion.

Il fait bon dehors. Bruno marche vite en regardant droit devant lui, parce que la peur d'être reconnu l'empêche de dévisager les passants. Et soudain, il réalise qu'il n'a pas de but et qu'il n'a pas assez d'argent pour prendre le train, changer de cadre, se retrouver ailleurs, à Cracovie, par exemple, où il a plus de chances de se fondre dans la foule qu'à Varsovie. Pourtant, il lui faut trouver d'urgence une planque, raser sa moustache, changer la place de la raie dans ses cheveux, enfiler des vêtements de sport et devenir ainsi un autre homme.

Razowa... Razowa, la vieille femme seule qui lui avait si souvent rapporté des listes de noms... Razowa, la pauvre vendeuse de journaux que personne ne soupçonne. Comment a-t-il pu ne pas y penser plus tôt. Elle doit avoir aussi peur que lui et elle a certainement en plus un bon magot sous son matelas. Il a toujours été régulier avec elle et a exigé qu'on la paye grassement pour ses services. Quand on est seule et malade, on ne dépense pas beaucoup ; Razowa doit être capable de lui prêter le prix de son billet de chemin de fer. Après, on verra. Il saura certainement se débrouiller.

Bruno, ragaillardi, saute sur le marchepied du tramway qui va à Saska Kepa. Il y a foule autour de lui et il ne se tient que d'une main. Pis encore, ses doigts serrés autour du cadre de la porte sont écrasés par ceux d'un autre passager qui, comme lui, se maintient en équilibre instable. Le tramway accélère. Le pont est proche. Soudain, Bruno relève la tête et son regard rencontre celui de la femme qui s'est hissée sur le bord de la plate-forme. Il a déjà vu quelque part ce visage et son instinct l'avertit du danger. Il voudrait sauter, mais un camion s'apprête à dépasser le tramway. Une douleur sourde dans le bas ventre, où la femme parvient à lui donner un coup de pied, et Bruno recule légèrement juste au moment où le camion arrive à sa hauteur.

– C'est fini, pense-t-il dans un éclair.

Puis il n'y a plus rien. Le chauffeur du camion freine, mais il est trop tard. Sous ses roues, il y a le corps d'un homme que son véhicule vient d'écraser. Les gens se mettent à crier, mais le conducteur du tramway ne les entend pas et accélère encore pour traverser plus vite le pont. Une femme tourne la tête et crache...

– Tu as bien mérité cela, charogne, murmure-t-elle en s'efforçant de vérifier si le corps étendu sur le pont, derrière eux, ne bouge plus, mais comme il est caché par la masse du camion qui s'est arrêté, elle se contente de descendre au moment où le tramway s'immobilise au coin de la rue Paryska.

À l'autre bout du pont, le camionneur se penche, affolé, fouille les poches de l'homme qui ne respire plus et en extrait une plaque sur laquelle on a inscrit en gros caractères *Referent Bruno Zadra*. Quelques curieux commencent à se rassembler autour de lui. Le chauffeur n'hésite pas. D'un bond il remonte dans sa cabine, fait marcher le moteur et repart. Il conduit d'une main et de l'autre ouvre la fenêtre et lance au loin la plaque qui lui brûle les doigts. Le petit bout de bois peint frappe la rampe du pont, rebondit et plonge dans la rivière. La dernière trace de l'homme qui vient de mourir s'en va flottant sur les eaux de la Vistule et il ne reste plus rien du *Referent Bruno Zadra*, en dehors du mépris et de la haine qu'il a laissés dans la mémoire de ceux qui l'ont connu et auxquels il a été redevable de son appartement de deux pièces, sans salle de bains, et d'une voiture de service.

* * *

La foule est à ce point dense qu'Helena a à peine assez de place pour se tenir sur ses deux pieds. De toutes parts, les gens la pressent. Elle avance comme portée par le mouvement des autres. Elle a beau être plutôt grande, de sa place elle ne peut voir qu'une mer de têtes, d'épaules et de dos. Là-bas, tout au loin, sur l'estrade, Wladyslaw Gomulka parle. Parfois, le vent lui apporte un bout de phrase, un mot, mais elle est absolument incapable de comprendre ce qu'il dit. Elle est trop éloignée. Il y en a d'autres, cependant, ceux qui sont plus près, qui entendent et qui réagissent. C'est ainsi que les applaudissements et les vivats se répercutent comme des vagues. On se met à applaudir et à crier là-bas tout près de l'estrade et les autres, cercle après cercle, rangée après rangée, reprennent jusqu'aux limites, jusqu'aux confins extrêmes de la foule. Sans trop savoir de quoi il s'agit, ils deviennent ainsi tous solidaires et tous unanimes. C'est une immense manifestation de confiance absolue dans le présent et dans l'avenir collectif, que l'homme hissé sur l'estrade promet de réaliser. Il sait ce qu'il dit, ce Wladyslaw Gomulka, il a fait de la prison, il a vécu dans les geôles soviétiques et il s'en est sorti. C'est un symbole en quelque sorte qu'ils reconnaissent tous comme le leur. Un individu qui a survécu à cela sans déchoir doit savoir comment on peut aider tout un peuple à retrouver un peu de liberté et de justice.

Helena ressent cet étrange sentiment d'espoir de façon quasi physique. Son cœur bat plus fort, l'émotion colore ses joues et, sans trop s'en rendre compte, elle serre la main de Wanda qui est venue ici avec elle. Toutes les deux portent des sarraus blancs. Elles étaient au laboratoire de l'université quand quelqu'un est arrivé en criant : Gomulka va prononcer un discours. Venez vite... Helena a eu juste le temps d'attraper sa serviette et, sans se soucier du reste, de partir, en courant, suivie de Wanda Zebrzycka, devenue sa meilleure amie depuis la première année de leurs études de médecine.

Elle sent son corps collé contre le sien dans cette foule où elles forment à elles deux une sorte d'unité distincte, mais fondue dans un grand ensemble. Elles ne connaissent personne, mais cela n'a pas d'importance. Tous ces gens autour vibrent à l'unisson. Tous parlent la même langue et ressentent l'instant qui passe comme un grand événement de solidarité collective. Tous chantent de toute la force de leurs poumons le chant ancestral de leur pays : *Boze cos Polske przez tak liczne wieki otaczal tarcza potegi i chwaly**...

Que m'importe Andrzej, pense Helena, que m'importe qu'il se soit installé à Cracovie depuis l'année où j'ai passé mon bachot. Je l'ai aimé comme un homme et il n'a même pas remarqué que je suis devenue une femme. Tonton Andrzej ne voit que la petite Helena, la mascotte de l'époque de la guerre. Étrange que cela ait pu me faire pleurer, rêver, crier, gémir et passer des nuits blanches. Quelle importance peut avoir ma vie, mon amour face à cet immense espoir qui nous est commun à tous. L'amour est une invention bourgeoise. Ceux d'avant la guerre exploitaient les ouvriers et les paysans, étaient riches et oisifs et pouvaient s'offrir le luxe de gémir, d'avoir des peines individuelles et des souffrances personnelles. Maintenant, tout cela est fini. L'amour n'est qu'un accouplement qui permet à l'humanité de procréer et aux générations de se survivre à elles-mêmes. L'amour n'est que l'expression d'un égoïsme. Maman adore Inka parce qu'elle espère qu'elle deviendra une grande pianiste et réalisera ainsi ses propres ambitions. Mon

---

* Dieu qui depuis tant de siècles protège la Pologne par le bouclier de puissance et de gloire...

père aime ma mère parce qu'elle lui sert d'infirmière à domicile et ma mère tient à mon père parce qu'il justifie son existence ratée. Ils sont restés en arrière ; moi j'ai franchi une étape qu'ils ne sont pas capables de passer. Ils sont trop attachés au passé, à cet avant-guerre où leurs valeurs étaient sacrées parce qu'ils en avaient décidé ainsi. La justice dont ils parlent tant, était pour eux une protection des avantages acquis. Ils avaient une maison et une voiture parce que leurs propres parents avaient eu les moyens de les éduquer. Maintenant tout le monde a droit à l'éducation, tout le monde peut aller à l'université et tout le monde va avoir un jour un bel appartement. C'est cela la justice. Pour l'imposer, il faut des exemples, il faut aller jusqu'à condamner des gens qui pensent autrement. La période transitoire l'exige. Voilà tout. Les Soviétiques ont échoué, mais nous, nous allons réussir à établir cette justice-là s'ils cessent de nous dominer et de nous exploiter. Il suffit de vouloir et de travailler. Il suffit d'écouter cet homme là-bas, de l'aider et de marcher avec lui en avant. Il faut construire le socialisme. L'amour, Andrzej, des enfantillages que tout cela.

Helena chante. Elle est heureuse dans cette foule. Elle est bien. L'humiliation d'aimer sans espoir est effacée. Tout redevient simple, facile et limpide. Elle sera médecin. Elle sera un des leaders du Parti. Elle réorganisera les hôpitaux. Elle...

Là-bas, au loin, l'homme n'est plus sur l'estrade. La foule remue, s'agite, commence à se disloquer, dans un bruit de pas, de cris, de mises en garde.

– Attention, ne poussez pas comme ça, camarade. Vous allez bousculer la dame.

– Laisser passer. On étouffe. Reculez, non, pas par là, par là !

Des gens se cherchent, s'appellent par leurs noms, essaient de retrouver un passage vers la direction qu'ils veulent prendre pour rentrer. La foule monstrueuse cesse ainsi d'être un corps unique, un corps collectif, pour s'effriter en unités formées d'individus et de groupes que la pression des autres dérange. Il n'y a plus d'unanimité, mais un nombre indéfini de particularités.

Il y a Wanda qui tire Helena par le bras vers leur

réalité à elles, qui n'est pas la même que celle de trois hommes à côté qui jurent et repoussent brutalement les gens qui obstruent la ruelle. Une femme tombe, quelqu'un crie qu'on va la piétiner, quelqu'un essaie de la protéger en repoussant les autres. Finalement, on parvient à la relever et un homme la hisse sur ses épaules. Dans ce geste, simple et anodin, il y a quelque chose de viril et d'héroïque.

Helena, poussée dans le dos par les trois hommes, a juste le temps de remarquer le visage de la jeune femme mouillé de larmes et celui de son défenseur. Ils s'aiment ces deux-là, pense-t-elle dans un éclair, avec une pointe d'envie. Mais aussitôt elle se dit que la femme est sans doute une de ces épouses ridicules, soumises, qui reconnaissent la supériorité du mâle sans se rendre compte qu'elles vivent ainsi une forme d'esclavage. Dieu merci ! je suis assez forte pour me tenir toute seule, sans l'aide de personne, je suis l'égale des hommes et je n'ai pas besoin de protecteur.

— Ouf ! crie Wanda, ne me lâche pas, on arrive.

La foule les rejette sur le bord du trottoir. Autour, il y a encore beaucoup de monde, mais elles peuvent avancer sur la chaussée. Elles sont libres de leurs mouvements. Devant elles, les trois hommes de tout à l'heure se mettent à courir en bousculant les passants qui ont le malheur de se trouver sur leur chemin.

— Janek, attends-moi, proteste à haute voix le plus jeune.

Igor s'arrête au coin de la grand-place où il parvient le premier.

Il faut qu'il leur règle leur compte une fois pour toutes et qu'il s'en débarrasse. Sinon, ils vont se faire prendre tous les trois. Ils ont appris avec lui à être des limiers et ils ne comprennent toujours pas que désormais ils ont cessé d'être des chasseurs et se sont transformés en gibier de potence.

— On se sépare, dit-il. Chacun se débrouille comme il peut. Si vous avez des documents chez vous, camarades, autant les détruire immédiatement. N'essayez pas de communiquer avec moi, cela ne servira à rien. Je déménage. Salut et bonne chance.

– Vous ne pouvez pas nous laisser comme ça, camarade, proteste le plus jeune, mais Igor ne l'entend plus. Il court en se faufilant entre les gens et disparaît.

– Tu crois que les tanks soviétiques vont entrer à Varsovie, demande à voix basse Wanda.

– C'est possible, répond Helena, et après... On se battra. On se battra jusqu'au dernier. Ça ne sera pas nouveau.

– Une autre insurrection de Varsovie, murmure Wanda. Tu es complètement folle. Et avec quoi se défendra-t-on ?

– Avec des bouteilles remplies d'essence, crâne Helena, mais elle ne peut réprimer le sentiment abject de la peur qui la fait frissonner.

* * *

Irena et Helena se tiennent debout près du fauteuil dans lequel elles ont installé Robert. Posément, tranquillement, il leur lit à haute voix les extraits du discours de Wladyslaw Gomulka.

« Le camarade Khrouchtchev m'a assuré que les troupes qui entourent Varsovie vont rentrer à leurs bases dans les quarante-huit heures*. »

– Bravo, crie Helena, en tapant des mains. Bravo ! Les *Kacapy* foutent le camp. On va enfin être débarrassés.

– Mais non, rectifie Robert, ils n'attaqueront pas tout de suite, mais ils restent dans leurs casernes à quelques kilomètres de Varsovie. Il n'y a pas de quoi se réjouir. Tu m'interromps pour rien. Laisse-moi lire.

– C'est ce qu'il y a de plus important, dit Irena défendant sa fille. Helena a raison. Si on parvient à éviter l'insurrection, c'est gagné. Pour le reste on verra bien, cela ne peut pas être pire qu'avant.

---

* Ici et pages suivantes, extraits du discours de Wladyslaw Gomulka, publié par le quotidien *Trybuna Ludu* (La Tribune du peuple). Traduction française dans *Notes et études documentaires*, n° 2232, Paris, 13 novembre 1956.

– Il est courageux, Gomulka, constate Robert, il ose admettre que des grèves ont eu lieu à Poznan ; jusqu'à présent, il était défendu non seulement d'en parler, mais même de le savoir. Écoutez-moi ça : « La classe ouvrière a donné dernièrement à la direction du Parti et au gouvernement une leçon douloureuse. Les ouvriers de Poznan, ayant recouru à l'arme de la grève et manifesté dans les rues au cours de ce sombre jeudi de juin, ont clamé à grands cris : Assez ! On ne peut pas continuer ainsi ! Il faut se détourner de cette fausse voie !

... « La tentative maladroite de présenter la douloureuse tragédie de Poznan comme une œuvre des agents impérialistes et des provocateurs a été, du point de vue politique, très naïve. »

– Tiens, tiens, il dénonce la censure à présent, ironise Robert. On aura tout vu. Mais on sent, malgré son ton qui se veut désinvolte que, derrière les mots, il y a une émotion qu'il cache parce qu'il craint sans doute de paraître naïf.

« Il faut approuver et saluer l'initiative de la classe ouvrière au sujet d'une rationalisation de la gestion de l'industrie et au sujet de leur participation à la gestion de leurs entreprises »...

– Bravo, commente Robert. Bonne idée.

« Il faut établir un moyen raisonnable d'imposition qui permettrait à l'artisanat de travailler sans crainte, c'est-à-dire qu'il y a lieu de supprimer le système nuisible des surtaxes. »

– En somme, puisque sous ce terme pudique d'artisanat on comprend toutes les petites entreprises privées, j'ai des chances d'ouvrir mon atelier de fabrication et de réparation de meubles, avec pignon sur rue.

– Ne te réjouis pas trop tôt, dit Irena. Ce n'est qu'un discours. On a écrit tant de choses dans ce torchon de *Trybuna Ludu*, tant de faussetés...

« La politique agricole exige également certaines rectifications, continue à lire Robert. L'adhésion à une coopérative de production est bénévole... Les membres d'une coopérative se gouvernent eux-mêmes. »

– Mon Dieu, ce que Magda va être contente... S'ils

organisent des coopératives et s'ils leur donnent des machines, elle pourra...

— C'est toi qui rêves à présent, ma chérie, se moque Robert. Allons, pour donner des machines, il faut tout d'abord en fabriquer ou les acheter en Occident à coups de devises, parce que les tracteurs soviétiques ne marchent pas et rouillent dans les champs.

« Dans les fermes d'État, devrait être appliquée en plein, l'idée de l'autonomie ouvrière. »

— Comme ça ils vont les maintenir ces PGR qui ne produisent rien et coûtent cher, soupire Irena.

— Attends, il a parlé aussi des rapports avec l'Union soviétique, laisse-moi donc lire.

« Ce qui est invariable dans le socialisme, se réduit à la suppression de l'exploitation de l'homme par l'homme. Les voies qui mènent à ce but peuvent être et sont multiples. Elles dépendent des différentes circonstances du temps et du lieu. Le modèle du socialisme peut également différer. Il peut être du genre créé en Union soviétique, il peut être formé de la manière que nous observons en Yougoslavie et il peut être encore différent. »

— Il se prend pour Tito, ma parole, mais Tito a une frontière commune avec un pays occidental, tandis que nous, nous sommes encerclés.

Helena est mal à l'aise. Pour la première fois depuis très, très longtemps ses parents discutent de politique en sa présence. Pour la première fois, ils sont francs avec elle, comme autrefois, comme quand elle est revenue à Varsovie, malade, épuisé, enceinte et ne désirant qu'une seule chose, les retrouver !

« La voie de la démocratisation est, dans nos conditions, l'unique voie menant à la construction du meilleur type de socialisme ; nous ne nous écarterons pas de cette voie et nous nous défendrons de toutes nos forces pour ne pas nous en laisser écarter. »

— Personne ne dit le contraire, constate Irena. Dans Varsovie, transformée en un tas de ruines par la grâce de l'Allemagne fasciste, coupée de l'Occident et privée des prêts en dollars américains, nous ne pouvons survivre que grâce à un effort collectif. Je ne connais personne qui aurait osé rêver de retrouver son hôtel particulier, ou même son piano de concert. Pas parmi mes amis, tout du moins. Mais de là à permettre aux Soviétiques de vider les rares usines qui étaient encore debout en 1945 à Lublin, ou ailleurs, de là à les laisser partir en traînant des charrettes chargées des meubles de nos maisons et jusqu'aux poulets de Magda, tout en nous laissant en échange des poux et des punaises, il y a une marge.

— Attends, crie Robert, il annonce l'amnistie. Écoutez-moi ça :

« Je ne voudrais pas m'étendre sur les tristes souvenirs du passé où régnait chez nous le culte de la personnalité. Ce système violait les principes de la démocratie et de la légalité. Sous ce système on brisait les caractères et les consciences humaines, on piétinait les gens, on crachait sur leur honneur. La calomnie, le mensonge et la fausseté et même des provocations servaient d'instruments à exercer le pouvoir. Chez nous, également des faits tragiques se sont produits, des gens innocents ont été envoyés à la mort. De nombreux autres innocents ont été emprisonnés et quelquefois même pendant de nombreuses années. Il y eut parmi eux également des communistes. Maintes personnes ont été soumises à des tortures bestiales. On avait semé la peur et la démoralisation. Sur le terrain du culte de la personnalité se développaient des phénomènes qui violaient, annihilaient même le sens le plus profond du pouvoir populaire. Nous en avons fini avec ce système ou nous sommes sur le point d'en finir une fois pour toutes. »

— C'est trop beau pour être vrai, murmure Irena. Staline est mort, mais quand même qu'il ose dire tout cela pendant que les tanks soviétiques sont dans les faubourgs de Varsovie, c'est une preuve de courage.

— Un instant, objecte Robert en parcourant des yeux le texte, page après page, il y a aussi quelque chose pour Helena.

« Le parti devrait dire clairement à notre jeunesse : dans le vaste et important processus de démocratisation, marchez en tête, mais ne perdez pas de vue notre commandement qui est celui de toute la Pologne populaire ; le parti unifié des ouvriers de Pologne. »

C'est le moment ou jamais de leur avouer que, depuis quelques mois, je me propose de demander la carte du Parti, pense Helena, mais elle n'ose pas le faire tout de suite et quelques instants après il est déjà trop tard parce qu'on frappe à la porte.

— Cache vite le journal, ordonne Irena à voix basse.

— Mais voyons, chérie, proteste Robert, c'est *Trybuna Ludu*, l'organe officiel du Parti, notre quotidien à tous. Pourquoi veux-tu qu'on le cache ?

— Sait-on jamais...

Dans les yeux d'Irena il y a ce reflet de la peur qui met Robert mal à l'aise. Je ne cesserai jamais de me sentir coupable à son égard, pense-t-il, parce que pendant l'occupation j'étais prisonnier de guerre, tandis qu'elle se débattait, toute seule avec la petite, et risquait sa vie dans le maquis.

— Kazik !

Jamais Helena n'avait été aussi heureuse de revoir son camarade d'école. En fait, au cours de ces trois dernières années, elle l'avait complètement perdu de vue. Il était parti chez son oncle et il n'avait pas donné signe de vie depuis. Certains disaient qu'il avait été arrêté, d'autres qu'il était à Moscou, mais Helena n'avait pas voulu aller demander à ses parents ce qu'il en était au juste. Une fille ne doit pas manifester d'intérêt pour le sort d'un garçon qui ne lui donne pas de ses nouvelles. Une bonne vieille tradition de pruderie bourgeoise ! Au fond d'elle-même, Helena craignait tout simplement de se faire dire par la mère de Kazik que tout était de sa faute, que c'était à cause d'elle qu'il avait quitté ses parents et qu'elle était une mauvaise fille qui leur avait apporté le malheur.

— Helena !

Kazik tend ses deux bras, la saisit, la serre contre lui, sous le regard mi-amusé, mi-critique de Robert.

— D'où sors-tu ? As-tu fait ton droit ? Où étais-tu ?

Les questions pleuvent. Helena veut tout savoir. Irena prépare le thé et fait des sandwiches. Visiblement ravi, Kazik s'installe près de la table. Il a vieilli. Des rides délicates se sont creusées des deux côtés de sa bouche. Ce n'est plus un adolescent. C'est un jeune homme qui paraît avoir beaucoup de maturité pour son âge.

— J'ai vécu sur les « terres reconquises », dit-il lentement en pesant ses mots. Nous avions des bonnes conditions là-bas. Une maison, un jardin...

— Qui, nous ? l'interrompt Helena.

— La famille de mon oncle ; parce que lui-même a eu des ennuis. Au moment de la retraite des « camarades », il a essayé de cacher des outils et des instruments de précision qui appartenaient à l'usine. Sans cela les soldats les auraient emportés. Ils emportaient tout, sous prétexte que cela était leur dû, une sorte de butin de guerre. Les vainqueurs, tu comprends, ne se soucient pas beaucoup de savoir ce que nous allons faire avec des usines vides et à moitié démontées. Donc, mon oncle, avec d'autres, s'est retrouvé en prison. J'ai vécu avec la tante et les cousins. Elle a dû divorcer finalement pour garder son travail et cette maison que nous occupions avec une autre femme qui, elle aussi, avait des enfants.

— Des filles ? demande Helena, avec une curiosité involontaire.

— Non, rassure-toi, des garçons. Je n'ai pas mené une vie de plaisir, mais j'ai trimé dur pendant que toi tu continuais à te prélasser en classe. Je vais m'inscrire maintenant aux cours du soir pour rattraper le temps perdu.

— Aux cours de quoi ? demande Irena, pour laquelle, depuis toujours et à jamais sans doute, les études demeurent l'élément primordial.

Pendant l'occupation, quand Helena amenait des nouveaux amis à la maison, sa mère ne s'inquiétait pas de savoir s'ils transportaient des journaux clandestins, ou des grenades, mais s'ils ne négligeaient pas de suivre les cours clandestins du niveau secondaire, ou du lycée, ou de l'université, quand il s'agissait des plus vieux. Ensuite, elle fouillait dans les armoires pour leur trouver quelque chose à manger, et quand ils étaient tous installés tant bien que mal autour d'une table, elle commençait seulement à s'inquiéter.

– Si on sonne, qu'est-ce que je fais ? Vous avez quelque chose dans vos serviettes ? Vous savez, la deuxième sortie, là, par la cuisine, permet de descendre en arrière dans la cour, alors au cas où...

Pauvre maman, elle vieillit, mais elle ne change pas.

– Je suis en train de faire mon droit, dit Kazik, j'ai passé mon bachot là-bas et j'ai eu des bons résultats, donc ils m'ont accepté tout de suite.

Ils t'ont accepté, mon petit, pense Robert, non pas parce que tu es brillant, mais parce que tu as à ton actif tes « origines familiales ». C'est plus facile désormais pour un fils d'ouvrier que pour celui qui a eu le malheur d'être engendré par un professionnel. J'ai eu assez de mal pour qu'Helena puisse s'inscrire en médecine et, sans l'intervention d'Andrzej, cela n'aurait jamais marché sans doute, bien qu'elle ait eu à son bachot le prix d'excellence et je ne sais trop quoi en plus...

Ils mangent en discutant à bâtons rompus. Le cardinal Wyszynski qui est en résidence surveillée, paraît-il, sinon en prison, doit revenir à Varsovie. Kazik affirme qu'on pourra le recevoir en triomphe comme il le mérite, le saint homme. Ses parents ont été prévenus de cela lors d'une réunion du Parti.

Kazik est de retour depuis une semaine à peine et déjà il est chargé de plusieurs fonctions. C'est la raison pour laquelle il n'a pas pu venir les voir plus tôt. C'est que là-bas, il a rencontré Wladyslaw Gomulka qui, par le passé a été détenu dans la même cellule que son oncle.

– C'est un homme extraordinaire, raconte Kazik. Il est très méfiant, comme tous ceux qui ont fait de la prison, mais très vite il m'a adopté. En quarante-cinq, il a été ministre des « Territoires reconquis » dont il connaît bien les problèmes. Il ne les a pas oubliés pendant ses années de disgrâce et de détention et il m'a beaucoup appris, comme ça tout bonnement en m'emmenant marcher. Il est venu chez nous à plusieurs reprises pour discuter de la libération de mon oncle et pour demander à ma tante certains détails qu'il jugeait pertinents à la cause. Il nous a trouvé un avocat et, en partant pour Varsovie, m'a encouragé à le suivre...

Kazik avale avec application une gorgée de thé.

Non, il ne leur dira pas tout. C'est trop tôt encore. Un jour peut-être. De toute façon, il vaut mieux que les choses se fassent avant d'être annoncées, parce que si jamais ses projets ne se réalisaient pas il serait ridicule à leurs yeux. Gomulka lui a dit pourtant cette phrase dont chaque mot est gravé dans sa mémoire :

« Beaucoup de gens se sont compromis. Il faut les remplacer par des jeunes qui, comme toi, ont les mains propres. Termine ton droit au plus vite. On se retrouvera. »

— Il est patriote, ajoute Kazik prudemment. C'est un ancien ouvrier et un Polonais que ses amis savent intègre. Mon oncle m'a dit qu'il était ému quand on lui a raconté que des dizaines d'ouvriers sont morts lors des émeutes de Poznan. Forcément, ils sont sortis de l'usine, ils ont envahi les locaux de la milice et ils se sont procuré ainsi des armes. La milice a appelé l'armée. Ils ont tiré... Et puis, il n'aime pas les *Kacapy*. Il les connaît trop bien, sans doute.

— Pourvu que tu dises vrai, soupire Irena. Pourvu que Moscou cesse de nous piller, de nous prendre notre blé, notre charbon et nos locomotives, qu'on fabrique de peine et de misère pour le faire transporter, et on finira par sortir du marasme. Entre nous, on s'arrangera toujours.

— Comme les temps changent. Il n'y a pas si longtemps encore on accusait Gomulka d'être « un déviationiste nationaliste de droite et anti-soviétique » et le voilà en train de prendre le pouvoir et de promettre mer et monde. Il paraît qu'on va avoir la liberté de la presse, des élections démocratiques et qu'au gouvernement la diète aura son mot à dire. Jamais les Soviétiques n'accepteront que cela arrive, mais le simple fait qu'on en parle ce n'est pas rien, constate Robert.

— Ils ne partiront pas de leur propre gré, dit pensivement Helena. Gomulka est peut-être un grand homme, mais il ne réussira pas mieux que les autres. Il faudra se battre...

— C'est ça, ma petite fille romantique, la dernière charge de la cavalerie polonaise contre les tanks transposée à la moderne, dans la bataille que je livrerai avec ma canne et ma prothèse aux formations soviétiques qui se tiennent prêtes dans les environs. Tout à fait cela...

Helena se tait. Face à son père, elle se sent à nouveau jeune et démunie. Elle a beau être en deuxième année de médecine, devant lui elle retrouve ses quinze ans. Parfois c'est agréable et rassurant, mais parfois, comme en ce moment, humiliant et dégradant.

– Il faut que j'aille à l'université, j'ai une réunion, dit Helena.

– Je t'accompagne, décide aussitôt Kazik, en se levant.

– J'espère que, grâce aux réformes de Gomulka vous aurez plus d'heures de cours et de travaux pratiques et moins de réunions, plaisante Robert. Je commence à craindre sérieusement pour ma vie. Avec des médecins formés à coup de réunions, plutôt que de cours et de stages, on risque de mourir plus sûrement que sous la charge des tanks soviétiques. Et moi, je ne tiens pas du tout à mourir jeune...

Ils s'esclaffent. C'est la détente, l'espoir, le sentiment qu'enfin quelque chose se passera, que quelque chose changera.

– Il n'est pas mal, ce Kazik, constate Irena après leur départ ; il a évolué. Vois-tu, quand mon père disait avant la guerre qu'il suffirait de faciliter à la classe ouvrière les études pour qu'on puisse comprendre ses enfants et se faire comprendre d'eux, certains estimaient qu'il énonçait des bêtises juste bonnes pour le faire accuser d'être la victime de la propagande. Et maintenant, Kazik confirme en quelque sorte ce que mon père pressentait à l'époque.

– Oui, acquiesce pensivement Robert, malheureusement la jonction entre nos chers intellectuels, éternels pelleteurs de nuages, et les ouvriers n'est pas encore faite et ne se réalisera pas du jour au lendemain. Or, moi je te l'annonce aujourd'hui, tant qu'on ne sera pas capable de travailler ensemble, la Pologne ne sera jamais un pays indépendant, où il fait bon de vivre. Jamais !

– Je crois que je vais me coucher, dit soudain Irena. Après ces trois journées de tension où je croyais bien que les tanks soviétiques allaient commencer à tirer d'une minute à l'autre sur les maisons, les gens, les cafés et jusqu'aux arbres des parcs, je me sens soudain comme une feuille qui tremble au vent. Dans une heure il faut que je parte donner mon cours de piano, mais d'ici là dodo.

Robert l'embrasse affectueusement.

– Va ! dit-il, va dans la chambre d'Helena et repose-toi pour avoir au réveil ce petit air perdu que j'aime tant ?

Irena disparaît dans la pièce à côté et Robert se met à relire le texte du discours de Wladyslaw Gomulka.

« Ce qu'il y a d'invariable dans le socialisme se réduit à la suppression de l'exploitation de l'homme par l'homme... Les voies qui mènent à ce but peuvent être et sont multiples... Pour y parvenir chaque pays devrait posséder une pleine autonomie. »

Robert voudrait pouvoir discuter de tout cela avec des amis : un écrivain qu'il rencontre de temps en temps, des ouvriers avec lesquels il travaille souvent sur les chantiers de la reconstruction, le fournisseur de planches grâce auquel il peut faire des meubles neufs, au lieu de rafistoler indéfiniment ceux qui ont déjà servi et qui sont sortis de l'insurrection de Varsovie dans un état pitoyable.

Comme il n'a pas de téléphone, il ne peut pas les appeler, mais il serait peut-être bon de sortir et d'aller trouver le marchand de planches, par exemple, puisque, dans la petite cabane qui lui sert de logement et d'entrepôt, plusieurs personnes se réunissent pour discuter et pour prendre un verre. Oui, mais ce n'est pas prudent de laisser Irena seule. Sait-on jamais... Dans une atmosphère aussi tendue n'importe quoi peut se produire.

Non, il vaut mieux qu'il reste. Quelqu'un passera tôt ou tard chez lui.

Robert pousse son fauteuil jusqu'à la petite table où on a posé la radio. Il se met à jouer avec les boutons. C'est l'heure des nouvelles de la BBC de Londres, qu'ils ne manquent jamais d'écouter, Irena et lui. La voix du speaker parvient brouillée et lointaine, mais suffisamment forte pour qu'on puisse comprendre quand même les paroles.

« Après avoir organisé une grande manifestation de solidarité avec la Pologne, les ouvriers ont défilé avec les étudiants à Budapest devant la statue du général Joseph Bem, le général polonais qui a pris part à la révolution hongroise de 1848. La situation est très explosive. D'après les nouvelles que nous avons pu obtenir, ils se proposent d'investir les bureaux de la Radiodiffusion »...

C'est pour cela que Gomulka est en train de convaincre les Soviétiques de changer de modus vivendi. Les camarades de Moscou ont peur... il était temps, mais qu'est-ce qui va se passer en Hongrie s'ils ne parviennent pas à calmer les foules, et quel écho va se répercuter de tout cela à Varsovie ?

Robert, le mécréant, comme l'appelait autrefois sa mère, l'athée qui ne croit en aucun dogme en dehors de celui de la supériorité du cerveau humain sur la matière, se met à prier, comme l'aurait fait Irena, ou Magda, mais avec plus de ferveur encore parce qu'il répète des paroles depuis longtemps oubliées qui remontent de son enfance et qui ont la saveur de ses souvenirs d'alors.

* * *

– Il me faut ce plasma, vous m'entendez, il me le faut tout de suite, crie Andrzej.

– Mais c'est complètement fou ce que vous exigez de moi. Si on est obligé de pratiquer une transfusion cette nuit qu'est-ce que je vais faire ?

– Vous allez donner le vôtre. Vous entendez. Vous avez des veines comme tout le monde et la capacité de vous allonger sur une civière, ou sur un lit. Allons, laissez-moi partir.

Andrzej prend la caisse avec le plasma, puis désigne d'un geste la réserve des bandages, du coton hydrophile et des bouteilles d'iode.

– Vite, chargez-moi tout ça dans ma voiture.

L'infirmière en chef lui fait face et le fixe de ses petits yeux noirs, méchants et pleins de rage contenue. Puis, brusquement son visage s'adoucit.

— C'est pour les Hongrois que vous en avez besoin ? demande-t-elle. Si c'est pour ceux de Budapest, camarade docteur, je suis d'accord et je pars avec vous.

Comme ça, elle aussi écoute en cachette la BBC de Londres, pense Andrzej, car comment pourrait-elle savoir qu'on meurt en ce moment à Budapest où des milliers de gens affrontent les tanks soviétiques qui tirent sur la foule ?

La vieille fille revêche, avec ses drôles de poils noirs qui lui poussent sur le menton et qu'elle s'applique à arracher un à un pendant ses nuits de garde, pense en somme comme lui et est prête à prendre les mêmes risques que lui.

— Vous êtes courageuse, constate Andrzej en sortant de son étonnement.

— Oh ! vous savez, camarade docteur, mourir pour mourir, il vaut mieux que cela soit pour quelque chose.

Nous sommes un peuple étrange, pense Andrzej. Un peuple à ce point amoureux de la liberté qu'aucun sacrifice ne peut lui servir de moyen de dissuasion. La prison, la torture, les procès et avant cela l'occupation et l'insurrection de Varsovie, un véritable bain de sang, six millions de morts, cela ne nous suffit pas. Il nous faut plus et plus encore. Un holocauste, la fin du monde, n'importe quoi pourvu qu'on parvienne à se débarrasser de l'occupant soviétique. Ailleurs, on discute des politiques des partis, des projets des recommandations, des évaluations objectives, des commissions. Chez nous, c'est le silence de la censure, le parti unique et on ne peut que se sentir polonais. Le reste n'est pas accessible. Le seul mot que nous pouvons décliner, *ad nauseam*, c'est celui de liberté. La Pologne ne peut que rêver de liberté et d'indépendance tout en vivant après cent ans de partages, tantôt sous la botte des fascistes allemands et tantôt sous celle des gouvernements obéissant aux Soviétiques. Et maintenant, voici que les Hongrois décident de se battre sans avoir la moindre chance. Eux, qui ont été si raisonnables jusqu'à présent, qui ont su composer avec l'occupant allemand et subir le libérateur soviétique.

Imre Nagy accepte le régime de coalition des partis, la suppression de la terreur des arrestations et des condamnations arbitraires et la liberté de la presse, qui y est reliée par la force des choses, mais ce n'est pas permis par le Kremlin. Le peuple doit se battre dans les rues. Le peuple... Combien de réalités se cachent sous des mots qui comme celui-là ne sont en fait qu'une simplification absurde. Pourquoi ne dit-on pas plutôt les Hongrois, femmes, hommes, enfants, intellectuels, ouvriers, infirmes, jeunes, vieux et très vieux... Cela serait plus long, certes, mais plus conforme à la réalité des faits. Plus humain ! « Peuples de tous les pays unissez-vous ! » Non, jamais le peuple polonais et le peuple hongrois ne seront vraiment unis à celui des Soviétiques. En politique, les mariages contre nature ne se font pas ou se contractent à l'ombre des tanks. Si seulement nous pouvions aller nous battre à leur côté, les aider, vaincre ou mourir ensemble. Mais non, il n'y a que les rubans tricolores qui fleurissent à l'université dans les boutonnières et sur les poitrines des étudiants. Si seulement...

L'infirmière a le souffle court et saccadé. Ils remplissent la voiture et partent ensemble à la tombée de la nuit. L'infirmière en chef a pensé emporter un peu de nourriture, pour elle et pour le docteur, mais Andrzej Rybicky n'a sur lui que la petite carte avec le numéro. Va-t-elle s'avérer aussi efficace que par le passé ? Leur permettra-t-elle de franchir sans encombre l'espace qui les sépare de l'aéroport où l'attend ce Roman, pilote commercial qui lui a promis de faire parvenir ce qu'il jugera utile aux insurgés de Budapest ?

Une fois de plus Andrzej roule dans la nuit. En 1939, sur les routes encombrées par l'exode, des officiers et des soldats essayaient de se frayer un chemin vers la liberté, vers la frontière hongroise qui était alors commune, puisque Lvov n'appartenait pas encore aux Soviétiques, ni toute cette région qu'ils ont annexée depuis avec la bénédiction de l'Occident.

Et à cette frontière hongroise de l'époque, des douaniers les recevaient et les aidaient, parce que le peuple hongrois le voulait ainsi.

— Vous conduisez trop vite, camarade docteur, dit l'infirmière. Ce qui importe c'est d'arriver à destination.

— Oui, camarade infirmière en chef, répond Andrzej

et il est saisi aussitôt d'un fou rire qu'il ne parvient pas à réprimer.

— Qu'est-ce qui vous fait rire, camarade docteur, demande l'infirmière offusquée.

— Oh ! rien, répond Andrzej en hoquetant.

De sa main droite, il serre sa main à elle et ne la lâche qu'à l'entrée de l'aéroport, quand les miliciens les arrêtent.

— Où allez-vous, camarade ?

Des visages déplaisants, des armes automatiques, tout l'attirail de la contrainte et de l'injustice. Ceux-là parlent polonais ; avant c'étaient des Boches qui parlaient allemand, pense Andrzej. Au fait, c'est pire encore. Il montre sa carte de médecin, fixée sur un coin du pare-brise, mais cela ne suffit pas, alors il sort la petite carte avec l'étrange numéro dessus.

— C'est bon, vous pouvez passer, dit le milicien en saluant de façon militaire.

En somme, tout change et tout demeure pareil, pense Andrzej. Aussi longtemps que cette carte m'ouvre toutes les portes, cela signifie que ce sont toujours les mêmes qui les tiennent fermées.

Le pilote est là prêt à partir. Quelques instants encore, pendant lesquels ils transfèrent les boîtes de la voiture dans la carlingue et c'est fini.

— Vous communiquez avec moi, pour la prochaine expédition, dit Andrzej au pilote, un ancien malade qu'il a sauvé après une mauvaise bagarre dans un estaminet en construction de Nowa Huta.

— Il n'y aura pas d'autres expéditions, répond lentement le pilote. Cela va se passer comme à l'époque où nous transportions des cartouches par les canalisations pour aider les Juifs du Ghetto de Varsovie. Cette fois-ci, il ne s'agit pas de Juifs, mais de Hongrois et ce ne sont pas les Boches qui torturent mais les Soviétiques. C'est pourtant du pareil au même. Ils tirent sur tout ce qui bouge et pendent sur-le-champ ceux qui tombent vivants entre leurs mains. Il y a des milliers de morts à Budapest. Cela ne peut pas durer. Ils vont céder au cours de la semaine. Ils n'ont ni munitions, ni équipement et il n'y a plus rien à manger. Bonne nuit et faites attention à vous. À la prochaine !...

L'avion décolle, s'élève dans le ciel dans un bruit infernal, puis disparaît là-haut et tout redevient silence.

– Nous rentrons, dit Andrzej à l'infirmière en chef qui, déçue, se met à verser le thé du thermos qu'elle a réussi à remplir et à emporter. La voiture roule maintenant sur la route et tous les deux se taisent en pensant à ce que le pilote leur a dit. Mais au lieu d'essayer d'imaginer ce qui se passe là-bas, ils songent à eux, à leur chance de ne pas être arrêtés et à la façon suivant laquelle il leur faudra justifier la disparition des réserves de l'hôpital en plasma, bandages et bouteilles d'iode.

– Pourvu qu'elles ne se brisent pas pendant le transport, dit lentement l'infirmière.

– Qui, ça ?

– Mais les bouteilles d'iode, camarade docteur.

– Ah, oui ! les bouteilles... Moi j'aurais pensé que vous étiez en train de vous inquiéter, camarade infirmière en chef, pour le sort du pilote.

Elle s'enfonce mieux dans son coin et ne répond pas. Tous les deux ne desserrent pas les dents jusqu'à ce que la haute silhouette de l'hôpital apparaisse devant eux.

– Dites donc, camarade docteur, demande l'infirmière en chef, là-bas à l'aéroport, il y avait des soldats polonais, des miliciens, mais aussi deux officiers soviétiques ?

– Je le crois bien. Je vous avoue que j'ai essayé de ne pas examiner de trop près tout ce personnel qui nous protège. J'avais l'impression d'avoir plus de chance de régler l'expédition en fixant les bouts de mes chaussures.

– Comment se fait-il alors, insiste l'infirmière, que personne ne nous a demandé ce qu'il y avait dans les caisses et à qui on les expédiait ? Qu'on n'a même pas été intéressé à voir nos papiers d'identité ?

– Je ne sais pas, camarade infirmière en chef.

Elle le regarde un instant avec des yeux incrédules, puis constate :

– Pourtant pendant la guerre vous étiez à Varsovie.

– Quel rapport ?

– Oh ! aucun. J'ai juste pensé que des aventures comme celle-là ne peuvent arriver qu'à ceux qui sont revenus de Moscou. Vous devez être une exception.

Elle est futée la vieille demoiselle, pense Andrzej, mais elle ne saura rien. Tant pis, il faudra bien qu'elle fouille. Cela peut m'attirer des ennuis, mais je n'y peux rien. Je ne pouvais pas me débrouiller sans elle. Ce n'est pas moi qui garde la haute main sur les réserves de la pharmacie de notre hôpital.

Andrzej gare la voiture et revient vers la résidence des médecins, en faisant tourner la clé de contact autour de son doigt. Pour la première fois depuis des semaines il se sent bien dans sa peau.

* * *

Kazik est sur l'estrade. Cela le gêne d'être placé devant une salle pleine de monde, les coudes appuyés sur le pupitre dont se sert habituellement le professeur. Derrière lui, il y a les trois responsables du ZSP* de la faculté de droit, les autres ont promis de venir, mais ils ne se sont pas montrés. Cela fait une rangée de chaises vides le long du mur. Peu importe, la salle est quand même aux trois quarts pleine.

– Camarades étudiants, crie Kazik, nous devons rester calme. Le camarade Gomulka va négocier en notre nom et celui de tous avec le camarade Khrouchtchev, mais nous, ici, nous devons rester calmes et attendre. Vous m'entendez, nous devons rester calmes ! Il est irresponsable de fournir des armes à nos ennemis qui disent que les étudiants risquent de provoquer des réactions graves. Nos ennemis n'attendent que cela pour nous discréditer.

– À bas les envahisseurs ! hurle quelqu'un. Nous voulons la liberté. À bas les étrangers. À bas la police secrète ! Dehors, tous dehors !

---

* ZSP : *Zrzeszenie Studendow Polskich*, Association des Étudiants polonais.

Kazik ne domine pas sa salle. Pourtant, l'homme qui l'a forcé à venir ici, lui a bien dit que si les étudiants sortaient dans la rue, ils seraient aussitôt dispersés.

– Il serait préférable pour eux qu'ils n'essaient même pas, ajouta-t-il d'un ton menaçant.

– La milice, l'armée ou les chars soviétiques ? osa demander Kazik.

– Rien de tout cela, mais bien pire encore a répondu l'inconnu. Vous avez promis, camarade, de nous aider, alors faites-le.

Kazik est persuadé que l'homme fait partie de l'entourage de Gomulka. Qu'il lui a apporté un message capital et un ordre qu'il doit exécuter coûte que coûte sous peine de ne plus jamais pouvoir regagner la confiance du « vieux »*.

Il y en va en somme de son avenir, à lui, de sa capacité de se présenter un jour chez les parents d'Helena et de leur dire : Regardez, moi, Kazimierz Skola, j'ai réussi et je viens vous demander la main de votre fille. Vous ne pouvez me la refuser, parce que j'ai un poste de commande et que je suis quelqu'un.

– Camarades, hurle Kazik, attention ! Vous êtes victimes des provocateurs. Ne sortez pas, je vous en prie, ne sortez pas ! Camarades, nous, jeunes socialistes, nous, étudiants d'université, nous devons être plus responsables que les autres. Camarades...

La suite se perd dans un vacarme indescriptible. Les étudiants montent sur l'estrade, saisissent Kazik et les trois représentants du ZSP qui se tiennent derrière lui et les traînent dans la salle. Kazik sent des mains sur ses bras, son dos, ses épaules et sa tête. Il se secoue, se penche, glisse entre les jambes, parvient à se dégager et une fois dehors, se met à courir.

Il fait clair encore en cette fin de journée, mais la rue est vide. Soudain, au coin, apparaissent des hommes en bleu de travail. Ils avancent en ordre serré, masse compacte d'ouvriers à laquelle Kazik échappe en se

---

* Nom qu'on donnait à W. Gomulka dans certains milieux pour éviter de l'identifier en présence de tiers.

réfugiant dans une porte cochère. Ils passent maintenant tout près de lui et il peut les observer à sa guise. Visages fermés, décidés. Personne ne parle et personne ne sourit. Ils ressemblent à ces peintures d'artistes maladroits, soucieux de plaire au pouvoir, qui représentent des ouvriers mythiques. Le buste en avant, l'estomac rentré, l'attitude avantageuse des vainqueurs, drapeaux rouges déployés au-dessus des têtes. Pauvres diables, en fait, ils travaillent sept jours par semaine et douze heures par jour pour gagner de quoi ne pas crever de faim.

Le pouvoir du peuple, la force de la classe ouvrière, pense Kazik, et mon père qui a attrapé des rhumatismes dans son atelier où l'humidité suinte des murs et où il n'y a pas de ventilation. Mais que font-ils ici, ces hommes ? Ah ! voici des pancartes :

« Les ouvriers de l'usine d'automobiles Zeran refusent de tolérer des désordres. » « Nous construisons notre glorieux parti socialiste. » « Nous voulons travailler dans la paix et dans l'amitié des peuples. » « Nous lutterons contre les forces réactionnaires et nous vaincrons. »

Au fond, là bas, devant l'université, les étudiants crient en lançant des faluches en l'air :

– À bas les *Kacapy*. Vive la liberté. Vive l'indépendance du peuple polonais.

Les ouvriers avancent comme s'ils ne les voyaient pas...

Camarades, je vous en prie, vous n'allez quand même pas attaquer les étudiants, crie quelqu'un. Nous avons les mêmes buts. C'est juste de la provocation. Ne vous laissez pas entraîner. Camarades...

Personne ne l'écoute !

– Vive la liberté, vive l'indépendance, vive la Pologne libre et souveraine, crient les étudiants.

– Jeunesse dorée, bande de profiteurs, hurlent les ouvriers.

Certains lèvent les poings dans un geste menaçant, d'autres avancent de plus en plus vite les dépassent comme s'ils étaient plus pressés que d'autres de se venger de leur jeunesse passée dans les usines sur ceux qui, au lieu d'être derrière des machines, dans des ateliers poussiéreux et sales, ont le privilège d'étudier.

Surpris, le groupe des étudiants recule, en voulant chercher refuge derrière les grilles de l'université, mais aussitôt ils sont encerclés et débordés. C'est le tumulte et la bousculade. Ensuite, tout se passe très vite. Quelques ouvriers brandissent des grosses chaînes rouillées. Ils s'en servent, comme d'un lasso, pour frapper ceux qui résistent devant eux. En l'espace de quelques secondes, il n'y a plus d'étudiants. Ils sont dispersés. Seuls les ouvriers continuent de crier : « Fainéants, bons à rien, trouillards ! »

Kazik profite de cet instant pour quitter la porte cochère où il a trouvé refuge et il s'enfuit.

C'était donc ça, la trouvaille, pense-t-il en courant. Se sachant populaire parmi les ouvriers, le « vieux » en a profité pour les utiliser contre les étudiants. Les voilà promus défenseurs de l'ordre et de la paix socialiste.

Dans la rue voisine, quelques ouvriers plus âgés, les chefs du mouvement sans doute, tiennent un conciliabule. Pas de passants et pas de milice. La rue est complètement déserte. On a l'impression que la vie s'est arrêtée, que les autobus et les tramways ont cessé de circuler et que même les curieux ne veulent pas voir ce qui se passe. Les miliciens semblent être consignés dans les postes et les soldats dans les casernes. Autour, c'est le vide et le silence. Kazik court à travers les ruines où travaillent habituellement une équipe de bénévoles et arrive chez lui à bout de souffle. Son père l'attend devant la porte.

– J'étais inquiet, dit-il à voix basse. Les copains sont allés faire de l'ordre à l'université. Cela s'est décidé, semble-t-il, ce matin et aussitôt ils sont venus me prévenir. Ce sont ceux de Zeran qui ont reçu l'ordre de faire peur aux étudiants. En guise d'encouragement, on leur a distribué dès le matin des bouteilles de vodka gratuitement. Pour les réchauffer, semble-t-il. Forcément, ce n'était pas facile pour eux. Ils sont mobilisés depuis des semaines. À Polytechnique ils ont réussi à organiser une sorte d'action commune avec les étudiants, mais la manifestation de ce soir n'était pas acceptable. Les *Kacapy* attendent la première occasion pour nous tirer dessus. C'est stupide de la leur offrir, comme ça, sur un plateau.

Ils marchent côte à côte sur le chemin où les travaux de pavage, entrepris depuis plus d'un an, ne sont toujours pas terminés. Ce n'est pas commode d'avancer ainsi dans le sable imbibé d'eau, mais c'est la seule façon de se parler. À la maison, à l'usine, à l'université, dans les salles de réunion, partout il peut y avoir un mouchard, une de ces étranges machines à enregistrer, une porte ou un trou dans le mur derrière lequel quelqu'un veille et écoute. Depuis que Kazik a l'âge de comprendre, depuis que son père a accepté de le traiter en adulte, ils discutent toujours comme ça, en marchant. Mais ce soir cela paraît à Kazik incongru dans cette ville qui semble dormir, bien que derrière chaque fenêtre, chaque balcon, il y ait des gens qui veillent et qui discutent à voix basse. Dans ce climat d'inquiétude et de tension générale, Kazik ne peut s'empêcher d'admirer le calme de son père.

— Je n'aime pas cela, dit il. Lancer les ouvriers contre les étudiants ce n'est pas une bonne idée. Cela a été décidé à la dernière minute, sans doute. Pas de milice, pas d'armée, pas de répression. Juste des ouvriers qui mettent au pas la jeunesse dorée. Vois-tu, ils n'ont pas d'enfants à l'université, je suis encore une exception, alors forcément je raisonne autrement. Je te vois trimer tous les soirs et je respecte ton travail. Les camarades, eux s'imaginent que c'est facile d'apprendre. Et puis, il y a l'envie. Notre génération n'a pas pu étudier et nous n'avons pas rêvé qu'un jour nos enfants seraient à l'université. À douze ans, j'étais à l'usine et j'y suis depuis ! Vois-tu, je me suis imaginé dès le début, que, pour parler d'égal à égal avec mon contremaître, il me suffit de vieillir et de prendre de l'expérience tandis que pour pouvoir causer avec le propriétaire il me faut défendre par tous les moyens le Parti ouvrier et ses objectifs. Et j'ai réussi à cinquante ans à avoir ce que je voulais. Pourtant, pour être à l'aise avec un étudiant, un blanc-bec de tes camarades, une fille comme Helena par exemple, tout cela ne suffit pas. Il y a des préjugés. La vieille habitude de considérer les ouvriers comme des ivrognes, ignorants, brutaux et sales. À l'opposé, selon notre imagerie à nous, les étudiants ce sont des parasites qui discutent des choses et des gens dont ils ignorent tout, ou encore qui lisent pour le plaisir sans rien connaître d'utile et de pratique. En somme, les intellectuels sont prêts à s'agiter pour obtenir des avantages leur permettant de continuer à être aussi éloignés de nous et des besoins réels que la planète Mars. Je ne sais pas si je m'explique bien, mais en gros c'est bien cela qu'on pense.

– Ça va changer un jour, papa.

– Je l'espère, parce que tant que ça va continuer ainsi les *Kacapy* vont toujours nous avoir.

Ils reviennent vers la maison, vers la chaleur de la cuisine et vers le sourire de la femme qui les attend. Une angoisse s'installe entre eux, car tous les deux ont peur à leur façon de ce que va leur apporter le lendemain et n'osent pas se l'avouer pour ne pas paraître lâches à leurs propres yeux.

* * *

La rue, le soleil sur la neige, le ciel bleu. Dans cette lumière, même les squelettes des immeubles paraissent moins lugubres. Les maisons où quelques trouées béantes rendent les étages supérieurs inhabitables ont l'air de porter des chapeaux blancs. Il y a une sorte de gaieté dans l'air, mais les rares passants ne semblent pas la ressentir. Il est plus de trois heures et certains bureaux ferment. Pourtant, il y a peu de monde dans les rues.

Helena s'arrête devant la vitrine d'un magasin qui expose ses rayons vides et mal entretenus. Il n'y a personne à l'intérieur. A-t-on oublié de l'ouvrir ou les vendeuses sont-elles parties faire la queue ailleurs, à la recherche de quelques victuailles pour leur repas du soir ?

Helena a froid. Cela ne lui est pas arrivé depuis des années de marcher sans but, d'avoir tout son temps.

Pour moi, la vie, ma vie, vient de s'arrêter, pense-t-elle. Il n'y a plus rien devant. Juste le vide. Et ce doyen qui a eu le courage de me consoler en disant que j'ai de la chance parce qu'il n'y aura pas de procès. Tout simplement, je suis rayée des effectifs de l'École de médecine. C'est une décision sans appel.

« Coupable de participer aux manifestations contre notre glorieux allié soviétique. Indigne de poursuivre ses études et de devenir médecin de la République de la Pologne populaire. »

Derrière ces mots, il y a les nuits passées devant la table de travail de la petite chambre. Il y a les obsessions, le gros volume d'anatomie, la mémoire qui flanche, les examens écrits, les mains moites, le cœur qui bat, les visages des examinateurs, la voix qui tremble et les questions auxquelles il faut répondre. Il y a trois longues années, des laboratoires où le chauffage ne fonctionne pas, la salle d'hôpital où les malades couchent si près les uns des autres que, pour les atteindre, il faut parfois repousser les lits afin de se glisser dans le passage trop étroit. Il y a les réunions, les discussions, les camarades, et ce sentiment d'utilité qui lui a toujours apporté tant de satisfaction.

Helena, la coqueluche de l'Association des Étudiants polonais, Helena la meilleure élève de sa promotion, qu'on accusait dans son groupe d'être trop douée, parce qu'elle ne voulait avouer combien d'heures et d'efforts chaque examen lui demandait, Helena n'est plus personne ! Elle a cessé d'appartenir à un corps constitué. Elle n'est qu'un individu rejeté par la société pour l'avoir offensée. Une sorte de traître, en somme. Pourtant d'autres pensent comme elle, pourtant d'autres ont espéré que Gomulka chassera les Soviétiques et ont été prêts à lutter pour que cela se réalise le plus rapidement possible.

Qu'est-ce que je vais devenir, se demande Helena ?

La voici sur l'allée de *Nowy Swiat**. À côté du trottoir un jeune homme peine sur sa *rikcha***, vestige toujours présent de la guerre. Il pédale sur sa bicyclette et tire de son mieux l'étrange véhicule à deux places où sont assises deux dames et une petite fille. Il fait froid, mais la sueur coule sur son visage. Mauvais pour le cœur, pense machinalement Helena. En fait, cela devrait être interdit pour des raisons de santé. Mais si on défend aux gens de se transformer ainsi en bêtes de somme, de

---

* Nouveau Monde. Nom d'une rue de Varsovie.

** Cyclo-pousse. Moyen de transport utilisé dans les pays occupés pendant la Deuxième Guerre mondiale, faute de taxis.

quoi vivront-ils et comment ceux qui ne peuvent plus marcher beaucoup vont-ils se déplacer ? Ailleurs, il y a des taxis, mais chez nous on les attend toujours. Et c'est nous qui avons gagné la guerre, paraît-il, au prix de six millions de morts, sans compter ceux qui ont combattu sur tous les fronts d'Europe et d'Afrique.

Il y a des injustices pires que celle qu'on a faite à mon égard, pense Helena. Je n'ai pas le droit de me plaindre. Je devrais au contraire m'estimer heureuse d'avoir la vie sauve.

Un homme vend des pains chauds. Il a installé sur le trottoir une sorte de petite poêle où le feu brûle et lance au vent des étincelles. Deux hommes se chauffent les mains en attendant d'être servis.

Helena s'approche. Cela lui rappelle quelque chose. Un moment déjà vécu, il y a longtemps. Elle retrouve des images, une atmosphère, mais ne se souvient pas où et avec qui elle a été dans la même situation. Soudain, des larmes se mettent à couler sur ses joues et elle s'éloigne en courant pour ne pas pleurer devant des étrangers et pour ne pas devenir ainsi l'objet de leur curiosité et de leur commisération.

Ce n'est pas possible, se dit Helena, il faut que je trouve une solution, que j'aille quelque part. On ne peut pas rôder comme ça dans les rues, sans avoir un but, un objectif, un lieu où on doit parvenir à heure fixe. Rentrer à la maison lui paraît impossible. Il y aura Irena et peut-être aussi son père. Il lui faudra raconter, leur faire de la peine, affronter leur chagrin. Ils ont été si fiers d'elle au cours de ces années d'université !

Robert racontait en riant à qui voulait l'entendre que sa fille deviendrait médecin et ne manquerait pas d'inventer pour une lui une prothèse électrique, articulée, phénoménale, comme une vraie jambe. Cela est même devenu une sorte de blague. Son père ne pouvait aller à la construction, recevoir des clients dans son atelier de fabrication de meubles, ou assister à une réunion sans dénicher un nouveau venu susceptible de s'intéresser aux succès de sa fille. Et pour sa mère c'est la même histoire. La marchande de journaux, les vendeuses du magasin d'alimentation, et jusqu'aux conducteurs du tramway, savent qu'Irena a une fille qui est la plus brillante élève de l'École de médecine.

– Mais oui, et elle est très belle. Vous voyez, camarade, comme c'est injuste de prétendre qu'une femme intelligente doit être forcément laide.

C'est comme si je l'entendais, murmure Helena. Pauvres parents ! Ils seront atrocement déçus. Ils auraient préféré sans doute qu'on m'arrête. Je serais au moins une vraie victime. Une malheureuse, enfermée dans une cellule. Une prisonnière politique. Mais ils se sont bien gardés de faire cela sachant que les copains protesteraient et certains professeurs aussi. C'était plus simple de m'éliminer purement et simplement. Je suis une marionnette qu'on a fait tomber dans le trou du souffleur. Ni vue, ni connue. Il n'y a plus d'Helena. Elle n'existe pas.

Et si quelqu'un intervenait en ma faveur ? L'oncle Andrzej ne peut rien faire. Depuis la campagne contre les Juifs c'est tout juste s'il parvient à pratiquer à son hôpital à Cracovie. Kazik, peut-être ? Oui, Kazik commence à avoir des relations. Depuis qu'il travaille comme avocat au bureau du ministère de la Justice, il donne l'impression d'être prospère. Cela fait longtemps qu'elle ne l'a pas vu, mais ce n'est pas une raison. Après tout, ils ont été amis et puis ne lui a-t-il pas avoué à Cracovie qu'il l'aimait. Amour de jeunesse, certes, mais il doit en rester quelque trace...

Helena essuie ses yeux. Oui, elle va se battre. Elle va se battre avec tous les moyens dont elle peut disposer. Tant pis pour les humiliations, elle est prête à profiter des passe-droits qu'elle a si sévèrement jugés par le passé quand il s'agissait des autres. Tout ce qui importe c'est de trouver un moyen d'être réintégrée en médecine. Le reste ne compte pas.

L'immeuble du ministère de la Justice, la grande porte, le préposé en uniforme qui a cessé de lui faire peur, comme autrefois, comme avant Octobre. Pourtant, elle ne se sent pas rassurée quand elle signe sous son regard inquisiteur le cahier des visiteurs, puis se tient debout devant lui en attendant qu'il parvienne à rejoindre Kazik au téléphone. D'un geste lent, il actionne la manette, la tourne, une sonnerie se fait entendre, puis l'homme en uniforme parle à voix basse tout en observant Helena, comme s'il craignait qu'elle se sauve subitement sans qu'il puisse la poursuivre.

– Le camarade Skola descend, lui dit-il finalement. Attendez.

Helena a envie de marcher de long en large, de bouger, mais le regard du garde en uniforme la cloue sur place. Autour d'elle des gens sortent et entrent et chacun l'examine à la dérobée. Il est vrai que les insurgés de Poznan ont été condamnés à des peines relativement légères, il est vrai qu'on a libéré des milliers de gens, mais ici l'atmosphère n'a pas changé. Méfiance, suspicion, conscience qu'une arrestation est toujours possible n'importe où et n'importe quand, sans raison et sans justification.

– Kazik...

Helena réprime un cri de joie en le voyant apparaître enfin devant elle.

– Viens, dit-il en la prenant par le coude et en la poussant légèrement devant lui vers la rue, vers la liberté, vers les lumières qui commencent à s'allumer dans la grisaille du soir.

Pendant un long moment, ils marchent l'un à côté de l'autre en silence. Kazik se retourne à plusieurs reprises comme pour vérifier s'ils ne sont pas suivis, puis semble se calmer.

– C'est gentil d'être venue me chercher, dit-il. J'ai tant de choses à te raconter. J'ai un travail fantastique. C'est intéressant et je peux quand même faire des choses. Ce n'est plus la milice qui contrôle les prisons, c'est notre service. Je rencontre aussi des gens importants. Tiens, pas plus tard que la semaine dernière, j'ai vu le général Komar. Tu sais, c'est un Juif, mais il a fait de la prison et il a été torturé. Je crois qu'il a compris. Lors de la réunion du service, il nous a parlé de la déstalinisation et il n'avait pas l'air de mâcher ses mots. Nous avons eu du mal à en croire nos oreilles. Et puis, je vais être nommé, je crois bien, pour faire partie de la délégation chargée de discuter avec les Soviétiques des règlements qui régiront les relations entre la population et les troupes stationnées à Lignica.

– Fantastique, dit Helena d'une voix dépourvue de chaleur. Je te félicite...

– Qu'est-ce que tu as ?

Jamais je ne cesserai de l'aimer, pense Kazik. C'est la seule personne au monde à laquelle je tiens vraiment. Je n'aurais pas dû lui parler de moi, elle a l'air si pitoyable. Elle va s'imaginer que je veux l'impressionner. Dieu, ce que je peux être maladroit !

— Helena, je suis là, ton vieux Kazik, ton copain de toujours. Tu sais bien que tu peux tout me dire.

— Je suis renvoyée de l'École de médecine pour propagande anti-soviétique.

— Ah !...Ça peut encore s'arranger. Ne t'en fais pas. Il me faut seulement tous les détails. La date, le lieu, les gens qui étaient là. Tout. Mais tu trembles. Viens, on va dîner et ensuite tu me raconteras. C'est d'accord ?

— Il faut que je rentre. Les parents vont être inquiets. Il suffit que je sois dix minutes en retard pour que maman devienne impossible. Elle s'imagine aussitôt que je suis perdue, arrêtée, fusillée ou enlevée par la milice ou par l'UB.

— Attends, on va arranger cela. Nous avons une solution. On va téléphoner à Razowa et lui demander de prévenir chez toi.

— Razowa a le téléphone ? s'étonne Helena. Elle est bien la seule dans la rue et probablement dans tout notre quartier.

— Possible, le fait est qu'elle a le téléphone et que moi, Kazik, j'ai son numéro.

Helena a trop froid et elle est trop fatiguée pour continuer à poser des questions, mais elle ne comprend pas très bien comment il se fait que Kazik ait le numéro de téléphone de Razowa qu'il n'a vue qu'une fois chez eux, quand elle est venue demander à sa mère comment trouver la liste des Polonais restés à l'étranger. Depuis la fin de la guerre, plusieurs listes ont été publiées par la Croix-Rouge mais il est impossible de se les procurer à Varsovie.

Razowa ne perd pas l'espoir que ses deux fils vivent quelque part dans le monde et fait ce qu'elle peut pour les retrouver. Pauvre femme. Heureusement, Irena a joué pour la campagne de la Croix-Rouge et elle a pu ainsi lui obtenir une adresse à Genève où elle ne cesse depuis d'envoyer des demandes. Mais comment se fait-il que Razowa ait un téléphone et que Kazik ait son numéro, quand personne dans le quartier n'est au courant de cet événement majeur et de ce moyen unique de communiquer en cas d'urgence ?

Kazik l'entraîne au Grand Hôtel, l'installe à la petite table couverte d'une nappe blanche irréprochable, commande deux vodkas et s'en va au vestiaire téléphoner. Helena avale les deux vodkas coup sur coup. Elle a besoin de se réchauffer et de se donner un peu d'assurance face à ce garçon qui, en fait, est le dernier à qui elle a envie de demander un service. Il revient très vite.

– Ça va, dit-il. Elle est partie chez tes parents. Ils ne s'énerveront pas. À propos, cette histoire de téléphone chez Razowa c'est juste pour ton information personnelle. Il vaut mieux ne pas trop la raconter. Elle annoncera à tes parents qu'elle t'a rencontrée dans la rue et que tu es allée chez une amie. Ça va ?

– Mais oui, parfaitement, pourvu qu'ils ne s'imaginent pas qu'il m'est arrivé quelque chose.

Ils sont seuls dans la grande salle à manger. Forcément, les prix du Grand Hôtel sont bien trop élevés pour que les gens puissent y venir, exception faite des étrangers et des hauts fonctionnaires, ou encore des individus louches.

Or, depuis octobre, ce genre de clientèle préfère ne pas s'afficher...

La longue rangée des garçons s'anime. Ils tournent autour de leur table comme un essaim de grosses mouches noires dont le haut du corps aurait été trempé dans du lait. Kazik étudie le menu, puis demande au maître d'hôtel de lui indiquer ce qui est disponible dans cette longue liste de plats.

– Nous avons des *zrazy** dit le maître d'hôtel.

– Bravo pour les *zrazy* ! commande en riant Kazik, avec ça une bouteille de *Bekavier***, du pain, du beurre et cela sera un vrai festin. Tu es d'accord avec moi, Helena ?

---

* Paupiettes de veau.
** Marque de vin hongrois.

Oui, elle est d'accord avec tout ce qu'il voudra pourvu qu'on puisse parler, ce qui dans cet endroit, où le personnel est au service de l'UB, lui paraît plutôt complexe. Kazik semble être du même avis puisqu'il se contente de manger et d'écouter l'orchestre qui commence à jouer sur l'estrade.

— Viens danser, dit-il subitement. Ça sera plus facile.

Une fois sur la piste, il lui demande à voix basse :

— Va, raconte.

— Il devait y avoir une réunion à l'École polytechnique et on nous a critiqués de ne pas les aider. J'ai donc organisé la réunion à l'École chez nous, au labo plus exactement. Un groupe est arrivé. Des ouvriers. Ils nous ont forcés à nous disperser. Il y a eu des affrontements. Je me demande si c'était vraiment des ouvriers, ou l'UB en salopettes. Ensuite j'ai été convoquée chez le doyen. Il m'a longuement interrogée sur mes activités sociales et autres. Un type était présent dans son bureau. Bon, les Fêtes sont passées, à la rentrée en janvier, j'ai bien vu que quelque chose n'allait pas et puis ce matin il m'a convoquée.

— Qui, il ?

— Le doyen.

— Il m'a dit que je suis un élément indésirable et il m'a montré une directive du recteur à ce propos.

— Helena, on va se battre, on ne capitulera pas comme ça. Je ne sais si tu te rends compte à quel point tout cela est stupide. J'ai eu des renseignements dès novembre, parce qu'ils étaient bien obligés de m'expliquer certains événements dans lesquels ils m'ont impliqué. Rapproche-toi un peu pour que je ne sois pas obligé de crier. Là, c'est mieux. Donc, en octobre, les étudiants de Polytechnique ont organisé une manifestation monstre pour dénoncer les staliniens et, bien entendu, nos chers amis de l'Est en général. Le général Witaszewski, le copain de Rokossowski décide qu'il faut calmer les intellectuels, c'est-à-dire les étudiants entre autres, à coups de tuyaux de plomb et d'autres instruments du genre. On prétend que les tanks se mettent en marche. Direction, Varsovie, comme d'habitude. Il faut absolument empêcher les réunions à l'université. Les ouvriers de Zeran prennent des voitures et partent prévenir les meneurs, mais certains s'entêtent. Il y a des provocateurs dans le groupe qui poussent vers l'affrontement parce que cela permettra à Rokossowski et à Moscou de mettre de l'ordre à leur manière. Tu comprends... Je suis pris dans une manifestation que je ne parviens pas à empêcher et ce sont les ouvriers qui interviennent. La même chose a dû se passer à l'École de médecine. Ce qui t'arrive est de ma faute, j'aurais dû te prévenir, mais Helena, je te jure, je n'ai pas eu le temps. Peux-tu me pardonner ? Ce n'est pas pour toi, mais pour moi que je vais me battre pour ta réintégration. Pour retrouver ma bonne conscience. Tu comprends ?

Je l'aime, pense Kazik. Si elle a l'impression de me devoir quelque chose, elle va me détester. Il ne se rend pas compte qu'Helena ne l'écoute plus. Elle a vidé plusieurs verres de vodka et de vin. Elle a l'impression de flotter. Elle ne sera pas médecin, voilà tout. C'est ainsi, mais elle se vengera. De ce Kazik qui du jour au lendemain connaît trop de secrets et possède trop d'argent à dépenser, de cette Razowa qui a le téléphone tandis que ses propres parents supplient en vain pour l'obtenir d'ici trois à cinq ans, de l'oncle Andrzej qui pouvait calmer les miliciens en pleine nuit à l'aide d'une petite carte qu'il avait dans sa poche.

Je suis le dindon de la farce, conclut Helena et mon père avait raison. C'était bien la peine de travailler plus et mieux pour donner l'exemple, comme on disait. C'était bien la peine... Je suis une vraie dinde, voilà tout. À moi les dollars changés au marché noir, à moi les belles robes importées, à moi une maison à la campagne et une voiture. Cela s'obtient, mais pas en travaillant.

— Crois-tu qu'un jour tu pourras m'aimer, murmure Kazik ?

— Mais certainement, mon cher, répond Helena en riant, quand tu seras riche, puissant et ministre. Tiens, ministre de la Justice, et pourquoi pas ?

Kazik a aussi beaucoup bu. Il ne décèle pas l'ironie, le désespoir et le mépris. Il ne voit que le sourire des lèvres rouges qui s'ouvrent sur deux rangées de dents d'une blancheur éblouissante.

— Puissant, dis-tu, bafouille un peu Kazik, et bien attends-moi sagement à la table et termine ton thé. Je reviens dans quelques minutes. Tu me promets que tu attendras ?

— Juré, craché...

La salle est toujours aussi vide, mais à l'autre bout il y a maintenant deux hommes qui louchent de son côté, et le maître d'hôtel qui se tient derrière sa chaise avec un autre bonhomme qui joue le client. Des agents de l'UB, rien que des agents et des mouchards, des Polonais qui font le travail pour les Soviétiques parce qu'ils sont payés, ou parce qu'ils en ont assez de végéter ou parce qu'ils y sont obligés. L'amnistie n'est qu'une face, un leurre. Il n'y pas de rémission, mais juste cette oppression sourde qui change de chefs pour mieux s'imposer.

— Il n'y a pas d'issue, lui avait dit un jour l'oncle Andrzej, il faudrait une guerre, un carnage épouvantable, pour que nous ici puissions retrouver la liberté. Ce n'est pas une question de régime : communiste, socialiste ou capitaliste, mais d'occupation soviétique et de toutes les canailles qu'elle impose chez nous. Plus ça change, plus c'est pareil.

— Alors, que reste-t-il, s'était fâchée Helena, le suicide ou la trahison ?

— Ce qui reste c'est l'amour, avait murmuré Andrzej. L'amour entre un homme et une femme, entre une mère et un enfant. La pitié aussi et le pardon, les religieux et les fidèles, l'église, la conscience que tout passe et que seul Dieu est éternel.

Il est parti, le tonton Andrzej, il est à Cracovie, et Helena s'est accrochée comme un forçat à ses cours, ses stages, son labo et ses examens. Certes, il y a aussi Inka, Celestynow, les longues marches dans la forêt et le travail sur la terre de Magda. Toute cette réalité champêtre en somme, dont lui parle son père. Non, Helena ne pourra jamais se résigner à cela. Jamais !

Kazik est de retour. Il est plutôt séduisant ainsi, dans son manteau de coupe militaire, ses joues rougies par le froid et ses cheveux qui lui tombent sur le front. Il règle l'addition et l'emmène.

Dehors, devant la porte, il y a une voiture noire, une de ces autos dans laquelle l'UB transporte des gens dont plusieurs ne reviennent jamais du voyage. Kazik lui ouvre la portière, monte de l'autre côté, fait partir le moteur.

– Qu'en dis-tu ?

– Splendide, répond Helena en s'appuyant sur les coussins. Absolument splendide.

– Je crois que je vais avoir bientôt un appartement, ajoute-t-il. Un appartement où tout sera fait, organisé et arrangé pour t'attendre.

– Oui, Kazik, murmure Helena et on ira faire du ski à Zakopane. Au diable la médecine, il y a autre chose à faire dans la vie.

– Ma femme, rêve Kazik, ne travaillera pas. Elle restera à la maison et sera reine. Ma reine à moi. Nous aurons des fils et des filles qu'elle saura bien élever. Moi, je travaillerai beaucoup. On va négocier, réorganiser, et on finira pas relever le pays. On reconstruira les ruines, on obtiendra...

– Qu'est-ce qu'on obtiendra, Kazik, murmure Helena en fermant les yeux, le droit d'avoir un téléphone et une salle de bains où il y aura de l'eau chaude ?

Kazik sursaute. Il est dégrisé. Elle se moque de lui, voilà tout. Il accélère, traverse le pont, qui continue à être « temporaire » depuis bientôt dix ans et, sans desserrer les dents, arrive devant la porte de la maison où habite Helena.

– Je vais faire ce que je pourrai, dit-il en l'aidant à descendre. Ne désespère pas. Ça va s'arranger.

Helena fait un geste de la main comme si elle voulait chasser une mouche. En ce moment tout lui est égal, pourvu qu'il parte le plus rapidement possible, qu'il n'essaie pas de rapprocher sa lippe de son visage et qu'elle puisse chasser de sa mémoire le souvenir de cette soirée. Comme s'il devinait ce qu'elle attend de lui, Kazik embrasse cérémonieusement la main d'Helena, ses doigts froids et inertes, puis remonte dans la voiture et repart sans attendre qu'elle entre. Enfin, pense Helena en soupirant d'aise. Je ne dirai rien aux parents et je vais jouer la comédie pendant quelques jours. Ensuite, on verra. D'ailleurs, à cette heure, ils doivent être couchés. Elle tourne tout doucement la clé dans la serrure et pousse la porte juste au moment où la minuterie dans les escaliers s'éteint. La lumière l'aveugle aussitôt. Ils sont là tous les deux, assis sur le canapé qui fait face à l'entrée, le plafonnier allumé. Ils semblent nerveux et tendus.

— Bonsoir, dit Helena.

— Chérie, nous avons une très mauvaise nouvelle pour toi.

Robert a cet air grave qu'il n'adopte pas souvent et qui laisse présager l'orage.

— Magda s'est cassé une jambe et c'est Wlodek qui s'occupe de tout en son absence. Elle est à l'hôpital et Inka, pour comble de mesure, n'a rien trouvé de mieux que de se sauver. On ne sait trop où elle est allée, mais cela fait deux jours qu'ils sont sans nouvelles. Le curé Marianski a pu nous faire parvenir une lettre par la religieuse qui dort en ce moment dans ta chambre. Selon lui, la petite ne voulait pas rester avec Wlodek et elle est partie Dieu sait où et Dieu seul sait avec qui. Tout simplement, un matin elle est sortie très tôt et on ne l'a plus revue à Celestynow. Le curé Marianski ne croit pas qu'elle a été attaquée ou enlevée par quelqu'un. Il pense plutôt qu'elle fait une fugue.

— Mon Dieu, mon Dieu, murmure Irena, et elle n'a que neuf ans...

— À cet âge-là, constate Helena, je transportais des journaux clandestins et des grenades, vous êtes vraiment trop nerveux, elle s'en sortira très bien toute seule. Allons, il n'y a pas de quoi faire un drame.

La disparition de la petite fille lui paraît vraiment peu de chose, à côté de ce qui vient de lui arriver à elle qui ne peut même pas avouer à ses propres parents que son univers a basculé dans le vide.

* * *

Inka a peur. Ils ont emmené Magda et bientôt Wlodek reviendra. Il va crier et lui envoyer des taloches parce que les poules n'ont pas été nourries. Inka n'a pas envie d'aller au poulailler, elle n'a pas envie de sortir dans la cour, elle ne tient pas à se retrouver seule avec ce gros garçon qu'elle déteste depuis toujours, depuis qu'il lui a administré une correction magistrale parce qu'elle était partie à cheval dans le bois sans prévenir Magda. Cela s'est passé l'été dernier, mais Inka n'a pas oublié. Il l'avait jetée sur ses genoux, lui avait relevé sa jupe et l'avait battue. Elle a longtemps gardé des bleus après cela et une sorte de haine à son égard. Non, elle ne supportera pas sa présence dans cette maison vide. C'est impossible.

Inka s'en va dehors, sa grosse veste molletonnée sur le dos, court jusqu'à la gare et se glisse dans la foule qui attend le rapide de Varsovie. Le chef de gare ne la remarque pas et elle monte avec d'autres. Pendant un temps, elle demeure cachée dans les toilettes puis, quand les passagers commencent à cogner à la porte, elle sort et passe dans un autre wagon. Son cœur bat, tantôt elle a trop chaud et tantôt elle grelotte, comme si elle avait la fièvre, mais la chance est avec elle. Le contrôleur passe au moment où elle est tapie dans une autre toilette, tout au bout du train.

À Varsovie, à la gare, on lui demande quelque chose à la sortie, son billet sans doute, mais elle s'accroche à la jupe d'une paysanne qui est juste devant elle. La voilà dans la rue, toute seule et libre. Il lui faut maintenant trouver les parents, mais comment faire ? Elle marche longtemps, craignant d'aborder quelqu'un et de lui demander son chemin, puis tout à fait par hasard elle se retrouve devant l'hôpital. Elle reconnaît le bâtiment. Elle est déjà venue ici avec l'oncle Andrzej. C'est là qu'il travaillait comme médecin. Inka monte les marches et entre dans le vestibule. Des infirmières, des médecins, des malades, un étrange va-et-vient où sa petite personne ne semble avoir aucune importance. Voilà une femme en blanc avec son joli visage où se creusent des rides fines quand elle sourit.

— Docteur Rybicki, demande Inka, est-ce qu'il est là ?

— Non, mon enfant répond la femme, mais qui es-tu ?

— Sa nièce, répond Inka sans hésiter.

— Tu n'as pas de parents ? Où est ta mère ? demande le docteur Maria Solin.

Non, Inka, ne veut pas aller chez les parents. Ils vont la gronder et ils vont la ramener à Celestynow. Helena surtout sera fâchée contre elle. Helena ne tient pas du tout à l'avoir à Varsovie, cela fait un certain temps déjà qu'Inka s'en rend compte. Tandis que l'oncle Andrzej va être content de la voir.

— Je veux aller chez l'oncle Andrzej, dit Inka. Je n'ai que lui.

— Ah ! s'étonne Maria Solin, dans ce cas là tu as de la chance. Je dois justement aller à Cracovie demain matin et je peux t'emmener, mais il faut que tu sois bien sage. Tu vas aller manger dans les cuisines. Ils doivent être capables de te donner quelque chose et tu coucheras ici. Demain matin, nous partirons. Mais comment t'appelles-tu au juste ?

— Inka...

— Inka comment ?

— Rybicki, ment Inka sans cligner des yeux, comme tonton Andrzej.

— Mais d'où viens-tu ? Comment se fait-il que te voilà ici et que tu ne saches même pas que ton oncle travaille depuis plusieurs années à Cracovie ?

Inka baisse la tête et refuse de répondre. Cet enfant vient de se sauver d'une institution, pense Maria Solin. Une orpheline sans doute qui n'a personne de proche en dehors de Rybicki. Ce n'est peut-être pas un cadeau à lui faire que d'emmener à Cracovie cette délicieuse petite, mais tant pis. Je ne veux pas la brusquer. Si Andrzej ne veut pas d'elle, je vais la garder. Mon Dieu ce qu'elle peut être belle cette enfant. Doucement, Maria caresse la tête blonde et aussitôt Inka relève la tête. Il y a une expression de détresse dans les grands yeux verts bordés de cils noirs, long et soyeux.

— J'aurais aimé avoir une petite fille comme toi, avoue Maria Solin, sans trop s'en rendre compte. J'ai un fils, vois-tu, qui est déjà grand et dont je suis sans nouvelles. Il s'appelle Andrzej, comme ton oncle, mais moi je l'ai toujours appelé André, à la française. Tout en parlant, Maria Solin pousse Inka du côté des cuisines. La vieille Agata fait le signe de la croix en voyant arriver la petite fille.

– Jésus, Marie, ce qu'elle est belle ? Où avez-vous trouvé cette enfant, docteur ?

– Dans les choux, plaisante Maria Solin, mais elle a faim quand même. Je compte sur vous pour vous en occuper d'ici ce soir. Je reviendrai la chercher et je vais lui trouver une place pour la nuit. Mais surtout ne la laissez pas partir et veillez à ce qu'elle ne se brûle pas. J'ai toujours peur de laisser un enfant à la cuisine, mais j'aime encore mieux la savoir avec vous qu'avec des infirmières qui sont débordées.

– Comptez sur moi, dit Agata en prenant la main d'Inka. Tu veux bien rester avec la vieille Agata, petite ?

– Oui.

– Bon, c'est gentil de ta part.

Dieu tout puissant, pense Maria Solin, faites que quelqu'un aide mon André là ou il est en ce moment, comme moi je prends en charge cette petite. Dieu, faites qu'il soit en vie et qu'il me soit donné de le revoir avant de mourir. Dieu tout puissant...

Inka s'installe sur une chaise et aide Agata à éplucher les pommes de terre. La cuisinière ressemble à Magda et cela lui inspire confiance. Elle n'a plus peur. Elle sait qu'elle parviendra à ses fins à condition d'éluder les questions d'Agata et de cette dame en blanc qui connaît l'oncle Andrzej.

Cela va être drôle quand il me verra arriver, le tonton, pense Inka. Tant pis pour les parents, ils vont s'inquiéter un peu, mais l'oncle Andrzej arrangera tout cela et moi je n'aurai pas à subir Helena et sa façon de me considérer comme un bébé stupide. Persuadée qu'aucun mal ne peut plus lui arriver, qu'elle est parvenue au bout de ses peines, Inka accepte de chanter, pour faire plaisir à Agata, une de ses chansons préférées, apprises à l'école :

Gesi za woda, kaczki za woda, trzeba je przepedzic, bo sie powada, ty mi buzi dasz, ja ci buzi dam, ty mnie nie wydasz ja cie nie wydam*.

---

* Les oies et les canards sont de l'autre côté de l'eau, il faut les disperser parce qu'ils vont se noyer, je vais t'embrasser, tu vas m'embrasser, tu ne me trahiras pas et moi non plus.

Il est près de sept heures quand Maria Solin revient la chercher. Elle la prend par la main et ensemble elles traversent l'hôpital. Maria est de garde cette nuit et, comme son collègue est tombé malade, elle est seule. C'est vraiment une heureuse coïncidence. Comme ça la petite dormira à l'hôpital sans que personne ne le sache. Maria couche Inka sur un des lits du bureau de garde, récite la prière avec elle, puis la borde. Chacun de ces gestes lui fait immensément plaisir. Elle est si heureuse d'avoir cette tête blonde à embrasser qu'elle se laisse emporter par la plus égoïste des satisfactions. Au lieu de poser des questions à la petite, pour s'assurer qu'il n'y a pas quelque part des parents qui s'inquiètent, Maria s'assoit sur le bord du lit et se raconte. Des mots depuis longtemps enfouis au fond d'elle-même remontent à la surface. Car Maria Solin est une femme fière, une femme médecin, qui jamais ne se laisse aller. On la dit, à l'hôpital, distante et lointaine ; elle n'a pas d'amies et elle ne tient pas à en avoir. Elle ne veut pas qu'on la plaigne et à force de se taire, elle réussit à susciter l'envie au lieu de la pitié. Les yeux verts la regardent. L'enfant sourit.

— Tu sais dit Maria, André quand il était petit avait les mêmes yeux que toi. J'étais heureuse à cette époque, mais je ne le savais pas. On le sait toujours après, quand il est déjà trop tard. J'avais un mari. Il était médecin comme moi. Nous étions capables de travailler ensemble, ce qui est rare. Il était très, très gentil. Et puis ce fut la guerre. Il est parti et il n'est pas revenu. André a grandi. Il allait au lycée clandestin et il était dans l'Armée du Pays. Un jour la Gestapo est venu le chercher. Ils l'ont emmené. J'ai eu une carte de lui du camp de concentration où ils l'ont envoyé. Une seule carte... Comprends-tu cela, petite... Depuis, rien et pourtant j'attends, vois-tu, j'attends de ses nouvelles bien que je ne sache pas s'il pourra m'en donner de là où il se trouve. Je ne sais pas où il est. Je ne sais rien... Je suis toute seule, petite.

Il y a des larmes dans les yeux de Maria Solin, mais Inka bercée par le son de sa voix ne peut les voir ! Elle s'endort, enveloppée de la chaleur protectrice de cette pièce blanche où elle se sent soudain aimée par une étrangère qui est son amie parce qu'elle n'a pas de nouvelles de son propre fils...

— Je vais la garder. J'ai déjà une place pour elle à l'école. C'est une excellente école parce qu'ils ont leurs professeurs d'avant-guerre. Autrefois, cela s'appelait le lycée de Munichowa, maintenant le nom a changé et c'est le Xe lycée de la Commission de l'Éducation nationale, mais il est dirigé par un gars très capable. Madame Nalkowska adore Inka et s'entend avec elle à la perfection. Tout le monde l'a adoptée chez nous. Voyons, à neuf ans, il est temps qu'on lui assure un autre cadre que celui de Celestynow. Vous avez admis vous-même que Cracovie est une ville plus calme que Varsovie et Helena sait bien qu'il est merveilleux de vivre dans un endroit où il n'y a pas de ruines, où rien ne rappelle la guerre à chaque coin des rues. Ne vous entêtez pas, pour moi cette petite c'est un cadeau du sort.

Ils sont tous ensemble en train de dîner au presbytère. Le curé Marianski essaie de ne pas intervenir. C'est Andrzej qui défend son point de vue face à Irena qui ne veut pas céder. Helena semble totalement indifférente et Robert s'efforce de ne pas envenimer les choses. Inka est absente. Elle est restée à Cracovie, avec cette madame Nalkowska qui s'occupe du pavillon où Andrzej habite avec ses deux autres collègues.

— Magda ne quittera pas l'hôpital avant la fin du mois, constate Helena et il sera difficile de loger la petite à Varsovie.

— En attendant, elle peut coucher au presbytère, propose Tadeusz Marianski, ensuite on avisera.

— Non, ce n'est pas une solution.

Tout en parlant, Robert observe sa fille. Depuis qu'elle lui a avoué qu'elle a été renvoyée de l'École de médecine il éprouve une étrange gêne en sa présence. Il s'est moqué de son enthousiasme, il a critiqué cette passion avec laquelle est s'est appliquée à construire la nouvelle Pologne, comme elle disait, et il se rend compte maintenant que cela était préférable à ce cynisme qui depuis peu domine tout ce qu'elle fait et tout ce qu'elle entreprend. Il donnerait cher pour pouvoir revenir en arrière, lui insuffler un peu de cette confiance dans l'avenir qu'elle avait alors et effacer la douloureuse grimace de sa bouche.

— Mais il n'est pas normal, se fâche Irena, qu'une enfant de neuf ans habite chez un célibataire, tout en ayant des parents à Varsovie.

— Des parents, répète Andrzej... Des parents qui vivent dans un appartement trop exigu pour y loger leurs deux filles, une grande et une petite. Le réduit où couche Helena et où il n'y a même pas de fenêtre n'est pas suffisant pour deux, vous le savez bien.

— Assez ! crie soudain Helena. Assez ! À quoi bon toute cette hypocrisie ? Je vais déménager et cela arrangera tout. Kazik est en train d'obtenir un appartement et je suis certaine qu'il l'aura celui-là. Il a des relations, lui, et des dossiers. Dans les dossiers il y a des détails que certains préfèrent ne pas étaler au grand jour. Il va les rassurer et, en échange, il aura un appartement, et de plus bien situé. Je vais me marier et vous aurez une chambre libre pour Inka. Donnez-moi juste quelques semaines. En attendant, je refuse de la recevoir dans ma chambre, je refuse de la rencontrer tous les matins en admettant qu'elle couche dans la vôtre, je refuse et j'estime que c'est bien mon droit !

Un silence gêné s'installe entre eux.

— Si seulement la chambre d'Andrzej n'avait pas été attribuée à ces étranges voisins qu'on nous a imposés, soupire Irena.

Personne ne réagit, puis le curé Marianski dit d'une voix sourde, comme altérée par l'émotion :

— Vous avez tort de vous poser des questions. Il n'est pas normal qu'une enfant de neuf ans habite chez un médecin qu'elle considère comme son oncle, mais il n'est pas normal non plus que des gens se fassent arrêter sans raison, que la paix et la guerre se confondent et que les femmes soient obligées de faire n'importe quoi pour se procurer l'essentiel. Rien n'est normal dans le sens qu'on a donné à ce mot ailleurs où les situations sont différentes de la nôtre. Si Andrzej veut et peut se charger d'Inka cette année, autant l'accepter puisque l'enfant le désire. Elle a tout fait pour cela, c'est donc ça qu'elle veut. Il faut respecter son choix. En été, on avisera. Vous ne trouvez pas que c'est la solution la moins mauvaise ? Toi, Helena, tu n'as pas besoin de nous traiter comme des ennemis. C'est injuste ! Le temps arrange bien des choses et tout peut encore changer. Un peu de caractère, voyons, il n'y a pas que la médecine qui compte. Ce qui est grave, c'est que toi, si courageuse, tu démissionnes tout à coup. Je ne te comprends pas. C'est un mauvais moment à passer et tu sais bien que tu es capable de surmonter n'importe quoi. Allons, tu l'as prouvé.

Helena allume une cigarette et en aspire la fumée. Son regard croise celui d'Andrzej. Il y a beaucoup de tendresse dans ses yeux et aussi une sorte de résignation.

— La médecine, dit-il, je ne sais trop combien de temps encore je pourrai la pratiquer dans ce pays. L'autre jour, une femme a refusé d'être opérée par moi, parce qu'elle ne voulait pas, disait-elle, être soignée par un Juif. Ce fut un coup monté. Encore un ou deux discours officiels sur la question et il ne me restera qu'à plier bagage. J'espère qu'ils vont me donner un passeport et un visa pour une autre destination que celle de l'Est. Je n'ai pas le droit de m'engager, de faire des projets, de lier ma vie à quelque chose, ou à quelqu'un. Laissez-moi donc Inka pour cet hiver. C'est un rayon de soleil à la maison et j'en ai drôlement besoin.

M'aime-t-il, se demande Helena ? C'est stupide à la fin. Il se sent vieux et indésirable et pourtant, moi, je sais qu'avec lui je serais heureuse, quoi qu'il advienne. La débile éducation conformiste. Jamais, je ne saurai surmonter ce qu'on m'a appris. Jamais je ne pourrai aller vers lui et dire tout simplement : je t'aime, je tiens à toi, tout le reste m'est égal. On m'a enseigné que c'est l'homme qui propose, fait les premiers pas, se déclare, comme au grand siècle, tandis que la femme se doit de rester passive et d'attendre. Je devrais lui parler mais cela m'est impossible parce que, s'il devait me repousser, cela serait une telle humiliation pour moi qu'à la seule idée que cela puisse arriver, je me sens incapable d'agir. Pourtant nous sommes deux êtres adultes, égaux et nous avons terriblement besoin l'un de l'autre.

— En somme, constate Irena, vous considérez que je suis inutile. Que je ne suis plus capable d'être mère.

Qu'Andrzej va mieux remplir ce rôle. On aura tout vu !

— Oh ! je t'en prie, se fâche Robert, il ne s'agit pas de nous, mais d'Inka. Je crois que le Père Marianski a raison. On va accepter ton offre, Andrzej, et au printemps on en reparlera. J'aimerais tout simplement l'avoir pour Pâques. Cela me semble très triste de ne plus la voir en fin de semaine, comme autrefois quand elle était ici à Celestynow... Vraiment trop triste...

Robert penche la tête et Helena se dit qu'elle est cruelle avec son père. Pauvre homme ! Tout le monde semble oublier combien il a du mal à se mouvoir avec sa prothèse, combien il est courageux et combien d'abnégation cachent certains de ses gestes. Mauvaise fille, mauvaise femme, mauvaise militante, mauvaise, mauvaise, mauvaise... Helena a envie de crier. Dans quelques jours, Kazik viendra lui apporter le résultat de ses démarches et elle lui dira qu'elle accepte de l'épouser. Il y aura au moins une personne dans sa vie qui la considérera comme quelqu'un de bien. Peu importe que ce soit ce Kazik que jamais elle ne pourra aimer comme elle aime Andrzej, l'essentiel c'est qu'il soit là et qu'elle cesse d'être à la charge de ses parents.

Le curé Marianski est gêné. Il ne les comprend plus, ces gens qui lui sont pourtant si proches. Qu'est-ce qui se passe ? Pourquoi, justement maintenant quand il y a des chances d'un renouveau, cessent-ils de se battre, de résister, de lutter ? Pourquoi ? Est-ce la fatigue ou le manque de confiance dans le Tout-Puissant ? Est-ce parce que les pénuries et l'inconfort de l'existence quotidienne qu'on a longtemps cru passagers deviennent de plus en plus définitifs et permanents, avec leur chapelet de contradictions, de difficultés et de non-sens ?

— Vous savez, dit-il, j'ai été emprisonné, torturé, malade, relâché, soigné et guéri. Rien n'a été normal dans tout cela, mais je dois à Magda et à Andrzej un retour à la vie. C'est ça la solidarité humaine et c'est très beau. Ailleurs, on ne peut la ressentir aussi intensément que chez nous. Nous payons le prix de la souffrance, mais en retour nous avons la grande consolation d'un dépassement. Oh ! je m'exprime sans doute mal, parce que ce n'est pas facile, pourtant je suis certain que vous me comprenez. L'enthousiasme et l'abnégation, l'espoir et le désespoir, nous savons bien ce que cela signifie. Nous les vivons chacun à notre manière, mais toujours plus intensément que d'autres peuples. Pour moi, tout a changé parce qu'on a permis au cardinal Wyszynski de revenir à Varsovie. Ce n'est pas aussi évident pour vous, sans doute, mais cela me suffit pour croire que nous progressons. Le reste viendra par surcroît, vous verrez...

Le destin collectif, pense Helena, de quel côté qu'on se tourne c'est toujours la même chose. Ça n'a pas d'importance que je n'aie plus d'avenir, que tous mes rêves, mes ambitions, mes objectifs aient été balayés par un certain recteur qui m'a déclarée ennemie du peuple. Pour eux, il n'y a que cela : le peuple ; pour lui, ce curé à qui je dois pourtant beaucoup, il n'y a que les fidèles. La masse, la multitude, l'abstraction. L'individu, l'homme et la femme en chair et en os n'ont qu'à se sacrifier pour un avenir meilleur qu'ils préparent pour ceux qui viendront après, ou encore pour l'au-delà. Dans trois mois, je vais faire du ski à Zakopane, avec mon mari tout neuf. Au diable l'amour ; le confort me suffira. Un bon petit confort personnel, où il n'y aura pas de place pour les spéculations abstraites, pour les grandes idées et pour les rêves fous. J'ai fait ma part et j'ai été payée en retour. Jamais plus je ne me laisserai entraîner à lutter pour la patrie, pour la chrétienté, ou pour le paradis de la Pologne populaire. Jamais...

* * *

— C'est amusant de voir comme votre petite sœur vous ressemble, dit Maria Solin en versant de l'eau bouillante dans le lavabo.

Quand deux personnes se tiennent dans son cabinet de consultation, il n'y a plus de place pour bouger. Helena ressent cette exiguïté de façon pénible.

— Le jour où elle était assise à ta place, elle avait la même expression de détresse. Écoute, Helena, j'ai discuté avec deux professeurs et le doyen. Il est évident pour moi qu'on va te réintégrer à l'École de médecine l'automne prochain. La preuve ; ton nom n'a été mentionné nulle part. Je te conseille donc de continuer à faire un peu de travail ici, ce qui t'apprend quand même beaucoup de choses et d'attendre. L'idée de ce

Kazimierz Skola de ne pas faire de bruit, de ne pas protester, contester, demander une commission et je ne sais trop quoi me paraît très valable.

— Mais c'est une injustice flagrante. Je dois l'affirmer ouvertement. Après tout, c'est mon pays, mon Parti, ma réalité. Pour vous, c'est autre chose. Vous survivez sans agir. Vous ne croyez pas au socialisme. Vous êtes comme mes parents. Je ne veux pas être réintégrée à la sauvette. Je tiens à retourner à l'École, la tête haute. Tout est faux. On achète la nourriture au marché noir, on s'habille avec l'aide des combinards, on triche partout. Je veux une existence vraie, normale ! Pouvez-vous comprendre cela ?

— Eh, oui ! mon petit, eh, oui !... Seulement, vois-tu, comme tu dis si bien, je n'ai pas confiance et je ne suis pas la seule de mon espèce. Ton camarade, ce Skola qui travaille pourtant au ministère de la Justice et qui est membre du Parti comme toi, partage mon avis. Écoute, Helena, c'est un mauvais moment à passer, quelques mois au plus.

— Une éternité, constate Helena, amère.

— Non, un certain nombre de jours, de semaines, au pire les vacances d'été, mais un stage quand même très valable à l'hôpital. À force de t'agiter, tu vas t'attirer des ennuis. Pense un peu aux autres, à tes parents, par exemple, qui s'énervent et s'inquiètent pour toi. Que diable, il n'y a pas que les études dans la vie. L'amour, Helena, cela a aussi une certaine importance. C'est même la seule façon d'oublier le quotidien, les régimes, les problèmes collectifs et les pénuries. Aimer ceux qui nous aiment c'est très humain. Aussi humain que la médecine et même davantage. Je l'ai compris à mes dépens. Toi, tu es encore jeune, tu ne te rends pas compte.

Maria Solin est assise derrière son petit bureau et, à contre-jour, son visage paraît étrangement jeune.

— J'ai eu un mari que j'ai aimé, j'ai eu des parents avec lesquels j'avais beaucoup de choses en commun, j'ai eu un fils. Autour de moi, il n'y a plus personne. Tous morts. André probablement aussi. S'il vivait, il aurait un peu plus que ton âge. Lui aussi voulait faire des études de médecine... Ils l'ont arrêté, ils l'ont envoyé dans un camp de concentration et, moi, j'ai soigné des Allemands en espérant que l'un d'eux serait assez puissant pour intervenir en sa faveur. Moi, médecin, j'ai eu des moments, Helena, où j'avais envie de tuer. Peux-tu comprendre cela ? Un médecin qui voudrait donner du cyanure à un malade, au lieu de lui administrer des médicaments qui soignent et soulagent ! En 1944, mon enfant vivait encore, mais depuis l'insurrection de Varsovie, depuis l'arrivée des Soviétiques, je suis sans nouvelles. J'ai essayé de le chercher par la Croix-Rouge, par tous les organismes internationaux pour personnes déplacées ; rien. Oui, moi aussi à ton âge je voulais être médecin, moi aussi j'ai étudié et j'ai eu le trac avant chaque examen. Je n'étais pas très douée et j'ai beaucoup travaillé. J'ai eu de la chance. J'ai terminé avant la guerre. Mais maintenant, avec le recul du temps, je te dis que je laisserais tout et j'irais laver les planchers en échange de la moindre nouvelle de mon fils. C'est bête. Si je pouvais au moins prier sur sa tombe, cela serait déjà une sorte de bonheur. Comprends-tu cela ? Parfois, il m'arrive de rêver qu'il est vivant et, le matin, je me dis qu'il vaut mieux espérer que savoir. Mais cela ne dure pas... Excuse-moi de te parler de mes affaires personnelles. Je suis très fatiguée, voilà tout et puis je suis très seule. Toi, tu as une famille, des amis, des camarades, moi, je n'ai plus que des compagnons de travail. Les autres sont morts et pour plusieurs il n'y a même pas de tombe. On les enterrait n'importe où pendant l'insurrection. Il n'y avait plus assez de vivants pour s'occuper des morts. Tu t'en souviens, n'est-ce pas ? Évidemment, tu n'étais alors qu'une enfant et pour les enfants tout est différent que pour nous. Les enfants doivent grandir et vieillir pour comprendre qu'ils ont perdu quelque chose, nous, on le sait et on réalise que c'est irréversible. Pour toi, pour mon fils, l'occupation, l'insurrection, ce n'était pas la fin de vos espoirs, mais une sorte d'accession à un rôle. C'est bien cela, toi, mon André, ses compagnons, vous avez tous joué aux héros, moi je n'étais qu'une mère et j'avais peur. Pis encore, je devais le cacher. Pendant toute la guerre, j'ai pleuré et j'ai prié en cachette et je continue depuis, bien que le monde ait changé. Voilà, ma chère, ce n'est pas la peine de m'envier. Je suis médecin, je pratique, parfois même il m'arrive de guérir quelqu'un, et puis après... Allons, tu as la vie devant toi.

Attends à l'automne, cesse de considérer cette obligation comme un drame et tâche de tirer le maximum de ton travail ici.

Maria Solin se lève.

– Je crois que je vais rentrer, dit-elle. Je compte sur toi pour passer dans la salle et vérifier que le 7 et le 9 n'ont besoin de rien. L'infirmière de nuit est débordée et pas très compétente. C'est une jeune qu'on vient d'engager, faute de mieux. On les paye si mal que c'est de l'abnégation de faire ce boulot. Malheureusement, deux infirmières que je connais ont quitté l'hôpital pour travailler au « noir ». Elles soignent à domicile les gens qui ont les moyens de les payer. Des gens importants, des personnes influentes. C'est cela, ma chère, l'égalité. Autrefois, les riches avaient droit à des traitements privilégiés, ceux d'aujourd'hui ont remplacé ceux d'hier et, comble d'ironie, ils ne peuvent même pas prétendre qu'ils ont gagné leur argent honnêtement.

– Oh ! vous savez, proteste Helena, ceux d'avant-guerre ne l'ont pas gagné non plus, ils héritaient, ou encore ils profitaient d'une main-d'œuvre qui recevait des salaires de crève-la-faim.

– C'est peut-être exact, bien qu'exagéré. Il n'en reste pas moins que les ouvriers ne vivent pas mieux maintenant et font par-dessus le marché la queue pour se procurer de quoi bouffer.

– Cela va changer, dit Helena. Nous avons un pays à reconstruire, une économie à relever, et tout cela sans aide de personne. Les Occidentaux peuvent compter sur les États-Unis, nous, nous sommes seuls. Je ne sais pas si vous le savez, mais le Parti a approuvé les réformes proposées par le Conseil économique. On aura des entreprises indépendantes, dirigées par des gens compétents qui seront nommés par les Conseils ouvriers et par le gouvernement. Gomulka a permis et encouragé la création des Conseils ouvriers, ce qui donne aux hommes le droit et la possibilité de ne plus être uniquement des bêtes de somme.

– Je veux bien, Helena, mais ce que tu refuses de comprendre, c'est que rien ne marchera jamais tant que nos chers *Vanias* décideront pour nous ce qui est orthodoxe et ce qui est antimarxiste. Je ne suis pas aussi ignorante et indifférente que tu le crois. Je sais, par exemple, que les Conseils ouvriers sont brimés un peu partout et qu'on les remplace déjà, dans certaines usines, par des Conférences ouvrières, contrôlées par des bonzes du parti, stupides et ignorants. Vous du Parti, vous lisez et vous faites lire des communiqués officiels, moi j'ai des ouvriers parmi mes malades. C'est toute la différence entre nous deux. Tu sais, mon petit, je ne suis pas une vieille femme réactionnaire comme tu le penses. Peu m'importe le régime, les noms, les slogans et les idéologies. Moi, vois-tu, je suis médecin. Je ne soigne pas des hommes, mais des individus et, dix ans après la guerre, je constate qu'ils ne vivent pas mieux, qu'ils sont toujours aussi mal logés et aussi empressés à me manifester leur reconnaissance en m'apportant des œufs ou un poulet, ou un peu de thé ou du café. Avant la guerre, ils n'apportaient rien. J'étais payée par l'hôpital et cela suffisait. Les riches m'offraient à l'occasion des chocolats et les pauvres promettaient de prier pour ma santé et celle de ma famille. Allons, Helena, cela ne sert à rien de discuter. Je ne peux pas te convaincre, et toi, tu ne parviendras jamais à me prouver que l'existence est maintenant plus vivable qu'autrefois. Pour moi pourtant, il n'y a rien de changé. J'habite un quartier où il y a des gens importants, des gens du Parti, des personnalités du régime. Je peux acheter à l'occasion dans leurs magasins où les rayons sont remplis et où on attend moins longtemps. Et puis, je suis seule et je ne mange pas beaucoup.

Maria Solin s'en va. Elle ferme la porte de son petit bureau de consultation. Sa haute silhouette s'éloigne tandis qu'Helena se retrouve dans la grande salle où on éteint justement les lumières. Des rangées de lits, des têtes sur des oreillers, la table du poste de garde et la lumière de la veilleuse. Tout au bout un homme crie. Helena suit la jeune infirmière.

— Il faut le calmer, dit-elle. Il va empêcher les autres de dormir.

Même la souffrance est une affaire collective, pense Helena. Il n'a qu'à crever, ce pauvre homme, pourvu qu'il ne dérange pas les autres.

* * *

– Helena, enfin !

Wanda, sa meilleure amie, qu'elle n'a pas vue depuis plusieurs mois, la serre et l'embrasse. Les voilà réunies de nouveau. Helena est de retour à l'École de médecine. Tout simplement, elle a reçu une feuille de papier l'autorisant à se réinscrire. Elle a perdu l'année, mais elle peut continuer. Robert et Irena ont crié de joie, mais pour Helena c'est fini. Elle ne sait même pas si cela lui fait plaisir de retrouver Wanda. Il y a trop de choses entre son passé et son présent. L'hôpital, les malades parqués dans les corridors sur les civières, les draps sales, les nuits de garde et cette sorte d'indifférence qu'elle ressent pour la première fois de sa vie. Helena, la coqueluche de la classe, Helena, le membre actif de l'Association des Étudiants, du Parti et du Conseil de son quartier, n'est plus qu'une étudiante à peine tolérée. Certains ont cessé de la reconnaître dans la rue, d'autres traversent pour éviter de la croiser. Kazik est trop occupé pour l'inviter à sortir et les soirées à la maison lui paraissent interminables.

Elle préfère encore rester à l'hôpital où au moins elle se sent utile. À la maison, il y a Robert dont le courage lui fait honte et Irena qui ne cesse de parler d'Inka, comme s'il n'y avait personne d'autre autour d'elle.

– Dès que tu seras d'accord, je demanderai à Andrzej de ramener la petite, répète-t-elle sur tous les tons.

Irena a maintenant une place d'institutrice dans une classe huppée, où il n'y a que des enfants des dirigeants du Parti. À condition de donner des bonnes notes, elle parvient à gagner peu et à obtenir beaucoup. Les avantages ne sont pas négligeables. Le droit de faire des achats dans un magasin spécial, toujours bien approvisionné, des relations avec des parents qui peuvent être utiles à Robert, parce qu'ils commandent des meubles et payent bien, sans parler de certificats qui protègent son petit atelier contre les visites des enquêteurs. D'autres artisans ont eu des ennuis, on leur a imposé des taxes telles qu'ils ont été obligés de fermer ; rien de pareil n'est arrivé à Robert.

Mais les liens ténus qu'Helena avait tissés, cette sorte de pacte tacite qu'elle avait avec son père, n'existent plus. Avant, il semblait croire qu'Helena n'avait pas tout à fait tort. Il était prêt, lui, avec sa prothèse, à aller déblayer tous les soirs les ruines et aider à classer des briques récupérables. Il faisait ce travail en hiver comme en été. Il croyait ! Maintenant, il semble fasciné par la combine. Ses conversations avec Irena et Helena tournent autour de la meilleure façon de se procurer des clous, de la bonne colle et de la bonne peinture. Il a des amis parmi les ouvriers qui lui vendent le matériel volé à l'usine. Il les paye en dollars qu'il obtient de ses clients. Parfois, après le dîner, il sort les billets et compte ses « verts »* avec application. Helena se réfugie alors dans sa chambre et s'efforce de lire pour ne pas penser. Ils vivent mieux ; c'est certain. Sa mère est moins fatiguée. Son père lui offre des cadeaux. Helena a maintenant une jolie robe du soir et deux paires de chaussures neuves. Une fortune ! Pour fêter son retour à l'université, son père lui a offert une minuscule croix en or. Il a fallu remercier et paraître contente.

L'hiver approche mais, cette fois-ci, ils ont une réserve de bois et même de charbon. Robert a réussi à installer un gros poêle en faïence, un de ces anciens poêles qu'on obtient à condition de payer en « verts ». À plusieurs reprises, les parents sont allés aussi à Cracovie apporter des bonnes choses à Inka et à Andrzej. Helena a réussi à ne pas les accompagner. Et puis, il y a Magda qui jubile parce que Wlodek est resté avec elle au lieu d'aller étudier à Varsovie.

– Pourquoi veux-tu que j'aille à l'université, a-t-il demandé à Helena ? Pour être renvoyé sous prétexte que je ne pense pas comme eux ? J'aurais voulu être vétérinaire, mais c'est long et je ne peux pas laisser maman seule sur la terre. De toute façon, je peux apprendre dans les livres. Maintenant qu'on a reçu plus de terres et qu'on peut louer parfois un tracteur, ça va bien.

Helena a passé un dimanche avec le curé Marianski. Ce fut une bonne journée. Ils ont parlé de livres, de poésies et de pièces de théâtre. Le curé a justement terminé la préparation d'une soirée d'amateurs et il est

---

* Terme populaire pour désigner des dollars américains.

excité à l'idée que les gens de Celestynow pourront voir la pièce de son auteur préféré : Wyspianski. Il lui a lu aussi la lettre pastorale du cardinal Wyszynski et lui a parlé de la construction d'une église que les fidèles veulent entreprendre à Nowa Huta, près de Cracovie.

— Jusqu'à présent, le gouvernement a refusé la permission, mais il y a des chances qu'on passe outre, lui a t-il dit avec un sourire espiègle. Tu vas voir qu'on réussira ; quand on veut, on peut tout.

Le curé Marianski a été le seul être humain qui lui a parlé d'autre chose que de la nourriture et de l'impossibilité de se procurer des chaussures, des bas et une veste chaude pour l'hiver. Avec lui, elle a oublié le quotidien. Car, ce qu'il a de pire, c'est que depuis qu'Helena n'est plus dans l'action dans le Parti, dans les mouvements de jeunesse et dans les cercles d'information et d'éducation idéologique, elle remarque un tas de choses qui lui échappaient autrefois. Cela l'énerve, l'humilie et la rend triste à pleurer.

Il y a les rues qu'on ne répare pas, les tramways surchargés, les maisons qui montrent les traces des balles comme des blessures. Il y a la misère des vieilles femmes qui vendent des légumes, assises au bord d'un trottoir, et les miliciens qui les bousculent. Il y a les gens sortis des prisons qui viennent à l'hôpital pour se faire soigner et qui racontent, ou se taisent, ce qui est pire. Helena fait des pansements à un homme qui, méfiant, ne lui parle jamais. Il a été torturé. Son dos, ses épaules sont couverts de plaies dont la cicatrisation ne se fait pas. Helena lui donne quand elle le peut des vitamines, mais dans ses yeux il n'y a rien d'autre que de l'indifférence ou de la haine. Il ne la remercie jamais. Une autre de ses malades, une jeune femme, a été sauvagement battue et elle a des difficultés à vivre avec ses reins amochés et ses côtes brisées.

— Je vous hais tous, criait-elle à Helena. Vous êtes des tueurs. C'est vous qui avez permis qu'on m'arrête, qu'on m'interroge et qu'on m'enferme dans un cachot puant. C'est vous, ce ne sont pas les Boches. Ils étaient tous polonais : les gardes, les tueurs en civil et les bourreaux. Tous, sans exception. C'est cela votre belle Pologne populaire. Je n'ai pas peur, je vais le raconter partout. Je veux qu'on sache. Bierut, Gomulka, peu importe ! Tous des « camarades », des voleurs et des assassins.

Maria Solin lui avait prescrit des calmants et elle avait disparu dans la grande ville mais, quelques semaines plus tard, elle était revenue mourir à l'hôpital. Cela avait été très rapide. Le soir elle avait eu une forte fièvre et le lendemain matin elle ne respirait plus. L'infirmière avait été contente parce que la malade avait dérangé la salle toute la nuit et elle ne tenait pas à ce qu'elle recommence.

Helena se secoue, embrasse Wanda et s'en va. Non, elles n'ont plus rien à se dire. Wanda croit encore en quelque chose, tandis que pour Helena c'est différent. Il commence à neiger dehors. Helena presse le pas pour arriver au plus vite à l'hôpital.

Quelle bonne nuit elle va passer, seule avec des malades. Cela lui fait plaisir de penser que Maria Solin ne sera pas là et que la garde va filer en douce dès son arrivée. Elle a rendez-vous avec un homme d'affaires. Un Allemand de l'Ouest. Il paye bien. C'est un monsieur qui voyage beaucoup, semble-t-il, mais qui à Varsovie dispose d'un appartement qu'il a obtenu grâce à ses relations. L'infirmière habite là et elle est prête à faire n'importe quoi pour lui, en échange. Forcément, elle vivait avant dans une pièce où on avait remplacé une partie du mur par des planches. C'était atrocement froid là-dedans !

Au moment où Helena pénètre dans la salle d'entrée, un jeune homme s'éloigne de la petite fenêtre derrière laquelle se tient le gardien. Il est grand, mince et porte un manteau militaire d'une drôle de couleur. Les insignes ont été arrachés et des traces plus claires marquent le haut des manches, juste au niveau des épaules. Il y a quelque chose d'indéfinissable dans son visage. Une sorte d'attente, d'impatience et de grogne.

Dans ce pays, tout le monde est constamment de mauvaise humeur, pense Helena. Les uns sont résignés, les autres enragés, celui-là fait partie des enragés en mal de victimes. Me voilà, défoulez-vous, camarade, je suis là pour ça.

— Vous cherchez quelqu'un ?

— Oui, dit l'homme, et cet imbécile de gardien est

incapable de répondre d'une façon cohérente. Il y a ici un médecin, Maria Solin et je veux savoir où la trouver. C'est ma mère.

— Salut, André, dit Helena. Je connais votre Maria Solin. Elle vous attend. Oh ! comme elle vous attend ! Venez vite. Elle le prend par le bras, l'entraîne dehors, le fait courir presque, ils sautent dans un tramway en marche, descendent deux arrêts plus loin en bousculant les passagers qui ont du mal à leur faire de la place vers la sortie et, sans échanger un mot, ils se retrouvent devant la maison où habite Maria Solin.

— Montez, c'est au quatrième, dit Helena, essoufflée.

Il hésite un instant, planté devant la porte cochère.

— Comment vous appelez-vous ?

— Helena.

— Je voudrais vous revoir. Est-ce que vous travaillez à l'hôpital avec ma mère ? Est-ce que je peux savoir votre nom ?

— Helena Stanowska, répond-t-elle en lui tendant la main.

Il se penche et embrasse cérémonieusement son poignet, juste là en bordure du gant où la peau n'est pas protégée contre le froid.

Il est beau, pense Helena, en remontant dans le tramway. Ah ! comme Maria Solin sera heureuse cette nuit, comme elle sera heureuse !...

— Il n'y a pas que la médecine, lui avait-elle dit, il y a aussi et surtout l'amour. L'amour d'une mère pour son enfant, d'une femme pour un homme.

Oui, mais est-il naturel d'aimer un enfant conçu lors d'un acte de bestialité de brutes ivres ? Non, Helena ne pourra jamais ressentir pour Inka autre chose qu'une vague répulsion. Quand la petite l'embrasse, cela s'accentue et la met mal à l'aise. Comme si elle le savait, Inka fait l'impossible pour lui plaire. Depuis qu'elle est à Cracovie avec l'oncle Andrzej, elle lui écrit tous les mois. Généralement, c'est Irena et Robert qui lisent ses lettres à voix haute tandis qu'Helena néglige même de les ouvrir.

Le tonton Andrzej a préféré aimer Inka que s'intéresser à mes états d'âme, pense Helena. Ils sont tous contre moi, Magda, les parents, Andrzej et aussi le curé Marianski, bien qu'il ne le montre jamais. Je suis seule et je veux le rester. Quand j'aurai assez de tout, j'épouserai Kazik, et j'aurai une belle vie. L'amour n'existe pas. C'est une invention bourgeoise destinée à faire rêver les imbéciles. Toute la conception traditionnelle de la famille est une autre supercherie, inventée pour forcer les femmes à faire des enfants et à demeurer soumises. Chez nous, la famille c'est tout simplement un système d'entraide. Sans cela on ne survivrait pas et on ne pourrait faire confiance à personne. Pour manger, il faut faire des combines et des transactions au marché noir. Pour avoir un toit, il faut que les parents acceptent de loger les jeunes couples et de s'occuper de leurs enfants. C'est cela l'amour des enfants pour des parents, des frères, des sœurs, des tantes et des cousines. Une immense entreprise d'entraide, organisée et alimentée par chacun des membres du clan. Le Parti trouve cela commode. S'il fallait que les familles cessent d'être hypocrites et se mettent à avouer clairement leurs différends et leurs haines, la pénurie de logements deviendrait tout simplement intenable et on provoquerait une révolution.

Je ne pardonnerai jamais à mes parents, pense Helena, de ne pas avoir su forcer le tonton Andrzej à m'avorter. Jamais !

* * *

Ils sont deux : André et Marek ; deux amis inséparables. Non seulement ils ne se quittent pas, mais encore ils parlent en quelque sorte ensemble. L'un commence à raconter et l'autre termine ses phrases. C'est à la fois charmant et agaçant. Ils sont assis autour de la table dans le salon de Maria Solin, la plus chaude pièce de son appartement qui lui sert à la fois de salle à manger, de bibliothèque et de bureau. Comme Marek n'a plus personne, lui et André campent là, dorlotés et protégés par le docteur Solin, trop heureuse de s'occuper de ces deux hommes jeunes, pleins de vie et n'ayant aucun sens de l'ordre. Cela l'amuse de ne plus être seule, de se savoir indispensable et de faire la cuisine. Surcroît de travail, de fatigue, de tracasseries diverses ; peu importe !

Helena regarde Maria Solin avec étonnement. Elle est transformée, elle a rajeuni, elle est méconnaissable.

– Donc, raconte André, quand ils sont arrivés au camp, ces soldats de la liberté, on n'en croyait pas nos oreilles. Ils parlaient polonais. Ils étaient polonais.

– C'était la première division du général Maczek, complète Marek.

– Et nous sommes partis avec eux, enchaîne André. Ce n'était pas tout à fait légal, mais peu importe. On était nourri, comme jamais. Nous vomissions tous les soirs à force de nous empiffrer. L'alcool à volonté, les cigarettes gratuites, la grande vie ! Et puis, ce fut paris. Nous voulions étudier, trouver du travail, nous organiser. Ce sont les officiers de Maczek qui nous ont aidés à obtenir des bourses. Au début, on les recevait de la part de Sa Majesté le roi d'Angleterre et ensuite ce furent les Français qui nous prirent en charge. Le gouvernement français. Nous nous sommes inscrits tous les deux à l'École des Sciences politiques.

Vous savez pourquoi, interrompt Marek ? Parce que nous sommes arrivés à Paris un lundi et que nous avons appris que, mardi, c'était la fin des inscriptions. Or, il fallait avoir un certificat d'inscription pour obtenir une bourse. André a essayé à la faculté de Médecine, moi à la faculté de Droit, mais il n'y avait rien à faire. C'était trop tard. Au secrétariat de l'École des Sciences politiques, il y avait une vieille dame, madame Boué. Je n'oublierai pas son nom tant que je vivrai. Dans mon français très approximatif, j'ai réussi à lui expliquer qui nous étions et d'où nous venions. Elle m'a écouté, elle nous a examinés tous les deux des pieds à la tête et elle s'est mise à écrire. Dix minutes plus tard, nous avions des certificats dans nos poches et il ne nous restait qu'à traverser Paris à pied pour aller à la Mission militaire polonaise où ils ont complété le reste. André a enlevé ses chaussures parce qu'il ne pouvait plus marcher et moi je me suis traîné derrière lui.

– La bourse, soupire André, suffisait à peine pour payer notre piaule. Une chambre de bonne au sixième étage d'une maison cossue. En été, on ne pouvait pas rester dedans, parce qu'il y faisait trop chaud et en hiver on travaillait avec des gants, parce que c'était l'unique moyen de pouvoir écrire. Les toilettes étaient sur le palier et le lavabo aussi. Les architectes français de l'époque considéraient sans doute que les bonnes n'avaient qu'à se contenter de cela, pourtant l'immeuble n'était pas si vieux. Il avait été construit peu avant la guerre.

— C'est tout juste si on pouvait se payer un repas par jour au restaurant universitaire, celui de l'École des Beaux-Arts, et André trouvait encore le moyen de dépenser des sous pour de longues lettres à la Croix-Rouge, aux divers Comités de *Displaced Persons* et à je ne sais trop qui encore. Il vous cherchait, car il croyait dur comme fer que vous étiez vivante.

Marek raconte tout cela sur un mode drôle. Il fait le pitre.

— Mais le pire, c'est qu'à la Mission militaire polonaise, on nous a montré des lettres de familles qui suppliaient leurs proches de ne pas retourner en Pologne. Il paraît que nous étions condamnés à la peine de mort par contumace comme membres de l'Armée du Pays, donc suppôts de Satan, c'est-à-dire du Gouvernement de Londres. Charmant, n'est-ce pas ? Pas de retour, pas d'argent pour le gros rouge, pas de nouvelles. La place de la Concorde était néanmoins splendide et la baguette croustillante tout à fait délicieuse. L'ennui c'est qu'André a voulu devenir le héros de ces messieurs les étudiants. Au lieu d'apprendre sagement le français et de potasser les notes des cours, il a décidé de faire partie de l'Amicale. Or, l'Amicale à cette époque-là était communiste. Me voilà donc avec lui, dans une petite salle surchauffée en train de discuter des cotisations dans notre français plutôt incompréhensible, face à une bande de jeunes gens et de jeunes filles de bonne famille. On avait l'air intelligent. Une de ces demoiselles m'avait invité chez elle quelques jours auparavant. Sa mère m'avait dit : « Vous êtes noble, n'est-ce pas ? » J'ai répondu : « Et pourquoi cela, madame ? » « Parce que tous les Polonais sont nobles, boivent beaucoup et se ruinent de façon distinguée. » Je suis parti en lui annonçant que je n'étais pas noble, mais que j'étais ruiné parce que la capitale de mon pays n'existait plus. Ce n'était pas drôle tout en l'étant. Sa fille, pour sa part, m'avait annoncé que les seules Polonaises qu'on pouvait rencontrer en France, c'était des bonnes qui, d'ailleurs, se faisaient systématiquement engrosser par les fils de famille ou les patrons eux-mêmes.

– Toujours est-il qu'à la fameuse réunion de l'Amicale, continue André, je me suis fait dire que j'étais fasciste, parce que j'avais osé parler de l'envahisseur soviétique. Comme le mot ne me plaisait pas et, pour cause, j'ai giflé le bonhomme et nous nous sommes battus, Marek et moi, à deux contre dix. Bref, ce fut cela notre quotidien. La baguette, les Rochers Suchard, la chambre sous les toits et la solitude. Dans le groupe, nous étions des cancres-bûcheurs, des étrangers ou encore des sales étrangers.

– Tu exagères, proteste Marek. Nous nous sommes fait quand même des amis, nous avons gagné un peu d'argent en adressant des enveloppes pour une compagnie de publicité et nous avons parlé polonais à l'Odéon. Car il faut dire que, rue de l'Odéon, il y a une association d'étudiants polonais où André a fait un Bigos* mémorable pour le Nouvel An et moi j'ai lutté contre les agents du consultat qui voulaient absolument s'emparer du local. C'est là que nous avons reçu la lettre de la Croix-Rouge nous annonçant que le docteur Maria Solin était vivante, mais que les autorités polonaises ne disposaient pas de son adresse. Aussitôt André est devenu fou, il a décidé de tout plaquer et nous sommes partis au consulat demander nos passeports polonais. Il a décidé de visiter tous les hôpitaux de Varsovie et de Pologne et de vous trouver. Vous connaissez la suite de l'histoire.

– Est-ce que c'est beau, Paris ? demande rêveusement Helena.

– La plus belle ville du monde, constate Marek, après Varsovie, bien entendu. Le problème c'est que nous n'avions pas beaucoup de loisirs pour en profiter et pas d'argent non plus. Ce qu'on connaît bien, c'est le jardin du Luxembourg, le musée du Louvre, les quais de la Seine et les corridors de la Préfecture de Police. On y allait tous les six mois renouveler nos cartes d'identité, en tremblant de peur, comme des imbéciles, qu'ils refusent d'y apposer un tampon.

_____

* Plat de choucroute avec viande et saucisses.

— C'est fini, tout ça, conclut André.

Maria Solin, silencieuse, apporte du thé et des sandwiches.

— Voici un festin de roi, annonce-t-elle. Il y a du fromage et des œufs durs. Ces messieurs ont fait la queue pendant que j'étais à l'hôpital.

Ils sont gais, amusants, capables de parler de leurs difficultés et de leurs humiliations de façon drôle, pense Helena. Ils sont reposés. Ils arrivent d'un autre monde, où on ne risque pas de se faire arrêter sans raison, où on n'est pas obligé de faire des bassesses pour se loger à quatre dans une chambre et où on ne considère pas comme une victoire majeure d'avoir un peu de pain et de fromage. Ce sont des héros, parce qu'ils ont osé revenir, mais pour le moment ils ne se rendent pas compte encore de ce qui les attend.

— Qu'est-ce que vous allez faire, demande Helena. Continuer vos études ?

— Certainement pas, rit Marek. Les sciences politiques, c'est terminé. C'était bon à Paris, et encore ! Hier, j'ai commencé des démarches pour avoir ma carte du Parti. J'ai l'intention de suivre des cours de russe et essayer de faire du journalisme, à Radio-Varsovie, si je parviens à décrocher quelque chose.

— Pour moi, c'est un peu différent, constate André. Je ne suis pas communiste comme Marek et je ne prendrai pas la carte du Parti. Il est trop tard pour essayer de s'inscrire en médecine. Je me sens trop vieux pour cela. Je voudrais moi aussi faire du journalisme.

— Vous allez écrire des mensonges et être à la merci des censeurs, soupire Maria Solin. Enfin, vous êtes grands, adultes, vous êtes des hommes et je n'ai pas de conseils à vous donner.

André suit des yeux Helena, comme s'il voulait ne rien perdre de sa présence. Il est beau, pense Helena. Il y a en lui quelque chose, une sorte de magnétisme qui me fascine, je n'ai jamais ressenti cela auparavant en présence d'un homme. C'est étrange comme coïncidence ; il porte le même prénom que le tonton Andrzej, mais il est tout à fait différent, il est francisé... Dans quelques instants, il me faudra partir. Va-t-il proposer de me raccompagner ? Va-t-il sortir avec moi dans la rue et me prendre le bras dans la nuit ?

On sonne, Maria Solin et Helena sursautent. Dans le regard de Marek, il y a de l'indifférence tandis qu'André se dirige tranquillement vers la porte. Ils ont oublié l'occupation. Pour eux c'est bel et bien une époque révolue. Quel pays béni que la France, puisque les gens y ont cessé d'avoir peur.

Sans demander qui est là, André ouvre et aussitôt deux hommes en civil franchissent le seuil. L'atmosphère de la pièce n'est plus la même. Les mains d'Helena tremblent légèrement, Maria Solin est devenue très pâle tandis que les deux hommes visiblement hostiles, aboient des questions.

— Vous êtes qui, camarade ? Vos papiers d'identité ? Et lui, que fait-il ici ?

André et Marek sortent de leurs poches les feuilles reçues en échange de leurs passeports qu'ils ont été obligés de rendre.

— Présentez-vous tous les deux, demain matin, au bureau de l'UB, dit l'un des hommes.

— Vous, camarade, vous ne devriez pas être ici. Vous êtes domiciliée à Saska Kepa.

— Je suis venue en visite chez le docteur Solin avec lequel je travaille à l'hôpital, s'excuse Helena avec l'air d'un enfant qui vient de commettre une mauvaise action.

Mon Dieu ! faites qu'ils ne les arrêtent pas, prie silencieusement Maria Solin, qui se tient debout appuyée contre le mur.

— C'est bon pour cette fois-ci, mais partez tout de suite. Il est plus de huit heures, camarade.

— Je m'en vais, acquiesce Helena.

— Je vous accompagne, annonce André.

— Et moi aussi, ajoute Marek. Nous seront demain à votre bureau, camarades.

— Qu'est-ce qu'il y a ici, demande l'un des deux hommes en poussant brutalement la porte qui mène à la cuisine ?

Il a l'air de chercher quelqu'un qui se cache là et on a l'impression que, dans un instant, il va sortir son browning et tirer.

– Vous êtes bien logée, camarade Solin, ironise l'autre. Deux chambres et une cuisine à vous toute seule, plus une salle de bains complète. Pour une femme, c'est beaucoup.

– Mon fils et son ami habitent avec moi.

– Ils ne sont pas enregistrés ici, donc ils n'ont pas le droit de coucher chez vous.

– Ils se sont présentés hier à la milice, mais on leur a dit de revenir une autre fois.

– On vérifiera, on vérifiera... Il y a une menace dans l'accent traînant de l'agent de l'UB.

– Vous avez été longtemps en Occident. Vous ne vous êtes pas dépêchés de revenir, camarades.

– Nous avons étudié à Paris.

– Ce n'est pas une raison, il y a des universités chez nous. On discutera de tout cela demain. N'oubliez pas d'être au bureau à sept heures du matin.

Ils font le tour du salon, déplacent le rideau, ouvrent négligemment les armoires, examinent les livres sur les rayons de la bibliothèque.

Ce n'est pas possible, pense André. Je vais leur casser la gueule. Dans mon propre pays, dans l'appartement de ma mère, des agents de l'UB en civil se conduisent comme autrefois les agents de la Gestapo. C'est un mauvais rêve. Demain, je vais me plaindre. Je vais protester. Visiblement, ils veulent nous provoquer et nous, Marek et moi, nous nous conduisons comme des rats qui se cachent dans leur trou.

Quand finalement, l'un des agents de l'UB pénètre dans la salle de bains et fait couler l'eau dans le lavabo, Marek ne tient plus en place.

– Écoutez, camarades, dit-il, je suis communiste comme vous. J'ai commencé des démarches pour avoir ma carte du Parti. Je ne comprends pas pourquoi vous vous permettez de nous traiter comme des suspects. Nous sommes revenus de notre propre gré. Nous n'étions pas forcés de quitter Paris. Il est tout à fait normal qu'on habite chez la mère de mon ami, puisque je n'ai plus ni famille, ni amis. Ils sont tous morts à la guerre. Cela ne vous suffit pas ?

– Ne vous énervez pas, camarade. Un des agents s'approche de Marek, comme s'il voulait le saisir par les épaules. Les agents doubles et les provocateurs de l'Occident, cela nous connaît. Nous construisons la Pologne populaire et nous devons être vigilants. On va bien voir si vous dites vrai. Où sont vos bagages ?

En un instant, le salon et la chambre à coucher attenante se transforment en un champ de bataille. Les deux hommes vident les tiroirs, la bibliothèque, les armoires, les valises posées dans un coin et jusqu'au sofa qu'ils renversent pour voir si rien n'a été caché en-dessous. Maria Solin tient André par le bras, tandis qu'Helena murmure à Marek :

– Restez calme, il y va de la sécurité de Maria.

Les deux jeunes gens sont trop surpris d'ailleurs pour réagir. Dans le fond de la pièce, dans une sorte d'alcôve, il y a le lit dans lequel couche André. Un des agents arrache les couvertures, retourne le matelas, le laisse tomber par terre et se met à genoux pour mieux le palper.

Dans la valise d'André, il y a des livres que l'autre agent étale par terre et examine avec soin. Comme il s'agit d'ouvrages en français, il les tourne et retourne entre ses mains, puis, comme dégoûté, les lance sous les pieds d'André.

– Vous allez apporter tout cela demain au bureau, camarade, ordonne-t-il. Toute la valise. Bon, c'est assez pour ce soir. Vous, camarade, s'adresse-t-il à Helena, vous venez avec nous.

André s'interpose, mais Helena l'écarte tout doucement et se place devant lui.

– Est-ce que je peux téléphoner, demande-t-elle ?

– À qui ?

– À mon ami Kazimierz Skola qui travaille au ministère de la Justice.

– Ah ! dit l'autre homme. On le connaît. C'est votre fiancé ?

– Oui, répond Helena, la mort dans l'âme, parce qu'il y a les yeux d'André et cette expression de douloureuse surprise sur son visage qui lui fait mal.

– Vous pouvez le prouver, camarade ?

– Oui, dit Helena, en sortant de son sac la carte que Kazimierz lui avait donnée pour le cas où il lui arriverait malheur.

– C'est bon, constate l'agent. Pour cette fois-ci, vous pouvez rentrer tard, ou même coucher ici. Nous n'avons pas d'objection. Bonne nuit, camarades.

Ils sortent, soudain pressés, en claquant la porte. Un peu de plâtre se détache du plafond et tombe par terre.

Après leur départ, Maria Solin, Marek, André et Helena demeurent silencieux et ne bougent pas comme s'il craignaient qu'ils ne reviennent. Puis Maria Solin commence à ramasser les livres et les divers objets répandus partout, André, Marek et Helena l'aident, tandis que, dans l'appartement à côté, quelqu'un met la radio très fort comme si on y voulait ne rien entendre et ne rien savoir.

– Vous dormez ici, décide Maria Solin, il est trop tard pour rentrer.

– Non, objecte Helena, mes parents vont être inquiets et ne fermeront pas l'œil de la nuit.

– Ne t'en fais pas, maman, nous allons trouver un moyen de transport, un taxi ou une *rikcha*.

– Venez, décide André, je vous accompagne. Marek va aider maman pendant ce temps-là et, à mon retour, tout sera en ordre.

Ils descendent les escaliers en silence et marchent l'un à côté de l'autre dans la rue sombre.

– Comme ça, vous êtes fiancé, dit lentement André, comme si c'était infiniment plus important que la scène de tout à l'heure, l'humiliation de cette perquisition injustifiée et l'attitude des deux agents à leur égard.

– Ce n'est pas vrai, avoue Helena. Je voulais tout simplement leur échapper. Kazik est un ancien camarade de classe. Il a un poste dans le Parti. Il travaille au ministère de la Justice. Cela les impressionne. Il doit être haut placé puisqu'ils le connaissent et le craignent.

— Vous êtes libre, Helena... Comme c'est bien !

André prend Helena par le bras. Leurs corps se rapprochent. Ils marchent au même rythme et cela crée entre eux une sorte de complicité bienheureuse.

— Vous avez dû beaucoup souffrir, murmure André. Pour moi, la réadaptation ne sera pas facile, mais je vous promets que je vais me débrouiller. Vous verrez, dans six mois, j'aurai un carrosse pour vous raccompagner. J'apprendrai... Donnez-moi juste six mois...

— Je vous les accorde à l'avance, plaisante Helena, et même plus, un an, deux ans, tout ce que vous voudrez. Et vous savez, c'est déjà beaucoup mieux qu'à l'époque de Bierut. Depuis que Gomulka est là, on libère des gens des prisons. Saviez-vous, à Paris, qu'ici il y avait des milliers de prisonniers politiques ?

— On ne le croyait pas. Je peux difficilement m'imaginer que des Polonais qui ont vécu la guerre puissent arrêter des compatriotes. Il me semble que, ce soir, j'ai compris bien des choses. Mais vous savez tout cela n'a pas d'importance. Vous a-t-on dit que vous êtes très belle ?

Les voilà sur le pont. Les planches mal ajustées du passage pour piétons bougent sous leur pas. Au-dessus de Saska Kepa, la lune se lève et monte majestueusement dans le firmament. Il y a son bras à lui, et son odeur à elle, ses cheveux bouclés qui descendent dans son dos et le profil tout proche de ce visage d'homme. Ils n'ont pas peur, ils ne ressentent aucune fatigue, ils sont seuls entre le ciel et la terre. Rien, ni personne ne peut les atteindre en ce moment et le simple fait d'être ensemble suffit pour qu'ils ressentent quelque chose qu'on appelle généralement le bonheur.

C'est donc cela l'amour, pense Helena, et c'est de moi qu'il s'agit. De moi qui croyais que jamais une pareille chose ne m'arriverait, que jamais je ne connaîtrais cette sensation d'appartenir à quelqu'un sans même l'embrasser. C'est ce qu'on appelle, dans les romans, le coup de foudre...

* * *

Des questions, toujours des questions et encore des questions.

– Pourquoi êtes-vous allé à Paris, camarade ? De quoi avez-vous vécu en France, camarade ? Qui vous a donné la bourse ? Pourquoi êtes-vous revenu à Varsovie, Camarade ?

André répète indéfiniment les mêmes phrases courtes, simples, mais l'inutilité de tout cela ne cesse de le surprendre. Il doit se présenter au bureau de l'UB, toutes les semaines. Seuls les jours varient. Les agents viennent constamment chez sa mère, lui apportent des convocations et lui demandent des détails concernant leur passé et leur présent. Marek est interrogé séparément et il n'a pas les rendez-vous au bureau de l'UB les mêmes jours et aux mêmes heures qu'André. Leur belle assurance, leur joie de vivre, le bonheur de retrouver Maria Solin, tout cela se dissout progressivement au fil des interrogatoires. La nuit, il arrive à André de se réveiller et d'entendre sa mère qui sanglote. Il ne sait comment la rassurer, alors il fait semblant de ne pas entendre et reste couché sur le dos pendant de longues heures. Il pense à Helena et éprouve un sentiment de culpabilité d'être heureux malgré tout, parce qu'ils habitent la même ville. Il n'ose pas l'inviter à sortir, mais il la rencontre à l'hôpital, dans le petit bureau de sa mère. Car il s'est promis que tant qu'il n'aura pas de travail, tant qu'il ne gagnera pas d'argent, il consacrera tout son temps à sa mère.

Très tôt, le matin, quand il n'est pas obligé de se présenter au bureau de l'UB, il part, comme il dit en plaisantant, à la chasse aux victuailles. Au magasin qui se trouve dans leur quartier, on leur a signifié qu'ils ne doivent plus se présenter au comptoir.

– C'est réservé ici, lui avait dit la gérante, pour les gens qui travaillent à l'édification du socialisme. Vous n'avez pas de carte et je ne peux rien vous vendre.

C'est donc la course au trésor, tantôt dans les magasins d'alimentation, tantôt au marché, tantôt tout au bout de la ville où, dans les ruines pas encore déblayées, des paysans vendent des légumes et de la volaille. André fait également un peut de commerce de devises. Il a rencontré dans le café de la rue Nowy Swiat un homme qui vend et achète des dollars. Il lui rend des services comme traducteur. Ensemble, ils s'installent près des hôtels, abordent les rares étrangers, français ou anglais, discutent, échangent contre des zlotys, des francs et des dollars, les revendent et recommencent. Les « verts » permettent de se procurer du café, du salami et même, une fois, André a acheté du caviar russe. Sa mère et Marek ignorent tout de ses « activités bancaires », comme il qualifie ce trafic illégal punissable en principe par plusieurs années de prison. Peu importe, l'essentiel c'est de ne pas se faire prendre et de ne pas être complètement à la charge de sa mère. Son « associé » travaille dans une banque. C'est un petit monsieur d'un certain âge qui, avant la guerre déjà, était comptable. Il connaît toutes les combines et tous les tuyaux. C'est avec lui qu'il apprend les réalités quotidiennes. Blasé, cynique, l'« associé » se moque des systèmes et des idéologies.

— Foutaise que tout cela, a-t-il l'habitude de répéter. Ma femme mange tous les jours à sa faim et ma fille a des chaussures neuves. Mon problème c'est de les rendre aussi heureuses que possible. Le reste ce n'est pas de mon ressort.

André a étudié à l'École des Sciences politiques, à la section économique, et l'économie continue à le passionner. Il a réussi à se procurer certaines brochures d'Oskar Lange. En fait, c'est Marek qui les a apportées après de longues recherches dans les librairies et bibliothèques. Il a fallu les payer en « verts », parce qu'il n'était pas possible d'en avoir autrement. À la vue des dollars, le commis a promis de les lui procurer.

— Il me reste une ou deux copies, à la maison, a-t-il dit à Marek, revenez demain.

André lit et relit les textes du célèbre économiste et essaie de comprendre. Mais autant il lui est facile de les analyser, autant il ne peut transposer ces théories dans la pratique, parce que ce qu'il voit autour de lui ne correspond à rien. Dans le quotidien *Trybuna Ludu*, des articles interminables s'étalent sur plusieurs pages. Il y est question de la construction du socialisme triomphant et des réalisations du plan. Des relents du stakhanovisme, des critiques de commande, des lettres des lecteurs qui dénoncent les pénuries, en les attribuant au manque d'enthousiasme des travailleurs, qui préfèrent produire au ralenti que de se laisser emporter par le dynamisme d'un système fait pour apporter le bien-être à tous. C'est à la fois faux et naïf.

À Paris, il lisait de temps en temps. *L'Humanité*, mais les articles de ce quotidien communiste n'étaient vraiment faux que quand il s'agissait des autres, des pays étrangers pour lesquels on ne pouvait pas vérifier... Quand on traitait de la France, c'était certes de la propagande, mais on n'y affirmait pas, par exemple, que les ouvriers de chez Renault crèvent de faim. On disait : « Ils sont exploités par les vampires du capitalisme. » Dans *Trybuna Ludu*, on annonce systématiquement la construction en cours dans des endroits où les ruines semblent toujours dormir d'un sommeil éternel.

– Progresser, c'est dominer, en partie tout au moins, la situation dans laquelle on se trouve, répète André à Marek, mais sans succès.

Pour Marek, les pénuries sont la rançon de la marche victorieuse du peuple vers le socialisme parfait. Marek est enthousiaste. Il n'aime pas les visites à l'UB, mais il trouve que c'est un mal nécessaire. Un État socialiste doit, selon lui, être vigilant et se protéger par tous les moyens contre ses ennemis potentiels. Il continue à chercher des gens susceptibles de le faire admettre dans le Parti et fréquente assidûment une dame à Radio-Varsovie, en espérant y décrocher un poste.

– Vous comprenez, explique-t-il à Maria Solin, tant qu'on se contentera de répéter que les gens qui ont la carte du Parti sont des profiteurs, des personnalités corrompues et des fainéants, rien ne changera. Il faut être membre du Parti, aller aux réunions, influencer ceux qui ont le pouvoir de décider et changer progressivement leur image dans le public. Rester en dehors, vivre en marginal, c'est déjà une trahison. Il faut militer, intervenir, analyser et corriger. C'est cela le rôle des jeunes. Je ne suis pas resté en Occident, je n'ai pas appris ce que j'ai appris, pour me conduire maintenant comme un mollusque.

Maria Solin acquiesce avec un bon sourire maternel. Elle est bien trop heureuse de les avoir tous les deux pour jouer les éteignoirs. Elle ne demande pas mieux que d'espérer. Si seulement elle pouvait cesser d'avoir peur, mais elle se rend bien compte qu'André a trop d'argent dans ses poches, qu'il trouve Dieu seul sait où, et que Marek prend beaucoup de risques. Helena est la seule personne qui parvient à la rassurer. Quand elle arrive à l'hôpital, quand elle se glisse dans son petit bureau, Maria a l'impression qu'un lutin apporte le soleil dans sa vie. Ils s'aiment, pense-t-elle en la voyant avec son fils et ce qui est le plus curieux c'est qu'ils n'en sont pas conscients. Car, fait assez étrange, Helena semble faire l'impossible pour éviter de se trouver en tête à tête avec André. Maria Solin ne comprend pas, mais se garde bien d'intervenir.

Helena, de son côté, travaille beaucoup. Entre les cours, les travaux pratiques et les heures passées à l'hôpital, il ne lui reste guère de temps pour autre chose. Mais, au fond d'elle-même, il y a l'image d'André Solin et cette joie étrange qu'elle éprouve en sa présence.

Il ne m'aimera jamais, se dit-elle pourtant. Entre nous, tout est impossible. Mon père a coutume d'affirmer que la société n'est que duperie et mensonge. La seule vraie relation, selon lui, c'est celle de deux êtres qui s'aiment, à condition qu'ils ne se mentent jamais, qu'ils ne trichent pas et qu'ils osent se raconter et partager le meilleur et le pire. Et il est vrai qu'entre lui et ma mère il y a une complicité telle que parfois je me sens de trop à la maison.

Comment puis-je rêver d'aimer André Solin quand je sais que jamais je ne pourrai lui avouer que je ne suis pas vierge. Jamais je ne serai capable de lui raconter mon passé et je n'admettrai pas qu'on lui dise que j'ai un enfant. Le voir, sortir avec lui, c'est déjà lui mentir. Il s'imagine que je suis une vraie jeune fille, pure et libre, tandis que moi j'ai connu la bestialité et la grossesse, l'accouchement et le refus de la maternité. Je ne suis qu'une femme perdue, une sorte d'épave. Ne rien lui dire, le laisser venir à moi, l'épouser et puis maquiller mon corps, comme on maquille un visage, en cette nuit de noces où il me faudra jouer la comédie pour qu'il ne se rende pas compte qu'il n'est pas le premier... Non, jamais ! On ne peut pas édifier un amour sur le mensonge. C'est impossible ! Avec le tonton Andrzej, tout était simple. Il sait tout et il m'aime telle que je suis. Mais, pour le tonton, je suis et je reste une enfant. Avec André, c'est la relation d'égal à égal où il n'y a pas de place pour la commisération et la pitié.

La nuit, Helena se tourne et se retourne dans son lit en cherchant en vain le sommeil.

Je l'aime, confie-t-elle à son oreiller, mais je n'ai pas le droit de lui gâcher sa vie. Il mérite mieux que moi, je suis indigne de son amour. Car Helena sent qu'André lui aussi l'aime et que cette fois-ci c'est l'événement le plus important de toute son existence.

Irena et Robert se sont attachés à André et à Marek. À André surtout qui passe souvent à l'atelier de Robert, lui donne un coup de main, l'aide, puis discute avec lui pendant des heures. Ils reconstruisent le pays, morceau par morceau, pierre par pierre. Ils relisent les journaux, plaisantent, critiquent et analysent.

Cette amitié qui se hisse entre son père et André est fort pénible à Helena. Elle craint qu'un jour il lui dira la vérité et qu'André ne reviendra jamais plus. Alors quand, le soir, son père lui parle d'une visite d'André, elle éprouve pour lui presque de la haine. Comme s'il devinait ses pensées, un jour Robert attire sa fille à lui :

– Ne t'en fais pas, dit-il, en entourant sa taille de son bras, jamais je ne parlerai à André Solin de tes affaires personnelles. Tu es assez grande fille pour le faire toute seule. C'est une affaire entre toi et lui qui ne me regarde pas. Il me semble, si tu permets à ton vieux père de te donner son opinion, qu'il vaut mieux être franche. Tu sais, ce n'est qu'un mauvais moment à passer. Tu lui seras plus proche après et lui te paraîtra d'autant plus humain. C'est un bon gars et il vaut la peine que tu lui fasses confiance.

Assez curieusement, seule Irena ne remarque rien. Elle aime bien André, Marek et Maria Solin, mais en fait ce qui compte vraiment, c'est son piano. Robert a réussi à lui trouver un petit piano en mauvais état, il l'a réparé, accordé tant bien que mal et installé avec l'aide des voisins, dans un coin de la pièce. Depuis le fameux samedi, où elle l'a découvert là et crié de joie en plaquant des accords sur les touches de l'instrument, Irena joue pendant des heures. Pour Irena, c'est le renouveau, c'est l'espoir, c'est le but. Elle ne sera sans doute jamais une grande pianiste de concert, mais au fond d'elle Irena espère, comme à l'époque de ses seize ans, quand elle commençait ses études au conservatoire.

Il n'y a pas que la jeunesse qui rêve l'impossible. Plus tard on continue parfois, sans l'avouer, pour ne pas paraître ridicule, mais avec autant d'intensité et autant d'abnégation qu'à l'heure où la vie commence à peine et où l'avenir est une immense surface blanche.

Ce soir, comme tous les soirs, Irena pratique. Robert assis dans son fauteuil l'écoute avec beaucoup d'attention. Helena les embrasse et se glisse dans sa chambre. Ils n'ont pas besoin de sa présence et elle ne sait comment leur avouer cette envie de leur parler qui l'étouffe. Couchée sur le ventre, Helena se pose indéfiniment les mêmes questions. Est-ce qu'on peut aimer de plusieurs façons ? Comment reconnaître un véritable amour ?

— Si tu sens que tu as envie de passer la vie avec lui, c'est celui-là et aucun autre, lui avait dit sa mère.

André est le seul avec lequel elle a vraiment envie d'être toujours ensemble. Mais André, c'est aussi quelqu'un qu'elle admire au point de craindre sans cesse de se montrer inférieure. De ne pas être digne de lui. Avec André, elle se surveille constamment pour paraître intelligente, intéressante et pure. L'idée qu'elle le verra suffit pour illuminer sa journée, mais en sa présence elle éprouve toujours une certaine gêne et une sorte d'angoisse. Pourtant quand il est proche, jamais elle ne retrouve ce trouble délicieux vécu un soir avec le tonton Andrzej, pendant qu'ils dansaient entre les tables du restaurant de Cracovie. Et puis, il y la sincérité, la spontanéité de ses relations avec Kazik. Avec celui là tout est facile. On peut lui dire n'importe quoi, le traiter n'importe comment, il ne cessera jamais de l'admirer et de l'aimer. Il sait l'entourer de prévenances, l'aider, lui faire plaisir. Kazik est aussi le seul qui croit que tout va changer, évoluer, progresser, et réussir. Avec lui, Helena revit l'enthousiasme de ses années de lycée et aussi la délicieuse impression d'être quelqu'un de très important, car Kazik sait des choses que tout le monde ignore et il les lui raconte. Il a des renseignements de première main qu'on ne trouve ni dans les journaux, comme de bien entendu, puisqu'ils ne publient jamais des faits vraiment importants, ni même lors des conversations avec des gens qui se prétendent informés. En octobre 1956, Kazik savait que la délégation soviétique était à

Varsovie avec Khrouchtchev en tête, mais il était bien le seul. Maintenant encore, plusieurs années après, ce fait n'a pas été divulgué. En fréquentant Kazik, Helena a l'impression de se mouvoir dans un univers étrange auquel nul parmi ses connaissances ne peut avoir accès. Un univers où on sait et où on peut ! Un groupe restreint d'hommes qui tiennent les rênes du pouvoir et qui peuvent changer la face du monde !

Ça fait longtemps qu'il n'est pas venu, Kazik. Il est parti à l'extérieur de Varsovie en lui promettant de lui faire signe à son retour. Il ne lui a pas dit où il allait, ni pourquoi, mais après tout la seule évocation de son nom l'avait aidée lors de cette abominable soirée chez Maria Solin, où les deux brutes s'amusaient à perquisitionner pour leur faire peur à tous les quatre.

On frappe à la porte.

— Helena, es-tu couchée ? C'est Kazik qui est là.

— Kazik !

Helena saute sur ses pieds et se rhabille à toute vitesse. C'est vraiment une merveilleuse surprise. Elle cessera de penser, elle l'écoutera et se sentira mieux. Il suffit que son regard se pose sur elle, pour que les sentiments d'infériorité qu'elle éprouve face à André s'évanouissent aussitôt. Il suffit qu'il lui prenne la main, pour qu'Helena parvienne à se persuader que tout ira bien, que ses examens seront faciles et qu'elle sera un médecin, sinon brillant, tout du moins valable.

Dans la pièce à côté, Kazik admire le piano d'Irena qu'il n'a pas encore vu. Pour une fois, sa mère n'offre rien à manger. Elle est trop occupée à jouer. Tant mieux.

— J'ai très peu de temps à moi, annonce Kazik, dès que meurent les dernières notes de la mazurka de Chopin. Peux-tu m'accompagner, Helena ? Cela te permettra de prendre l'air.

Robert, Irena et Helena savent que cela signifie qu'il a quelque chose d'important à lui raconter. Quelque chose qui ne doit en aucun cas être entendu par des oreilles indiscrètes, ni captée par un dispositif quelconque.

— Bonne idée, acquiesce Helena. Je ne peux rester

longtemps avec toi, parce que demain je commence très tôt mes cours, mais une promenade me fera du bien.

Dehors, l'éclairage est très parcimonieux. Il fait à un tel point sombre que Kazik se retourne à plusieurs reprises pour s'assurer qu'ils ne sont pas suivis. Il a les gestes d'un conspirateur et cela fait rire Helena.

— Ne plaisante pas, murmure Kazik, j'ai à te raconter des histoires fantastiques. J'ai fait partie de la délégation chargée de rencontrer les Soviétiques. Nous avons négocié. C'est moi qui ai rédigé le projet de l'accord préliminaire. Moi, avec d'autres, mais quand même c'est un peu mon œuvre. Nous venons de leur arracher une concession majeure. Les soldats soviétiques sur le territoire polonais cessent de jouir de l'impunité absolue qu'ils avaient auparavant. S'ils commettent des vols, des viols et autres fautes du genre, ils auront à en répondre devant la justice comme n'importe quel autre citoyen. Ils seront condamnés par nos juges et iront purger la peine chez eux. Te rends-tu compte de ce que cela signifie ? Plus d'arbitraire sous prétexte qu'ils sont responsables uniquement devant leurs supérieurs. Fini ! Pendant tout le temps, j'ai pensé à toi et à ce qu'ils t'ont fait. Mais, tu sais, nous ne nous sentions pas rassurés. Le « vieux » était dans une voiture avec les Soviétiques, et nous dispersés dans d'autres. On se demandait s'ils allaient nous emmener dans la campagne et nous loger à chacun une balle dans la tête. Il est formidable, le « vieux ». Calme, pondéré, mais inflexible. Il ne boit pas, ne plaisante pas, ne discute pas. Il écoute, puis intervient d'une façon sans appel. C'est quelqu'un ! Pourtant, on s'attendait à ce qu'il ait peur. Il sait ce que cela signifie une cellule d'isolement dans leurs prisons. Il y a été ! J'ai été récompensé de mes peines. Quand tout cela a été terminé, j'ai eu dix minutes avec lui en tête à tête. Il m'a demandé ce que je pensais de la réorganisation des prisons. J'ai pu lui présenter certaines de mes idées et surtout l'assurer que ceux qu'on libère sont des braves gens injustement torturés pendant des années. Plusieurs sont passés par mon bureau. J'ai même trouvé pour certains du travail. Attends, il y a mieux encore. Nous avons rencontré des Yougoslaves et j'ai soûlé un gars important. Il paraît que Tito est prêt à nous aider. Il va nous appuyer dans la mesure du possible. Tu penses comme cela doit faire plaisir aux

Vanias. Oh ! Helena, on fera des grandes choses, tu verras. La réforme agraire se poursuit. On décollectivise des terres et les paysans vont en recevoir. Votre Magda va certainement bénéficier de tout cela.

— Pendant que tu décidais du sort du monde, constate Helena boudeuse, moi je subissais une perquisition sauvage chez Maria Solin. J'ai été obligée de mentionner ton nom pour éviter qu'on m'emmène.

Le visage de Kazik se durcit.

— Cela s'est passé quel jour et à quelle heure ?

Helena essaie de se souvenir de la date, puis lui raconte en détail l'histoire d'André et de Marek.

— C'est bon, conclut Kazik, ils vont passer quelques mois à l'ombre, ces messieurs, c'est la seule leçon qu'ils comprennent. En ce qui concerne André et Marek, je vais prendre des dispositions pour qu'on cesse de les inquiéter. Ce Marek m'intéresse. On a besoin de gens comme lui. Demande-lui de passer à mon bureau après-demain matin. Je vais y être pour une fois. S'il vaut la peine, il aura sa carte du Parti et même un poste à la Radio. J'en ai assez de ces parasites qui viennent aux réunions juste pour négocier qui un appartement, et qui une situation. C'est abject et malsain. On ne progressera jamais avec des gens pareils. Le « vieux » fait sa part, mais il ne peut pas tout régler sans nous. Vois-tu, il est en train de donner des postes aux « Partisans », à tous ces anciens maquisards qui, avant 1956, faisaient de la prison et étaient poursuivis comme des criminels. Ce sont des gens valables, honnêtes qui veulent construire le socialisme. Ce qui manque ce sont les plus jeunes. Des gens de notre âge. Alors ton Marek tombe à pic. Oh ! tu ne peux pas t'imaginer comme c'est difficile de pouvoir se fier à quelqu'un. Je viens de vérifier personnellement une plainte. Un homme est venu à mon bureau. Il a été convoqué au tribunal pour une affaire concernant la circulation. Une peccadille. Or, tout à fait par hasard, il a vu un juge qui sortait de la salle d'audience. Figure-toi qu'il le connaissait. Ils ont été ensemble en Sibérie, aux travaux forcés. Le prétendu juge a été condamné à perpétuité pour deux meurtres. À l'occasion d'un transport, il a réussi à s'échapper. Comment a-t-il fait pour parvenir tout seul, en hiver, jusqu'à la frontière polonaise ! je n'en sais trop rien. Le fait est que non seulement il s'est déclaré polonais, bien qu'il soit russe, mais encore, il a réussi à fonctionner sous une fausse identité. Il avait les papiers de sa victime avec lui : un avocat. Avec ça, il a fait carrière à Varsovie et il a été nommé juge.

— Te rends-tu compte, un tueur soviétique, sachant à peine lire et écrire, sur le banc d'un tribunal polonais en train de décider du sort des autres. Bref, après les vérifications d'usage, j'ai réussi à le renvoyer sans faire de bruit. Il a démissionné et il est parti.

— Il aurait dû être jugé et condamné, proteste Helena.

— Il aurait dû, il aurait dû, ironise Kazik. Facile à dire. Je n'ai pas besoin d'un scandale avec les « camarades » sur les bras. Il y a autre chose à faire que de discuter d'un imposteur. Qu'il aille au diable. Je crois d'ailleurs qu'il ne fera pas beaucoup de chemin parce que l'individu qui l'a dénoncé ne manquera pas de lui régler son compte.

— La loi de la jungle, proteste Helena.

— Mais non, une certaine sagesse politique. Cesse de réagir en femme et oublie les peccadilles. J'ai d'autres nouvelles à t'apprendre. Le « vieux » va limoger Bienkowski. On va avoir un ministre de l'Éducation un peu plus articulé que lui. On va introduire un nouveau système favorable aux enfants d'ouvriers et de cultivateurs. Des points seront donnés selon l'origine sociale. C'est une bonne façon de compenser les inégalités des classes. Enfin, on cessera de pénaliser les jeunes qui viennent d'un milieu où les parents ne peuvent pas leur apprendre grand-chose et qui sont toujours moins bons à l'école que les enfants des anciens bourgeois. Tu ne crois pas que ce n'est que justice ?

— La justice, ironise Helena. Dis plutôt une forme de défoulement. Si je te comprends, l'enfant de l'ouvrier aura droit à des points supplémentaires. Il mérite trois points pour son travail et, automatiquement, on lui en donne cinq parce que ses parents n'ont pas eu la chance, ou la malchance de fréquenter l'université. C'est bien cela ?

— Mais oui ! s'impatiente Kazik, seulement comme

tu as mauvais esprit, tu déformes tout. À l'école, comme à l'université, on note sur un maximum de cinq, mais un minimum de trois est généralement requis comme limite de passage. Le fils d'ouvrier pourra compter qu'on ajustera l'évaluation de ses résultats en ajoutant un point, pour qu'il puisse profiter ainsi d'une forme de compensation pour les injustices sociales subies par les générations antérieures.

– Ce qui est désespérant, c'est qu'on raisonne dans le Parti comme si les réalités quotidiennes n'existaient pas, objecte Helena. Les Boches ont exterminé nos intellectuels, comme nos riches. Tu es d'accord avec cela ? Tu admets que c'est vrai ? Bon ! Donc les enfants de ces gens-là qui ont survécu ont été élevés dans des conditions particulièrement pénibles. Moi, mes petits copains du maquis, nous n'avions pas une existence normale. Par conséquent, en retournant aux études, nous étions déjà désavantagés non pas par nos origines sociales, mais parce qu'on nous a volé notre enfance.

– Depuis la naissance de la Pologne populaire, ce ne sont pas les intellectuels et les riches qui ont des privilèges, mais des gens du Parti parmi lesquels il y a beaucoup d'anciens ouvriers, je te l'accorde, dont la plupart ont oublié d'ailleurs ce que cela signifie que de travailler de ses mains. On dit d'un tel qu'il a été ouvrier à vingt ans, mais à quarante-cinq ce membre influent du Parti ne se souvient même plus de ce qu'il faisait à l'époque et comment. Le système d'éducation qui accorde systématiquement des points d'origine à ses enfants va privilégier en somme nos classes dirigeantes.

– Tu déformes tout !

– Grand Dieu ! non. J'en connais des professeurs qui ont des doctorats du Parti et toi aussi, sans doute. Tiens, un Filipkiewicz, par exemple, n'aurait jamais pu enseigner si on ne lui avait pas permis de présenter une thèse écrite par un autre comme sienne, tandis que le directeur de mon ancien lycée a été formé dans une école de propagande de Moscou. Sa situation était sans rapport avec ses capacités et ses diplômes ; il a eu le poste, voilà tout.

– Tu deviens amère et tu as tort. Tu verras, Helena, on va tout corriger, tout changer, tout transformer. Le

« vieux » est décidé de se débarrasser de la protection de Moscou. Ça ne se fera pas en un jour, mais lentement, progressivement. Déjà on a réussi à faire des purges, à renvoyer pas mal de « camarades » chez eux. Il y a dix ans, on manquait de gens compétents, maintenant on a quand même toute une relève, formée, éduquée, prête à prendre des postes et à assumer des responsabilités. On a des jeunes instituteurs, professeurs, ingénieurs, économistes, qui ne demandent pas mieux que de mettre leurs connaissances en pratique.

– Puisses-tu dire vrai, soupire Helena. Depuis qu'ils m'ont fermé les portes de l'École de médecine il m'arrive de ne plus croire, de ne plus avoir confiance. Tu sais, mon père et ma mère sont plus confiants maintenant que moi. Je ne dis rien, j'essaie de ne pas paraître défaitiste, à toi je peux bien l'avouer, je suis devenue indifférente et cela est un sentiment très pénible. C'est comme si j'étais arrêtée au bord d'une voie ferrée à regarder passer les wagons d'un train qui va dérailler, en pensant qu'il est inutile de bouger puisque, de toute façon, il ne peut pas arriver à destination.

– Je te jure que tu as tort. Ce n'est qu'un mauvais moment à passer et les choses s'arrangeront pour toi. J'y veillerai. Tu es douée, tu es merveilleuse ! Ils ne peuvent pas t'empêcher de faire ta médecine. Et puis, moi, j'ai besoin de toi. Vois-tu, à notre époque, dans ma situation, on ne peut pas avoir confiance. Je suis obligé de me taire. Tu es la seule à qui je peux tout raconter, tout expliquer. Mes parents eux-même ne sont pas sûrs. Ils m'aiment trop et quand mon père prend un verre il me vante auprès de ses amis. Cela se sait. Après la réunion du Parti, ils l'entraînent, le font boire et l'interrogent sur les activités de son fils qui a un poste élevé au ministère de la Justice. Moins il sait, mon père, mieux cela vaut. Il y a des agents et des mouchards partout. Le « vieux » est méfiant et il suffit qu'on lui rapporte la moindre peccadille sur mon compte pour qu'il cesse de me faire confiance.

Kazik se retourne, vérifie qu'ils sont seuls dans la rue, puis change de ton.

– Je te raccompagne chez toi, parce qu'il est tard. Quand se verra-t-on ?

Il a soudain l'air fatigué et comme aux abois.

— Ne me traite pas de haut, Helena, je travaille au-delà de mes forces et probablement aussi de mes capacités réelles. J'y mets tout ce qu'il y a de meilleur en moi. J'essaie d'être honnête, intègre et compétent et c'est tout un défi. Il y a trop de tentations, trop de possibilités, trop d'occasions. Je pourrais avoir un appartement de trois pièces et même une belle bague ancienne pour toi. Mais je ne veux pas avoir de fil à la patte. Je ne veux pas qu'on puisse me dire : On t'a procuré un appartement et maintenant tu es obligé de nous rendre service, sinon on te dénoncera. Et puis, dans ma situation, il peut bien m'arriver de tomber dans les filets de quelqu'un sans rien recevoir en échange, juste comme cela, par mégarde. Il suffit d'un mot de trop, d'un renseignement donné là où il ne le faut pas, d'un détail qui par le plus extrême des hasards permet à l'autre de reconstituer l'ensemble d'une affaire. Peux-tu comprendre cela, Helena ? C'est pour toi que j'essaie de me garder les mains propres. Pour toi, pour moi, pour nous... Pour notre demain à nous deux.

— Si tu es libre samedi prochain, on peut aller à Celestynow...

— Formidable ! Je vais avoir la voiture de service. On va emmener tes parents et tous les amis que tu voudras. Il y a de la place. C'est un vrai tombereau. Dans l'entourage immédiat du « vieux », je suis un des rares, sinon l'unique, à qui il permet de rouler carrosse sans chauffeur-mouchard au volant. Tu peux te moquer, mais cela me fait réellement plaisir. C'est la meilleure preuve que lui, si méfiant, a quand même confiance en moi.

Ils se séparent devant la porte et Helena se dépêche de disparaître dans la cage d'escalier pour couper court à tout élan de tendresse. Kazik a une façon d'embrasser ses mains qui la met mal à l'aise. Il la croit libre. Il est persuadé qu'il a sa chance. Il espère qu'un jour elle deviendra sa femme, qu'il lui suffira de prouver de quoi il est capable pour qu'elle se mette à l'aimer, après avoir été liée à lui par la camaraderie et par cette relation de confiance si totale et si précieuse pour tous les deux. Or, Helena sait qu'elle triche. Elle aime bien se savoir aimée de ce garçon qui, certainement, pourrait lui assurer bientôt une existence confortable, à elle, qui risque de tout rater. Pour être le grand amour de Kazik, Helena n'a pas besoin de devenir médecin, d'être intelligente, ni même d'être jolie. Il lui suffit d'exister, de respirer et de se mouvoir. Il lui suffit d'accepter et de se laisser vivre à ses côtés. Tandis que, pour André, il est important que les gens se retournent sur son passage, qu'elle puisse plaire à ses amis et qu'elle devienne un médecin, comme sa mère, et un bon médecin. André, c'est un continuel défi, tandis que Kazik c'est le repos, la sécurité...

Je suis malhonnête, pense Helena en s'endormant. Lui laisser entendre qu'il peut tout espérer, ne pas avouer que j'aime André comme une folle, c'est de la prostitution. Mais j'ai beau me répéter tous les jours que je dois avouer à André mon passé et cesser de le voir une fois pour toutes, je n'y parviens pas. Ah ! si seulement maman ou papa étaient en mesure de me comprendre, mais jamais je ne pourrai leur parler de tout cela. Je suis seule, oh ! comme je suis seule...

6

La famille de Cracovie

Pour un animal, la tanière, sa tanière, son nid, c'est ce qu'il a de plus important au monde. Les humains sont assez naïfs pour penser que, pour eux, ce n'est pas la même chose. Ils croient aux grandes idées, ou font semblant, se gargarisent de mots et s'efforcent de minimiser les besoins véritables, fondamentaux, de la satisfaction desquels dépend pourtant tout le reste. Un ouvrier qui a un logement décent travaille certainement mieux et boit moins que le pauvre gars qui, pour fuir l'unique pièce dans laquelle il s'entasse avec sa femme et ses enfants, cherche à se soûler comme un cochon. Faute de moyens, on s'efforce chez nous d'imposer des idées. Or ce sont les réalités quotidiennes qui comptent tandis que les convictions abstraites fondent comme les glaces au soleil.

Andrzej Rybicki se sent particulièrement heureux en cette fin d'après-midi. Il a quitté l'hôpital plus tôt et il traverse le terrain vague qui le sépare de la petite maison cachée dans les arbres tout en réfléchissant à sa condition d'homme.

Cette ancienne conciergerie est depuis six ans déjà

son havre de bonheur et peu lui importe le reste. Ils sont quatre là-dedans. Quatre solitaires heureux par la grâce d'une enfant, cette petite Inka dont le sourire est plus précieux pour eux que tous les trésors du monde. Il y a tout d'abord madame Nalkowska, vieille dame charmante, veuve du directeur de l'hôpital qui, de peine et de misère, a réussi à obtenir une chambre et le droit de servir de ménagère aux trois médecins résidants. Quand Andrzej était arrivé de Varsovie, cela lui avait pris du temps avant de l'adopter. Elle se méfiait de lui. Mais, par la suite, ils étaient devenus amis et c'est Zofia Nalkowska qui l'avait aidé à introduire dans la « maison des médecins », comme ils se sont habitués tous à l'appeler, la petite Inka.

Au début, elle avait soupçonné qu'il s'agissait de sa fille illégitime, mais maintenant cette femme qui n'a jamais pu avoir d'enfants méprise Robert et Irena Stanowski d'avoir accepté de se séparer de leur présumée fille. En fait, Inka, la coqueluche de la « maison des médecins » est adorée et gâtée non seulement par madame Nalkowska, mais aussi par les deux autres habitants, le docteur Jozef Kalina et le docteur Wojtek Rzeplinski. Jozef, vieux garçon endurci, est arrivé de Lvov en 1957. Au début, il avait du mal à s'exprimer en polonais ayant été obligé de pratiquer, pendant toute ces années de guerre et d'après-guerre, dans un hôpital où on ne devait parler qu'en russe. Petit, maigre, avec son visage en lame de couteau, surmonté d'une tignasse de cheveux blancs, il a l'air d'un philosophe. En fait c'en est un.

— Les événements passent, aime-t-il répéter, et les hommes passent plus vite encore, parce qu'on les emprisonne et qu'on les tue, mais la médecine demeure et se développe. Un jour on parviendra à vaincre la mort, vous verrez.

En attendant que sa prophétie se réalise, Jozef Kalina évolue. Il s'humanise, comme le prétend madame Nalkowska. Il réapprend à parler. Cet homme dont il était impossible d'entendre la voix en dehors de la salle d'opération et de son bureau de consultation, commence à communiquer avec eux. Et, bien entendu, Inka y est pour quelque chose. Cela est arrivé un soir, après le dîner. Sans autre forme de précaution, Inka a attrapé

Jozef Kalina par la manche et l'a obligé à lui expliquer un devoir de mathématiques. L'homme, dont le mutisme frisait la brutalité, est devenu avec elle d'une douceur et d'une patience incroyable. Et puis, petit à petit en l'espace de quatre ans elle est parvenue à le libérer.

Ce fut une sorte de miracle qui se produisit sous les yeux d'Andrzej et qui le toucha profondément.

« J'étais prisonnier du silence, leur avait dit le médecin. J'ai vécu là-bas un véritable enfer, d'où je suis sorti avec la gratitude d'un miraculé. Vous ne comprenez pas. Ici, à Cracovie, en Pologne en général, c'est par comparaison le paradis de la liberté. Là-bas, à Lvov, quand ils sont arrivés en 1939, ils ont commencé par aligner les gens, les visages contre les murs des maisons et ils ont fusillé ainsi, systématiquement, des centaines d'hommes et de femmes. On ne choisissait pas. Il n'y avait pas de règles et de normes, comme avec les Allemands. Jeunes, vieux, Juifs, aryens, Ukrainiens, Polonais, protestants, athées, nous étions tous égaux devant la mort. Simple, n'est-ce pas ? En avril, ils ont vidé les maisons suivant le même principe. Seul le nombre comptait. Tant qu'il y avait de la place sur les camions, tant qu'on disposait de wagons à bestiaux, on expédiait en Sibérie. À ce régime là, un an après, il n'y avait plus de Polonais à Lvov, juste des ombres qui survivaient tant bien que mal. J'étais parmi ces ombres-là, le médecin, le sauveur, l'indispensable !

« Il me suffisait de parler russe, d'insister sur mes origines ukrainiennes et d'abattre deux fois plus de besogne que les médecins qui sont arrivés avec l'armée soviétique et qui sont restés. Quand ils voulaient me faire plaisir, ils m'offraient de la vodka qu'on buvait dans leurs chambres, dans des verres à dents. Après le dixième toast, ils m'assuraient que bientôt les tanks soviétiques allaient pénétrer à Varsovie, d'où on chasserait les Allemands. En fait, ils disaient vrai. Ils n'ont pas chassé les Allemands en quarante, comme ils le promettaient alors, mais ils sont arrivés en 1945 et, cette fois-ci, pour de bon je crois. Passons !

« J'ai vécu, moi, à Lvov ! Une ville cimetière où on a faim, où on a froid et où surtout on a peur. La méfiance, mon cher, c'est incroyable ce que cela marque. Une fois, une seule, je me suis laissé prendre. Elle était belle, elle était blonde et j'avais réussi à la remettre sur pied après une typhoïde. Pas banal, n'est-ce pas et plutôt romantique. Bref, j'étais amoureux comme un imbécile, elle était dans mon lit, moi j'étais dans le sien, on voulait se marier, bâtir un avenir et autres inepties du genre. Puis, j'ai reçu deux visites de la GPU. On m'annonçait que je devais me rapporter chez eux deux fois par semaine et j'eus droit à des interrogatoires qui duraient des heures. Une guerre des nerfs. Tantôt, on me faisait attendre toute la matinée, pour me renvoyer à l'hôpital sans un mot d'explication, et tantôt on me confessait longuement sur mes origines sociales, mes malades, passés, présents et à venir, mes idées et mes opinions. Je n'en pouvais plus. Car c'était un véritable cirque. On m'interrogeait dans une pièce et dans l'autre on torturait des brebis humaines qui hurlaient à la mort. On les comprend. Il m'a été donné de soigner quelques-unes de ces victimes de la « vérité objective » ; ce n'était vraiment pas beau à voir. Donc, ma délicieuse blonde passait les nuits dans mon lit, mais un beau matin, j'ai constaté, lors de ma visite à la GPU, qu'elle y avait des amis. Tout simplement, le *referent* qui m'interrogeait s'est absenté un instant. Je me suis levé et j'ai jeté un coup d'œil indiscret sur mon dossier qui s'étalait sur son bureau. Mon dossier à moi où on avait consigné soigneusement tout ce que j'avais pu raconter et ce que les autres avaient rapporté sur ma modeste personne. Son nom à elle y figurait dans la liste. Alors la nuit suivante, nous nous sommes parlés ou, plus exactement, moi je la traînais par les cheveux, tandis qu'elle me confiait en sanglotant qu'il lui fallait sauver son père, officier polonais, emprisonné depuis 1940, et sa mère, qui coupe du bois en Sibérie. Pauvre fille. Ils l'ont fait chanter comme ça pendant des années, puis finalement, il lui fut donné d'apprendre que son père avait été assassiné à Katyn et que sa mère avait eu la chance insigne de mourir lors du transport. En somme, pendant des années, elle avait servi d'informateur et d'agent pour rien. Pour moi, ce fut une leçon capitale. Jamais plus je n'aurai la naïveté de parler à une femme. Pour coucher, je m'arrange pour trouver des étrangères dont je ne connais pas la langue ou des sourdes-muettes. Comme le choix dans ces deux catégories est plutôt limité, me voilà vieux garçon. Maintenant, d'ailleurs, cela n'a plus aucune importance. Pour moi, c'est terminé. Et puis, soudain il y a eu cette Inka, cette espèce de créature d'une autre planète et je réapprends à me conduire comme un être humain capable de fréquenter d'autres humains. Étrange, n'est-ce pas et scientifiquement inexplicable. Même Freud ne saurait justifier un comportement aussi saugrenu. »

Inka enseigne au docteur Kalina, sans trop le savoir, à parler, à sourire et à s'inventer même un avenir. Il a soudain confiance.

— Ici, c'est quand même un pays libre et c'est l'Occident, par comparaison avec ce qui se passe là-bas. J'ai échappé à leur univers concentrationnaire et je sais de quoi je parle. Donc, ici Gomulka a la chance de réussir. Petit à petit on parviendra à desserrer l'étau. Ce système ce n'est pas nécessairement une maladie mortelle. Il suffit d'identifier le microbe, de bien traiter le malade et ça marchera...

Malgré son bel optimisme, tout neuf, Jozef Kalina ne discute franchement qu'avec Andrzej, et encore il faut qu'ils aillent marcher dehors car à l'intérieur des murs de la petite maison, ou de l'hôpital, il se méfie toujours des oreilles indiscrètes.

Le deuxième collègue, le chirurgien Wojtek Rzeplinski, est différent. Il parle à tort et à travers, mais évite les sujets personnels. Tout ce qu'on sait de lui, c'est que, pendant la guerre, il a été dans un camp de concentration allemand, que sa femme, ses enfants et le reste de sa famille sont morts sous les ruines de Varsovie, ses frères et sœurs ayant été tués pendant l'insurrection à Starowka.

Wojtek est grand, gros, et ressemble à un ours, mais c'est un excellent chirurgien et Andrzej l'admire beaucoup sur le plan professionnel. Inka l'utilise comme monture. Wojtek la hisse sur ses épaules et l'emmène ainsi le dimanche au château de Wawel, ou encore manger des pâtisseries chez Michalik. Madame Nalkowska a beau protester qu'Inka n'a plus l'âge d'être traitée de pareille façon, Wojtek fait rire tout le monde en courant au galop sur la place du Vieux Marché avec Inka confortablement assise sur ses épaules, ses cheveux blonds dans le dos.

Inka, pense Andrzej avec tendresse, aura de jolis

souvenirs. J'ai bien fait d'insister pour l'emmener avec moi ici. Certes ce n'est pas toujours facile pour elle, mais à Varsovie, entre Robert, Irena et Helena, ce serait pire.

En fait, entre la vie, la science et les normes morales, il n'y a que des contradictions. N'a-t-on pas en effet écrit des pages et des pages sur l'amour maternel, le rôle fondamental de la mère dans l'éducation d'un enfant et l'incapacité du mâle à la remplacer ? N'a-t-on pas proclamé sur tous les tons que l'éducation d'un enfant exige la présence et l'attention d'un couple ?

Helena a été élevée par Irena, tandis que Robert était prisonnier en Allemagne, et tout cela dans quelles conditions, grand Dieu ! Eh bien ! la voilà en train de faire des études de médecine et de réussir contre vents et marées. Inka, quant à elle, ne suscite chez Helena, sa vraie mère pourtant, que répulsion. On lui cache la vérité et elle est élevée tantôt par moi, son prétendu oncle, et les deux vieux garçons de médecins, tantôt par Irena et Robert et tantôt par Magda. Selon les savants traités de psychiatrie, autant Helena qu'Inka, devraient être des déséquilibrées ! Les humains évoluent-ils selon les événements et le situations dans lesquelles ils sont placés et non pas, comme le prétendent les savants spécialistes, selon les liens du sang ?

Andrzej entre dans la cuisine. Il est seul. Ses deux collègues sont encore à l'hôpital et madame Nalkowska court sans doute les magasins à la recherche d'un produit ou d'un objet quelconque. L'éternel problème d'approvisionnement est encore plus grave à Cracovie qu'à Varsovie. Cela fait des mois qu'on ne trouve pas de viande et la course folle pour dénicher pour Inka des chaussures ou une veste ou plus simplement une paire de bas demeure la préoccupation fondamentale de tous les quatre.

Andrzej allume une cigarette en se disant qu'il mangerait bien quelque chose et soudain son estomac se contracte. C'est une crampe très douloureuse et assez forte pour l'obliger à s'appuyer contre le mur. Il a du mal à reprendre son souffle. Ce n'est pas la première fois que cela lui arrive. Il y est habitué. Depuis deux ans, il se soigne pour un ulcère à l'estomac, mais jamais il n'a voulu se laisser examiner. Quelque part tout au fond de lui-même, dans son subconscient peut-être, il sait qu'il s'agit là d'un mal incurable dont il ne tient pas du tout à préciser la nature. Car si c'est le cancer, il est inutile de s'en faire. Malgré tout ce qu'il peut dire à ses malades, c'est sans espoir et il n'a vraiment pas envie de compter le temps qui lui reste et d'évaluer ses chances d'être opéré.

La douleur le plie en deux. Andrzej se traîne jusqu'au divan de la pièce commune qui sert aussi de chambre à coucher à madame Nalkowska. Quelqu'un a oublié d'éteindre la radio posée sur la petite table. Assis sur le siège qui s'enfonce, presque roulé en boule, il entend la fin d'un discours. C'est Wladyslaw Gomulka qui parle. Il est question des Juifs, des dangers qu'ils représentent pour la Pologne populaire, de la nécessité de neutraliser leur influence...

Tiens, une nouvelle campagne d'antisémitisme, se dit Andrzej comme dans un éclair. Pour se débarrasser de quelques agents soviétiques, de quelques mouchards et de quelques taupes du KGB, ils sont prêts à agiter le spectre du juif-vampire suçant le sang du pauvre peuple. Bon Dieu, de bon Dieu ! quelqu'un reconnaîtra-t-il un jour que si les Juifs sont à la botte du KGB et de notre propre UB national, c'est parce qu'ils n'ont aucune autre solution pour survivre.

Andrzej se retient pour ne pas hurler, serre les dents, puis la douleur revient. C'est un spasme plus fort. Il roule par terre se cogne la tête contre le ciment et perd la notion du temps et du lieu où il se trouve.

* * *

Inka est bel et bien persuadée que cette école qu'elle fréquente depuis cinq ans déjà, est la meilleure de Cracovie, mais parfois elle est découragée. Ailleurs, il y a des concours, des spectacles, des fêtes sportives et culturelles. Au Xᵉ lycée de la Commission de l'Éducation nationale tout cela existe aussi, mais les manifestations de ce genre sont beaucoup plus rares. On travaille beaucoup, en revanche, et les élèves sont évalués plus sévèrement. Forcément, il n'y a pas eu d'insurrection à Cracovie, les instituteurs d'avant-guerre n'ont pas été décimés dans le maquis, tout a été infiniment plus calme ici pendant l'occupation. Cela signifie que les professeurs qui enseignent au lycée sont pour la plupart âgés, compétents et parfaitement imperméables aux velléités de rendre le lycée célèbre lors des diverses manifestations marquant les dates anniversaires de la Pologne populaire.

En revanche, les cours de marxisme et de russe sont réduits au minimum.

— Profites-en et ne t'en plains pas, lui répète madame Nalkowska, tandis que tonton Andrzej a l'habitude d'affirmer qu'Inka a de la chance d'être dispensée d'un enseignement qu'Helena a été obligée de suivre à l'époque où elle a été écolière à Varsovie.

Mais il y a pire. Il y a tout ce qu'Inka se garde bien de raconter à la maison. Il y a les camarades, les questions, les moqueries et les injures. Parmi les filles et les garçons de sa classe, il y a des enfants de médecins, d'avocats, de cadres du Parti et d'officiers de l'armée, mais personne n'est élevé par un oncle dont on dit qu'il est juif. Personne n'a le plaisir d'habiter une vieille conciergerie, près d'un hôpital, avec trois médecins, trois hommes et une femme qui n'est pas une parente. Inka a beau ne jamais parler de sa famille, on sait tout à l'école.

— Tes parents ne veulent pas de toi, lui a crié pendant la récréation un grand gars au visage couvert de taches de rousseur, et ton oncle est juif. C'est le frère de ta mère ou de ton père ? Avoue !

En guise de réponse, Inka a plongé ses doigts dans les cheveux du garçon et elle a tiré de toutes ses forces. Ils se sont battus et c'est elle qui a eu une mauvaise note de conduite.

Un autre jour, les filles de sa classe ont essayé de l'empêcher d'entrer. Elle est restée dans le corridor à attendre le professeur puis s'est glissée à l'intérieur sur ses talons.

— Juive, sale Juive, a-t-on écrit sur son pupitre.

Inka comprend que le tonton Andrzej aurait du chagrin s'il savait tout cela. Elle ne dit rien. Le seul qui est au courant, c'est le curé qu'elle voit tous les samedis pour les leçons de catéchisme. Elle aime bien ces matinées où on se réunit au presbytère. En principe, il ne s'agit pas de cours, parce que ce n'est pas permis, ce qui ajoute du piquant à la chose. Et puis le curé est gentil. Il trouve toujours du temps pour l'écouter quand elle a envie de lui parler. Les autres partent, Inka reste.

– Monsieur le curé, est-ce que c'est mal d'avoir un oncle juif ?

Jamais il ne traite ses questions à la légère. Il lui raconte des histoires, lui donne des vieilles cartes postales et quand sa sœur lui fait des tartes, il en garde toujours un gros morceau pour Inka. Justement, c'est vendredi et Inka pense avec plaisir que le lendemain elle ira au presbytère.

À la sortie du lycée, des groupes se forment. Plusieurs vont se retrouver au café Rio, lieu de rencontre de tous les étudiants de la ville, lycéens, mais surtout ceux de l'université. D'autres vont se promener sur les Planty*, en se tenant, en cachette, par la main. Ce sont des romantiques, des amoureux, des garçons et des filles, qui soupirent souvent et avec application tout en s'écrivant des vers sur des feuilles arrachées de leurs cahiers.

Inka n'ira pas au café Rio parce qu'elle ne fait partie d'aucun groupe et personne ne l'invitera à aller se promener sur les Planty.

– Tu es trop jeune, lui a expliqué un jour tonton Andrzej. Attends un peu. Dans deux ans, dans trois ans, tu auras un régiment de soupirants et moi, ton vieil oncle, je serai obligé de sévir.

Il est drôle le tonton et il a un incroyable talent de mime. Il est venu au lycée une ou deux fois pour rencontrer le directeur et certains professeurs, et il a appris aussitôt à les imiter. Inka se tord de rire quand il fait des grimaces comme son professeur de chimie, un bonhomme particulièrement pénible qui prétend que seul le professeur peut avoir cinq sur cinq à l'examen, tandis que les étudiants doivent se contenter d'un quatre ; principe qu'il applique d'ailleurs à la lettre.

On raconte au lycée que, l'année dernière, il a posé sur son bureau un objet et a demandé à chaque étudiant

---

* Nom du célèbre parc de Cracovie.

de lui en expliquer sa nature. Les malheureux se sont creusé les méninges pour trouver des réponses intelligentes, mais en vain. Finalement une des filles, en désespoir de cause, s'est contentée de constater en toute innocence : « C'est une pierre, monsieur le professeur ! » Elle a eu quatre sur cinq. C'était bien la réponse que le professeur de chimie attendait...

Inka arrive à la maison un peu avant six heures. Au moment où elle fouille dans sa serviette à la recherche de la clef, madame Nalkowska lui ouvre la porte. Contrairement à son habitude, elle ne lui demande pas comment a été sa journée, mais lui tend les bras et la serre en silence.

— L'oncle Andrzej est à l'hôpital, dit-elle. Il est très malade. Le docteur Wojtek et le docteur Jozef s'occupent de lui. On ne sait pas encore ce que c'est, mais j'espère qu'ils nous le diront ce soir, quand ils rentreront.

— Est-ce que je peux aller voir Tonton ?

— Le docteur Kalina m'a promis de venir nous chercher. Mange donc quelque chose en attendant.

— Je n'ai pas faim, dit Inka. Je n'ai pas faim du tout.

La maladie, l'hôpital... Les gens qu'elle aime et auxquels elle s'attache s'en vont et la laissent seule. Cela lui est arrivé avec Magda, à Celestynow, et voilà que c'est pareil maintenant avec le tonton Andrzej à Cracovie. Vraiment, elle n'a pas de chance. Faudra-t-il qu'elle change à nouveau d'école, de ville, d'entourage ?

— Si le tonton Andrzej reste à l'hôpital pendant un certain temps, vous allez me gardez ici, dites ? Je ne veux pas m'en aller.

Dans les yeux d'Inka il y a des larmes et madame Nalkowska est émue par cette détresse qu'elle prend pour une preuve d'attachement.

— Bien sûr, ma chérie. Tu vas rester avec nous parce que sans toi cette ruine serait invivable. Du ciment en guise de plancher, l'eau dans la cour et les cabinets de toilette aussi. J'ai besoin de ton sourire pour supporter tout cela. De toute façon, on ne change pas d'école à deux années du baccalauréat. Et puis, ton oncle va se faire soigner et il va revenir. Tout va s'arranger. Tu verras.

Madame Nalkowska caresse les cheveux blonds. Elle voudrait bien dire à Inka qu'elle fera l'impossible pour la garder, qu'elle est sa joie de vivre et sa consolation dans la grisaille quotidienne de son existence, dont le principal objectif consiste à trouver de la viande et des légumes pour le repas du soir. Mais dit-on des choses pareilles à une petite fille de quinze ans qui, par-dessus le marché, à force d'être maigre et menue a l'air d'en avoir treize ?

Inka, ma chérie, pense madame Nalkowska en brossant les cheveux de la petite et en refaisant ses nattes, jamais je ne pourrai te remercier pour toute la joie que tu me donnes. Sans toi, je serais une vieille femme laissée pour compte, tandis que grâce à toi j'ai l'impression d'avoir une maison et une famille. Les trois toubibs seraient invivables si tu n'étais pas là. Kalina oublie de se laver les pieds et cela sent mauvais, Wojtek Rzeplinski traîne des mouchoirs sales à donner mal au cœur aux plus résistants et ton oncle Andrzej cherche la plus anodine des occasions pour faire de la philosophie. Certes, c'est le plus amusant et le plus séduisant des trois, mais quand même c'est à cause de toi, qu'il se donne tant de mal pour paraître drôle et pour faire rire tout le monde.

Inka se tient debout devant madame Nalkowska et essaie de ne pas bouger.

Mon Dieu ! fais, prie-t-elle, que le tonton Andrzej guérisse vite. Mon Dieu, je ne veux pas qu'il reste à l'hôpital. Mon Dieu ! je te promets de prier à la messe et ne plus jamais tricher en rêvassant, si tu t'arranges pour que l'oncle Andrzej guérisse vite.

* * *

La petite pièce est plongée dans l'ombre. De deux côtés du lit, recouvert de tissu noir, se consument lentement des cierges de l'église. Ils éclairent le visage du docteur Andrzej Rybicky et ses mains qui tiennent le crucifix. La mort a effacé les rides. Il paraît ainsi plus jeune et, dans ses traits, il y a une expression d'indifférence qu'Irena ne lui avait jamais connue de son vivant. Assise à côté de Robert, elle s'efforce de prier, mais constamment le flot des souvenirs la submerge. Les années de guerre, l'angoisse, la peur du lendemain et le sourire de cet homme toujours prêt à lui donner du courage. Des souvenirs inavouables aussi, refoulés au plus profond de son être. Des rêves !

Cela s'est passé au printemps de 1943. Il était venu leur apporter des journaux clandestins qu'il fallait distribuer et aussi une boîte de cacao qu'il avait réussi à avoir pour Helena. La petite dormait. Ils s'étaient installés l'un à côté de l'autre et ils avaient chuchoté tard dans la nuit en faisant bien attention de ne pas réveiller l'enfant. Soudain, un peu après minuit, un bruit étrange avait secoué la maison. Ils s'étaient précipités à la fenêtre. Au loin un incendie s'élevait vers le ciel.

Andrzej avait entouré ses épaules de ses bras. Appuyée contre sa poitrine, Irena grelottait et claquait des dents. Tout doucement, il l'avait obligée à se retourner et il couvrait son visage de baisers, mais au moment où Irena avait voulu s'abandonner il y avait eu entre eux l'image de Robert. Elle l'avait repoussé et, comme une folle, s'était précipitée dans les escaliers.

C'était la fameuse nuit où pour la première et unique fois les Soviétiques avaient lâché des bombes sur Varsovie occupée par les Allemands.

Pour Irena elle est restée gravée, cette nuit de printemps, comme l'image de sa faiblesse. Pendant des mois, elle a eu honte en évoquant ce souvenir, et puis surtout des regrets. Combien de fois n'a-t-elle pas imaginé par la suite ce qu'aurait pu être son existence si Andrzej avait insisté ! Combien de fois n'a-t-elle pas pleuré...

Pendant l'insurrection surtout, quand tout croulait autour, quand elle croyait ne plus revoir Robert, elle s'était reproché la chasteté absurde de son corps. Oui, elle aurait pu aimer Andrzej, lui appartenir et connaître avec lui une satisfaction physique que jamais Robert ne pourra lui donner. Elle le sait Irena, elle le sent et elle en a honte !

Avec Andrzej, ils ont vécu une amitié, une sorte de fraternité qui est restée pure. Il a été son protecteur, le plus proche membre de sa famille, un être plus cher que bien d'autres avec lesquels elle a été liée par le hasard de la naissance, tels son frère et sa sœur, tués tous les deux pendant l'insurrection. Andrzej, le solitaire, doublement traqué comme Polonais et comme Juif, héros de la résistance, avait été pour elle alors l'être humain sans lequel il lui aurait été impossible de continuer à élever Helena, à attendre Robert et à faire face au danger quotidien.

Je lui dois ma dignité, pense Irena et beaucoup de faits et gestes dont je peux être fière. Jamais je ne pourrai le remercier pour ce qu'il a fait pour moi et pour mes petites. Il est mort. J'ai cru avoir tout le temps devant moi pour lui manifester ma reconnaissance, mais je me suis trompée. Et maintenant il est trop tard ! Irena cache son visage dans ses mains et se met à pleurer.

L'a-t-elle aimé, se demande Robert ? Au fait je n'aurais pas dû revenir. Ils se seraient mariés ces deux-là et ils auraient été heureux. Tandis qu'avec moi, un infirme, Irena n'aura jamais droit au bonheur qu'il aurait pu lui apporter. Robert ferme les yeux et petit à petit oublie sa femme. Il retrouve sous ses paupières l'image d'un jeune garçon, la cour de l'école, la rue où tous les matins ils marchaient ensemble, lui et Andrzej, leurs sacs d'écoliers sur le dos. Ce souvenir est plus vivace que tous les autres, bien plus récents pourtant.

De l'autre côté du lit mortuaire Helena se met à genoux. Elle se sent mieux ainsi, plus proche du mort et comme rassurée. Il a été pour moi plus qu'un père, pense-t-elle et pourtant je l'ai aimé comme un homme. Jamais personne ne saura. Avant de mourir, il m'a demandé de m'occuper d'Inka. Il n'a pas pensé à moi, mais à la petite. Il m'a dit dans cette horrible salle d'hôpital :

– Helena, pardonne-moi. Je ne pouvais pas faire autrement. Dis-moi que tu ne regrettes pas de lui avoir donné la vie. Elle est si belle cette petite fille, et elle mérite tant d'être entourée, protégée, guidée... Helena promets-moi...

Je t'ai promis, tonton Andrzej et je tiendrai parole, murmure Helena en se redressant. Tu peux dormir tranquille. Je vais me dominer. Elle se penche, soulève Inka qui sommeille à genoux, la tête contre le bord du lit, et la porte jusqu'à sa chambre. La jeune fille ne se réveille pas. Helena la couche et la couvre, puis quitte la pièce sur la pointe des pieds. Dans le corridor, appuyée contre le mur, elle se met à sangloter. Là-bas, au fond, il y a le mort, ses parents qui le veillent, la lumière des bougies. Ici, elle est seule avec son chagrin et cette boule dans la gorge qui l'étouffe. Il a gagné, le tonton Andrzej. Il lui faudra apprendre à aimer Inka, à cesser d'ignorer tant bien que mal son existence et à assumer cette responsabilité dont elle a cru être libérée une fois pour toutes. Si André Solin l'aime, il faudra qu'il accepte son passé. Elle ne lui mentira pas. Elle ne cachera rien. Un homme incapable de comprendre n'est pas digne d'elle, voilà tout. Sa décision est prise. Helena se sent curieusement soulagée mais, en même temps, elle a l'impression d'une sorte de vide. Le tonton Andrzej est parti. Il a emporté avec lui une partie de ses souvenirs, de son enfance, de sa jeunesse et de ses rêves.

Helena retourne auprès du lit et se met à prier pour ne plus penser. Dans la lumière hésitante des bougies, le visage de son père reflète la souffrance et Helena se dit qu'il lui faudra l'aider à vieillir. Pour la première fois, elle se rend compte ainsi qu'elle est responsable de cette femme et de cet homme, sa mère et son père, qui doivent pouvoir compter sur elle, comme autrefois elle a pu compter sur eux.

* * *

Ce qu'ils peuvent être naïfs, imprévoyants et négligents ces gens de Varsovie, pense Zofia Nalkowska en se levant péniblement de son lit trop bas. Elle commence par ranger, ce qui lui demande un effort supplémentaire parce que le divan se referme mal, parce que, comme par malice, les gros coussins dépassent des deux côtés et qu'elle doit les pousser avec son genou pour qu'ils acceptent finalement de se laisser comprimer sous le couvercle du siège. La malice des objets inanimés, ou plutôt sa propre maladresse ? Stupide exercice qu'il lui faut recommencer pourtant chaque matin pour rendre vivable ce trou qu'ils se plaisent à appeler la « maison des médecins ».

Zofia Nalkowska s'habille rapidement, suspend sa robe de chambre et sa chemise de nuit dans la grande armoire remplie à craquer de livres, vêtements, vaisselle et autres objets usuels et s'en va dehors chercher du bois et de l'eau. Le docteur Andrzej est mort, et personne ne viendra plus à son secours, car personne ne sait à quel point elle s'inquiète chaque matin.

Il y a la ménopause et cette chaleur qui monte subitement pour couvrir de sueur son front et son cou quand il lui faut allumer le feu à la cuisine. Pendant toute sa vie, Zofia Nalkowska a vécu dans le confort. Il y avait la bonne, la cuisinière et le jardinier qui remplissait également les fonctions d'homme de peine. Alors, forcément, il y a bien des choses qu'elle n'a pas apprises. Et puis, autrefois, on n'allumait pas le poêle pour faire bouillir l'eau pour le café, mais maintenant Zofia est obligée de se débrouiller sous peine de paraître ridicule. Alors elle brûle des allumettes qui s'éteignent une après l'autre, pousse dans le poêle le papier journal, souffle et prie en cachette pour que la flamme daigne jaillir et ne s'éteigne pas aussitôt.

Le seul être qui devinait ses angoisses, n'est plus. Le docteur Andrzej était bon. Car la bonté ne consiste pas à répondre aux demandes d'un autre. Ça c'est autre chose : une façon de prouver sa virilité, de se valoriser, de démontrer qu'on est coopératif et humainement solidaire. La bonté c'est l'art de deviner ce que l'autre attend, de l'aider sans qu'il soit obligé de le demander de lui faire plaisir sans rien espérer en échange. Le docteur Andrzej était vraiment bon, de cette bonté-là.

Il arrivait à la cuisine au moment où Zofia frottait la première allumette, la lui prenait des mains, arrangeait les papiers et le petit bois et, tout en sifflotant une chansonnette, parvenait à faire ronronner le poêle. Il l'avait réconciliée avec les gens de Varsovie et cette façon agaçante qu'ils ont tous de prétendre qu'ils ont été héroïques pendant la guerre. Certes, à Cracovie, on vivait alors beaucoup plus tranquillement. Il n'y avait pas d'attentats, pas d'exécutions publiques, pas de ghetto en flammes, pas d'insurrection. À Varsovie, la mort ramassait son dû, au jour le jour, les journaux clandestins circulaient, les armes étaient transportées et cachées sous les meubles, la Gestapo déchaînée cherchait sans cesse des victimes. À Cracovie, on souffrait, on manquait de tout, on se faisait arrêter même, mais les Allemands étaient plus civilisés. Ils espéraient que les souvenirs de l'occupation autrichienne* allaient aider à atténuer la haine !

– C'est pour cela que les Varsoviens vous paraissent négligents, insouciants, avait l'habitude de répéter docteur Andrzej. Ils ont vécu des drames tels qu'ils n'attachent plus aucune importance aux détails, se moquent de l'argent, dépensent sans compter, se ruinent, volent, se font prendre, recommencent et ainsi de suite. Ici, à Cracovie tout cela est plus pondéré, plus calme, plus lent.

Pauvre homme, que Dieu ait son âme ! pense Zofia, en ce moment même, ils sont tous les quatre en train de veiller son corps, mais ils n'ont pas pensé à réserver les services d'un prêtre. Helena a communiqué avec le curé de Celestynow et lui a créé des ennuis parfaitement inutiles. Forcément, les curés sont obligés de demander à la milice l'autorisation de se déplacer et le prêtre de Celestynow ne l'a pas obtenue. La milice s'est fait un plaisir de lui refuser le permis de quitter le village. Heureusement, Zofia a prévu que les choses allaient se passer ainsi et a eu la présence d'esprit de communiquer avec son confesseur à l'église Mariacki. Et ce n'est pas tout. Il ne leur est pas venu à l'idée qu'il leur fallait organiser l'enterrement, réserver une place au cimetière et prévoir une inscription sur la tombe. Le docteur Andrzej était juif, pas pratiquant il est vrai, mais juif quand même. Or, l'ancien cimetière juif est dans un état lamentable, le fossoyeur est parti il y a longtemps et il n'y a pas de gardien à qui demander comment faire. De son propre chef, Zofia Nalkowska a décidé que le docteur Andrzej serait enterré dans le caveau de sa propre famille, au cimetière catholique. Il y a encore de la place, juste à côté de son frère, et il y sera bien mieux là que n'importe où ailleurs. Elle a commandé aussi une plaque portant son nom, les dates de sa naissance et de sa mort et cette inscription fort simple : « Ici dort un homme qui savait être bon. »

Jozef Kalina et Wojtek Rzeplinski ont été d'accord avec elle pour procéder ainsi, mais les Stanowski ont protesté timidement. Heureusement, personne n'a voulu

---

* Au XIXe siècle, après les partages de la Pologne, entre la Russie, la Prusse et l'Autriche, Cracovie était occupée par des Autrichiens, plus humanistes et plus civilisés.

les écouter, parce qu'il n'y avait pas de solution et que le fait d'avoir une place dans le caveau de la famille de Zofia Nalkowska était vraiment un don providentiel.

Juif ou pas, pense Zofia, ce fut un juste et il dormira en paix. Il n'y a que les sots ou nos chers dirigeants, ce qui revient au même, qui peuvent affirmer le contraire. Quand on est antisémite comme l'équipe de Gomulka, on se fait des idées aussi stupides que fausses.

La bouilloire se met à siffler et Jozef Kalina arrive presque aussitôt, suivi du docteur Wojtek. Zofia les laisse à la cuisine et pénètre dans la chambre à côté. Il fait noir et elle ne distingue pas les contours. Zofia fait le signe de la croix, se met à genoux, dit une courte prière, puis réveille Irena et Robert qui se sont assoupis sur leur chaise. Helena les suit. Quelques instants plus tard, ils se retrouvent tous autour de la table de la cuisine. Zofia dispose le pain et les confitures de fraises, faites avec des betteraves, délicieuses à s'y méprendre. Ils commencent à manger en silence. Inka sanglote et Zofia l'attire vers elle.

— Il faut aller voir le fossoyeur, dit elle, sinon cet après midi il va nous faire attendre. J'ai préparé pour lui un poulet et une douzaine d'œufs. C'est un honnête homme et, avec ça, il va faire proprement son travail. Ils ont apporté le cercueil hier soir. Il n'est pas neuf, mais il est solide. C'est un cercueil militaire de bonne qualité.

— Je vais vous rembourser les frais, murmure Robert.

— C'est déjà payé, protestent les deux médecins. Il était notre ami. Vous ne pouvez pas nous refuser cela. C'est vraiment la moindre des choses que nous pouvons faire.

— Il est mort du même mal que le maréchal Pilsudski*, dit pensivement Zofia, et il avait autant de caractère que lui.

— Voyons, s'insurge Robert, Jozef Pilsudski était un dictateur tandis qu'Andrzej...

---

* Jozef Pilsudski a arrêté l'offensive de l'Armée rouge devant Varsovie et signé l'armistice le 12 octobre 1920. Il fut chef de l'État polonais de 1926 à 1935.

— Dictateur, dictateur, c'est vite dit, objecte Jozeph Kalina. Il savait ce qu'il voulait et il était réaliste, voilà tout. Je ne crois pas qu'avec nos compatriotes on puisse gouverner le pays sans les tenir bien en main. Nous sommes beaucoup trop individualistes pour cela, trop têtes folles, trop romantiques. Le maréchal Pilsudski avait su faire plus en vingt années d'indépendance que tous les dirigeants que nous avons eus depuis.

— Taisez-vous, crie soudain Inka. Taisez-vous ! L'oncle Andrzej est mort, là à côté, et je ne le reverrai jamais plus !

Il y a quelque chose de si déchirant dans le chagrin de la jeune fille qu'ils se tournent tous vers elle. Zofia caresse ses cheveux blonds, le docteur Wojtek se penche et l'embrasse puis se lève et la prend par la main.

— Viens, dit-il, on va aller chercher des fleurs. Il aimait les fleurs. C'est tout ce qu'on peut faire pour lui en ce moment.

Inka le suit docilement sans cesser de sangloter.

— Allez ranger ses affaires, ordonne Zofia à Irena, moi je vais me préparer pour la levée du corps. Le prêtre va arriver d'une minute à l'autre.

Oh ! comme je voudrais aller prier en paix, pense-t-elle, mais tout est sous ma responsabilité. Tiens, je parie qu'il n'y a plus de papier dans le cabinet dehors. Il faut trouver un journal et le découper en morceaux. Autrefois, on pouvait s'offrir le luxe d'avoir du chagrin, on avait du papier hygiénique, mais maintenant tous ces petits détails prennent plus de place que les sentiments. Helena range en silence, tandis que Zofia découpe le journal en feuilles carrées, puis fait un trou en haut, avec la pointe de son couteau et s'en va les suspendre au clou fixé à cet effet dans le mur de la petite cabane qu'on désigne pompeusement sous le terme de « cabinet de toilette ». À l'intérieur l'odeur est nauséabonde.

Tant pis, constate Zofia, je vais nettoyer demain. Moi aussi j'ai droit de pleurer comme tout le monde, au lieu de me préoccuper constamment des détails domestiques. Le docteur Andrzej est mort et jamais plus personne ne me dira : « Vous êtes jolie femme et n'oubliez pas que, pour le rester, il faut apprendre à le savoir. »

Zofia Nalkowska traverse la cuisine et s'enferme dans le petit réduit où elle se change, barbouille avec soin ses joues d'un peu de rouge à lèvres qui reste dans le tube et coiffe ses cheveux. Dans la pièce à côté on se prépare déjà à mettre le corps dans le cercueil, le grand cercueil noir, acheté au rabais, qui va servir de dernière demeure au docteur Andrzej.

* * *

Il fait beau et chaud. Irena ouvre la fenêtre et met ses deux coudes sur l'appui. Robert, installé dans son fauteuil, écoute la radio. Cette journée de fête lui paraît interminable. Il a été bien obligé de fermer son atelier à l'instar de tous les magasins, mais il pourrait bricoler à la maison. Seulement, voilà, il en est incapable. Ses mains tremblent à force de tension. Robert a envie de frapper, de mordre, de battre et de tordre. Il se domine pour ne pas manifester cette rage froide, impuissante qui s'est emparée de lui depuis le matin, mais les souvenirs l'envahissent et le rendent vulnérable.

Il y a vingt ans exactement, en ce mois de juillet, il préparait sa troisième évasion du camp de prisonniers de guerre. Vingt ans ! Cela ne se fête pas l'anniversaire d'une évasion manquée, mais là-bas, dans les rues, ils sont en train de parader comme des imbéciles en honneur du vingtième anniversaire de la Pologne populaire. Ils reçoivent les maîtres !

Nikita Khrouchtchev et ses comparses sont arrivés. Ils vont prendre place sur les tribunes. Ils se réjouissent les *Vanius* et les autres, Gomulka en tête, saluent en bons valets qu'ils sont devenus. La radio commence à diffuser les discours et Robert s'accroche aux bribes de phrases.

« Le potentiel actuel de production est neuf fois plus élevé que dans la Pologne bourgeoise... La production industrielle per capita a atteint dans notre pays 60 % de celle de la Grande-Bretagne, de la France, de l'Allemagne de l'Ouest, et de l'Italie, tandis qu'à l'époque de la Pologne bourgeoise elle n'était évaluée qu'à 17 à 18 %... Malgré une terrible guerre, malgré les destructions, nous avons réussi à éliminer le chômage... »

– Quelle sinistre farce, dit Robert en fermant la radio. À les entendre nous avons crevé de faim avant la guerre et à présent nous voilà riches et prospères. Riches à un point tel qu'il faut chercher l'eau à la pompe, parce qu'ils ne sont même pas capables d'assurer les services élémentaires à la population.

Depuis une semaine, Irena descend plusieurs fois par jour chercher des seaux d'eau, fait la queue, remonte en essayant de ne pas paraître essoufflée tandis que Robert s'efforce d'ignorer sa fatigue. Il a honte de ne pas assumer cette tâche, à cause de sa prothèse, et essaie de ne pas le montrer à sa femme.

Irena qui n'a pas entendu son mari, se retourne.

– Helena va rentrer bientôt, constate-t-elle. On va savoir comment les choses se passent au centre-ville. Ici, il n'y a rien à voir. Elle envie un peu sa fille qui est libre de courir les manifestations et les défilés. Robert ne lui pardonnerait pas si elle allait la rejoindre. Il méprise les foules et cet anniversaire l'énerve.

Au même moment, Helena rencontre Kazik au coin des Allées Jerozolimskie. Dans le soleil de cette belle journée, tout a un aspect amusant, fleuri, joyeux et enthousiaste, mais Helena ne parvient pas à se mettre au diapason. Un groupe d'ouvriers se rassemble.

– J'espère que ceux-là au moins sont contents, dit Helena à Kazik.

– Tu es bien naïve, ma chère, ironise-t-il. Ils sont venus parce qu'ils ne peuvent pas faire autrement. Vois-tu, ils ont reçu l'ordre de se présenter soit à leur lieu de travail, soit à un endroit fixé d'avance où ils doivent participer au défilé. Ils ont préféré la deuxième solution. On les comprend, il fait beau et à la fin de la journée ils pourront fêter à la vodka.

– Tu deviens cynique.

– Mais non, tout simplement réaliste. Je suis persuadé, en outre, qu'on fait ce qu'on peut au Parti pour que cela marche et si on n'obtient pas de résultats c'est parce que les gens ne veulent pas travailler. Ils gâchent le matériel et ils volent, voilà tout. Rien d'étonnant qu'on ait du mal à produire. J'espère qu'ils applaudiront tout à l'heure avec plus d'enthousiasme qu'ils ne travaillent.

– À t'entendre j'ai l'impression de discuter avec les médecins qui se plaisent à critiquer la façon suivant laquelle les infirmières s'occupent des malades. Elles gagnent des salaires de misère, c'est cela le problème. Quand les paies ne suffisent pas pour manger trois fois par jour, il ne faut pas s'étonner que cela ne marche pas. Mets-toi à leur place.

– Je ne fais que cela, soupire Kazik. Pour le moment, il me faut rejoindre les autres. Nous avons une place réservée dans les tribunes. Tu viens avec moi.

– Non ! objecte soudain Helena. Je n'irai pas sur les tribunes. Cela ne serait pas honnête. Toi, tu y crois, mais pour moi c'est différent.

– Ne dis pas de bêtises, Helena. C'est du défaitisme. C'est cet André Solin qui te met dans la tête des idées fausses.

– Je ne le vois pas souvent pourtant. Il cherche du travail et cela l'occupe plus que trois postes dans ton ministère.

Il y a de l'amertume dans la voix d'Helena et une sorte de reproche.

– Je vais faire ce que je pourrai pour lui, et tu le sais. Alors pourquoi ne peux-tu me voir dans me parler de ce type ? Que veux-tu, ce n'est pas moi qui rédige des règlements interdisant d'embaucher des gens qui ont été dans l'AK, puis à l'étranger. Certains continuent encore à les considérer comme des suspects. Après tout, il y a huit ans à peine on les arrêtait et on les mettait en prison. Maintenant, ils ont du mal à se placer, ce n'est pas drôle, mais c'est quand même mieux, tu ne trouves pas ?

Je devrais avoir honte, pense Helena. Il fait ce qu'il peut pour me faire plaisir, pour m'aider et pour m'encourager. Il apporte des cadeaux, m'invite, s'occupe de mes amis et moi je ne sais même pas le remercier. André Solin considère que tout lui est dû parce qu'il a été dans un camp de concentration et j'accepte cela comme s'il avait le droit sacré de se conduire ainsi. Je suis son esclave et il daigne me faire la cour pour mieux m'imposer sa volonté. Je suis malhonnête, stupide et injuste. Pourtant, je continue. Et puis, au diable la morale. Tant qu'André n'aura pas une situation, il ne me dira pas qu'il m'aime. La fin justifie les moyens. Je vais faire n'importe quoi pour cela et tant pis pour Kazik !

— Tiens, voici la voiture. Monte, Helena.

L'auto s'arrête le long du trottoir. C'est une longue voiture noire, décapotable qui brille de toute la surface de sa carrosserie. Le chauffeur en uniforme descend, ouvre la portière et Helena monte, comme dans un rêve, s'installe sur les coussins moelleux, et oublie aussitôt que c'est un privilège, pour considérer que c'est un dû. Son tailleur blanc qu'Irena a réussi à merveille, le grand chapeau fabriqué par la modiste de la rue Wiejska, les chaussures italiennes achetées au marché noir, tout cela lui donne l'impression d'être la reine de la fête. D'ailleurs, les gens qui se sont amassés par petits groupes le long des trottoirs, la regardent et elle croit lire dans leurs yeux de l'admiration, bien qu'il s'agisse surtout d'envie.

— Tu es belle, Helena, murmure Kazik à côté d'elle et je suis heureux de pouvoir t'offrir pour une fois un équipage qui permet à tout le monde de constater à quel point j'ai raison.

Helena lui fait cadeau de son plus radieux sourire. La joie va bien à son visage et elle le sait. Il y a des fleurs, des voix qui hurlent dans des micros, des orchestres qui jouent des marches militaires et le soleil. La voiture avance lentement, comme à la parade, quelqu'un lui jette un œillet rouge et elle le saisit au vol. Non, elle ne ressent plus ce sentiment de solidarité qu'elle a vécu en 1956 quand, perdue dans la foule, elle écoutait le discours de Gomulka. Cette fois-ci, c'est différent. Il lui semble accéder à quelque chose, à un grade, à un droit tout neuf d'être admirée et de rouler dans cette superbe limousine.

L'auto s'immobilise devant le cordon de la milice, Kazik dit quelque chose, les miliciens les laissent passer et ils roulent un moment encore le long d'un espace vide, jusqu'aux tribunes. Helena sourit aux miliciens, les trouve séduisants et efficaces, éprouve une vague reconnaissance pour la protection qu'ils lui assurent, se redresse légèrement, descend de la voiture en faisant attention de le faire avec grâce, s'accroche au bras de

Kazik et fait les quelques pas jusqu'aux gradins. Il y a
là des hommes et des femmes, des uniformes, des
décorations, des jolies robes et des visages affables. Peu
importe que ce soient des gens qui exploitent et qui
profitent, peu importe le mépris qu'éprouve son père à
leur égard, ils sont gentils quand même de lui permettre
à elle, Helena, d'être parmi eux. Je n'ai rien fait de mal
se dit Helena, j'ai pris la carte du Parti, mais je n'ai
dénoncé personne. Je ne vole pas de médicaments à
l'hôpital et je ne fais pas de marché noir. Je termine mes
études de médecine et il n'y a aucune raison pour que je
m'offusque d'être sur les tribunes avec des officiels et
des dirigeants de mon pays. Je n'ai pas à en rougir.

Elle sait pourtant que jamais elle ne racontera à son
père et à sa mère, à Maria Solin et à André, comment
elle a passé cette merveilleuse journée de juillet. Kazik
rayonne. C'est comme s'il quêtait les regards admiratifs
que suscite Helena. Il est fier d'être avec elle, fier de sa
beauté, de son charme et de la finesse de ses mouvements. C'est la première fois qu'elle le voit ainsi et
cela lui fait de la peine. Chez André, ce genre de fierté
du mâle l'énerve, mais chez Kazik cela la surprend et la
déçoit.

En avant, les hommes se lèvent un après l'autre et
prononcent des discours. Le vent emporte les mots vers
la foule, mais ici on ne distingue que des sons épars,
puis des applaudissements.

C'est donc cela le pouvoir, pense Helena. Cette
sensation d'être assise à une place que personne d'autre
ne peut avoir...

— Viens, chuchote Kazik, c'est terminé. On va
assister au grand déjeuner et ensuite, il faudra que je te
reconduise. Ce soir je suis en service commandé et je
dois me présenter seul. Il y aura des discussions
importantes.

Ils remontent dans la voiture, les gens applaudissent, les miliciens s'écartent, l'espace est libre, la
limousine roule. Helena ne pense pas, ne réfléchit pas.
Elle se laisse aller et vit tout cela comme une sorte de
rêve.

Le déjeuner est servi dans un hôtel particulier perdu
dans un grand parc. Il a vu bien des choses le joli

bâtiment orné de sculptures et de colonnades. Résidence d'une famille aristocratique, vendue à un riche industriel, réquisitionnée par un haut dignitaire de la Gestapo, puis par un haut fonctionnaire de la GPU et maintenant par les officiers de l'UB, l'élégant immeuble continue à exhiber fièrement la blancheur de ses pierres. C'est à croire que les propriétaires successifs ne l'ont jamais possédé vraiment, puisqu'aucun n'a osé changer la disposition des pièces à l'intérieur et seuls les meubles ont été successivement pillés et rachetés ou réquisitionnés. Pour le moment, en tout cas, il s'agit de meubles importés puisque ce sont des sofas et des fauteuils de l'époque de Louis XIV qui n'ont sûrement pas été fabriqués en Pologne puisqu'il est impossible de réussir ce genre d'imitation sans disposer des velours et des soies nécessaires.

Une pareille soie est tout simplement introuvable chez nous, se dit Helena en caressant l'appui-bras du fauteuil sur lequel elle s'assoit un instant. Car l'accalmie ne dure pas. Ils sont tous debout et il y a comme un mouvement d'hésitation, puis on sort dans le parc et on se met à marcher un couple après l'autre, autour de la pièce d'eau située en face de la grande terrasse de la maison. Ainsi se promenaient sans doute les invités de marque du premier propriétaire qui avait le temps et les moyens de recevoir, puisqu'il avait vécu à une autre époque où cela n'était pas considéré encore comme un privilège mais comme un mode de vie. Les habitués ont tous l'air d'essayer de former maladroitement une sorte de ballet dont les danseurs ne connaissent pas la chorégraphie. Devant Kazik, un homme qui marche un peu trop vite s'aperçoit qu'il est en train de rompre l'agencement des couples entre lesquels les distances doivent être respectées, alors aussitôt il ralentit et tire la femme qui l'accompagne par le coude pour qu'elle en fasse autant. Ailleurs, une dame âgée hissée sur des talons hauts, qui s'enfoncent dans le sable, peine et transpire, mais parvient à ne pas rompre le rythme général, tandis qu'un officier de l'UB à la poitrine couverte de décorations essuie furtivement son front sur lequel la sueur coule à grosses gouttes. Il fait très chaud sous le soleil. Un tour, deux tours, trois tours, dans le silence complet où on entend le bruissement que font les moustiques qui se posent sur les visages, sur les bras et sur les jambes et qu'on ose à peine chasser d'un geste discret sans les décourager pour autant de chercher leur pitance. Dans la pièce d'eau, faute de nettoyage, la vase dégage une odeur nauséabonde. Les pieds foulent le sable qu'on ne ratisse pas et qui, mélangé avec la poussière noire, a une couleur grise. Seuls les arbres tendent leurs branches couvertes de feuilles au-dessus de leurs têtes, hiératiques, éternels et beaux dans leur continuel élan vers le ciel. Et puis, soudain, les grandes portes vitrées de la maison blanche s'ouvrent et un homme apparaît sur la terrasse. Il écarte ses bras dans un geste de bienvenue et de loin il ressemble ainsi à ces portraits de hobereaux d'autrefois qui saluaient l'arrivée de leurs voisins. Peu importe à Helena qui il est et ce qu'il fait dans la vie. Elle comprend qu'on va retourner dans les salons sombres et frais et qu'enfin elle pourra s'asseoir. Ses escarpins italiens sont trop petits, mais ce sont les seules chaussures que sa mère a pu trouver et elles ont pensé toutes les deux qu'à la longue elles s'étireraient certainement. Le cuir résiste cependant et Helena ne les porte que pour les grandes occasions, car cela lui inflige une vraie torture. Tant pis, ce sont quand même les plus belles chaussures qu'elle a pu avoir de toute son existence et comme il n'y a aucune chance qu'elle puisse en avoir un jour une autre paire, elle supporte stoïquement la douleur sans se plaindre.

Ils montent sur la terrasse, Kazik la présente au groupe, on pénètre à l'intérieur et les voilà devant le buffet. C'est une longue table, recouverte d'une nappe blanche sur laquelle s'empilent des jambons, des fromages, des salades de légumes, des fruits, des bouteilles de vodka et des bouteilles de vin. Des garçons en veste blanche les servent. Ils portent des gants, comme dans les films étrangers, mais leurs gestes sont maladroits. Une assiette tombe et se brise. Un serveur tout rouge sort précipitamment. Kazik parle avec quelqu'un, quelqu'un d'autre égrène devant Helena des compliments un peu trop appuyés, une femme lui sourit. Helena mange. Elle a l'impression de ne jamais avoir vu autant de nourriture et elle se surprend à penser qu'on lui a menti. Car, contrairement à ce qu'on lui a enseigné depuis toujours, l'étalage du luxe n'est pas forcément répugnant. Cette longue table couverte de victuailles ressemble à un parterre de fleurs. C'est agréable à l'œil.

La satiété vient de ce spectacle, de ce sentiment de sécurité aussi qu'il y en aura pour tous et qu'on peut regarder sans se presser.

— Au fait, c'est très beau l'abondance, dit-elle pensivement à l'homme qui est devant elle. C'est beau et cela ne suscite pas nécessairement le sentiment de culpabilité L'ascétisme et le puritanisme sont chez nous un moyen de dominer et de décourager ceux qu'on veut soumettre à la domination.

Helena rit, son interlocuteur du moment rit aussi ne comprenant pas la portée idéologique de ses remarques et, la vodka aidant, ils deviennent tous de plus en plus gais. Au fond du salon on ouvre les portes coulissantes et l'orchestre se met à jouer. Comme dans un rêve Helena se laisse emporter dans les bras de quelqu'un qui danse à perfection, puis de quelqu'un d'autre encore. Elle oublie Kazik, André, sa vie, le quotidien et elle se sent belle et heureuse. Mais tout cela ne dure qu'un instant. Voici le visage de Kazik, ses mains qui s'emparent des siennes.

— Il faut qu'on parte tout de suite, dit-il.

— Oh, non ! pas encore, proteste Helena.

— Veux-tu que je te laisse ici toute seule ?

Autour d'eux les couples évoluent. Le regard d'Helena parcourt la salle. Une jeune fille trop maquillée rit aux éclats, une autre a enlevé sa petite veste et sa robe trop décolletée a quelque chose d'indécent. Des hommes trop rouges parlent un peu fort. Dehors, la lumière du jour baisse et bientôt on va allumer sans doute les lustres sous les hauts plafonds tout blanc. Des souvenirs et des bribes de discussions lui reviennent à la mémoire : « Quand ces camarades, nos dirigeants s'amusent, c'est pénible à voir. Ils font venir des filles et ils les traitent toutes comme des putains. Forcément, ils ne savent pas comment s'amuser, alors cela se transforme aussitôt en orgies. À force de se contrôler, de jouer la comédie, sous l'effet de la vodka, le naturel revient au galop. »

Helena dégrisée a soudain peur.

— Emmène-moi, dit-elle à Kazik.

Il la prend par la main et ils sortent par la petite

porte de côté tandis que quelqu'un les accoste, en criant :

– Oh ! vous ne nous quittez pas déjà...

– Mais si, proteste Kazik, mademoiselle ne se sent pas bien.

Pourquoi ment-il ainsi ? Qu'est-ce qui se passe ? Ils montent dans la voiture, mais Helena pose en vain des questions. Kazik lui fait signe de se taire en lui indiquant le dos massif du chauffeur qui les conduit. Au coin d'une rue, il ordonne au conducteur de s'arrêter, fait descendre Helena, lui embrasse la main et remonte dans la voiture en la laissant plantée là toute seule, au bord du trottoir, avec ses escarpins qui lui font mal et son sac à main vide où il n'y a même pas assez d'argent pour qu'elle puisse prendre un taxi. Déçue, humiliée, Helena se traîne jusqu'à l'arrêt du tramway et essaie de se mêler à la foule qui attend. Il fait sombre à présent. Autour d'elle, les gens la regardent avec une certaine hostilité. Il y a les sourires ironiques des femmes et la hargne des hommes. On ne lui pardonne par son tailleur blanc, son grand chapeau qui soudain paraît incongru, ni même ses escarpins italiens qui pourtant lui font si mal. Helena doit jouer des coudes pour monter, parce que la foule la presse de toutes parts et qu'elle ne peut rester suspendue sur les marchepieds sans risquer de perdre son chapeau. Bousculée, poussée, tirée et finalement écrasée entre deux femmes, elle se tient tout près du conducteur.

– On fait la bombe, ma jolie, dit quelqu'un, tandis que les pauvres gars triment. Vous autres, les putains, vous savez bien fêter le vingtième anniversaire de la Pologne populaire. Le cul, ça rapporte !

Helena ne réfléchit pas. Elle parvient à extirper son bras et elle gifle à toute volée. Aussitôt on la frappe en retour, son chapeau tombe, et les cheveux en désordre, la jupe déchirée, elle se retrouve sans trop savoir comment sur le trottoir, brusquement poussée dehors, rejetée par la foule massée dans le tramway. Elle est tombée à genoux et elle a beaucoup de mal à se relever. Son nez saigne. Convulsivement, elle serre son sac et se relève en s'accrochant au poteau du lampadaire.

– On a trop bu, ma jolie ?

Deux miliciens narquois l'entourent.

– Tes papiers ?

Helena a peur. C'est un sentiment abject dominé par celui de culpabilité Pour la première fois de sa vie, Helena se sent prise en flagrant délit d'une faute qui lui semble passible de l'intervention des représentants de l'ordre public. Ils examinent ses documents d'identité avec des rires gras, des remarques à double sens, des plaisanteries humiliantes, puis la laissent partir sur ses pieds nus, puisque ses beaux escarpins italiens sont restés quelque part dans la foule. C'est ainsi qu'elle traverse le pont, comme une somnambule, et marche jusqu'à sa maison, son refuge, sa tanière, où ses parents inquiets l'attendent.

Chemin faisant, elle entend les quolibets des passants. Deux jeunes garçons l'accostent, puis la poussent un peu et se sauvent. Helena court comme une folle, pour ne plus rien entendre, pour arriver plus vite, pour échapper aux gens qui vont sans doute essayer de l'attraper. C'est seulement en pénétrant dans la cage de l'escalier qu'elle se rend compte que personne ne la poursuit. Son père lui ouvre la porte et elle s'écroule dans ses bras comme autrefois, lorsque, jeune écolière encore, il lui arrivait de revenir de l'école, un étranger sur ses talons, un homme au regard perdu et au visage hâve d'obsédé ou de maniaque.

Ils ne lui posent pas de questions. Sa mère l'entraîne, l'assoit, apporte un chiffon imbibé d'eau et lui lave le visage. Entre deux sanglots, Helena raconte. Irena lui donne du thé, Robert lui tapote la main. Il est incroyable cet art de compréhension de ses parents.

– Il est arrivé quelque chose de grave, dit finalement Robert, Kazik ne t'aurait jamais laissé ainsi sans être absolument obligé.

Et il a raison Robert, mais c'est seulement le lendemain, tard dans la soirée, que Kazik arrive à son atelier, au moment de la fermeture.

– Venez, dit-il, je vais vous accompagner à la maison. Ils marchent un long moment l'un à côté de l'autre, puis Kazik commence à parler d'une voix à peine audible.

– Ils ont essayé de tuer le « vieux » et « l'autre ».

Un attentat. Une bombe placée sur la route. Une bombe de fabrication domestique. La voiture qui les précédait a sauté. Il y a eu trois morts. Il faut que je parte. Ne dites rien à personne, sauf à Helena. Je suis désolé, mais j'ai très peu de temps. Nous devons absolument trouver des coupables, vous comprenez ce que cela signifie... N'importe qui, mais des coupables...

Kazik disparaît et Robert sent un frisson parcourir son dos. Un attentat contre Khrouchtchev et contre Gomulka cela peut entraîner des arrestations massives ; il en est parfaitement conscient. Une excellente occasion de détenir et de condamner des intellectuels et des écrivains qui n'ont rien à faire avec toute cette histoire. Ceux, par exemple, du groupe des protestataires qui ont signé la « lettre des 34 », en mars dernier et qui ont osé la présenter au ministre Antoni Slonimski. Ils ont protesté contre la censure, le manque de papier, les difficultés et les vexations faites à tous ceux qui veulent écrire et publier. Helena lui avait longuement raconté à l'époque ce qui se disait à l'université, tandis que le quotidien *Trybuna Ludu,* publiait plusieurs articles dénonçant les écrivains qui comparaissent devant les tribunaux sous l'accusation d'avoir des contacts avec « les réactionnaires occidentaux ennemis de la Pologne populaire ». Puis, plusieurs furent condamnés et ce fut le silence. Les portes des prisons se sont refermées sur eux. La vie a continué.

Ils sont bien capables, pense Robert, de les sortir de leurs cellules et de leur mettre sur le dos cet attentat. Si on en parle à la radio, ou dans les journaux, c'est presque certain que c'est cela qu'ils vont faire. Mon Dieu ! cela ne finira donc jamais, ce mensonge, cette menace continuelle qui pèse sur nos têtes à tous ? Ce pays est un pays maudit. Les « camarades » ne nous laisseront pas respirer et devenir une collectivité normale, parce que pour eux ce serait une menace. Chez eux à Moscou, c'est ainsi, alors chez nous cela ne doit pas être autrement. C'est aussi simple et aussi inhumain que cela. Et l'Occident qui se moque bien de ce qui nous arrive. Pourvu que je parvienne à temps pour prévenir Helena de rester à la maison. Il vaudrait mieux qu'elle n'aille pas à l'université demain. Les étudiants vont encore s'échauffer et la petite risque d'être prise dans une manifestation. Mon Dieu !...

Robert monte dans le tramway, aidé par un vieux monsieur, ce qui l'humilie. Il tient à être autonome et il cache aussi bien qu'il le peut son infirmité. Dans le wagon bondé, personne ne s'avise de lui céder sa place. On le pousse, on le bouscule et il a tout le mal du monde à maintenir son équilibre. C'est encore le vieux monsieur qui l'aide à se frayer le chemin pour descendre, puis c'est la souffrance qui le rend indifférent à tout pendant qu'il boite le long de la rue qui le mène chez lui. Irena a raison. Il devrait utiliser une canne. C'est vraiment trop douloureux de s'appuyer sur cette prothèse qui, en été surtout, blesse les chairs du moignon de sa cuisse. Arrivé devant la maison, il lance un petit caillou dans la fenêtre. C'est un signal convenu entre eux qui signifie que celui qui est dehors demande aux autres de sortir immédiatement. Un instant plus tard, Irena et Helena l'entourent.

— On a essayé de tuer Nikita Khrouchtchev et Gomulka. Une bombe a été placée sur la route. Ils n'ont rien, mais on risque des arrestations et des représailles. Les Soviétiques veulent qu'on trouve les coupables. Kazik est venu me raconter tout cela. Il l'a appris pendant la réception d'hier et il te demande, Helena, de le comprendre.

— Mon Dieu, murmure Irena, nous ferions peut-être mieux de commencer dès demain à acheter de la farine et tout ce qu'on pourra trouver dans les magasins, pour avoir des réserves. Sait-on jamais ? On peut prendre l'argent qu'on a sous le sommier.

Ah ! si seulement Andrzej était là, pense-t-elle, il pourrait nous conseiller, nous aider, organiser un moyen de transport. Il était si débrouillard Andrzej pendant toute la guerre et depuis la drôle de libération. Et, maintenant, il est mort et moi je suis responsable de tout, puisque Robert avec sa jambe peut à peine se suffire à lui-même. L'évocation du docteur Andrzej Rybicky, de son bon rire, si contagieux, lui redonne du courage. J'aurais dû l'aimer et me laisser aimer, pense-t-elle, et maintenant il est trop tard. Jamais plus je ne connaîtrai le bonheur, alors à quoi bon m'énerver. Sa mort, c'est la pire chose qui pouvait m'arriver sans que je m'en rende compte vraiment et désormais je peux donc faire face à n'importe quoi. Ma vie de femme est finie et ma carrière n'est qu'un mirage. Jamais je ne serai une grande pianiste. Survivre ici, ou ailleurs, peu importe en somme ! Ils ne peuvent quand même pas nous arrêter tous parce que nous vivons tous à l'aide des combines et parce que nous critiquons tous plus ou moins ouvertement les dirigeants de Moscou comme ceux qu'ils nous imposent. À la grâce de Dieu !...

Ils passent une partie de la nuit à capter les émissions de la BBC de Londres et de Free Europe en espérant qu'ils transmettront un bulletin spécial, mais il semble bien que la nouvelle de l'attentat n'a pas filtré à l'étranger*. Le lendemain et les jours suivants, rien non plus, dans les journaux. La radio poursuit le rythme habituel de ses émissions. À la télévision qu'Helena va regarder dans la vitrine d'un magasin de la rue Marszalkowska, c'est la pâture des reportages sur les progrès de la production de *Huta Lenina*, sur la grande manifestation du vingtième anniversaire de la Pologne populaire. Sur l'écran défilent les bataillons des jeunes, sportifs, travailleurs et même de ceux de l'organisation de la Jeunesse rurale. La semaine passe ainsi, puis une autre. Kazik ne donne pas de ses nouvelles. Entre l'hôpital, la maison et l'université, où Helena s'entête à suivre les cours, malgré les craintes de son père, le rythme quotidien masque petit à petit leur inquiétude.

---

* L'attentat qui a eu lieu contre Wladyslaw Gomulka et Nikita Khrouchtchev, en 1964 en Pologne, n'a jamais été divulgué. Il s'agit néanmoins d'un fait historique, au sujet duquel nous avons pu interroger des témoins. Rappelons qu'en octobre de la même année 1964, Nikita Khrouchtchev a été limogé.

7

Les coupables

— J'ai trouvé le coupable, dit lentement Marek.

Il marche avec Kazik dans le sous-bois. Il fait chaud
et l'odeur des aiguilles de pins embaume l'air. Autour
d'eux tout est calme. Il a bien réussi, Marek, pense
Kazik et s'il met à exécution son projet, il ira loin. J'ai
eu raison de lui servir de répondant et de l'aider à entrer
dans le Parti. Il fait du bon travail comme conseiller
politique des Conseils populaires régionaux et il a réussi
à créer, dans des conditions particulièrement difficiles,
une excellente unité de l'ORMO*. Cette milice bénévole
des citoyens, qui profite ailleurs des privilèges tout en
se contentant de voler et d'exploiter à l'occasion des
cultivateurs et des petits commerçants, semble dis-
ciplinée et motivée entre ses mains. C'est à se demander
comment il est parvenu à les rendre à ce point idéalistes
dans son unité.

— Je n'en peux plus, soupire Kazik. Cela fait des
semaines que je dors quelques heures par nuit, couché
dans mon bureau. Viens, on va s'asseoir.

---

* *Ochopnize Rezerwy Milicji Obywapolskiej.* Milice ouvrière bénévole.

Il se laisse tomber sur la mousse, enlève sa veste et remonte les manches de sa chemise d'une blancheur impeccable. Il est très soigné, Kazik, très soucieux de son élégance. Il a appris aussi à porter ses vêtements avec ce style bien à lui qui le fait ressembler à ces acteurs de cinéma américains dont toutes les filles rêvent quand d'aventure on passe à Varsovie des extraits d'un film. Il y a en lui une force tranquille, une assurance protectrice qui plaît et qui l'aide à s'imposer autant auprès de ses supérieurs que de ceux qui relèvent de lui. Kazik est un homme fort, pense Marek, et tant qu'il me fera confiance nous allons pouvoir imposer nos idées partout. Il est honnête, il pense comme moi, c'est un bon communiste et un membre du Parti influent.

— Es-tu sûr, demande Kazik, que c'est un homme un peu dérangé et non pas un simulateur ?

— Absolument certain. Voici en gros son histoire. Pendant la guerre, il a cultivé la terre sans se mêler de rien. Lors de l'arrivée des *Vanias*, il a eu des ennuis. On est venu réquisitionner son cheval et, au lieu de se taire, il a gueulé et il s'est même battu. Ils l'ont bousculé un peu. Il a fallu l'hospitaliser. Il n'est revenu que six mois plus tard. C'était apparemment assez grave. Il a complètement perdu la mémoire et a été même violent pendant quelques jours. Ils lui ont mis la camisole de force. Depuis, il vit tant bien que mal dans sa cabane. Il cultive des légumes et des fleurs. C'est un vieux garçon. Ses parents sont morts et il n'a pas de famille dans le village. À l'heure de l'attentat il était dans les environs. Il cherchait des champignons, selon ses dires, car je l'ai déjà interrogé personnellement. C'est un homme d'une cinquantaine d'années, morose et plutôt antipathique. Il n'est pas très aimé dans le village. Personne ne le défendra.

— Un coupable parfait en somme, ironise Kazik. Comment se nomme-t-il, cet énergumène ?

— Stanislaw Zbrzycha. C'est un catholique pratiquant, comme eux tous.

— Pas d'origines ukrainienne, soviétique ou autres problèmes du genre ?

— Non rien de spécial de ce côté-là. Il n'a jamais logé chez lui des vacanciers de Varsovie qui pourraient s'intéresser à son sort, il n'a pas connu de jeunes étudiants et il n'a pas fréquenté la taverne. C'est un solitaire qui vit enfermé chez lui et ne sort que pour la grand-messe du dimanche. En hiver il ne voit personne, en été il va à la coopérative avec ses légumes et ses fruits, encaisse son argent et retourne aussitôt dans sa cabane. Il n'essaie même pas de les vendre au marché noir. Ah ! autre chose. Derrière son champ, il y a une remise où il range ses outils. Nous n'avons qu'à planter là-bas des traces de fabrication d'une bombe domestique. C'est un jeu d'enfant. Je vais le faire moi-même pour ne pas être obligé de mettre mes gars dans le coup. Il vaut mieux faire attention et éviter d'avoir des témoins.

— Tu as pensé à tout, en somme, constate Kazik, et il y a comme une pointe d'ironie dans sa voix. Allons le rencontrer. Si tu dis vrai, on va le faire arrêter cet après-midi. Penses-tu pouvoir apporter ce qu'il faut dans la remise, pendant que je vais l'interroger ?

— Oui, je crois bien, à condition que tu me laisses une heure.

— Parfait.

Kazik se lève, jette son veston sur ses épaules et se met à marcher à grands pas. C'est étrange, cette rapidité avec laquelle des gens jeunes peuvent enfiler la peau des vieux salauds, pense-t-il. Ils n'ont même pas le temps de devenir cyniques, comme moi. Marek a envie de faire une carrière dans le Parti et il réussit au-delà des attentes. Pourtant, il a moins d'excuses que d'autres. Il a vécu à Paris, lui, il a connu ce pays de liberté, la patrie de la Révolution française et des encyclopédistes. Il n'a pas eu comme moi à se forger une philosophie, il a vu que cela peut exister, une vraie démocratie et que les gens peuvent même y gagner honnêtement leur pitance. Lui, il sait que les pauvres de là-bas sont moins pauvres que nos ouvriers et qu'ils ont un avenir, tandis que chez nous c'est de plus en plus désespéré. Même le « vieux » doit se rendre compte que le pays se relève avec une lenteur de tortue, il ne l'avoue pas, mais quand il est seul il doit se poser des questions. C'est un honnête homme après tout et il est plus proche des gens que sa clique. Au fait, j'ai tort d'idéaliser le « vieux », cela m'empêche d'avoir mes coudées franches et cela me force à prendre des risques inutiles. Me voilà, en train de fabriquer un coupable pour aider le « vieux » à s'en sortir et uniquement pour cela. Les autres m'importent peu. L'idéalisme est mort, mais mon attachement pour lui demeure et c'est une absurdité. Je ferais bien mieux de profiter des occasions, de faire de l'argent, d'épouser Helena et de foutre le camp d'ici au bout du monde. La France... Il serait agréable de vivre en France ! Après ce coup de « coupable » sur mesure je pourrais demander n'importe quoi, même un passeport et un visa pour la France, même un poste là-bas, à notre ambassade par exemple. Oui, mais à l'ambassade je serais l'otage de l'UB, surveillé et épié et ce ne serait pas une vie, mais une sorte de prison dorée. Non, autant rester ici où il y a les forêts, les champs, les rivières et tout ce que j'aime dans ce pays. Et puis on n'est jamais aussi riche que dans un pays pauvre. Je vais me faire donner un appartement dans la vieille ville et une voiture neuve, puis peut-être une petite maison près de Zakopane. On fera du ski avec Helena et elle aura tout ce qu'elle voudra. Les femmes cèdent toujours tôt ou tard à l'envie de vivre bien et de se faire belles. Elle était si heureuse quand je l'ai fait monter dans cette voiture décapotable... si heureuse avec son grand chapeau sur la tête.

— Tu m'emmènes dans ton auto ?

Kazik sursaute. Il a oublié Marek.

— Il vaut mieux qu'on ne nous voie pas ensemble. Prends ton vélo et débrouille-toi. Rendez-vous à Varsovie, dans une semaine, à l'église de Krakowskie Przedmiescie, vers cinq heures de l'après-midi. C'est un moment où on ne risque pas de rencontrer âme qui vive. Bonne chance !

Kazik s'installe au volant et roule pendant une heure, puis tourne sur un chemin secondaire. Les indications de Marek sont précises. Il trouve très facilement la cabane de Stanislaw Zbrzycha. L'homme est justement assis sur un petit banc devant sa porte. Le coupable-victime, pense Kazik, il faut quand même que je me débrouille pour qu'on ne l'exécute pas. Il fera quelques années de prison et ensuite je veillerai à ce qu'il soit libéré. Pauvre gars ! La vie c'est trois quarts de chance et un quart de débrouillardise. Le mérite, la morale, l'intelligence, le talent, ce ne sont que des inventions bourgeoises qui peuvent avoir de l'importance ailleurs, mais pas chez nous. La mère d'Helena se morfond à donner des leçons, tandis que des pianistes bien moins doués qu'elle se produisent en solistes parce qu'ils ont des relations dans le Parti. À eux les contrats à la radio et à la télévision, à elle les cours, la maigre pitance et les exigences stupides d'organisateurs d'académies commémoratives. Une autre que je devrais aider, mais quand ? Je perds mon temps à arrêter des innocents et il ne me reste plus assez d'énergie pour m'occuper de ceux qui en valent la peine.

Au même moment, Marek pédale de toute la force de ses jarrets sur la route sablonneuse. Il a très peu de temps pour tout transporter et mettre en place et il lui faut se dépêcher. C'est quand même épouvantable d'être réduit à exécuter une besogne pareille, mais il n'a pas confiance dans ses adjoints. Sait-on jamais ! Il faut que je réussisse et que je ne laisse pas de traces. C'est l'unique moyen d'éviter des représailles. Kazik m'a bien dit que si on ne trouve pas de coupable, Moscou menace de suspendre le versement des prêts dont nous avons absolument besoin pour augmenter la production agricole. Et tant qu'on ne parviendra pas à approvisionner correctement la population, le mécontentement ira en augmentant. C'est à ce prix là et à ce prix uniquement que nous avons des chances d'implanter vraiment le socialisme et c'est un but qu'on ne doit jamais perdre de vue. Le but ultime !

Aux réunions des Conseils populaires régionaux, toutes les discussions se terminent fatalement par des commentaires relatifs à l'approvisionnement. Ils n'osent pas montrer leur mécontentement, mais ils n'en pensent pas moins. Les magasins des usines doivent être remplis à profusion et il faut aussi améliorer les repas dans les cantines. L'augmentation des salaires viendra après. C'est moins important. Et puis si on leur donne plus d'argent, ils exigeront davantage. Plus de viande, plus de tissus, plus de chaussures, plus d'appareils de télévision... Ils sont insatiables. Même les jeunes ne discutent que de salles de bains et de luxe américain. C'est idiot de leur montrer des films dont ils ne retiennent rien en dehors de cela. Au fait, je pourrai, peut-être, avoir ce poste à Radio-Varsovie et contrôler la programmation. Oui, après cette histoire, si tout va bien je vais sûrement l'avoir...

* * *

Stanislaw Zbrzycha regarde avec étonnement les miliciens qui l'entourent. Il ne comprend pas ce qui se passe. On lui met des menottes, on le fait monter dans la camionnette et on le pousse entre les deux hommes qui sont déjà assis à l'intérieur. Dehors, c'est la nuit et aucune lumière ne pénètre à l'intérieur. Stanislaw ne peut distinguer les visages, mais comme un animal, il sent leur présence. Des hommes l'ont interrogé, lui ont parlé et l'ont bousculé, et il a beau faire de son mieux il ne se souvient pas de ce qu'il faisait ce jour-là dans le bois. Au début, il avait cru qu'il cherchait des champignons, mais maintenant il n'est plus tout à fait certain. Pourtant, il est sûr que les objets qu'ils ont trouvés en sa présence dans sa remise à outils n'y étaient pas avant, qu'il ne les avait jamais vus, ni touchés. Stanislaw Zbrzycha a atrocement mal à la tête ce qui l'empêche de penser. Forcément après tout ce bruit, tout ce va-et-vient, il se sent comme s'il était un autre et puis c'est vraiment trop compliqué pour lui, alors à force de réfléchir, sa tête, sa pauvre tête, menace d'éclater. Heureusement, que Zdzislaw l'a vu partir. Zdzislaw Wujcik est un bon petit. Il l'a connu tout jeune et il peut lui faire confiance. Il s'occupera de la maison et ne laissera pas des maraudeurs déterrer ses légumes. Heureusement... La camionnette roule dans la nuit et Stanislaw Zbrzycha geint un peu en essayant en vain de porter à ses tempes ses mains, retenues par des menottes.

* * *

Zdzislaw Wujcik court sur la route. Il n'a que vingt ans et ses jambes sont bonnes. Il s'entraîne beaucoup d'ailleurs parce qu'il veut devenir champion de course à pied. En ce moment, tout cela le sert. Car, depuis le matin, Zdzislaw ne fait que courir. Tout a commencé bêtement. Il était allé voir Stanislaw Zbrzycha pour lui demander conseil. Le vieil homme est un peu dérangé, mais il a toujours été très bon. Il se souvient bien de ces dimanches où il l'emmenait à la pêche quand, petit gars, il se sauvait de chez lui en trompant l'attention de sa mère, pauvre femme, continuellement surmenée et pleurant la mort de son mari. Zdzislaw n'a pas connu son père, mort quand il était bébé. Et le vieux Zbrzycha a toujours été le seul à vouloir lui faire plaisir.

Donc il était tôt encore ce matin-là quand il s'était glissé dans la cour de Zbrzycha. Il avait frappé à la fenêtre, mais le vieux n'ayant pas répondu, il avait hésité. C'est à ce moment qu'il avait vu le gars qui sortait de la remise à outils. Il avait des gestes prudents et, de toute évidence, il faisait attention pour ne pas être découvert. Cela avait intrigué Zdzislaw à un point tel qu'il avait décidé de le suivre. L'inconnu avait une bicyclette et Zdzislaw avait été obligé de courir pour ne pas le perdre de vue. Un voleur, avait-il pensé. Pauvre vieux Zbrzycha ! Si on lui a pris ses outils, il faudra qu'il gratte sa terre avec ses ongles ; je ne peux pas permettre cela. L'inconnu va les cacher sans doute chez lui et je n'aurai qu'à les lui prendre et à les rapporter à leur place. Une fois arrivé devant la maison du cycliste, Zdzislaw s'était caché derrière, du côté de la cuisine, en attendant qu'il ressorte pour pouvoir pénétrer tranquillement à l'intérieur et chercher le bien du vieux Zbrzycha. Effectivement, peu après, le jeune homme était ressorti en courant et avait même négligé de fermer la porte, preuve suffisante pour Zdzislaw qu'il avait mauvaise conscience et possédait des biens qui ne lui appartenaient pas. Car, quand on travaille honnêtement, le peu qu'on possède on le protège et on n'oublie pas de fermer avec soin la porte de sa propre maison.

Le cœur battant et en faisant sans arrêt le signe de la croix, Zdzislaw s'était introduit à l'intérieur, mais il avait eu beau chercher, il n'avait trouvé qu'un peu de pain et de viande, une bouteille de vodka, un lit défait et un livre qui traînait par terre. Pour le reste, la maison était vide et sale.

Mais Zdzislaw, curieux et têtu, ne s'était pas résigné à retourner chez lui. Bien au contraire, il avait décidé d'attendre. L'inconnu était revenu un peu plus tard, avait pris quelque chose dans une armoire et était ressorti à toute vitesse. Aussitôt, Zdzislaw s'était appliqué à le suivre et il avait été récompensé de ses peines. L'inconnu retournait chez le vieux Zbrzycha. Cette fois-ci, il transportait un lourd sac à dos avec lequel il avait pénétré dans la remise. Il y était resté un long moment et Zdzislaw, couché dans les herbes avait fini par s'endormir. Quand il s'était réveillé, il était déjà tard. Dans la cour de la maison de Zbrzycha, il y avait une voiture noire. La voyant de loin, le garçon avait couru sans trop savoir pourquoi, comme s'il était essentiel que Zbrzycha soit prévenu à temps qu'un étranger avait visité deux fois sa remise à outils, sans rien emporter et en y laissant même quelque chose. Au moment où il approchait, il avait vu cependant des hommes qui, avec Zbrzycha, marchaient vers la remise, et il avait eu peur. Tapi derrière l'écran des buissons, il les avait vus entrer dans le réduit, sortir des objets, les examiner attentivement en les lui mettant sous le nez et en criant, puis revenir vers la maison en le poussant devant eux. Le jeune garçon avait remarqué qu'ils étaient armés parce qu'ils poussaient Zbrzycha dans le dos avec leurs revolvers. L'UB, pensa-t-il dans un éclair, mais qu'a bien pu faire Zbrzycha pour qu'ils viennent chez lui ? C'est en réfléchissant à cela que Zdzislaw était resté dans les buissons jusqu'à la tombée de la nuit et qu'il avait vu Zbrzycha monter dans la camionnette, les mains liées par des menottes. Ensuite, tout s'était passé très vite. Sans se poser de questions, sans hésiter, Zdzislaw avait décidé de défendre son vieil ami. Il avait couru comme un fou sur la route jusqu'à la maison où il avait vu l'inconnu entrer le matin et qu'il avait fouillée quand il était sorti. L'homme était bien là. Il rangeait le lit et s'apprêtait à partir. Le visage collé contre la fenêtre Zdzislaw l'avait observé un instant, puis s'était décidé à lui parler. Il avait contourner la maison basse, en planches, surmontée d'un toit de chaume, semblable à celle qu'il habite à quelques kilomètres de là, avec sa mère. La porte n'était pas fermée. Il l'avait poussée et avait pénétré à l'intérieur, mais, au même moment, l'inconnu s'était retourné et avait braqué sur lui son revolver.

Un bandit, avait pensé Zdzislaw et il avait foncé en avant. L'autre ne tenait pas assez solidement sur ses jambes et ils avaient roulé par terre, mais, au moment où Zdzislaw avait presque réussi à l'écraser sous lui, un coup avait résonné dans le silence de la campagne. Affolé, le jeune garçon avait lâché aussitôt prise. L'inconnu s'était-il blessé ou tué ? Il était couché sur le dos, très pâle dans la lumière de la lampe à pétrole et Zdzislaw, saisi par la peur, s'était sauvé à toutes jambes.

* * *

Marek est parfaitement incapable de se rappeler combien de temps il est resté couché dans cette horrible masure en saignant comme un bœuf. Son assistant de l'ORMO l'avait trouvé évanoui et l'avait transporté à l'hôpital. Il avait déclaré qu'il s'agissait d'un accident et Marek avait bien été obligé par la suite de confirmer ses dires. Le médecin l'avait examiné avec beaucoup d'attention.

— Vous revenez de loin, dit-il, et votre convalescence sera longue. La balle a traversé le poumon. Non, ne parlez pas. J'ai réussi à l'extraire. Vous avez de la chance, mais il ne faut pas vous imaginer que vous êtes sorti du bois. Avez-vous de la famille, quelqu'un qu'on pourrait prévenir ? L'homme qui vous a amené ici n'a pas laissé son nom et il nous est impossible de retrouver sa trace.

Marek hésite un instant. Tant pis pour Kazik, il faut bien que quelqu'un le sorte de là. Il n'est pas question qu'il donne l'adresse de Maria Solin et d'André. Son cerveau fonctionne parfaitement, mais il se sent trop faible pour faire le moindre effort. Le médecin lui tend son carnet et un crayon.

— Essayez de me l'écrire, dit-il. Je n'ai pas de papier et c'est tout ce dont je dispose. Ça devrait aller.

Marek met un temps infini pour tracer sur la petite feuille le numéro de téléphone et le nom de Kazik, puis retombe dans une sorte de demi-lucidité.

* * *

— Il faut l'expédier dans un sanatorium, dit Kazik à son supérieur immédiat. Ne vous mêlez pas de ça, je m'occupe de tout. Et oubliez donc ce Marek Lobusz pour un bon moment. Je vous promets qu'il sera bien soigné et qu'il reviendra un jour reprendre le poste qu'il a mérité. Il a été héroïque ce garçon et nous ne l'oublierons pas.

Kazik respire mieux. Certes il lui faudra répondre aux demandes pressantes d'André Solin qui fait l'impossible pour retrouver son ami, mais cela va s'arranger assez facilement. Dans l'immédiat l'affaire est réglée.

Les *Vanias* sont contents, Stanislaw Zbrzycha a tout avoué au juge d'instruction.

* * *

La vieille église de la place Trzech Krzyzy est ouverte. Helena entre, s'assoit sur un banc et ferme les yeux. Il y a le silence, l'odeur de l'encens et cette paix qui l'entoure et qui l'aide à penser. Quand ils sont venus la voir la première fois, ils lui ont montré le texte. Une sorte de manifeste ou de lettre ouverte où on demandait la liberté d'expression, plus de facilité de publier et un contrôle de la censure. On y critiquait la bureaucratie et on réclamait la restauration des véritables conseils d'ouvriers tels qu'on devait les créer en principe lors de l'avènement de Gomulka au pouvoir. Helena n'avait pas hésité un instant. Elle avait pris la plume qu'on lui tendait et elle avait signé, fière qu'on s'adresse à elle et qu'on lui fasse confiance. Il y avait dans ce manifeste toutes ses idées, tout ce qui lui importait. Elle y croyait. C'était conforme à ses interventions lors des réunions du Parti. C'était bien sa réalité, sa façon de concevoir le socialisme. Une semaine plus tard, Helena avait appris que les deux auteurs du manifeste, jeunes professeurs assistants, Modzelewski et Jacek Kuron, avaient déjà été arrêtés une fois en novembre dernier, puis relâchés.

— Ils vont être arrêtés de nouveau, lui avait dit le collègue du Parti et cette fois-ci ils seront jugés et condamnés. Modzelewski a beau être le fils de l'ancien ministre des Affaires extérieures, il aura à répondre des idées qu'il répand et ceux qui sont du même avis que lui, aussi.

— Mais il a parfaitement raison, avait protesté Helena.

— Oui, objectivement certes, mais nous ne sommes pas seuls, nous les Polonais, il s'agit d'enjeux beaucoup plus importants que la liberté. Le socialisme est menacé sans cesse par les pays capitalistes. Propager des idées pareilles, rédiger un manifeste et le distribuer en plusieurs copies, c'est risquer qu'il passe en Occident. C'est donner prise aux ennemis du socialisme. C'est trahir !

Helena avait compris qu'il ne plaisantait pas. Son collègue du Parti était en train de la mettre en garde.

Une menace à peine voilée...

– J'ai eu peur tonton Andrzej. Je ne veux pas redevenir la brebis galeuse. Je ne veux pas supplier une fois de plus Kazik d'intervenir auprès du recteur. Tu me comprends Tonton ? murmure Helena.

Au fond de l'église, devant l'autel, des cierges se consument lentement. Les morts ne répondent pas. Ils ne peuvent ni approuver, ni critiquer. Helena se met à genoux et essaie de prier, mais constamment elle revoit le visage du jeune homme devant lequel elle a rayé son nom sur la liste des signataires du manifeste. Ils ne me pardonneront pas d'avoir reculé, pense-t-elle. Tout se sait. Ce soir on discutera de ma lâcheté dans le groupe, tandis que les gens du Parti vont se féliciter de m'avoir empêchée de me prononcer. Pour les uns comme pour les autres, j'ai cessé d'être Helena, la fille qui dit toujours ce qu'elle pense et qui a le courage de ses opinions. Qu'ai-je fait, mon Dieu ! qu'ai-je fait ?

Les minutes s'écoulent lentement. Helena, le front appuyé sur ses mains, essaie de ne plus penser, de faire le vide dans sa tête et de trouver un peu de paix. Une femme couverte d'un fichu passe à côté d'elle. Helena sursaute. André ! Il l'attend depuis un bon moment déjà. André, son visage, ses mains, sa voix grave et chaude. Elle se relève et sort de l'église. Autant ne plus se préoccuper des manifestes, du Parti et de l'avenir. Autant vivre dans le présent et aimer.

Helena court aussi vite qu'elle peut. Suis-je stupide ? se dit-elle. Tant que j'aimerai et que je serai aimée, le reste n'a pas d'importance. Elle bouscule les passants, se fait accrocher par un homme soûl, le repousse et poursuit son chemin jusqu'à ce qu'elle arrive devant le Café Roksana. Il y a beaucoup de monde à l'intérieur. La salle est enfumée et pendant un long moment elle chercher du regard André, puis finalement le voit, assis dans un recoin, près de la grande fenêtre qui donne sur la rue. Helena se glisse dans l'étroit passage entre les tables. Les hommes se retournent, les femmes lui jettent des regards d'envie. Elle ne remarque rien. Finalement, la voilà à côté d'André, sa main sur son épaule. Il sursaute se lève, lui avance une chaise, l'installe.

– Helena, enfin ! J'avais peur que tu ne viennes pas.

Te rends-tu compte que cela fait plus d'une heure que je t'attends. Helena, ma chérie, j'ai tant de nouvelles pour toi, pour nous deux ! Dis-moi vite ; est-ce que tu m'aimes ?

— Oui, André. Je t'aime, mais...

— Mais quoi ? Tu ne réponds pas. Encore tes éternels remords. Écoute, chérie, ton passé ne m'intéresse pas. Tu n'as pas de passé et moi non plus. Nous avons commencé à vivre le soir où je t'ai rencontrée dans cet hôpital, où je t'ai vue pour la première fois, où tu as daigné remarquer que j'existe. Helena, jusqu'à présent je me taisais, je n'osais pas te parler, je n'avais pas de travail, pas d'appartement, pas de moyens. Mais ce soir, mais maintenant, tout a changé. J'ai un appartement. Nous allons nous marier. Nous allons être ensemble et nous aurons le droit de nous aimer. Tu va t'appeler Helena Solin. Répète après moi...

— Helena Solin, murmure-t-elle, émue.

— Je te jure que je vais te rendre heureuse. Je ne suis pas brillant, j'ai des problèmes, des difficultés, mais si tu veux de moi, je vais surmonter tout cela. Vois-tu Helena, depuis ma plus tendre enfance j'ai toujours été différent et cela continue. C'est à cela que je pensais en t'attendant. J'ai beau me donner du mal pour trouver un travail, partout on me demande : « Êtes-vous d'origine française, camarade ? » Continuellement, j'entends les mêmes questions, mais je ne peux rien contre mon pauvre père, francophile invétéré qui s'est entêté à me donner ce prénom ridicule d'André, au lieu de m'appeler Andrzej, en bon Polonais, qu'il était. Tous mes documents, certificats et attestations sont établis au nom d'André Solin et je ne vais quand même pas me mettre à fabriquer des faux. Tu m'écoutes, Helena ? ... Ce n'est pas parce que je suis paresseux que je ne parviens pas à me faire engager. « La France nous a trahis en 1939 et pourtant c'était notre alliée », m'a-t-on déclaré ce matin à Radio-Varsovie, où, une fois de plus je quémandais un poste. Pour la première fois depuis mon retour, je me demande si je n'ai pas eu tort de rentrer. Là-bas, à Paris, c'était difficile, mais j'avais l'impression de vivre, de vibrer, de penser. Nous étions pauvres, Marek et moi, ou plutôt non, désargentés. Mais cela se justifiait. Étrangers sans statut permanent, nous avions tout le monde contre nous. On voulait bien nous laisser étudier, mais non pas prendre des postes. Et puis Paris est une ville merveilleuse où on a l'impression d'être au centre de l'univers. Ici, en principe je suis chez moi et pourtant j'étouffe. Il y a des gens qui m'épient, qui me surveillent, qui me font venir au bureau de l'UB pour me poser d'éternelles questions sur mes allégeances politiques. Tu m'écoutes, Helena ?

— Mais oui, chéri, seulement je ne sais pas trop pourquoi tu me racontes tout cela justement aujourd'hui et en ce moment.

— Parce que je viens de prendre une décision. Ou tu acceptes de m'épouser tout de suite, sans attendre que j'arrive à avoir une situation et un salaire, ou je m'en vais. Je n'en peux plus. Seul ton amour compte encore pour moi. Même ma mère n'a pas le pouvoir de me retenir. Mon sort est entre tes mains et il faut que tu me répondes tout de suite, là, franchement, sans tergiverser, parce que quelqu'un attend en ce moment mon appel téléphonique dont dépendent beaucoup de choses.

André se penche et prend la main d'Helena entre les siennes. Il y a ses yeux qui supplient, sa bouche, sa mèche rebelle qui tombe sur son front.

— Que tu travailles ou pas, cela m'importe peu, dit-elle lentement, mais il y a mon passé André.

— Je te l'ai déjà dit et je te le répète, nous n'avons pas de passé. Nous sommes venus au monde un soir quand nous nous sommes rencontrés dans cet hôpital où tu étais si belle et si fragile parmi les autres. Je ne veux pas savoir ce que tu as pu faire avant, ni même ce qui a pu t'arriver. Me comprends-tu ?

— Oui, chéri, mais je ne voudrais pas que tu puisses avoir l'impression que je t'ai caché des réalités que tu n'es pas prêt à accepter.

— J'accepte tout et n'importe quoi à l'avance. Même si on devait m'apprendre que tu as vécu en Afrique comme fille de joie dans un bouge, cela ne changerait rien. Je t'aime telle que tu es et non pas telle que je t'imagine. De mon côté j'ai aussi des choses à t'avouer. J'ai été interrogé et torturé. J'ai vécu dans un camp de concentration et j'en ai gardé des traces très intimes...

Helena lui pose son doigt sur la bouche.

– Tais-toi, dit-elle. Cela n'a aucune importance...

Il y a beaucoup de monde au Café Roksana. À la table à côté, on les observe. Un peu plus loin une fille rit un peu trop fort. Elle est jeune et très voyante, tandis que l'homme qui l'accompagne est petit et gros.

Des combinards, des profiteurs du marché noir, des prostituées, des hauts fonctionnaires, des agents de l'UB et d'ailleurs. La bourgeoisie rouge qui a les moyens de dépenser beaucoup et de travailler peu, pense Helena. On ne sait trop de quoi ils vivent, mais ils vivent bien. Tu ne sais même pas comment André se procure tant d'argent et comment il fait pour pouvoir te faire sortir tous les soirs dans les meilleurs restaurants de la ville, lui souffle une petite voix. Peu importe, réagit Helena, ce n'est pas sa faute s'il ne trouve pas de travail. Je l'aime tel qu'il est...

– Tu peux aller téléphoner, dit-elle lentement. Je suis d'accord.

Le visage d'André s'illumine. Jamais elle ne pourra oublier cette explosion de joie, ce rire un peu fou, cette silhouette qui se redresse devant elle. André pousse la table, l'embrasse sur les deux joues et disparaît au vestiaire pour revenir quelques instants plus tard.

– Viens vite, dit-il, j'ai la clé...

Il est impatient à un point tel qu'il la pousse devant lui, la tire, la bouscule. Ils risquent de se faire écraser en traversant la rue, mais il ne le remarque pas. Il court et l'oblige à le suivre jusqu'au poste de taxis, où il bouscule le couple qui était déjà là avant eux. La voiture arrive, il négocie avec l'homme, parvient à le convaincre de les accepter et ils s'engouffrent à quatre à l'intérieur. André serre les mains d'Helena dans les siennes. Le couple étranger descend finalement et aussitôt André se met à l'embrasser comme un fou. Helena ferme les yeux pour ne pas voir dans le rétroviseur le sourire narquois du chauffeur de taxi.

– Quelle époque et quelles mœurs dissolues, marmonne-t-il au moment où ils descendent.

– Imbécile, lui crie André. Nous allons nous marier, nous sommes heureux, vous êtes le premier à l'apprendre, mais cela ne fait rien. Ce soir tout Varsovie le saura. Vous voulez voir des gens heureux ? regardez-nous. Regardez-nous bien parce que cela ne vous arrivera pas tous les jours de rencontrer une fille et un gars heureux.

Ils courent en riant, bousculent un groupe de jeunes et s'arrêtent tout essoufflés devant un bloc de maisons basses. Devant, la rue n'est pas encore faite. Il y a de la boue et du sable, des piquets plantés par les terrassiers et quelques maigres buissons. Il s'agit de constructions domiciliaires toutes neuves, bâties à l'écart, autour d'une sorte de parc, également en friche, où se chevauchent des petits arbres, des vieux troncs mal coupés et des dépôts de sable et de glaise. Tout cela a un petit air sauvage, naturel, qui leur semble on ne peut plus beau.

— Monte, dit André, c'est au troisième.

Les voilà devant la porte, la clé tourne dans la serrure et il y a la grande pièce meublée avec goût.

— Nous sommes chez nous, madame, annonce André qui la lève de terre et la porte jusqu'à l'autre bout, jusqu'à la fenêtre qui donne sur le petit parc. De là, du troisième étage, tout cela est plus joli encore. Pas de grands blocs à appartements en face, pas de lumière des autres, pas de voisins pouvant les observer à travers les vitres nues, sans tentures ni rideaux.

— Je t'aime, t'aime, t'aime, chante André, en la posant par terre et en la faisant tourner comme une toupie. Helena, tu es le bonheur et ici nous allons vivre ensemble. Nous allons regarder pousser les arbustes et nous allons mettre des fleurs en pots partout. Cela sera le jardin de notre amour. Il y a une cuisine et une salle de bains. Regarde, là à gauche. J'ai tout vérifié. Le gaz marche et il y a de l'eau chaude. Il paraît qu'en général le chauffage central fonctionne, donc, tu n'auras pas besoin de gants pour travailler, comme cela arrive chez tes parents où il fait si froid en hiver. Nous allons vivre comme des princes dans ce petit paradis ; toi et moi, juste nous deux. Je vais cesser de me demander quand je me retourne dans mon lit si je risque de réveiller maman. Nous allons avoir un lit, un vrai, et pas ces sofas antiques, ces horribles divans qu'il faut refermer chaque matin et rouvrir chaque soir. Notre linge sera frais. Il ne se froissera pas dans la boîte du divan. Helena, dans les armoires de la cuisine il y a de la vaisselle et des casseroles. Veux-tu qu'on se fasse du thé et qu'on mange quelque chose ici, chez nous, pour la première fois ? J'ai apporté tout ce qu'il faut et puis si tu cherches bien dans l'armoire tu trouveras aussi des beignets de chez Brikle. Depuis ce matin, je ne fais que courir et j'ai oublié... Oh, mon dieu ! Attends-moi un instant ?

– Où vas-tu, proteste Helena, effrayée par la perspective de se retrouver seule dans cette pièce inconnue ?

– Chercher des fleurs...

– André, je t'en supplie, ne me laisse pas. On va acheter des fleurs si tu veux, mais plus tard. On ira ensemble. Cela me permettra de voir le voisinage.

– Il n'y a pas de voisinage, c'est tout à fait isolé. Il n'y a ni magasins, ni cafés, ni restaurants, ni même de téléphones publics. C'est notre île déserte à nous et rien qu'à nous.

– Comment as-tu trouvé ce paradis terrestre, demande Helena qui n'est pas tout à fait rassurée.

– Un homme d'affaires. Un homme plutôt gentil. Il a obtenu cet appartement où il habite pendant ses voyages, mais il ne reviendra pas avant deux ou trois ans. Il a été affecté par sa compagnie ailleurs. C'est un Français. C'est pour cela qu'il a réussi à le meubler aussi joliment. Ils ont du goût les Français. Donc il a accepté de me passer cet appartement parce qu'il a su que je n'attendais que cela pour te demander de m'épouser. L'appartement reste à son nom. Pas de paperasses, pas de problèmes, pas de visites à la coopérative. Rien, juste un loyer à payer au bureau à deux pas d'ici. Fantastique, ne trouves-tu pas ? Tout est en place. Tu ne seras pas obligée de courir les magasins pour acheter des cuillères, elles sont dans le tiroir, comme le reste. Il n'y en a pas beaucoup, tout n'a été prévu que pour deux personnes, mais pour le moment cela nous suffira. Quand on recevra tes parents et ma mère le dimanche on se débrouillera pour avoir ce qu'il faut et si ça ne marche pas et bien on leur demandera d'en apporter. Oh ! Helena, je suis heureux, heureux, heureux !

– Es-tu sûr que cet arrangement va marcher ? Ce n'est pas légal. Ton Français n'a pas le droit de nous passer comme ça un appartement sans avoir l'autorisation de la coopérative.

– Ne t'en fais pas, c'est arrangé. L'employé préposé à la vérification a touché sa prime. Il est d'accord.

– Tu as dû dépenser une fortune pour le convaincre.

– Oh ! juste quelques « verts » que j'avais. Je t'assure qu'il a été très raisonnable, ce bonhomme. Donc Helena, nous nous marions quand ? Demain, après-demain, tout de suite ?

– On ira en fin de semaine à Celestynow. Le curé Marianski va être content. Nous allons lui demander de faire le nécessaire. Le plus grand problème, c'est ma robe. Je veux une belle robe de mariée, blanche, avec voile. Puisque mon passé ne compte pas pour toi, eh bien ! je vais être une mariée toute neuve, toute blanche.

La lampe basse qu'André a allumée éclaire le bout du tapis bleu, devant le sofa. Helena l'examine et l'admire, comme elle admire les deux fauteuils, la petite chaise, le lit large et profond, séparé du reste de la pièce par un paravent chinois, et la bibliothèque remplie de livres français.

– On aura tout cela à lire pendant notre voyage de noces, constate André. Car nous allons annoncer que nous partons et nous allons nous cacher ici. Juste nous deux, les livres, la vue sur le jardin...

Le bonheur, pense Helena, c'est certainement cela. Deux êtres humains, un espace fermé pas trop laid, la vue qui permet de voir des arbres. Que m'importe les manifestes, l'avenir collectif, le courage et la lâcheté, la milice et les arrestations. Tant que je vivrai l'amour, même mon métier comptera moins. Il y aura ses mains à lui sur mon corps, son rire, sa façon de se pencher, sa manière de prononcer des mots simples qui ne concernent que moi. Il a raison, André, le passé n'a pas prise sur nous. Il y a le moment présent, l'avenir qui sera différent de tout ce que nous avons connu avant de nous rencontrer et la continuité. C'est comme si j'arrivais à un port, but ultime de mon voyage. Un port d'où il y a la plus immense des perspectives sur la mer, constamment en mouvement, qui mène vers d'autres pays que je ne connais pas encore et que je vais explorer avec lui, tout simplement en restant enlacés, l'un à côté de l'autre, l'un vivant pour l'autre. C'est étrange comme l'amour me paraît simple, facile et accessible.

* * *

Irena entre la première et allume l'électricité. Ce simple geste lui procure toujours une certaine satisfaction. Elle n'a pas oublié tout à fait cette longue période de sa vie où il lui fallait lutter avec la lampe à pétrole, les allumettes et la peur de renverser l'huile sur la table.

— Contente, demande Robert ?

— Oh ! folle de joie. Ça s'est bien passé et Helena était radieuse. J'aime beaucoup André. Ils vont certainement avoir une vie intéressante. Il finira par trouver du travail et tout s'arrangera. Et puis, tu sais, à toi je peux le dire. Je suis impatiente d'avoir Inka. Maintenant que la chambre est libre, elle va revenir de Cracovie et habiter avec nous. C'est arrangé. Je lui ai parlé longuement pendant le repas et la petite avait l'air d'y tenir. On va l'avoir avec nous Robert. Enfin, après toutes ces longues années, on va l'avoir !

— C'est heureux qu'elle accepte de quitter la « maison des médecins » constate Robert, mais il faut absolument que je règle mes problèmes. Le contrôleur est passé dans mon atelier la semaine dernière. Je lui ai glissé un paquet de billets et il les a pris. Il m'avait promis de tout arranger avec le service de l'impôt, mais sait-on jamais. Cette réalité m'étouffe ! Rien n'est clair et rien n'est simple. D'abord ils ne voulaient pas que je paye des impôts et maintenant soudain on me réclame des relevés pour cinq ans. Comment veux-tu que je me débrouille. Je n'ai pas de reçus parce que les gens protestent quand je les établis. Tout se passe depuis toujours de la main à la main. J'essaie tant bien que mal de tenir une comptabilité, mais l'inspecteur a dit que cela ne suffit pas et qu'il leur faut les signatures des clients. Pourquoi diable, décident-ils soudain d'avoir de pareilles exigences quand pendant des années ils n'ont même pas été foutus de nous faire savoir ce qu'il leur faut comme preuves. Ailleurs, dans d'autres pays, tout cela est réglementé, organisé et facile à prévoir. Chez nous, c'est comme s'ils voulaient absolument nous prendre en défaut pour mieux nous avoir à leur merci. J'ai l'impression qu'ils viennent de décider de ruiner les artisans et les commerces privés. Jusqu'à présent, ils semblaient satisfaits qu'on produise et que les gens puissent s'approvisionner, mais maintenant c'est comme s'il y avait quelque part, Dieu seul sait où ! de nouvelles directives. Le petit pâtissier, tu sais, celui qui est juste en face de mon atelier, prétend que les hautes autorités du Parti veulent exécuter les ordres de Moscou. Les *Vanias* doivent considérer qu'on vit mieux chez nous que chez eux et ils ne nous le pardonnent pas. Nous sommes tous coupables de lèse-majesté envers le paradis communistes par excellence et on va nous le faire payer cher. Magda a des problèmes à la campagne, parce qu'ils trouvent qu'elle produit trop et ne leur vend pas assez. Le curé Marianski est considéré comme un révisionniste depuis qu'il a dit dans un de ses sermons qu'il faut cesser de haïr et que l'Allemagne de l'Ouest n'est pas responsable des crimes de l'Allemagne nazie. Ce n'est pas par hasard que Moczar et son groupe de « Partisans », bornés, antisémites et profiteurs, continuent à nous rebattre les oreilles avec les actes de barbarie des fascistes. Cela leur sert de justification pour leurs postes actuels, ils se prennent tous pour des héros, quand en fait ils ne sont que des incapables et des demi-civilisés. Hier la radio Free-Europe donnait le texte intégral de la « Lettre des 34 » que les dissidents ont envoyée au ministre Antoni Slonimski. Eh bien ! je t'avoue que ce fut un texte infiniment plus intelligent et plus conciliable avec la base de la philosophie marxiste que ce que nous racontent au jour le jour les « Partisans » dans les journaux et à la radio. Mais, que veux-tu, ils ont le don de se gagner les nationalistes et nous sommes tous au fond de l'âme. D'ailleurs, comme ils ont le pouvoir, comme Gomulka s'essouffle, comme le saucisson dans les magasins est de plus en plus gras et de moins en moins mangeable, il n'est pas étonnant que n'importe qui puisse raconter n'importe quoi. Ah ! si Andrzej vivait, il aurait un plaisir fou à constater à quel point il avait tort. Au lieu de progresser, on régresse.

Andrzej, pense Irena, comme il me manque. Dehors, c'est le printemps et les arbres sont couverts de feuilles toutes neuves. Pendant la cérémonie du mariage, Irena n'a pensé qu'à lui, à ce qui aurait pu être et à ce qui ne sera jamais. Oui, elle a réussi. Elle est restée une femme honnête. Elle a attendu son mari pendant qu'il était prisonnier de guerre. Elle a attendu quatre longues années. Et maintenant, la voilà avec ses mauvaises pensées parce que le couple que forment Helena et André évoque soudain des souvenirs inavouables. Pourquoi n'a-t-elle pas cédé quand il a commencé à l'embrasser sur la bouche en cette lointaine nuit d'avril. Pourquoi l'a-t-elle repoussé et a-t-elle couru comme une folle dehors, dans la rue où il y avait des gens qui criaient et qui gesticulaient ? Parce que devant ses yeux il y avait constamment l'image de Robert, claire, nette et précise. Il portait son uniforme d'officier. Il partait au front et Irena mordait ses lèvres pour ne pas pleurer, pour se montrer courageuse et digne de leur amour. Peut-on aimer un homme et se donner à un autre ? Peut-on aimer deux hommes à la fois ?

C'est idiot pense Irena. Mon père adorait ma mère, mais les bonnes chuchotaient qu'il la trompait. On disait alors qu'un homme n'est pas fait pour être monogame, tandis qu'une femme doit l'être parce que c'est elle qui donne la vie. Une femme qui ose trouver le plaisir au lit c'est une putain, même si elle ne reçoit pas d'argent en échange, tandis que pour un homme c'est normal et c'est même un titre de gloire. La virilité magnifiée !

Et maintenant, c'est fini. Andrzej est mort. Entre Robert et elle il n'y a que la tendresse, l'amitié et la compréhension. C'est beaucoup certes, mais parfois quand elle se réveille la nuit, son corps se révolte et elle pense à Andrzej. Comme une collégienne elle essaie de ressusciter son image sous ses paupières fermées et ce trouble délicieux qu'elle avait ressenti dans ses bras. Je suis une vieille femme à présent, je viens de marier ma fille et j'ai des pensées coupables dignes de la prime jeunesse. Comme on nous a menti, s'insurge Irena et avec quel aplomb ne nous a-t-on pas expliqué que l'amour charnel s'éteint avec la fin du cycle de fécondité.

— Tu ne m'écoutes pas, dit Robert et cela la fait sursauter.

— Mais si, mais si... Excuse-moi, je suis fatiguée.

— Tu veux qu'on se couche, demande-t-il aussitôt avec infiniment de sollicitude ?

Les gestes rituels. Il faut ouvrir le divan, faire pivoter le lourd mécanisme, légèrement rouillé, sortir les draps, les oreilles, les couvertures...

Aurons-nous jamais un vrai lit, une vraie chambre à coucher, une vraie existence, se demande Irena sans oser poser toutes ces questions à Robert. Car il lui faut se montrer courageuse, insouciante, préoccupée par le sort du pays et non pas par leur quotidien. Sans cela Robert se sent humilié. Toutes les femmes font la queue pour acheter à manger, toutes les femmes triment dur pour accomplir les plus humbles besognes quotidiennes, mais Robert demeure persuadé que seule Irena est obligée de le faire parce que lui, son mari, son protecteur, est un infirme.

En se déshabillant dans le petit réduit, serrée entre la porte et le lavabo, Irena se retrouve soudain dans le noir. Panne de courant.

— Ne t'énerve pas, j'ai la bougie et je l'allume tout de suite, lui crie Robert, qui sait à quel point elle a peur, comme une petite fille qui refuse de rester seule quand on éteint les lumières. Irena se précipite dans la pièce et il la reçoit dans ses bras.

— Ma chérie, murmure-t-il. Mon trésor à moi.

Il l'entraîne vers le divan ouvert, l'aide à se coucher, s'allonge à côté et la serre contre lui. Bercée, réchauffée, calmée par sa tendresse, Irena s'endort tandis que Robert s'écarte tout doucement et commence une autre nuit d'insomnie. Le silence amplifie son angoisse. L'inspecteur ne se satisfera pas du pot-de-vin qu'il lui a donné. Il reviendra. Il va exiger davantage. Il va le faire chanter. Tout son travail, toutes ces années où péniblement il a remonté la pente, appris la menuiserie et réussi à gagner de quoi les faire vivre, tout son travail...

Sou après sou, il a économisé mille dollars. Ils sont cachés sous le divan sur lequel il est allongé et il peut les changer demain. Au noir on lui donnera pour cela cent zlotys au dollar, mais cela ne suffira pas pour payer ce qu'on exige. L'inspecteur lui a bien dit qu'on a évalué la somme qu'il doit à deux cent mille zlotys. Et puis avec quoi va-t-il acheter le bois, la peinture, la colle ?... Robert se retourne un peu en faisant attention de ne pas réveiller Irena qui dort comme une petite fille, roulée en boule. Partir. Aller à l'étranger. N'importe où ! Oui, mais s'il obtient un passeport pour lui et pour Irena, ils ne laisseront certainement pas Inka sortir avec eux. Alors quoi, laisser la petite derrière et se sauver comme des lâches ? Non, jamais ! Mes clients peuvent intervenir. Ce Razelski qui est un membre influent du Parti acceptera peut-être de faire quelque chose. Il a été très satisfait des meubles que j'ai réussi à faire pour lui pour un prix dérisoire. Il me doit bien ça Razelski. Mais des souvenirs pénibles lui reviennent aussitôt à la mémoire. Il a déjà essayé d'aller voir un autre de ses clients, plus influent encore que Razelski. C'est à peine s'il a daigné l'écouter.

— Que voulez-vous camarade, lui a-t-il dit. Vous appartenez à la bourgeoisie d'autrefois et vous ne parvenez pas à vous resocialiser. La Pologne Populaire ne peut pas tolérer l'entreprise privée. On veut bien vous donner la possibilité d'être un artisan, ce qui est déjà beaucoup, mais non pas de vous enrichir. Vous n'aviez qu'à prendre un salaire décent et déposer le reste dans un compte de banque. Vous seriez certainement en mesure maintenant de payer l'impôt qu'on vous demande.

— Un salaire décent, s'était révolté Robert. Mais vous ne vous rendez pas compte que pendant des mois je ne gagnais pratiquement rien, qu'il m'a fallu apprendre, que je me suis endetté, que j'ai été obligé de rembourser, que le peu d'argent que j'ai en réserve est indispensable pour que je puisse acheter le matériel !

— Ce n'est pas mon problème, mais le vôtre, lui a répondu sèchement l'homme. Et puis il s'est levé, il est allé jusqu'à la porte et l'a ouverte d'un geste on ne peut plus humiliant.

Robert a serré les dents et a claudiqué jusqu'à la sortie, jusqu'à l'escalier, sans souffler mot. C'est étrange, des gouttes salées coulent sur son visage. Et moi qui ai toujours cru que les hommes ne pleurent pas, pense Robert. De gros sanglots montent dans sa gorge. Il a mal. Mal à sa jambe, mal à sa fierté, mal de n'avoir personne autour de lui capable de le comprendre. Ils ont vieilli ensemble, Irena et lui, mais elle est toujours si fraîche, si jeune, si primesautière. Elle a besoin d'être constamment encouragée et protégée. Non, il n'est pas question qu'il lui demande de vendre son piano et la petite bague de fiançailles qu'il lui a donnée autrefois, dans cette autre vie, où il était encore quelqu'un, un être humain, un ingénieur qui réussissait à exécuter ses contrats à la perfection. Un professionnel qui n'avait rien à se reprocher ni à l'égard des autres, ni à l'égard de l'État. De peine et de misère Irena a réussi à ne pas vendre cette bague pendant la guerre, à la cacher pendant les fouilles, à la sauver du déluge. Leur souvenir commun, le gage de leur amour...

— Jamais, dit Robert à voix haute. Jamais !

Plutôt sauter dans la Vistule, plutôt se pendre, plutôt se tirer une balle dans la tête. Toute seule Irena réussira. Elle pourra même se remarier avec un homme plus débrouillard que lui. Un homme qui a ses deux jambes et un travail. Un homme qui voudra bien servir de père à la petite Inka. Un homme... Et si je cherchais à trouver un travail dans mon métier, se demande Robert. Il a déjà essayé, mais en vain et puis il y a eu Lopek, son copain d'avant-guerre.

Lopek travaillant à l'Hôtel de ville et il avait promis de lui dénicher quelque chose. Seulement voilà, pas plus tard que cet hiver, Lopek est venu à son atelier lui demander un peu d'argent ; ce fut particulièrement pénible.

— Je ne veux pas que tu me le donnes, lui avait-il dit, car ce n'est pas un prêt. Jamais je ne pourrai te rembourser. Pour moi c'est fini. J'ai apporté des photos de l'insurrection faites sur les ruines au moment où nous quittions la ville. J'étais blessé et j'ai pu les cacher sous les bandages. Ce sont des documents uniques et sans prix. Je suis prêt à te les vendre. C'est tout ce qui me reste à vendre d'ailleurs, en dehors de mon âme, mais celle-là personne ne voudra jamais l'acheter.

Lopek avait étalé sur son comptoir une série de photos. Il y avait parmi elle l'image d'une toute jeune fille, une enfant. Sur le fond de pierrailles, de squelettes de maisons s'élevant vers le ciel, sa silhouette paraissait d'autant plus frêle. Elle avait des nattes, comme Helena autrefois et elle lui ressemblait. Robert ne pouvait détacher son regard de cette photo-là et avait eu beaucoup de mal à écouter ce que Lopek lui racontait.

– Tout est faux, ici, disait-il, tout le monde est coupable de quelque chose. Certains sont arrêtés pour le commerce de devises, tandis que d'autres, comme moi, sont désavoués comme des malpropres et chassés pour manque de pureté marxiste. L'hiver dernier encore j'étais quelqu'un. Je préparais l'éclairage des rues et des places de ma ville pour les fêtes du vingtième anniversaire de la Pologne Populaire. Ne te moque pas de moi. J'y croyais. J'ai passé des nuits à étudier l'emplacement des projecteurs pour éclairer la statue de la Sirène de Varsovie. Je ne mangeais pas, je ne dormais pas, je travaillais. Ce fut pour moi une époque folle, où je contactais les directeurs de nos chères entreprises d'État et je suppliais ces imbéciles de me livrer à temps les poteaux, les projecteurs, les ampoules et le reste. J'en ai rencontré des énergumènes ! Des incompétents, des corrompus et des braves gars aussi, découragés et cyniques, ou au contraire enthousiastes et optimistes. Malheureusement, ce sont les incompétents qui ont gagné. Quand on a installé les projecteurs, on a constaté qu'ils ne marchaient pas. Il me fallait absolument importer des pièces d'ailleurs. Je te fais grâce des détails. Mon chef a eu une idée de génie. Il a communiqué avec une entreprise en Grande-Bretagne. Ils ont accepté de nous vendre ce qu'il nous fallait pour un prix fort raisonnable et de le livrer à temps. J'étais fou de joie. J'avais tort ! À la dernière minute, ils ont organisé une réunion de la section locale du Parti et ils ont dénoncé mon déviationnisme. Ils m'ont accusé de trahir l'idéal marxiste puisque j'avais osé vouloir éclairer la capitale de la Pologne Populaire avec des dispositifs importés d'un pays capitaliste et payés en devises étrangères. Mon chef ne m'a pas défendu. Il avait trop peur pour sa peau. Selon sa version, j'avais décidé de passer la commande sans même lui soumettre le problème. J'étais donc coupable aussi d'insubordination, d'initiative indue et on a même osé prétendre que j'espérais toucher une ristourne sur le contrat signé avec les Britanniques. Quand ils m'ont annoncé que j'étais renvoyé, ils m'ont conseillé amicalement de ne pas faire de bruit parce qu'ils allaient sortir alors les preuves démontrant ma tentative de fricoter une affaire louche avec les Anglais, où il était question de pot-de-vin pour moi et pour deux fonctionnaires du commerce extérieur qui ont apposé leurs signatures sur le contrat. Eux aussi ont été renvoyés d'ailleurs. Pis encore, le Ministère a payé un dédit aux Britanniques. On a gaspillé en pure perte des précieuses devises dont nous avons tellement besoin. Je suis doté d'un certificat qui me ferme toutes les portes, avec ma femme et le bébé sur les bras. Je ne suis plus ingénieur, puisque personne ne m'engagera après ce qui est arrivé. J'ai été obligé de tout dire à ma femme. Elle est courageuse. Elle a trouvé un travail comme vendeuse. Cela rapporte de quoi payer le loyer de notre chambre. Je ne sors pratiquement pas le jour. Je m'occupe du petit. Aujourd'hui, c'est exceptionnel. Le bébé pleure tout le temps. Il ne supporte pas la nourriture et restitue, mais, tu comprends, elle ne peut plus lui donner le sein, elle a de longues heures et elle rentre exténuée. Voilà où j'en suis.

Robert lui avait donné tout ce qu'il pouvait et il n'avait pas osé prendre en échange les photos. Lopek avait trop de peine à s'en séparer.

– C'est toute ma fortune, lui avait-il répété et je suis comme Harpagon, j'ai besoin de regarder ces images tous les soirs pour me persuader que je suis encore un être humain et pour ne pas étrangler le bébé qui hurle vingt-quatre heures sur vingt-quatre.

Depuis, Robert n'a revu Lopek qu'une seule fois. Il attendait à l'arrêt l'autobus pour rentrer à la maison. Dans l'ombre de la rue, un homme, accroché à un tronc d'arbre, lâchait des kyrielles de jurons. Soudain il releva la tête et hurla : « Mais c'est mon vieil ami Robert ? Viens donc un peu ici. N'aie pas peur. J'ai bu, et puis après. Cela ne gêne personne. Finie l'odeur de couches. Le bébé est à l'hôpital. Ma femme m'a chassé. Je suis un homme heureux. Je n'ai plus rien. Veux-tu m'acheter une photo ? Regarde, ce sont des trésors. Mais regarde donc ? »

Comme un lâche, Robert a repoussé la grande enveloppe crasseuse que Lopek lui tendait. Il a monté dans l'autobus et il est parti tandis que l'autre continuait à l'appeler.

Non, pense Robert, je n'ai aucune chance de trouver du travail comme ingénieur et à l'usine on ne me prendra pas à cause de ma prothèse, mais peut-être que je pourrai me dégoter un poste de caissier dans un restaurant. De quoi gagner quelques sous en courant le risque d'être accusé de voler l'argent de l'État. Les gérantes touchent de l'argent de la main à la main et ce sont les comptables et les caissiers qui sont arrêtés ensuite et condamnés pour vol. Et tout cela se fait avec la bénédiction des assesseurs, ces citoyens qui siègent à la place des juges et rendent la justice du peuple souverain. Ce que je pouvais être imbécile de croire que toutes ces belles théories de justice populaire vont mener à autre chose qu'à des abus ! Même ma petite Helena n'ose plus me contredire, depuis qu'elle a soigné cette malheureuse comptable, mère de quatre enfants qui s'est ouvert les veines quand ils l'ont condamnée à dix ans de prison pour mauvaise tenue de livres. Pauvre femme, ils l'ont sauvée à l'hôpital pour la laisser partir sous la garde de la milice. Ils auraient mieux fait de la laisser mourir. Cela aurait été plus charitable.

Les yeux de Robert sont secs à présent. Il a cessé de sentir les larmes sur ses joues. Je vais me battre, se dit-il, je vais me battre jusqu'au bout pour moi et pour les autres. Cela ne peut pas continuer. Il faut que cela s'arrête quelque part. Que cela cesse !

* * *

Helena se lève la première et s'en va à la cuisine préparer le petit déjeuner. Elle s'efforce de ne pas faire de bruit pour ne pas réveiller Marek qui dort sur le matelas posé tout près de la porte. Avec un peu de chance ils pourront partir à Celestynow avec André sans déranger Marek qui, la veille, est rentré très tard.

Il est brillant, André, pense Helena, mais il n'a pas le moindre sens pratique. C'est moi qui ai réussi à acheter la voiture, grâce à l'intervention du directeur de l'hôpital, c'est moi qui me débrouille pour remplir les armoires et pour préparer les repas, c'est moi qui pense à ses chemises et à ses pantoufles, c'est moi qui cours les magasins pour lui trouver une veste chaude. Quand je me permets de lui rappeler qu'il devrait régler quelques détails matériels de notre vie, il me répond que c'est lui qui a trouvé notre appartement. Comme si cet exploit devait suffire pour le décharger une fois pour toutes du reste. Kazik, lui, ne m'aurais jamais permis de travailler autant... Songeuse, Helena allume sa première cigarette de la journée.

L'appartement... La sous-location miraculeuse ! Trois semaines après leur mariage, Helena était en train de suspendre les rideaux quand on a frappé à la porte. Elle n'a même pas eu le temps de s'arranger un peu avant d'ouvrir, on insistait trop, et aussitôt la fille est entrée dans la pièce. Elle était très pâle, habillée avec soin et beaucoup trop voyante avec ses vêtements importés de l'étranger. Dosia portait un pantalon collant, des vrais jeans, et une veste en fourrure blanche.

– Où est-il a-t-elle demandé ?

– Qui, il ?

– Mais Gilbert...

C'est ainsi qu'Helena a fait la connaissance de la maîtresse de Gilbert, l'homme d'affaires français qui a sous-loué son appartement à André. Dosia a beaucoup pleuré et beaucoup parlé. Surprise, Helena a reçu ce matin-là un véritable cours sur un mode d'existence dont elle ignorait qu'il puisse être possible à Varsovie. Dosia lui a raconté comment on s'organise pour rencontrer des étrangers au restaurant *Krokodyl*, dans la Vieille ville. Non pas à l'intérieur, où il faut quand même consommer et payer, mais à l'extérieur, dans la rue. C'est ainsi que Dosia a rencontré Gilbert à seize ans. Il avait l'âge de son père; mais Dosia n'avait plus de parents et vivait chez sa tante, vieille dame aigrie et chroniquement malheureuse. Par comparaison Gilbert paraissait jeune à force d'être gai et plein d'entrain. Le premier soir il l'a emmenée manger et ils sont allés danser, plus tard il lui a acheté tout ce qu'elle voulait et il lui a donné de l'argent.

– Prends, disait-il en riant, de toute façon, avec le taux de change au noir, les jeunes filles comme toi coûtent beaucoup moins cher dans ton pays que dans le mien.

Au début, Dosia ne comprenait pas très bien ce

qu'il voulait dire, mais petit à petit elle avait fini par apprendre assez de français pour réaliser qu'il était son « client ».

— Il était honnête, a déclaré la jeune fille à Helena, entre deux sanglots. Il m'a dit qu'il est marié et qu'il a deux enfants. Pendant quelques mois, nous avons habité ici, puis il est reparti en France et il m'avait promis qu'il reviendrait. Là encore il a tenu parole. Il est arrivé un peu après Noël, les valises chargées de cadeaux. Des pantalons, des vestes, des bas... En voulez-vous ? J'ai encore quelques vestes à vendre. Non ? Eh bien ! c'est tant pis. Pourtant elles vous iraient bien. Vous n'êtes pas plus grosse que moi. Vous savez, la femme de Gilbert a la même taille que vous et moi. Il lui fait essayer les vêtements qu'il me destine. Avec ce truc-là, il ne se trompe jamais. Au début cela me rendait jalouse, mais à la longue je m'y suis habituée. Parfois, surtout dans nos conditions, il vaut mieux partager que ne rien avoir.

J'ai en plus une supériorité sur son épouse, moi je connais son existence, tandis qu'elle ignore tout de la mienne. Quand il est Varsovie, je ne travaille pas, mais quand il repart, je retourne au magasin. Je suis vendeuse et j'habite chez ma tante. J'ai juste un coin. Alors, je l'ai supplié de me laisser cet appartement. Il a promis qu'un jour je l'aurais. Cela fait bien des avantages et j'ai décidé de l'attendre sagement. Mais, hier, un homme est venu me voir à la fermeture du magasin. Un Français, comme Gilbert. Il m'a apporté une lettre de lui. Dans cette lettre il me recommande de faire ce que voudra son ami, un petit gros, vieux et chauve, parce qu'il paye bien... Vous vous rendez compte ? Je l'ai chassé cet étranger et je me suis dit que Gilbert est peut-être à Varsovie. Je viens voir s'il n'est pas là. Je ne veux pas vous déranger, mais êtes-vous sûre que c'est vous qui habitez ici...

Helena s'est empressée de préciser qu'elle est mariée avec André et qu'ils sont les nouveaux locataires, mais Dosia est revenue à plusieurs reprises comme pour vérifier si elle ne lui avait pas menti. Helena n'a pas osé la mettre à la porte, tout d'abord par crainte d'une dénonciation. Après tout leur sous-location est parfaitement illégale et ce Gilbert a obtenu l'appartement par des moyens qu'André ignore. Par la suite, cependant elle a essayé de la raisonner tout en écoutant son bavardage. Dosia ne travaille plus comme vendeuse, et elle a un appartement à présent. D'autres Français l'ont « aidée », comme elle dit. Des syndicalistes qui passent quelques jours, ou quelques semaines en visite chez leurs camarades polonais. Des délégués du Parti communiste français, désireux de « fraterniser » comme ils lui disent en riant. Dosia a appris le français et c'est sans doute la raison pour laquelle ils se passent son adresse de l'un à l'autre.

Helena lui a parlé de fierté, de dignité et finalement, en désespoir de cause, des maladies vénériennes. À tous ces arguments Dosia opposait une seule et unique réponse : « Je ne manque de rien, j'économise et, dans trois ans, je vais être assez riche pour ne plus travailler. »

Quelles réalités pénibles, pense Helena en cherchant le pain. Cela m'humilie en tant que femme et en tant que Polonaise. Toujours ce stupide sentiment de responsabilité collective. Après tout, dans chaque société, des prostituées, cela existe, alors en quoi cela me concerne-t-il ? Kazik aurait su m'épargner des expériences pareilles, mais André ne s'est jamais rendu compte de ce qu'il me demande de supporter. Pour lui, c'est tout naturel de m'imposer Marek et de vivre à trois dans une seule pièce. Voyons, c'est son meilleur ami, il est de retour et il n'a pas de famille. Je n'ai qu'à m'accommoder de sa présence et voilà tout.

— Coucou ! murmure André derrière son dos. Partons tout de suite, veux-tu ? On va traîner en route.

Ils avalent leur thé, debout, dans la minuscule cuisine et quittent l'appartement sur la pointe des pieds. Dehors, il fait beau et chaud. Ils montent dans la voiture et partent en silence, chacun plongé dans ses pensées. André est triste et désabusé et Helena pleine de ressentiment.

Le journalisme, se dit André, quelle blague ! On me répète sur tous les tons que j'ai du talent, pour mieux m'amadouer et on me coupe systématiquement mes papiers. Forcément, ils savent que j'ai des relations en haut lieu, mais ils ne réalisent pas à quel point cela est inefficace. J'ai été le premier, il est vrai, à avoir droit de parler de la lettre du cardinal Wyszynski aux évêques allemands. Une lettre capitale à mon avis, parce qu'il faut effacer les haines pour obtenir à la longue la reconnaissance de l'Allemagne de l'Ouest de nos territoires récupérés après la dernière guerre mondiale. Le cardinal est certainement un saint homme, mais il est aussi d'une sagesse politique incroyable ! À l'opposé mon rédacteur en chef, comme les censeurs, sont des ânes maléfiques. Quand ils ont finalement accepté de publier la lettre du cardinal et mon commentaire, en ce 18 novembre 1965, ils l'ont à ce point triturée et déformée que Moczar et ses « Partisans » y ont trouvé un excellent moyen de propagande, soi-disant nationaliste. Le cardinal a voulu effacer les souvenirs de l'occupation et tendre la main fraternelle avant les fêtes du millénaire de notre Église catholique, eux ils ont prétendu que le clergé polonais venait de trahir les victimes des bourreaux nazis. Au printemps dernier, j'ai essayé de décrire la confrontation des manifestations commémoratives du millénaire durant cette journée du 17 avril, où à Poznan deux défilés se faisaient concurrence ; celui que l'Église avait organisé et celui que le Parti avait monté de toutes pièces. La milice a profité de l'occasion pour arrêter plusieurs religieux et les garder jusqu'au lendemain en cellule. J'ai eu beau faire attention et envelopper tout cela de précautions stylistiques, mon papier n'a jamais paru. Je perds mon temps et je m'épuise comme un imbécile à avaler des humiliations. C'est déshonorant. J'arrive au stade où je suis prêt à me réjouir parce qu'ils me laissent publier un centième de ce que je veux dire, et je me console en espérant que les lecteurs vont lire entre les lignes et deviner le reste. Pourtant, on me promettait un poste à Radio-Varsovie, ou dans un quotidien, avec la possibilité d'une autonomie très poussée... Tous des menteurs et des vendus, ces gens en place ! Ce qu'il y a de pire c'est qu'ils sont en train de me tuer ainsi, petit à petit et qu'après deux ou trois ans de ce régime je ne serai bon à rien. Tout simplement je cesserai d'être capable d'écrire. À force d'hésiter, de buter sur un mot, de m'interroger sur les réactions qu'il peut ou va susciter, je suis paralysé. Et pourquoi est-ce que je suis obligé de subir tout cela ? Parce que je suis né ici, au lieu d'être citoyen britannique, français ou américain...

Ils arrivent tout près de Celestynow plus tôt que

prévu. Le curé Marianski les attend à trois heures et il est à peine midi.

— Si on allait se promener, juste nous deux, toi et moi, propose André ?

— Bonne idée, acquiesce Helena.

André arrête la voiture sur le bas-côté de la route. Il y a, à quelques pas de là, un sentier qui s'enfonce dans la forêt. Pourquoi ne pas partir à l'aventure ? Ils se sentent, soudain, comme deux collégiens libérés de la surveillance du principal. Ils ont bien peu d'occasions d'un tête à tête. À la maison, il y a Marek et même quand il n'arrive que très tard, l'idée qu'il va apparaître au cours de la soirée brise les élans d'André. C'est comme s'il était condamné à l'attendre et à remplir une obligation. Helena précède André parce que le sentier est très étroit. Je devrais être gaie et joyeuse, pense-t-elle et au lieu de cela je ne cesse de remâcher mes griefs à son égard.

— Crois-tu que les forêts canadiennes sont aussi belles que les nôtres, demande stupidement André ?

— Quelle question, s'étonne Helena. À en croire ce que nous avons lu à l'époque de notre enfance, c'est un pays de cocagne où tout est plus beau et plus grand que chez nous, y compris les arbres. Ce n'est pas pour rien qu'on dit, quand les choses vont bien : « C'est le Canada », au lieu de prétendre que c'est le paradis.

C'est loin le Canada, pense André, mais en France je pourrais me frayer un chemin. À force de travail et d'efforts je serais capable de perfectionner ma connaissance de la langue et de travailler dans un journal, tandis qu'ici je perds mon temps. Il ressent soudain une immense fatigue, l'envie de se jeter par terre et de dormir dans les fougères, pour ne plus réfléchir. Le sentier débouche sur un chantier où on a coupé le bois, comme si le terrain devait servir à la construction d'un bâtiment. André cligne des yeux, aveuglé par la lumière et le soleil. Autour il n'y a que les troncs d'arbres presque au ras du sol, des tas de branches et de la sciure.

Helena traverse cet espace qui ressemble à un désert et s'arrête de l'autre côté où la forêt reprend. Elle se tient debout à contre-jour et André voit à travers le tissu léger de sa robe, ses cuisses longues et minces. Tout en haut, il y a le triangle plus sombre, voilé par sa culotte, puis la taille fine et les seins droits et durs... Il sent monter en lui le désir de la prendre là, tout de suite, de la posséder, de la dévorer de baisers et de l'entendre gémir de plaisir. D'un bond il la rejoint, la dépasse, l'attire vers lui et la serre dans ses bras. Surprise, elle résiste un peu, puis, sans trop savoir ce qui lui arrive, cède. Ils glissent sur la mousse entre deux arbres. André ne se rend plus très bien compte de ce qu'il fait. Ses mains caressent la peau douce, ses lèvres écrasent les siennes. Il la prend avec une brusquerie et une violence à laquelle il ne l'a pas habituée, comme s'il voulait en la pénétrant effacer toutes les humiliations et toute la grisaille de sa vie. Pour la première fois Helena pousse une longue plainte qui fouette son envie d'elle. Il la retient et prolonge cet instant pour imprimer en elle à jamais le souvenir de la jouissance qu'elle lui doit.

Helena perd le contrôle d'elle-même, devient une autre pour laquelle rien ne peut compter davantage que le mouvement de leurs deux corps soudés parfaitement l'un à l'autre. Elle a l'impression d'appartenir à un homme pour la première fois de toute son existence et elle veut le garder indéfiniment en elle. Longtemps ils restent ainsi, puis le spasme et André se laisse tomber à côté d'elle, tandis qu'un frisson parcourt tout son corps. Helena le retient par le bras, comme si elle craignait d'être séparée de lui. Là-haut, au-dessus de leurs têtes, il y a les couronnes des arbres sur le fond bleu du ciel.

C'est donc cela le bonheur, pense Helena et, surprise, elle tourne la tête vers André. Eh oui ! c'est bien son mari, c'est bien André, cet homme couché sur la mousse dont jusqu'à présent elle ignorait qu'il puisse être capable de la faire gémir de plaisir. Leurs mains se rejoignent et leurs doigts s'entrecroisent. Ce n'est pas de la tendresse, ni un geste de complicité amicale, mais un besoin de se toucher, de sentir la chaleur et la force de l'autre, de maintenir un contact entre leur peau qui suffit pour faire naître l'envie de recommencer.

Autour, il y a l'odeur de la mousse, des aiguilles des pins réchauffées par les rayons du soleil et le souffle léger du vent qui agite les feuilles d'un petit bouleau. Ni l'un, ni l'autre, n'ose interrompre le silence, gênés et incapables d'exprimer en mots ce qu'ils viennent de vivre ensemble.

Quand les Français disent : « Je l'ai dans la peau », pense André, c'est de cela, sans doute, qu'il s'agit. Je me suis moqué autrefois de l'expression, comme des hommes mariés qui trompaient leurs femmes avec des secrétaires et cela au prix de mille ruses, en acceptant des sacrifices et en courant des risques graves pour leurs carrières. Maintenant, enfin, je comprends ! Du bout des doigts il effleure la paume d'Helena et aussitôt le désir monte à nouveau en lui, mais au même moment il entend des bruits de voix. Helena se redresse, s'assoit et commence à arranger sa robe, puis ses cheveux.

— Je crois qu'on vient, dit-elle, sans oser le regarder.

André saute sur ses pieds et lui tend la main pour l'aider à se relever.

— Chérie, murmure-t-il, en l'embrassant une dernière fois avant de repartir, chérie !...

Elle frissonne comme si son corps ne pouvait supporter d'être séparé de celui d'André et il la prend par la taille jusqu'à ce que l'étroitesse du sentier les force à marcher l'un derrière l'autre. C'est ainsi qu'ils arrivent sur la grande route où leur voiture les attend. Ils montent, allument des cigarettes, le moteur se met à tourner et ils repartent.

— J'espère que je ne t'ai pas fait mal, dit André en regardant droit devant lui. Je ne sais trop ce qui m'est arrivé. Cette forêt doit être ensorcelée sans doute.

— Gros bêta, plaisante Helena, je n'ai jamais été aussi heureuse de ma vie. J'ai l'impression d'avoir découvert que nous sommes faits l'un pour l'autre.

André est gêné. Les femmes ont une façon particulière d'exprimer des vérités qu'on ne devrait pas traduire en mots. Et puis à quoi cela sert-il ? S'il lui fallait décrire ce qui vient de se passer entre eux, il n'en serait pas capable. On prétend que les femmes sont prudes, mais les hommes, eux, ont de ces pudeurs qu'ils n'avouent pas de crainte de paraître ridicules. Derrière les plaisanteries vulgaires des mâles se cache une sorte de timidité et aussi la crainte de ne pas être à la hauteur,

293

de décevoir l'autre, surtout celle qu'on aime d'amour. C'est pour cela qu'on va chez des prostituées qui, elles, ne demandent que de l'argent.

– Suis-je présentable, demande Helena en le forçant de tourner la tête de son côté ?

Un sourire flotte sur ses lèvres, elle joue la coquette, mais André n'est pas au diapason. Il est bien trop secoué pour cela. Étrange cette façon qu'ont les femmes d'effacer en un rien de temps les traces d'une émotion physique qui pourtant doit être très profonde puisqu'elle les rend plus belles.

– Je voudrais avoir un enfant de toi, dit-il. Un enfant qui va te ressembler comme deux gouttes d'eau...

D'un geste de la main Helena semble chasser cette humble prière. Ah, non ! pas ça, pense-t-elle. Jamais plus je ne serai enceinte. Je vais me laver tout de suite, en arrivant, c'est plus prudent, bien que mon stérilet soit bien en place. Je veux vivre, moi, et après tout ce qui m'est arrivé j'y ai droit, quoi qu'en disent les moralistes de chez nous. Il y a des femmes qui sont faites pour être mères et d'autres, comme moi, qui n'ont ni l'envie, ni la capacité d'élever un enfant. Irena dorlotte Inka et cela lui apporte bien des satisfactions, mais j'ai beau me répéter que je suis un monstre, je n'y crois pas. Certes, je n'aurais jamais le courage de le dire, ni à André, ni à personne, il n'en reste pas moins que les bébés me répugnent, que je les trouve laids et que la perspective de passer mon temps à être enfermée à la maison avec un enfant me paraît une forme d'esclavage. Passer des années, à élever, à éduquer et à former un être pour me retrouver au bout du compte en face d'un étranger plus ou moins hostile, car cela aussi peut m'arriver, c'est peut-être bon pour les autres, mais pas pour moi. Le sentiment maternel, n'est qu'un attrape-nigaud de la nature, entouré, d'un halo de romantisme, par la société soucieuse d'assurer son avenir. Je n'ai aucun goût, moi, pour le rôle de reproductrice.

La voiture s'immobilise devant le presbytère et Helena descend très vite pour éviter le regard d'André dans lequel il y a une immense tristesse.

Irena et Inka qui sont à l'intérieur, en train de préparer le repas, se précipitent à leur rencontre et les emmènent dans le petit jardin où Robert, mi-couché, mi-assis dans le fauteuil en osier discute avec le curé Marianski. Helena embrasse son père et l'empêche de se lever.

— Vos roses embaument dit André au curé Marianski, voulant lui faire plaisir.

Tadeusz Marianski a appris de peine et de misère à planter et à faire pousser des fleurs sur cette terre sablonneuse où personne n'a osé, avant lui, relever un défi pareil. Il aime bien qu'on le remarque et ce n'est que justice. Il a beaucoup vieilli, le curé Marianski. En fait, il ne s'est jamais remis complètement de son arrestation et de la maladie qui l'a suivie. Sa haute silhouette n'est plus aussi droite qu'autrefois et des rides profondes marquent son visage. Mais Dieu sait protéger ses créatures. Il lui a donné quelque chose d'infiniment précieux qu'il ignorait auparavant, la sérénité.

Robert vide sa pipe en la frappant contre sa prothèse.

— Nous étions en train de faire de la philosophie, dit-il. Qu'est-ce que cela signifie pour toi André ce petit verbe « vivre » ? C'est quoi au juste, dans ce pays où rien n'est clair, simple et honnête ? Allez, explique-moi.

— Vivre c'est lutter et c'est résister, dit lentement André, comme s'il avait du mal à formuler ainsi à brûle-pourpoint une définition. Mais vivre, c'est aussi avoir la liberté de savoir. Tenez, il y a en ce moment des idées intéressantes qu'on discute à Prague, mais il est impossible chez nous d'avoir le moindre renseignement sur ce « socialisme à visage humain » que défend Dubcek et son groupe. Des nouvelles circulent sous le manteau, officiellement il n'y a qu'une série de mensonges et d'informations déformées. En somme, vivre c'est être libéré, dans la mesure du possible, des préoccupations bassement quotidiennes et comprendre. Pour moi vivre, c'est entre autres lutter contre la désinformation et la « bourgeoisie rouge » qui l'impose, pour protéger ses privilèges.

— Pour moi, vivre, c'est aimer une femme et être aimé d'elle, dit Robert.

— Qui a dit cela, crie Inka penchée par la fenêtre de la cuisine ?

– Ton vieux père, répond Robert en riant. Ah ! si jeunesse savait, si vieillesse pouvait !...

– Cesse de te vieillir, proteste Inka et viens manger ; c'est prêt.

– La désinformation, quel joli mot, soupire Robert, c'est la première fois que je l'entends.

– Nous l'avons inventé avec Marek, constate André. À propos de Marek, je n'ai pas encore eu le temps de vous annoncer la nouvelle. Il est de retour. Je n'ai pas voulu l'emmener aujourd'hui parce qu'il a beaucoup de travail. Il a un poste à Radio-Varsovie. Une situation tout à fait inespérée. Et puis il a toujours encore des problèmes avec ses poumons. Ils l'ont soigné tant bien que mal au sanatorium et le voilà capable de fonctionner. Au fait, c'est grâce à Kazik qu'il a pu entrer à Radio-Varsovie et par la grande porte, en plus, ce qui paraissait au départ tout à fait impossible. Pour le moment il habite chez nous, ou plutôt il campe dans un coin sur un matelas qu'Helena a apporté de l'hôpital.

– Tiens, Kazik ! Que devient-il celui-là ? Cela fait des mois que nous ne l'avons pas revu. Il doit maintenant être trop important pour s'abaisser à fréquenter le menu fretin, constate Robert.

– Oh ! il est très actif, dit André. Si j'ai bien compris il est une sorte d'agent de liaison entre les ministères ou quelque chose d'approchant. Il a une belle voiture, une petite maison à Zakopane et un appartement du côté de Wilanow. Il voyage beaucoup et ne vient que rarement à Varsovie. J'ai voulu l'interviewer à plusieurs reprises, mais il a refusé. Marek réussira peut-être à faire une émission avec lui.

– *Pochwalony Jezus Chrystus.*

Magda les salue au nom de Jésus-Christ, selon l'ancestral rite des paysans. Elle pousse la barrière, qui sépare le jardin du presbytère des champs, et se plante devant Robert.

– Alors ça va, cet atelier dans votre appartement ? Ce n'est pas trop petit pour ranger le bois, les outils et pour travailler ?

– Ça va bien, Magda. Que veux-tu que je fasse d'autre. J'ai été bien obligé de leur laisser ma boutique.

Ils ont tout pris. J'ai eu de la chance encore de ne pas me retrouver avec des milliers de zlotys à rembourser, mois après mois.

— Comme ça, j'aurai mon armoire à linge. Mais vous allez me la réparer ici. C'est trop compliqué de la transporter.

— C'est entendu. Irena et moi, nous allons rester chez toi quelques jours. Tu nous loges, tu nous nourris et je te répare ton armoire. Marché conclu !

— Wlodek, crie Inka, viens donc un peu par ici. On a besoin d'un homme fort.

Le fils de Magda qui se tient près de la barrière, comme s'il n'osait pas la franchir, se précipite. De toute évidence, il est heureux qu'on fasse appel à lui. Inka et Wlodek apportent la table dans le jardin, tandis qu'Helena et Irena arrivent avec des plats remplis de salades. Il y a la salade de pommes de terre, blanche et verte des bouts de concombres, la salade de betteraves cuites, toute rouge, et le grand bol rempli de carottes. Il y a aussi pour chacun un pot en terre cuite avec du lait caillé.

— Merci pour ce que tu as dit tout à l'heure, murmure Irena à l'oreille de son mari.

— C'est moi qui dois te remercier d'être ce que tu es, lui répond Robert sur le même ton de confidence. Sans toi je ne serais plus là. Je n'aurais jamais eu le courage de recommencer tout, au point où j'en étais à mon retour du camp de prisonniers de guerre. Jamais, Irena !

Il y a quelque chose de juvénile dans son regard et Irena, flattée, arrange inconsciemment la mèche de cheveux qui lui tombe sur le front.

— Laisse, objecte Robert, en essayant de tourner son fauteuil du côté de la table, j'aime tant cette mèche folle...

— Cessez de chuchoter les amoureux, crie Helena, il est temps de manger. Je meurs de faim.

Magda pose son cabas par terre et en sort un grand pain. Il est noir et il sent bon, parce qu'elle vient de le cuire dans son four et qu'il est encore chaud.

– J'ai aussi du beurre, annonce-t-elle.

– Fabrication domestique, crie Inka. La meilleure du monde.

– Qu'est-ce que tu t'es fait aux mains, lui demande Wlodek assis à côté d'elle dans l'herbe ?

– Oh ! ce n'est rien.

Inka tend ses deux mains et essaie de les maintenir droites, mais elles tremblent trop. La paume, les doigts, le dessus, sont couverts de marques rouges, qui s'étendent jusqu'aux poignets.

– Je travaille dans une usine de conserves près de Wilanow. C'est le stage ouvrier obligatoire après le bac et avant l'entrée à l'université. Les parents de la plupart de mes amis se sont débrouillés pour payer quelqu'un qui est allé travailler à leur place, ou encore pour les faire dispenser purement et simplement grâce à un certificat médical bidon. Moi, je n'ai pas voulu de passe-droit. C'est une expérience que je tiens à faire. Maintenant au moins je sais ce que c'est que de travailler six jours par semaine et huit heures par jour, dans un immense hangar où la chaîne tourne et où il faut constamment approvisionner le monstre à son rythme et selon son bon vouloir.

Le curé Marianski dit le bénédicité et ils commencent à manger.

La famille, voici la principale force de notre société, pense Tadeusz Marianski. L'égalité, le véritable respect des autres ne peuvent exister que dans la mesure où les femmes acceptent d'être des mères, toujours disponibles à élever la relève. Car ce qui compte, c'est bien cela, la relève ! Entre Irena et Magda il y a une relation qui rappelle parfois celle des anciens nobles avec leurs métayers. Elles ont été élevées ainsi et Magda serait déçue si Irena devait la traiter autrement. Mais entre Inka et Wlodek, c'est déjà une franche camaraderie. Pour eux il n'y a ni barrières sociales, ni différences. S'il continue ses études d'agronomie, il finira par se départir de sa timidité. Ce n'est pas facile pour lui. Il est beaucoup plus âgé que la majorité des étudiants ; il a été obligé d'aider Magda, femme seule sur une terre. Le jour où une relation véritable s'établira entre les intellectuels, les ouvriers et les paysans, des grandes choses seront possibles dans ce pays. Vivrai-je assez vieux pour voir cela ?

Inka passe le plat de salade de betteraves. Son regard rencontre celui d'Helena et aussitôt elle détourne les yeux. Elle ne l'aime pas, l'évite et tient à oublier qu'elle doit la vie à cette femme, jeune et belle. Elle préfère se réfugier auprès d'Irena, douce, tendre et toujours disponible. C'est en revenant de Cracovie pour s'installer avec Robert et Irena, qu'Inka a découvert le secret de sa naissance. Cela s'est passé par un beau dimanche comme celui-là, à Celestynow. Il n'y a eu ni heurt, ni drame. Le curé Marianski l'avait emmenée avec lui, marcher dans les champs. Il lui a parlé longuement de la guerre, de la libération et du retour d'Helena.

— Comme ça, je n'ai pas de vrai père, a conclu Inka.

— Mais si, avait protesté le curé et ne dis jamais plus une chose pareille. Cela ferait beaucoup trop de peine à tes grands-parents. Je voudrais que tu prennes sur toi, que tu fasses un effort pour ne pas leur montrer que tu sais. J'ai longuement réfléchi avant de t'en parler, mais il me semble qu'il est préférable que tu l'apprennes de cette façon-là. Il y a toujours des gens mal intentionnés, vois-tu, et je tenais à ce qu'ils ne puissent avoir prise sur toi. Tu me comprends ?

Oh, oui ! Inka comprenait. Depuis toujours, depuis qu'elle a commencé à aller à l'école primaire, on lui reproche, partout où elle passe, d'être différente. À Cracovie, elle avait un oncle juif et ses camarades ne le lui pardonnaient pas, à l'usine, où elle fait son stage, les ouvrières lui témoignent tantôt de l'animosité et tantôt presque de la haine. Pour elles Inka fait partie de la « jeunesse dorée », parce qu'un jour elle partira, tandis que les autres vont rester rivées au mouvement de la chaîne qui tourne.

Maintenant, elle sait qu'elle est vraiment différente. Sa mère ne veut pas d'elle et contrairement aux gens normaux elle n'a pas de père.

— Avoue que ta sœur aînée est très jolie, lui avait dit un jour Irena.

— Tu l'aimes mieux que moi ?

– Oh, non ! non et non ! Je n'ai pas su la comprendre, a répondu pensivement Irena, tandis qu'avec toi tout a été facile.

Se savoir la plus aimée suffit à Inka, mais dès que Robert ou Irena parlent d'Helena elle éprouve une pointe de jalousie. Pis encore, même quand Magda manifeste de la sollicitude à Helena, cela l'énerve.

– J'ai des mauvaises nouvelles à vous annoncer, dit le curé Marianski. La semaine dernière quatre professeurs de l'université catholique de Lublin ont été arrêtés. On ne sait toujours pas où ils sont et ce qu'on leur reproche. À Cracovie trois religieuses ont disparu et on attend en vain de leurs nouvelles depuis des mois. Il est plus que probable qu'elles aussi sont en prison. Le cardinal Wyszynski devait se rendre à Rome où il aurait peut-être pu obtenir une aide quelconque pour la réparation de nos églises, qui tombent en ruines à certains endroits, mais on lui a refusé son passeport. Tout cela n'est pas très encourageant.

– C'est bien vrai, mon père, mais du moins grâce aux pressions et aux persécutions il n'y a pas chez nous d'indifférence religieuse, dit André. Ailleurs les églises sont vides, chez nous les gens prient sur le parvis, faute de place, et il n'y a pas de crise de vocations.

– Tu es cynique, soupire Tadeusz Marianski. J'ai fait de la prison et je sais ce que cela signifie. À toi je peux bien le dire. Je suis fatigué, mon cher, et on me demande d'assumer des nouvelles fonctions. À partir de la semaine prochaine, en plus de mon travail ici je vais donner des cours à l'université catholique de Lublin. Cela signifie que je passerai des nuits dans le train et que je risque d'avoir des problèmes avec ces messieurs de la milice, sans parler des agents de l'UB qui viennent perquisitionner au presbytère de temps en temps.

– Ils n'oseront pas s'attaquer à vous, murmure Magda.

– Oh ! je n'ai pas peur et je suis prêt à tout, mais s'il devait m'arriver quelque chose, n'attendez pas. Prévenez immédiatement l'archevêché pour que les gens de Celestynow puissent avoir leur messe le dimanche.

– Cela ne finira donc jamais, dit Irena ? Quand Gomulka est arrivé au pouvoir, on croyait à la venue des temps nouveaux. Nous avons été bien naïfs tous ensemble !

— J'ai essayé d'écrire un papier sur les disparitions de certaines personnes, des laïcs pour la plupart, constate André. Cela n'a pas marché. Pourtant j'ai été très prudent. Je disais dans mon article que les autorités devraient organiser un service chargé de recherches des gens qui disparaissent sans que leurs proches sachent où ils sont passés. J'espérais susciter des réactions... Enfin, je ne sais trop ce que j'espérais. Je dois être stupide, voilà tout ! Notre rédacteur en chef a gardé mon texte et m'a promis d'intervenir en haut lieu en douce. Mais peut-on se fier à sa parole ? Je ne le crois pas. C'est un communiste, persuadé, au fond de lui-même, que seuls des traîtres et des saboteurs peuvent être détenus chez nous sans contact avec l'extérieur. Une sorte de Savonarole moderne, pour lequel les injustices, les tortures et les arrestations arbitraires ne sont possibles que dans les pays capitalistes. Ce qu'il y a de plus enrageant c'est que, dans l'ensemble, c'est un honnête homme. Il ne vole pas, ne touche pas de pots-de-vins et assiste ponctuellement à toutes les réunions du Parti. Il consacre aussi pas mal de son temps, gratuitement, à remplir les diverses missions civiques. Imaginez donc qu'il siège comme assesseur et qu'il décide du sort des malheureux bougres trouvés coupable du vol des biens de l'État et d'autres peccadilles du genre. L'autre jour il m'a expliqué, avec le plus grand sérieux, que quelqu'un qui vole dans un magasin mérite au moins six ans de prison, parce que ledit magasin n'est pas une propriété privée. Il est athée et sa morale personnelle ne prévoit pas de sentiments tels que la compassion, la tolérance ou plus simplement le plus élémentaire sens d'une justice objective. Pour lui le clergé est suspect au départ parce qu'il risque d'imposer des mœurs et coutumes qui datent d'un autre siècle. En plus de cela il est profondément persuadé que les Juifs sont des salauds et qu'il faut les expulser de notre chère patrie. Il vient de mettre à la porte un de mes collègues parce qu'on a découvert que son arrière-grand-mère n'était pas aryenne...

— Je ne sais pas comment tu parviens à travailler avec des gens pareils, dit Robert. Si jamais tu devais décider de changer de métier, je peux toujours t'apprendre à faire des meubles.

— Rentrons, dit Helena. Il commence à faire frais et il se fait tard. André et moi nous devons partir. J'espère que personne ne peut nous entendre ici, mais ce n'est quand même pas très prudent de discuter de tout cela dans un jardin.

— Serais-tu devenue peureuse par hasard, ironise Inka ? Cela serait drôle, parce que, de nous tous, tu es la seule a être protégée par ton métier. On ne s'attaque pas aux médecins. Ce ne sont pas eux qui se font arrêter. Rêves-tu d'être nommée docteur dans un hôpital de la milice ou de l'UB ?

— Tu es méchante, ma petite, proteste Robert.

— Laisse, murmure Helena. Elle a raison Inka. Je ne suis pas très courageuse, ces temps-ci. Je vois trop de choses à l'hôpital. On reçoit des malades qui portent des traces de coups, pour ne pas dire de tortures et qui prétendent qu'ils se sont blessés... Cela fait réfléchir, qu'on le veuille ou non.

Inka et Irena ramassent silencieusement les assiettes et disparaissent à la cuisine. Autour tout est calme et le soleil continue à chauffer la terre, mais soudain ils deviennent tristes et pressés de se séparer. Seul le curé Marianski continue à sourire. Il cherche des ciseaux et se met à couper des roses pour Irena et pour Helena. Magda va aider les autres à ranger, tandis que Wlodek transporte la table à l'intérieur. Robert ne bouge pas de son fauteuil.

— Vous savez, monsieur le curé, dit-il, je crois qu'il serait bon que vous me donniez le signalement des prêtres qui ont été arrêtés et de ces trois religieuses qui ont disparu. J'ai l'impression que je devrais en parler à Kazik. Il est étonnant ce garçon. Je ne sais trop ce qu'il fait exactement, mais il a beaucoup de cordes à son arc.

— J'y ai déjà pensé, moi aussi, répond Tadeusz Marianski en se redressant, une belle rose rouge dans ses mains. Il serait préférable, cependant, que cela reste entre nous.

— C'est entendu, acquiesce Robert. Au lieu de demeurer deux jours chez Magda, comme convenu, je vais rentrer à Varsovie ce soir. Comme ça, j'ai des chances de le rejoindre demain. Au besoin Irena ira à l'adresse qu'il nous a donnée et où on peut lui laisser un message. Il est très serviable. Il répond le soir même.

– Attendez-moi ici un instant. Je vais aller à mon bureau. J'ai déjà quelques notes qui vont vous être utiles.

Ils parlent à voix basse et ils ont l'air ainsi de deux conspirateurs. L'atmosphère a changé. Ce n'est plus celle d'un beau dimanche d'été. Le curé Marianski s'en va et Robert resté seul, essaie de se lever. Sa jambe lui fait très mal et, une fois debout, il s'appuie un long moment sur sa canne, sans oser faire un pas.

– Ça ne va pas, crie Irena à travers la fenêtre ouverte ? Attends-moi, j'arrive.

Elle se précipite, le prend par le bras et l'aide à avancer. Il l'embrasse sur la joue et lui demande de trouver un prétexte pour justifier leur départ auprès de Magda. Assez curieusement, cependant, ce n'est pas Magda qui pose des questions, mais Wlodek. C'est comme s'il devinait quelque chose et tenait absolument à être renseigné.

Une fois dans la voiture, Robert pose la tête sur l'épaule d'Irena et s'endort. André conduit vite et bien. Il a hâte de retrouver Marek. Après tout il doit s'être fait quelques relations utiles à Radio-Varsovie. Sait-on jamais ? Helena serrée contre Inka, sur le siège avant, où il n'y a pas beaucoup de place, se dit que certains de ses malades privés, comme ce Julek Wolski, par exemple, pourraient lui rendre le service de s'informer auprès des officiers de l'UB sur le sort des prêtres arrêtés. Wolski est un homme important, après tout. Il a des hautes fonctions dans le Parti et il se vante d'être l'ami personnel du Procureur général. En fait Helena n'a jamais compris pourquoi il lui a demandé de le soigner. Après tout il a à sa disposition plusieurs médecins connus pour leurs bonnes relations avec la « bourgeoisie rouge ». Normalement c'est à eux que ces messieurs s'adressent. Assez curieusement Wolski l'a appelée un matin à l'hôpital et lui a dit qu'elle devait absolument passer lui rendre visite à son domicile.

– Je suis un homme important et j'ai beaucoup de travail, lui a-t-il dit. Je ne peux pas paresser au lit. J'ai une forte fièvre.

Helena a accepté tout de suite. Cela lui a rappelé le tonton Andrzej et ce qu'il lui avait dit autrefois sur le pouvoir des médecins ayant parmi leurs malades des personnalités haut placées. Wolski avait une pneumonie et Helena a réussi à le remettre sur pied assez rapidement. Depuis il lui téléphone chaque fois que sa femme ou ses enfants sont malades et lui envoie la voiture avec son chauffeur, ce qui fait beaucoup d'effet à l'hôpital.

C'est bien cela, pense Helena. Je vais essayer de le contacter dès demain. Je lui dirai que j'ai absolument besoin de le voir et que c'est urgent. Je vais lui expliquer qu'il y a quatre prêtres de l'université catholique de Lublin qui ont été emprisonnés, que je ne connais pas leurs noms, mais qu'il faut absolument qu'il intervienne...

Inka appuie sa joue contre la vitre. Elle pense à Wlodek. Il est maladroit, il ne sait que faire de ses bras et de ses jambes, il est timide, mais il émane de lui une force tranquille de l'homme habitué à vivre sur une terre. En sa présence elle se sent protégée. C'est assez étrange, mais il lui semble, quand il est à côté, que la vie peut être simple, tranquille et calme. Et puis il a une façon de la regarder qui lui donne l'impression qu'elle est jolie, désirable et intelligente. Oui, Inka a bien envie de revoir Wlodek et d'aller se promener avec lui dans les champs. Ce n'est plus le même garçon qui, autrefois, quand elle était enfant, lui faisait peur. C'est vrai qu'il ne parle pas beaucoup et qu'il n'est pas brillant comme André, mais il est beau avec sa taille élancée, ses larges épaules et sa chevelure blonde.

Ils arrivent tard à Varsovie. Dans la nuit, qui vient de tomber, les phares de la voiture éclairent mal les rues sombres. La ville semble dormir déjà, bien qu'il soit à peine dix heures du soir. André dépose Irena, Robert et Inka à Saska Kepa, mais il refuse d'entrer chez eux ne serait-ce que pour un court moment. Il a l'air préoccupé et pressé.

— Tu sais, dit Helena à André, au moment où ils repartent, je n'ai pas du tout envie de continuer cette vie à trois. Il faut absolument que Marek se trouve une chambre. Je crois que je vieillis. J'ai de plus en plus de mal à supporter cette forme de camaraderie qui consiste à camper dans une seule pièce en faisant constamment attention à ce que peut penser ou vouloir faire ton meilleur ami. Il est bien gentil Marek, mais ce n'est pas une raison pour le loger indéfiniment chez nous.

– Que veux-tu que je fasse ? Que je le chasse tout de suite, ce soir, ou que je le tue pour qu'il cesse de te déranger ?

Visiblement André est de mauvaise humeur. Il a retrouvé ce sentiment d'impuissance qui le rend vindicatif et hargneux. À soixante ans, se dit-il, je vais encore être en train de chercher un moyen de lutter pour un minimum d'indépendance. Robert a raison. Autant fabriquer des meubles. Au moins on a la liberté de choisir la couleur de la peinture qu'on va utiliser, à condition, bien entendu, qu'on parvienne à trouver ce qu'on veut au marché noir. C'est quand même plus simple que d'écrire des articles qui, une fois publiés, ne sont qu'un ramassis de lieux communs. Il faut que j'en parle à Marek.

Mais quand ils arrivent à leur appartement, ils constatent qu'il est vide. Marek n'est pas encore rentré.

– Couchons nous vite, dit Helena, j'ai une grosse journée demain et je tombe de sommeil.

Ils se déshabillent et se retrouvent au lit, l'un à côté de l'autre, mais André ne parvient pas à s'endormir. Allongé sur le dos, il reste longtemps ainsi, à attendre le sommeil et il éprouve du ressentiment à l'égard d'Helena qui dort à poings fermés.

* * *

Il fait froid. Le matin même on annonçait que la neige tomberait dans la soirée, mais le bulletin météorologique de Radio-Varsovie a eu tort une fois de plus. Au lieu de la neige, il y a ce froid sec et ce vent qui pénètre dans les maisons par des interstices, des cadres des fenêtres et des portes. Razowa, couchée dans son lit de fer, ne parvient pas à se réchauffer. Elle a beau se couvrir avec tout ce qui lui tombe sous la main, manteau, veste et fichu, elle grelotte toujours. Je dois avoir de la fièvre, pense-t-elle. Vais-je crever toute seule ici, dans ce trou ?

Un rat, plus courageux que les autres, fait du bruit dans un coin. La lumière a beau être allumée toute la nuit, elles ont tellement faim ces horribles bêtes, qu'elles ne se gênent plus.

Mon Dieu ! si seulement je pouvais savoir, avant de mourir, ce que sont devenus mes fils, prie la vieille femme. Vierge Marie, faites qu'on me réponde de la Croix-Rouge ou d'ailleurs. À l'heure qu'il est, ils sont certainement morts, mais je voudrais au moins savoir où est leur tombe. De ses mains engourdies, Razowa prend le calendrier sur lequel elle note ses ventes de journaux.

– Janvier 1968, lit-elle à haute voix. Ça fait combien d'années que la guerre est finie ?

Elle essaie de compter, s'embrouille, puis recommence. Ses pieds sont complètement insensibles à présent et elle a beau les frotter l'un contre l'autre elle ne sent rien. Appeler à l'aide ? Mais oui, son téléphone est là, sur le mur. Elle a été si fière quand ils l'ont installé et puis peu à peu elle a fini par comprendre qu'il ne peut pas lui servir à grand-chose. Les quelques personnes qu'elle connaît, comme ces Stanowski par exemple, n'ont pas de téléphone. Pourtant, la femme viendrait tout de suite si elle savait que Razowa est malade. Son appareil lui sert à quoi au juste ? À composer le numéro de l'UB et à avoir au bout du fil la voix froide d'un inconnu.

– Votre numéro, camarade. C'est bon. Je note. Qu'avez-vous à communiquer ?

C'est cela qu'elle entendra au bout du fil. Des phrases courtes, la rituelle identification et le renseignement qu'elle leur apporte. C'est à se demander s'ils la considèrent seulement comme un être humain ou comme un numéro qui correspond à un compte où on verse mensuellement le montant qu'on lui doit en échange de ses services. Le calendrier glisse entre ses doigts. Voici à présent ses bras qui s'engourdissent. Cela ne fait pas mal, bien au contraire. Razowa éprouve une étrange sensation de paix qui l'envahit. Il y a juste le bruit que fait le rat qui la dérange et puis une sonnerie lointaine. Est-ce le téléphone, ou les clochettes d'une carriole ? Mais non, ce n'est pas possible, il n'y a plus de carrioles à Saska Kepa. Autrefois, quand elle était jeune encore, à la campagne, elle partait avec ses parents en traîneau. On attelait le cheval, on s'habillait chaudement et on allait à l'église pour la messe de minuit.

— Dieu tout puissant ! pardonne-moi mes péchés !

Les lèvres de Razowa remuent très légèrement puis s'immobilisent.

Dans le silence de la chambre, il y a un grand soupir, une sorte de détente heureuse, comme un spasme de bonheur, ou de plaisir, puis plus rien. Razowa a cessé de respirer et le rat, dans son coin, comme s'il avait senti la mort, a cessé de gratter. Il n'y a plus que le téléphone qui continue de sonner...

À l'autre bout du fil Kazik raccroche l'écouteur. Il est curieux que Razowa ne réponde pas, pense-t-il. À cette heure-là elle devrait être chez elle. Tant pis, il faut que j'aille la voir avec cette lettre. Elle va être contente, la pauvre vieille. Ses deux fils sont vivants et habitent à Lvov. Quelle ironie du sort quand même ! Il a fallu vingt-trois ans pour les retrouver dans une ville qui fut autrefois à nous et qui est désormais occupée par nos augustes amis. Ils n'apprendront jamais, les *Vanias*, à avoir un peu de respect pour leurs citoyens. Pour eux l'individu ne compte pas, n'a jamais compté et ne comptera jamais. Tsaristes, bolchevistes, communistes, socialistes, peu importe ! Du tsar Nicolas 1er à Lénine, Staline ou Khrouchtchev, la tradition reste la même. Je vais lui obtenir un passeport et un visa pour Lvov, se dit Kazik. Je lui dois bien ça à cette pauvre femme.

Kazik range ses dossiers, sort, répond machinalement au salut des gardes et se retrouve dans la petite cour où il stationne sa voiture. Il perd quelques minutes à introduire la clé dans la serrure qui est gelée, éprouve une légère angoisse à l'idée qu'elle ne cédera pas, finalement parvient à l'ouvrir et monte. Les essuie-glaces ne marchent pas et cela l'énerve. Impossible de trouver des pièces de rechange. Il a tout essayé, y compris un atelier privé dont il connaît le propriétaire. Le mois prochain, je vais faire un voyage à Prague, se promet-il. Là-bas, j'aurai certainement ce qu'il me faut. Ils sont beaucoup mieux équipés et organisés que nous.

Sur le pont, il est obligé de s'arrêter et d'essuyer

son pare-brise avec sa manche parce qu'il a perdu ses gants et qu'il n'a pas réussi à acheter une autre paire à sa taille. Dans les magasins on vent des gants blancs quand les gens ont besoin de gants d'hiver ; une vraie farce ! À Saska Kepa il tourne à droite et s'arrête devant la maison où habite Razowa. Il y a peu de passants dans la rue et il place sa voiture tout près du lampadaire. Il ne tient pas à la retrouver avec des roues démontées et un réservoir d'essence vide. Cela lui est déjà arrivé une fois. Un vrai désastre. Les gens ne se gênent pas pour voler ce qu'ils peuvent et où ils peuvent.

Je vieillis se dit Kazik. Je prévois constamment le pire. C'est parfaitement stupide. Je devrais me marier et cesser de vivre seul. Car pour être seul, je suis seul. Helena... Eh, oui ! Helena ! Elle n'a pas voulu de moi. Elle a préféré ce petit journaliste, obsédé par la culture française. Cet André qui s'imagine qu'il transforme le monde parce qu'il parvient à faire des entrevues avec les directeurs d'entreprise d'État qui lui racontent des balivernes, mais lui donnent l'illusion qu'ils travaillent et qu'ils s'efforcent de rendre rentables des usines qui chroniquement fonctionnent à un rythme réduit. Forcément on manque de matières premières et en plus les ouvriers ne veulent pas se tuer à l'ouvrage. Autrefois, ils avaient peur, maintenant ils se moquent de tout et comme ils gagnent des salaires de misère, ils volent à qui mieux mieux. Ça, André Solin ne le raconte pas dans ses brillants reportages. Le sait-il seulement ?

Il faut que je voie Marek la semaine prochaine. Je vais passer chez eux.

Kazik ne tient pas à s'avouer qu'en fait, il cherche une occasion pour revoir Helena, car Marek travaille à Radio-Varsovie où il lui a obtenu une place et il n'a pas besoin de lui pour le moment. Je devrais quand même l'aider à trouver un logement, se dit Kazik, cela doit être difficile pour Helena de vivre à trois dans la même chambre.

Dans l'escalier, il essaie d'allumer la minuterie, mais comme elle ne fonctionne pas, il utilise son briquet tout en montant les marches aussi vite qu'il le peut. Le voilà devant la porte de Razowa. Il frappe une fois, deux fois ; pas de réponse. Il essaie de tourner la poignée, mais c'est fermé. Tant pis, se dit-il, en descendant. Je vais lui téléphoner demain. Sa montre indique huit heures du soir, les Stanowski ont l'habitude de se coucher plus tard que cela ; bonne occasion de leur rendre visite. Kazik remonte dans sa voiture et repart ragaillardi à l'idée de retrouver Robert et Irena.

Il a de la chance. Ils sont là, en train de bavarder avec Inka qui tricote un pull-over.

— J'ai apporté une bonne bouteille, dit Kazik en entrant. J'espère que je ne vous dérange pas.

Kazik a toujours quelques bouteilles dans le coffre de sa voiture pour le cas où il lui arriverait d'aller quelque part à l'improviste, ou encore où il lui faudrait récompenser quelqu'un pour un service rendu. Il n'aime pas arriver chez les gens les mains vides et il déteste devoir quelque chose aux rares individus qui ont l'occasion de l'aider à régler plus rapidement une formalité ou un achat.

— Je vais faire du thé, dit Irena. Il y a aussi du gâteau. Tu arrives à pic.

— Cela fait longtemps qu'on ne t'a pas vu, renchérit Robert. Tu sais que tes visites nous manquent ? Non, ne ris pas, c'est parfaitement vrai, ma parole.

Inka prend le manteau de Kazik, le suspend, approche une chaise pour qu'il puisse s'asseoir à côté du fauteuil de son père et lui offre son sourire radieux, si semblable à celui d'Helena que Kazik éprouve un serrement de cœur.

— Comment ça va ?

— Oh ! dit Kazik, ça va. Je travaille beaucoup, je n'ai pas de loisirs, et j'essaie de m'organiser des vacances en Hongrie, au bord du lac Balaton.

— Bonne idée, c'est une région magnifique, approuve Irena avec une pointe d'envie.

— Voulez-vous que je vous emmène avec moi, propose Kazik sans trop réfléchir. Ma voiture est assez grande pour nous quatre. Qu'en dites-vous ? Je connais une petite maison, perdue dans les arbres que nous pourrions avoir pour le mois de juillet. Cela vous irait-il ?

— Et tes parents dit Robert.

– Mes parents sont partis, constate Kazik avec une certaine gêne.

– Comment, partis ?

– Eh oui ! une histoire assez incroyable. Ma mère avait un cousin qui vivait en Amérique avant la guerre. Il s'est marié et il s'est installé près de Pittsburgh. Il a écrit à plusieurs reprises et envoyé des colis pour les fêtes et puis il a offert deux billets à mes parents. Ils ne voulaient pas faire un pareil voyage, mais j'ai insisté. Pensez donc, c'est la première fois qu'ils prenaient l'avion. Ce fut toute une aventure que de les forcer à monter et à partir. Mon père est à la retraite et ma mère a cessé de travailler, alors vraiment c'était pour eux une occasion unique. En principe, ils doivent revenir cet été mais, d'après leurs lettres, il semble qu'ils vont prolonger un peu leur séjour.

– Tu dois te sentir bien seul, constate gentiment Inka.

– Mais voyons, petite, je ne suis pas comme toi, une toute jeune fille douce et fragile, mais un vieux monsieur. J'ai trente six ans, ma jolie. À cet âge-là on aime mener une existence de célibataire.

Et comme de bien entendu, pense Irena, son ivrogne de père a eu le passeport, le visa et le reste, tandis que moi et Robert nous avons demandé en vain nos passeports : on voulait juste aller en Yougoslavie et même cela n'a pas marché. Voyons donc, avec notre passé bourgeois, on préfère nous garder bien au chaud au pays plutôt que de nous laisser sortir. La charmante sollicitude de notre cher Gomulka et de sa clique. Pourtant, j'étais invitée à donner deux concerts à Belgrade et cela aurait été si merveilleux de jouer sur une vraie scène, dans une vraie salle remplie par un public étranger, certainement différent du nôtre.

– Dis donc Inka, propose Kazik en avalant son thé, tu n'aurais pas envie d'aller au théâtre avec moi ? J'ai justement deux billets pour les *Aïeux* de Mickiewicz. Je comprends que c'est une pièce très classique que tu as apprise sans doute par cœur à l'école, mais on dit que la mise en scène est formidable. Qu'en penses-tu ?

– Cela dépend quel soir. J'ai beaucoup de travail à l'université de ce temps-ci.

– Qu'est-ce que tu étudies ?

– Je fais une année de biologie et ensuite je vais faire l'école d'agronomie.

– Mademoiselle va être ingénieur agronome dans un PGR, ou propriétaire terrien ?

Ils se mettent à rire tous les quatre, puis Kazik convient avec Inka qu'il viendra la chercher samedi prochain.

– On ira manger au restaurant très tôt et ensuite on verra la pièce, promet Kazik pendant qu'Inka, toute rouge de plaisir, lui tend son manteau.

8

Les temps nouveaux

Inka a l'impression de flotter. Le vin lui a monté à la tête sans doute, et puis il est si gentil, Kazik. Personne ne l'a invitée jusqu'à présent dans un grand restaurant, où les nappes sont blanches, les verres en cristal et les serveurs plus que polis. Autrefois, à Cracovie, le tonton Andrzej avait l'habitude de l'emmener chez *Wierzynek*, quand elle avait un bon bulletin. Mais il y a si longtemps qu'elle a presque oublié le goût du vin et surtout cette atmosphère de joie et de fête. Le confort, la détente, l'insouciance, tout ce que le tonton Andrzej savait créer avec des riens et qu'elle n'a jamais pleinement retrouvé jusqu'à ce soir. Et puis quand ils entraient avec tonton Andrzej, les gens ne se retournaient pas sur son passage, tandis que maintenant on la regarde et elle se sait belle dans sa robe neuve fabriquée par Irena spécialement pour cette occasion.

– As-tu bien connu le tonton Andrzej demande Inka à Kazik ?

– Oui, c'était un homme extraordinaire, mais malheureusement, il était juif et cela n'est pas facile chez nous.

313

– Oh ! tu sais, même le curé Marianski le trouvait fantastique et quand il en parle c'est toujours avec un certain respect. Cela fait longtemps que j'ai cessé de considérer qu'il faut se méfier des Juifs parce qu'ils ont crucifié le Christ. Après tout ce qu'il leur est arrivé pendant la guerre, ils ont payé pour les générations passées et à venir. Tu ne penses pas ?

– Oh ! tu sais, moi je m'en fous de toutes les religions du monde et je ne crois pas que les races ont une importance. Il y a des noirs, des jaunes et des blancs, mais fondamentalement, il y a des humains, des animaux et des plantes. Chez nous, ce sont les imbéciles et les brutes qui soufflent à dessein dans la trompette des antisémites. Cela permet de mieux oublier certaines vérités. Oh ! et puis, laisse... J'aimerais mieux parler d'autre chose.

Dans son équipe, Kazik a un informateur qui se plaît à traquer systématiquement les Juifs et cela l'énerve. Il faudrait le mettre dehors, mais ce n'est pas facile. Chaque fois qu'il lui fait observer que cela ne l'intéresse pas et qu'il perd son temps, il lui répond qu'après tout les services d'agents à l'époque de Staline comprenaient plusieurs Juifs polonais formés, nourris et endoctrinés à Moscou. Vrai ou faux, peu importe ! Le passé est mort.

– Sais-tu, dit lentement Kazik, je crois qu'on devrait tous perdre la mémoire. Avoir une sorte d'amnésie collective. À quoi cela sert-il de ressasser indéfiniment les vieilles histoires, les haines, les crimes et les drames ?

– Moi aussi, j'en ai assez, acquiesce Inka, d'entendre parler de la guerre, du maquis, des camps et de l'insurrection de Varsovie. Mais les parents aiment évoquer les souvenirs et quand Helena vient, ils sont capables de passer une soirée à ne discuter que de cela. Moi, quand je vais au cinéma je préfère voir un film américain, quand il y en a, ce qui est plutôt rare. Ils montrent des belles maisons, des salles de bains de rêve et des jolies robes, mais les parents se précipitent dès qu'il y a un film de guerre. Chaque année on va aussi au cimetière pour participer à la manifestation en l'honneur des morts de l'insurrection. Ce défilé, avec des petites lumières qu'on tient dans sa main, est morbide. Je veux danser, rire, vivre, avoir des belles choses. Je veux aller me promener à la campagne, courir, faire du ski à Zakopane et partir en kayak sur la Vistule en été. Je veux aller au bord de la Baltique parce que je n'ai jamais vu la mer de ma vie, et je veux faire des voyages à l'étranger. Maman dit que je suis égoïste.

— Tu n'es pas égoïste, murmure Kazik qui, le vin aidant, prend sa main entre les siennes, tu es délicieusement jeune, fraîche et belle.

Inka ressent un trouble étrange quand il glisse son bras sous le sien dans la rue. Il me préfère à Helena pense-t-elle. Pourtant je suis bien moins jolie qu'elle. Helena a été stupide de ne pas épouser Kazik. Il est beaucoup plus séduisant qu'André.

Le théâtre est plein de monde, mais d'un geste Kazik écarte les gens qui attendent et l'emmène tout au bout de la grande salle, l'installe dans la première rangée, s'occupe de son manteau et de son manchon et finalement s'assoit à côté d'elle. Inka se sent comme une princesse. L'année passée à l'usine a été particulièrement pénible. Elle n'a pas réussi à se faire accepter. Les ouvrières ne lui parlaient pas et la surveillante la traitait comme un être à part. Une sorte d'intruse. Inka arrivait et partait seule et, même pendant la pause de midi, elle restait isolée dans son coin. Depuis qu'elle est à l'université, cela va mieux, mais elle a eu tort de raconter qu'elle a fait son stage ouvrier, tel que prévu par les règlements. La plupart de ses camarades ont réussi à l'éviter d'une manière ou d'une autre, et ils la considèrent comme une sorte de paria. Inka a beau prétendre qu'elle tenait à vivre cette expérience, personne ne la croit et on la prend plutôt pour une idiote qui ne sait pas se débrouiller.

Les lumières clignotent et le silence se fait peu avant le lever du rideau. Puis la lourde draperie de velours rouge s'écarte et le cœur d'Inka se serre comme toujours quand elle croit vivre un grand moment. Kazik prend sa main dans les siennes. C'est très agréable et très doux. Pour lui, je ne suis pas une toute jeune fille à peine sortie de l'enfance, mais une femme, pense Inka avec beaucoup de plaisir.

— *Ciemno wszedzie, glucho wszedzie, co to bedzie ?*

*co to bedzie ?** scandent les chœurs. Combien de fois n'a-t-elle pas récité ces vers à l'école, mais petit à petit elle se laisse emporter par l'atmosphère qui règne dans la foule. Une sorte de tension. On a vraiment l'illusion que quelque chose de terrible va se produire. À l'entracte, les gens se répandent dans le foyer où ils forment des groupes et discutent. Il y a beaucoup d'étudiants.

– C'est une pièce redevenue actuelle, dit un jeune homme à Kazik. À l'époque, il s'agissait de la Russie des tsars, mais l'impérialisme soviétique ressemble à l'autre comme un frère jumeau. Kazik ne le présente pas à Inka et s'empresse de le quitter. D'un geste nerveux, il allume une cigarette.

– Ça ne va pas ? demande Inka.

– Mais non, qu'est-ce que tu vas chercher ?

Après le deuxième acte, cependant, le public applaudit debout. Cela ressemble davantage à une manifestation qu'à l'enthousiasme des spectateurs à l'égard d'une œuvre d'art. À la fin de la représentation, c'est encore plus évident. Les gens hurlent et applaudissent de toutes leurs forces. Quelqu'un, dans le fond de la salle, se met à crier : « La liberté, la liberté, à bas les *Vanias* et les ordres de Moscou ! »

D'un geste brusque, Kazik entraîne Inka vers la petite sortie à côté de la scène. Il la fait passer par un couloir où ils croisent des acteurs qui n'ont pas eu encore le temps d'enlever leurs costumes. Un employé leur ouvre une porte et ils parviennent à sortir sans rencontrer personne.

– Ce n'est pas possible, murmure Kazik. Ils sont prêts à interdire les représentations. Ça peut mal tourner !

Sur le chemin du retour, Kazik conduit vite et ne desserre pas les dents, mais au moment où il quitte Inka devant la maison qu'elle habite, il l'embrasse brusquement sur la bouche. C'est une sensation délicieuse. Personne ne l'a encore embrassée ainsi et Inka chavire dans ses bras.

---

* Il fait nuit partout, tout est silence, qu'est-ce qui va arriver ? qu'est-ce qui va arriver ?

– Je reviendrai, dit Kazik d'une voix sourde. Si tu veux de moi, je reviendrai te chercher.

– Je t'attendrai répond tout simplement Inka. Je t'attendrai tout le temps qu'il faudra.

Irena et Robert sont déjà couchés. Inka se glisse dans sa petite chambre sans faire de bruit. C'est donc cela l'amour, pense-t-elle. C'est aussi simple et aussi merveilleux que cela. Il est beau Kazik et il m'aime. Je vais me marier comme Helena, j'aurai mon appartement à moi et il ne sera pas composé d'une seule pièce, où il me faudra craindre constamment que la coopérative de logements découvre qu'il s'agit d'une sous-location illégale. Avec Kazik, j'aurai un vrai appartement, bien à nous et j'irai faire du ski à Zakopane pour les Fêtes.

Inka se déshabille en prenant soin de ne pas froisser sa robe, puis se glisse sous les couvertures. Jamais encore elle n'a éprouvé autant de plaisir à sentir les draps frais sur son corps nu et cela lui donne l'impression qu'elle a vraiment trouvé l'amour et le bonheur qu'il doit sûrement lui apporter.

* * *

Tout se passe très vite. Les étudiants rassemblés dans la salle se mettent à crier, tandis que les miliciens et les hommes en civil, les tueurs d'ORMO avancent dans la foule et frappent avec leurs bâtons. Inka tombe et ne parvient pas à se relever. Quelqu'un la pousse du pied, quelqu'un la soulève, et finalement elle se retrouve dans la camionnette noire pleine de monde ; la camionnette des forces de l'ordre.

La manifestation a commencé peu après le cours. Ils ont lu le manifeste et ils ont voté pour une lettre de protestation contre la fermeture du théâtre qui donnait les *Aïeux* de Mickiewicz. Cela se préparait depuis un certain temps déjà. On en discutait entre étudiants et aussi avec certains professeurs dans les corridors et dans les salles de cours. Mais personne ne pouvait prévoir que la milice allait intervenir. Il s'agissait après tout d'une protestation pacifique. Et maintenant dans cette horrible camionnette Inka entend les cris de la foule.

« Jeunesse dorée, salauds, Juifs, vendus », hurlent des hommes en bleus de travail.

Un de ses camarades parvient à se redresser et à ramper jusqu'à la porte largement ouverte encore, en arrière du véhicule de milice. Il sort de sa poche une poignée de *groszy** et les lance dans la direction des gens qui se tiennent de l'autre côté des grilles du campus.

« Prolétaires, mendiants, esclaves, hurle-t-il, recevez l'aumône et fermez vos gueules de soûlards ! »

Un milicien le frappe avec la crosse de son revolver. Le jeune homme tombe à la renverse et se met à saigner de la bouche. Au même moment les portes se ferment et la camionnette démarre. À l'intérieur les étudiants serrés les uns contre les autres se taisent, tandis que le jeune homme blessé geint doucement. Le trajet semble à Inka atrocement long. Finalement la camionnette s'arrête. Ils descendent entourés de miliciens qui crachent par terre sur leur passage. Ensuite c'est l'ombre d'un corridor, de grandes portes en fer qui s'ouvrent, des gardiens et des femmes en uniforme. On retient les garçons, tandis que les filles continuent à avancer, poussées par des hommes, revolver au poing.

– Déshabille-toi, dit à Inka une femme en uniforme.

Dieu ! que cela peut être humiliant d'enlever ses vêtements devant toutes les autres, de sentir les mains de la femme sur son corps, d'être obligée d'effectuer des mouvements spécifiques pour montrer qu'on ne cache rien entre les jambes, dans la bouche, sous la langue, sous les bras. Inka tremble de la tête aux pieds et serre les dents pour ne pas se mettre à sangloter. À côté d'elle une de ses camarades profère des injures. Cela les confirme dans l'idée que leur cause est juste et qu'elles sont victimes de la milice, cette bande de salauds et de brutes. Inka redresse la tête. On leur jette des vêtements, sortes de tabliers fermés, qu'elles sont obligées d'enfiler. Inka voit ses camarades affublées de cet uniforme et aussitôt presque méconnaissables. Il n'y a plus d'étudiantes. Ils les ont transformées en détenues avant de les enfermer dans la grande cellule commune, où elles sont reçues par des rires et des quolibets. Les condamnées de droit commun s'amusent de l'arrivée de

---

* La plus petite unité monétaire polonaise.

ces « demoiselles » qui ignorent tout du folklore carcéral.

— Tenez, voici les princesses, crie l'une d'elles, les filles qui étudient et qui se pensent intelligentes. Jeunesse dorée ! Enfants de putes du régime ! Vendues ! Bourgeoisie rouge ! Salopes !

Les épithètes pleuvent. Mon Dieu ! pense Inka, et les parents qui m'attendent et qui s'inquiètent. Comment vais-je les prévenir ? Ils ne diront rien dans les journaux et à la radio. Personne ne saura où nous sommes. Ils peuvent nous garder comme ça pendant des mois avant que quelqu'un parvienne à le raconter de bouche à oreille. Ce n'est pas possible ! Je ne vais pas rester enfermée ici avec ces prostituées et ces folles !

Inka se fraye un passage jusqu'aux barreaux, à travers lesquels on voit les gardes qui se tiennent de l'autre côté.

— Ouvrez-moi, hurle-t-elle. Ouvrez-moi !

Elle glisse ses doigts entre les barreaux, saisit le bout de la manche d'un des gardes et tire de toutes ses forces. L'homme se retourne et frappe sa main avec la crosse de son arme. La douleur est telle qu'Inka chavire. Derrière elle quelqu'un se met à réclamer à grands cris un médecin. Sa main pend drôlement et des gouttes rouges dégoulinent sur son tablier. Inka réalise qu'elle saigne et perd connaissance.

* * *

— Il faut se lever, petite.

Inka ouvre les yeux. Au-dessus d'elle il y a le visage de Magda, son bon sourire, ses bajoues roses. Le soleil entre par la fenêtre. Dehors c'est la fraîcheur du matin.

— Est-ce qu'il est tard, Magda ?

— Plus de six heures.

Inka saute sur ses pieds. Elle a l'air très jeune ainsi, dans sa longue chemise en toile blanche.

— Je vais être prête en dix minutes et je vais aller m'occuper des poules, dit-elle. Je m'excuse de dormir comme ça, comme une marmotte.

Cela fait deux mois qu'Inka travaille avec Magda et elle va y rester jusqu'à l'hiver. Ensuite on verra. Après ce qui est arrivé elle n'a plus aucune envie de retourner en ville.

Il y a eu tout d'abord les longues journées passées à l'infirmerie où il a fallu mettre sa main dans le plâtre, parce que le garde lui avait cassé deux doigts. C'est là que Kazik est venu la voir. Il a été très gentil, mais lointain et comme impersonnel. Il lui a apporté du fromage blanc et du miel, et il lui a promis qu'elle sortirait bientôt. Il a tenu parole, Kazik. Inka n'est pas retournée dans la cellule. Tout simplement un matin on l'a appelée. La femme en uniforme lui a jeté ses vêtements et lui a ordonné de se changer. Ensuite, des gardes l'ont emmenée dans une autre pièce où elle a signé des papiers qu'elle a négligé de lire, et finalement elle s'est retrouvée dans la cour. C'est là que Kazik l'attendait dans sa voiture. Il était ému.

— Je ne peux pas rester à Varsovie, lui a-t-il dit. Je pars ce soir pour Prague. Je vais te reconduire chez tes parents. Ils t'attendent. Oh ! comme ils t'attendent ! Helena va te soigner et Maria Solin aussi. Tu verras, tout va s'arranger. Mon pauvre petit, ce que tu peux être pâle !

Dès qu'ils ont franchi les barrières, dès qu'ils se sont retrouvés de l'autre côté des murs de la prison, il l'a prise dans ses bras, mais il ne l'a pas embrassée. Tout en conduisant d'une main, il la berce comme une petite fille. Ce fut très doux, très tendre, et Inka a pleuré. À la maison, Robert et Irena sont sortis dans la rue pour la revoir plus vite. Ils l'ont littéralement portée à l'intérieur.

Helena aussi a été très bonne. Pour ne pas l'obliger à aller à l'hôpital, elle est venue très souvent l'examiner. Elle craignait que le plâtre ait été mal posé à l'infirmerie de la prison, mais quand finalement on a pu l'enlever, Inka a retrouvé presque aussitôt l'usage de sa main. Après ces mois d'angoisse, elle a été follement heureuse de pouvoir se servir à nouveau de ses doigts, mais sa joie n'a pas duré. Le verdict lui a été signifié à la fin d'avril : rayée des effectifs de l'université. Décision définitive et sans appel. Finis les études, les rêves ; toute cette vision de l'avenir qui était sienne s'est évanouie par la volonté de quelques juges anonymes.

— Tu n'es pas la seule, disait Irena pour essayer de la consoler. Plusieurs étudiants ont été renvoyés. Wlodek a été mis à la porte de l'Institut de l'économie agricole et pour lui c'est encore plus grave. C'est un homme et il est beaucoup plus vieux que toi. Il a l'âge d'Helena. Il a commencé ses études très tard, et maintenant il n'a plus aucune chance de les reprendre. Tandis que pour toi c'est encore possible. On ne sait jamais. Les choses peuvent changer. Après tout, les soldats de l'Armée du Pays condamnés par coutumace à l'époque de Staline ont bénéficié d'une amnistie plus tard. À plus forte raison on finira certainement par exonérer un jour les étudiants qui ont manifesté.

— Voyons, ma petite fille, disait Robert. Un peu de courage. Pense donc aux professeurs. Plusieurs ont été rayés des cadres. Pour eux c'est encore pire que pour vous. Ce sont des gens d'un certain âge, qui ont dû étudier pendant plusieurs années pour faire leur doctorat et pour obtenir leur chaire. Ils ont perdu le droit d'enseigner. Ils doivent recommencer à zéro. On leur a tout pris ; même les appartements qu'ils occupaient en tant que professeurs d'université. Non seulement ils n'ont plus de statut, mais on va les empêcher sans doute de publier leurs travaux. Certains, tout du moins. Toi, tu es jeune et tu peux espérer ; tandis que pour un professeur c'est l'échec de toute une existence.

C'est certainement vrai, pense Inka, mais cela ne m'aide pas de savoir que ma situation est avantageuse par comparaison avec celle de mon professeur de biologie, qui a soixante ans et approche de la retraite.

— Regarde-moi, ajoutait Irena. Je n'ai pas de diplômes et pourtant je ne suis pas plus stupide qu'une autre. Les femmes peuvent se débrouiller autrement.

Les femmes de ta génération, mais pas de la mienne, se disait Inka, sans oser le formuler pour ne pas lui faire de peine. À la fin, Robert avait choisi de se taire. Il travaillait le bois, polissait ses meubles et s'efforçait de ne plus discuter, mais il avait fait pour Inka une charmante petite sculpture. Elle représentait la *Sirène* de Varsovie, symbole de la gloire passée et de la liberté. Au moment où elle le remerciait en l'embrassant, il lui avait murmuré à l'oreille :

– Tu verras, pour nous il est trop tard, mais toi tu nous vengeras un jour !

Inka était entourée, dorlotée et soignée, mais elle avait senti très bien qu'ils ne pouvaient pas la comprendre. Pour eux le fait qu'elle perde quelques années à son âge n'était pas dramatique. Et puis être chassée de l'université n'est pas comparable avec des drames tels que la guerre, la défaite, l'insurrection et la destruction de Varsovie.

– Conflit de générations, avait conclu André, qui était venu l'interviewer sur les manifestations telles qu'elle les avait vécues. Mais là encore ce fut un échec. André savait beaucoup mieux qu'Inka comment tout cela s'était déroulé, elle qui n'avait même pas eu le temps de comprendre ce qui lui arrivait quand la milice était entrée dans la salle et avait commencé à les brutaliser. Malgré tout, André avait essayé de publier son témoignage, mais il n'avait pas obtenu le visa de la censure.

Marek est venu également à quelques reprises et s'est attardé à lui poser une foule de questions.

– Quelle stupidité que toute cette histoire, a-t-il conclu sur le ton d'un préfet de discipline. Franchement, vous les jeunes, vous n'avez aucun sens des réalités historiques. Vous avez eu ce que vous méritiez. Un pareil manque de discipline et de respect d'autorité ne peut être toléré dans un pays qui, comme le nôtre, est une démocratie populaire. L'Occident faisandé avec sa fausse démocratie peut se permettre cela, mais pas nous qui sommes en train de construire un avenir meilleur.

Robert l'avait observé en silence, puis avait prétexté un mal de tête. Une fois Marek parti, il s'était senti mieux et avait annoncé à Irena et Inka qu'il ne voulait plus le voir à la maison.

– Il est communiste, je veux bien le croire, mais en même temps il a quelque chose d'un provocateur et je n'aime pas du tout ça. Je préfère écouter ses reportages à la radio que de le recevoir chez moi.

Kazik pour sa part ne s'est pas montré. Inka a juste reçu de lui une carte de Prague. Une très belle carte postale qu'elle a gardée précieusement dans le tiroir de la table de nuit faite par Robert. Et puis Inka a commencé à se sentir de plus en plus faible. Helena avait beau lui donner des vitamines, Inka dormait, pleurait et dormait encore. Cela a duré deux semaines et, à la mi-juin, ils ont décidé de la conduire à Celestynow. Depuis qu'elle est arrivée chez Magda, cela va mieux. Il y a eu tout d'abord Wlodek, aussi déçu et malheureux qu'elle, mais prêt à agir. Poussé par sa mère, il a fait appel auprès du ZWM, l'Association des jeunesse rurales, dont il fait partie depuis sa fondation en 1957. Il y a donc une lueur d'espoir de ce côté-là et puis chez Magda on ne discute pas ; on travaille. Elle a besoin de bras dans les champs et c'est à peine si Inka parvient à s'échapper de temps en temps pour aller chez le curé Marianski.

Inka pense à tout cela en s'occupant des poules qui piaillent à qui mieux mieux. Il fait beau et chaud. Avec précaution elle cherche les œufs, les place dans le panier, puis les rapporte à la maison. Magda sera contente, il y en a plus que d'ordinaire et cela rend Inka toute joyeuse.

— Dieu ! ce que la vie peut être simple, dit-elle à Wlodek qui est justement en train d'attcler le cheval dans la cour. Mais Wlodek n'est pas de bonne humeur.

— Parle pour toi. Ce n'est pas toi qui es obligée d'assister aux réunions du conseil régional et de les entendre nous annoncer sur tous les tons que tôt ou tard on va nationaliser les exploitations privées parce que la production n'est pas suffisante. Comme si on pouvait faire plus sur ces terres sablonneuses sans engrais. Et puis avec ce qu'ils nous paient on ne peut même pas acheter des grains, sans parler des machines. Tout cela n'est pas ton problème, mais le mien. Sais-tu, je songe sérieusement à aller cet automne travailler sur les chantiers. Au moins je rapporterai un peu d'argent et je verrai autre chose que les éternelles réunions qu'on nous organise pour nous informer que, l'année prochaine, tout ira certainement moins bien que jusqu'à présent. C'est à désespérer. Allez, autant se cracher dans les mains et ne plus penser. Il faut qu'on ramasse les salades et les navets et qu'on les livre aujourd'hui même à la coopérative. Viens-tu m'aider ?

— Je dépose le panier et j'arrive.

C'est tout juste si Inka parvient à montrer les œufs à Magda, et déjà elle repart en courant. Wlodek n'aime pas attendre. Il a raison. Magda a trois champs, très éloignés l'un de l'autre, et le trajet leur fait perdre beaucoup de temps. Elle saute sur le siège et le cheval se met à avancer la tête baissée, tandis que Wlodek l'encourage.

– Va, Czarnula, va...

Sur la route les sabots du cheval frappent gaiement la chaussée, mais il y a ensuite un bout de chemin à faire qui n'est pas pavé, où les roues s'enfoncent dans le sable. Quand ils arrivent, la robe du cheval est luisante de sueur. Inka descend.

– Je vais te reprendre quand j'aurai terminé, dit Wlodek, mais dépêche-toi.

Inka se met à arracher les navets, à secouer la terre, puis à placer les grosses boules de navets sur le sac en jute qu'elle a étendu près du chemin. Le soleil chauffe et elle transpire. Alors comme il n'y a personne alentour, elle déboutonne son chemisier. Il est bon de travailler ainsi, bien que petit à petit la fatigue rende ses gestes moins rapides. À genoux, elle essaie de progresser systématiquement dans les rangées, mais son dos commence à lui faire mal. Je vais finir par m'y habituer, se dit Inka. C'est merveilleux d'être ici, au lieu de rester dans notre appartement à discuter avec Robert et Irena. Ils sont bien plus heureux seuls. Irena joue du piano et Robert doit être en train de repeindre les meubles qu'il a fabriqués avant mon départ. Parfois j'ai l'impression de les déranger, d'être de trop. Forcément, ils sont à l'étroit. Quand je partais le matin à l'université, cela allait bien, mais être tout le temps enfermés à trois dans cette pièce unique et dans ce réduit qui me sert de chambre, ce n'est pas facile. Et puis ici il y a Wlodek, Magda, la satisfaction d'être vraiment utile et les grands espaces des prairies, des champs et des sous-bois ombragés.

Peu avant midi, Wlodek revient. Cette fois-ci il semble content.

– Tu as fait du bon travail, dit-il en l'aidant à charger la carriole déjà à moitié pleine. Si tu veux, on va manger avant d'aller à la coopérative. La mère nous a préparé un petit panier.

Ils s'assoient par terre à côté de la charrette qui projette un peu d'ombre et Wlodek sort les provisions. Il y a du pain noir, du fromage et une bouteille d'eau. Pendant un instant ils mangent en silence, puis Wlodek boit au goulot, essuie le bord avec sa manche et passe la bouteille à Inka.

— Tu sais que sur la construction je peux gagner pas mal d'argent, dit-il. Et puis j'ai une offre. Un ami à moi veut m'emmener avec lui à Gdansk travailler dans les chantiers. Cela me tente beaucoup. Je n'ai jamais vu la mer... C'est bête à dire, mais tout dépend de toi. Si tu restes avec la mère je peux accepter. Si tu retournes à Varsovie, ça sera autre chose. Je ne veux pas qu'elle reste seule sur la terre. S'ils décident de nationaliser, les femmes seules seront les premières à se faire expulser de chez elles. Elle n'est pas jeune, la mère, et telle que la connais elle va attendre à la dernière minute avant de me prévenir. Tandis que toi, tu sauras où me trouver et dès que j'aurai de tes nouvelles je reviendrai. Tu comprends ? Et puis il faut qu'on l'aide. Parfois quand elle tire l'eau du puits, je l'entends soupirer. Elle n'a plus assez de force et elle veut continuer comme avant.

— Je vais y penser, dit lentement Inka. Vois-tu, revenir à Varsovie, cela ne me plaît pas beaucoup. Là-bas je me sens inutile, tandis qu'ici...

— L'hiver sera long et tu n'es pas habituée.

— Oh ! le curé Marianski va être content si je l'aide à donner des cours de catéchisme aux plus jeunes. Je trouverai peut-être aussi quelque chose au Comité régional. Pour le moment, ils ne sont pas prêts à me faire confiance à cause de ce qui est arrivé, mais à la longue cela se tassera. Ils manquent de gens pour faire du travail de bureau. J'ai appris à écrire à la machine... Sait-on jamais...

— C'est bon, on va en parler bientôt et je prendrai ma décision. Je ne veux pas te brusquer.

Inka enveloppe les restes du pain, et ils repartent sur le chemin sablonneux. Devant la coopérative, Wlodek parvient à placer la charrette d'une telle manière qu'ils passent les premiers.

– On ne décharge pas tout, dit-il à vois basse à Inka, on vendra le reste à Varsovie pour cinq fois plus. Laisse-moi faire. Si tu es fatiguée, repose-toi. Ils vont prendre plus de temps à peser les navets et à compter les salades, puis à nous payer, que nous n'en avons pris pour ramasser tout cela et le transporter. Heureusement que tu es là. Avec toi c'est plus gai...

Pour Wlodek, qui n'est pas très communicatif, c'est le plus beau des compliments et Inka s'allonge dans l'herbe avec un soupir d'aise. Là-haut, dans le ciel, les petits nuages passent les uns après les autres, en cachant le soleil. Devant la coopérative il y a des gens qui discutent, des charrettes, des chevaux et le bruit de la vieille balance rouillée qu'on a installée dehors, sous les fenêtres.

Kazik, pense Inka, où peut-il être maintenant ? Mais la question a désormais beaucoup moins d'importance qu'il y a quelques mois. Dans chaque muscle, dans chacun de ses membres, elle ressent une bonne fatigue et une sorte de langueur.

Qu'il est beau, ce pays ! pense-t-elle, avec une sorte de gratitude. Qu'il est bon d'y vivre malgré tout ! Demain je vais essayer de me renseigner au Comité régional de ce qu'il advient de la maison des parents et de la terre qui est restée en friche. Si jamais ils décidaient de me permettre de la cultiver, je m'y mettrais. Oh ! comme cela serait merveilleux d'avoir ce lopin de terre et un coin de leur ancienne maison. Il y a encore une section où les murs tiennent et où il y a même des fenêtres. Marek a annoncé qu'il viendra le dimanche. Je vais lui demander ce qu'il en pense. Il connaît beaucoup de monde, Marek, et il voudra peut-être nous aider. Papa a tort de le traiter comme un intrus. J'aime beaucoup ses émissions. Il a du talent. Il faudrait aussi en parler au curé Marianski. Il est de bon conseil. Magda m'a dit que je dois tout essayer et elle a certainement raison.

Quand Wlodek revient, agacé et nerveux, Inka saute sur ses pieds et l'interpelle joyeusement. Il lui rend son sourire et ils repartent sous les regards envieux des paysans qui parlementent avec l'inspecteur. Il est plus de six heures quand ils arrivent dans la cour où Magda les attend.

— Venez vite, dit-elle. Le curé Marianski a réparé le poste de radio. On va écouter les nouvelles avec lui.

Au presbytère, Tadeusz Marianski est installé à la cuisine en train de manipuler les boutons pour attraper l'émission de la BBC de Londres.

— Asseyez-vous, dit-il. Ça ne va pas bien à Prague, paraît-il. Et ne parlez pas. Ils brouillent les ondes et la réception est plus mauvaise que jamais.

Tout d'abord c'est une série de craquements, puis une voix, puis des craquements encore, puis finalement on commence à distinguer des mots. Ils sont aussi proches du poste que possible, coude contre coude, quand le speaker annonce distinctement :

— Les tanks soviétiques sont entrés à Prague. L'armée polonaise participe à l'action de pacification...

— Mon Dieu, murmure Magda, nos gars de chez nous, ce n'est pas possible !

— Chut ! proteste Wlodek, mais sa mère semble ne pas l'entendre. Elle recule, se laisse tomber sur une chaise, cache sa figure dans ses mains et se met à pleurer.

— Nos gars, nos soldats, notre armée, à Prague. Dieu tout puissant, quelle honte !

— Ils les ont forcés, dit Wlodek, ce n'est pas leur faute.

— Pourvu que les Soviétiques ne fassent pas autant de morts qu'à Budapest, en 1956, dit le curé Marianski. Allons prier à l'église. C'est tout ce qu'on peut faire pour eux.

Inka entoure de son bras les épaules de Magda. Kazik a envoyé une carte postale de Prague, pense-t-elle. Qu'est-ce qu'il peut bien faire là-bas ? Une étrange méfiance s'empare d'elle. Alors, pour ne pas être ingrate à l'égard de Kazik qui a toujours été si bon pour elle, Inka se met à genoux et essaie de prier...

* * *

— Tu ne viens pas avec nous ?

— Non, j'ai encore quelques bouts d'enregistrement à écouter.

– Lâcheur !

– Mais non, je ne vous fausse pas compagnie à tout jamais, ça sera pour la prochaine fois voilà tout.

Marek referme la porte derrière la joyeuse bande qui continue à discuter et à plaisanter dans le corridor, puis petit à petit les voix s'éloignent, le grand silence enveloppe les bureaux et les escaliers désormais vides, et Marek soupire d'aise. Enfin seul, face à son bureau, à ses papiers, à ses disques et à ses enregistrements ! Il aime ce moment, où il a l'impression de dominer le monde par le simple fait de travailler tard dans le grand édifice de Radio-Varsovie. Elle était très bonne son émission sur l'insurrection de Varsovie qu'il a enregistrée avec une camarade de passage et qu'on a diffusée ce soir sur les ondes. Que de souvenirs derrière tout cela ! Et puis, un fait agréable : elle n'a pas changé, Ula. Pourtant cela fait une éternité qu'ils ne se sont pas vus. Ils se sont connus enfants, Ula et lui. Ils habitaient la même rue et se fréquentaient beaucoup, leurs parents étant très amis. Le père d'Ula était avocat comme le sien et, pendant l'occupation, ils étaient dans la même formation du maquis et c'est ensemble qu'ils ont été arrêtés par la Gestapo, torturés et liquidés. Ils n'ont pas parlé et ils sont morts à Pawiak* lors de l'interrogatoire. Quand la Gestapo est venue les chercher, Ula et Marek étaient absents de la maison. Ils sont rentrés plus tard. Un concours de circonstances. Un hasard... C'est ainsi qu'ils se sont retrouvés orphelins, ne sachant trop où aller et que faire. Ula avait alors treize ans, Marek quatorze, et c'était la fin du mois de juillet de cette année 1944, qu'ils ne devaient jamais oublier ni l'un, ni l'autre. Leur commandant du maquis les logea dans des appartements clandestins, puis ce fut l'insurrection de Varsovie, la capitulation et le départ aux camps des prisonniers de guerre en Allemagne. Au moment de la libération, un an plus tard, Ula s'était retrouvée dans la zone occupée par les Alliés et, comme lui, était partie vers l'Ouest. Puis elle avait étudié à Paris pour se marier finalement avec un certain Dupont, ingénieur de son état. Ils ont vécu ensemble quelques années et ce fut le divorce. Blessée, perdue, Ula a essayé de remonter la

---

* À l'époque, célèbre prison de Varsovie.

marche du temps. Elle est revenue en arrière, vers son passé, vers ses racines, vers la Pologne. C'était son premier voyage à Varsovie depuis vingt-quatre ans. Dans sa chambre d'hôtel, elle a entendu Marek à la radio et elle est venue... Ils ont ri ensemble, ils ont été émus, ils sont allés manger dans un joli restaurant de la Vieille Ville et ils ont parlé.

— Te souviens-tu ?

Avec Ula, Marek a eu l'impression de retrouver son enfance, sa jeunesse, l'époque héroïque où tout paraissait simple, évident, limpide. Le monde était sinistre parce que les Boches étaient là, il suffisait cependant de les chasser, de reconquérir la Pologne libre et indépendante pour que l'avenir devienne lumineux.

— Et maintenant ? avait demandé Ula.

Non, Marek n'avait aucune envie de lui expliquer les réalités quotidiennes et ses propres doutes et certitudes. Alors il s'est enfermé avec elle dans un studio et il s'est amusé à lui faire raconter au micro leur expérience à tous les deux, l'occupation et la guerre.

Ula parlait facilement et il a pu faire un enregistrement de plus de deux heures, sans bavures ni corrections. Elle quittait Varsovie le lendemain et elle n'avait pu entendre l'émission. À l'aéroport elle était très triste. Pourtant à Paris l'attendait un bon poste, dans une agence de voyages, un appartement et même des amis. Marek ne lui a pas avoué qu'il vivote tant bien que mal en couchant chez André et Helena, dans une seule pièce, et en se réfugiant dans son bureau la nuit pour pouvoir écrire en paix. Il a voulu jouer au gagnant, à l'homme sûr de lui, les poches pleines d'argent, exerçant un métier formidable. Un reporter de Radio-Varsovie aimé du public, communiste convaincu construisant la Pologne socialiste, une sorte de meilleur des mondes.

— Oui, je suis communiste et j'ai ma carte du Parti, lui disait-il. C'est cela l'option. C'est cela l'avenir. Je veux aussi écrire, faire de grands reportages, devenir quelqu'un, et non pas gagner tout juste mon pain quotidien.

— Je t'envie, lui avait dit Ula en le quittant. Moi, je découvre chaque jour que la vie normale est plus difficile que le maquis. Je l'ai souvent répété à mon ex-mari, mais lui ne comprenait pas. Il ne pouvait pas réaliser ce que ces années d'occupation ont signifié pour nous ici, à Varsovie. Il était gentiment enfermé dans son collège en train d'apprendre le grec, le latin et le reste. Toi, tu es au diapason avec moi parce que nous avons nos souvenirs en commun, mais je m'adapte mal à la Pologne d'aujourd'hui. Je me suis déshabituée de l'inconfort et de ce sentiment de contrainte que j'éprouve quand je dois régler ici la moindre formalité, ne serait-ce que l'expédition d'un télégramme à la poste. Sais-tu ? pendant tout mon séjour à Varsovie, j'ai eu l'impression que la guerre n'est pas terminée, qu'elle dure toujours, tandis que là-bas, en Occident, en France comme en Angleterre, elle est déjà oubliée et on se préoccupe d'une foule de choses qui n'ont plus aucun rapport avec le passé. Je vois mal un reporter français me demander de parler de mes souvenirs de l'occupation et de l'insurrection. C'est fini pour eux ; ils ont tourné la page. Pis encore, il suffit qu'on se mette à évoquer ce genre de souvenirs pour qu'on soit considéré comme une sorte de veau à six pattes. Au mieux, les gens ne croient pas qu'à treize ans j'ai tiré du pistolet et tué quelques soldats allemands, au pire, on me fait comprendre que je suis réactionnaire. Les communistes sont plus à la mode là-bas qu'ici, toi mis à part, puisque comme d'habitude tu es exceptionnel.

Marek a ri, a tendu le petit bouquet de fleurs, a agité la main jusqu'à la dernière minute, jusqu'à ce qu'Ula a eût franchi les portes de l'aéroport, puis il s'est dépêché de retourner à son bureau. Il ressentait le besoin d'oublier le passé et de s'occuper du présent.

Marek bourre sa pipe, va chercher dans l'armoire la bouteille de cognac et se verse un verre. Puis il ouvre avec la petite clé le tiroir de son bureau et sort un dossier. C'est le manuscrit de son roman. Il est en train de faire les dernières corrections et il doit le porter au début de la semaine prochaine à la maison d'édition où on a accepté de le publier si la censure donne son visa.

— Autrefois il fallait demander l'imprimatur de l'évêque et maintenant on exige celui du censeur, lui avait dit Helena. C'est cela la liberté d'expression chez nous et je t'avoue que moi j'en ai assez.

Marek avale une autre gorgée de cognac pour mieux oublier Helena, Ula et tous ses amis passés et présents.

... « Couchés côte à côte sur les chaises longues, Marek et Youri bavardaient à voix basse. Rapprochés par la même maladie et par les mêmes angoisses, ils étaient davantage encore par le mépris de l'inévitable, cette sorte de dédain qu'ils éprouvaient à l'égard de la mort, eux qui l'avaient vue de près sur les barricades et sur les champs de bataille »...

Ça ne vaut rien, pense Marek en repoussant le gros paquet de feuilles couvertes de son écriture. C'est un style pompier... Et puis quelqu'un qui n'a pas vécu les mêmes expériences pourra-t-il me comprendre ? Marek ferme les yeux. Comment se fait-il qu'il retrouve aussitôt sous ses paupières des images proches et vivantes et que, quand il essaie de les exprimer en mots sur une feuille de papier, elles perdent de leur vérité ?

La terrasse, le soleil, les chaises longues et là-bas, à leurs pieds, la mer Noire. Le sanatorium pour les malades pulmonaires. Un grand sanatorium soviétique merveilleusement bien équipé. Quand Marek était arrivé, il était plein d'enthousiasme et de reconnaissance. On voulait bien lui assurer les meilleurs soins possibles dans ce pays qui l'intriguait depuis toujours. Deux semaines après, il se sentait atrocement seul. Pas de courrier, aucune possibilité de visites, défense d'expédier des lettres et de téléphoner. Des hommes et des femmes aux repas, sur la terrasse, en promenade, mais aucun contact.

« Bonjour, camarade, au revoir, camarade, merci, camarade. »

Marek parlait à haute voix dans sa chambre pour s'assurer qu'il n'avait pas perdu l'usage de la parole. Il se récitait des vers en polonais et en russe. Et puis un matin, un grand gars, maigre à faire peur, s'était approché de lui :

– Je m'appelle Youri Stopiev et vous, qui êtes-vous ?

C'est ainsi qu'il avait trouvé un ami, car aussitôt ils étaient devenus inséparables. Youri avait fait la guerre, avait été emprisonné à son retour, à la *Loublianka* de Moscou, relâché après la mort de Staline et intégré dans les cadres des techniciens.

– Des techniciens de quoi, lui avait demandé Marek dans son russe farci de mots polonais ?

– Comme tout le monde ici, avait répondu Youri sur un ton évasif.

C'est plus tard seulement, quand il avait décidé de lui faire totalement et complètement confiance, que Youri avait expliqué à Marek, lors d'une de leurs promenades, qu'ils se trouvaient dans le sanatorium des officiers du KGB.

– On se connaît trop bien entre nous, a-t-il plaisanté, pour ne pas savoir que se taire est le meilleur moyen de ne pas se faire accuser. Nous vivons ici comme des moines d'un ordre dont la discipline est particulièrement stricte. Le silence est de rigueur, mais ce qui manque, ce sont les longues heures de prières et aussi la flagellation.

Marek a beaucoup appris grâce à Youri. C'est en se promenant avec lui qu'il a remarqué les plantations des orangers à l'abandon, les maisons luxueuses avec des jardins superbes et les vignes à flanc de coteaux.

– Vois-tu, disait Youri, les bourgeois sont revenus. Les gens refusent de travailler et de livrer les oranges aux magasins de l'État. Les épiceries sont vides, mais ils vivent comme de petits potentats en faisant du commerce entre eux. Ici tout le monde se connaît, ils sont tous cousins, ces Géorgiens et ces Arméniens, et ils se moquent de nos lois. Dans les usines, pas loin d'ici, ils se plaisent à faire des grèves sauvages. On a eu beau massacrer des milliers de gens, à l'époque de Beria, leurs enfants et leurs petits-enfants continuent à nous opposer une résistance à toute épreuve. Eh oui ! on ne se rend pas compte mais, même chez nous, même maintenant encore, le communisme est constamment menacé par des individus qui méprisent l'intérêt collectif. Pour eux ici tout ce qui compte, ce sont leurs traditions et leur mode de vie et il faut admettre qu'ils parviennent à les préserver. Ils vivent bien mieux que nous, les Russes, tout en nous arrachant des avantages établis par la Révolution. Ce sont des profiteurs. Les paysans d'ici sont de véritables koulaks.

– On ne peut pas les mettre à la raison ?

— Beria a essayé, ses successeurs ont essayé et, comme tu vois, les mauvaises herbes repoussent toujours. Par-dessus le marché, de ce temps-ci, il faut faire attention. Les capitalistes seraient trop heureux de voir des troubles chez nous. Nous avons fait beaucoup de choses, nous avons des réussites dans tous les domaines, des preuves tangibles de la supériorité du peuple russe, mais la bataille n'est pas gagnée. Le communisme a beau être la plus noble idéologie du monde ! Nous avons accompli l'impossible : l'égalité des chances dans le respect des valeurs et tout cela sans la religion, cet opium du peuple, tout simplement grâce à l'éducation des masses. Il n'y a pas de pénuries en Occident, mais il y a des disparités énormes entre les riches et les pauvres et une crise des valeurs.

— Mais chez nous il y a aussi des disparités, avait protesté Marek, non seulement des revenus, mais aussi des services. Notre sanatorium par exemple ne reçoit que des gens du KGB, les « techniciens » comme tu les appelles, et celui des ouvriers est certainement moins luxueux que le nôtre.

— Ne sois pas ridicule, nous courons des risques que les ouvriers ignorent. C'est nous qui sommes les soldats de première ligne du régime, pas eux. Oublie cela. Je voudrais te parler de la crise des valeurs. Vois-tu, l'Occident, les régimes parlementaires sont littéralement minés par la crise des valeurs. Il n'y a plus rien d'important là-bas. Ni la famille, ni la patrie, ni le respect des aînés. Chez nous, sans la religion si chère au cœur des Polonais, nous avons réussi à maintenir la famille, cellule de base et force première de toute société. Même ceux qui ne sont pas d'accord avec notre idéologie demeurent patriotes. On ne retourne pas un Russe, ni même un Géorgien, comme un Américain qui fondamentalement ne cherche que le confort et le plaisir immédiat. Les jeunes Américains ne respectent rien, ni personne, ils n'ont même pas le respect d'eux-mêmes. Nos jeunes à nous ont le respect de l'ordre établi. J'ai vécu aux États-Unis et dans quelques pays européens, et je suis persuadé qu'ils n'en ont plus pour longtemps. Ce sont des régimes qui se décomposent parce que les gens prêts à trahir leur patrie pour n'importe quelle idée folle sont légion. On se plaint chez nous qu'il y a trop d'alcoolisme. Chez eux les jeunes se droguent et deviennent fous, arriérés ou retardés. Des imbéciles qui se disent de gauche affirment que c'est le signe des temps nouveaux, d'un monde meilleur et d'une révolution culturelle. Je n'ai jamais rencontré de Soviétique assez stupide pour prétendre que l'alcoolisme est la source et le ferment d'idées nouvelles. Ha, ha, ha !

Youri rit en se tenant les côtes et en se frappant les cuisses.

— Te rends-tu compte à quel point ils n'ont rien dans le cœur, dans le ventre et dans les tripes, pour chercher des idées dans des drogues qui démolissent les cerveaux et empêchent les gens de raisonner...

— Que penses-tu des pays frères ? avait demandé un jour Marek.

— Oh ! les Polonais ont mis du temps à comprendre que nous sommes leurs amis. Les seuls et uniques amis qu'ils ont jamais pu avoir. Les terres de l'Ouest, c'est Staline qui vous les a obtenues. L'appui financier, c'est le Comecon* qui vous le donne. Mais vous, vous continuez toujours encore à admirer l'Occident, la France, les États-Unis, les pays capitalistes et impérialistes qui vous ont pourtant trahis et abandonnés en 1939. De drôles d'alliés !

— Écoute Youri, avait protesté Marek, il y a eu bien des choses entre nous et cela depuis des siècles.

— Moi, je ne te parle pas de la Russie tsariste.

— Je veux bien, mais tout de suite après la révolution, il y a eu l'offensive bolchevique que nos légionnaires de Pilsudski ont repoussée de peine et de misère.

— Des vieilles histoires que tout cela.

— En 1944 Youri, tu ne le sais peut-être pas, mais pendant que nous nous battions sur les barricades avec nos revolvers, les fascistes allemands nous bombardaient, tandis que ton armée attendait tranquillement de l'autre côté de la Vistule. Te rends-tu compte de la

---

* L'équivalent, théoriquement, du Marché commun européen, comprenant la Russie soviétique et le bloc des pays de l'Europe de l'Est.

situation ? La Vistule à cet endroit est assez étroite pour qu'on puisse la traverser à la nage sans trop se fatiguer.

– C'était l'époque de Staline et depuis nous-mêmes nous l'avons critiqué. Que te faut-il de plus ? Il m'a fait emprisonner, moi qui me suis battu contre les fascistes allemands. Et puis comprends donc une fois pour toutes que nous sommes constamment menacés. Le monde entier s'est ligué contre nous et veut nous arracher coûte que coûte les résultats que nous avons obtenus. La révolution a profité et profite toujours à tous les pauvres et à tous les déshérités. Crois-tu que s'ils n'avaient pas peur de nous, ceux d'Europe et ceux des Amériques, ils permettraient la création des syndicats, les grèves, l'organisation des services sociaux ? On nous reproche de ne pas respecter les chartes des droits de l'homme, d'avoir une censure qui paralyse les écrivains et les poètes et je ne sais trop quoi encore. Mais enfin, si on défend si bien les droits de l'homme en Occident, c'est grâce à qui ? À nous, bien sûr. C'est la peur de notre influence qui pousse les potentats du capitalisme à respecter les travailleurs qui triment pour qu'ils puissent continuer à s'enrichir. Tiens, l'impérialisme lui aussi recule. Si la Belgique, la France et la Grande-Bretagne ont abandonné leurs colonies, en principe, sinon en fait, s'ils ont fini par leur accorder leur indépendance, c'est encore grâce à nous.

Youri me disait ce que je voulais entendre, pense Marek, ce dans quoi je voulais et je veux croire. Il savait aussi me prouver son amitié. C'est lui qui se chargeait d'expédier mes lettres à André et pourtant il savait qu'il courait des risques...

Un matin Youri est arrivé sur la terrasse de très bonne humeur.

– Nous sommes invités à dîner toi et moi, chez mes amis. Tu vas voir ce que tu vas voir ce soir.

– Où habitent-ils ? a demandé Marek ravi de cette entorse à la monotonie quotidienne.

– Tu verras.

À cinq heures de l'après-midi, la voiture du sanatorium les a conduits à l'aéroport. Là ils ont pris l'avion. Youri a tout arrangé. Marek n'a même pas eu besoin d'obtenir son permis. Ils sont montés dans l'avion bourré de monde. Il y avait là des femmes chargées de paniers, remplis de victuailles et de poulets vivants, des hommes transportant des sacs de pommes de terre, des cages avec des lapins et des caisses grillagées pleines de crabes. Poussés et tirés par la foule ils se sont retrouvés finalement debout dans l'étroit passage entre les banquettes.

– Nous en avons seulement pour deux heures, a constaté philosophiquement Youri. Tu comprends, chez nous on prend maintenant les avions, comme ailleurs le train, ou la voiture. C'est un autre grand acquis de la révolution.

Chez les amis de Youri ils ont été reçus les bras ouverts. Le maître de la maison, un ingénieur, leur a servi les meilleurs alcools qu'il avait et sa femme a fait un repas pantagruélique. Tard dans la nuit ils ont bu du champagne russe et chanté à tue-tête. Ce fut une soirée inoubliable, faite de chaleur amicale et d'amitié.

– J'ai pensé, dit Marek à Youri quelques jours plus tard, que les Soviétiques n'aiment pas les Polonais, mais tes amis m'ont reçu comme un frère.

– Oh ! tu sais, la politique ça empoisonne tout. On calomnie les relations entre notre peuple et ceux des pays frères.

– Il y a eu quand même Budapest, objecta mollement Marek.

– Ce fut une nécessité historique. Rappelle-toi toujours, conclut sentencieusement Youri, que nous sommes constamment attaqués, non pas dans nos frontières, mais dans notre idéologie et dans notre conception de la société. Nous sommes bien obligés de nous défendre. Nous avons payé assez cher pour les acquis de la révolution.

C'est avec Youri que Marek a visité par la suite Moscou, quelques usines, des institutions pour les orphelins, des grands magasins et des musées. À force de vouloir lui montrer son pays il semblait aller mieux. Il se démenait pour avoir des permis de voyage, des moyens de transport spéciaux, des avantages divers qu'il n'aurait jamais demandés, sans doute, pour lui, mais qu'il réclamait à grands cris pour Marek. Ils ne se quittaient plus. Puis, soudain, Youri a eu une rechute. Couché sur son lit, trop faible pour bouger, il toussait nuit et jour. Marek lui faisait la lecture à haute voix, lui apportait des jus de fruit et s'ingéniait par tous les moyens à lui faire plaisir. Il surveillait aussi les infirmières pour que Youri reçoive ses médicaments à la minute même où il devait les prendre, selon l'ordre du médecin, et allait dans les cuisines mendier pour son ami des oranges qui ne figuraient jamais au menu. Youri aimait les oranges, les pommes et les pastèques et il souriait quand Marek les pelait devant lui, bien que fort souvent il ne parvenait plus à les avaler, entre ses quintes de toux.

Youri mourut par une belle après-midi, pendant que Marek lui lisait un poème de Pouchkine. Tout simplement il cessa de tousser, il murmura quelque chose que Marek ne réussit pas à comprendre et il se cramponna avec ses deux mains aux bords de son lit, comme s'il voulait éviter qu'on le force à se lever et à partir. Marek courut chercher l'infirmière, mais quand il revint avec la garde-malade de l'étage, Youri était déjà mort.

Il avait raison, pense Marek. La démocratie parlementaire ne survivra pas à notre siècle. C'est un régime qui ne peut durer que dans la mesure où la population veut bien le respecter et l'Occident ne respecte plus rien ni personne. Au fait, ne suis-je pas partiel parce que j'envie Ula qui, en ce moment même, peut se promener sur les Champs-Élysées, ou flâner au Quartier latin ? Ne suis-je pas en train de rêver l'effondrement de l'Occident parce que je n'ai même pas une chambre à moi, tandis que là-bas les gens ont le confort et même l'opulence ? N'est-ce pas une façon d'oublier les pénuries que nous vivons tous au jour le jour, et qu'ils ignorent là-bas ? Et puis il y a ce vieil homme stupide que j'ai sur la conscience. Ce coupable sur mesure...

Marek a soudain envie de revoir Kazik et de lui parler de Youri. Il sait d'avance que Kazik se moquera de cette amitié et qu'il finira par lui dire :

— Voyons, ce n'était qu'un officier du KGB chargé de te surveiller. Il a lâché du lest pour mieux te tirer les vers du nez. Tu es naïf.

Mais Kazik, au moins, croit encore que le système réussira à faire ses preuves. Il est anti-soviétique, nationaliste et catholique croyant, mais il veut bâtir la Pologne socialiste. André, c'est pire.

– Le jour où on pourra se libérer de nos glorieux alliés, des pays frères et du Comecon, aime-t-il répéter, on commencera à respirer. Tant qu'ils seront là, tant qu'ils se mêleront de tout chez nous, tant que le Kremlin continuera à nous dominer et à nous exploiter, c'est sans espoir.

Quand mon manuscrit sera publié, se dit Marek, ils sont bien capables de me soupçonner d'être un agent à la solde de Moscou. Au fait, il vaudrait mieux que je le fasse lire avant.

Marek soupire, cherche sa serviette, place son manuscrit à l'intérieur et la ferme avec la petite clé qu'il sort de sa poche. Allons-y, se dit-il, mais il n'a vraiment pas envie de retrouver la grande pièce où André va le recevoir avec cette fausse jovialité destinée à mieux cacher sa déception de ne pas pouvoir passer la soirée seul à seul avec Helena. Une demi-heure encore, pour leur permettre de terminer le repas, décide Marek en tournant le bouton de la radio. Le temps d'écouter les nouvelles de la BBC. La réception est meilleure ici que chez eux. Quelques craquements, quelques bruits de parasites, puis la voix de speaker :

– Les tanks soviétiques sont entrés à Prague. Les formations des armées des pays frères sont également sur place...

Marek se rassoit. Il a l'impression d'entendre Youri.

– Vous, les Polonais, vous êtes beaucoup trop indisciplinés, beaucoup trop épris de liberté pour accepter les nécessités du déterminisme historique. Vous êtes dangereux, parce qu'au fond de vous-mêmes vous n'avez jamais cessé d'avoir un certain esprit aristocratique. L'honneur est plus important pour vous que la raison d'État et l'individu compte trop pour qu'on ose l'assassiner au nom de l'intérêt collectif.

– Eh oui ! mon vieux Youri, murmure Marek, je suis heureux de te savoir mort, ami. Parce que si tu étais vivant, j'aurais maintenant la pénible obligation de te casser la gueule. Je t'ai pourtant défendu, mon pauvre

Youri. Ils m'ont tous dit que les tanks soviétiques vont entrer à Prague. Ils m'ont rebattu les oreilles avec ce Dubcek et son rêve de transformer le système, de l'humaniser, de le rendre « supportable », comme ils disent, et « opérationnel ». Le socialisme à visage humain : quelle dérision ! Cela te faisait rire, mon cher Youri, toi qui savais mieux que personne qu'il y a contradiction dans les termes. Toi, officier du KGB, tu ne cessais de me répéter qu'on ne peut édifier un monde meilleur sans sacrifier des individus et des groupes. Sans les éliminer et les anéantir. Combien de générations faudra-t-il encore affamer, humilier et exterminer et dans combien de pays va-t-on envoyer des tanks pour leur enseigner « la juste vision des choses », comme tu avais coutume d'appeler ce genre d'exercices ?

La radio grésille, mais Marek ne s'en préoccupe plus. Il prend la serviette avec son manuscrit et s'en va. Il a besoin de retrouver André et Helena pour continuer à défendre l'héritage de Youri qu'il commence à maudire.

* * *

— Je ne te dérange pas ? Maria Solin entrouvre la porte du bureau d'Helena.

— Mais non, je vous en prie, entrez.

— Je viens te demander quelque chose. Notre comité a reçu la demande d'une jeune femme qui prétend très bien te connaître. C'est un problème qui me préoccupe. Sa grossesse est déjà trop avancée pour pratiquer l'intervention, mais elle y tient absolument. Il faudrait la raisonner.

— Comment s'appelle-t-elle ? demande Helena.

Son petit bureau qu'elle a gagné de haute lutte grâce à l'appui de Maria Solin lui apparaît soudain semblable à une cellule. Elle manque d'air dans ce réduit. Elle étouffe.

— Je ne me souviens pas du nom de la patiente, mais juste de son prénom qui est un diminutif : Dosia. Elle est grande, mince et assez jolie, ma parole.

— Vous voulez que je l'ausculte ?

— Écoute, la fille attend dans le corridor. Peux-tu la recevoir et essayer de la persuader ? Oh ! ne me regarde pas comme ça. Je sais que tu me trouves vieux jeu. Mais tous ces avortements me donnent mal au cœur. Tout d'abord il y en a beaucoup trop et puis ce sont souvent les mêmes qui reviennent. C'est vrai qu'il n'est pas facile de se procurer des contraceptifs chez nous et que plusieurs médecins refusent de poser des stérilets, mais on peut suivre la méthode Ogino, faire attention... Non, ne proteste pas. Moi aussi j'ai pitié de toutes ces filles, mais on manque d'antibiotiques, de pénicilline, de streptomicine et jusqu'aux fils pour recoudre les plaies opératoires. On ne suffit plus en tant que corps médical. Quand même, les malades ont droit d'être soignés avant ces dames qui supplient qu'on les débarrasse de leur grossesse. Socialement et humainement cela me paraît un gaspillage d'énergie et de ressources.

— Je ne suis pas d'accord avec vous et vous le savez bien, constate Helena. Pour moi l'avortement est une nécessité sociale et médicale. Ce n'est pas un luxe, une sorte de superflu qu'on peut éliminer. Les femmes ont droit de décider si oui ou non elles veulent donner la vie. Elles ne doivent pas être forcées d'accoucher comme des bêtes et d'élever des enfants dont elles ne savent trop que faire. Elles travaillent, elles triment et souvent elles n'ont même pas d'homme capable d'assumer ses responsabilités. Jamais, vous m'entendez, jamais je ne pourrai accepter l'idée que l'avortement est un meurtre du fœtus.

— Pourtant tu es catholique pratiquante, objecte tranquillement Maria Solin, et son attitude rend l'excitation d'Helena ridicule.

Elle me soupçonne, pense Helena. Que peut-elle savoir au juste ? Pourvu qu'elle n'en parle pas à André. Il ne me pardonnerait pas de lui avoir caché la vérité.

— Excusez-moi, dit finalement Helena. Malgré les principes religieux, malgré toutes les contre-indications économiques, j'estime que les femmes ont droit à être aidées et soignées si elles le veulent. Voyez-vous, je suis d'accord qu'il vaudrait mieux leur donner des contraceptifs, mais nous ne les fabriquons pas et on ne peut pas les importer, semble-t-il, à cause de leur coût en devises. Tout cela a été discuté et rediscuté à maintes reprises.

– Laissons cela, veux-tu, dit Maria Solin, conciliante. Je t'envoie la patiente. À ce soir, mon petit.

Helena allume nerveusement une cigarette, puis va chercher Dosia et la fait entrer dans son cabinet. Une fois la porte fermée derrière elle, la jeune fille se met à sangloter.

– Je ne voulais pas le raconter aux autres, mais vous, vous connaissez mon histoire, docteur. Je ne sais même pas qui est le père de cet enfant. Depuis quelques mois ils ont été nombreux les amis de Gilbert qui sont venus me voir et comme j'avais besoin d'argent je les ai acceptés tous. Il faut que je paye le pas de porte que je dois à l'homme qui m'a procuré mon appartement. C'est une seule pièce, mais j'ai une petite cuisine et une douche et c'est un endroit très central. Quand je ne veux pas qu'ils restent pour la nuit, je peux les mettre dehors à n'importe quelle heure. Ils n'ont que quelques pas à faire pour retourner à leur hôtel. Gilbert, lui, ne m'écrit plus et on ne sait pas quand il va revenir. Alors ce bâtard, je ne veux pas le mettre au monde. Vous comprenez, n'est-ce pas ?

– Pourquoi n'êtes-vous pas venue plus tôt ? demande Helena.

Ce n'est pas Dosia qui parle de son bâtard, c'est une toute jeune fille, une enfant presque, qui supplie le docteur Andrzej Rybicki de lui épargner les longs mois d'attente, le gros ventre, l'humiliation.

– Il est trop tard et vous risquez gros, dit Helena, tout en entendant la voix de l'autre.

Ce n'est plus elle qui parle à Dosia, c'est le tonton Andrzej, mais Helena n'ose pas affirmer comme lui, autrefois, qu'un enfant c'est le plus beau cadeau du ciel, et elle se contente de faire peur.

– Je me moque de la mort, sanglote Dosia. Ma vie n'est pas drôle. J'ai encore quatre-vingt mille zlotys à payer. Et puis c'est trop injuste. Je suis une putain et les putains n'ont pas d'enfants. On ne peut être à la fois putain et mère, et pourtant c'est exactement cela qui m'arrive. Aidez-moi, je vous en supplie, aidez-moi ! Dosia se tient debout, pathétique, avec son petit visage pâle entouré de la masse des cheveux en désordre.

– Je vais vous examiner, décide Helena pour gagner du temps et pour cesser de revivre son propre passé.

Dosia se mouche.

– Et puis si vous n'acceptez pas de m'aider, je vais rapporter que vous occupez illégalement l'appartement, obtenu non moins illégalement par Gilbert, dit-elle.

Il y a dans la vie de ces coïncidences qui, plus tard, font figure d'un cadeau du sort, parce qu'on veut qu'il en soit ainsi. Au moment où Helena se lave les mains, on frappe. C'est le jeune médecin, le docteur Skiba. Contrairement aux autres collègues, il est athée, le seul de sa catégorie à l'hôpital. Il est aussi membre du Parti et il ne le cache pas.

Helena s'empresse d'expliquer brièvement le cas, tandis que Dosia commence déjà à s'accrocher au docteur Skiba comme à une planche de salut. Skiba est obstétricien. Il peut décider et il le fera d'autant plus volontiers qu'il ne peut pas sentir les membres du Comité. Il considère Maria Solin comme son ennemi personnel parce qu'elle lui reproche de coucher avec toutes les jeunes infirmières.

– Allons, ma petite, dit-il à Dosia, on va s'occuper de vous. Je n'ai jamais laissé une fille partir avec son poids. Généralement je me débrouille pour les en débarrasser. Je suis bon garçon et j'aime toutes les femmes de la terre. Je vous comprends, petite, un pépin c'est si vite arrivé. Venez avec moi.

Dosia remercie avec effusion, jette à Helena un regard haineux et sort avec le docteur Skiba. Ce n'est pas mon dossier, se dit Helena en soupirant d'aise. Je ne suis pas responsable ; qu'il se débrouille donc, le brillant collègue. Pour lui ce n'est pas un problème de conscience, mais de technique.

Le hasard a arrangé les choses, mais pas pour longtemps. Le soir même, avant de quitter l'hôpital, Helena reçoit un appel de l'infirmière-chef. Dosia a été opérée dans l'après-midi. Une faiblesse... Mauvaise réaction à l'anesthésie. La mort a été instantanée. Non, elle n'a pas repris conscience. Aucune indication au dossier. Pas de famille. Helena la connaissait, semble-t-il. Sait-elle qui il faut prévenir ?

Non, Helena ne sait rien et elle est très pressée. Qu'on communique avec la milice. Comment, le docteur Skiba ne veut pas ? Bon, c'est son affaire. Helena raccroche et reste comme clouée sur sa chaise. Ses jambes refusent de la porter. Elle transpire à grosses gouttes.

J'ai la vie de cette fille sur ma conscience, se dit-elle. Je suis responsable. Je viens de participer à un acte criminel contraire à toutes les règles de la pratique. Je suis indigne d'être médecin. Les idées s'entrechoquent dans sa tête et elle ne parvient pas à se dominer. Pourtant il le faut. Quand Maria Solin viendra la chercher elle devra être parfaitement calme. Vite, un peu d'eau sur la figure, un soupçon de rouge à lèvres : où diable a-t-elle mis ce fichu bâton de rouge ?

— Je vous apporte la carte de la patiente qu'on a transférée à la morgue, dit l'infirmière en entrant dans son bureau. Comme vous êtes la seule qui la connaissiez il y a des chances qu'on vienne chez vous demander ses affaires. J'ai tout mis dans une grande enveloppe : la montre, les clefs, des bagues et le sac à main, et je l'ai enfermée dans l'armoire où on range les objets trouvés. Voici le reçu.

— Merci, dit Helena d'une voix sourde, en prenant le petit carton qui se balance au bout de sa ficelle. Elle le jette ensuite dans un tiroir comme s'il lui brûlait les doigts.

— Es-tu prête ?

Helena se lève et sans un mot suit Maria Solin. Elles sortent de l'hôpital et marchent côte à côte. André a gardé la voiture et Helena est bien obligée d'aller avec sa mère le chercher au Club des journalistes. Dans des circonstances normales cela lui ferait plaisir, mais en ce moment il lui semble qu'elle est en train d'accomplir une mission au-dessus de ses forces.

— Elle est morte, cette Dosia, dit lentement Maria Solin. Tu as tort, ma chère, de te sentir responsable. Le docteur Skiba n'avait qu'à refuser de pratiquer l'avortement. C'est lui l'obstétricien et pas toi, et c'était à lui de se conformer à la décision du Comité. Il mérite de passer devant la Commission disciplinaire, mais comme il est membre du Parti il y a de fortes chances qu'il ne se passe rien. C'est scandaleux, mais c'est comme ça et ce n'est certainement pas moi qui vais m'en occuper. Je devrais sans doute le faire, parce que ce jeune Skiba est un véritable boucher qui ne mérite pas son titre de médecin, mais je vais laisser cela aux autres.

— Il ne faut pas suspendre le docteur Skiba, dit lentement Helena, mais me retirer à moi le droit de pratique. C'est moi qui ai présenté la patiente. C'est moi qui suis responsable de tout.

— Voyons, Helena, tu es ridicule, mon petit, proteste Maria Solin.

— Laissez-moi parler, se fâche Helena, qui crie presque. Que savez-vous de moi ? De mes motivations ? De mes obsessions et de mes expériences personnelles ? J'ai épousé votre fils et je me suis tue, mais sachez que j'ai un enfant. Inka n'est pas ma sœur, mais ma fille. Le docteur Rybicki, mon très cher tonton, m'avait forcée à garder l'enfant. J'avais treize ans et je venais d'être violée par des soldats soviétiques ivres.

— Laisse, ma petite, dit tout doucement Maria Solin. Il est inutile de me raconter tout cela. Tu te fais mal. Ton passé ne me regarde pas et chacun de nous apporte dans son métier des expériences personnelles plus ou moins dramatiques. Sais-tu que pendant la guerre j'étais blessée et j'avais la gangrène ? On voulait m'amputer la jambe gauche. J'ai décidé qu'il valait mieux mourir que d'être infirme. Je suis chrétienne et j'aurais dû savoir me résigner. Pourtant j'ai essayé de me suicider. J'ai eu de la chance. J'ai raté mon suicide et par on ne sait trop quel processus je suis sortie de cette aventure sur mes deux jambes. Crois-le ou non, chaque fois que je rencontre ton père j'ai honte de moi. Plus encore, quand le problème d'amputation se pose dans mon service, j'ai toujours des scrupules et je demande l'avis du patient, surtout quand il s'agit de gens très jeunes. C'est inconciliable avec l'autorité médicale. Je devrais savoir les persuader, ces malheureux, qu'il vaut mieux perdre un membre et sauver sa vie, mais j'en suis parfaitement incapable. Comme tu vois, je ne suis pas aussi sereine que j'en ai l'air. Cesse de te torturer, Helena. Cette pauvre fille aurait pu trouver le docteur Skiba toute seule. Tu n'as été pour rien dans tout cela. Tu es médecin de pratique générale et ce n'est pas de ton ressort.

– Je n'ai jamais osé avouer la vérité à André, mais cette nuit je lui dirai, murmure Helena qui marche comme une somnambule et bouscule les passants.

Maria Solin la prend par le bras.

– Pourquoi veux-tu le faire souffrir ? Ce qu'il ne sait pas ne lui fait pas mal. Tu agis comme une coupable qui s'imagine que quand elle aura avoué sa faute à quelqu'un elle se déchargera sur lui de ses remords. Comme tu n'es pas coupable, ma petite, cela ne t'aidera pas. Tu sais, les hommes ont de ces fiertés stupides qu'il est inutile de blesser. Moi, j'ai déjà oublié ce que tu viens de me dire. Je ne me souviens plus ni de cette Dosia, ni de ton histoire personnelle. Je tiens juste à te dire quelque chose, si tu le permets. Aussi longtemps qu'on suit une ligne de conduite, bonne ou mauvaise, mais précise et clairement définie, on peut surmonter n'importe quoi. Dès qu'on se met à raisonner, à jouer avec les vies humaines, on ne sait pas où cela mène. C'est pour ça, sans doute, que tu me considères comme étant vieux jeu, puisque je m'oppose, dans la mesure du possible, aux avortements, tandis que toi, à force de chercher une justice absolue, tu es obligée de trouver des voies nouvelles. Il est difficile, ma chère, de réinventer des valeurs qui correspondent aux besoin des gens.

– C'est indispensable, proteste Helena.

– Peut-être, soupire avec résignation Maria Solin, mais cette jeune fille aurait pu survivre à un accouchement tandis que l'avortement, dans son état, n'était qu'une condamnation à mort.

– Allez seule rencontrer André, supplie Helena. Je voudrais tant rentrer, me coucher et ne plus penser à rien.

– D'accord, mon petit, mais promets-moi de ne pas faire de bêtises.

– Mais voyons, comment pouvez-vous imaginer une chose pareille ?

Helena embrasse sa belle-mère et s'en va. Au poste de taxi, il y a justement une voiture qui arrive. Helena monte.

– C'est une honte, dit le chauffeur. Nos soldats sont à Prague. Ma femme a pleuré. Jusqu'où les *Vanias* vont-ils pousser le cynisme et de quel droit nous obligent-ils à devenir tous des traîtres, des lâches et des tueurs malgré nous ? J'ai été dans l'armée et j'enrage quand je pense qu'ils sont en train de salir l'honneur chèrement acquis de notre uniforme de Polonais.

Qu'est-ce que la mort d'un individu, de cette Dosia, face au drame de tout un peuple ? pense Helena. Quel luxe inutile que la souffrance individuelle quand il s'agit de l'humiliation collective ? Qui est-ce qui peut se préoccuper de mes propres malheurs passés et du poids de cette responsabilité présente qui m'étouffe, quand à Prague des milliers de gens ont perdu l'espoir d'échapper à l'esclavage d'un système imposé par le trop puissant voisin ?

Helena ne répond pas au chauffeur. Elle n'a aucune envie de discuter. Elle est beaucoup trop énervée pour cela. Elle descend devant le petit chemin boueux qui mène à la maison où elle habite, monte les escaliers aussi rapidement que possible et tourne la clef dans la serrure. Au milieu de la pièce, Marek est assis par terre en train de vider une bouteille de cognac. En apercevant Helena il essaie de se relever, mais n'y parvient pas.

– Attends, lui dit Helena.

D'un geste brusque elle enlève ses chaussures, jette son manteau sur une chaise, trouve dans la petite armoire de la cuisine une bouteille de vodka et se laisse tomber sur le plancher à côté de lui. Face à face, les jambes croisées, les yeux dans les yeux, ils lèvent chacun leur bouteille et boivent au goulot. Ils n'ont pas besoin de parler : ils se sentent au diapason.

– Je bois à la Tchécoslovaquie, crie Marek entre deux hoquets, tandis qu'Helena ne parvient plus qu'à bégayer des mots sans suite où il est question du tonton Andrzej, du suicide, de la prostitution, de Dosia et de tanks soviétiques à Prague. Soudain Marek rampe à quatre pattes jusqu'à son lit et revient de la même façon en ramenant une serviette. Le simili-cuir a craqué un peu partout et il y a comme des plaies dans la trame du tissu noir. Cela est laid et sale. Il l'ouvre pourtant avec des précautions infinies, sort un paquet de feuilles et les empile proprement devant lui.

– Allons, Helena, aide-moi, dit-il, on va s'amuser et régler des comptes en même temps. Voici l'année de mon retour de Paris, je m'en occupe. Toi, prends le deuxième chapitre. Eh oui, vas-y. N'hésite pas. Il s'agit du meurtre d'un innocent, d'un « coupable sur mesure ».

– Tu as tué quelqu'un ? demande Helena en le regardant d'un air stupide.

– Tout comme. Déchire, te dis-je. Ne raisonne pas. Ça, c'est Youri. Il est mort, mais on va maintenant l'assassiner pour de bon. Comme ça il n'y aura plus de traces et je ne serai pas obligé de le laisser survivre dans un tiroir comme dans une prison.

Tout en déchirant les feuilles que Marek lui tend et en lançant des bouts de papier en l'air, Helena se met à répéter à un Marek qui lui sourit béatement :

– La prison, vous les hommes vous ne saurez jamais ce que c'est. Ce ne sont pas les barreaux, les cellules, les gardes. Prison... prison... C'est là, dans nos corps. C'est le ventre, tu comprends. On est enfermé parce que ça bouge là-dedans. Corps, prison, liberté... Retrouver la liberté. Ne pas être esclave de ce qui se développe à l'intérieur. Tu comprends, Marek ? Notre patrie n'est qu'un immense ventre de femme qui ne parvient pas à se faire avorter. L'enfant est mort. C'est un cadavre qu'elle porte, mais la malheureuse n'a pas réussi à faire une fausse-couche. Tu comprends...

Un hoquet, puis un autre encore. Helena balance sa tête. La voici qui pleure à présent. Elle a à nouveau treize ans et marche sur une route sans fin. Son corps est lourd. Tonton Andrzej lui parle d'amour. La vraie dérision c'est cette facilité avec laquelle les mâles qui n'ont jamais vécu cette prison-là, cette prison du corps, imposent aux femmes de la subir et d'y demeurer.

– Nous devons procréer pour que la survie soit assurée, psalmodie Helena. Nous sommes condamnées à la prison de nos corps pour que ceux de demain puissent en sortir libres et devenir indépendants de nous. Les libérés qui se sont sentis esclaves de nos ventres se vengent ensuite sur nous. Les fils et les filles quittent leur mère quand elle cesse de les protéger et de leur être utile. Pourquoi, dis-moi pourquoi l'humanité ne peut pas se faire avorter ? Finie Prague, finie Budapest...

– Avorter, reprend Marek. On nous a obligés, nous d'ici, à porter la révolution. On nous force à la porter jusqu'au terme pour que d'autres puissent l'éviter. Pour que Paris soit beau et illuminé, nous n'avons pas la chance de nous faire avorter. À Prague, à Budapest, chez nous, à Moscou et à Leningrad, on sait qu'on donne la vie à un monstre collectif qui étouffera les individus. Ça ne fait rien. Les autres, ceux de l'Occident, ont construit un mur à Berlin pour que le monstre reste enfermé dans sa prison.

– Il n'y a plus rien à déchirer, soupire-t-il de façon comique, en lançant en l'air les derniers morceaux de papier.

De sa main gauche il accroche la table, la lampe tombe et se casse. Dans l'obscurité Marek a l'impression d'entendre les battements de son cœur, mais ce sont les pas dans l'escalier.

– Mais qu'est-ce qui se passe ici ? demande André en ouvrant la porte.

– Prison, murmure Marek. Tu comprends, nous sommes tous dans une grande prison fraternelle. C'est pour cela qu'on dit les pays frères de l'Europe de l'Est.

– Laisse-moi, crie Helena à André qui essaie de la relever. Dosia est morte. Tu comprends, André, pour sortir de la prison il faut avoir l'aide d'un salaud. D'un médecin sans scrupules. Pas d'autres solutions, juste se faire tuer. La prison, tout vaut mieux que la prison !

André trouve une bougie, l'allume, puis porte Helena, qui se défend et le frappe de ses poings serrés, jusqu'à leur lit, la couche et la couvre. Il se retourne, ramasse Marek par terre, le traîne jusqu'au divan, lui enlève ses chaussures, puis le force à se tourner sur le côté.

– Qu'est-ce que c'est que tout ce papier ? demande-t-il à voix haute comme si les deux autres pouvaient lui répondre. Franchement on n'a pas idée de faire un désordre pareil.

André a horreur du désordre, alors, malgré sa fatigue, il ramasse les feuilles déchirées, les froisse, fait une grosse boule, la fourre dans la serviette avec les deux bouteilles vides et sort. Dans la cour, en arrière, il y a une grande caisse en bois où on met les déchets. À tâtons il l'ouvre, vide soigneusement la serviette, aspire avec soulagement l'air frais et remonte dans l'appartement. Quelque part, derrière les portes du premier étage, des chiens aboient.

Je suis crevé, pense André. Après cette pagaille au journal il est temps que je dorme. On ne savait pas ce qu'on pouvait publier et ce qu'il convenait d'éviter. Même les dépêches de l'Agence Tass ont été censurées. Des soldats Polonais sont peut-être en train de tirer à Prague sur la population civile et moi je n'ai même pas le droit de l'écrire. Drôle de journalisme ! Et cette Helena qui ne trouve rien de mieux que de se soûler avec Marek. Il faudra que je leur parle à tous les deux, dès demain. C'est inadmissible de se conduire ainsi. C'est à se demander ce que je suis en train de fabriquer dans ce fichu pays. Je pourrais maintenant travailler en toute quiétude quelque part à Paris et passer mes dimanches au Louvre. Ce n'est pas marrant de naître polonais, alors quand on a l'occasion d'aller traîner sa bosse ailleurs il ne faut pas la rater. Pourquoi diable suis-je revenu ?

André allume une allumette parce qu'il ne trouve pas la serrure de son appartement. Inutile de frapper. Ils dorment maintenant tous les deux et ils ne l'entendront pas.

Bierut, Gomulka ; plus ça change, plus c'est pareil, se dit André. Je ne suis pas encore assez vieux pour accepter de moisir sans aucun espoir que cela évoluera. Dès demain, je vais proposer à Helena de me suivre. Nous allons demander des passeports et nous allons partir en France. Va-t-elle accepter ? Ai-je droit de gâcher sa carrière ? Elle ne pourra jamais faire reconnaître ailleurs qu'ici son diplôme de médecin. Non, non et non ! Tant pis pour les diplômes. On recommencera. Nous sommes encore jeunes tous les deux. Il vaut mieux nettoyer les escaliers à Paris que faire du journalisme ici. Je trouverai toujours une place de concierge.

La clé finit par tourner dans la serrure. André entre, éteint la bougie, se déshabille, enfile son pyjama et se couche à côté de sa femme qui continue à murmurer dans son sommeil des mots incompréhensibles.

* * *

– Ils ont signé.

Kazik se répète ces trois mots indéfiniment comme une prière. La partie officielle est terminée. Le chancelier Brandt, accompagné de son ministre des Affaires extérieures, Scheele, doit quitter Varsovie le soir même. Les frontières de l'ouest de la Pologne sont reconnues officiellement en ce décembre 1970, vingt-cinq ans après la guerre, par la République fédérale d'Allemagne. C'est une victoire majeure ! Ils ne peuvent plus nous les reprendre, pense Kazik en montant dans la lourde voiture noire qui brille de toute sa carrosserie, soigneusement nettoyée. Il neige. Kazik s'installe confortablement et allume une cigarette. Il va chercher au Grand Hôtel les fonctionnaires allemands qui accompagnent le chancelier. Il doit les emmener dans les environs de Cracovie, où ils vont passer une semaine. Ils seront logés dans les pavillons de chasse, mais fort heureusement ce n'est pas la saison. Kazik déteste la chasse et il est soulagé à l'idée qu'il n'aura pas à discuter avec les rabatteurs de la façon de diriger le gibier pour faire plaisir aux illustres visiteurs. La dernière fois qu'il a assisté à ce genre de partie de plaisir où les Allemands tiraient sur les malheureux cerfs, il a été pris de vomissements. Ce fut un désastre. Quelle coutume barbare que cette façon d'attirer le gibier pour que n'importe quel imbécile puisse affirmer qu'il est chasseur d'élite ! Parce que les Radziwill avant la guerre organisaient des chasses, sommes-nous condamnés à les imiter jusqu'à la fin des temps ? se demande Kazik. Étrange question qu'il ne peut formuler à haute voix au risque de provoquer un scandale et d'avoir des ennuis. Des comparaisons de cette nature sont en soi une hérésie et Kazik ne tient pas du tout à perdre son poste. On lui fait confiance, mais jamais totalement. Partout et toujours il est à la merci d'un mot susceptible de déplaire, ou même d'un sourire pouvant paraître suspect. Je vais encore me coucher tard, pense-t-il. Ils vont dîner au *Krokodyl* et cela risque de se prolonger au-delà de minuit. Et puis peu importe. Nous sommes le 7 décembre, dans dix jours je serai en vacances et le 23 je vais être à Celestynow. Inka sera là et il faudra bien qu'elle se décide. Si elle accepte, on se mariera en janvier. Il ne me reste qu'à expédier la délégation allemande, dormir deux jours, préparer le dossier qu'on doit soumettre pour le 14 au Comité central, acheter un cadeau pour Inka, un autre pour ses parents, le fichu que j'ai promis à Magda et emballer le chapelet que j'ai trouvé pour le curé Marianski. Le vin est dans l'armoire, je n'ai qu'à le mettre dans ma valise et puis j'ai deux grosses boîtes de chocolats pour Helena. Ils seront tous contents.

Sur le siège avant, le chauffeur et l'agent de l'UB assis à côté de lui se taisent. Kazik voit leurs nuques, leurs cheveux coupés ras, leurs larges épaules.

Je vais avoir ma voiture et je vais promener Inka dans les environs. Elle sera certainement ravie, la petite. Va-t-elle m'aimer ? Cela fait plusieurs mois qu'il n'a pas pu la voir. Il lui a envoyé des cartes postales et elle lui a répondu. L'été dernier quand il est allé à Celestynow, ils n'ont pas été seuls un instant. Il a eu beau essayer de l'entraîner, dans les champs ou dans les bois, Magda ne les quittait pas d'une semelle. Pauvre Inka ! Elle n'est pas faite pour ce travail dur et ingrat, mais elle s'entête. Elle a même commencé des démarches pour avoir une terre à elle. Forcément, après ce qui lui est arrivé à l'université...

Kazik a essayé d'intervenir, mais en vain. Ils n'ont rien voulu savoir. Plus tard peut-être cela s'arrangera, mais Inka refuse d'attendre. Elle est jeune et elle veut tout et tout de suite. Tu auras tout avec moi, promet Kazik. Un appartement, un beau manteau d'hiver doublé de mouton, des bottes... Nous irons en été en Yougoslavie, ou en Hongrie, ou peut-être même ailleurs... Tu verras, mon amour. Je vais te gâter. Tu seras heureuse. Kazik sent que ses mains deviennent moites. À la seule évocation d'Inka il éprouve une impatience qu'il a du mal à contrôler. Je l'aime et je la veux, se dit-il. C'est assez amusant. J'ai aimé Helena d'une façon désespérée. Il me semblait qu'il y avait entre nous un tel précipice, une telle barrière infranchissable que je n'ai même pas lutté pour qu'elle devienne mienne. Rien de pareil avec Inka. Je ne me sens plus face à elle le pauvre petit gars, mais un homme à l'aise. Pourtant elle est plus jeune et ces quinze années qui nous séparent peuvent être un obstacle.

Kazik se déplace de façon à voir le reflet de son image dans le rétroviseur. Visage en lame de couteau, des cheveux qui bouclent : j'ai l'air plus jeune que mon âge, pense-t-il, et elle a changé à force de travailler comme une bête de somme. Irena et Robert vont certainement être d'accord. Ils sont malheureux de la savoir avec Magda et ce Wlodek. Heureusement que Wlodek travaille aux chantiers à Gdynia pour gagner de l'argent. Je n'aime pas du tout la façon dont il traite Inka. On dirait qu'il la considère comme son égale. Pourtant ce n'est qu'un ouvrier et un paysan mal dégrossi, tandis qu'Inka malgré ses pauvres petites mains couvertes de crevasses est faite d'une autre pâte. Kazik Skola, fils d'ouvrier, va épouser Inka Stanowska, jeune fille de bonne famille. Allons, j'ai tort de m'inquiéter. Ils vont m'accepter comme gendre. Après tout ils savent bien que je sais. Il n'y a que ce benêt d'André pauvre imbécile de journaliste à la manque, qui continue à être sourd et aveugle : ma belle-sœur par ci, ma petite belle-sœur par là... Enfin c'est son affaire, pas la mienne.

Tu ne regretteras pas, si tu m'épouses, Inka ma chérie, tu vas être la femme la plus aimée et la plus choyée. Tu n'habiteras pas dans une seule pièce et tu ne passeras pas tes journées à trimer à l'hôpital comme Helena. Ce que je pouvais être bête ! Cela m'en imposait qu'Helena étudie et qu'elle devienne médecin. J'ai eu besoin de vivre des années avant de comprendre que la vraie place d'une femme est à la maison, chez elle. Nous aurons beaucoup d'enfants et ils ne manqueront de rien, se dit Kazik en descendant devant le Grand Hôtel.

— Pour qui se prend ce faquin ? murmure le chauffeur à l'agent de l'UB, en refermant la portière qu'il a ouverte pour Kazik.

— Fais gaffe, répond l'agent, il a un poste important et il ira loin.

— Ce n'est pas une raison pour nous traiter comme si nous étions ses fidèles domestiques. À la première occasion on va lui faire entendre raison, tu peux compter sur moi.

L'agent de l'UB s'étire et fait quelques pas à côté de la voiture. Il n'a pas envie d'écouter les confidences de son collègue. Aujourd'hui on est amis, mais demain ça peut être la lutte à couteaux tirés. Sait-on jamais ? Il est ambitieux, cet officier qui supporte mal son rôle de chauffeur. Pourtant il a tort. Demain tout sera fini et ils vont retourner dans leurs bureaux. Autant prendre son mal en patience pendant ces dernières vingt-quatre heures.

Du coin de l'œil, l'agent de l'UB observe le jeune homme qui discute avec un étranger devant la porte. Les « verts » changent de mains et les affaires sont florissantes. Il faudrait les arrêter pour le commerce des devises, mais on ne peut pas poursuivre tout le monde, alors on laisse faire. Quelle absurdité ! L'agent de l'UB soupire et remonte dans la voiture. Dans l'ombre du soir, la neige se met à tomber.

— On aura un joli Noël blanc, dit le chauffeur à côté de lui. Ma femme a déjà acheté tout ce qu'il faut pour le réveillon.

— Tu as de la chance, soupire l'agent, la mienne est à l'hôpital. Je dois m'occuper des enfants. Heureusement qu'il y a ma belle-mère.

Dans le hall de l'hôtel, Kazik sourit à la jolie blonde qui se tient de l'autre côté du comptoir. C'est un excellent agent qu'il connaît depuis des années. Pas très idéaliste, elle veut gagner beaucoup et elle le dit. Au moins celle-là est franche. À gauche de l'entrée il y a des fauteuils et des divans recouverts de cuir noir. Kazik s'assoit vis-à-vis de deux hommes qui semblent absorbés dans la lecture de leurs journaux. Il y a plus d'agents dans cet hôtel que de clients, pense-t-il. Cela coûte une fortune de les faire vivre tous, mais le jour où on pourra s'en passer il y aura des bataillons de chômeurs dont on ne saura que faire.

— Kazik, salut !

Il sursaute. André et Marek s'installent à côté de lui.

— Tu n'as plus pour longtemps à attendre, dit André. Ils descendent.

— Qu'est-ce que vous faites là, demande Kazik en cachant mal son mécontentement ?

— Notre métier, répond Marek avec un petit sourire ironique. J'ai fait un enregistrement qui n'est pas mauvais et André a brillamment réussi une entrevue. Merci de nous avoir fait savoir que ces invités de marque sont disponibles. Sans toi on serait en train de poireauter dans les antichambres.

— Oh ! il n'y a pas de quoi. Ce sont de petits services qu'on se rend entre amis, constate Kazik.

Amis, pense Marek. Avoue plutôt que tu as peur de moi et que tu fais ce que tu peux pour me contenter à l'occasion. Ne t'en fais pas, mon vieux, je ne parlerai pas. L'affaire Zbrzycha est morte et enterrée, comme ce pauvre vieux qui a eu un « accident » dans sa cellule. Un mort de plus ; ni vu, ni connu. Un jour cependant, quand nous seront seuls, je te demanderai si tu as des remords, toi, parce que moi j'en rêve. Dans mes cauchemars il me hante ce « coupable sur mesure ». Je suis même retourné voir ce qui est arrivé à sa cabane. Je pourrais te raconter que le petit jeune, un dénommé Wujcik, a bien profité de l'affaire. C'est lui qui s'est installé sur la terre. Je n'ai pas traîné dans le coin de crainte d'être reconnu, mais il était bien là.

— J'aimerais te rencontrer demain, si possible, dit André à Kazik à voix basse. Il y a des potins inquiétants qui circulent.

Kazik allume une cigarette et d'un geste à peine perceptible lui indique les deux hommes assis en face, les visages cachés derrière les feuilles des journaux qu'ils semblent lire avec passion.

— Demain je suis occupé, dit-il. Viens acheter des cigarettes. Ils se lèvent et font quelques pas dans le grand hall.

— Est-il vrai qu'on veut augmenter le prix de la viande ? demande André à voix basse en remuant à peine les lèvres. C'est de la folie !

— Le « vieux » est décidé.

— C'est l'« autre » qui le pousse ?

— Possible. En fait il sont plusieurs, mais l'« autre » n'est certainement pas étranger à l'affaire. Je t'avoue que je suis de plus en plus persuadé qu'il se croit invulnérable, le monsieur « M » avec son groupe de « Partisans ». La visite de nos « voisins » de l'Ouest tombe à pic à cet égard. La reconnaissance de nos frontières est un atout majeur pour le « vieux ».

— Je peux le dire dans mon papier ? demande André.

— Tout dépend comment tu vas le présenter, rétorque Kazik en élevant la voix, parce que les fonctionnaires allemands sortent de l'ascenseur. Excuse-moi, mais je dois partir.

Kazik salue les trois hommes, puis ils sortent ensemble, tandis que le portier s'incline très bas en leur ouvrant la porte.

— Montez, dit Kazik en allemand.

Il contourne la voiture, s'approche de l'agent de l'UB et lui dit à voix basse :

— À l'intérieur, dans le hall, il y a deux journalistes, vous les connaissez ?

— Oui, répond l'agent, André Solin et Marek Lobusz de Radio-Varsovie. On vient de me le dire.

— Je veux savoir ce qu'ils ont ramassé. Ils ont fait un enregistrement et une entrevue avec nos invités. L'enregistrement surtout m'intéresse au plus haut point. Débrouillez-vous pour que je puisse l'avoir cette nuit chez moi. Je veux savoir aussi ce que nos hôtes vont faire après leur retour à l'hôtel. S'ils font monter des filles dans leurs chambres, relevez leurs noms et leurs adresses.

— Comptez sur moi, dit l'agent en ouvrant cérémonieusement la porte à Kazik, qui monte, cette fois-ci à côté du chauffeur.

9

Un simple malentendu...

Là-bas, en face, le kiosque à journaux brûle, et plus loin, juste au bout de la rue, il y a les vitrines éventrées des magasins que la petite neige fine blanchit lentement. Wlodek recule dans le fond de sa minuscule mansarde et se laisser tomber sur le lit étroit. Il appuie ses coudes sur ses genoux et se cache la figure.

– Lâche, lâche, lâche ! crie-t-il presque. Je ne suis qu'un lâche. Les autres sont en train de se battre contre la milice et moi je me terre ici comme un animal qui ne pense qu'à sa sécurité. Oh, mon Dieu ! comment vais-je continuer à vivre avec cette honte. Lâche !... Non. Il faut que j'y aille.

Wlodek se lève et se met à chercher sa casquette, mais sur la table de chevet il y a la grande feuille couverte d'une écriture pointue : la lettre d'Inka.

« Magda ne va pas très bien et je la soigne de mon mieux. Nous t'attendons pour les fêtes. Oh ! comme nous t'attendons ! J'ai beaucoup réfléchi et je peux te répondre. Tu te souviens. Tu m'as demandé de te dire si je croix pouvoir passer le reste de ma vie à travailler sur la terre. Oui, Wlodek. C'est cela que je veux. »

La photo d'Inka qu'il avait réussi à chiper avant son départ est là, à côté, dans son cadre de carton qu'il a fabriqué lui-même. Il y a ses yeux, sa bouche, ses longues nattes. Inka, le bonheur, la terre, Celestynow, l'odeur du printemps. Wlodek se jette sur le lit et, couché sur le ventre, enfouit sa figure dans l'oreiller. Non, il n'ira pas. Tant pis. Il est lâche et c'est bien cela sa véritable nature.

Écoute, Inka, murmure-t-il. Si on t'attaquait toi, je me battrais. Je me battrais jusqu'au bout avec mes poings, mes dents, ma chair et mes muscles. Mais là-bas dans cette foule je n'ai pas de place. Ils croient qu'ils vont changer quelque chose, moi pas. Alors pourquoi ? Pour qui ? À quoi bon ? Écoute, Inka, je ne suis pas un héros. Je suis un paysan, fils de paysans. Si tu veux bien m'accepter, il faut que tu le saches. Wlodek se redresse, fouille dans le tiroir de la table, sort un crayon et un morceau de papier et se met à écrire. Dehors la nuit tombe et il lui faut allumer la lampe.

« Je n'ai jamais osé te le dire, mais je t'aime plus que ma vie »... Wlodek suce le bout de son crayon, puis roule le papier en boule et le lance dans la corbeille placée sous la fenêtre. Il n'y a plus de papier dans le tiroir, mais juste le petit carnet qu'Inka lui a donné avant son départ. Il arrache une feuille quadrillée et recommence. « Je ne sais pas écrire. Je n'ai jamais appris à parler à cœur ouvert. Mais c'est plus facile quand même de te l'écrire que de te le dire »...

Un bruit sourd fait trembler la vitre. Wlodek se précipite à la fenêtre. En bas, dans la rue déserte, les blindés roulent lentement. Ils ressemblent à de gros animaux préhistoriques qui dévorent l'espace entre les deux rangées de maisons.

Il n'y a pas de lumière en face. Wlodek éteint sa lampe et se met à compter machinalement les monstres qui continuent à avancer. La radio, se dit-il, suis-je bête de ne pas l'allumer. Ils vont peut-être annoncer quelque chose. Musique, un disque, puis un autre. Partir tout de suite, essayer de marcher jusqu'à la gare, sauter dans un train, pense Wlodek, non, tout cela est impossible. Il n'y a plus de trains, il n'y a plus que le cordon de la milice, de l'armée, des tanks.

— Nous sommes encerclés, lui avait dit le contremaître au moment où ils quittaient les chantiers. Nous sommes enfermés dans une souricière. Ils vont nous fusiller tous.

Wlodek tourne le bouton de la radio. Les autres, ceux qui attaquent les postes de milice, ceux qui luttent encore, sont ensemble, tandis que lui est condamné à la solitude et au silence. C'est le prix de sa lâcheté. Enfin ! La musique cesse et c'est la voix du commentateur.

– Vous allez entendre maintenant un appel du camarade Kociolek : « Camarades ouvriers, des *hooligans** manipulés par des éléments contre-révolutionnaires ont provoqué la fermeture des chantiers, mais nous comptons sur le courage de la classe ouvrière. Demain matin, jeudi 17 décembre, vous allez être tous à vos postes dans les chantiers et nous nous opposerons ensemble à ceux qui veulent la perte de notre patrie. Demain... »

Wlodek n'écoute plus. Si le travail reprend demain, c'est que l'ordre a été rétabli et qu'il pourra partir. C'est cela qu'il va faire. Il ira le matin aux chantiers et dans l'après-midi, quand les sirènes se mettront à siffler, il partira à la gare. Ils seront surpris de son arrivée à Celestynow. Le train s'arrêtera à Varsovie, il changera de voie, attendra quelques heures et prendra le rapide de Lublin. Le surlendemain, à midi, il descendra à la petite gare. Les cheminots vont lui faire signe de la main. Ils le connaissent tous là-bas. Il y aura de la neige sur le passage entre les voies, ou peut-être juste quelques glaçons accrochés aux rails. Il se dépêchera de traverser, descendra de l'autre côté, marchera sur la grand-route et se retiendra pour ne pas courir.

Wlodek n'ose pas rallumer la lampe et, dans l'obscurité, commence à chercher à tâtons ses affaires. Ses gestes sont fébriles, mais il n'a aucun mal à emballer le grand sac. Cela fait des semaines qu'il a tout préparé. Le cadeau pour Inka, un collier d'ambre et une petite bague en argent, le tablier pour sa mère, un morceau de savon, acheté au marché noir, deux paires de bas qu'il a réussi à se procurer en faisant des échanges avec un marin, une bouteille de vodka aux

---

* Terme qui sert à désigner une certaine catégorie de voyous.

herbes, qu'on ne trouve qu'à Gdansk, et une boîte de caviar. Elle a coûté cher, mais il a été si content de l'avoir. Des marins soviétiques la vendaient au prix fort. Il a donné deux chemises presque neuves pour cette boîte, mais il y a beaucoup de caviar et c'est du meilleur.

Une fois le sac rempli, Wlodek s'assoit sur le tabouret, près de la fenêtre. En bas, dans la rue, les blindés se sont arrêtés, longue file de mastodontes qui bloquent tout. L'horizon bloqué ? Qui a dit cela ? Un écrivain, un poète, ou peut-être le curé Marianski ? Non, c'est Inka qui lui a dit un jour : « Inutile de nous débattre. Partout les horizons sont bloqués. Il n'y a qu'ici, sur la terre, qu'on peut encore voir au loin, comme autrefois. Les champs, l'espace, c'est cela la liberté et nous n'en aurons jamais aucune autre. Pendant la guerre, les Allemands forçaient les gens à se cacher dans les forêts, mais maintenant c'est fini. On peut respirer, rêver et même espérer. Il faut juste éviter d'aller en ville, de fréquenter l'université, de chercher un travail. Ici, l'horizon est à nous. »

C'est étrange comme il se souvient bien de chaque mot, de chaque geste, de chaque instant qu'ils ont passé ensemble. C'est sans doute cela l'amour. L'art de ne rien oublier, de tout rassembler, bout par bout et de l'enfouir quelque part pour puiser ensuite dans ce trésor quand on est seul et misérable. Dehors il y a la nuit sans lune et l'incendie qui fait toujours encore rougir le ciel au loin. Pourtant s'ils veulent qu'on se rende au travail demain matin, ils doivent d'abord éteindre les feux, pense Wlodek. Oh ! inutile de s'inquiéter. S'ils ont lancé cet appel à la radio, c'est qu'ils se sont organisés. Wlodek essaie de se calmer, de fermer les yeux, mais aussitôt il revoit la foule des ouvriers qui courent dans la rue. En face il y a la milice. Un bruit étrange, un sifflement, un homme qui tombe à côté de lui. Wlodek a essayé de le relever et il a réussi à le traîner jusqu'à la porte cochère. C'est quand il a vu qu'il était mort qu'il a décidé de se sauver. De retrouver sa tanière et d'attendre tout seul tapi dans sa chambre, son oasis. Les chantiers... Il déteste ce travail, les gens qui l'entourent, les agents d'ORMO qui les surveillent et les contrôlent.

Seule la mer est belle. Depuis qu'il est à Gdynia, il évite soigneusement tout contact. En fait il ne connaît personne. Il vit avec Inka. C'est à elle qu'il parle dès qu'il se retrouve seul. Il l'emmène avec lui au bord de la mer et lui montre les vagues. Pour le reste, il fait ce qu'on lui demande d'une paye à l'autre. La chambre n'est pas chère et les colis que Magda lui envoie lui suffisent. Il a maigri beaucoup, mais il a amassé pas mal d'argent, et pas en zlotys mais en « verts ». Ce sont de vraies économies. Avec cela il pourra acheter bien des choses à Celestynow. J'agrandirai la maison et si Inka veut de moi on va s'y installer confortablement, pense Wlodek. Je vais construire une grande pièce pour nous deux, une salle de bains et une autre chambre qui aura de grandes fenêtres. Je vais négocier avec le voisin et, s'il accepte, lui acheter sa terre. Il est vieux et il n'en a plus pour longtemps.

La vitre recommence à trembler. En bas, dans la rue les blindés bougent. Wlodek se retient pour ne pas crier de joie. Ils s'en vont. Tout est réglé. Il est cinq heures du matin. Wlodek prépare son thé, verse de l'eau dans la cuvette et se lave. Il est temps de partir au chantier. Le thé est bouillant et cela lui donne confiance. Le simple fait de grignoter une tranche de pain noir, cuit par sa mère, et d'avaler le liquide qui sent bon, l'aide à retrouver un peu de son calme. La répétition des gestes quotidiens, la routine imposée par le travail, le cadre connu et accepté. Wlodek se coiffe, se rase et saisit son sac. Dans l'escalier la minuterie ne marche pas, mais comme il le connaît par cœur il ne se préoccupe même pas d'appuyer sur le petit bouton. Cet après-midi il touchera sa paye et partira pour ne plus revenir. Sa décision est prise. Finis les chantiers ! Avec ce qu'il a économisé il pourra tenir jusqu'au printemps et faire de la construction chez lui. La remise n'est pas chauffée, mais avec une bonne veste, ça marchera. De toute façon il n'aura pas plus froid qu'aux chantiers où sur les planchers en béton les pieds gèlent. Sa remise sera bien balayée, bien rangée et cela sentira le bois frais, tandis qu'aux chantiers c'est la saleté et les rats qui courent affolés dès qu'on déplace les caisses. La seule salle aménagée un peu mieux et chauffée, c'est la cafétéria qui sert aussi de lieu de réunion, mais Wlodek n'y met pas les pieds. Il apporte avec lui un gros sandwich et le mange assis dans son petit bureau vitré. Comme il suit des cours de formation technique, il a réussi à se faire dispenser des réunions.

La rue est jonchée de débris de toutes sortes, de morceaux de bois et de vitres cassées. Wlodek marche vite. Il croise des ouvriers et des petits groupes qui comme lui se dirigent vers les chantiers. Tout est silencieux, car les gens évitent de se parler comme s'ils craignaient de provoquer les miliciens qui se tiennent au coin des rues. Ils sont très nombreux et pointent leurs carabines automatiques du côté des passants. Le vent froid brûle la peau et coupe le souffle.

Je vais regretter la mer, pense-t-il. Elle est bien plus belle que ce que j'imaginais autrefois, à Celestynow, quand, petit gars encore, je rêvais d'être marin.

Au fur et à mesure qu'il s'approche du chantier, il y a de plus en plus de miliciens, mais les blindés semblent partis et cela rassure Wlodek. Un autobus s'arrête et il monte. Il y a beaucoup de monde à l'intérieur. Des ouvriers, serrés les uns contre les autres, silencieux et inquiets. La peur, plane au-dessus de cette foule, lourde, suggestive, palpable presque, à un point tel que les gorges se contractent.

Le conducteur néglige les deux arrêts suivants et cela suffit pour augmenter la tension. Contrairement à l'habituelle grogne personne ne proteste. C'est comme s'ils avaient tous perdu l'usage de la voix. Pourtant dans la rue il y a des gens qui attendent et qui veulent monter. On pourrait se serrer encore un peu plus et leur faire de la place. Cela serait plus humain que de les laisser dans le froid du matin.

Wlodek rencontre le regard d'un homme, plus âgé que lui. Ils n'échangent pas une parole, mais c'est comme un signe d'amitié. Les yeux de l'autre expriment cette sorte d'encouragement fraternel qu'il avait déjà vu dans ceux de certains ouvriers quand les employés du bureau circulaient parmi eux pour vérifier et pour moucharder. De vrais parasites que ces gars-là qui n'ont rien d'autre à faire que de rapporter ce qui se dit et ce qui se fait dans les chantiers. Et dangereux avec ça, parce qu'ils savent se débrouiller pour faire mettre les gens dehors, couper la paye, exiger un transfert. Ils doivent jubiler maintenant, les salauds, pense Wlodek. Ils sont partis dès que les troubles ont commencé.

Comme toi, lui souffle une petite voix. Toi aussi tu es parti très vite, parce que tu es un lâche ! Wlodek se secoue.

La lumière dans l'autobus cesse de fonctionner, mais dehors il commence à faire plus clair. Finalement, le lourd véhicule s'arrête et ils descendent.

Devant les chantiers navals « Commune de Paris » se tiennent les formations de l'armée. Mais que font-ils là, se demande Wlodek ? Au même moment le silence du matin explose en mille morceaux. Il y a tout d'abord des cris de commandement, puis le sifflement des balles. Autour de Wlodek les hommes s'affaissent comme des marionnettes. Il se jette par terre, mû par un réflexe et cache sa tête entre ses bras pour ne plus entendre et ne plus voir. Quelqu'un hurle ; un râle juste à côté de lui. « Jésus Marie, crie une femme mais ils vont nous assassiner tous. Sauvez-vous, sauvez-vous, vite ! »

Wlodek se redresse légèrement, mais aussitôt une rafale le cloue au sol. Il ferme les yeux, comme autrefois, quand pendant l'occupation il revenait du moulin avec son père et sa mère. Les Allemands défendaient aux paysans l'accès du moulin qui ne devait moudre le blé que pour les livraisons aux autorités de l'occupation. Ils allaient donc en cachette y porter leur récolte et ensuite ils rapportaient sur leur dos les sacs remplis de farine. Les formations S.S. surveillaient. Ils n'empruntaient jamais la route, mais marchaient pliés en deux, sous la lourde charge, à travers les champs. Son père appelait ce petit sentier en colimaçon le « raccourci militaire » et cela faisait rire toute la famille. Ce jour-là, pourtant, les S.S. ont réussi à les repérer et se sont mis à tirer. Ils se sont jetés par terre et, les visages contre le sol, ils ont attendu. Cela avait duré très longtemps. Une éternité. Puis Wlodek a relevé la tête et a vu la botte du S.S. La farine était perdue. Les sacs criblés de balles s'étaient vidés sur le sol. Ils les ont forcés à tout ramasser avec des cuillères et finalement, tard dans la nuit, ils les ont laissé partir.

Magda, Wlodek s'en souvient très bien, claquait des dents et l'avait forcé à courir penché. Elle craignait qu'ils ne tirent sur eux et ne les liquident d'une balle dans le dos. À l'époque le « crime » qu'ils avaient commis était punissable de dix ans de prison, car l'occupant considérait comme impardonnable cette envie malsaine que les paysans pouvaient avoir de faire moudre leur blé, au lieu de livrer les grains aux Allemands.

Et, comme autrefois, comme il y a vingt-huit ans, en cette année 1942, Wlodek relève tout doucement la tête. Autour il y a des corps, des gens qui hurlent et tout près de lui une paire de bottes dont le cuir mat ne brille pas comme dans son souvenir. Des bras le saisissent, le traînent, le jettent dans le camion. Il est entouré de miliciens polonais. C'est la police de la Pologne populaire qui s'occupe de lui, en jurant.

* * *

— Ils ont fait trois cents morts, dit André, et ils ont arrêté des centaines d'ouvriers. Un simple malentendu. Kociolek a lancé la veille un appel à la radio en demandant aux ouvriers de venir travailler le lendemain, tandis que l'armée a reçu l'ordre de tirer pour protéger, soi-disant, les installations des chantiers « Communes de Paris » contre le vandalisme des *hooligans*.

— Maman, oh ! maman, c'est trop affreux !

Maria Solin se rend compte que son fils essaie de lui cacher à quel point il est ému. Il se tient devant la fenêtre le dos tourné. Ainsi elle l'écoute sans voir son visage.

— Et ce n'est pas tout. D'après ce que nous avons pu apprendre, Marek et moi, le jour même, toujours en ce 17 décembre, à Szczecin, les blindés de l'armée ont chargé la foule ramassée sur la grand-place, bilan : 200 morts.

Il n'aurait pas dû revenir en Pologne, pense Maria Solin. Je ne me pardonnerai jamais d'avoir été la cause involontaire de son retour. Ce n'est pas moi, fort heureusement, qui le lui avais demandé. Dieu est miséricordieux. S'Il m'avait permis de le retrouver et de lui écrire, j'aurais maintenant des remords que rien n'aurait pu effacer.

— Quelle ironie ! Les postes de la BBC de Londres et de l'Europe libre donnent plus de détails que ce que nous pouvons obtenir ici, à Varsovie. Ce que je raconte est ultra-secret. Pas un mot dans les journaux et aux nouvelles. Chez nous les gens ne doivent rien savoir. C'est cela l'information objective. Nous avons demandé, Marek et moi, à nous rendre à Gdansk, mais cela nous a été refusé.

Quelle chance, pense Maria Solin. Je ne veux pas le perdre une deuxième fois. S'il part là-bas, je vais prier jour et nuit pour lui comme à l'époque où la Gestapo est venue le chercher et l'a emmené, comme quand il était au camp de concentration...

La sonnerie du téléphone les fait sursauter tous les deux. André réagit le premier. Au bout du fil il y a la voix de Kazik.

— Prends ce qu'il te faut. Nous passons te chercher tout de suite, Marek et moi. Oui, nous partons.

André raccroche lentement.

— On me demande d'urgence à la rédaction, dit-il à sa mère. Je peux être obligé de travailler pendant plusieurs jours. Veux-tu prévenir Helena ?

— Tu pars là-bas, dit Maria Solin d'une voix blanche.

— Voyons, maman, il ne faut pas t'inquiéter. Nous ne sommes plus en guerre. Ce ne sont que des émeutes sans importance.

André est à nouveau maître de lui et parvient à donner le change. D'ailleurs il ne laisse pas à sa mère la possibilité de réagir. Il l'embrasse sur les deux joues et s'en va. Maria Solin a juste le temps de lui mettre dans la poche quatre tablettes de chocolat, cadeau d'un malade qu'elle a réussi à remettre sur pied. Il y a encore le bruit de ses pas dans l'escalier et puis plus rien, juste le silence oppressant rempli d'appréhension. Maria Solin se secoue. Pendant l'occupation elle était officier dans l'Armée du Pays, et maintenant, quand tout croule, va-t-elle rester assise dans sa chaise à s'inquiéter pour son fils ? Ils doivent manquer de médecins là-bas, pense-t-elle et il doit bien y avoir un moyen de franchir les cordons de la milice. D'un bon elle se lève, saisit sa trousse, quelques objets indispensables qu'elle fourre dans une serviette, le vieux portefeuille caché sous le matelas où elle range ses économies, quelques dizaines de dollars, et quitte l'appartement. En bas, elle réussit à trouver un taxi et se fait conduire à l'hôpital. Helena est dans son bureau.

— Je pars avec vous, dit-elle. Vous ne pouvez pas me refuser cela. J'ai une voiture, tandis que toute seule vous allez vous faire refouler. En auto nous passerons ; en train cela doit être plus compliqué. Et puis laissez-moi arranger les choses ici. Je connais un certain docteur Skiba qui ne me refuse rien.

Helena sort d'un pas élastique, apprend dans la salle du dispensaire que le docteur Skiba est en train de faire sa visite au deuxième et monte l'escalier quatre à quatre. Comme l'ascenseur est lent et chroniquement surchargé, d'autres montent derrière elle. Une vieille femme s'accroche d'une main à la rampe, tandis que dans l'autre elle tient avec précaution une gamelle militaire.

Les malades qui n'ont pas de famille pour leur apporter à manger sont condamnés à avoir faim, pense Helena. C'est inadmissible qu'on ne puisse par leur donner des repas dignes de ce nom. Non seulement c'est insuffisant parce que le peu de viande qu'on reçoit disparaît dans les cuisines au profit du personnel, mais encore c'est franchement mauvais. Les malades... Des draps sales, des conditions d'hygiène à peine acceptables et des infirmières qui comptent sur des « pourboires » pour donner les soins les plus élémentaires. Rien d'étonnant qu'il y ait des « accidents » qui d'ailleurs ne tirent pas à conséquence. Les familles se taisent et les médecins aussi. Nul ne s'est inquiété de savoir pourquoi une certaine Dosia est morte dans la salle d'opération et, en dehors d'Helena, le docteur Skiba n'a personne à craindre. Assez curieusement Helena fait le lien entre les murs crasseux, les planchers qu'on néglige d'entretenir et les événements qui se déroulent aux chantiers navals. Il est temps que quelqu'un ose protester. Les intellectuels ont échoué, mais les ouvriers, eux, vont peut-être réussir. Ils sont des milliers et la force du nombre, cela compte !

— Nous partons, le docteur Solin et moi, annonce-t-elle au docteur Skiba, en se plantant à côté du lit du malade sur lequel il vient de se pencher. Il nous faut un laissez-passer. Vous pouvez le faire. Vous remplacez le directeur médical.

Le directeur est parti, en effet, fêter Noël dans un chalet à Zakopane. Sa femme a des relations et elle a obtenu une jolie maison dans les montagnes pour tout le mois de décembre et de janvier. On chuchote à l'hôpital qu'elle trompe son mari avec un général de milice.

— Quel laissez-passer ? s'étonne Skiba. Pour aller où ?

— Venez vite, je vais vous expliquer.

Helena entraîne le docteur Skiba dans le grand bureau du directeur et lui dicte le texte du laissez-passer.

« Répondant à l'appel des médecins de Gdansk, le docteur Solin et le docteur Stanowska doivent s'y rendre le plus rapidement possible. Nous prions les autorités de leur faciliter toutes les démarches qu'elles vont juger utiles. »

— Mais vous êtes devenue folle, s'énerve Skiba.

— Pas du tout, cher collègue. C'est urgent et vous êtes un homme compréhensif. Vous, vous avez du cœur. Vous aimez bien les femmes, n'est-ce pas ? Infirmières, malades, et aussi collègues. Donc, je suis certaine que vous ne pouvez pas me refuser ce petit service.

La voix d'Helena est doucereuse et ses allusions à peine voilées. Entre eux, il y a un silence, puis le docteur Skiba dit :

— Vous devenez vraiment trop nerveuse. Comme je ne peux rien vous refuser, je vais vous signer ça, mais je vous préviens, ce papier n'a aucune valeur pour la milice et on ne vous laissera pas passer.

— Ça, c'est mon problème !

Skiba s'exécute, Helena prend la feuille, souffle pour sécher l'encre, puis la lui tend.

— Demandez donc à la secrétaire d'apposer le tampon, ordonne-t-elle, et de noter que nous allons être absentes pendant deux semaines ou plus.

— Vous avez un curieux sens de vos responsabilités, essaye d'objecter le docteur Skiba, tout en écrasant le tampon sur la feuille, notre personnel médical est déjà très réduit pour la période des Fêtes et je me demande qui va s'occuper des malades.

— Mais vous, ma parole ! lui crie Helena en s'éloignant dans le corridor.

Une fois dans l'auto, Helena raconte la scène à Maria Solin et toutes les deux sont prises d'un fou rire.

— J'ai l'impression de rajeunir de trente ans, constate Maria Solin. Cela me rappelle l'époque où s'organisaient les premières formations du maquis. On manquait de tout, mais on se débrouillait. Ce fut tellement simple quand on y pense aujourd'hui. Un ennemi : l'occupant ; un objectif : l'indépendance ; un groupe : les résistants. La solidarité d'un peuple. Tiens, sais-tu que je viens soudain de me rendre compte d'une chose : le jour où les ouvriers, les paysans, les intellectuels et l'Église seront solidaires, personne, tu m'entends, personne, même pas les tanks soviétiques, ne pourra nous empêcher de devenir un pays libre.

— Vous êtes optimiste, plaisante Helena. Moi je me demande pourquoi André ne nous a pas emmenées avec lui. Il semble persuadé que seuls les hommes peuvent agir, tandis que les femmes, médecins ou pas, n'ont qu'à se confiner dans la routine quotidienne.

Helena conduit vite et bien. La voiture roule sur l'autostrade, ou plutôt sur un chemin plus large qu'on a baptisé ainsi. Autour tout est calme. Pas de milice et pas d'armée en vue.

— Ils sont alarmistes, dit Maria Solin. Cela semble incroyable qu'une paix pareille règne ici, tandis qu'on tue à bout portant des ouvriers et que notre propre armée ose tirer sur les femmes et les enfants. André semblait si énervé, si tendu...

— J'ai faim, constate Helena. C'est bon signe. Vous allez voir que nous allons faire tout cela pour rien. Les nouvelles de la BBC et de l'Europe libre sont peut-être exagérées. Après tout eux non plus ne peuvent avoir de journalistes sur place.

— Voici un morceau de chocolat, dit Maria Solin en riant. Chez nous tout est possible. Pour le moment nous avons assez d'essence et la route est libre. On verra dans une heure, ou deux, quand nous serons plus près de Gdansk. Te souviens-tu, Helena, de cette atmosphère qui régnait à Varsovie la veille de l'insurrection ? En apparence c'était le calme. En réalité nous étions en train de distribuer des armes et de préparer dans les hôpitaux des réserves de bandages. De l'autre côté, les officiers de la Wehrmacht répartissaient leurs points de résistance. Au Jardin Saski les canons étaient prêts à tirer. J'ai l'impression que cette fois-ci il y a là-bas, au bord de la Baltique, une sorte de tremblement de terre. Un changement majeur qui se prépare. Mais assez curieusement, contrairement à l'automne de 1944, nous en sommes exclus, nous les professionnels et les intellectuels. Les ouvriers, les mêmes hommes et femmes qui en 1968, donc il y a deux ans à peine, ont traité les étudiants de traîtres, de jeunesse dorée et de Juifs, luttent maintenant pour la venue des temps nouveaux. Je me sens curieusement exclue, cette fois-ci, et c'est un sentiment qui m'est pénible. Me comprends-tu, Helena ?

— Non, franchement, je n'ai pas l'impression d'être concernée. Voyez-vous, je reçois beaucoup de malades qui viennent des usines. Des accidents de travail abominables et inadmissibles. Les résultats de notre incurie quasi chronique. Absence de précautions, main-d'œuvre mal entraînée, vétusté des locaux, que sais-je encore ? Je les soigne de mon mieux, mais un peu comme les êtres d'une planète qui n'est pas la mienne. Je ne parviens pas à trouver avec eux de points communs. Ils sont brusques, vulgaires, mal élevés et méfiants, toutes caractéristiques que je déteste.

— Ce n'est pas leur faute, mais la nôtre, murmure Maria Solin. Tu n'as pas vécu avant la guerre. Tu étais trop jeune. Déjà à l'époque nous les avons oubliés.

— Oh ! écoutez, j'en ai marre d'entendre parler de ces temps préhistoriques. Cette manie que vous avez tous de remonter à 1939 m'horripile. On devrait cesser de se référer continuellement à la période bénie, ou maudite, peu importe, du maréchal Pilsudski, comme il faut effacer le rappel incessant des atrocités hitlériennes. Les morts ne ressuscitent pas. Nous sommes en 1970, la guerre s'est terminée il y a vingt-cinq ans, un quart de siècle. Inka ne l'a pas vécue et elle, comme tous ceux de sa génération, en a assez des discussions, des films, des livres et des retraites aux flambeaux au cimetière de

Powazki. Si en vingt-cinq ans je n'ai pas su trouver de langage commun avec ceux qui triment dans les usines, c'est que notre système d'éducation a échoué.

– Comme tu es catégorique, soupire Maria Solin. Un peu de compréhension, ma chère, et nous allons nous rejoindre, toi, moi et Inka, malgré nos différences d'âge et d'expériences.

Helena ne répond pas. Fort heureusement il n'y a pas trop de neige sur la route, mais par moment le pavé devient glissant et elle doit ralentir. Il fait froid et dans les villages qu'elles traversent il n'y a pas beaucoup d'animation. À Torun tout est calme et la circulation paraît parfaitement normale. Pour gagner du temps elles arrêtent devant une boulangerie et Helena achète des petits pains. Puis, à côté, elle parvient à avoir un gros morceau de fromage blanc. La file d'attente est relativement courte et elle ressort presque aussitôt. Le vent la réveille et la rafraîchit.

– Je suis en pleine forme, annonce Helena en reprenant le volant.

Elles traversent Chelmno, Grudziadz, puis à la hauteur de Malbork il y a un barrage de la milice. La voiture s'immobilise et les miliciens pointent leurs mitraillettes. Helena sort le papier signé par le docteur Skiba. Les deux miliciens qui se tiennent tout près lisent lentement.

– Drôle d'idée d'envoyer des femmes, dit l'un d'eux. Vos certificats ?

Helena serre les dents. Ils ont un ton et une façon de se conduire parfaitement injurieux.

– Les femmes devraient s'occuper des enfants, au lieu de courir les routes, dit l'autre milicien en rendant à Helena sa carte et celle de Maria Solin. Laissez donc aux hommes la médecine, chère dame, lance-t-il à l'adresse de Maria. Allez, vous pouvez partir, les dames doctoresses.

Salauds, jure Helena, et ce sont eux qui nous rebattent les oreilles avec les droits de la femme dans la généreuse Pologne populaire. Égalité, bien sûr, quand il s'agit de trimer à l'usine, mais infériorité quand il faut faire la queue pour acheter à manger, ou encore frotter le plancher à la maison. À nous le ménage, la cuisine, les enfants et les problèmes domestiques. D'ailleurs même à l'usine ce sont les femmes qui font les tâches les plus humbles. Les contremaîtres sont des mâles. La grande victoire que nous avons remportée, paraît-il, consiste à avoir des conducteurs de tramway femmes, mais déjà dans les autobus on garde des chauffeurs mâles. Que le diable les emporte !

— André a parlé de trois cents morts, dit lentement Maria Solin, comme si elle n'avait pas entendu. Si cela est vrai, il doit y avoir des centaines de blessés. Pourvu qu'on nous permette d'entrer à l'hôpital. Ils sont bien capables de les laisser mourir, faute de soins, pour que cela ne se sache pas qu'ils ont fait une vraie boucherie. Te rends-tu compte, ils ont lancé un appel à la radio pour demander aux ouvriers de venir travailler et ils les ont reçus à coups de mitraillettes automatiques de l'armée. Des soldats polonais ont exécuté les ordres des officiers polonais et ils ont tiré sur des ouvriers polonais. Cela me semble toujours encore inconcevable !

Au fur et à mesure que la voiture avance sur la route de Gdansk, il y a de plus en plus de circulation. Des camions remplis de militaires les dépassent. Les soldats agitent gaiement les mains dans leur direction, mais elles n'ont pas le cœur à leur répondre. Elles arrivent à Gdansk après la tombée de la nuit. Les rues sont remplies de miliciens et de soldats. La voiture roule très lentement. On les arrête à trois reprises, on vérifie leurs papiers et on les laisse passer. Devant l'hôpital il y a un groupe de miliciens.

Maria Solin descend de l'auto, avance entre les miliciens qui s'écartent, entre à l'hôpital, et accoste le premier médecin qu'elle rencontre.

— Nous venons de Varsovie vous aider, dit-elle tout simplement.

— Comment avez-vous réussi à passer ? s'étonne le médecin.

Sans attendre la réponse il ajoute aussitôt :

— Dieu soit loué que vous soyez là ! Vous avez un laissez-passer ?

— Oui.

– Parfait. Nous partons à l'instant à Gdynia. Ils manquent de médecins là-bas. Avez-vous une voiture ?

– Oui.

– Bon, je monte avec vous. Allons-y.

Cette fois-ci c'est Maria Solin qui pose des questions.

Des centaines de blessés à Gdynia, mais aussi à Sopot et à Szczecin. Il semble que c'est l'hôpital de Gdynia qui est débordé. La milice y amène sans cesse des gens. On ne sait rien de plus. Il y a eu évidemment beaucoup d'arrestations, mais le dispensaire de la prison ne répond pas au téléphone. Il n'y a pas moyen de savoir s'ils ont des blessés et ce qu'ils en font. Vous devez être fatiguées toutes les deux après ce long voyage, s'inquiète le médecin.

– Mais non, proteste Maria Solin. Vous pouvez compter sur nous. Nous sommes en parfaite forme.

Elle a envie d'ajouter que, pendant l'insurrection de Varsovie elle n'a pas dormi pendant plusieurs jours, mais se retient à temps. Inutile d'énerver Helena et puis ce médecin est vraiment trop jeune. À l'époque il n'était qu'un enfant sans doute.

C'est honteux, pense-t-elle, mais je suis heureuse. J'ai l'impression qu'enfin quelque chose bouge, que quelque chose va changer, qu'il y aura un renouveau. C'est en ce moment que je me rends compte à quel point j'étais résignée et amorphe. Subitement je retrouve le goût de l'espoir et le vrai sens de ma profession de médecin. Soigner, c'est espérer et moi j'ai oublié jusqu'au sens de cette réalité-là, à force de rafistoler tant bien que mal des gens pour lesquels on ne peut pas grand-chose faute de médicaments et de soins que leur état exige.

Ils entrent à Gdynia. Le médecin indique le chemin à Helena qui doit emprunter des rues secondaires, parce que plusieurs voies sont bloquées par les blindés de l'armée. On les arrête, on les interroge, on vérifie leurs papiers. Les rues sont vides et il n'y a pas de lumière dans les fenêtres. La ville semble dormir d'un profond sommeil, obéissante et soumise au couvre-feu ordonné par les autorités.

À l'hôpital, les corridors sont encombrés par des blessés couchés sur les brancards militaires. Les miliciens se promènent dans les salles, les infirmières courent tantôt dans une direction tantôt dans l'autre, et tout cela est dominé par un désordre indescriptible. Maria Solin enlève son manteau, sort son sarrau du sac de voyage et va se laver les mains. Elle est calme, tranquille, efficace, comme pendant l'insurrection de Varsovie, un quart de siècle plus tôt.

* * *

Dans les cabinets dépourvus de porte André vomit. L'odeur nauséabonde monte à ses narines. Il a beau fermer les yeux pour ne pas voir la cuvette remplie d'immondices, son estomac continue à se contracter. Ce sont de véritables spasmes qui lui font venir les larmes aux yeux, qui le font tousser, cracher et qui renvoient des ondes de douleur dans sa tête. Chaque fois qu'il pénètre dans une prison c'est la même histoire. C'est comme si son organisme se refusait à subir l'atmosphère de ces jardins zoologiques particuliers dont les cellules sont des cages où on enferme les bêtes les plus dangereuses de la création : des êtres humains. Pourtant cette fois-ci il faut qu'il se domine le plus rapidement possible. Kazik lui a bien recommandé de rencontrer autant d'ouvrier emprisonnés qu'il pourra et d'essayer de les libérer.

— Tu dis au directeur que l'UB t'a donné l'ordre de les emmener avec toi. Un ordre secret. S'il ne te croit pas tu lui demandes de téléphoner et tu m'appelles à ce numéro. Une camionnette t'attendra à la sortie. Tu n'auras qu'à les faire monter et à les emmener à cette adresse. Choisis les jeunes qui te paraîtront particulièrement affolés. Ceux qui n'ont jamais été en prison et qui n'ont pas de passé judiciaire. Compris ?

Au fait André n'a rien compris, mais Marek qui l'accompagne semble en savoir plus long.

— Voyons mon vieux, lui a-t-il dit, ils veulent recruter tout de suite des agents utilisables lors d'une autre grève. De futurs « provocateurs reconnaissants » qui par définition coûtent moins cher et sont plus efficaces qu'un « provocateur vénal » du type classique. Autrefois, vois-tu, on comptait sur une troisième catégorie, celle des « provocateurs idéologiques » dans le cadre de laquelle j'ai déjà figuré en bonne place, mais désormais cette engeance est en voie de disparition.

André n'a pas fait de commentaires parce qu'il ne savait vraiment pas s'il s'agissait d'une plaisanterie ou bien au contraire d'une confession. Marek a beaucoup changé. Ce n'est plus le compagnon gai et drôle avec lequel il a vécu à Paris. Il est devenu renfermé, ironique, méchant et solitaire.

André se secoue, regarde son visage dans la petite glace cassée en deux, s'essuie le front et sort. Le garde l'attend dans le corridor. Il le conduit au bureau du directeur, où Marek est en train de boire du thé et d'écouter les explications qu'on lui donne.

— Je vais vous faire rencontrer ceux qui sont arrivés hier, dit le directeur. Je ne peux pas vous affirmer qu'ils n'ont pas de dossiers, les vérifications n'ont pas été complétées encore. En fait nous sommes submergés. Cette nuit on a dû ajouter plusieurs lits. Que voulez-vous, personne ne pouvait s'attendre à une pareille augmentation de la population. Ils nous attendent dans la grande salle du rez-de-chaussée. Venez.

— Comme ça, constate Marek en se levant, nous n'allons pas faire le tour des dortoirs et des cellules ?

— Non, non, proteste le directeur, cela demanderait bien trop de votre temps, camarades.

Pourvu qu'il n'insiste pas, pense André, dont l'estomac se contracte à nouveau, mais Marek semble tenir à sa visite de la prison.

— En somme, les gens que nous allons voir sont déjà sélectionnés, en quelque sorte, par vos soins ?

— Mais qu'allez-vous chercher là, camarade, proteste le directeur qui de toute évidence est épuisé par une longue nuit blanche et se contrôle mal. Je ne vais quand même pas vous présenter tous les tueurs, tous les assassins et tous les voleurs des biens publics. Une autre fois si vous le voulez, mais quand même pas aujourd'hui !

Le garde qui les précède ouvre les portes. Il y a le bruit des pentures qu'on n'a pas huilées et des gros trousseaux de clefs qui frappent les barreaux.

– C'est encore plus sinistre que dans le roman d'Alexandre Dumas, plaisante Marek.

– La prison n'est pas un lieu de plaisir. Ce n'est pas un hôtel de luxe et les gens que nous recevons n'y viennent pas pour un repos bien mérité, s'énerve le directeur qui visiblement ne peut plus le supporter.

– Les rédacteurs de Radio-Varsovie ont mauvais esprit, dit André pour arranger les choses. Il ne faut pas y prêter attention.

La grande salle où ils pénètrent finalement est beaucoup mieux entretenue que l'aile administrative. Le plancher est lavé de frais et les murs ont dû être repeints récemment. Ils s'installent derrière une longue table, les gardes se tiennent debout à côté, tandis que les prisonniers entrent l'un après l'autre.

Kazik leur avait recommandé de demander à chacun son âge et le nombre d'années passées aux chantiers et André se raccroche à ces deux questions qu'il pose d'une voix qui se veut neutre. C'est Marek qui décide de la sélection des prisonniers et leur ordonne de se placer à l'autre bout de la salle. Il nous faut un maximum de dix, pense-t-il. Si Kazik veut en avoir plus, on recommencera.

Soudain, il y a devant André une paire d'yeux qu'il connaît. C'est Wlodek, le fils de Magda. Sans attendre la réaction de Marek, il dit : « Placez-vous là-bas, camarade ! »

Pourvu qu'il n'ouvre pas la bouche, pense-t-il. Pourvu qu'il ne dise pas qu'il me connaît. Mais Wlodek a compris comme dans un éclair qu'il profite d'une chance inespérée et pour ne pas se trahir baisse la tête et fixe obstinément les bouts de ses bottes. Au même moment le garde glisse de façon imperceptible un petit billet qu'André serre aussitôt dans sa main. Il l'ouvre tout doucement sous la table. Il y a là cinq noms. Comme par hasard les cinq hommes concernés se présentent devant eux dans l'ordre, l'un après l'autre. C'est fini. Il n'y a plus de place pour les autres. On leur a bien dit : un maximum de dix. Ils se lèvent et ils s'en vont. En prenant congé du directeur, André a cependant une idée qu'il met aussitôt à exécution.

– Nous voudrions visiter également l'infirmerie de la prison. Certains pourraient être transférés à l'hôpital.

– Il n'y a pas de blessés, ment le directeur avec aplomb. L'infirmerie est vide. Les quelques malades ont été renvoyés la semaine dernière dans leurs cellules. Au revoir, camarade. Au fait vous avez un drôle de nom : André Solin. Êtes-vous français d'origine ? Désarçonné, André égrène les explications habituelles et se dépêche de partir.

Dehors les hommes sont déjà dans le camion et le chauffeur leur fait signe qu'on peut démarrer. André et Marek montent dans la voiture, envoyée par Kazik, et suivent. André arrache une feuille de son bloc-notes et écrit : « Le fils de Magda est dans le camion. Il faut le libérer avant qu'on n'arrive. Attention au chauffeur. » Marek fait signe de la tête qu'il a compris et déchire la feuille en tout petits morceaux qu'il enfouit dans sa poche.

Ils roulent à travers les rues remplies de soldats et de miliciens, mais il y a là aussi des femmes qui marchent vite, les fichus tirés sur la tête. Elles portent des sacs, des gamelles, des petits paniers. Ce sont les filles et les épouses des prisonniers et des blessés qui courent pour leur porter quelque chose à manger. Les laissera-t-on voir leurs proches ? Leur donnera-t-on ces pauvres victuailles qu'elles ont préparées pour eux de peine et de misère ?

Pendant l'occupation les Allemands acceptaient les colis que la famille apportait aux prisonniers de Pawiak. Ils avaient de l'ordre et ils étaient honnêtes à leur façon. En recevant le colis le préposé consultait la liste des prisonniers, placée devant lui, et quand un nom n'y figurait plus parce que la femme ou l'homme avaient été exécutés pendant l'interrogatoire ou expédiés dans un camp de concentration, il disait : « Nicht mehr da*. »

Nos gardes à nous font-ils la même chose, se demande bêtement André, ou acceptent-ils tout colis pour en profiter ?

La camionnette noire, sans fenêtres, s'immobilise devant une maison placée un peu à l'écart de la route,

---

* N'est plus ici.

en dehors de la ville. André et Marek quittent leur voiture et s'approchent. En plus des dix hommes qu'ils ont déjà sélectionnés il y en a cinq autres et le chauffeur leur adresse un clin d'œil. De toute évidence il est de mèche avec les gardes qui ont profité de l'occasion pour libérer quelques-uns de ceux qu'ils connaissaient. L'éternelle complicité du peuple polonais face à la force et à la violence du pouvoir.

— Vous, camarade, dit Marek en s'adressant au fils de Magda, montez dans la voiture à côté du chauffeur et attendez-nous.

— Et surtout pas un mot, parvient à lui murmurer André. Tais-toi, quoi qu'il advienne.

Wlodek lui fait signe de la tête et monte dans l'auto, tandis que les autres entrent dans le grand bâtiment gris.

— T'es pas blessé demande le chauffeur à Wlodek ? T'as de la chance. Ce fut une véritable boucherie. Tiens, prends une cigarette. Te rends-tu compte qu'ils osent parler « d'une regrettable erreur », parce qu'ils ont oublié d'annoncer à la radio que les ouvriers des chantiers « Commune de Paris » seront reçus, en arrivant au travail, par le tir de notre propre armée ? De la vraie charogne que ces gens-là. Le chauffeur ouvre la porte et crache. Mais ce n'est pas fini. À Szczecin le comité de grève est très bien organisé. Ils détiennent tous les pouvoirs à l'heure qu'il est. Ils ont même leur propre milice et ils ont chassé les tueurs d'ORMO avec ceux qui étaient en uniforme. Ils ont brûlé la villa du premier secrétaire du Parti. Là bas aussi l'armée a chargé la foule. Il y a des morts et des blessés, mais ça ne fait rien. Le camarade Gomulka n'en a plus pour longtemps. Joli cadeau pour les Fêtes de Noël.

Wlodek aspire la fumée de sa cigarette. Après tout ce qui lui est arrivé il se sent incapable de réfléchir. Une seule idée lui revient sans cesse ; il a sauvé ses économies parce qu'il a pris la précaution, en allant au travail, de mettre l'argent sous la semelle intérieure de ses bottes. Avant de quitter sa chambre il a pourtant hésité, puis il s'est rappelé que son père lui avait toujours recommandé, quand il avait de l'argent sur lui, de le cacher. La vieille sagesse paysanne...

* * *

— Rendez-le moi. Je vous en supplie, rendez-le moi !

Helena termine le pansement tandis que la femme, de l'autre côté de la fenêtre, colle son visage contre la vitre.

— Je la connais, dit l'infirmière. Ce sont de braves gens. Il faut l'aider, docteur. Si son homme reste ici, on ne sait jamais. Ils peuvent le transférer à la prison, ou peut-être même le fusiller. On ne peut rien prévoir.

— Vous sentez-vous assez fort pour marcher ? demande Helena au blessé.

— Même pour courir, répond l'ouvrier.

— C'est bon, dit Helena. À vous, garde, de faire le reste.

— Merci, docteur, murmure l'infirmière en tirant l'homme par le bras.

— Il lui faut quand même un manteau, une veste, quelque chose. Il fait froid dehors. Vous n'allez pas le faire sortir en pyjama, pieds nus.

— Ne vous en faites pas, je m'en charge, dit l'infirmière en riant. Ça, c'est mon problème.

Pendant toute la matinée Helena travaille avec la même infirmière et tous les blessés, le moindrement valides, disparaissent de la même façon du petit bureau où elle les reçoit. Les grands blessés qu'elle voit dans la salle dans l'après-midi reçoivent des visites. Des femmes jeunes et vieilles se glissent dans les passages étroits entre les lits et les civières entassés partout les uns à côté des autres. Elles ne parlent pas. Elles se tiennent debout, ou s'assoient sur le bord du lit et regardent les blessés avec une expression de peine indéfinissable. Les femmes courageuses qui n'ont peur de rien ! Maria Solin a beaucoup de mal à leur expliquer qu'elles doivent ramener les victuailles qu'elles ont apportées parce que leurs blessés n'ont pas le droit de manger. Elles lui répondent que la soupe dans la gamelle est toute chaude. Que c'est une bonne soupe faite avec des pommes de terre et des os qu'elles ont réussi à se procurer. Qu'une soupe comme celle-là remet sur pied n'importe qui et que certainement elle ne peut faire de mal à personne. Il y a des larmes dans leurs yeux, mais Maria Solin n'a pas le temps de les consoler. Les blessés sont très nombreux et d'autres affluent encore, des hommes tout d'abord, puis des femmes et même des enfants qu'on essaie de placer tout au bout de la salle.

Des tueurs, voilà ce qu'ils sont, pense Maria Solin, de vrais tueurs. C'est la seule idée qu'elle garde en elle pendant plusieurs jours. À force de travailler, de se coucher tard et de se lever tôt, elle fonctionne comme un automate. Par la suite elle sera incapable de se souvenir de ce qu'elle a mangé pendant cette semaine-là, et avec qui. Tout ce qui restera gravé dans sa mémoire c'est une transfusion de sang particulièrement compliquée.

C'est dans la soirée de mardi, le 22 décembre, qu'Helena parvient à la tirer de cette espèce d'état second. Elles se retrouvent tard dans la nuit dans la chambre qu'on leur a assignée. Une chambre où il n'y a qu'un seul lit sur lequel elles couchent ensemble tant bien que mal. Helena n'a pas de chemise et dort nue, ce qui gêne Maria Solin. Helena s'en aperçoit et se moque d'elle.

— Mais voyons, dit-elle, il est vraiment temps de vous habituer. On voit bien que vous n'avez pas passé par un camp de prisonniers de guerre comme moi. Nous étions parfaitement à l'aise entre nous, à force de se faire déshabiller d'office par les gardes et de prendre tous les mois une douche en commun. Il est vrai qu'au début c'était pénible. Les vieilles femmes surtout sont difficilement acceptables comme ça, sans vêtements. C'est une excellente façon de découvrir que Dieu n'est pas toujours soucieux de donner à ses créatures des formes parfaites. Franchement, pour un médecin vous avez des pudeurs qui me dépassent. J'étais une enfant au camp et cela me surprenait la nudité, mais vous quand même vous êtes habituée à examiner des malades.

— Ce n'est pas la même chose, constate Maria Solin, gênée. Pas la même chose du tout. Et puis j'ai l'âge de ta mère et tu es ma belle-fille.

— Et alors...

– Oh ! rien. La tradition sans doute. Je n'ai jamais couché dans le même lit avec ma belle-mère. Il est vrai que c'était une époque différente. Une femme de cinquante ans était une vieille dame respectable et respectée, tandis que maintenant...

– Vous n'êtes pas une vieille dame, proteste Helena avec fougue. Vous avez l'air beaucoup plus jeune que votre âge et puis vous, vous êtes médecin : c'est une différence énorme.

– Pourquoi ? Est-ce que mon corps est affecté par mon statut professionnel, se moque Maria Solin en retrouvant son sens de l'humour ?

Au moment où elle se brosse les cheveux on frappe à la porte. Toutes les deux s'arrangent en hâte et ouvrent. C'est le médecin-chef. Il est très excité. Gomulka a démissionné pour raisons de santé. Le Comité central s'est réuni à Natolin, dimanche dernier, et a accepté sa démission. Cyrankiewicz n'est plus premier ministre, mais il va avoir un autre poste. Des hommes nouveaux arrivent au pouvoir. Des gens plus jeunes, mieux formés, plus préoccupés par les problèmes d'administration que par des slogans idéologiques.

– Plus ils changent, plus c'est pareil, soupire Maria Solin. J'ai l'impression en vous écoutant de revivre l'année 1956. Vous souvenez-vous ? En juin les grèves à Poznan, les émeutes, l'action de la milice et finalement l'intervention de l'armée qui a tiré sur les ouvriers. La seule différence c'est qu'on a appris tout cela à Varsovie plusieurs mois plus tard et seulement dans certains milieux, parce que, pour la plupart des gens, ces événements n'ont jamais existé, tandis que cette fois-ci le nombre de ceux qui savent ce qui se passe ici doit être plus important, et encore ce n'est pas sûr. Chez nous la « désinformation » est plus efficace que toutes les autres initiatives de notre cher gouvernement. De nos jours encore, quatorze ans après 1956, on ignore combien d'ouvriers ils ont tués, blessés et emprisonnés à Poznan. Et puis en octobre de cette année-là, on nous a annoncé que Bierut s'en allait et que Wladyslaw Gomulka arrivait. Je me souviens très bien de cette nuit mémorable du 19 octobre où personne n'a dormi à Varsovie parce qu'on se disait que le vrai socialisme allait être instauré chez nous grâce à ce cher

Gomulka, qui savait tout, pouvait tout et promettait plus encore. On ne craignait alors que l'arrivée des tanks soviétiques. L'histoire se répète, mais cette fois-ci c'est Gomulka qui s'en va et c'est le camarade Gierek qui arrive. Je suis absolument certaine que, dans quelques jours, si ce n'est déjà fait, il va nous mettre en garde contre une intervention soviétique. On nous rappellera Budapest et Prague et on nous forcera à croire à un renouveau absolu, total et inespéré, que nous allons devoir gagner en nous tenant tranquilles pour ne pas énerver nos amis de Moscou.

— Edward Gierek, ce n'est pas Gomulka, proteste Helena. Il a été longtemps en France, il a vécu dans un pays démocratique, tandis que Gomulka a été éduqué dans les geôles soviétiques. C'est tout à fait différent.

— Oh ! toi, avec ta France, ta révolution française, l'épopée de Napoléon et la Commune de Paris, tu m'énerves, se fâche Maria Solin. Mon pauvre mari ne jurait que par la France. « La vraie liberté, la démocratie authentique », disait-il. Tout cela est très beau, mon fils porte un prénom français qui lui vaut des problèmes stupides, mais nous ne sommes pas en France. Comprenez donc tous les deux que la Pologne c'est la Pologne, un pays qui a une très longue frontière commune avec la Russie soviétique. Gierek ou Gomulka n'y peuvent rien, même s'ils le voulaient.

— Vous êtes pessimiste, constate le médecin-chef. Gierek vient de promettre qu'il n'y aura pas de représailles contre les responsables de la grève et que tout le monde sera payé. Les ouvriers retournent aux chantiers, mais il semble que d'autres arrêts de travail aient lieu ailleurs, à Ursus, à Varsovie et même à Lodz, dans les usines de textiles. Comme les Fêtes commencent après-demain tout cela va sans doute se calmer. Les Soviétiques n'interviendront pas et nous allons avoir une nouvelle équipe au pouvoir. Le docteur Stanowska a certainement raison : Gierek connaît l'Occident. Il saura donner une impulsion à notre économie, réorganiser les services et s'entourer de conseillers qui ne sont pas des imbéciles. Moi, j'ai confiance, Gierek va aussi se débarrasser de ce général Moczar, de ses « partisans » et de toute sa clique d'enragés qui cavalent sur le cheval antisémite pour mieux fouetter le patriotisme des imbéciles. Les Juifs polonais ont été exterminés par les nazis et ceux que nos libérateurs Soviétiques ont amenés dans leurs bagages, pour mieux organiser les services de l'UB et la haute direction de la milice, sont partis avec Bierut.

— Je suis fatiguée, dit soudain Maria Solin. Je veux bien soigner des braves gens, mais discuter de l'avenir de ce pays est au-dessus de mes forces. Cela me donne l'impression d'avoir cent ans de déceptions derrière moi. Je ne crois plus en rien, ni en personne.

— Allons, allons...

Le médecin-chef sort de la poche de sa blouse une petite bouteille de cognac et en verse un peu dans les verres à dents.

— C'est du cognac russe, parce que le français est trop cher pour mes moyens, dit-il en riant, mais nous allons trinquer quand même à l'arrivée de Gierek et aux temps nouveaux. Vous savez, cet homme m'a convaincu. On rapporte qu'il a dit : « Jamais je n'accepterai que l'armée tire sur les ouvriers. » C'est la première fois que quelqu'un fait chez nous une pareille promesse publique et, personnellement, je trouve que c'est déjà une raison suffisante pour lui faire confiance. Un collègue de Silésie m'affirme aussi que là-bas Gierek s'est révélé un bon administrateur. C'est quelque chose, vous ne croyez pas ?

Helena boit son cognac en silence.

— Nous partons demain matin, si vous n'avez plus besoin de nous, dit Maria Solin.

— Je vais vous regretter, mais je ne vous retiens pas, accepte le médecin-chef. Nous avons de bonnes raisons d'espérer que tout va se calmer maintenant et que le personnel pourra même fêter Noël. Les blindés ont quitté la ville hier soir et on nous promet d'approvisionner les magasins. À en croire la radio, c'est la première année où on aura des pruneaux secs pour les compotes traditionnelles du réveillon et des raisins secs pour que nos femmes puissent faire leurs gâteaux des Fêtes. Mais revenons aux choses sérieuses. J'ai communiqué avec Varsovie pour obtenir du plasma pour la transfusion. Ils prétendent qu'ils n'en ont pas. Il faudrait mobiliser des étudiants. Leur demander de donner du sang.

— Dès mon retour je vais m'en occuper, promet Maria Solin.

Le médecin-chef s'en va et elles éteignent la lumière presque aussitôt.

— Il faudrait quand même essayer de retrouver André, dit Helena.

— On verra cela demain, acquiesce Maria Solin en se pelotonnant sous la couverture. Excuse-moi, mais je suis vraiment épuisée. Il n'y a rien de plus fatigant selon moi que l'espoir, surtout quand on sait à l'avance qu'il s'agit d'un marché de dupes.

* * *

— Nous voulons tout savoir sur eux. Il est essentiel de comprendre dans quelle mesure les meneurs avaient des contacts avec l'étranger. Le vrai pouvoir c'est la connaissance des faits. Le « vieux » a été pris par surprise parce qu'il était coupé de la base.

Kazik écoute en silence son interlocuteur. Les mœurs ont changé. Les chefs sont désormais beaucoup plus loquaces qu'autrefois. Il y a un an encore, il n'aurait jamais reçu des ordres aussi détaillés et aussi précis. Et puis le nouveau responsable du service mène grand train. Ce n'est pas dans un terrain vague qu'on discute, mais dans ce splendide parc où il vient de s'installer dans une gentilhommière qui a de la classe, jolie maison plantée juste au milieu parmi les arbres. Finie l'improvisation ! L'intérieur est bien meublé et on attend les tableaux. Le chef a du goût. Il lui explique qu'il a commandé des œuvres de valeur. Kazik apprend aussi qu'il a carte blanche et peut compter sur le remboursement de ses frais.

— J'ai horreur du misérabilisme, dit le chef. Ma devise : vivre bien et aider les autres à en faire autant. Donc ne vous gênez pas et prenez de bons repas seul ou avec d'autres.

Un clin d'œil complice accompagne cette dernière remarque.

Avec d'autres, pense Kazik en montant dans sa voiture. L'ennui c'est qu'autour de moi il n'y a plus personne. Les anciens camarades ont été limogés ou sont partis. Ceux qui sont restés évitent soigneusement de se fréquenter et de se parler.

Mais ce n'est pas cela le pire ; c'est le souvenir du dernier réveillon de Noël. Kazik est allé à Celestynow, malgré tout le travail qu'il avait non seulement à Gdansk, Gdynia et Szczecin, mais aussi à Katowice et à Varsovie. Il a pris des risques pour la revoir, elle, Inka, la seule femme pour laquelle il est toujours prêt à faire une folie. Ils étaient tous là : Robert et Irena, Helena et André, Maria Solin, Marek, le curé Marianski et Magda avec son fils de malheur. Le héros de la fête ce fut lui, ce Wlodek, ce paysan ! Inka ne voyait que lui, ne parlait qu'à lui, ne s'intéressait qu'à ce qu'il avait à dire ou à faire. C'est tout juste si elle avait daigné remarquer la présence de Kazik au moment où ils partageaient l'hostie, comme il est d'usage au repas du réveillon.

Kazik n'avait pu rester que ce soir du 24 décembre et partait le lendemain matin. Il logeait chez Magda, alors quand tout le monde s'était couché après la messe de minuit, il s'était glissé jusqu'à la porte d'Inka et avait frappé tout doucement. Son cœur battait la chamade comme celui d'un collégien. Dieu, ce qu'elle était belle à la lueur de la petite lampe dans sa longue robe de chambre, trop grande pour elle !

— Je t'aime, lui avait-il dit comme un benêt. Je ne sais trop ce qui m'arrivera demain, mais j'ai caché de l'or et quoi qu'ils fassent tu ne manqueras de rien. Si tu veux, nous irons vivre à l'étranger. Je me débrouillerai.

Il avait pris sa main et elle n'avait pas résisté, mais ses doigts n'avaient pas répondu à la pression de sa paume.

— Tu as pourtant tremblé autrefois dans mes bras, lui avait-il lancé à la figure. Toi, la jeune fille pure, tu avais alors autant envie de moi que moi de toi. Alors cesse de me regarder avec ces yeux vides et de me traiter comme un étranger. Tu m'avais laissé espérer bien des choses et maintenant tu fais la sainte nitouche. Sais-tu comment on qualifie une conduite pareille ?

Pauvre petite fille douce et ignorante... Elle était devenue toute rouge et s'était mise à s'excuser. Oui, disait Inka, elle n'aurait jamais dû lui laisser l'impression qu'elle était prête à l'aimer, mais à ce moment-là c'était différent. Il lui semblait que...

Kazik n'avait pas pu l'écouter jusqu'au bout. Il avait bien trop envie de l'humilier et de tout salir. Ce fut pénible. Elle avait caché sa figure entre ses mains pendant qu'il lui disait que seules les putains agissent ainsi en provoquant les hommes et en leur faisant croire à l'amour. À l'entendre, on aurais pu croire qu'Inka n'était intéressée que par son appartement, sa voiture, ses relations et la brillante carrière qu'il avait faite et qu'il avait l'intention de poursuivre. À bout de nerfs il l'avait saisie par les épaules et avait menacé de la tuer si elle devait en aimer un autre. Mais la menace avait eu un effet inverse de celui qu'il aurait voulu obtenir. La douce jeune fille s'était transformée sous ses yeux en lionne. Elle ne s'excusait plus ; elle se défendait avec ses griffes.

– Tu peux me tuer tout de suite, lui avait-elle crié, parce que j'aime un autre et que s'il veut de moi, je vais l'épouser. Est-ce assez clair ? Lui, au moins est simple et honnête. Il n'a ni or, ni voiture, mais il a les mains propres !

Kazik n'avait pas voulu l'écouter. Il l'avait saisie dans ses bras et s'était mis à l'embrasser comme un fou. Ses lèvres serrées avaient cédé sous la pression des siennes, son corps tendu, écrasé contre son corps à lui, semblait l'appeler pendant un instant, puis il avait senti ses ongles s'enfoncer dans sa nuque et il avait reculé. Dressée devant lui, Inka avait levé le bras et l'avait giflé à toute volée.

Depuis cette nuit-là Kazik couche beaucoup et avec n'importe qui : des filles ramassées dans un café, des femmes abordées dans la rue et des prostituées rencontrées dans les hôtels. Il a beau savoir que, dans le service, c'est dangereux parce qu'on y utilise des femmes pour obtenir sur l'oreiller des confessions qui suffisent pour avoir la peau de n'importe quel gradé ; il se moque de tout cela. Pourtant il s'est juré d'arriver au sommet de la carrière et de narguer de là Inka, sa famille et ce malotru de Wlodek, ce héros malgré lui, mais son besoin d'avoir des femmes dans ses bras est plus fort que la raison.

Au diable l'amour, pense Kazik. Ce n'est qu'une invention bourgeoise. On a créé un tas de tabous, de simagrées et de mots pour masquer la réalité des choses. Car de quoi s'agit-il au juste ? De l'accouplement de deux personnes de sexes différents et d'un spasme qui permet à l'homme de ressentir pleinement sa supériorité de mâle. Tout le reste n'est que littérature et ne vaut pas cher. L'homme n'est pas fait pour être monogame et la femme non plus. On les force à vivre ensemble parce que la société veut qu'ils fabriquent des enfants et qu'ils élèvent pour elle de futurs citoyens. Après tout, mes collègues trompent leurs femmes à qui mieux mieux, tandis que leurs enfants sont élevés en fait par les grands-parents maternels ou paternels, ce qui les rend d'ailleurs plus polis et plus respectueux. Les couples qui restent ensemble ne le font pas par amour, mais pour les besoins du service, ou à cause des pénuries d'appartements. Avec la nouvelle loi un divorcé ne peut même pas obtenir une chambre à son nom.

Irena et Robert Satnowski sont une exception et rien ne prouve après tout qu'elle n'a pas filé l'amour parfait pendant l'occupation avec ce médecin juif, cet Andrzej Rybicki qui avant de crever à réussi à se faire adorer tour à tour par Irena, Helena et aussi Inka, sans doute, bien qu'elle ait été trop jeune pour le réaliser pleinement quand il mourut.

Il fait beau et chaud le lendemain matin quand Kazik arrive dans les faubourgs de Lodz. Il décide de s'arrêter pour manger. Son père, qui a travaillé dans sa jeunesse comme ouvrier textile lui avait parlé autrefois d'un café ultra-chic où aucun ouvrier ne pouvait se permettre de mettre les pieds.

— Comme maintenant au Grand Hôtel, lui avait répondu alors Kazik, ce qui avait entraîné aussitôt chez son père une violente réaction et lui avait valu un vrai cours sur les nécessités de faire des sacrifices pour construire le socialisme.

Kazik sourit à ce souvenir, puis essaie de se rappeler le nom : Frascati, Tivoli... oui, c'est bien cela, Tivoli ! La voiture sursaute sur les pavés de pierres rondes qu'au fil des années on n'est pas parvenu à égaliser et à niveler. Une autre victoire ratée de la Pologne socialiste, ironise Kazik, puis il s'arrête et interpelle un passant.

– Ah ! Tivoli, c'est un peu plus loin, là-bas, juste au coin, où il y a des arbres.

Kazik continue de rouler jusqu'à cet endroit, arrête la voiture et descend. Il n'a jamais été à Lodz de toute son existence et il ne connaît cette ville que grâce aux histoires racontées par son père.

– C'est le Manchester polonais, disait-il. Une ville industrielle. Une des premières qu'on a créées chez nous. C'est laid, c'est enfumé, mais c'est très riche.

– C'était riche, intervenait sa mère, mais maintenant ce n'est plus la même chose.

– Ne me contredis pas, protestait son père. Les propriétaires des usines n'ont plus leurs palais. Ils sont morts ou partis, mais la puissance industrielle demeure. Les Allemands l'ont préservée parce que cela faisait leur affaire. Ce n'est pas pour rien que pendant l'occupation Lodz faisait partie du Reich allemand. Ils ont voulu l'intégrer à tout jamais à leur pays en prétendant que beaucoup de ses habitants étaient d'origine allemande. D'ailleurs ce n'était pas totalement faux. Les Scheibler, les Grohman, y possédaient de véritables empires industriels, à côté de quelques Juifs allemands, tels qu'Etingon et de rares familles polonaises juives, ou catholiques.

Tivoli, pense Kazik en cherchant une table parmi les arbres. Je vais écrire à mon père que j'ai déjeuné ici. Cela lui fera plaisir. Il s'assoit et jette un regard circulaire. Il est mort le gazon d'autrefois, les parterres de fleurs et jusqu'aux arbustes qui formaient un écran naturel destiné à protéger les consommateurs des regards des passants. Les chaises boiteuses s'enfoncent dans une sorte de terre faite de poussière, de mégots et de bouts de papier, que le vent charrie par-ci par-là. Les tables nues sont d'un blanc grisâtre et l'ensemble donne une pénible impression d'abandon et de saleté.

Kazik appelle à plusieurs reprises, mais sans succès. Alors il se lève et pénètre à l'intérieur dans la salle de danse vide, poussiéreuse, où dans le fond une grosse fille en tablier boit la bière à la bouteille.

– C'est fermé, demande Kazik ?

– Mais non, voyons, puisque je suis là. Qu'est-ce que vous voulez ?

— Un café, du pain et du fromage s'il y en a.

— Je peux vous faire du thé et vous l'apporter, mais c'est tout ce qu'on a pour le moment.

Kazik sort un billet de cent zlotys et le met sur le comptoir.

— J'ai dit du pain, du fromage et du café et que ça saute. Je n'ai pas le temps de plaisanter et j'ai faim.

La fille a compris. Elle pose sa bouteille et s'en va, tandis que Kazik retourne dans le jardin et s'installe à une table en déployant son journal. *Trybuna Ludu* est particulièrement ennuyeuse ce matin-là. C'est drôle, pense Kazik en parcourant distraitement les titres. Chez nous on ne parle que des « succès », des « efforts productifs », de l'« échelle des progrès » et des « rencontres amicales avec les représentants des pays frères ». Elle a été expurgée notre belle langue polonaise. Le mot « grève » a été rayé du vocabulaire. Les grèves c'est en Occident, chez nous nous n'avons que des « przestoje », un joli terme qui signifie qu'au lieu de travailler les ouvriers sont « restés sur place ».

La serveuse apporte le café, un petit pain, un morceau de beurre et une tranche de fromage jaune qui se couvre au soleil de minuscules boules de graisse. Kazik utilise son journal pour couvrir la table sale et se met à manger. Non vraiment ce Tivoli ne ressemble guère à l'endroit paradisiaque dont lui parlait son père. Kazik jette des miettes aux moineaux qui se rassemblent près de la table voisine et examine la liste d'adresses qu'on lui a remise la veille. S'il doit leur rendre visite à tous, il vaut mieux partir.

La voiture saute à nouveau sur le pavé cahoteux. Un peu plus loin, un joli parc longe le côté droit de la rue. Il est bien entretenu et quelques enfants font de la course à pied sous la surveillance d'un instructeur. Une rue transversale, une autre, puis une autre encore. Tout en haut, sous la coupole du ciel, les hautes cheminées des usines soufflent la fumée grisâtre.

— Ce sont les plus hautes cheminées du monde, lui disait son père. Il paraît qu'elles sont plus élevées que celles de Manchester. Te rends-tu compte, nous battons les records de la Grande-Bretagne.

Pauvre père ! À l'époque on ignorait des mots tels que l'écologie et la pollution, maintenant on les connaît et on les décline sur tous les tons, mais qu'est-ce que cela change ?

Kazik vérifie le numéro de la maison devant laquelle il se trouve. C'est bien ici. Un grand immeuble triste et gris, pareil en tous points à tous les autres. Ce sont les anciennes maisons ouvrières construites par les magnats de l'industrie textile. Elles n'ont pas été démolies pendant la guerre et c'est dommage. On a détruit et brûlé Varsovie, mais ici rien n'a bougé, et tout est marqué ainsi par la marche inexorable du temps. La cage d'escalier, sale et vétuste, a un besoin urgent de peinture et de réparations. Des bouts du plafond se sont détachés et il semble avoir la lèpre avec ces grosses taches noirâtres. Les portes des appartements ont des marques de coups de pied, il y a des graffiti illisibles sur les murs et les sonnettes ne fonctionnent pas. Kazik frappe à trois reprises, finalement la porte s'ouvre.

— La famille Machlik c'est ici ?

— Eh oui ! où voulez-vous que cela soit, répond la femme. Entrez donc.

— Je viens vous parler de votre mari.

— Mon mari n'est pas là. Vous perdez votre temps.

Kazik se laisse tomber sur la chaise. La pièce soigneusement rangée reflète une seule réalité : la misère. Ici pas de fantaisie, pas de bibelots, pas de meubles superflus. Des lits recouverts de couvertures grises, et brunes, quatre chaises boiteuses, une table dont le dessus est marqué par les traces de travaux domestiques et par celles des écoliers. Une brûlure en forme de fer à repasser qu'on a dû oublier un trop long instant à cet endroit, des coups de canif qui ont laissé des cicatrices plus claires sur le bois patiné par le temps, une tache d'encre...

— Vous voulez du thé ? demande la femme.

La traditionnelle hospitalité polonaise, pense Kazik en l'observant. Elle n'a rien, elle est pauvre comme Job, mais elle est prête à partager le peu dont elle dispose.

La femme enlève son tablier, s'essuie les mains et s'assoit en face de lui. Kazik remarque qu'il manque deux doigts à sa main gauche.

– Vous avez eu un accident ? demande-t-il.

– Eh oui ! les doigts sont restés dans la machine. Encore une chance que je n'y aie pas laissé la main, ou même le bras. C'est le contremaître qui a réussi à faire couper le courant. Que voulez-vous, cela arrive ! On nous dit que c'est notre faute parce qu'on n'est pas assez habiles, mais ce n'est pas vrai, vous pouvez me croire. Cela fait plusieurs années que je travaille et j'ai de l'expérience. Les machines sont vieilles, usées et mal rafistolées. Les dispositifs de sécurité ne sont vérifiés qu'après les accidents, jamais avant et encore, pas toujours. Enfin, il ne faut pas se plaindre. On vient de nous dire qu'on va avoir la retraite à cinquante-cinq ans. Pour moi ça ne fait plus que vingt ans à attendre, tandis que sous Gomulka cela m'aurait fait trente.

– Vous n'avez que trente-cinq ans ? dit stupidement Kazik.

– Mais oui, mon beau monsieur, et je sais fort bien que j'en parais cinquante. Que voulez-vous, on trime dur six jours par semaine et les heures sont longues. Je commence à cinq heures du matin et je ne finis jamais avant trois heures. Ça fait de grosses journées. Il y a eu aussi des accidents, de la maladie, des enfants... Enfin, vous n'êtes pas là pour entendre parler de mes malheurs.

– Mais si, au contraire, proteste Kazik, qui se dit soudain qu'il est un salaud.

– Ah bon ! si vous voulez tout savoir, le pire c'est maintenant, parce que mon homme est en prison et que je ne sais pas quand il vont le relâcher. Pourtant il n'y est pour rien. En décembre dernier, quand ils ont commencé à dire à l'usine qu'il fallait arrêter de travailler, il a quitté l'atelier avec d'autres, mais il a été le seul à être interrogé par la milice. Ils l'ont battu. Oh ! comme ils l'ont battu... Il est revenu malade, alors forcément le lendemain il n'est pas retourné à l'usine, mais le soir même ils sont venus l'arrêter. Ils affirment qu'il a été un des meneurs, qu'il est un élément « anti-social » et je ne sais trop quoi encore. Ce n'est pas bon pour lui, la prison. Le travail est encore plus dur qu'à l'usine et ils leurs payent bien moins que la norme. Avec ça la nourriture est plus que mauvaise et je suis obligée de lui porter à manger, quand je peux le voir, une fois par mois, parce qu'il est maigre à faire peur. Et puis il ne dort pas parce qu'il se passe là-bas bien des choses. Forcément, il y a des criminels dans son dortoir et ils mènent la vie dure aux autres. Je ne sais pas qui vous êtes, mais je n'ai pas peur, moi, de parler. J'en ai lourd sur le cœur. Si ça continue comme ça, de toute façon je n'ai plus rien à perdre. Avec mon salaire de mille cinq cent zlotys par mois je ne peux pas continuer longtemps. J'ai tout vendu et je prends des sous-locataires. C'est pour ça qu'il y a autant de lits ici. Que voulez-vous, avec deux enfants et ma vieille mère qui n'a que sa pension, il faut bien que je me défende. Au début ça allait encore. J'avais bon espoir qu'ils le libèrent, mon homme, mais maintenant on veut lui faire un procès. Je ne sais trop pourquoi, puisqu'il a déjà derrière lui six mois de prison et tout ça sans avoir vu qui que ce soit, mais il paraît que les juges sont occupés et qu'on doit attendre.

Salaud, se répète mentalement Kazik. Tu es un vrai salaud. Et soudain il a une idée.

— Avez-vous un avocat ?

Un quoi ?

— Un défenseur légal, quelqu'un qui est capable de s'occuper de votre mari.

Avec quoi voulez-vous que je le paie ? S'il avait tué, mon homme, j'aurais pu avoir un avocat d'office. Les malfaiteurs se débrouillent, paraît-il, mais mon mari à moi n'a rien fait. Il est « anti-social » et pour ce genre de crime on doit se trouver un avocat privé et lui aligner mille zlotys ou plus. J'en gagne mille cinq cents dans le mois, et s'ils nous augmentent comme ils ont promis, je vais en avoir deux mille peut-être.

— Je suis avocat, dit Kazik d'une voix sourde et je connais des collègues qui vont défendre votre mari pour rien.

— C'est bien gentil de me promettre ça pour m'encourager, mais sauf votre respect je ne vous crois pas. Chez nous, voyez-vous, les hommes de loi, les gens instruits, ne parlent pas aux ouvriers. On ne se connaît pas, on ne se rencontre pas et on ne sait même pas ce dont on a l'air les uns et les autres. Eux, ce sont des gens qui s'occupent des grands problèmes du socialisme, nous nous sommes là pour travailler dans les usines. Comment voulez-vous que quelqu'un veuille s'intéresser à mon mari ? Il faut que les hommes de loi gagnent leur vie de leur côté et nous du nôtre.

Kazik éteint sa cigarette. Sa décision est prise.

— Je fume, moi aussi, dit soudain la femme, mais il ne me reste plus de quoi. J'ai roulé le reste de mon tabac avant-hier.

Elle a raison, pense Kazik, on ne se connaît pas, on ne se comprend pas et on ne se fréquente pas. Mais moi, Kazik Skola, je ne suis pas issu d'une autre souche que cette femme assise en face. Moi, fils d'ouvrier, je dois être capable de comprendre et de changer tout cela. Je dois en être capable et je vais le faire !

— Excusez-moi, dit-il, en posant sur la table son paquet de cigarettes. Et voici de quoi passer l'été. Non, ne refusez pas. J'ai de l'argent. J'ai même le droit de mettre au compte de ma compagnie les frais de mes repas et de mes hôtels. Je n'ai pas volé ces mille zlotys, je les ai gagnés honnêtement. Enfin, selon la manière qu'on juge généralement honnête et grâce à un travail pour lequel on ne se fait pas emprisonner. Je vais vous demander cependant quelque chose en échange. Ça va vous aider et ça permettra aux autres de mieux se défendre. Vous pouvez me dire non et je m'en irai sans protester, mais cela ne sera pas bon pour vous ni pour les vôtres. Comprenez-moi, ce n'est pas un chantage, c'est une offre. Mon père a été ouvrier et il a travaillé autrefois dans cette ville. Je crois que je lui dois bien quelque chose. C'est un peu pour ça. Vous êtes capable de m'aider, alors ne refusez pas.

Il est ému malgré lui et la femme semble s'en rendre compte.

— Je ne sais pas qui vous êtes ni comment vous vous appelez, constate-t-elle, mais vous avez des yeux honnêtes. Moi je juge les gens par leurs yeux, alors c'est bien d'accord. Qu'est-ce que vous voulez ?

— Une réunion de femmes dont les maris, ou les fils, ont été arrêtés, blessés dans un accident de travail ou privés d'une partie de leur salaire. Une réunion de gens pour lesquels de bons avocats peuvent faire quelque chose. C'est clair ? Au fait il faudrait non pas une seule réunion, mais plusieurs, par petits groupes. Sinon vos amis peuvent avoir des ennuis avec la milice. Et vous leur dites de tenir leur langue. Choisissez des femmes dont vous êtes sûre qu'elles ne parleront pas. Je vais rester en ville toute la semaine et je reviendrai chez vous ce soir pour vous présenter l'avocat qui va s'occuper de votre affaire et de celles des autres. Je serai de retour vers six heures, cela vous va ?

À présent c'est elle qui est émue, mais il ne lui laisse pas le temps de le remercier. Kazik est pressé. Il lui faut rejoindre au plus vite Witek, un ancien collègue de la faculté qui pratique à Lodz comme avocat, et puis faire encore une demi-douzaine de visites comme celle-là pour être couvert aux yeux du chef. Il est bien capable de vérifier son emploi du temps sans même le suivre et rien ne lui garantit qu'un agent en civil ne fait pas les cents pas en l'attendant devant l'immeuble.

Kazik s'approche de la fenêtre, jette un coup d'œil dans la rue, ne remarque rien d'anormal et s'en va. Désormais il a un but : un vrai ! Je vais leur montrer à tous de quoi je suis capable, murmure-t-il en lançant le moteur. Je vais organiser une chaîne d'amitié. Ils vont avoir des avocats dans toutes les villes. Ils vont cesser de se sentir isolés et abandonnés. Je trouverai partout des gars et des filles prêts à les défendre pour rien. C'est cela la véritable solidarité d'un peuple. Les plus instruits sont là pour aider ceux qui en ont besoin. Maria Solin va me dégoter des médecins pour servir d'experts dans le cas d'accidents de travail. Elle enseigne à l'École de médecine et les étudiants l'adorent. Kazik, mon salaud, tu vas enfin pouvoir appliquer les principes du communisme et à la lettre ! Polonais de tous les milieux et de toutes les professions, unissez-vous ! C'est du marxisme revu et corrigé, du socialisme à visage humain et une excellente façon de ne plus avoir honte quand je regarde attentivement mon visage dans le miroir en me rasant le matin. Et tout ça aux frais de l'UB. Une vraie farce !

Kazik démarre en trombe en soulevant un nuage de poussière. Pour la première fois depuis très, très longtemps il se sent fort, heureux et sûr de lui.

* * *

Elles doivent se retrouver, juste à trois, dans ce restaurant fort élégant de Wilanow. Le temps a été maussade le matin. Il a plu. Une pluie du début de l'été, chaude et douce, qui engraisse la terre et rend les chemins de campagne boueux, mais qui donne un aspect triste aux grandes villes. Dès midi, cependant, les nuages ont été chassés par le vent et le soleil a commencé à sécher les pavés.

Irena, ravie, enfile sa nouvelle robe, un peu trop légère pour la saison, mais fort seyante. C'est un cadeau de Kazik. Il a écrit à ses parents aux États-Unis qui la lui ont envoyée. Elle est faite dans un tissu fantastique qui glisse comme de la soie, ne se froisse pas et se lave comme un mouchoir de poche. Les femmes doivent avoir la vie facile là-bas, se dit Irena. Le blanc lui va bien et le vieux manteau de pluie noir semble neuf par l'effet de contraste.

Robert est parti pour une semaine avec Kazik. Ils sont allés visiter des familles ouvrières. Étrange initiative et étrange équipée ! Irena a essayé de poser des questions, mais ni son mari, ni Kazik n'ont voulu lui donner plus de détails.

– Je te raconterai tout à mon retour, l'avait rassurée Robert.

Cela fait trois jours qu'il n'est pas là et Irena supporte mal cette solitude dont elle s'est déshabituée. Au début, elle était contente de se retrouver seule et de pouvoir disposer de son temps à sa guise. Elle s'était promis de faire un tas de choses ; de jouer du piano pour son plaisir, de coudre, de nettoyer l'appartement et de lire, mais elle n'a pas réussi à réaliser tous ses beaux projets. Elle a beaucoup dormi, il est vrai, elle n'a pas touché aux casseroles et à la vaisselle, trop paresseuse pour se préparer des repas, elle a lavé les vitres et frotté le plancher. Pour le reste, on verra plus tard. Et la voilà en ce mercredi en train de se dépêcher parce qu'Helena et Inka doivent passer la prendre. Il ne faut pas qu'elle leur fasse honte et elle ne sait plus ce qui se porte et ce qui est à la mode.

Forcément, ils ne sortent pas, elle et Robert, faute de temps et aussi faute d'argent. Robert économise. Il est obsédé par l'idée qu'il mourra le premier et qu'Irena se retrouvera sans ressources, obligée de gagner sa vie.

Elle a beau donner des leçons de piano, ce qu'on lui paie en échange n'entre pas en ligne de compte. Robert insiste pour qu'elle dépense cet argent à sa guise. Il la veut élégante et ce n'est vraiment pas une mince affaire.

Certes, depuis que Gierek est au pouvoir il y a plus de vêtements dans les magasins qu'auparavant, mais il faut courir d'un endroit à l'autre, chercher, fouiller, perdre des journées entières. Pas plus tard qu'avant-hier, Irena est allée acheter de l'eau de Cologne et de la pâte dentifrice dans un de ces magasins spéciaux de « *PEVEX* » où on peut avoir des produits importés en payant en dollars. Ce fut toute une aventure. Tout d'abord, elle a acheté des dollars au marché noir par l'entremise de la personne qu'André lui avait indiquée. Ensuite, les dix « verts » dans son sac à main, Irena s'était appliquée à les dépenser intelligemment en faisant bien attention de ne pas avoir à les changer, puisqu'on rend la monnaie en zlotys polonais selon un calcul fort désavantageux et pour cause. Au cours officiel, l'équivalent des zlotys au dollar est cinq fois moins élevé qu'au marché noir !

Il y a eu la foule, les vendeuses désagréables, les produits étrangers rangés sur des tablettes, tout au fond, de l'autre côté du comptoir, éloignés et comme inaccessibles. Assez curieusement, Irena s'était sentie humiliée d'être obligée d'acheter dans son propre pays des objets qu'on ne pouvait payer qu'en dollars.

Autour d'elle, les clients semblaient fascinés. Hommes et femmes, jeunes et vieux, touchaient les produits munis d'étiquettes en langue étrangère avec une sorte de respect proche du fétichisme. Les tablettes de chocolat suisse, pas très appétissantes à force d'être manipulées et marquées par le temps, avaient autant de succès que les bouteilles de parfum, les savonnettes et les bouilloires électriques importées. Ils accomplissaient un rite, ils voyaient, ils découvraient les sociétés de consommation. Ils se sentaient privilégiés parce qu'ils pouvaient accéder aux miettes déformées de ce luxe capitaliste, quasi mythique, la distance géographique et les contraintes administratives aidant.

Paris, Londres, New York, éloignés de tout l'espace du temps nécessaire pour gagner le prix du billet et de celui non moins long et jonché de difficultés qu'il faut pour obtenir un passeport puis un visa, paraissaient se rapprocher à la faveur des étiquettes sur les savonnettes abîmées dans le transport.

Irena les avaient regardés tous et puis, au lieu d'attendre son tour, s'était enfuie avec ses dix dollars intacts. Et maintenant, elle le regrette parce qu'en guise d'eau de Cologne elle n'a qu'une petite bouteille d'alcool à friction, parfumé au citron. Je deviens superficielle et stupide, pense Irena. Au fond tout cela n'a pas la moindre importance. Elle se regarde attentivement dans le miroir et constate non sans plaisir qu'elle a un petit air printanier avec son vieux béret, crânement posé, sur la tête qui cache ses cheveux blancs.

Voilà Helena qui klaxonne.

— On a des surprises dit Inka en la faisant monter dans la voiture, mais on va les annoncer au dessert, pas maintenant.

Comme elles sont jolies toutes les deux, pense Irena avec tendresse. J'ai tout raté, je ne serai pas une grande pianiste, mais au moins ces deux-là sont bien vivantes et prêtes à faire des choses à ma place.

Au restaurant, à Wilanow, il y a beaucoup de monde. Helena glisse quelques billets dans la main du maître d'hôtel et aussitôt on leur indique une table à côté de la fenêtre. C'est joli, cette nappe de couleur, le petit vase avec deux œillets au milieu, la vue... Irena savoure l'atmosphère. Peu lui importe ce qu'elle va manger. Ce qui compte, c'est le cadre, ce luxe, ce personnel stylé qui semble prendre plaisir à les servir. Dans les restaurants populaires, les *Bary Mleczne*, où il lui arrive parfois de prendre quelque chose sur le pouce, tout est sale, gris et parfois vulgaire et triste. Les clients se fondent aussitôt dans cette atmosphère. Ils paraissent aussi gris que le cadre. Ici, Irena observe à la dérobée les gens assis aux tables et les trouve élégants.

— Joli, ton béret, lui dit Inka, comme si elle devinait qu'Irena a besoin d'un compliment pour se sentir complètement à l'aise.

— As-tu remarqué ma nouvelle robe ?

Irena enlève son manteau d'un geste très féminin, comme autrefois quand jeune femme elle sortait avec Robert, le séduisant ingénieur, son fiancé que les autres filles lui enviaient. Helena et Inka poussent ensemble des petits cris d'admiration. Même le maître d'hôtel semble remarquer que sa robe lui va bien. Il se penche, lui indique sur le long menu les plats disponibles et elle le gratifie d'un sourire. Le luxe, ce superflu dont elle a oublié le pouvoir d'attraction, l'enveloppe. Malheureusement, tout cela ne dure pas.

– Ma surprise d'abord, annonce Helena. André part demain à Paris. Je ne voulais pas vous l'annoncer plus tôt parce que, jusqu'à la dernière minute, je ne croyais pas qu'il allait obtenir son passeport, mais maintenant c'est chose faite. Toutes les formalités sont réglées, il s'en va en voyage officiel et, mieux encore, j'ai reçu mon passeport et mon visa en même temps. Je vais le rejoindre à la fin du mois. Nous resterons à Paris jusqu'à Noël et, tenez-vous bien, pas comme de pauvres hères condamnés à se loger à prix d'amis, mais comme des délégués officiels. Lui tout du moins et moi en tant que sa femme. Mission : préparer le voyage de Glerek qui sera l'invité de la République française l'année prochaine.

– C'est trop beau pour être vrai, s'extasie naïvement Inka.

Je ne la reverrai pas pendant des mois, pense Irena et il n'est pas certain qu'elle revienne. Une fois à Paris, André peut bien trouver quelque chose ; un travail. Il est si capable. Avec sa connaissance du français il peut même décrocher un poste de journaliste.

– Et ton travail à l'hôpital ? demande-t-elle d'une voix blanche.

– Je vais obtenir un congé et peut-être, avec un peu de chance, étudier à Paris certaines méthodes de traitement des maladies de la peau. Cela m'intéresse.

– Tiens, ça serait chouette si tu découvrais quelque chose, rêve Inka. Tu peux devenir une deuxième Marie Curie-Sklodowska. Imagine un peu ça : « Helena Stanowska-Solin vient de vaincre le cancer grâce à ses remarquables travaux effectués dans les laboratoires français. »

Toutes les deux éclatent de rire, tandis qu'Irena fait de son mieux pour paraître aussi enthousiaste que possible.

— Je vais vous envoyer des jolies choses, des robes, des fichus, et des parfums, poursuit Helena et, à mon retour, je vous raconterai tout comme si vous y étiez avec moi, jour après jour. Je vous promets des centaines de cartes postales. Tout Paris, toute la France, en images et en couleurs. Ça vous va ? Mais attention, pour le moment la mission d'André, demeure confidentielle.

— Nous seront muettes comme des tombes, promet Inka, mais pour une grande nouvelle c'est bien la meilleure que j'aie entendue depuis longtemps dans la famille. Normalement, ils auraient envoyé André seul et n'auraient jamais permis que tu l'accompagnes ; c'est tout à fait inespéré. C'est à croire qu'ils ont cessé d'avoir peur qu'on choisisse la liberté et qu'on ne revienne pas.

— J'avoue que c'est assez exceptionnel, admet Helena en adoptant un ton faussement modeste, mais quand même André a une très bonne réputation parmi les journalistes et comme il a déclaré qu'il ne partira pas sans moi, ils ont été bien obligés d'accepter.

— Maintenant, c'est mon tour, annonce Inka. Je me marie.

Irena sursaute sur sa chaise et croise le regard d'Helena qui semble hostile.

— Qui est le plus heureux des élus, demande-t-elle ?

— J'épouse Wlodek et je m'installe pour de bon dans mon rôle de fermière. Le curé Marianski va nous marier dans quatre semaines, le délai de publication des bans et je ne sais trop quoi encore. La date est fixée et Magda a commencé les préparatifs.

— Tu veux te marier avec Wlodek ? demande Irena d'une voix blanche. Es-tu certaine que ce n'est pas un coup de tête ? Il est plus âgé que toi, il n'a pas les mêmes intérêts et il est...

— Il est merveilleux, se fâche Inka. Qu'est-ce qui t'étonne tant ? Ne me disais-tu pas autrefois qu'à ton époque les filles épousaient des garçons qui avaient dix ans de plus parce qu'on préférait des hommes ayant une situation aux blancs-becs sans le sou ? Oui, c'est un paysan et puis après ? Ne me disiez-vous pas, toi, Robert, Helena, que Magda fait partie de la famille.

J'aime la vie à la campagne parce que c'est la seule qui permet d'avoir la vraie liberté. Je ne dépends de personne et personne ne dépend de moi. Jamais, je ne serai obligée de faire la queue pour acheter du lait pour mes enfants. Jamais je n'aurai à supplier pour avoir droit à une minable chambre dans un hôtel pour vacanciers. Jamais je ne serai réduite à manger dans les cafétérias. Plus encore, vous aurez une place où aller quand vous serez vieux et impotents. Vous viendrez habiter chez moi. Wlodek est en train de construire une nouvelle aile de bâtiment. Nous allons avoir notre chambre, une salle de bains et une chambre pour toi et pour Robert.

— Je te remercie, murmure Irena gênée.

— Évidemment, moi je suis exclue, proteste Helena, mi-sérieuse, mi-taquine.

— Mais non, que vas-tu chercher là. Tu ne pourras pas être à notre mariage puisque tu seras à Paris, constate Inka avec une pointe de soulagement, ce qui n'est quand même pas un drame. De toute façon, ça sera un mariage un peu spécial. Dès l'automne Wlodek retourne travailler aux chantiers navals à Gdansk et moi je serai seule pendant tout l'hiver. On veut s'acheter un bon tracteur et certaines autres machines. Il nous faut pour cela de l'argent et beaucoup. Avant on était forcé de livrer des quotas obligatoires, maintenant, à partir du mois d'avril, on va avoir des contrats avec le gouvernement et ils nous donnent le droit d'acheter de l'équipement. Et puis quand je vais accoucher, je vais avoir les mêmes soins gratuits que vous et je ne serai pas obligée, comme la pauvre Magda autrefois quand elle s'est cassé le bras, de payer le médecin, l'hospitalisation et tous les soins.

— C'est curieux, dit pensivement Irena, toutes les deux à des époques et pour des raisons différentes vous vous êtes sauvées de Celestynow. Helena disait que jamais elle ne vivrait dans un « trou » pareil où les gens s'observent et se contrôlent mutuellement. Toi, tu prétendais que la campagne n'est qu'un lieu de punition où on meurt d'ennui. Et bien ! maintenant tu lies toute ta vie à ce même endroit. Il ne faut pas t'étonner que cela m'inquiète. Es-tu sûre de tes sentiments pour Wlodek ?

– Je ne veux pas être mal élevée, réplique Inka, mais tu ne t'es pas posé autant de questions quand Helena a décidé d'épouser André. C'était pourtant plus inquiétant. Il n'avait pas de travail stable et ils vivent, maintenant encore, à trois, avec Marek, dans une seule pièce. Moi, je vais avoir de l'espace pour travailler et pour respirer. Et puis Wlodek n'est pas journaliste et ne parle pas français, mais il a des bras forts et je sais grâce à lui ce que cela signifie d'être une femme, une vraie !

– Ah ! soupire Irena, si je te comprends bien, c'est trop tard pour réfléchir.

Helena regarde par la fenêtre. Est-il possible qu'Inka, « la petite », soit enceinte se demande-t-elle ? D'ailleurs enceinte ou pas, peu importe. Elle va épouser ce primaire de Wlodek mal dégrossi et, dans quelques années, elles n'auront sans doute rien en commun. Inka deviendra comme toutes les filles à la campagne, vieille avant l'âge, usée par le travail physique, incapable de réfléchir et de progresser. Elle aura une existence trop dure pour surmonter ce laisser-aller qui consiste à n'enlever le tablier qu'au moment où arrivent les visiteurs et à se promener couverte d'un fichu de laine pendant tout l'hiver. Cela fait bien partie du folklore de cette campagne polonaise qu'ils aiment tous tant, eux, les citadins.

Inka de son côté se tait en se mordant les lèvres. Si Helena ose dire quelque chose, pense-t-elle, je vais me mettre à hurler. Que connaît-elle de la tendresse d'un Wlodek, du bonheur d'être dans ses bras, de travailler avec lui et de le voir heureux d'un rien. Irena ignore tout de l'amour parce qu'elle n'a pas osé se donner au tonton Andrzej, tandis qu'Helena, n'est qu'une arriviste, froide, compétente comme une machine qui fonctionne à merveille et soucieuse de s'imposer coûte que coûte en tant que médecin-femme. Elle ne comprendra jamais que vivre c'est aimer, parce qu'en fait elle était amoureuse de Kazik et non pas d'André. Seulement Kazik, fils d'ouvrier, étrange combinard dont on ne sait pas au fond grand chose bien qu'on le connaisse depuis toujours, n'avait pas les atouts d'André Solin, fils de médecin, arrivé de France, beau garçon qui a apporté avec lui un peu de ce rêve d'Occident que tout le monde imagine comme une sorte de paradis, faute de pouvoir y aller.

Il y a du gâteau au fromage comme dessert et le café est fort. Irena allume une cigarette. Cela ne lui est pas arrivé depuis un certain temps déjà. Ses mains aux doigts effilés, des mains de pianiste voltigent au-dessus de la table.

— Je vais prévenir Robert, dit-elle et je vais m'occuper, si tu le permets, de ta robe. Tu vas te marier en blanc, j'espère ?

— Comme tu voudras, je t'avoue que je n'y ai pas pensé.

— Étrange génération, soupire Irena. Autrefois, pour nous c'était très important. J'ai eu des amies qui se sont lancées à la tête du premier soupirant venu, rien que pour pouvoir porter une robe blanche, un voile et une couronne d'oranger. C'est sans doute plus sérieux maintenant, mais elles, elles ne divorçaient pas, tandis que de nos jours, c'est monnaie courante. Parmi mes étudiants, j'ai des jeunes qui se marient au printemps et se séparent avant les fêtes de Noël de la même année. Un de ces couples a réussi le tour de force de continuer à vivre dans la même pièce. Il ne part pas parce qu'il ne parvient pas à se loger ailleurs et elle non plus. Alors ils ont suspendu un drap au milieu de la chambre, en guise de séparation, et ils reçoivent des amis chacun de son côté. Drôle de façon de ne plus être ensemble... Oh ! une dernière question, est ce que je peux parler à Kazik de ton mariage et l'inviter ? Depuis un certain temps il vient souvent chez nous et c'est avec lui que Robert visite des familles pauvres.

— Bien sûr, acquiesce Inka. Kazik viendra à mon mariage, s'il le veut.

Je suis responsable de cette vie qu'elle est en train de gâcher, pense Helena, mais aussitôt elle se secoue. Dans deux semaines elle sera à Paris, loin de ses parents, d'Inka, de l'hôpital et de l'appartement exigu où Marek pourra vivre enfin à sa guise en écrivant la nuit aussi tard qu'il le voudra. Il n'aura plus besoin de se gêner et de travailler par terre en s'éclairant de la petite lampe posée à côté de son matelas. Et puis se marie-t-on encore pour toujours et à jamais ? Si Inka est trop malheureuse avec son Wlodek, elle n'aura qu'à le laisser tomber et à déménager à Varsovie chez Irena et Robert.

Toute souriante, heureuse, légère, Helena paye l'addition et les fait monter toutes les deux dans son auto. Pour elle la vie est belle et pleine de promesses. Ce n'est plus le temps des larmes et des remords. J'ai essayé d'aimer Inka de mon mieux, comme Andrzej me l'avait demandé avant de mourir, mais il n'y a rien de commun entre nous, se dit-elle. Inka ne m'aime pas et éprouve toutes les peines du monde à ne pas le montrer. Et il y a en amour, comme dans toutes relations humaines, une sorte de réciprocité subconsciente. Les sentiments non partagés, les grandes passions sont de courte durée, ou encore si elles durent, cela devient un abcès de fixation complexe et parfois une abstraction sans rapport réel avec la personne qui les a suscités à l'origine. Dans quinze jours, je vais les embrasser et je vais monter dans l'avion. À l'atterrissage, il y aura une autre existence et je pourrai m'offrir le luxe de me priver de jolies choses pour leur envoyer des colis. Enfin j'aurai bonne conscience !

— Ça va être beau Paris au mois de mai, dit Irena d'un ton rêveur. J'y suis allée autrefois, il y a bien longtemps, avec Robert. Ce fut féérique...

Elle se secoue, comme pour mieux chasser ses souvenirs.

— Évidemment, cela ne sera pas la même chose. Paris a certainement beaucoup changé. Il y a eu la guerre, les pénuries et les potentats étrangers qui se ruinaient avec panache ont disparu. D'après ce que j'ai lu, personne n'a plus les moyens de passer des nuits blanches chez *Maxim* et de dîner au champagne chez *Fouquets*.

Si c'était vrai, pense Helena, ils fermeraient leurs portes, mais cela est consolant pour maman de croire que « son Paris », n'existe plus. Cela lui permet de ne pas m'envier et de ne pas avoir de regrets. Autant ne pas la détromper...

* * *

Le curé Marianski avance d'un long pas rapide et Kazik a, par moments, du mal à le suivre. Ils marchent le long d'un sentier tracé entre les arbres jusqu'à la clairière. La forêt est superbe. Il fait exceptionnellement chaud en cette journée d'octobre, mais ici sous les couronnes des arbres, l'ombre protectrice garde la fraîcheur.

Tadeusz Marianski est inquiet. Des observateurs, étrangers au village, sont venus aux réunions du Conseil local et ont suivi les débats. Il est question, paraît-il, d'un regroupement et de la création de Conseils plus larges. Le peu de pouvoirs dont disposaient certains au sein des Conseils risquent de devenir ainsi plus diffus encore. On parle beaucoup aussi d'un courant nouveau dans le Parti, plus « internationaliste », comme ils disent, mais il est évident qu'on essaie surtout d'établir des contrôles plus précis et de recruter plus de membres. D'anciennes cartes sont échangées contre d'autres, ce qui permet à l'occasion d'examiner les activités passées et présentes de chacun.

— Tu comprends, dit le curé, ici les gens viennent me voir pour discuter de tout ce qui les concerne bien que je ne sois pas toujours capable de les conseiller en certaines matières. Je les laisse parler, j'écoute et je ne me prononce pas. J'attends de voir comment tout cela va évoluer.

— Vous n'avez pas de raison de vous inquiéter, le rassure Kazik. Pour le moment les changements sont positifs. Il ne faut pas être pessimiste et considérer que cela n'ira pas mieux chez nous. Au contraire. Déjà les magasins sont mieux approvisionnés, on a cessé d'attaquer l'Église dans la presse et il y a de bonnes chances que cela continue. Vous pouvez me croire. Comment va Inka ?

Cela fait un certain temps déjà qu'il attend pour poser cette question et la réponse lui importe plus que tout le reste. Le curé Marianski sourit d'une façon imperceptible et devient intarissable. Inka s'est mariée l'année dernière avec Wlodek. Ce fut une belle cérémonie, mais finalement c'est à se demander comment elle se débrouille seule avec Magda. Des gens sont venus, des ouvriers qui ont connu Wlodek à Gdansk. Ils l'ont persuadé de retourner là-bas et depuis il y passe l'hiver à travailler et à suivre des cours de perfectionnement.

— En toute confidence, je dois te dire, constate le curé, que moi-même je suis inquiet pour lui. Il s'occupe beaucoup des ouvriers, assiste aux réunions, convoque des groupes de discussions et j'ai l'impression que cela n'est pas fait pour plaire aux autorités. Il a déjà été interrogé deux fois par la milice de là-bas. Il prétend que ce n'est pas grave, mais il n'avait pas l'air rassuré quand il me le racontait. Tiens, à peine les récoltes terminées, il est déjà reparti. Je crois qu'il cache certaines choses à Inka, mais elle le devine et se ronge le cœur.

— Croyez-vous que je peux aller la voir ?

— Mais bien sûr ! passe donc ce soir cela fera plaisir à Magda, à moins que tu ne préfères qu'on leur demande de venir au presbytère.

— Je n'ai pas beaucoup de temps, hésite Kazik, puis soudain sa décision est prise. Non je leur rendrai visite une autre fois, dit-il, mais je voudrais que vous lui remettiez quelque chose. Voici, j'ai obtenu qu'on lui alloue la terre qui a appartenu autrefois à Robert et à sa famille. Ce n'est pas un champ très grand, il est resté en friche depuis des années, mais quand même, je crois qu'elle sera contente. J'ai les papiers dans ma voiture et je vais vous les donner avant de partir. Il y a aussi la maison de Robert. Elle tombe en morceaux et même les vagabonds ne semblent plus vouloir y camper. On peut bien l'abattre, ou encore essayer de sauver deux à trois pièces. Cela serait bien d'y installer Robert et Irena. Depuis que leur fille est à Paris, ils se sentent très seuls.

— Mais c'est merveilleux, ce que tu proposes là, s'extasie le curé Marianski. Un instant il marche devant lui, puis s'arrête et se retourne de façon à lui faire face : Es-tu sûr mon garçon que tu l'as obtenu honnêtement ? Hum ! je veux dire, sans exploiter personne, sans... hum ! enfin, je ne sais trop.

— Mais oui, monsieur le curé, mais oui, ne vous inquiétez pas. Je n'aurais pas à vous le raconter en confession et puis j'y ai mon intérêt. Robert collabore à une action que j'ai entreprise avec d'autres. Je vais vous expliquer en quoi cela consiste. Seulement, c'est sous le sceau de secret. Personne ne doit le savoir. Vous m'entendez, monsieur le curé, personne.

— Je t'écoute.

Ils sont parvenus jusqu'à la clairière et le curé Marianski s'assoit sur un tronc d'arbre qui fait une sorte de siège, à cet endroit. Kazik se tient debout en face de lui et ils se dévisagent un instant.

– Vous savez, au moment des grèves, il y a eu des victimes ; des femmes sont restées avec des enfants, tandis que pour d'autres c'est plus difficile encore parce que leurs maris sont en prison. Tout cela est parfaitement secret. Officiellement, ils ont été libérés tous, mais en réalité ce n'est pas vrai. J'ai réussi à organiser un groupe d'avocats qui essaient de plaider ces causes et on ramasse de l'argent pour les familles. Robert a accepté de m'aider. Il tient les comptes, rencontre certaines personnes et fait même quelques visites chez les familles. Je présume qu'on ne viendra pas l'inquiéter. Ils sont tous les deux, Irena et lui, à la retraite, et paraissent ne s'occuper de rien. Helena et André sont bien vus. Il a un poste à notre ambassade à Paris, il a accompagné la délégation de Gierek lors de sa visite là-bas et il commence à avoir beaucoup de relations. Ça compte ! Je voudrais éviter de faire appel à l'Église, donc pas de quêtes particulières, ni de ramassage de dons en nature. Juste un coup de pouce ! Voyez Robert et conseillez-le quand il aura besoin qu'on l'aide, parce que moi je suis pris dans une sale histoire et je ne sais pas encore comment cela va tourner.

– Donne-moi donc une cigarette, demande le curé Marianski. Tu me lances comme ça en vrac des nouvelles et tu me demandes de me conduire comme si tout cela allait de soi. Te rends-tu compte que je ne sais même pas où tu travailles et ce que tu fais au juste. Non, ne proteste pas ; j'ai bien compris que tu es avocat au ministère de la Justice ; un fonctionnaire parmi bien d'autres. Seulement tu ne sembles pas être comme les autres. Je te connais depuis toujours, tu es venu chez moi au presbytère quand tu n'avais pas encore le nombril sec, donc je te fais confiance. Mais, quand même, explique-moi un peu plus ce que tu attends de moi.

– Merci pour la confiance, monsieur le curé. Vous allez avoir deux contacts à Varsovie ; Robert et Marek qui habite toujours l'ancien appartement d'Helena et d'André. Ils ne vous appelleront pas et il ne faut pas communiquer avec eux par téléphone. De toute façon Robert n'en a pas et celui de Marek peut être branché sur un poste d'écoute. Donc, surtout pas de conversations téléphoniques. Robert peut à la rigueur vous appeler d'une cabine publique, mais soyez prudent. Prenez son message et ne posez pas de questions. Marek, lui, viendra vous voir. Vous irez vous promener ensemble et il vous expliquera ce qu'il leur faut ; de l'argent, un lieu de rencontre discret, des vivres, ou une place pour garder un enfant dans une famille pendant quelques semaines. Je ne prévois pas autre chose pour le moment.

— Bon, acquiesce le curé. J'ai compris. Aussi longtemps qu'il n'est pas question de cacher des armes sous mon lit, je suis d'accord avec tout le reste. Maintenant parlons de toi. Qu'est-ce qui t'arrive ?

— C'est plus difficile à expliquer. J'ai fait beaucoup de choses, touché à bien des dossiers, réglé des affaires pas très jolies... Chemin faisant, je me suis fait des ennemis. J'ai aussi certaines personnes sur la conscience, vous le savez mieux que quiconque. C'est chez vous que je me suis confessé à l'époque. Donc, avec le changement, avec l'arrivée de Gierek et de son équipe au pouvoir, ils veulent m'éliminer. On ne peut pas m'arrêter comme ça, tout bonnement. J'ai pris des précautions. Ils savent que mes dossiers sont assez bien cachés pour réapparaître quoiqu'il arrive, ici, comme à l'étranger, entraîner la chute de certains dirigeants du Parti et provoquer un scandale. En somme leur seule solution consiste à me compromettre.

Kazik écrase sa cigarette contre une pierre, puis en allume une autre. Le curé Marianski, la tête légèrement penchée en avant, a l'air de réfléchir, mais en réalité il écoute avec une attention soutenue.

— On vient d'arrêter un tueur. Un vrai. Il avait fait du trafic de l'or entre l'Allemagne de l'Ouest, l'Oural et la Pologne et il a eu un « accident ». Pris dans une souricière, il a tué un milicien et un agent de l'UB. Son compte est bon. On en profite pour lui faire raconter des détails sur ses prétendus complices. On le force à dénoncer des gens qu'il ne connaît même pas. C'est ainsi qu'il a reconnu, entre autres, m'avoir rencontré à

Berlin avec un agent yougoslave. L'agent est mort et enterré et ne pourra pas témoigner du contraire, mais moi je suis impliqué. Non, ne vous inquiétez pas pour moi. Je me défendrai. J'ai un bon alibi. Ils ne savent pas que je peux prouver que le jour où ce salaud prétend m'avoir vu avec l'agent yougoslave, j'étais dans les bras d'une jolie fille, à des kilomètres de Berlin.

– Oh ! excusez-moi, monsieur le curé. Il ne faut pas prendre au sérieux mes frasques de ce genre. Donc, demain j'ai rendez-vous avec un juge que je connais depuis longtemps et qui me doit son poste. Contrairement aux autres, ce bonhomme-là croit avoir à mon égard une dette de reconnaissance. Il est prêt à m'aider. Tout dépend à quel point ils tiennent à avoir ma peau. S'ils la veulent absolument, ils réussiront, s'il s'agit uniquement de me compromettre et de me faire perdre mon poste, je m'en sortirai. Je quitterai le ministère de mon propre gré et je travaillerai dans un bureau d'avocats. Seulement, voyez-vous, il se peut que vous trouviez tout cela dans les journaux et que vous vous imaginiez que je suis non seulement un pauvre type pas très honnête, ce que vous savez déjà et depuis belle lurette, mais que je suis un traître ! Je tiens à votre amitié, monsieur le curé.

– J'ai compris, dit Tadeusz Murianski en se levant. Un détail encore, qu'est-ce que je dis à Inka en lui remettant ton... tes papiers...

Le curé bute sur les mots à force de vouloir éviter de parler de cadeau.

– Que vous avez reçu cela pour elle de Varsovie, du ministère, des autorités... Pour le reste vous n'êtes pas au courant. Cadeau de Gierek pour la famille Stanowski en reconnaissance des services rendus à la patrie par le gendre, André Solin. Tâchez aussi, si possible, de mettre ce fou de Wlodek en garde. Il n'a pas les reins assez solides et il est trop naïf pour faire face à l'appareil. Je présume qu'il essaie de doubler l'organisation des syndicats officiels. C'est une excellente idée parce que, malgré toutes les promesses faites par Gierek en 1970, rien n'a encore été changé à ce niveau et bien qu'ils affirment qu'ils vont apporter des réformes lors du congrès de novembre de cette année, ils ne le feront pas. Au mieux quelques permanents seront limogés et remplacés en douceur par d'autres. D'après mes renseignements, il y aura moins d'intermédiaires entre les Conseils des syndicats des entreprises et le Conseil national, mais en pratique c'est sans importance. Si Wlodek est appuyé ou même manipulé par d'autres, il a des chances d'arriver à quelque chose, mais tout seul il n'est pas de taille, croyez mon expérience. Essayez donc de le contacter et de le lui dire de vive voix seul à seul.

— Il a promis de passer les fêtes de Noël ici, mais s'il ne vient pas je n'ai aucun moyen de le voir, constate le curé Marianski.

— Pensez-vous qu'il va faire confiance à Marek ?

— Certainement pas. C'est un solitaire. Il se méfie des intellectuels de son acabit qui travaillent à Radio-Varsovie et ont la carte du Parti. Il affirme que ce sont certainement des voleurs et des combinards comme tous les gens du régime. Tu sais, Wlodek c'est surtout, et avant tout, un honnête homme.

— Si Marek apporte un mot de vous, est-ce que cela changera quelque chose ?

— je présume que oui. Je vais y réfléchir.

— En somme, monsieur le curé, vous aussi, vous vous méfiez de Marek et c'est bien naturel. Écoutez, j'ai un moyen de vous convaincre. Il est en train d'écrire un livre qu'on ne lui publiera jamais ici. S'il vous fait lire son manuscrit, cela changera-t-il quelque chose à votre attitude ?

— Peut-être, je verrai. Mais je ne peux pas te le promettre à l'avance.

— Elle est désespérante, cette méfiance, se fâche Kazik. Écoutez, s'il m'arrive d'être arrêté, vous allez tout gâcher. Robert et Marek doivent pouvoir compter sur vous, sans cela il vont être incapables de maintenir le réseau et de le faire fonctionner. Je vous en supplie, monsieur le curé, comprenez bien. C'est la première fois qu'on parvient à démontrer aux ouvriers qu'ils ne sont pas isolés, que les professionnels les appuient et qu'ils peuvent collaborer avec eux. En 1968, des ouvriers, membre d'ORMO, cassaient les gueules aux étudiants, tandis que d'autres leur hurlaient des injures. Nous sommes en train de prouver de notre mieux que nous devons être tous solidaires. C'est capital pour obtenir des réformes. Sans cela jamais on ne parviendra à changer ce maudit système de fous.

– Tantôt, tu disais que la nouvelle équipe veut introduire des améliorations et maintenant tu te contredis, constate Tadeusz Marianski en souriant ironiquement, comment veux-tu que je te comprenne.

– Ils sont moins puritains, plus ouverts, ils ont aussi des atouts dans leur jeu, que Gomulka n'avait pas. Tout d'abord le climat de détente, entre le Kremlin et l'Occident, les possibilités d'emprunter à l'étranger qui y sont liées en partie, la construction du complexe géant de Katowice et les projets de construction de gazoduc.

– Quel gazoduc ?

Kazik hésite un instant, se retourne pour vérifier qu'ils sont seuls, puis se rapproche de Tadeusz Marianski et murmure tout bas :

– Ils ont trouvé du pétrole et du gaz en Sibérie. Ils ont besoin d'argent pour les exploiter. L'Occident a mauvaise conscience à l'égard de la Pologne. Après tout, ils nous ont livré mains et pieds liés à Staline et maintenant ils savent mieux que nous que c'est irréversible. Donc Gierek avec ses bonnes manières, sa connaissance du français et sa distinction a plus de chances d'obtenir des prêts des Français et des Américains que qui que ce soit d'autre parmi les Pays Frères. Moscou préfère endetter Varsovie que de le faire directement. Gierek est pour eux un excellent intermédiaire.

– La tête me tourne, dit le curé Marianski. Tu sais trop de choses Kazik, et je me demande comment tu fais pour démêler tout cela. C'est bon, je vais faire confiance à ton Marek, puisque tu y tiens, et je vais t'aider comme je pourrai. Maintenant va t'en parce que j'ai besoin de réfléchir à tout cela.

Ils arrivent sur la grand-route, passent près du cimetière et s'arrêtent devant l'église.

– Entre un instant, dit le curé Marianski, cela va te faire du bien.

Dans l'église vide flotte l'odeur des cierges brûlés. Kazik se met à genoux et, la tête cachée dans ses mains, essaie de prier. Il n'y parvient pas, mais la paix, le silence, pénètre en lui et chasse l'angoisse. Tant pis ! Il sera arrêté, condamné, pendu ; peu importe ! Que vaut, après tout, son existence d'homme seul que personne n'attend. De toute manière, tôt ou tard, de la façon selon laquelle il s'est engagé il se retrouvera en prison. Non, je me battrai jusqu'au bout, se dit-il en se relevant. Je ne serai pas condamné pour rien. Quand ils me prendront, j'aurai la certitude que j'ai quand même accompli quelque chose et que les autres vont continuer à se battre à ma place. Je vais leur prouver à tous qu'il y a un moyen de faire relâcher l'étau soviétique, d'aider les gens à vivre mieux et tout cela sans les lancer sur les barricades et sans faire une boucherie. Moi, Kazik Skola, petit gars de nulle part, je vais transformer ce pays et leur montrer à ces intellectuels verbeux que les ouvriers sont la seule force, le seul ferment d'une véritable évolution, parce que ce sont eux qui représentent la masse. Que Marek continue à gribouiller des livres qui jamais ne verront le jour, moi je n'ai besoin que de ce curé et de sa détermination tranquille d'homme de l'Église de chez nous.

Kazik fait le signe de croix, glisse un billet dans le tronc et sort. Comme s'il avait voulu respecter sa solitude, le curé Marianski l'a attendu devant et il le retrouve sur le parvis.

— Si on vous demande ce que je suis venu faire ici, lui recommande Kazik, dites-leur que j'ai apporté les papiers pour Inka parce que je voulais être certain qu'ils seraient en bonnes mains. Et ne vous laissez pas intimider. Ces documents sont officiels, l'affaire est parfaitement légale et personne ne peut prétendre le contraire. La signature en bas des pages est celle d'un individu qui ne trahira pas, parce qu'il sait qu'il risque la potence s'il me double.

Tadeusz Marianski prend le dossier que Kazik sort de sa voiture et lui tend.

— Je vais prier pour toi, et tâche de ne pas oublier que...

— Que quoi ?

— Que tu es chrétien et qu'en tant que tel tu dois te respecter.

– Promis, crie Kazik en faisant partir le moteur de sa voiture. Je crois me souvenir que vous aimez donner des lourdes pénitences, monsieur le curé, à ceux qui se confessent chez vous.

La voiture disparaît et Tadeusz Marianski entre à son tour à l'église. Je vais prier, se dit-il, et je réfléchirai à tout cela plus tard. Ce sera plus facile !

* * *

Il neige. Des flocons blancs dansent de l'autre côté de la vitre. Assis tout près de la fenêtre, Robert aspire la fumée de sa pipe et se met à tousser.

– Ça ne va pas, demande Irena de la cuisine où elle prépare le repas du soir ?

Robert ne répond pas. Il ne l'a pas entendue. Soudain le passé est remonté à la surface et a effacé le présent. Ce bout de champ qu'on voit de la fenêtre, l'odeur de la pipe ; un paysage bien connu et une sensation de calme déjà vécue autrefois, il y a longtemps. Il devait avoir alors une dizaine d'années et il fumait en cachette, à ce même endroit où se trouvait à l'époque la chambre d'enfant. Sa mère l'appelait, mais il ne répondait pas parce qu'il ne parvenait pas à calmer la toux provoquée par le tabac. Ses premières expériences, la découverte du goût de la pipe chipée dans le cabinet de travail de son père, l'atmosphère de cette fin d'après-midi... Tout lui semble soudain pareil. C'est comme si les spectres de ses parents s'amusaient à lui faire retrouver son enfance.

– Je suis heureux, annonce Robert à Irena. J'adore cette maison.

– Mon pauvre chéri, tu as l'art de te contenter de peu, murmure-t-elle en caressant ses cheveux. Ces deux pièces ne ressemblent pas beaucoup à la maison de tes parents et nous vivons à une toute autre époque.

– Regarde, dit Robert. C'est exactement le même paysage qu'on voit de cette fenêtre qu'autrefois. Quel beau pays que le nôtre ! Les murs, les surfaces, les meubles, tout cela n'a pas d'importance. L'essentiel c'est ce paysage, cette campagne, ce champ qu'on va réussir à cultiver l'année prochaine et le fait que nous sommes bien vivants toi et moi et que nous sommes ensemble. Je ne saurai jamais assez remercier le sort. J'étouffais à Varsovie entre les murs gris, les rues poussiéreuses et la géhenne quotidienne des escaliers. Je ne voulais pas t'inquiéter, mais il m'arrivait souvent de ne pas pouvoir descendre autrement qu'en me cramponnant à la rampe comme un vieillard. J'ai rajeuni dans ces deux pièces, où il me suffit de pousser la porte pour sortir dehors. Je n'ai plus peur d'être cloîtré un jour entre quatre murs. Là-bas, à Saska Kepa, j'étais prisonnier d'un stupide escalier tandis qu'ici je suis redevenu un homme libre.

— Oh ! tu sais, je me rendais compte que les escaliers te fatiguaient et je me demandais souvent combien de temps tu serais en mesure de sauter ainsi d'une marche à l'autre, mais nous n'avions aucune chance de trouver mieux. C'est un véritable miracle qu'Inka ait pu recevoir et aménager cette maison en ruines. Moi aussi je suis heureuse d'être ici avec toi. J'ai l'impression d'être bien plus utile en donnant des cours de piano aux élèves du curé Marianski que pendant la dernière année que nous avons vécue à Saska Kepa. Et puis, nous avons Inka et Magda sur place et je crois que toutes les deux ont besoin de nous. Je ne comprends pas comment Wlodek peut les laisser seules sans même revenir pour Noël. Ils ont quand même trois jours de congé aux chantiers pour les Fêtes.

— Je te l'ai déjà dit maintes fois, proteste Robert en se détournant à regret de la fenêtre pour faire face à sa femme, Wlodek ne peut pas agir autrement. Il progresse, il suit des cours, il expédie son salaire à Inka et je ne vois vraiment pas ce qu'il peut faire de plus. Vous, les femmes, vous êtes insatiables. Vous exigez toujours plus et plus.

— Inka ne demande rien, soupire Irena, mais à vingt-six ans mener l'existence d'une femme seule, est-ce normal ? Je n'aime pas ses activités, ses emballements et ses initiatives au sein de divers mouvements. Crois-tu que c'est intelligent de sa part d'être la déléguée de la Jeunesse Rurale locale au Congrès de Varsovie ?

— Elle a bien le droit de faire ce qui l'intéresse.

— C'est de la théorie. En pratique Inka est partie avec Dieu sait qui, en camion, pour passer une semaine à Varsovie à assister aux réunions, à discutailler et à risquer de se retrouver tous les soirs avec une bande d'ivrognes qui ne savent pas se tenir. L'Association de la Jeunesse Rurale ce n'est en fait qu'un ramassis de jeunes qui entrent au Parti pour mieux justifier leur manque d'entrain au travail. Au lieu de labourer, ils laissent cela aux vieux et courent les réunions où on échange des slogans et des lieux communs.

— La bibliothèque qu'Inka a organisée fonctionne très bien et les jeunes de Celestynow vont y chercher des livres. C'est déjà quelque chose, objecte Robert. Et puis tout le mouvement coopératif peut apporter des résultats. Si des filles comme Inka refusent de s'impliquer, qui va élever le niveau, proposer des défis et entraîner les autres ? Pour ma part, je suis persuadé que la petite fait du bon travail et je suis très fier d'elle. Cesse de t'inquiéter. De toute façon, elle doit revenir demain, donc il ne reste plus beaucoup de temps à attendre. Tu la couves trop.

Mais non, soupire Irena, tu sais très bien que tous ces mouvements communautaires, toutes ces orga-nisations servent uniquement à mieux manipuler les jeunes et à les enrégimenter. C'est un moyen comme un autre pour les empêcher de penser, sous le fallacieux prétexte qu'ils les éduquent. Jolie éducation ! Pour certains c'est une façon de profiter des avantages que leur assure la carte du Parti, pour tous c'est un lavage de cerveau.

— Défaitiste, va ! se moque Robert. Tu as une âme d'artiste et pour toi ce qui compte, c'est l'individu. Comprends donc, chérie, que dans notre pays l'indi-vidualisme est un luxe que seuls des vieux comme toi et moi peuvent se permettre. Les jeunes, eux, doivent se regrouper, créer entre eux une solidarité et décider ensemble de ce qu'ils veulent construire comme avenir. Sinon, les autres, ceux qui détiennent les postes, nos gouvernants et nos dirigeants, vont les mener à l'abattoir comme des moutons. Allons, Irena, je meurs de faim et comme de toute manière je ne parviendrai jamais à te convaincre, il vaut mieux manger que discuter.

Il s'installe devant la longue table en bois et Irena apporte deux assiettes remplies de soupe. Elle allume la lampe et se met en face de Robert dans le cercle de lumière qui éclaire leurs deux têtes. Mais à peine, commencent-ils à manger qu'on frappe à la porte, et Inka entre.

— Bonsoir, crie-t-elle joyeusement. Y a-t-il quelque chose pour moi ? Je suis venue jusque-là pour vous apporter des nouvelles. Je mérite bien une récompense.

Irena saute sur ses pieds, se précipite, entoure de ses bras les épaules d'Inka, l'embrasse, lui enlève sa lourde veste doublée de mouton, caresse sa figure de ses mains comme pour la réchauffer et l'entraîne jusqu'à la table.

— Assieds-toi. J'apporte tout de suite un couvert. J'ai de la bonne soupe aux choux, des pommes de terre et même un morceau de hareng. C'est bon, tu verras. Alors, raconte. Comment était-ce ? Tu dois être à bout, ma pauvre petite. Une semaine avec ces gens qui ne savent même pas s'exprimer. Enfin puisque tu y tiens, tu dois savoir ce que tu fais.

— Alors ce congrès, demande Robert, ça c'est bien passé ? J'imagine que ton discours a été brillant et que tu as été applaudie comme personne après avoir récité un texte censuré par une dizaine de bonzes du Parti. Non, ne te fâche pas. Je plaisante. En tout cas tu as bonne mine et tu n'as pas les yeux trop cernés. Où étiez-vous logés ?

— Il faut que j'en parle au curé Marianski, dit Inka, dont le visage très mobile devient soudain grave. Enfin, ce n'est pas compliqué. Au lieu de discuter de nos problèmes, des besoins des jeunes cultivateurs, on a commencé par voter un changement de nom. Désormais, ce sera l'Association de la Jeunesse Rurale socialiste, le mot socialiste ayant été ajouté à l'ancien nom de l'Association de la Jeunesse Rurale, qui existe partout depuis 1957. À part cela, on nous a parlé surtout de la révolution russe, de l'expérience soviétique et de l'importance de construire un véritable socialisme. Tous les discours étaient préparés à l'avance comme d'habitude et j'ai eu beaucoup de mal à poser quelques questions. Au moment où j'ai osé demander si on recevra une aide accrue pour acheter des tracteurs pour les coopératives, ils ont débranché le micro. Les gens dans la salle ne comprenaient rien. J'ai perdu mon temps et j'ai eu l'impression d'être ridicule, mais surtout indésirable. Je me suis tue de crainte d'avoir des ennuis ici. Sait-on jamais...

– Je ne comprends pas pourquoi tu t'étonnes. Tout cela est parfaitement normal. Un congrès organisé, un lavage de cerveau collectif et toi, ma petite fille naïve, tu continues de croire au Père Noël. Encore heureux qu'ils ne t'ont pas fait de mal.

Irena relève une mèche de cheveux qui tombe sur son front et place l'assiette de soupe devant Inka.

– Mange, cela va te faire du bien.

– J'ai cru qu'ils voulaient vraiment faire quelque chose. Nous aider. Ils ont promis de nous fournir plus de machines, plus d'équipement, mais quand on leur demande des précisions, quand on veut parler de nos besoins et de la façon selon laquelle ils pourraient être satisfaits, le printemps prochain, ils nous parlent comme au temps de Gomulka, de notre amitié avec les *Vanias* qui doit être renforcée et de la pureté de la doctrine socialiste. Doctrine internationale, vous m'entendez bien, qui ne doit pas être entachée par des particularités régionales, ou nationales. Même sous Gomulka on reconnaissait le droit des pays socialites à choisir « leur propre chemin », comme on disait alors « pour l'accomplissement des objectifs du socialisme ».

– Écoute Inka, dit lentement Robert, il suffit de lire les journaux pour constater que quelque chose a changé dans leur façon de considérer notre appartenance au bloc soviétique. Ils cherchent un rapprochement avec les Soviétiques et dans *Trybuna Ludu*, comme à la radio, sans parler de la télévision, les interminables discussions ont recommencé. Je trouve cela normal. Les magasins sont mieux approvisionnés, la production augmente et pour tout cela ils ont obtenu des prêts. Il faut qu'ils prouvent à notre « cher » géant de voisin que notre esprit socialiste n'a pas été entamé pour autant. Ils doivent démontrer qu'ils luttent contre le nationalisme et veulent imposer l'internationalisme et l'esprit d'amitié avec les peuples frères et surtout le Kremlin. Une nécessité du moment, voilà tout. Ne t'en fais pas. Cela ne t'empêchera pas d'achever ta bibliothèque publique et d'améliorer le service de prêt. À chacun son boulot. Surtout pas de spéculations abstraites, nous ne connaissons pas le fond des choses et cela ne sert à rien de te débattre comme tu le fais. Tu vas nous attirer des ennuis, voilà tout. Ou tu cesses de participer aux congrès et même aux réunions locales, ou tu continues, mais alors il faut te taire et attendre ton heure.

– Facile à dire quand on ne s'intéresse pas au sort des autres, comme c'est votre cas à tous les deux, murmure Inka, mais combien de temps peut-on vivre ainsi ? Si on reste à l'écart on cesse d'avoir prise sur quoi que ce soit. On se laisse porter par le quotidien au jour le jour. C'était bon pendant la guerre et l'occupation, mais quand même pas maintenant.

Pauvre petite, pense Robert. Si elle savait à quel point elle est injuste à mon égard, elle raisonnerait autrement, mais il vaut mieux qu'elle ignore. Aussi bien Irena, que Magda et Inka, doivent rester en dehors de tout cela. Wlodek est déjà assez impliqué là-bas aux chantiers de Gdansk.

Écoutez, dit soudain Inka en sursautant et en laissant glisser par terre sa serviette. Le Parti, les organisations qui gravitent autour et qui au fond sont soumises à ses décisions, comme c'est le cas de celles de la Jeunesse Rurale, des syndicats, des vétérans et de toutes les autres, sont dirigés par une poignée de gens. Les autres ne font qu'obéir pour profiter des avantages et pour vivre mieux. Au-delà du Parti, vivotent des gens qui, comme vous, méprisent ceux qui ont des cartes. C'est trop facile à la fin. Pour avoir son mot à dire, pour participer un jour aux décisions, il faut entrer dans le Parti et essayer au moins d'empêcher les individus qui sont tout en haut de la pyramide de faire ce qu'ils veulent et de ne songer qu'à se construire des villas et voyager à l'étranger. Non, ne m'interrompez pas ! Je sais bien ce que tu veux me dire, maman. Au sein du Parti personne ne peut protester, imposer ses vues, soumettre ses opinions, parce que l'appareil est contrôlé par l'UB et par le Kremlin. Eh bien, non ! C'est du défaitisme. Toute seule, je ne peux pas faire comprendre aux gens dans la salle qu'ils se font avoir, parce qu'on va débrancher le micro et personne ne pourra m'entendre. Si je m'entête on va m'arrêter et me menacer, sous n'importe quel prétexte : marché noir, taxes impayées ou je ne sais trop quoi encore. Parfaitement d'accord ! Mais si ceux qui pensent comme moi parviennent à former un groupe et que pendant que l'un de nous parle, les autres surveillent le fonctionnement du micro, il y a moyen de s'imposer. On peut intimider des individus, mais pas une masse de femmes et d'hommes qui osent s'opposer aux dirigeants du Parti qui, de toute façon, ne comprennent rien et sont coupés de la base.

— Brillant, constate Robert, en caressant tendrement la main d'Inka. Tu es jeune, tu es belle, vas-y, essaye. Irena et moi, nous avons fait notre part. C'est ton tour. Je tiens uniquement à te rappeler qu'Helena avait sa carte du Parti à dix-neuf ans, je crois, et que cela n'a pas duré.

— Helena n'était alors qu'une jeune fille qui s'amusait ferme dans les organisations de jeunesse, ironise Inka. Maintenant encore elle a beau être médecin, n'empêche qu'elle ne comprend pas grand-chose aux exigences et aux nécessités d'une action collective.

— Bon, bon ! intervient Irena, avant toi il n'y avait qu'un grand vide, toi tu es l'innovatrice, l'héroïne des temps nouveaux et les lendemains t'appartiennent. Ceci dit, est-ce qu'on peut te lire la lettre d'Helena que nous venons de recevoir.

Sans attendre la réponse, Irena va chercher dans un tiroir la longue enveloppe, la prend, sort la feuille pliée en trois et se met à lire, penchée au-dessus de la table sous la lumière de la lampe qui pend du plafond sur sa longue corde de couleur.

« Très chers. Je profite du voyage d'une amie française pour vous expédier cette lettre et une autre pour la mère d'André. Pour une fois, je suis sûre qu'elle vous parviendra intacte sans être lue par qui que ce soit (la dame ne connaît pas le polonais et étant en voyage officiel elle ne sera pas fouillée à la frontière). Paris est certainement la plus belle ville dont on puisse rêver. Les années passent et je trouve toujours encore quelque chose à voir et à visiter. Mais ce n'est plus tout à fait la même chose qu'au début. Vous vous souvenez, comme j'espérais alors pénétrer dans le milieu français et me faire des amies. En fait cela va faire bientôt deux ans que nous sommes ici et je n'ai que des relations, mais rien de vrai ou d'intime. Je les rencontre aux réceptions de l'ambassade et je les trouve très brillants ces Français. Petit à petit, je me rend compte cependant qu'au fond d'eux-mêmes, ils se moquent de nous. Notre ambassade est la seule sans doute où on reçoit avec autant de faste. Les tables croulent sous les victuailles, la femme de l'ambassadeur a toujours des cadeaux pour ces dames et je regarde les boîtes de chocolat de Wedel, introuvables chez nous, qu'on leur offre par douzaines. Sans parler des pièces tissées de CEPELJA, des jolies boîtes en bois sculpté et des albums illustrés. André prétend que c'est une excellente publicité pour nos produits et une façon de démontrer que nous sommes des partenaires valables autant sur le plan culturel que commercial, mais moi j'ai l'impression parfois que c'est trop. À part cela, ma vie et ma solitude me pèsent. Nous sommes constamment entourés par le personnel diplomatique qui se compose de... Vous me comprenez. Même quand nous sommes seuls, André et moi, j'hésite de lui parler de certaines choses qui me préoccupent. Ici les murs ont des oreilles. Il n'est pas question pour moi de fréquenter les Polonais immigrés. Pour eux, je suis la représentante du régime qu'ils exècrent et un profiteur, ce qui est pire encore ! Pourtant, je lis la publication polonaise qui paraît ici *Kultura* et j'y trouve des articles fort intéressants. Je crois qu'il suffirait de peu pour qu'on puisse se comprendre mieux, mais je ne suis pas en mesure de faire le premier pas ; le barrage est trop haut pour que je puisse le franchir. Je vois assez fréquemment l'amie de Marek, Ula. C'est une Polonaise qui a été mariée à un Français et qui a divorcé. Elle travaille et gagne sa vie, mais comme c'est une femme seule, elle me rencontre volontiers quand André est absent, ce qui arrive beaucoup trop souvent à mon goût. Bref, Ula est charmante, intelligente, brillante même, mais je sens qu'elle se méfie de moi comme de la peste. Il n'est pas question qu'elle vienne aux réceptions de l'ambassade, ni qu'elle participe aux réunions cul-turelles que nous organisons avec des Français. Il n'est pas question non plus qu'elle aborde avec moi certains sujets qui pourtant me touchent. Le pire, c'est que le temps passe et que je me demande sérieusement ce que je fais ici. J'ai appris le français, je lis, je suis quelques cours, mais sur le plan professionnel, il n'y a rien à faire. Je n'ai pas terminé ma médecine pour faire bonne impression à Paris, mais pour travailler dans un hôpital chez nous. J'en ai parlé à André à maintes reprises, mais il ne m'entend pas. Pis encore, il considère que je suis ingrate. J'ai un bel appartement, une femme de ménage, de l'argent, des robes, des bijoux faux, mais jolis. Le mois prochain nous irons sans doute en vacances en Espagne, que puis-je demander de plus ? Et bien ! c'est très simple, me retrouver dans mon petit bureau à l'hôpital, discuter d'un cas avec Maria Solin, vous voir en fin de semaine... Vivre ! Ici, je ne vis pas ; j'existe. C'est fort confortable et intéressant, mais je ne suis qu'une éternelle étrangère. Ce n'est pas seulement une question de nationalité et de langue. C'est plus profond que cela. Les Français ont un sens de l'humour, une façon qui me surprend de prendre à la légère des choses sérieuses, et de traiter gravement des détails sans importance. Cela est vrai pour les faits de tous les jours, comme pour les grands problèmes de l'heure. Quand j'essaie de me mêler des discussions sur un livre ou une pièce de théâtre, ou un événement politique, je sens que très vite je deviens ridicule, mais quand eux parlent gravement de la qualité d'un plat ou d'un vin, cela me semble d'une exagération telle que je finis par paraître primaire et incapable d'apprécier l'existence... »

Inka bâille à se décrocher les mâchoires et Robert le remarque.

— Tu veux aller te coucher ? mon pauvre petit. Écoute Irena, on finira cette lettre à une autre occasion, dit-il à l'adresse de sa femme.

— Ce n'est pas folichon, sa vie là-bas, constate Inka. J'ai eu tort de l'envier quand elle décrivait les lumières de la place de la Concorde et la perspective du Trocadéro.

Elle dit, ajoute rêveusement Irena, qu'en France on peut discuter dans un bistro avec des ouvriers tandis que chez nous c'est impossible parce qu'ils sont incapables d'avoir une conversation cohérente, qu'ils jurent et se soûlent.

— Elle ne sait même pas de quoi elle parle, notre Helena, conclut Inka en se levant.

— Écoutez, juste cela, insiste Irena.

« Ici, je peux acheter autant de bonne charcuterie, de fromage, de volailles, de chaussures, de robes et de chapeaux que je veux. Avec ce qu'André gagne et les frais de représentations, notre budget n'est pas trop serré. Pourtant chaque fois que je fais mes courses, j'éprouve moins de joie en rentrant à la maison qu'à Varsovie, quand il m'arrivait de dénicher un morceau de viande. C'est trop facile ! Et puis, j'ai constamment des remords en pensant à vous... »

Inka prend son manteau, le met, enfile ses gros gants d'homme et embrasse Robert sur les deux joues.

— Allons, à demain, dit-elle. Couchez-vous, vous avez l'air fatigués tous les deux.

Dehors, il fait froid, la neige a cessé de tomber. Là-haut, sous la coupole du ciel, les étoiles scintillent de tous leurs feux. Inka marche d'un bon pas. Comme il serait bon de sentir les bras de Wlodek autour de ma taille, pense-t-elle.

Il lui manque ce corps d'homme, dur et insatiable. Parfois, la nuit, elle cherche longtemps son sommeil en évoquant sous ses paupières baissées des images qu'elle juge inavouables. « Le destin collectif prime sur les aspirations individuelles », lui avait dit Wlodek en l'embrassant, et elle avait jugé alors qu'il avait raison. Elle était d'accord. Mais, maintenant ce n'est plus la même chose parce qu'elle sent monter en elle une étrange révolte.

Je n'ai qu'une vie, se dit Inka, et à la campagne on vieillit vite !

Le chemin qui mène à la maison de Magda est tout blanc. Sous ses bottes d'homme, la neige craque. Il y a de la lumière dans la fenêtre de la cuisine. Magda n'est pas encore couchée. Elle l'attend.

Inka pousse la porte. Il y a la chaleur de la pièce, les joues chaudes de Magda, ses mains qui s'agitent pour l'aider et l'éternelle question :

— As-tu faim ? Vas-tu manger quelque chose ?

— Mais non, j'ai mangé. Reste assise. Repose-toi. Je vais tout te raconter.

Inka s'approche du feu qui danse dans la cheminée faite de grosses pierres.

— Les magasins sont beaucoup mieux appro-visionnés à Varsovie que l'année dernière. On trouve de la viande. Je t'ai apporté un petit cadeau. J'ai acheté de la laine dans une boutique privée et je vais te tricoter...

Un ronflement se fait entendre et Inka pivote sur ses talons. Magda dort, le bras replié sous sa tête, couchée sur la table. Inka sourit avec beaucoup de tendresse. Elle prend Magda par les épaules, la force à se lever et l'emmène jusqu'à son lit, dans le fond de la pièce. Magda marmonne des mots sans suite pendant qu'elle lui enlève ses vêtements, puis s'étend de tout son long et recommence à ronfler. Inka éteint la lumière et reste pendant un long moment assise devant le feu sans penser à rien, sans bouger. Puis une idée obsédante lui vient à l'esprit et ne la quitte plus jusqu'à ce qu'elle se couche à son tour et s'endort.

J'ai vingt-six ans, Wlodek est loin et je suis constamment seule. Nous n'avons pas d'enfants et il n'est pas certain que nous allons en avoir. Combien de temps encore serai-je obligée d'attendre un peu de bonheur ?

* * *

Les mauvaises nouvelles arrivent généralement ensemble. On prétend aussi que les femmes ont des intuitions et qu'elles savent instinctivement quand un malheur arrive à ceux qu'elles aiment. Inka n'a cependant aucun sentiment d'anxiété en cette journée de printemps. Bien au contraire, elle se sent particulièrement joyeuse. Elle s'est levée très tôt et elle s'est glissée en dehors de la maison sans réveiller Magda. Depuis toujours, depuis la lointaine époque de son enfance, elle adore se promener sur les voies ferrées. Quand elle était toute jeune, on lui défendait ce plaisir jugé particulièrement dangereux par les grandes personnes. Maintenant, elle n'a plus d'ordres à recevoir de ses aînés, mais il n'en reste pas moins que les gens qui la voient marcher sur la voie du chemin de fer la regardent d'une drôle de manière, ce qui la gêne.

À six heures du matin, il n'y avait personne et elle a pu s'amuser à sa guise, en sautant d'une traverse à l'autre. Il y avait du soleil et cette odeur caractéristique du train, mélange de suie, d'huile et de charbon brûlé dans la locomotive. Inka a rêvé aux longs voyages qu'un jour elle fera avec Wlodek ; aux pays lointains. À un moment donné, il y a eu aussi le sifflement de la locomotive, la peur enfantine qui procure du plaisir, la course, à la dernière minute, du haut du remblai vers les champs. Arrêtée à mi-chemin, blottie contre la terre sablonneuse, Inka avait reçu à plein poumons le souffle chaud de la locomotive et le bruit assourdissant des roues des wagons sur les rails.

Puis ce fut le chemin du retour, la maison au loin, le sentiment de paix et de détente et soudain l'angoisse. Deux miliciens se tiennent devant la porte.

Inka court. Voilà Magda qui déjà met son fichu. On les emmène ensemble au poste. C'est là, dans la petite pièce sombre, qu'on remet à Inka un gros paquet : les affaires de Wlodek. On lui annonce, sans ménagement aucun, qu'il est mort, tué dans un accident. Non, ils ne connaissent pas les détails. L'officier pousse vers Inka l'avis officiel, une grande feuille couverte de tampons et lui dit de signer.

– Si vous voulez, camarade, avoir plus de détails, il faut vous rendre à Gdansk, ajoute-t-il.

Dehors, Irena, Robert et le curé Marianski les attendent. Les nouvelles se répandent vite à Celestynow et ils ont su qu'Inka est au poste de la milice. Inka tremble de la tête aux pieds et ne parvient pas à parler. C'est Magda qui leur montre les documents qu'on leur a remis.

Nous partons à Gdansk, décide Robert. Marek va nous conduire en voiture. Il est justement chez nous.

Un heure plus tard, Marek, Robert et Inka roulent sur la grande route. Silencieux, les deux hommes n'osent pas se retourner pour ne pas rencontrer le regard de la jeune femme, fixe comme celui d'une aveugle. Inka ne pleure pas. Elle tient sur ses genoux les affaires de Wlodek qu'elle n'a pas déballées comme si elle craignait qu'on ne lui enlève ce paquet enveloppé de papier brun, retenu par l'épaisse ficelle. À Gdansk, Marek parvient à louer une chambre d'hôtel grâce à sa carte d'identification de Radio-Varsovie. Il n'y a pas de place, mais pour lui il y en a toujours. On a beau affirmer que les journalistes sont des esclaves de la censure, il n'en reste pas moins qu'on leur témoigne du respect.

Une fois dans la chambre, Robert force Inka à avaler deux cachets d'un médicament qu'il sort de sa poche. Ce sont des somnifères envoyés de Paris par Helena. Ils sont très efficaces, Robert en sait quelque chose, lui qui passe souvent des nuits blanches.

— Va au chantier naval, dit-il à Marek. Moi je vais rester avec la petite. Il ne faut pas qu'elle se retrouve seule au réveil. Robert s'installe ensuite dans un fauteuil. Il est incapable de fixer son attention sur quoi que ce soit d'autre que le visage pâle de la jeune femme, noyé sous la masse des cheveux blonds.

C'est ainsi qu'il a veillé autrefois Helena en attendant Andrzej. Des années sont passées depuis et pourtant il s'en souvient comme si c'était hier. Ils sont étranges les mécanismes de la mémoire humaine et cette faculté de retenir des images relativement anciennes au détriment des faits quotidiens, récents et parfois tout aussi lourds de signification !

Combien de temps Robert veille-t-il ainsi Inka ? Il ne saurait le dire. A-t-il dormi ? Il est très tard et la pièce est plongée dans l'obscurité totale quand la clé tourne dans la serrure. C'est Marek qui revient. Il ne tient pas sur ses jambes et Robert est obligé de le retenir pour l'empêcher de tomber sur le lit. Marek est ivre. Sans un mot, Robert le traîne jusqu'au réduit où se trouve la douche, ouvre le robinet et le pousse sous le jet d'eau froide.

— Aïe, aïe, proteste Marek, mais progressivement, il revient à lui. Lâchez-moi, lâchez-moi, supplie-t-il, mais Robert a une main de fer.

— Ça va ? demande-t-il finalement.

— Je crois, soupire Marek en s'essuyant la figure avec sa manche trempée.

Robert lui jette une serviette et retourne dans la pièce. Une sorte de découragement s'empare de lui. La petite veilleuse allumée, il se laisse tomber dans le fauteuil placé près de la fenêtre. Inka dort toujours.

— Es-tu capable de parler à présent ? demande-t-il à Marek, qui enlève son veston et sa chemise et essaie de les tordre.

– Donnez-moi une cigarette, demande-t-il finalement en s'asseyant sur une chaise à côté de Robert. Est-ce qu'elle dort ?

– Oui, tu as de la chance, murmure Robert. Je préfère être le seul à te voir dans cet état à un moment pareil.

– Bon, soupire Marek en soufflant la fumée de sa cigarette. Tout d'abord la version officielle. C'est un accident de travail. Le crochet de la grue était défectueux. Au moment où le chargement s'est décroché, Wlodek était juste en dessous. Il ne s'est rendu compte de rien. Son corps a été littéralement déchiqueté sous le choc. Ils l'ont enterré. J'ai obtenu l'accord des autorités pour une enquête judiciaire. Ça n'a pas été facile, mais je les ai fait chanter. Ce n'est pas la première fois qu'on s'occupe, vous et moi, d'un cas semblable. Vous vous souvenez de cette femme qui a eu le bras arraché par la machine ? Ils ont été obligés de reconnaître que l'équipement était mal entretenu et que l'accident n'était pas arrivé par sa faute. Cette fois-ci, c'est encore plus évident, donc pas de problème de ce côté-là. Inka recevra les quelques sous qu'ils donnent à titre de dédommagement et une misérable pension, peut-être même le certificat d'honneur de veuve d'un homme « mort sur le champ de bataille pour la construction du socialisme ». Mais il y a pire...

Marek va chercher un verre d'eau pour calmer son hoquet et revient en serrant autour de son cou la serviette qui couvre ses épaules nues.

– En sortant des bureaux de ces messieurs, j'ai rencontré un homme. Il m'a entraîné chez lui où un autre nous attendait.

– Avec de la vodka, je présume, l'interrompt Robert.

– Oui, beaucoup de vodka. Voici ce qu'ils m'ont raconté. Ils ont connu Wlodek en 1970, mais à l'époque il n'était pas très communicatif. Par la suite, ce sont eux qui ont été cherché Wlodek pour le ramener travailler au chantier naval. Ils avaient besoin de lui, parce qu'il était plus instruit et parce qu'ils pouvaient lui faire confiance. Wlodek ne voulait rien savoir tout d'abord, puis ils ont fini par le persuader que c'était son devoir à l'égard des hommes morts pour rien en 1970. Ensemble, ils ont organisé par la suite des cercles de discussions. Des groupes indépendants de tout contrôle syndical, ou autre. Exactement sur le même modèle que ce que nous organisons avec vous et avec Kazik et, bien entendu, dans le même but d'information, de défense des droits des ouvriers blessés dans des accidents de travail, renvoyés sans raison, ou emprisonnés sous divers prétextes. Malheureusement, cet imbécile de Wlodek s'est méfié de nous. Il agissait seul avec son groupe sans avoir les reins assez solides pour tenir tête aux agents de l'UB. Au début, ils ont essayé de les infiltrer, mais ils n'ont pas réussi, alors ce furent des menaces dont Wlodek refusait de tenir compte. On a usé de divers moyens d'intimidation à son égard et les hommes ont été obligés de monter autour de lui une sorte de garde. À tour de rôle, ils allaient chercher Wlodek le matin et le ramenaient chez lui le soir. Un jeune gars habitait avec lui et surveillait l'appartement de façon à ce qu'ils ne puissent pas y cacher des « verts » et l'accuser ensuite de faire du marché noir. Il y a deux mois, on a tenté de renvoyer Wlodek, mais sans succès. Son supérieur immédiat s'y est opposé en déclarant que c'était le meilleur cadre qu'il avait sous ses ordres. En somme, ils se sont tous si bien organisés pour le protéger qu'ils l'ont condamné sans le savoir à cet « accident ».

Marek vide le verre d'eau d'un trait, parce que son hoquet recommence et l'empêche de poursuivre.

— Le problème dit il c'est que jamais on ne parviendra à prouver quoi que ce soit. L'équipement est à ce point mal entretenu, rouillé et vieux qu'on pourra toujours nous opposer la thèse de l'accident. Plus encore, ce que les hommes ont raconté entre quatre murs sous l'effet de trois bouteilles de vodka, ne sera pas répété devant un juge. Ils ont des familles ces gens-là et ils n'oseront jamais. Ce sont de braves bougres. Ils font la quête pour pouvoir poser une plaque sur la tombe de Wlodek, mais c'est tout ce qu'ils peuvent faire et c'est déjà beaucoup, parce qu'ils vivent de salaires de famine avec leurs femmes et leurs petits.

— Bon Dieu de bon Dieu ! murmure Robert. Je suis vraiment un imbécile. Si je m'étais douté de ce que

Wlodek risquait aux chantiers, je l'aurais aidé, prévenu... Mais il ne parlait que de l'argent qu'il gagnait, de la réparation de la grange et de je ne sais trop quoi. Même Inka n'était pas au courant. Personne !

– Qu'est-ce qu'on lui dit ? demande Marek à voix basse.

– Rien, rien du tout. Wlodek est mort dans un accident. Tu m'entends ! C'est déjà assez dramatique comme ça. Il ne faut pas qu'elle apprenne que son propre mari n'avait pas suffisamment confiance en elle pour lui raconter ce qu'il faisait à Gdansk.

– Pauvre diable, soupire Marek. Il voulait la protéger sans doute. Comme ça, dans le cas d'une arrestation, Inka n'avait pas de secrets à avouer.

– Le pauvre diable, comme tu dis est mort et enterré, tandis que la petite a une existence à reconstruire et une vie à vivre. Demain matin. on retourne à Celestynow. Nous n'avons plus rien à faire ici. Pas avec elle, tout du moins. Couche-toi. Moi je préfère veiller. Elle dort, complètement assommée par les somnifères, mais sait-on jamais... Non, ne proteste pas. Je suis très bien dans mon fauteuil.

Sans un mot, Marek s'allonge sur l'autre lit, tandis que Robert veille jusqu'au lever du jour, puis réveille Inka.

– Nous partons, dit-il. C'est un accident, mon petit, un stupide crochet, une charge qui est tombée, il y aura une enquête pour que cela ne se reproduise pas, mais pour notre pauvre Wlodek, il est trop tard...

– Je veux voir l'endroit où il est mort, sa chambre et la place où ils l'ont enterré.

Inka est étrangement calme. Elle ne pleure pas, elle donne des ordres qui sont sans appel.

Au restaurant de l'hôtel, Marek la force à avaler un peu de thé, puis ils partent. Marek, dans son costume frippé. et humide au volant, Robert à côté de lui et Inka recroquevillée sur le siège arrière. Comme dans un cauchemar, elle visite le chantier naval, où le représentant du comité syndical et le supérieur de Wlodek tournent autour d'elle comme deux grosses araignées. Des mots volent: « Il est mort sur le champ de bataille pour la construction du socialisme », « une défectuosité imprévisible », « un affreux accident », « tout le chantier est en deuil. » On apporte des fleurs. Un bouquet d'œillets. Inka les repousse et remonte dans la voiture.

— On va chez lui maintenant, ordonne-t-elle à Marek.

Le moteur tourne à nouveau. Des blocs de maisons grises, lourdes, tristes, le chemin cahoteux qu'on a promis de revêtir, sans que personne sache quand, la boue, les flaques d'eau, une grande maison et une cage d'escalier où les murs s'écaillent. Un immeuble neuf, comme bien d'autres, construit pour le bien-être de la classe ouvrière.

— C'était loin de son travail, constate Inka. Il ne s'en plaignait pourtant pas dans ses lettres. Il ne se plaignait jamais, Wlodek. Il ne disait rien et me remettait tout son argent.

C'est au troisième étage. Le camarade de Wlodek est là. Il tend à Inka un gros bouquet de fleurs, mais elle ne les voit pas. Plantée au milieu de la pièce, elle l'examine longuement en silence, puis sort sur le palier tandis que le jeune homme essaie de lui expliquer où Wlodek mettait sa photo qu'il regardait chaque soir avant de s'endormir.

Inka s'accroche au bras de Robert :

— Allons au cimetière, supplie-t-elle. Emmène-moi vite !

Ils repartent. Cette fois-ci Marek est obligé à plusieurs reprises de demander son chemin aux passants, puis c'est la grille, le champ des croix, la chapelle et le fossoyeur qui vient à leur rencontre, vieil homme, courbé et volubile. Le carré de terre fraîche est là tout au fond de l'allée de droite, boueuse et comme imbibée d'eau. Inka marche vite et Robert a beaucoup de mal à la suivre. Marek et le fossoyeur sont restés en arrière.

— Chérie, supplie Robert, laisse-toi aller. Pleure. Cela fait du bien.

Elle ne répond pas. À genoux, devant l'endroit où on lui a dit que son mari a été enterré, Inka prie. Des images se mettent à défiler devant ses yeux. Voici Wlodek en train de conduire la charrette. Le feu dans la cheminée et Wlodek qui lit un livre. La motocyclette, le vent, le dos de Wlodek et ses bras autour de sa taille. C'est fini. Jamais plus il ne tendra ses mains vers elle, jamais plus... Pourquoi, mon Dieu ! pourquoi ?

Il se met à pleuvoir. Des gouttes froides portées par le vent frappent son visage. Wlodek me dit adieu, pense Inka, il me recommande de reconstruire la grange et de ne pas abandonner Magda. C'est tout ce qui lui importe. Moi et lui, nous deux, cela ne compte pas. Cela n'a pas eu d'importance de son vivant et cela continue à ne pas en avoir maintenant qu'il est mort. La terre, la terre maudite ! Enrichir la terre, engraisser la terre, investir, acheter des semences, louer de l'équipement... La terre, son unique souci et son seul amour. La terre, la sale terre qui recouvre à jamais son corps. La terre...

Marek est obligé d'emmener Inka de force jusqu'à la voiture, tandis qu'elle continue à murmurer comme une somnambule : la terre, la terre maudite, il n'a jamais aimé que cela...

* * *

— Vous allez signer ce manifeste ?

Il y a une sorte de supplication dans la voix d'André. Ils sont tous réunis dans l'appartement de Maria Solin. Assis par terre, sur les chaises et sur le divan ils évitent de se regarder. La fumée des cigarettes remplit la pièce. Il fait très chaud.

— Oui, nous allons le signer, dit tranquillement Robert. C'est la seule façon de prouver que nous sommes encore debout. Voyons donc, leur projet de la nouvelle constitution est une trahison. Ne pas protester, c'est accepter la reconnaissance formelle du système de parti unique. Plus encore, c'est abdiquer notre souveraineté nationale puisqu'ils veulent inclure dans le texte que toute notre politique extérieure doit dépendre de notre fraternité indissoluble avec l'Union soviétique. Vous vous rendez compte, j'espère, que cette constitution est contraire aux résolutions votées lors du congrès d'Helsinki. Implicitement on reconnaît que le citoyen n'a pas de droits, que le Parti unique est l'instrument de l'autorité de l'État, aussi arbitraire que cela puisse être, et que le gouvernement et le Parti ne sont responsables à l'égard de personne. En somme, tout ce que nous demandons devient illégal : la liberté d'expression, d'éducation, de conscience, de réunions et d'organisations de syndicats libres et autonomes. En ce qui a trait à nos relations avec les autres pays, nous déléguons nos pouvoirs à l'Union soviétique qui pourra négocier en notre nom n'importe quelle entente !

— D'accord, d'accord, se fâche André, je l'ai lu et relu ce texte d'amendement constitutionnel. Je le connais par cœur. Mais enfin il ne s'agit que de la confirmation d'un état de fait. Après tout, en ce moment toutes les publications sont censurées, les syndicats sont organisés par le Parti, puisque c'est lui qui choisit et fait nommer les chefs des comités syndicaux et notre gouvernement ne peut signer le moindre accord sans avoir l'autorisation du Kremlin. Alors à quoi va servir ce manifeste ? À remettre en cause une réalité qui est et qui va demeurer la nôtre ? Jamais de la vie ! Ce que nous allons obtenir en échange de nos signatures, ce sont les visites de la milice, les perquisitions, les licenciements ou encore la prison et une série de procès politiques. Nous allons être considérés comme des dissidents et vous êtes conscients de ce que cela signifie en pratique ?

— Je ne vois pas pourquoi nous devons nous conduire comme des lâches, constate tranquillement Helena. En 1952, quand ils ont promulgué la constitution imposée par Staline j'étais trop jeune pour comprendre, mais maintenant, vingt-trois ans plus tard, je n'ai pas d'excuses. Ils ne peuvent pas nous emprisonner tous. Il y a des milliers de gens qui vont signer ce manifeste. Il y a l'Église. Le cardinal Wyszynski va certainement se prononcer. C'est un homme courageux et je refuse, moi, petit rouage, d'être lâche. D'ailleurs, il est trop tard pour reculer. Cela ne servira à rien. Ils se préparent à voter en plus la loi sur le parasitisme, copiée mot pour mot sur la législation soviétique. En vertu de cette loi, toute personne qui ne remplit pas une fonction peut être considérée et jugée par un tribunal de juridiction criminelle comme un « parasite ». Est-ce que tu te rends compte, André, de ce que cela signifie ? Un écrivain dont le manuscrit sera refusé par la censure pourra être jugé comme un criminel. Forcément, puisqu'il aura osé écrire un texte non conforme à la philosophie des bonzes du Parti, dont inutile ! Un médecin qui se permettra de travailler dans un hôpital où les portes sont ouvertes à tout le monde, au lieu d'accepter des offres faites par un hôpital de la « bourgeoisie rouge », de la milice, ou de je ne sais trop qui, pourra être jugé comme un parasite... Veux-tu que je te trouve d'autres exemples.

– Un instant ! Le petit homme, un certain Jacek qui est venu avec Marek, saute sur ses pieds et se plante près d'Helena. Nous avons décidé qu'il y aura deux genres de militants actifs dans le mouvement. Ceux qui s'afficheront ouvertement, et seront prêts à se faire arrêter le cas échéant, et ceux qui s'efforceront de demeurer anonymes et de rester dans l'ombre pour mieux aider les autres. Je crois que les médecins prennent moins de risques en signant une pétition que les journalistes. Donc, d'accord avec André, mais aussi avec Helena. Il est évident que nous manquons de bons médecins et que les autorités vont hésiter longtemps avant de se priver de ses services, tandis que pour un journaliste ce n'est pas la même chose. Je propose que le docteur Solin et le docteur Stanowska signent la pétition.

Il y a un long silence, puis Maria Solin s'approche de la table et appose sa signature sur la grande feuille de papier qu'on a posée là.

– Vous ne savez pas comme je suis contente de pouvoir vous être utile à quelque chose, dit-elle.

Helena lui sourit. Entre les deux femmes, il y a une sorte de camaraderie complice. Elle signe à son tour, puis laisse la place aux autres. La tension qui régnait dans la pièce fait place à une étrange détente. On plaisante, on rit, on raconte des blagues. André, le premier, prend congé et il sort avec Helena. Dans l'escalier, il prend sa main.

– Je te demande pardon, murmure-t-il. Je crois que je t'ai déçue.

– Mais non, proteste Helena. Tu es en train de faire une carrière inespérée, je te dois deux ans passées à Paris et j'aurais mauvaise grâce de critiquer ta conduite. J'ai signé pour nous deux, voilà tout. S'ils m'arrêtent, tu m'apporteras des colis en prison.

Rieuse, elle fait de l'ironie et se moque de lui.

Dans la rue, ils marchent un instant en silence, puis André commence une longue démonstration où il est question d'aide occidentale, de la réaction de la France, de l'appui que le manifeste va trouver chez les intellectuels de droite comme de gauche, autant à Paris qu'à Londres et à Washington.

– Voyons, objecte Helena. Nous avons vécu tous les deux à Paris. Tu sais fort bien que jamais les Français ne nous appuieront tant que nous ne démontrerons pas notre propre force. Nous ne pouvons compter que sur nous-mêmes. Le manifeste ne sera publié nulle part. Le mensuel de l'immigration polonaise en France, *Kultura*, va en parler, mais aucun journal français ne fera l'analyse de l'événement. À moins que la *Pravda* ne le mentionne, alors *L'Humanité* reprendra aussitôt le thème pour nous attaquer. C'est tout ce qu'on peut obtenir et rien de plus. Je me souviens encore de mon père et de ma mère qui, en 1939, disaient : « La France ne permettra pas à Hitler d'écraser la Pologne. Ce sont nos alliés, ils nous défendront. » Je me suis souvent demandé depuis comment ils pouvaient être à l'époque aussi sourds et aveugles. En France, les gens m'ont bien expliqué qu'en 1939 personne n'avait envie chez eux de mourir pour Gdansk, bien que la menace du fascisme fût évidente. Remarque que, pour certains, Hitler n'est devenu un dictateur à abattre que le jour où l'armée allemande a attaqué les Soviétiques. Maintenant, les données du problème sont encore plus complexes. J'ai rencontré des Français pour lesquels la Pologne est un pays communiste dont les citoyens sont en train de vivre une expérience passionnante et hautement enviable. Quand ils viennent chez nous, ils ne font pas la queue pour acheter la viande, le Grand Hôtel est bien approvisionné et les filles sont beaucoup moins chères qu'à la Madeleine ou même à Pigalle. Un vrai paradis, en somme ! Depuis que Gierek est au pouvoir, ils font chez nous des affaires d'or, sont invités à la chasse par des dirigeants du Parti et reçoivent des beaux cadeaux. Voyons, André, tu le sais mieux que quiconque, alors cesse de te leurrer.

Il fait froid et André grelotte dans son pardessus élégant acheté à Paris. Il n'a pas envie de discuter, il n'a pas envie de regarder la réalité en face, il voudrait être à mille lieues de Varsovie, quelque part dans la campagne française où il fait bon de vivre.

— Demain, dit Helena, je vais me mettre à chercher des cadeaux. Dans une semaine ça sera Noël et nous irons à Celestynow. J'espère que Marek ne se soûlera pas et qu'on pourra partir ensemble dans sa voiture. Tu devrait lui parler. Il boit vraiment beaucoup trop. A-t-il des peines d'amour ?

— Je ne le crois pas et, de toute façon, je lui ai dit que cette Ula que nous avons rencontrée à Paris est bien prête à le consoler là-bas ou ici, s'il daigne lui faire signe et essaye de la persuader qu'il a besoin de sa présence. Non, Marek boit parce qu'il a du mal à vivre, à écrire, à préparer ses émissions. Son manuscrit n'avance pas, il fait son travail au jour le jour et se sent incapable d'influencer le cours des choses, ce qui l'enrage. Il est trop ambitieux, voilà tout.

Mon Dieu, qu'est-ce qui m'arrive, pense Helena. Il y a un an encore, André était mon héros, mon seul et unique amour. Il me suffisait d'être avec lui pour me sentir fière et belle pour la simple raison qu'il m'a choisie et qu'il m'a épousée. Et maintenant, soudain, nous ne sommes plus que deux étrangers, fort bien élevés, qui se parlent sans élever la voix et qui ne se querellent jamais parce qu'ils évitent soigneusement de discuter à fond des véritables problèmes qui les préoccupent. Moi qui méprisais autrefois Marek, cet éternel adolescent, soûlard invétéré, je préférerais être maintenant avec lui, plutôt qu'avec cet élégant monsieur qui est mon mari et pour lequel je ne ressens plus qu'une sorte de vague mépris. Je lui ai promis fidélité devant l'autel, donc je reste avec lui, mais en fait s'il me disait tout de suite, là, sur le palier de notre appartement qu'il s'en va, qu'il retourne en France, je me sentirais soulagée et merveilleusement libre. Il me fait l'effet d'un mannequin, mon cher mari, tandis que Marek est un homme en chair et en os avec tout ce que cela comporte de formidable et de désespérant. Si Marek était à sa place, nous serions en train de discuter du manifeste que nous aurions signé tous les deux, ensemble, la main dans la main, à faire des projets, à rire aux éclats et à nous moquer du monde entier. Avec Marek, je n'aurais pas peur de perdre quoi que ce soit, parce que nous aurions une pièce, ou un coin quelque part, des livres, une grande table couverte de ses papiers à lui et une machine à écrire. Il me lirait son manuscrit et moi je ferais l'impossible pour lui donner du courage, pour l'aider à avoir confiance en lui et en ce qu'il est en train d'écrire.

André tourne la clé dans la serrure et allume la lumière. Helena pénètre derrière lui dans l'antichambre, meublé avec goût, passe au salon, retrouve sur le mur du fond l'excellente copie d'un tableau de maître, achetée en France, qu'elle déteste, des bibelots, des tables basses, le grand sofa.

— J'ai payé très cher pour avoir tout cela, dit soudain André, et je ne veux pas le perdre.

— Tu vieillis, mon cher, ironise Helena. Mes parents et ta mère me semblent plus fantaisistes que toi. Excuse-moi, mais jamais je ne pourrai m'empêcher de penser qu'une petite bombe suffit pour tout démolir. J'ai vu crouler la maison de ma grand-mère qui était splendide, celle de mes parents, des châteaux, des villas et des hôtels particuliers. C'est pour cela, sans doute, que je ne peux plus m'attacher aux choses. J'ai toujours l'impression quand je suis dans notre appartement que c'est un cadre temporaire. Qu'il va disparaître un jour, comme un décor de théâtre. Seuls les gens comptent. Les objets n'ont aucune importance, leurs lendemains sont trop fragiles.

— Les gens meurent, se retrouvent en prison, changent, murmure rêveusement André, tandis que les choses qu'on possède sont quand même la mesure d'une certaine réussite, surtout ici, chez nous, où il est si difficile de les obtenir. Ose me dire que tu n'es pas contente d'avoir une télévision ?

La voix d'André devient agressive et cela réveille chez Helena l'envie de faire une scène, de le blesser, de l'humilier et de partir en claquant les portes.

— Nous l'avons gagnée ensemble, il me semble, dit-elle. Et si au lieu de vivre en France avec toi, j'avais pratiqué mon métier, j'aurais pu me payer bien des choses.

— Tu regrettes d'avoir vécu à Paris ?

— Oh ! les regrets, ce n'est pas mon fort, mais

jamais je ne recommencerai. Ce fut une expérience plutôt humiliante que de t'attendre jour après jour en me tournant les pouces tandis que les miens ici trimaient comme des forçats.

— Tu aurais préféré avoir l'air d'une paysanne comme Inka que de te pavaner dans les salons de l'ambassade, ou de visiter Versailles ? Ose-donc regarder la vérité en face ! Tu es complètement folle, ma chère, et hypocrite par-dessus le marché.

Helena fait face à son mari. Sa voix tremble de rage.

— Oui, si tu veux tout savoir, j'aurais préféré passer ces deux ans à soigner les malades, à cultiver la terre, ou à travailler à n'importe quoi, ici, chez nous. Tu m'as réduite au rôle d'une poupée que j'ai essayé de jouer tant bien que mal pour ne pas desservir ta carrière. Seulement, vois-tu, très souvent je me suis demandé si cela en valait la peine. Si tes manigances, qui me paraissent de plus en plus louches, tes relations dans l'entourage de Gierek, tes déjeuners d'affaires et le reste valent vraiment une vie. Je t'ai placé sur un piédestal, tellement haut que j'osais à peine lever la tête pour te regarder et maintenant j'ai l'impression que tu n'es qu'un arriviste. Un gars prêt à tout pour obtenir un peu de confort, un peu d'argent et quelques voyages en perspective. Dans un pays normal, en Occident, c'est peut-être valable, je ne sais trop, mais ici, chez nous, c'est indécent !

— Cesse de crier ma chère, dit très tranquillement André en se servant un scotch. La colère t'enlaidit. Tu n'as jamais su ce que tu voulais. Autrefois, je trouvais cela charmant, mais maintenant cela me fatigue. Tu as été communiste, puis anti-communiste et te voilà en train de te prendre pour une héroïne nationale parce que tu as signé un manifeste. Nous n'avons plus beaucoup de choses en commun, ma chère. Tu n'as pas voulu avoir d'enfants, ce qui est plutôt surprenant de la part d'un médecin. Tu as rêvé de découvrir Paris, mais tu me reproches de t'y avoir emmenée. Tu en avais assez de vivre dans une seule pièce et tu te plaignais, mais maintenant tu m'accuses de tous les péchés parce que j'ai réussi à avoir un appartement décent. Tu admirais ma façon de louvoyer dans les milieux diplomatiques et tu m'encourageais, mais ce soir tu me lances à la tête des injures et tu m'accuses de manigances. Eh bien ! figure-toi que je suis fier de la confiance que me manifeste notre gouvernement. Après tout, grâce aux emprunts que nous avons négociés on vit mieux à Varsovie qu'à l'époque de Gomulka. Tout n'est pas parfait, il est vrai, mais on progresse...

— On progresse dans la voie de l'esclavage, ironise Helena, puis, soudain lasse, elle écrase sa cigarette dans le cendrier, comme si elle voulait mettre fin à la conversation, se lève et passe dans la salle de bains.

— Je me couche, dit-elle. Je tombe de sommeil.

— Un instant, objecte André. J'ai quelque chose d'important à t'annoncer. On me propose une mission en Grande-Bretagne. Jusqu'à présent j'ai hésité à cause de toi, mais puisque tu sembles ne pas tenir outre mesure à vivre avec moi, je crois que je vais accepter. Je serai absent quelques mois et tu auras le loisir de réfléchir en paix. À mon retour on avisera.

Helena revient dans la pièce. Elle a enfilé sa chemise de nuit et se sent étrangement détachée de tout. L'expression mi-ironique, mi-triomphatrice d'André ne l'impressionne pas.

— Tu feras ce que tu voudras, dit-elle en bâillant. Ta carrière passe avant tout. Je suis certaine qu'un long séjour à Londres va te faire le plus grand bien. Quand est-ce qu'il aura lieu cet heureux événement ?

— Tout de suite après les Fêtes de Noël, au début de janvier ou, au plus tard, en février.

— Parfait, constate Helena en prenant un oreiller et en s'installant sur le divan.

— Tu veux faire chambre à part, demande André ?

— Mais oui, mon cher. Maintenant que nous avons une chambre à coucher et un salon, c'est un luxe que je peux me permettre. Va te laver parce que je veux éteindre.

— Bonne nuit, dit André, mais souviens-toi, ma chère, qu'il est plus facile d'abandonner sa place que de la retrouver.

Helena ne répond pas. Sous la couverture de laine,

435

son corps se détend. C'est fini. Elle vient de s'avouer qu'elle n'aime plus cet homme grand, mince, élégant et pourtant beau qui est son mari. Demain elle va commencer à chercher des cadeaux et à préparer les fêtes. Ensuite ça sera une année nouvelle qui, peut-être, lui apportera le courage de quitter André et de recommencer à neuf. Au fond, pense-t-elle, cela fait une éternité que je n'ose plus être honnête avec moi-même. Marek viendra-t-il à Celestynow ? Marek ! Est-ce que je vais aimer Marek ! Non l'amour est vraiment trop décevant. Je ne recommencerai plus. Je vais m'installer une bonne petite existence solitaire, je vais beaucoup travailler et je vais...

Helena s'endort sans parvenir à préciser tous ses projets d'avenir et sans même se rendre compte qu'André claque rageusement la porte de leur chambre à coucher.

10

Les dissidents

Dieu ! ce que cela peut être fantastique d'avoir une chambre à soi, se dit Marek en s'installant à sa table de travail. À dessein il fait du bruit en rapprochant sa chaise, puis se rappelle que les voisins ont la mauvaise habitude de frapper dans la cloison quand ils l'entendent et rajuste l'épais feutre placé sous sa machine à écrire. Une page blanche, toute neuve, le rouleau qui se déplace, les doigts sur les touches... Enfin ! La journée a été épuisante. Elle n'en finissait plus. Il y a eu tout d'abord la secrétaire qui a éclaté en sanglots parce que sa mère se meurt faute de soins. Marek lui a donné l'adresse d'Helena, puis a téléphoné pour s'assurer qu'elle recevra la jeune fille et qu'on s'occupera de sa mère aussi bien que du plus haut fonctionnaire du Parti. À peine a-t-il eu le temps de susurrer à Helena quelques blagues, qu'on le convoquait déjà chez le directeur. Marek n'a même pas pu se demander ce qui lui valait un pareil honneur. Dans le grand bureau, le directeur lui a offert une cigarette américaine, du thé et des bons biscuits secs. Une agréable entrée en matière. Tout ça pour lui demander de faire une série d'émissions sur la Crimée.

– Vous qui y avez vécu dans un sanatorium du KGB, vous connaissez sans doute les beautés de cette région mieux que quiconque...

– Comme ça, il était au courant et Marek a cru déceler une menace dans sa voix, mais il se sentait trop joyeux pour s'en inquiéter.

– J'étais enfermé au sanatorium et je n'ai rien vu. D'ailleurs je ne suis pas assez doué pour faire des émissions de ce genre. Mon fort ce sont les disques commentés. Des vieilles chansons. Cela plaît aux femmes et aux hommes aussi, bien qu'ils ne l'avouent pas. Ils retrouvent leur jeunesse et moi je m'amuse à écouter ces mélodies, sirupeuses à plaisir. Non, vraiment, je ne peux changer de genre. Le public ne le comprendrait pas.

– Une série à la télévision avec des paysages, des scènes qu'on a déjà sur film...

– C'est trop d'honneur, monsieur le directeur, mais je suis un homme plutôt laid et je ne tiens pas du tout à me voir sur l'écran.

– Réfléchissez quand même et revenez dans un mois. Cela peut vous valoir un voyage à Moscou, un stage à la télévision là-bas et quelques autres avantages non négligeables. J'ai l'impression que vous êtes en train de gaspiller votre talent.

– Merci, monsieur le directeur.

En sortant du bureau du directeur Marek a failli pouffer de rire. Il s'est bien payé la tête de ce bonhomme prétentieux dont on dit qu'à l'occasion il n'hésite pas à foutre à la porte les filles qui refusent de passer dans son appartement quelques nuits blanches. Je suis l'intouchable, pense Marek, parce que j'ai été soigné dans un sanatorium du KGB. Il doit me prendre pour un agent et il n'osera pas s'attaquer à ma modeste personne. Ah ! la bonne blague...

D'un geste, Marek balaye le quotidien, avale un verre de vodka, posé à côté de sa machine, et ses doigts souples se mettent à courir sur les touches.

« Il a besoin, ce pays, de la poésie et de rêves, mais je n'ai pas assez de talent pour les décrire. Que d'autres fassent leur part. Moi, je ne suis qu'un bougre d'im-

438

bécile, tout juste bon pour être un témoin. Grâce aux copains, je fais un peu d'action, j'aide les gens, je me démène, je visite les familles et je leur explique qu'il n'est pas vrai que la justice n'existe pas. Je suis pauvre comme Job, mais des milliers de zlotys passent par mes mains. Kazik les ramasse, moi je les distribue selon ses directives et cela doit suffire pour justifier mon existence. Mais dans ce fichu pays qui est le mien, ce n'est jamais assez ! Il faut toujours faire plus et plus, se dépasser, se sacrifier, se battre ! Cela fait plus de cent ans que cela dure et il n'y a aucune raison pour que cela cesse. C'est ainsi que nous avons appris tous ensemble à survivre !

« Je suis moralement obligé de penser à la famille, à ma famille, qui comprend quelque trente cinq millions de Polonais.

« Pour survivre, il ne suffit pas d'exister, notre Église a bien compris cela. Comme je suis incapable de devenir curé, je vais être le chroniqueur, l'observateur qui raconte la vérité. Personne ne voudra imprimer mon manuscrit, mais un jour, plus tard, dans plusieurs années, on le retrouvera et on le fera lire aux gens pour qu'ils sachent et puissent reconstituer leur passé. Tout est faux. Les manuels d'histoire dans les écoles, les livres, les encyclopédies, les journaux et jusqu'aux nouvelles à la télévision.

« Écoutez, braves gens, moi, je vais vous dire la vérité sur cette réalité que vous êtes en train de vivre sans la connaître, pour que vous et vos enfants puissiez vous venger, ou tout simplement comprendre.

« Voilà, c'est cela mon introduction. Souffrez encore, chers lecteurs, une très courte rétrospective. Il y a sept ans, en 1970, un homme a été porté au pouvoir : Edward Gierek. Dans une famille on aime bien cela, idéaliser le chef. Quand, à l'intérieur de la famille, il y a plusieurs clans, on a plusieurs sons de cloches, mais quand un seul et unique clan impose obéissance à tous les autres on n'entend que des éloges. Donc cet homme, ce Gierek, était paré de toutes les vertus ; il n'a jamais fait de prison, donc il ne pensera pas à emprisonner les gens pour rien, il connaît le français, donc il est un homme de grande culture, il a réussi à tenir les ouvriers tranquilles à Slask, dont il est un administrateur hors pair ; il est Polonais, donc il ne peut trahir ! Mais, voyez-vous chers lecteurs, notre famille n'est pas autonome. Elle est à la merci d'une autre famille propriétaire de la terre voisine, qui est puissante, vorace et affamée, bien qu'elle détienne des signes extérieurs de richesse dont, entre autres, des voyages sur la lune. La famille voisine a été fort satisfaite du choix de notre chef, ce qui aurait dû nous mettre la puce à l'oreille, mais nous fûmes crédules et magnanimes.

« Toute famille a sa propre histoire. Lors de longues soirées d'hiver on se raconte comment étaient le grand-père et l'oncle Joseph, ce que faisait la grand-tante Eulalie pour le repas de Noël et comment la cousine Roberta a trouvé son promis. Mais, chez nous, cela est défendu parce qu'on craint de déplaire à la famille voisine. On chuchote par exemple, de bouche à oreille, que nous avons trop de dettes, mais personne ne sait combien, ni même à quoi tout cet argent a bien pu servir. Les aînés de la famille, les intellectuels sont préoccupés d'ailleurs par autre chose. Ils protestent contre un document nommé la constitution. Un parchemin qui importe peu aux jeunes, parce que, de toute façon, il y a belle lurette qu'ils ont cessé de croire à la parole écrite. Les jeunes dans notre famille ce sont ses forces vives, les ouvriers et les paysans ! Les intellectuels sont, en somme, parfaitement isolés dans leur action, mais ils ont réuni quand même 40 000 signatures et en chemin ils ont appris aussi à mieux se connaître entre eux. J'en sais quelque chose, j'étais un des démarcheurs et j'ai rencontré beaucoup de monde avant d'obtenir quelques signatures. »

Marek glisse une autre feuille de papier dans la machine à écrire, se verse un verre de vodka et allume une cigarette. Non, il n'est pas convaincant son texte et puis a-t-on le droit de traiter à la légère le drame de tout un peuple ? D'un geste, il repousse le manuscrit. Je vais recommencer, se dit-il.

« En janvier de 1976, des amendements à la constitution remaniée ont été présentés. Ce fut une victoire majeure ! Le Parti a cédé à la pression d'un groupe d'intellectuels et de l'Église. Le Kremlin n'a pas réagi. Nous fûmes tous pris d'une fringale de liberté. Au printemps, très exactement le 17 mai, nous nous sommes réunis. Kazik et moi étions là. Nous avons parlé, discuté, pris des notes et nous avons créé le Parti National Polonais (PPN). Le nom n'a rien d'original. C'est une longue tradition chez nous que d'être et de se sentir polonais envers et contre tous. Nous avons rédigé aussi un manifeste. C'est un texte honnête. On y constate qu'après trente ans de régime communiste, le cynisme et la démoralisation dominent tout et rendent inopérantes les plus sages tentatives de réformes. Afin d'appuyer le mouvement et de le faire connaître, nous avons décidé de publier un journal clandestin. Depuis, tous les mois on distribue quelques feuilles dactylographiées et polycopiées sur du papier volé. Ce n'est pas moi qui m'en occupe, mais je les lis régulièrement. C'est bon de pouvoir lire des textes qui relatent la vérité. Grâce à ce journal qu'une main anonyme glisse sous ma porte, j'ai eu tous les détails concernant les événements du mois de juin. J'ai su qu'à Ursus les ouvriers ont soudé les wagons sur les rails et ont arrêté le trafic international pour qu'on cesse enfin d'envoyer en Russie soviétique nos jambons et notre beurre dont il n'y a pas trace dans les magasins d'alimentation de Varsovie. J'ai su combien de gens ont été tués et arrêtés à Radom où les ouvriers ont organisé une grève générale et ont manifesté devant les locaux du Parti. J'ai su que des milliers d'ouvriers ont perdu leur emploi, que plusieurs ont été envoyés en prison sans aucune autre forme de procès et j'ai eu une longue liste d'adresses. Pendant tout l'été, au lieu de prendre des vacances, j'ai voyagé avec Kazik d'une rue à l'autre, d'une maison à l'autre. Je connais Ursus et Radom par cœur. Je pourrais refaire les plans de certains immeubles de mémoire. Il y a eu derrière les portes fermées des visages de femmes jeunes et vieilles, des mains tendues, des sourires et des larmes. Nous avons ramassé de l'argent à Varsovie et à Cracovie et nous l'avons distribué. Nous avions l'impression de porter le monde sur nos épaules, puis, le 26 septembre, il y a eu le sermon du cardinal Wyszynski et ces mots qui m'ont été d'une très grande récompense : "Il est douloureux que les ouvriers doivent se battre pour leurs droits contre un gouvernement ouvrier." Le lendemain, le 27 septembre, nous avons créé le Comité pour la défense des ouvriers, le KOR, dont je suis désormais membre actif. Au cours de l'automne le KOR a ramassé plus de deux cents mille zlotys pour aider les familles des ouvriers morts, blessés et emprisonnés. Et nous avons décidé d'aller au-delà du cercle restreint, d'imprimer un journal clandestin et de le distribuer partout, avec des articles signés pour que chacun puisse lire et avoir confiance. Ceux qui signent peuvent s'attendre à être arrêtés n'importe quand et sous n'importe quel prétexte, ceux qui demeurent anonymes ont pour mission de continuer à protester et de leur venir en aide. Notre premier objectif : faire libérer les ouvriers détenus dans les prisons et trouver du travail à ceux qui ont été congédiés.

« Pendant tout l'hiver, j'ai passé mes fins de semaine à visiter les familles, seul ou avec d'autres. Au printemps, ils ont commencé à relâcher des gens, mais plusieurs d'entre nous ont fait connaissance avec la milice. Kazik a été arrêté à plusieurs reprises et moi aussi. Nous avons passé des heures au poste... Moi, on me relâche généralement après quarante-huit heures, mais Kazik a fait un mois de prison. Et puis, le 7 mai, ils ont tué un des nôtres à Cracovie, un étudiant, Stanislaw Pyjas. L'archevêque de Cracovie, le cardinal Wojtyla a organisé une procession pour protester contre ce meurtre et pour commémorer le sacrifice du jeune homme. Une procession qui a marché à travers Cracovie sous les yeux de la milice et des agents de l'UB. On ne peut pas arrêter plusieurs milliers de personnes qui marchent derrière leurs prêtres. Tant que cela sera, nous sommes invulnérables !

« Essayez, chers lecteurs, de comprendre. Pendant que tout cela se passait le printemps dernier à Cracovie, à Varsovie, en dehors de notre petit groupe, personne n'était au courant. C'est bien cela la désinformation et je crois que les gens d'ailleurs, ceux d'Occident et ceux d'Amérique, ne peuvent pas se rendre compte ce que cela signifie. Même nous, nous ne réalisons qu'après coup l'immense force de la désinformation et cette façon qu'elle a de nous démobiliser et de nous empêcher d'être solidaires. Il faut plus d'organisations comme KOR, plus de journaux clandestins, plus d'information. Maria Solin comprend cela, tandis qu'Helena considère que nous sommes en train de diviser inutilement nos forces. En tout cas, toutes les deux font partie du Mouvement pour la défense des Droits de l'Homme, de ce ROPCIO qui lui aussi commence à publier son journal clandestin. Le KOR a réuni plus d'anciens marxistes, tandis que le ROPCIO parvient à regrouper des nationalistes qui n'ont jamais cessé d'être hostiles au régime que les *Vanias* ont instauré dans ce pays depuis la dernière guerre. Il y a parfois des tensions entre nous, mais peu importe ! Pourvu que les textes paraissent, qu'on parvienne à multiplier les publications, qu'on réussisse à informer. À l'intérieur du KOR, nous avons le SKS, le Comité de Solidarité des Étudiants et, l'année prochaine, ils vont essayer d'établir des sous-comités dans toutes les universités. Nos publications ont des tirages de vingt mille copies par mois et nous considérons que nous avons plus de cent mille lecteurs. Il nous faut plus encore, il nous faut dépasser le tirage de *Trybuna Ludu*, pour pouvoir défendre ce pays contre la décomposition. »

Marek relit la dernière phrase. J'ai bien écrit « la décomposition », se dit il, mais ce n'est pas le mot juste. Comment expliquer cela ? Par des exemples... Oui, c'est ça il me faut des exemples. Marek allume une cigarette, aspire la fumée et se remet au travail.

« La décomposition a commencé il y a longtemps. Dès 1945, dès la libération. Les Allemands partaient, les Soviétiques arrivaient. Des alliés, nous a-t-on dit, mais on chuchotait que ce sont les mêmes officiers et les mêmes soldats qui, en 1939, occupaient une partie de la Pologne, celle du côté de Lvov, avec l'accord de leur ami de l'époque, un certain Adolf Hitler. On disait aussi, et avec raison, qu'en automne de 1944, quand Varsovie se vidait de son sang vif, quand l'insurrection se mourait sous les bombardements de la *Wehrmacht*, les Soviétiques se tenaient tranquilles de l'autre côté de la Vistule en attendant que cela finisse. Pourtant on a bien été obligé d'accepter par la suite ces régiments soviétiques qui se sont mis à déferler sur le pays et à fêter avec nous la victoire sur le fascisme. Ils ont amené dans leurs bagages des Polonais, chrétiens et juifs, élevés dans les camps de Sibérie. Ce sont eux qui ont organisé les services de l'UB, notre police secrète pour que nous puissions être arrêtés et torturés, interrogés et condamnés, en polonais !

« Nous étions pauvres, le pays était en ruines et nous avons été bien obligés d'accepter. Mais après, pourquoi avons-nous continué après à nous aligner ?

Pourquoi avons-nous cru que Gomulka allait tout changer, quand il avait les mains liées ? Pourquoi le KOR n'a-t-il pas été fondé après les émeutes ouvrières de Poznan et les manifestations des étudiants de 1968 ? Pourquoi ?

« Eh bien ! chers lecteurs, voici ma version des faits. Les intellectuels, tous les intellectuels sont des impuissants. Pensez à Karl Marx ! Ce vieux Juif barbu ne serait rien sans Staline qui a su prouver au peuple que la police communiste peut être drôlement plus efficace que celle des tsars. Eh oui ! Les intellectuels sont des individualistes isolés par définition et n'ayant aucune force de frappe entre les mains en dehors des mots. C'est seulement quand ces mots pénètrent dans le peuple qu'ils peuvent avoir une portée. Or, le peuple, les ouvriers, les paysans, non seulement ne lisent pas, mais pis encore, communiquent peu entre eux. À titre d'exemple, je vais vous citer un certain Wlodek tué dans un prétendu accident, parce qu'il était un gars simple, un peu fruste, donc méfiant par définition, et surtout incapable d'établir le contact avec les autres, les intellectuels qui justement ne demandaient pas mieux que de l'aider... Vous me suivez jusque-là, j'espère.

« Maintenant, réfléchissez un peu à notre système scolaire. Quand vous parlez avec votre fille et avec votre petite-fille, vous découvrez qu'elles étudient des manuels dont plusieurs sont les mêmes que de votre temps. En polonais, par exemple, on indique en première page « qu'Ala a un chien ». Pas un chat, un chien. C'est ainsi et c'est comme ça que cela demeure. On s'instruit et on s'éduque dans un esprit où la politesse et le sens du respect prédominent. On respecte les aînés, on respecte les supérieurs, on respecte les imbéciles, on respecte les normes et on respecte les valeurs établies. Comme on demeure humain, on triche, on devient hypocrite, mais toujours et partout on continue à être respectueux, convenable et comme il faut. Les intellectuels vivants respectent les intellectuels morts et méprisent les ouvriers et les paysans qui à leur tour respectent les intellectuels, les professionnels et les gens qui vivent bien. Ensemble, ils ne savent ni vivre, ni travailler. La seule chose qu'ils peuvent faire en commun c'est de prier et c'est là la très grande victoire de notre Église catholique, seule institution vraiment démocratique que nous ayons jamais eue dans ce pays très communiste. Et c'est pour cela, chers lecteurs, que nous avons attendu jusqu'à maintenant, jusqu'à cette année 1977 pour fonder le KOR et le ROPCIO, l'un après l'autre, tout en consolidant d'ailleurs le PPN. Ce qui nous manquait avant ? Le véritable sens de la démocratie, un petit goût tout neuf pour la tolérance et la compréhension du mot : solidarité ! Nous avons fait tous ensemble la queue pour acheter du pain, nous avons défilé devant des juges douteux parce que soumis au pouvoir, nous avons fait de la prison pour des délits d'opinion, mais nous ne savions pas être solidaires. Nous nous imaginions avoir des destins individuels. Oh ! des tous petits destins, puisque c'est bien relatif, le succès personnel. Ce qui est certain, c'est qu'on n'est jamais aussi puissant et aussi riche que dans un pays où il y a des pénuries de denrées de première nécessité. Dans un tel pays, il suffit de dire : tu m'obéis et tu auras un appartement, tu contrôles ce que je veux et qui je veux et tes enfants seront acceptés à l'université, tu te tais et tu racontes ce que je veux et tu auras un passeport.

« Les intellectuels sont des impuissants qui rêvent de confort en prétendant le contraire. Ils ont du mal à survivre dans les prisons où il n'y a pas de cellules individuelles comme c'est le cas chez nous, mais aussi à vivre dans une seule pièce et à faire la queue pour acheter du savon. Les ouvriers et les paysans sont plus résistants, mais ils sont craintifs et ont du mal à communiquer. Ce sont eux, pourtant qui représentent la masse. On peut toujours liquider quelques milliers d'intellectuels ou encore les "acheter" mais il est très difficile d'en faire autant avec des millions d'ouvriers.

« Le PPN est né, parce que Kazik, moi, et beaucoup d'autres avions appris comment vivent, parlent, mangent, agissent et réagissent les familles ouvrières. Il a fallu y aller, discuter, écouter et chercher à aider sans humilier, pour qu'on veuille nous adopter. Il a fallu que nous apprenions tous ensemble qu'au lieu de nous traiter de "camarades docteurs" ou de "camarades ingénieurs", il est préférable de nous conduire en amis, et d'apprendre nos prénoms respectifs. Cela a pris plus de trente ans, mais désormais cette solidarité-là, cette amitié entre nous sont indissolubles, comme elles l'étaient autrefois, face à la mort, au moment de l'occupation et de l'insurrection de Varsovie.

« Seulement maintenant, chers lecteurs, il ne s'agit plus de crever, mais de nous tailler un espace vital à l'intérieur duquel il sera possible de se tenir debout et où il y aura assez de place pour trente-cinq millions de membres de notre famille. Vous verrez, c'est moi qui vous le prédis, moi un modeste chroniqueur sans talent. Un jour on écrira que Gierek était un très grand homme d'État. Au lieu de lutter sans résultat contre le monstre du Nord, il s'est contenté de nous endetter en Occident. Finie la charge de la cavalerie légère, sabre au clair. Nous allons être le pays dont le droit à une parcelle de démocratie sera dû à nos dettes. Ce n'est pas drôle ça ? L'Occident qui se moque bien de notre sort, deviendra empressé et préoccupé... Les capitalistes et les communistes vont se donner la main, pour que nous, ici, en Pologne puissions réinventer la démocratie à notre mesure. Vous verrez...

« On prétend que ça va mal chez nous parce que nous ne voulons pas travailler. Nos ouvriers disent de nos dirigeants : eux font semblant de nous payer alors nous, nous faisons semblant de travailler ; et ils ont raison. Comme pendant la guerre, comme pendant l'occupation, nous ne pouvons survivre qu'au prix de la combine, du système D et du marché noir, sorte d'économie parallèle plus authentique que l'économie officielle qui ne marche qu'à coups de pénuries.

« Les gens sont déçus. Personne ne tient à travailler vraiment. Personne ne se préoccupe de ce qui va arriver demain, parce que nous n'avons que le présent ct pas d'avenir. Ce pays est l'objet d'un viol collectif !

« Tomasz Strzyzewski, un employé du bureau de censure de Cracovie, a choisi la liberté. Il est passé en Suède et il a emporté avec lui les directives de la censure pour les années 1974-77. Là-bas à Stockholm, il s'est débrouillé pour en faire une édition de six cents pages où figurent toutes les instructions qui ont été données pendant cette période. C'est un fouillis inextricable où il est tout aussi bien question de la défense absolue de parler du massacre de 15 000 officiers polonais, perpétré par les Soviétiques à Katyn en 1940, que de la fermeture temporaire de l'école numéro

80 à Gdansk. Mais au-delà de la distorsion systématique de l'histoire et des diverses vexations qu'on ordonne d'imposer au clergé, il y a aussi dans ces directives de la censure des informations économiques plus intéressantes que les statistiques. On y défend, par exemple, de publier et de donner à la radio ou à la télévision des renseignements sur la consommation annuelle du café afin d'éviter qu'on puisse calculer le nombre de tonnes de café importées par nous et réexportées par la suite en Russie soviétique. Ce n'est pas beau cela ! Quelle merveilleuse explication de cet endettement excessif de notre gouvernement dont nous allons tous, pendant des générations, payer les intérêts ! »

Marek s'étire et se lève. Il est plus de minuit. Demain matin, il doit partir tôt. Il a un cours à donner à Zborsza Duza, dans la région de Grojec.

Je vais leur parler de la désinformation, pense-t-il. Je vais leur dire que l'homme ne vit pas seulement comme une tortue, dans sa carapace, mais qu'il est responsable des autres, de l'ensemble de la collectivité qui est la sienne. Qu'il doit donc réfléchir, s'instruire et s'impliquer. Je vais leur raconter l'histoire de nos publications clandestines et de nos deux universités volantes où on donne des cours aux ouvriers et aux cultivateurs. Je vais leur parler d'Adam Michnik et de Jacek Kuron, de leurs publications, de leurs arrestations et de leurs luttes pour l'abolition de la censure, les élections libres des chefs syndicaux, la fin des actions vexatoires contre l'Église, le pluralisme culturel et la disparition de l'omnipotence du Parti.

Marek fouille dans une valise cachée sous son lit et trouve le programme de ses cours. Il y a là un plan général qu'il doit suivre. Non, pour demain, il est chargé d'organiser une discussion de deux heures sur l'enseignement scolaire dispensé aux enfants. Tant pis, il parlera de la désinformation une autre fois.

– Au diable la concertation et la discipline ! se fâche Marek. Même dans le cadre de l'université clandestine, je suis obligé d'obéir et on ne me permet pas de faire ce que je veux. La seule possibilité d'être parfaitement et totalement libre, c'est d'écrire. Ah ! si seulement j'avais assez de talent pour accrocher l'attention d'un seul lecteur ! Helena est toujours prête à lire mes élucrubations, il est vrai, mais Helena est partiale. Et puis non seulement, la censure ne permettra jamais qu'on publie mon livre ici, mais encore, il n'est pas du tout certain qu'en Occident, ils voudront le traduire et l'éditer. Helena prétend qu'il n'y a rien de pire que l'oppression, mais elle se trompe. Forcément, elle ignore ce que je vis au jour le jour : l'impuissance et le manque de talent ! Je ferais volontiers quelques années de travaux forcés en Sibérie pour écrire comme un Dostoïevski, un Pasternak ou un Soljenitzyne.

Marek avale un autre verre de vodka et commence à se déshabiller. Avant d'éteindre, il cache soigneusement, dans le double fond de sa valise, son manuscrit et la rame de papier blanc volée à Radio-Varsovie. De ce temps-ci le papier est rare dans les magasins et il faut bien le prendre où on en trouve, c'est-à-dire dans les bureaux.

Je me demande comment on peut être honnête dans ce pays, se dit Marek. C'est un cercle vicieux. Pour dire la vérité aux gens, il faut des journaux clandestins, mais pour les imprimer et les distribuer, il faut du papier et des photocopieuses.

Étendu sur son lit, Marek se met soudain à rire à haute voix. Il vient de se rappeler cette nuit folle où il a chipé la clé dans la poche d'une employée de Radio-Varsovie, puis passé des heures à veiller sur son sommeil pendant que les copains photocopiaient en fraude la dernière édition de *Robotnik* (l'Ouvrier), le journal clandestin du soir qu'on ne pouvait pas imprimer parce que la milice avait fait une descente dans l'atelier et arrêté tout le monde. La fille, un agent de l'UB, comme la plupart des responsables des photocopieuses des bureaux, voulait absolument faire l'amour et, pour échapper à ses avances, il avait dû lui expliquer qu'il avait fait, à Czestochowa, le vœu de chasteté.

Marek cesse de rire et prend un dernier verre de vodka. Il se sent agréablement soûl. Dehors, dans la nuit, les lourds camions roulent sur la chaussée. Ils emportent notre pain vers l'est, se dit-il rageur. Au lieu d'aider les ouvriers, de publier des journaux clandestins et d'organiser des universités volantes, on ferait mieux d'inspecter les camions, les trains et les bateaux pour prouver enfin vers quelle destination on expédie notre viande, notre beurre et nos céréales. Il faut absolument que j'en parle à Kazik. Il a des bonnes idées ce garçon et comme, de toute façon, nous finirons sans doute par être pendus tous les deux, autant que cela serve à quelque chose. Quelque chose de grand, de noble, de généreux, mais aussi d'utile et d'efficace. Cela serait drôle, par exemple, de calculer ce que nous coûte l'entretien des troupes soviétiques sur notre territoire à Lignica et ailleurs et cela me changerait de la littérature. J'espère qu'on m'arrêtera bientôt se dit Marek et qu'on me gardera un bon moment à l'ombre. En fait cela serait l'unique façon pour moi de justifier à mes propres yeux mon manque de talent et mon impuissance...

* * *

Kazik noue avec soin sa cravate. Il s'est lavé les cheveux, il est passé dans un magasin ou, moyennant des « verts », il a acheté une bonne bouteille d'eau de Cologne et il a fait laver la voiture qui brille de tous ses chromes. À quarante-cinq ans, je me conduis comme un collégien, se dit-il, et le pire c'est que cela me procure un immense plaisir. Cela fait des mois que je remets cette rencontre avec Inka de crainte de tout gâcher, mais ce soir je vais jouer le tout pour le tout. Il faudra bien qu'elle me dise oui, ou non. Je ne peux pas continuer à rêver. Je n'ai plus l'âge des rêves. L'ai-je jamais eu ? Je ne le crois pas. Je suis un homme d'action. Marek est fait pour écrire, André pour plastronner, moi pour me battre et pour gagner ou perdre.

Inka lui a donné rendez-vous au restaurant *Budapest*. Elle passe la fin de semaine chez Helena. Au mois d'octobre, il n'y a pas beaucoup de travail à la ferme et elle peut laisser Magda seule pour quelques jours. Cela lui fait du bien, ces petites escapades à Varsovie et puis il y a Helena qui l'attend avec impatience. Depuis qu'André est parti en mission à Londres, Helena semble se rapprocher d'Inka. D'ailleurs, elles travaillent ensemble avec le groupe de ROPCIO. Toutes les deux donnent des cours aux cultivateurs. Helena traite d'hygiène et Inka des droits des paysans. Elle a préparé un excellent programme de conférences que Kazik a lu et révisé. À l'université de Zbrosza Duza, cette université parallèle qui se préoccupe principalement de la formation des paysans, toutes deux ont beaucoup de succès. Elles parviennent à capter l'attention et à expliquer en mots simples ce que cette catégorie d'élèves veut et doit savoir. Assez curieusement, c'est Inka qui domine et Helena la considère avec une sorte d'admiration qui surprend.

— Je n'ai jamais eu autant de courage que cette petite, répète-t-elle souvent, et cela fait rire Maria Solin.

Helena, la brave, qui à l'époque de son enfance était dans le maquis et s'était battue sur les barricades, considère que sans Inka elle ne risquerait jamais de se faire arrêter, ou d'être chassée de l'hôpital...

Kazik descend l'escalier, vérifie une dernière fois la position du nœud de sa cravate, ajuste son manteau de pluie tout neuf, acheté lors d'un voyage en Allemagne de l'Est, et retrouve sa voiture avec un plaisir toujours renouvelé. Elle a plus de huit ans, mais elle est toujours fidèle et il fait de son mieux pour la ménager parce que l'époque où il pouvait espérer en acheter une autre est révolue. Son action clandestine progresse fort bien, mais sa vie professionnelle est constamment menacée.

Kazik soupire et fait partir le moteur. Il a peur d'être en retard, il s'énerve, la pluie fine le force à ralentir, puis il y a des camions sur la route, puis un feu de circulation qui se refuse de passer au vert. Devant le *Budapest*, il est défendu de stationner, mais juste un peu plus loin, il trouve une place bien en vue, où il ne risque pas de se faire voler ses pneus, ou pomper son essence.

Au restaurant, il y a beaucoup de monde, mais Inka n'est pas encore arrivée. Au lieu de prendre une table, Kazik ressort et se met à arpenter le trottoir. Il pleut et il fait froid. Un petit vent se glisse sous son col et il le relève pour le rabattre aussitôt jugeant cela peu élégant.

— Bonsoir, dit une voix à côté de lui. Je m'excuse, mais j'ai dû attendre longtemps l'autobus.

— Ce que tu es belle, murmure bêtement Kazik en regardant le visage d'Inka, légèrement rougi sous le capuchon bleu de son manteau de pluie.

— Voyons, se met à rire la jeune femme. Tu deviens myope, mon cher, tu aurais intérêt à porter des lunettes. Donc nous allons au cinéma voir ce film fantastique dont tout le monde parle. J'espère qu'on aura des places.

Kazik se ressaisit.

– Bien sûr qu'on a des places, c'est avec moi que tu sors et moi je prends toujours mes précautions. Veux-tu dîner avant ou après ?

– Après, si tu es d'accord, mais je crains qu'il n'y ait plus rien d'ouvert.

– Ne t'en fais pas, je connais un petit restaurant privé où on nous nourrira même après minuit. Ils sont prévenus d'ailleurs et nous aurons droit à un véritable festin. Donc, en route pour *L'homme de marbre*. Tu verras, Andrzej Wajda a créé un chef-d'œuvre. C'est surprenant qu'ils aient laissé paraître ce film. La censure l'a obligé à changer la fin, parce que selon le scénario original le héros mourait lors des événements de Gdansk, en 1970, mais cela ne fait rien, c'est fantastique quand même. Il a dû d'ailleurs les menacer de quitter le pays et de s'en aller travailler ailleurs pour qu'on accepte de présenter son fils au public. Il n'y a pas de publicité, les journaux n'en parlent pas et la télévision non plus, mais on fait la queue pendant des heures pour entrer et on vend des billets au marché noir.

– Charmante perspective, plaisante Inka, surtout avec cette pluie ça sera tout à fait délicieux.

– Ne t'en fais pas, je connais l'ouvreuse et nous allons passer par la porte de derrière.

Kazik tient parole. Tandis que, devant le cinéma, la foule des gens qui attendent s'allonge jusqu'au coin de la rue, Kazik fait entrer Inka par une petite ruelle. Il chuchote un instant avec le gardien, puis, sans transition, ils pénètrent dans la salle plongée dans l'ombre.

Tout au bout de la troisième rangée, il y a deux fauteuils et ils dérangent les gens qui protestent. Cela crée entre eux une complicité de collégiens en vacances. Kazik aide Inka à enlever son manteau et leurs mains se rencontrent. Les doigts de la jeune femme sont emprisonnés dans la paume de Kazik, mais elle n'essaie pas de les retirer.

Inka est bien ainsi, appuyée légèrement contre son épaule, protégée contre tous par son corps à lui. Cela fait des années qu'elle n'a pas connu une pareille détente de tout son être ? Cela fait des siècles qu'elle n'a pas vécu ce genre d'intimité avec un homme ! Comment se fait-il, qu'autrefois, avant son mariage avec Wlodek, elle ait pu ressentir de la répugnance à l'égard de Kazik et que maintenant il lui semble séduisant ?

Sur le grand écran, il y a un homme qui attend, assis sagement sur une chaise, puis une pièce vide, un agent de l'UB en civil et un dialogue de sourds. L'homme cherche son ami qui a passé par cette pièce et qui n'est pas ressorti, l'agent le traite de fabulateur et de malade mental. La scène est saisissante de vérité. Ils n'ont pas vu le début, parce qu'ils sont arrivés en retard, mais ils sont happés par l'intrigue et par le jeu des acteurs. Ce n'est pas un film, mais une tranche de leur vie qui se déroule à nouveau sous leurs yeux, comme si le passé devenait le présent. Kazik surtout retrouve des moments qu'il a vécus et l'atmosphère dans laquelle il s'est débattu avec d'autres. À cette époque, il y avait Helena, et Inka n'était qu'une collégienne. Au fait, c'est avec Helena qu'il aurait dû venir voir ce film, mais l'idée de l'inviter ne l'a même pas effleuré ; Helena a tué quelque chose en lui. C'est un chapitre de son existence qui est effacé. Entre le docteur Helena Stanowska, femme d'André Solin, et la jeune fille qu'il accompagnait à l'école, il n'y a plus rien de commun. Si je l'avais épousée, nous aurions divorcé, se dit Kazik. Comment les gens parviennent-ils à rester ensemble pendant des années ? On épouse une jeune fille, on la voit jour après jour, mais on évolue chacun de son côté et pas forcément d'une façon parallèle. Puis, soudain, on découvre qu'on est en face d'une étrangère avec laquelle on ne peut pas continuer à vivre ! Si Inka accepte de m'épouser nous allons avoir des enfants, beaucoup d'enfants. C'est le seul lien qu'on peut forger entre deux êtres. Un couple sans enfants n'a que le présent, mais l'avenir ne lui appartient pas.

Inka, fascinée par le film, perd la notion du lieu où elle se trouve. Sur l'écran, les acteurs sont des hommes et des femmes en chair et en os. Ils sont vrais et elle s'identifie tantôt avec la jeune journaliste qui suit la trace de *L'homme de marbre*, et tantôt avec ce héros, ce paysan si semblable à ceux qu'elle connaît, devenu ouvrier par le plus pur des hasards. Un ouvrier qui rêve de construire des maisons de plusieurs étages dans une seule journée pour que tout le monde puisse avoir son appartement. Un idéaliste qui aide les gens comme il peut, qui fait de la prison, qui défend son meilleur ami, qui croit à la justice ! Les images défilent, puis c'est le mot FIN et la lumière aveuglante inonde la salle.

– C'est la satire du stakhanovisme, dit Kazik, mais en fait nous avons tous cru que vouloir c'est pouvoir. Nous avons imaginé une sorte de course contre la montre, contre la force de nos muscles, contre les réalités. Une course qui devait se terminer par la victoire du courage individuel et collectif sur la technique. C'est à cause de cela que nous sommes devenus désabusés. L'enthousiasme a été tourné en dérision. Nous avons été d'autant plus facilement dupes qu'on nous a tenus sciemment dans l'ignorance et qu'on nous a abreuvés à satiété de propagande.

Ils sortent du cinéma et montent dans la voiture.

– Ce qui compte, c'est la terre, dit Inka songeuse. Le reste n'est que mensonge. Vois-tu, la terre est bonne et fidèle. Quand tu laboures, quand tu sèmes, tu sais que quelque chose va pousser là pour te récompenser de ton travail. Contrairement à la veulerie et à la grisaille des villes, la terre est toujours belle et honnête à sa façon. Pas de collègues de bureau hypocrites, pas de directeurs corrompus et incompétents, pas de contremaîtres qui exploitent les autres. Seule la terre permet d'éviter les humiliations. Jamais je ne pourrai quitter la campagne.

– C'est pourtant une existence bien difficile, constate Kazik en la faisant descendre devant le restaurant. N'es-tu pas fatiguée de travailler du matin au soir et de ne jamais pouvoir tout oublier jusqu'au lendemain ?

– La terre, dit Inka, c'est ma richesse et ma force. En ville, l'individu n'a pas les moyens de se défendre, il est captif du système tandis que sur la terre on peut résister et on le fait. Souviens-toi des tentatives de nationaliser les terres et de créer des PGR, les exploitations rurales d'État. Ils n'ont pas réussi et les endroits où ils les ont établies ont une surface limitée. Comble d'ironie, les PGR, qui ont reçu des engrais et des machines, produisent quatre fois moins par hectare que nos pauvres petits champs morcelés. La terre c'est comme l'amour, elle exige une relation humaine, d'individu à individu.

– L'amour, répète Kazik, comme un écho.

Ils sont assis l'un en face de l'autre dans le petit restaurant, dont le cadre ressemble à une bonbonnière. Le décor est d'une autre époque et l'ensemble a un charme désuet et unique. Kazik hésite un instant encore puis se décide.

– Inka, dit-il, je n'ai jamais cessé de t'aimer. Je sais que je t'ai blessée autrefois parce que j'étais à ce point malheureux que je ne savais plus ce que je racontais, mais j'ai évolué depuis. Si tu veux me repousser, vas-y ! Ne crains rien. Le temps des insultes est passé. Je vais respecter ta décision et je resterai ton ami, mais vois-tu, mon cas est incurable. Quoi que tu fasses, quoi que tu décides, je ne cesserai jamais de tenir à toi. Honnêtement, j'ai essayé de t'oublier. Je n'ai pas réussi. Je viens vers toi, les mains vides. La situation a changé. Je risque de me faire arrêter n'importe quand. Inka, je n'ai pas le temps d'attendre. Peux-tu m'aimer ? J'ai dans ma poche quelque chose pour toi et si tu me promets de ne pas te fâcher...

Il y a un sourire tendre sur les lèvres d'Inka et elle ne retire pas sa main quand il la prend dans la sienne. Est-ce que je ne rêve pas, est-ce que j'ai trop d'imagination, pense Kazik, ou est-ce que vraiment elle veut de moi ? Je ne suis plus un blanc-bec, je suis un homme et pourtant j'ai l'impression que toute ma vie dépend de ce qu'elle me dira. Allons, tout vaut mieux que l'incertitude.

Kazik pose sur la table un petit paquet et le pousse vers la jeune femme. Inka le prend tout doucement, dénoue la ficelle, ouvre la boîte en carton blanc et sort la bague en argent sculpté qui enserre un morceau d'ambre. La pierre, d'un jaune doré, brille sous la lumière. C'est un morceau particulier à l'intérieur duquel il y a une parcelle d'algue, ou d'herbe, ou peut-être d'écaille, qui ressemble à une minuscule fleur emprisonnée ainsi à jamais. Inka glisse la bague à son doigt. Elle étend sa main longue et fine, comme celles d'Irena, et admire l'effet, puis relève la tête et son regard rencontre celui de Kazik.

— Tu sais Kazik, jour après jour, nuit après nuit, j'ai pensé à toi. Je crois que je t'ai toujours aimé, mais tu n'avais pas besoin de moi. Tu es si fort ! Wlodek, lui, était vulnérable. J'avais une place dans sa vie. Toi, tu voulais m'acheter, comme un objet, un peu plus précieux que les autres, mais un objet quand même. J'avais peur de toi.

— Voyons, chérie, murmure Kazik, ce n'est pas possible...

— Écoute Kazik, j'ai longtemps été une enfant, plus longtemps et plus profondément que les autres sans doute. Désormais je suis une adulte ; une femme. Je peux me permettre de te dire des choses qu'autrefois je n'aurais pas osé m'avouer à moi-même. Pour moi, tu as toujours été l'invulnérable, mais aussi celui à qui on peut tout raconter : le meilleur et le pire. Vois-tu, Wlodek n'a jamais pu accepter le fait que je suis l'enfant de...

— Chut ! dit Kazik en se penchant vers elle et en effleurant tout doucement ses lèvres. Chut ! Il ne faut plus parler de l'autre, ni même des autres. Le passé est mort. Chérie, nous allons nous marier, tu veux bien ?

— Oui, Kazik, à condition que tu me dises que tu as besoin de moi et que tu n'es pas un surhomme. Je ne te demande pas quels sont tes problèmes. Tu me les raconteras si tu le veux, mais si tu préfères te taire, c'est ton droit. Permets-moi tout simplement de t'aider et jure-moi que quand nous serons mariés tu ne me laisseras jamais seule.

— Tu veux vivre dans une ferme et tu sais fort bien que je suis impliqué, engagé et que je ne peux pas abandonner les copains. Chérie, donne-moi juste un peu de temps, quelques mois au plus. Cela ne sera pas long. Ensuite, je viendrai te chercher et je ne te quitterai plus, ou, si tu préfères, accepte de vivre avec moi, ici, en ville.

— Alors, nous attendrons, décide Inka. Je veux bien me battre pour le destin collectif, c'est notre devoir à tous, mais moi aussi j'existe. Je veux avoir des enfants et assez de temps pour les élever et les voir grandir. Peux-tu comprendre cela ?

– Oui, dit lentement Kazik, mais promets-moi que tu vas m'attendre.

– Je te le jure.

– Oh ! comme je voudrais t'embrasser...

– Alors pourquoi ne le fais-tu pas ?

– Ici, devant tous ces gens ?

– Helena affirme qu'à Paris les amoureux s'embrassent sur les bancs publics. Chez nous on se cache. Il est temps qu'on cesse d'être prudes, convenables et hypocrites.

Inka se penche légèrement et leurs lèvres se rejoignent. Dans le baiser de Kazik il y a une timide tendresse, dans celui d'Inka une sorte d'abandon et de passion à laquelle il ne s'attendait pas, alors il oublie où ils se trouvent et la prend dans ses bras.

– On annonce que le cardinal Wojtyla vient d'être élu pape à Rome, crie l'homme du vestiaire en pénétrant dans la salle comme un bolide.

– Ce n'est pas possible, murmure Kazik.

– C'est peut-être un truc de propagande, dit quelqu'un à la table voisine.

– Vite, ordonne Kazik, partons. On peut encore arriver chez moi avant l'heure des nouvelles de la BBC.

Dehors, dans la rue, Kazik a du mal à conduire et une fois arrivé devant la porte de son appartement ses mains tremblent et la clé refuse de tourner dans la serrure. C'est Inka qui ouvre à sa place. Les lumières sont allumées et la radio diffuse une chansonnette.

– Est-ce qu'il y a quelqu'un, demande Inka ?

– Mais non, c'est juste ma façon d'impressionner les gens de l'UB qui seraient tentés de faire une perquisition discrète en mon absence.

Kazik enlève son manteau, aide Inka à en faire autant et c'est déjà la voix du speaker :

« Attention, voici un bulletin spécial. Le cardinal Karol Wojtyla vient d'être élu pape. C'est la première fois dans l'histoire de l'Église qu'un Polonais accède au siège de Saint-Pierre. Je répète, le cardinal polonais Karol Wojtyla... »

– Le monde vient de faire à la Pologne le plus beau, le plus merveilleux des cadeaux, dit Kazik. Le premier cadeau de toute notre histoire...

– Mon Dieu ! ce n'est pas possible, s'énerve Inka. Qu'est-ce que c'est comme poste ? Vérifie Kazik, vérifie vite !

– Non mon petit, ce n'est pas de la propagande, c'est la BBC de Londres, c'est la vérité !

Le téléphone commence à sonner, mais Kazik ne décroche pas le récepteur. Tourné vers Inka, les bras croisés sur sa poitrine, il récite le poème de Juliusz Slowacki, ce grand poète polonais du début du XIXe siècle, qu'ils aiment tous les deux.

« Parmi les dissensions, les troubles – Dieu frappe
Un immense bourdon,
Il a pour un Slave, cette fois, nouveau pape,
Ouvert le trône...
Il approche déjà et distribuera
Les forces terriennes.
Sous l'effet de ses paroles bondira
Le sang dans nos veines. »

– Le destin collectif, murmure Inka, nous dominera toujours, toi et moi. Le destin collectif...

Mais Kazik ne l'entend pas. Il répond au téléphone, il fait des appels, il est à nouveau dans l'action. Lentement Inka s'approche de lui, pose une main sur son épaule et dit :

– Il faut appeler Helena. ROPCIO doit être le premier à commenter cette incroyable nouvelle dans la prochaine livraison de notre journal.

– Moi, je te dis, objecte Kazik que c'est KOR qui l'annoncera avant vous.

L'émission de la BBC de Londres est terminée et la radio ne transmet plus que des bruits difformes et grinçants. Kazik tourne le bouton, essaye d'attraper les postes de Varsovie, n'y parvient pas et éteint.

– Attends, dit Inka.

Elle le prend par le bras, l'entraîne jusqu'à la fenêtre et l'ouvre. Le vent froid pénètre dans la pièce et elle se serre instinctivement contre Kazik. Dans la nuit, au loin, on entend les cloches qui sonnent.

— Cela importe peu quel journal annoncera cette grande nouvelle demain, dit-elle lentement. Ce soir, c'est l'Église qui nous dit que notre destin collectif est entre ses mains et c'est un symbole qui exprime mieux que les mots notre vérité. Viens, nous ne pouvons pas rester seuls ici. Il faut qu'on rencontre les autres, qu'on soit ensemble et qu'on partage cette immense, cette incroyable joie. Nous avons si souvent vécu en commun le désespoir qu'il nous faut, cette fois-ci, vivre avec d'autres la plus merveilleuse nouvelle de tous les temps !

Excitée, les joues rouges, Inka saisit son manteau, mais au moment même on frappe à la porte. C'est Marek qui arrive avec tout un groupe de gens qu'elle ne connaît pas. En un instant l'appartement est rempli à craquer. On rit, on chante, on s'embrasse et on crie. Seul Kazik reste dans son coin et répète à voix basse le poème de Slowacki comme s'il voulait extraire de chaque mot toute sa prémonitoire vérité.

« Sous l'effet de ses paroles bondira
Le sang dans nos veines. »

Marek s'approche de lui, puis Inka, puis d'autres encore et en chœur ils reprennent cette phrase qui prend le sens d'une promesse solennelle.

* * *

Cela fait trois jours, que le curé Marianski ne dort plus. Il ne parvient pas à trouver le sommeil. Il a connu déjà cela, autrefois, en prison, mais il s'agissait alors de souffrance physique et d'angoisse. Cette fois-ci c'est autre chose. Une joie folle s'est emparée de lui. Comme ça tout n'a pas été vain. Il a fallu l'occupation, les camps, les tortures, et jusqu'à la misère et les pénuries pour que le pays mérite le grand honneur d'avoir un pape né sur la terre polonaise. Dieu, dans sa miséricorde, a offert cette récompense à son peuple qui ne cesse de chercher sa liberté et son indépendance. Une profonde reconnaissance monte en lui et au lieu de prier, au lieu de répéter des mots et des phrases habituelles, le curé Marianski remercie le Tout-Puissant avec ses propres mots qui viennent du fond de son cœur. Et puis il y a la lettre. Il vient d'être désigné pour diriger un groupe de pèlerins qui se rendent à Rome pour assister au couronnement du Saint-Père. Plus encore, on lui offre la possibilité de choisir une personne parmi ses paroissiens pour laquelle le voyage sera payé.

— C'est un privilège que je n'ai pas mérité a déclaré le curé Marianski à son évêque, mais celui-ci a refusé de l'écouter. Plus tard, il s'est même moqué de lui, gentiment, avec une certaine tendresse dans la voix.

— Cela fait plus de deux ans, a-t-il dit, que vous donnez des cours non seulement aux enfants qui viennent de plus en plus nombreux à vos leçons de catéchisme, mais aussi aux étudiants de l'Université catholique de Lublin. Vous écrivez un ouvrage sur l'histoire de l'Église polonaise au cours de la période d'après guerre et vous travaillez d'autant plus qu'il vous faut voyager souvent entre Celestynow et Lublin. Vous avez perdu aussi plusieurs jours aux postes de milice. Rien de grave, certes, juste des passages de vingt-quatre à quarante-huit heures dans les cellules des postes, des interrogatoires pendant des nuits entières, où on a mal aux yeux à cause de la lumière du projecteur que les hommes du SB* aiment bien braquer sur ceux qu'ils questionnent... Vous ne croyez pas que tout cela mérite un voyage à Rome ?

Depuis cette conversation, le curé Marianski vit les divers stades d'énervement. Après l'humilité et les prières des premiers jours, ce sont les préparatifs fébriles et finalement la crainte. On ne lui donnera pas son passeport, il n'aura pas de visa et l'avion ne décollera pas de l'aéroport de Varsovie. Peut-on concevoir, en effet, qu'un prêtre puisse obtenir en Pologne son passeport en l'espace de cinq jours ? Non, cela ne se peut pas. Même les hauts fonctionnaires du Parti attendent plus longtemps que cela !

La personne que le curé a choisie parmi ses paroissiens, c'est, comme de bien entendu, Magda. Elle a été plus éprouvée que d'autres en perdant son mari et ses enfants. La mort de Wlodek l'a marquée. Depuis sa disparition, elle n'a pas retrouvé ni son goût de rire, ni sa gaieté ni même sa résistance physique. Ce n'est plus la grosse bonne femme pleine d'entrain, mais un être

---

* L'ancien UB (*Urzad Bezpieczenstwa*) a été rebaptisé SB (Sluzba Bezpieczenstwa) ervice de sûreté.

triste, qui trime du matin au soir parce que tout ce qui lui reste c'est la terre, sa principale préoccupation et son unique source de joie.

Magda et le curé Marianski se comprennent bien tous les deux. Quand il lui a annoncé qu'elle allait partir à Rome avec les pèlerins, elle a pensé tout d'abord qu'il se moquait d'elle, puis ce fut la période des préparatifs, dominée par le doute.

— Nos passeports, nos visas, jamais nous ne les aurons à temps. Ils vont trouver un moyen de nous empêcher de passer la frontière.

Jusqu'à la dernière minute Magda n'a pas cru qu'un tel bonheur puisse lui arriver, puis le 20 octobre, ils sont montés dans l'autobus, spécialement loué à cet effet. Il était plein de monde, parce qu'il venait de Lublin et que parmi les pèlerins plusieurs étaient de l'Université catholique.

À Varsovie, Helena et Maria Solin les attendaient. Elles étaient également venues à l'aéroport le lendemain et leur avaient apporté de l'argent. Le curé Marianski ne voulait pas accepter, mais Magda avait pris les billets qu'on lui tendait.

— On va vous acheter avec cela des souvenirs, avait-elle décidé, afin que vous puissiez avoir l'impression que vous avez été un peu avec nous.

Il y avait eu des baisers, des rires tendres et émus et l'atmosphère d'une somptueuse fête, si bien que le curé Marianski et Magda n'avaient pu rien avaler à cause de l'énervement. Tous deux montaient pour la première fois dans un avion et en soi cela était déjà toute une aventure.

Le curé Marianski réussissait à ne pas montrer son excitation, tandis que Magda, par souci des convenances, se taisait ; mais, quand l'avion avait décollé, quand elle avait vu le bleu du ciel à travers le hublot, puis le plafond de nuages, elle avait essayé de se glisser à genoux dans l'étroit espace entre les sièges.

— Vous avez peur, Magda ? lui avait demandé le curé Marianski en l'aidant à se rasseoir.

— Mais non, je veux remercier de mon mieux. Pourquoi aurais-je peur, s'indignait Magda, s'il devait arriver quelque chose maintenant cela sera la plus belle mort que je puisse souhaiter.

Tadeusz Marianski avait retrouvé dans l'avion plusieurs de ses étudiants. Ensemble, ils avaient chanté des chants composés il y a des siècles, puis ils avaient mangé et ils avaient discuté à voix basse pour ne pas déranger ceux qui étaient parvenus à s'assoupir.

À Rome, une foule les attendait. Des Polonais immigrés, des religieux et des laïcs, des prêtres italiens, organisateurs de leur séjour. C'est à peine si on avait examiné leurs passeports. Tout le monde s'embrassait, criait, chantait, et échangeait les nouvelles les plus récentes sur les préparatifs de la cérémonie du lendemain. C'est seulement quand Tadeusz Marianski s'était retrouvé dans la grande salle du couvent où on avait dressé les tables pour le repas, qu'il s'était senti un peu plus à son aise. Magda était logée ailleurs et on les avait séparés si brusquement qu'il n'avait même pas eu le temps de lui parler. Puis ce fut une nuit blanche, le lever du jour et la crainte de ne pas mériter de vivre ces instants uniques. Personne n'avait déjeuné ce matin-là. Très tôt, ils étaient partis pour attendre, massés sur la place Saint-Pierre, l'heure de la cérémonie du couronnement.

Au-dessus de leurs têtes s'agitaient les drapeaux qu'ils avaient rapportés avec eux, des images, des noms de villes et de villages polonais inscrits sur des larges rubans en lettres d'or. Quand et comment avaient-ils réussi à se procurer tout cela ? C'était là un mystère que nul n'était capable d'éclaircir.

Dans la foule, les soutanes noires se détachaient des costumes traditionnels des diverses régions du pays merveilleusement colorés, des vestes blanches et des chapeaux des montagnards, des chemises brodées des paysans et des vêtements que les mineurs mettent pour les grandes occasions, conformément à une tradition qui remonte à la nuit des temps.

Tadeusz Marianski ne pouvait songer à chercher Magda. Il était placé dans le groupe de ses étudiants, tout près, face à l'autel. Il faisait chaud, bien que le ciel fût d'abord gris, puis le soleil chassa les nuages et la joie éclata dans la foule. Presque aussitôt, les cloches se mirent à sonner et le nouveau pape, le pape Jean-Paul II, apparut entouré des cardinaux. Magda sentit alors son cœur battre comme jamais auparavant. Toutes les peines, tous les malheurs étaient oubliés face à ce bonheur incommensurable ! Avec les autres, elle s'était mise à prier pour cet homme là-bas, vêtu de blanc, la haute mitre sur la tête, afin qu'aucun mal ne lui arrive et qu'il vive longtemps. Bêtement, stupidement, des larmes lui étaient montées aux yeux et elle pleura, mais comme d'autres se mouchaient et s'essuyaient les yeux, Magda ne s'était pas sentie humiliée. Ils semblaient tous conscients qu'ensemble ils étaient en train de vivre un moment unique qui ne serait jamais plus donné à ceux qui viendraient après.

Les cardinaux s'étaient approchés du pape, les uns après les autres et, parmi eux, le cardinal Wyszynski, si proche de tous ces pèlerins de Pologne. Alors Magda cessa d'entendre et de voir, secouée par des sanglots, mais elle retrouva ses esprits quand, de l'autre côté de la place Saint-Pierre, les invités de marque : chefs des grands pays, délégués, gens porteurs de belles décorations commencèrent à se disperser. La foule des pèlerins polonais continuait d'attendre sans trop savoir pourquoi et c'est alors qu'il est venu, leur cardinal Wojtyla, devenue Jean-Paul II, homme parmi les hommes, être humain en chair et en os. Il est venu vers eux tout simplement comme quelqu'un qui va saluer les gens qui l'aiment et qui tiennent à lui manifester leur reconnaissance. Il n'y avait plus de barrière entre lui et eux, parce qu'il souriait à tous et à chacun d'un bon sourire amical et joyeux.

C'est le pape du courage et de l'abnégation, mais aussi de la joie de vivre, a pensé le curé Marianski et au moment même, il fut porté par la foule vers le Saint-Père. Tout cela se passa très vite, mais il ne devait jamais oublier par la suite, ce qu'il ressentit quand le pape Jean-Paul II passa tout près de lui. Il eut l'impression de recevoir un renouveau d'énergie, une sorte de décharge électrique qui effaça sa fatigue.

Au début de l'après-midi, ils se sont promenés dans les rues de Rome, parmi les italiens qui disaient en les dépassant : « Polacco, Polacco, come il Papa* », avec

---

* Polonais, Polonais, comme le pape.

une pointe d'admiration. Ensuite, ce fut la messe pour les pèlerins.

Réunis dans une immense salle, ils ont chanté en attendant le Saint-Père. Un prêtre a entonné le chant ancestral : « Dieu qui depuis tant de siècles protège la Pologne », en terminant par la phrase consacrée : « Une patrie libre daigne nous *conserver*, Seigneur », mais les jeunes scandaient de toute la force de leurs poumons : « Une patrie libre daigne nous *rendre*, Seigneur ! » Puis les cardinaux sont arrivés et ensuite le pape qui commença par s'excuser de son retard. Ensemble, ils ont prié, ils ont chanté et ils ont tremblé d'émotion. Les cardinaux s'inclinaient un après l'autre devant le Saint-Père qui les prenait dans ses bras et quand ce fut le tour du cardinal Wyszynski, un grand silence se fit dans l'immense salle. Le pape parlait. Chaque mot, chaque phrase pénétrait dans les cœurs et les esprits et c'est pour cela sans doute qu'ils ont compris brusquement que le Saint-Père vivait déjà l'angoisse du dépaysement.

— J'espère pouvoir venir vous voir en Pologne, dans notre patrie, au mois de mai prochain pour les fêtes anniversaires du martyre de saint Stanislas, évêque de Cracovie.

Le Saint-Père se tourna vers le cardinal Wyszynski comme pour obtenir son approbation et sa promesse. Il ressemblait, en cet instant unique, à un homme qui supplie du regard qu'on ne lui défende pas de revenir en arrière vers tout ce qui est sien et vers tout ce qu'il a appris à aimer. Il se produisit alors une sorte de flottement dans la foule. Le cardinal Wyszynski répondit d'une voix forte, en polonais : « Nous vous attendons tous », et les pèlerins reprirent ces paroles comme un écho. C'est alors que les cardinaux se levèrent et commencèrent à sortir, tandis que le pape, leur pape, descendait parmi eux les deux mains tendues. La cérémonie se transformait en une fête de famille. Le Saint-Père embrassait les enfants, échangeait quelques mots avec ceux qui étaient les plus proches de l'allée centrale, les gens se serraient pour être avec lui et il allait confiant et joyeux parmi eux.

— Nous ne seront jamais les mêmes après cela, murmura une femme en passant à côté du curé Marianski au moment, où après le départ du pape, la foule commençait à refluer vers la sortie.

Tadeusz Marianski devait méditer souvent ces paroles par la suite, bien que sur le coup il n'y prêtât pas attention.

Dehors Rome scintillait de ses lumières, on les attendait au couvent pour le repas du soir, mais Tadeusz Marianski rompu de fatigue, au lieu de manger se coucha aussitôt. Il lui restait trois journées encore et il s'était promis de les utiliser pour faire visiter à Magda, les églises et les musées de Rome. Le lendemain, cependant, il apprit à sa grande stupéfaction qu'elle était partie, sans l'attendre, dès l'aube, avec un groupe de femmes. Magda si craintive quand elle se trouvait d'aventure dans des lieux qui ne lui étaient pas habituels, semblait ne pas avoir peur de se perdre. En fait, le curé Marianski ne devait la retrouver qu'à l'heure du départ quand ils commençaient déjà à monter dans l'autobus qui partait pour l'aéroport.

Comment ont-ils réussi à organiser un pareil voyage aussi vite et aussi bien, avec les moyens plus que limités dont dispose notre Église, se demandait le curé Marianski en regardant la foule des passagers autour de lui. Cela tient du miracle ! Non seulement le gouvernement a accepté de collaborer en leur émettant des passeports dans des délais records, mais encore les officiels et les agents de l'UB qu'il a pu identifier dans la rue avaient l'air tout aussi fiers et tout aussi réjouis que les nonnes et les prêtres en soutane, ou encore les Italiens, laïcs et religieux qui les entouraient en criant : « Polacco, bravo bravissimo ! Viva il Papa ! »

Dans l'avion, Magda fut installée de l'autre côté de la rangée où se trouvait Tadeusz Marianski. Elle semblait transformée, rajeunie, détendue et, en même temps, plus calme. Le curé Marianski alla lui parler tout de suite après le décollage. Il s'attendait à ce qu'elle lui raconte ses excursions dans Rome, ses impressions et ses enthousiasmes, mais elle fut avare de paroles, comme quelqu'un qui a peur d'entamer le trésor des moments vécus qu'il convient de garder en mémoire pour toujours.

— Les années à venir seront différentes de toutes celles que nous avons vécues jusqu'à présent, affirma-t-elle sur un ton sans réplique.

— Et pourquoi cela, lui demanda en souriant Tadeusz Marianski ?

— Parce que nous allons être forcés de nous montrer digne de notre pape et que cela ne sera pas une mince affaire, répondit Magda, puis elle tira son fichu sur sa tête et se mit à réciter le chapelet.

À l'aéroport de Varsovie, les douaniers les laissèrent passer sans fouiller les bagages, mais plusieurs agents de l'UB et de la milice en civil les assaillirent de questions.

— Il paraît que le pape a parlé en polonais, est-ce que c'est vrai ?

— Est-ce que c'est vrai qu'il n'a pas voulu que le cardinal Wyszynski se mette à genoux devant lui ?

— Est-ce que c'est vrai que dans les rues les gens applaudissaient sur votre passage ?

— Est-ce que les Italiens savaient que vous étiez des Polonais ?

— Est-ce que c'est vrai qu'il y avait des drapeaux polonais au Vatican ?

— Est-ce que...

Les jeunes prêtres observèrent soigneusement la consigne reçue avant le départ : « Parler le moins possible ; faire attention ; éviter les provocateurs. » Les plus âgés par contre, prêtres et religieuses, s'amusèrent beaucoup à être ainsi le point de mire des fonctionnaires qui, par le passé, se contentaient souvent de leur rendre le passage à l'aéroport aussi pénible que faire se peut.

Grâce à lui, grâce à notre cardinal Wojtyla devenu pape, pense Tadeusz Marianski, nous voilà une seule grande famille. Les options politiques, les fonctions, les missions, ne comptent pas. Bourreaux ou victimes, nous vivons la même joie et le même espoir. Cet immense enthousiasme ne peut pas sombrer dans la grisaille quotidienne et dans l'éternel conflit entre ceux qui croient et les autres. C'est impossible !

* * *

Pour Marek, l'hiver de cette année 1979 fut particulièrement pénible. Il travaillait de son mieux, buvait sec et frôlait constamment la limite du désespoir. Écrire, lui était joie et récompense pour toutes les tâches stupides qu'il effectuait comme un automate à Radio-Varsovie, mais relire son manuscrit demeurait pénible. Il recommençait constamment, corrigeait, reprenait des passages, puis jetait les feuilles au panier et vidait de nombreux verres de vodka. Ce qui au début devait être un essai se transformait petit à petit en un ensemble de nouvelles. Au lieu de livrer une réflexion, Marek essayait de fixer sur le papier des tranches de vie, des personnages, des moments privilégiés, des histoires vécues. En février, il écrivit le mot FIN, en bas de la dernière page et s'en alla porter le gros dossier à Helena. Puis, soulagé, il se jeta dans l'action. Tantôt, il assistait aux réunions des membres du KOR et tantôt il visitait les familles ouvrières, seul ou avec d'autres, désignés pour ce travail. Il donnait aussi des cours à l'université volante, distribuait des journaux clandestins et rédigeait des articles qu'il laissant systématiquement dans sa valise au lieu de les porter aux responsables. Pour Pâques, il fut invité à Celestynow, où il vit pleurer Irena devant la petite feuille du journal clandestin qu'il lui avait apportée.

— Comme pendant l'occupation, disait-elle entre deux sanglots. C'est à croire que tout recommence à nouveau. Il faut que j'aille à Varsovie, acheter tout ce que je pourrai trouver ; du savon en poudre, de la farine, du lait en poudre et du cacao. Il vaut mieux faire des réserves. Sait-on jamais ce qui risque de nous arriver à présent ?

— Allons maman, objectait Helena. Il ne s'agit plus de lutte contre la Gestapo, mais de réformes et cette fois-ci on réussira à les imposer sans faire une deuxième fois l'insurrection de Varsovie. Il n'est plus question de mourir sur les barricades, mais d'avoir enfin une existence digne de ce nom. Leur collectivisme a échoué. La récolte de l'année dernière a été très mauvaise et la prochaine s'annonce mal. Il est temps qu'on mette de l'ordre dans leur façon d'administrer, de voler et d'encourager la corruption. Gierek nous a endettés pour plusieurs générations à venir et les gens continuent, comme par le passé, à vivre mal. Cela ne peut durer indéfiniment. Nous sommes au bord de la faillite. Le pays ressemble à un homme malade, qu'on traite à l'aide d'un médicament que son organisme ne supporte pas et rejette par tous les moyens dont il dispose. Nous sommes en train de vomir la censure, les emprisonnements arbitraires, les privilèges de la « bourgeoisie rouge », les contraintes imposées à l'Église et les difficultés qu'ils multiplient pour empêcher que nos enfants reçoivent une éducation religieuse conforme à notre culture et à nos traditions. Et cette fois-ci nous sommes en train de vomir tous ensemble, ouvriers, cultivateurs, professionnels et intellectuels. Jacek Kuron et Adam Michnik ont raison. Lis donc leur essai sur le « Nouvel évolutionnisme ». Ils exigent du Parti qu'il accepte quatre points fondamentaux : la représentation équitable des ouvriers, basée sur l'élection libre de leurs chefs syndicaux, l'abolition de la censure, la reconnaissance du pluralisme, demandée par les jeunes, la suppression de cette propagande honnie en laquelle personne ne croit et de la discrimination religieuse. Ils réclament l'abolition de ce système totalitaire qui nous étouffe et nous démobilise. On peut affamer les gens, mais on ne peut pas forcer les trente-cinq millions de Polonais à travailler quand ils ne croient plus que le Parti, nos gouvernants, veulent ou puissent leur assurer un avenir.

— Et tu penses que les Soviétiques vont accepter tout cela en souriant et en nous donnant leur bénédiction, ironise Robert. Tu es naïve, ma fille.

Marek n'est pas intervenu dans leurs discussions. Il est tout bonnement heureux. Helena a terminé la lecture de son manuscrit et lui a déclaré qu'il a écrit un livre formidable qu'on doit passer à l'étranger parce qu'il n'obtiendra jamais le visa de la censure en Pologne.

Dès son retour à Varsovie, deux jours plus tard, il s'était donc mis en chasse d'un copain capable de l'emporter dans ses bagages à Paris. Puis il écrivit à Ula et attendit la réponse. Elle arriva au début du mois de mai, une semaine avant la visite du pape en Pologne.

« J'ai reçu ton manuscrit, écrivait Ula, et je l'ai lu en une nuit. Je suis prête à le traduire aussi rapidement que je le pourrai et à faire des démarches auprès des maisons d'édition. Ne t'attends pas cependant à gagner de l'argent ou à devenir connu ici. Ton livre est sensationnel à tous les points de vues, mais il faut que tu comprennes qu'en Occident on veut ignorer certaines réalités. C'est un parti pris systématique. On a beau leur expliquer que la Pologne est un pays soumis à l'autorité de Moscou, qu'il n'est pas normal qu'on ne parvienne pas à approvisionner une population qui vit depuis la guerre le régime des pénuries, inconnu ailleurs. Cela leur importe peu ! Comment t'expliquer cela ? Je n'ai pas ton talent et je ne sais pas transformer les mots en autant de charges de dynamite, comme tu le fais dans ton manuscrit. Je viens de lire le manuel de Hatier destiné aux étudiants de troisième année. On y écrit entre autres, page 147, qu'à la Communauté économique européenne (C.E.E.) correspond le C.A.E.M. (Conseil d'assistance économique mutuel) ou Comecon, qu'au plan Marshall correspond le Kominform... Aux excès staliniens dans le monde communiste correspond la chasse aux sorcières chez les Américains. En page 149, on affirme aussi que ce sont les Américains qui "laissent écraser dans le sang l'insurrection hongroise", mais on néglige de mentionner par qui elle fut réprimée. L'agression soviétique contre la Pologne et les pays Baltes n'existe pas et on se contente uniquement d'écrire, en page 143, qu'après la Seconde Guerre mondiale l'U.R.S.S. a retrouvé les territoires perdus au lendemain de la Révolution. En somme, il n'est pas permis ici de dire la vérité aux enfants et c'est pire que la censure, parce qu'on peut attaquer les censeurs officiels, mais on ne peut lutter contre cette propagande diffuse, systématique, qui paralyse la vérité. La seule brèche dans cette complicité du silence : l'œuvre de Soljenitsyne, mais là encore on affirme que la trilogie du *Goulag* date de l'époque stalinienne, que Staline est mort et que depuis Khrouchtchev ce n'est plus la même chose. Tout cela pour te dire que tu ne dois pas t'attendre à une renommée en tant qu'écrivain, mais que ton livre aura certainement, à long terme, une énorme importance. Je travaille donc jour et nuit pour faire la traduction aussi vite que possible et j'espère terminer l'hiver prochain. Me donnes-tu carte blanche, ou veux-tu revoir le texte en français, choisir ton éditeur, etc ? Je te propose de venir à Paris, chez moi. Tu n'auras pas besoin de débourser un sou et je serais si heureuse de te revoir... Tu ne peux pas te rendre compte à quel point la lecture de ton manuscrit me donne le mal du pays et la nostalgie du passé. Je ne me pardonne pas d'avoir choisi de rester ici, où je suis une éternelle déracinée, tandis que toi et les tiens, là-bas, à Varsovie, vous continuez à vous battre pour la liberté. »

Marek a relu la lettre d'Ula à plusieurs reprises. Elle est stupide, se disait-il. Comment peut-elle s'imaginer que je veux devenir célèbre, gagner beaucoup d'argent et voir mon livre dans toutes les librairies du monde. Tout ce qui m'importe c'est qu'il soit traduit et publié ; pour le reste vogue la galère.

Il lui écrivit dans ce sens non pas une, mais deux lettres de crainte qu'elles ne parviennent pas à destination. Il put confier la première à une fille de Radio-Varsovie qui partait à Paris, mais comme c'était une tête de linotte, il ne dormit pas de la semaine à force d'imaginer tout ce qui pourrait arriver à sa lettre, oubliée dans le sac à main, jetée dans une boîte à lettres sans affranchissement, ou encore perdue dans la rue, trempée par la pluie et ramassée par les éboueurs. Finalement, Marek décida d'envoyer la deuxième lettre par une hôtesse de l'air de la ligne L.O.T. qu'il avait déjà interviewée dans le passé pour une émission lors de laquelle ils avaient discuté fort agréablement, micro en main, des difficultés et des avantages de son métier. Cela avait été superficiel et anodin. Il n'était pas question d'aller au fond des choses et de faire préciser à la très jolie fille les aspects officieux du recrutement, ni les contrôles et les vérifications de l'U.B. lors des escales.

Réflexion faite, l'hôtesse de l'air avait bien pu remettre sa lettre à ses supérieurs au lieu de la jeter dans une boîte à lettres en France, tel que promis. Marek décida d'aller à la poste. Il faisait très chaud pour la saison. Au-dessus de la foule flottaient les drapeaux polonais et ceux du Vatican, mais dans les kiosques de « Ruch » on ne pouvait acheter le moindre souvenir. Les petites images du pape Jean-Paul II n'étaient pas disponibles. Marek s'arrêta dans un restaurant et demanda un verre de vodka avec de la glace, mais il eut une vodka tiède parce qu'il n'y avait plus de glace, selon la serveuse, nulle part à Varsovie.

— Il fait bien trop chaud, lui avait-elle dit, comme si tous les frigidaires du monde s'étaient arrêtés soudain de fonctionner sous le soleil tropical de ce mois de mai.

Marek avala la vodka et sortit. Dehors, il pressa le pas et arriva à la poste trempé de sueur. Sur le formulaire du télégramme, il écrivit en grosses lettres, sous l'adresse de Ula : « Les lilas fleurissent à Varsovie, merci pour ta lettre, la vie est belle », puis tendit le papier à la femme qui se tenait de l'autre côté de la petite fenêtre munie de grillage. Lentement, comme à regret, elle se pencha sur le texte et commença à le lire, puis, après un long moment, elle releva la tête et lui demanda : « C'est vraiment cela que vous voulez envoyer ? »

— Mais oui, s'énerva Marek. Qu'est-ce qui vous étonne tant ? N'est-il pas vrai que les lilas fleurissent à Varsovie ?

— Attendez un instant, lui ordonna la femme sans lui rendre son sourire. Elle s'éloigna, puis revint avec une autre employée, plus âgée celle-là. Les deux femmes firent face à Marek. Elles avaient adopté un air sévère et elles semblaient préoccupées.

— Vous êtes certain que vous voulez expédier ça, lui demanda la plus âgée, tandis que celle qui lui avait répondu en premier l'observait avec une expression de reproche. De toute évidence, il leur compliquait inutilement la vie, déjà assez pénible comme ça, à cause de la chaleur, comme du fait que les employés des postes ont plus de mal à s'absenter de leur travail que les vendeuses par exemple, qui peuvent se permettre en plein jour de fermer le magasin et d'aller faire la queue à l'épicerie. Marek insista et finalement elles acceptèrent son argent sans souffler mot. C'est une fois parti, au moment où il arrivait à son bureau qu'il se rendit compte qu'on pouvait considérer le texte de son télégramme comme une tentative de transmettre des renseignements ultra-secrets sous forme d'un code et que, dans ce cas-là, les préposés au déchiffrage risquent de perdre beaucoup de temps pour rien. Comme ils ne trouveront pas la clef d'un code qui n'existe pas, se dit Marek, mon télégramme ne parviendra jamais à destination. Suis-je donc bête...

Dans les corridors de Radio-Varsovie régnait ce matin-là une agitation inhabituelle. On était en train de préparer à l'avance certaines déclarations concernant la visite du pape et tout le monde était nerveux. Dans son bureau Marek recevait des appels, préparait une liste de disques qu'il devait faire jouer lors de l'émission du soir et s'efforçait de ne plus penser à Ula et à son manuscrit. Puis ce fut Helena qui lui téléphona longuement pour lui raconter que les routes étaient fermées parce qu'on craignait l'afflux de la population vers Varsovie, ce qui signifiait que ses parents, Inka, Magda et le curé Marianski ne pourraient pas assister à la grand-messe que Jean-Paul II allait célébrer.

— Ils verront tout à la télévision, la consola Marek et bien mieux encore.

— Ce n'est pas la même chose, objecta Helena.

Marek eut à peine le temps de raccrocher que déjà trois de ses camarades de travail arrivaient dans son bureau. Ils étaient furieux. Le directeur a encore fait des siennes. Il a coupé le temps qui devait être consacré aux commentaires concernant la visite du pape et deux employés, un réalisateur et un annonceur, ont été mis à la porte sans aucune autre forme d'explication.

— Crois-tu qu'un jour on parviendra à se débarrasser de notre cher directeur, demanda un des journalistes ? Il a plusieurs villas en Pologne et à l'étranger, il voyage comme il veut et on chuchote qu'il se fait projeter dans son salon des films pornographiques avec la bénédiction de ces messieurs du Parti qui prisent hautement ces séances.

— Dans ce cas, rétorqua Marek, il n'y a aucune chance qu'on change de directeur. Il est là avec nous et pour longtemps. Incidemment je suis selon toute probabilité sur sa liste noire. Il m'a fait des offres que j'ai refusées.

— Ah bon ! constata un des journalistes d'un air entendu et aussitôt la méfiance s'empara des deux autres. Ils sortirent de son bureau, en interrompant brusquement l'entretien et en le regardant d'une drôle de façon.

Ce soir, je vais prendre une cuite, se dit Marek.

Il a été heureux de finir son manuscrit, mais depuis qu'il l'a expédié à Ula, il ressent une sorte de vide. Cela lui manque ces heures nocturnes passées devant sa machine à écrire et puis il aimerait bien le lire et le relire, continuer à polir les phrases et à corriger le style. Malheureusement, il n'a pu faire de photocopies. Certes, il était toujours possible de se débrouiller, mais dans son for intérieur Marek avait estimé que son manuscrit ne méritait pas qu'on utilise une photocopieuse bien plus utile pour augmenter la diffusion des journaux clandestins.

Après son émission, Marek a acheté une bouteille de vodka qu'il a vidée jusqu'à la dernière goutte aussitôt arrivé chez lui.

Helena a-t-elle deviné à quel point il avait besoin d'une présence ? Après la visite du pape, pendant les mois de juin et de juillet, elle s'est beaucoup occupée de lui. Tantôt ils sont allés ensemble à Celestynow, tantôt il a été la chercher à l'hôpital pour dîner.

— Tu dois cesser de boire, lui répète-t-elle, ton foie ne peut pas filtrer des quantités pareilles d'alcool. Même si tu ne te soûles pas et ne fais pas de scènes dans la rue, tu vas en subir les conséquences tôt ou tard. Tu as déjà été au sanatorium, tu sais ce que cela signifie d'être malade, alors pense donc un peu à toi.

Marek avait fini par se contrôler mieux, non seulement grâce à Helena, mais aussi sous la pression des événements.

Tout s'était passé très vite. Dès le début du mois d'août, plusieurs de ses amis du KOR avaient pris l'habitude de se rencontrer chez lui. Un courant très net se dessinait lors de ces réunions. Les plus âgés surtout semblaient décidés de rompre avec la formation et de créer un parti politique autonome.

— Vous comprenez, expliquaient-ils aux autres, tout cela ne mène à rien. Nous pouvons vivre des années, d'un manifeste et d'une pétition à l'autre, nous pouvons essayer d'être intelligents, créatifs, innovateurs, mais les meilleures idées sont condamnées à l'avance à une mort certaine. Tant que les Soviétiques feront faire chez nous ce qu'ils veulent, tant que nous serons gardés d'un côté par leur armée qui campe en permanence à Lignica et ailleurs et de l'autre par les agents dont sont truffées les plus hautes instances du Parti qui gouverne chez nous, il n'y a rien a faire. Il faut rompre le cercle infernal. Il faut que le monde comprenne enfin que nous avons été réduits à l'état d'esclavage et que de là découlent nos problèmes économiques, y compris cet endettement exorbitant.

Petit à petit, les positions ont commencé à se préciser et, vers la fin du mois, le texte de la déclaration concernant la naissance d'un nouveau parti fut prêt. Le deux septembre, dans une publication clandestine on a annoncé la création de la Confédération de la Pologne indépendante, avec son sigle KPN et la liste de ses objectifs, sensiblement similaires à ceux du KOR, mais annonçant en même temps le début d'une lutte décisive, lutte politique dirigée contre Moscou.

Marek, qui avait assisté pourtant à la naissance de ce parti, n'avait pas réalisé tout d'abord la véritable signification de son action. C'est par la suite seulement qu'il s'était rendu compte de l'isolement et des dangers qui menaçaient le groupe.

Toutes les autres formations aussi bien ROPCIO que KOR s'étaient dissociées du KPN et, dès novembre, Marek commençait à recevoir des visites de la milice et à être suivi. Tantôt le téléphone se mettait à sonner chez lui sans arrêt mais, quand il décrochait le récepteur, il n'y avait que le silence au bout de la ligne, tantôt en rentrant il trouvait les traces d'une perquisition. Il ne gardait plus aucun papier dans ses tiroirs, mais on les vidait néanmoins par terre, au moins une fois par mois et Marek commença à vivre, petit à petit, un véritable cauchemar. De plus en plus souvent, il lui arrivait de passer la nuit dans son bureau pour éviter de rentrer et il sursautait à chaque coup de téléphone comme si on devait lui annoncer d'une minute à l'autre son arrestation.

Les amis du KOR avaient cessé de le fréquenter et Kazik demeurait introuvable. Seule Helena continuait à le voir, bien qu'il lui eût tout raconté lors d'une longue promenade dans la forêt de Celestynow.

— Sors du KPN, lui avait-elle dit alors. Non seulement c'est dangereux, mais encore parfaitement irréaliste. Une pareille action politique est prématurée. L'objectif consiste à forcer le Parti à faire des réformes. Or, aucune instance du Parti, aucun organe ne pourra accepter le défi que vous êtes en train de proposer. Moscou interviendra tout de suite et vous allez, toi et ton groupe, précipiter le pays dans un bain de sang.

– Moscou interviendra tôt ou tard, et ce n'est pas l'Occident qui va empêcher l'armée soviétique de tirer sur la population à Varsovie. Autant annoncer clairement nos couleurs et aller jusqu'au bout, jusqu'à la limite du possible.

– Je ne serai jamais d'accord avec la politique du KPN, objectait Helena et, quand ils t'arrêteront, il sera impossible de te défendre. J'espère que Kazik est du même avis que moi.

– Il est introuvable de ces temps-ci et cela m'importe peu. Qu'ils m'arrêtent donc et que cela finisse ! Tout est préférable à cette guerre des nerfs. Je suis à bout !

Non, Marek ne pouvait pas écouter Helena. Il n'avait plus le courage de se priver du seul et unique appui qu'il avait encore et qui était devenu sa raison d'être. À l'intérieur du groupe du KPN, il travaillait, il écrivait, il distribuait les journaux clandestins, il vivait ! Le quitter signifiait végéter au jour le jour, puisque ni le KOR, ni le ROPCIO ne voulaient plus de lui.

– Pars, lui avait conseillé Helena. Va n'importe où. Prends des vacances.

En janvier, dans un paysage enterré sous la neige, Marek se décida à réagir. Il obtint un congé à Radio-Varsovie et s'en alla à Tykocin, petite ville charmante, où il avait réussi à louer une chambre chez des cultivateurs. Il n'avait dit à personne où il allait, exception faite d'Helena qui avait accepté de se charger de sa correspondance. Désormais, Ula devait lui écrire à son adresse. Aux dernières nouvelles, elle n'avait pas terminé la traduction de son manuscrit aussi vite qu'elle l'aurait voulu, mais elle prévoyait la finir pour le printemps.

« De toute façon, écrivait-elle, on ne peut le publier avant l'automne. Les maisons d'édition hésitent à lancer sur le marché des bouquins pendant la période creuse de l'été. »

Marek était déjà allé à Tykocin à l'occasion d'un reportage sur ses trésors culturels, sa vieille église et ses quelques maisons anciennes ayant d'ailleurs un besoin urgent de rénovation. Il avait beaucoup discuté à l'époque avec les gens du Comité local du Parti des pos-

474

sibilités d'obtenir des fonds pour entreprendre des travaux. Désormais, il ne pouvait être question pour lui d'une action quelconque.

Au début, il traîna avec un certain plaisir dans la grande chambre, restant longtemps couché sous l'épais édredon de duvet. La chambre se trouvait au premier étage au-dessus de la cuisine. En bas, il y avait le bruit des casseroles qu'on déplace sur le feu, les voix des enfants et le rire de la maîtresse de maison, une paysanne bien vivante et pleine d'entrain. Son mari, ouvrier à la construction, débrouillard comme pas deux, parvenait à rapporter non seulement de l'argent, mais encore des matériaux divers. C'est grâce à toutes ces briques, ce ciment et ces pots de peinture qu'il réussissait à accumuler, que la maison avait été agrandie et rafistolée. Il se proposait d'installer l'eau courante l'année suivante et, en attendant, il avait décidé de louer les deux chambres du haut aux touristes. Comme il avait des amis dans la milice, on fermait les yeux et il avait réussi à éviter les ennuis bien qu'il ne déclarât pas ce revenu parfaitement illégal, ainsi que ses autres activités, puisqu'il aidait à la construction des maisons pour lesquelles on n'avait pas demandé, ni obtenu de permis.

Petit à petit, la famille adopta Marek et il commença à descendre pour le repas du soir qu'ils prenaient tous ensemble dans la grande cuisine du rez-de-chaussée. Le bois craquait gaiement dans le gros poêle en fonte sur lequel cuisait la bonne soupe aux pommes de terre, ou aux choux. Les enfants se chamaillaient, il faisait chaud et dehors la bourrasque de neige rendait cela d'autant plus précieux. Mais la chambre était chère et l'argent s'épuisait. Et puis Marek avait beau s'efforcer d'écrire, il n'y arrivait pas. C'est comme si tout ce qu'il avait à dire s'était fondu dans son manuscrit. Il ne parvenait même plus à rédiger les articles pour les journaux clandestins et, découragé, il s'installait dans sa chambre devant la fenêtre pour regarder bêtement la neige tomber. Un mois plus tard, à bout de ressources, il retournait à Varsovie.

Il descendit du train et s'en alla à pied, à travers les rues encore vides à cette heure matinale, mais quand il introduisit la clé dans la serrure de sa porte, un homme l'ouvrit presque aussitôt. Il sortait du lit. Hirsute, désagréable, le grand gars hilare lui annonça qu'il occupait son appartement avec sa famille et qu'il n'avait aucune intention de le laisser entrer.

– Mais vous ne pouvez pas faire cela, protesta mollement Marek, épuisé par la nuit passée sur les banquettes d'un compartiment de troisième classe qu'au nom de la démocratie on avait déclaré être de deuxième classe.

– Votre appartement était vide, camarade, déclara l'inconnu et, de toute façon, bien trop spacieux pour un célibataire. Deux pièces, c'est bon pour une famille. J'ai une femme et quatre enfants et nous étions dans la rue. Allez donc vous plaindre à la coopérative ou, si vous préférez, à la milice, et vous allez voir ce qu'on va vous dire. Nous n'avons rien volé. Vos affaires et tous vos livres, bien qu'inutiles selon moi et même suspects, sont chez la concierge.

La porte fut refermée d'un coup sec et Marek eut juste le temps de retirer sa main qui risquait d'être écrasée. Non, il n'avait aucune envie d'aller parlementer avec la concierge, une informatrice de l'UB, comme beaucoup d'autres de sa profession, et il ressortit aussitôt. C'était fini. Il était bel et bien dans la rue et n'avais qu'à aller coucher dans son bureau. Ce qui venait de lui arriver n'était guère exceptionnel. Des locataires, qu'on a pris l'habitude d'appeler « sauvages », s'introduisaient ainsi dans les appartements vides, à la faveur d'une information fournie par un voisin de palier, ou par la concierge. Pour les déloger, il fallait entreprendre des démarches pouvant durer des mois, sinon des années, auprès des autorités et risquer de porter la cause devant un tribunal. Kazik lui avait raconté autrefois que généralement les assesseurs des tribunaux administratifs donnaient raison aux « locataires sauvages » surtout dans les cas où il s'agissait de pères de familles nombreuses. Mon compte est bon, s'était dit Marek en arrivant à Radio-Varsovie.

Dans l'entrée, il rencontra un journaliste qui fit semblant de ne pas le voir, mais il était trop fatigué pour s'en inquiéter. Au deuxième étage, il n'y avait personne à cette heure matinale et il arriva sans encombre à son bureau. Là aussi, cependant, une surprise l'attendait. Une femme était assise derrière son pupitre. Comme il ne la connaissait pas, il crut un instant à une erreur. Mais elle le détrompa vite. Oui, c'était à présent son bureau à elle, puisque Marek avait été remplacé. C'est vrai qu'il avait eu un congé, mais comme il y avait trop de travail, il a fallu combler les trous. Non, elle ne sait pas où on a mis ses affaires, mais il pourra certainement se renseigner au service de l'administration qui ouvre, comme d'habitude, à dix heures.

Marek s'en alla à la cafétéria, demanda du thé et le but à petites gorgées, ce qui lui fit du bien. Il laisse sa valise à la caissière et à dix heures et demie se présenta au service de l'administration. La secrétaire, qui avait eu autrefois un faible pour lui au point de fréquenter fort souvent son bureau sans raison aucune, lui offrit un sourire gêné.

— J'ai de l'argent pour vous, lui dit-elle à voix basse. C'est pour le mois de février. Vous avez été renvoyé parce qu'il fallait vous remplacer d'urgence. C'est tout ce que je sais et j'en suis désolée pour vous. C'est scandaleux cette façon qu'ils ont de renvoyer le personnel sans se soucier de ce qui arrive à nos meilleurs interviewers, mais c'est ainsi. Que voulez-vous qu'on fasse ? Voici votre enveloppe.

— Mais cela ne se passera pas comme ça, protesta Marek, je veux voir le patron. C'est incroyable. On me donne un congé auquel j'ai droit et puis on me flanque à la porte sans aucune autre forme de préavis. C'est insensé !

À peine eut-il le temps de finir sa phrase que déjà la porte du fond s'ouvrait et le chef de sa section lui faisait signe d'approcher. Marek cacha l'enveloppe dans sa poche et entra dans son bureau. Là, le chef ne le pria même pas de s'asseoir.

— N'est-il pas vrai que vous avez eu des visites de la milice, demanda-t-il, en le toisant du regard ?

— Oui, c'est exact. Ils sont venus perquisitionner en mon absence et je ne sais même pas si c'était la milice, ou l'UB. Je n'ai pas été accusé pour autant d'aucun crime à ce que je sache et, par conséquent, il pouvait s'agir d'une erreur ou d'une vengeance.

— C'est bien possible, acquiesça le chef, mais une erreur répétée suffit pour que moi je puisse considérer que vous représentez un élément indésirable. On ne peut quand même pas donner le micro et permettre le contact avec le public à un bonhomme dont l'appartement est fouillé. Voilà tout ce que j'ai à vous dire et si, cela ne vous plaît pas, allez donc demander justice ailleurs. C'est compris ?

Marek baissa la tête et sortit. Il n'avait qu'une envie : dormir ! Toute son agressivité, toute sa capacité d'indignation s'étaient épuisées au cours des longs mois vécus dans la crainte et l'incertitude. Il ne désirait plus qu'une seule chose ; avoir la paix ! Sa valise au bout du bras, il se rendit au Grand Hôtel où il exhiba sa carte professionnelle ce qui lui permit d'obtenir une clé. La chambre était petite, mais confortable. Tout habillé, Marek se jeta sur le lit et s'endormit presque aussitôt. Il avant l'impression d'être arrivé au port, d'avoir atteint un but, mais en réalité il ne s'agissait que d'un répit. Il ne savait pas, qu'en bas, à la réception, l'homme qui l'avait suivi dès qu'il avait quitté l'immeuble de Radio-Varsovie était justement en train de donner des ordres à son sujet au préposé à l'enregistrement des clients.

* * *

Maria Solin fait bouillir de l'eau pour le café. Elle a du mal à se tenir debout et elle s'assoit sur le petit tabouret placé spécialement tout près de la cuisine. L'hiver a été très dur. Les radiateurs ont éclaté au premier étage, il a fallu arrêter le chauffage et faire des réparations, mais comme on manquait de tuyaux, les locataires ont été obligés d'attendre. Ensuite, les ouvriers sont venus et ont travaillé tant bien que mal pendant des semaines, mais les réparations n'ont été terminées qu'à la fin du mois de mai. Fort heureusement, Robert s'était débrouillé pour lui envoyer une petite chaufferette électrique, parce que sans cela elle aurait été obligée de coucher à l'hôpital. À la longue cependant, comme les autres locataires avaient également fini par trouver des chaufferettes électriques plus ou moins puissantes, l'installation électrique n'avait pas résisté. Ils avaient vécu d'une panne de courant à l'autre et Maria Solin avait pris froid. Elle fut traitée par Helena, tout d'abord pour une toux, qui devint chronique, puis pour les rhumatismes dans les jambes.

Avec la chaleur de l'été, la toux est moins fatigante, mais Maria Solin ne peut toujours pas marcher et se traîne. Ses jambes lui font atrocement mal et les voyages en autobus rempli de monde, matin et soir, n'arrangent pas les choses.

La voiture d'Helena est en réparation et il y a de fortes chances qu'elle ne puisse pas fonctionner avant longtemps. On ne parvient pas à trouver les pièces. Elles ont été commandées quelque part en Allemagne de l'Est, ou en Tchécoslovaquie, mais il est évident qu'on ne les aura pas avant l'hiver.

L'approvisionnement dans les magasins est de plus en plus mauvais et on manque même de pain, ce qui lui complique singulièrement l'existence. Elle-même pourrait bien se passer de nourriture et se contenter d'un seul repas à l'hôpital, mais il y a Marek...

Et maintenant avec ces grèves à Gdansk on ne sait plus quoi penser. À Varsovie tout est calme et il n'y a rien dans les journaux, mais la BBC de Londres et la radio Europe Libre transmettent des nouvelles de plus en plus inquiétantes. Cette fois-ci les ouvriers ont compris la leçon. Ils se sont enfermés dans les chantiers navals et ne sortent pas. Les chantiers sont entourés par la milice et hier soir on disait qu'elle empêchait les camions de vivres de passer.

C'est comme s'ils voulaient les faire tous mourir de faim pense Maria Solin. Je devrais aller à Gdansk avec Helena, c'est l'unique moyen de comprendre ce qui se passe vraiment et d'aider.

La bouilloire se met à siffler et Maria Solin se lève péniblement de son siège. Elle prépare deux tasses de thé, sort le bout de pain qui lui reste et la margarine, puis s'en va dans la pièce à côté et frappe à la porte. Elle a laissé sa chambre à coucher à Marek et dort dans celle qui lui sert de salon et de salle à manger. Comme ça, si la milice arrive, il lui restera une chance additionnelle de le sauver en admettant qu'ils acceptent de ne pas fouiller l'appartement. Il n'y a pas de réponse de l'autre côté de la porte, alors elle tourne doucement le loquet et ouvre. Une odeur étrange frappe ses narines. Elle essaie de l'identifier et puis soudain elle se souvient. C'est l'odeur de la guerre ; mélange de linge mal lavé, de sueur, des réduits où on s'entasse à plusieurs et où on garde les fenêtres fermées pour éviter d'attirer l'attention de la Gestapo. C'est l'odeur de la peur, de l'angoisse et des hommes pourchassés comme des bêtes qu'on cache au péril de sa propre vie et de celle de tous les habitants de l'immeuble.

Je vieillis, pense Maria Solin. L'occupation est finie, la guerre s'est terminée il y a trente-cinq ans et si on vient l'arrêter ici, ce pauvre Marek, notre UB national ne va tout de même pas fusiller tous les locataires dans la cour comme le faisait autrefois la Gestapo quand elle trouvait un Juif recueilli par des braves gens. N'empêche que je suis bien contente qu'André soit en sécurité en Angleterre. On ne peut pas prévoir ce qui va arriver, des changements et des réformes ou les tanks soviétiques sous nos fenêtres.

— Allons Marek, dit-elle. Levez-vous. Le petit déjeuner est prêt.

Sur le lit, le corps enfoui sous les couvertures bouge.

— J'arrive, répond Marek d'une voix enrouée par le sommeil. J'arrive tout de suite.

Maria Solin s'installe devant la petite table couverte d'une serviette blanche. Elle tient à ces détails, malgré les plaisanteries d'Helena. Tant pis pour l'effort que cela lui demande. Aussi longtemps qu'elle en sera capable, elle continuera à faire attention aux détails, ensuite quand on la transportera à l'hôpital sur une civière, ils s'arrangeront comme ils voudront ; Helena, Marek et les autres. Le voici qui arrive, maigre à faire peur dans la robe de chambre beaucoup trop grande pour lui.

— Avez-vous bien dormi ? demande-t-il poliment. Je m'excuse, mais comme je me suis endormi très tard, ce matin j'ai passé tout droit...

— Je vous en prie, Marek, proteste Maria Solin. Vous avez besoin de sommeil et je suis contente quand vous vous reposez. Vous devez reprendre du poids.

— Pourquoi, grand Dieu ? pour me terrer chez vous, comme une taupe et pour avoir comme seule mission l'écoute des nouvelles dont je vous fais fidèlement rapport quand vous revenez épuisée le soir ?

– Voyons Marek, ne soyez pas amer. Il semble que le Parti va céder. Il est de plus en plus question des pourparlers entre les autorités et les grévistes. Là-bas, à Gdansk, ils tiennent d'une façon magnifique. On nous reproche à nous, les Polonais, de ne pas avoir le sens de l'ordre et de l'organisation, de rejeter toute autorité et d'avoir un petit penchant pour l'anarchie. Eh bien ! nous sommes en train de prouver à quel point tout cela est faux. Il paraît qu'à Gdansk ce Lech Walesa dirige tout, domine la situation, reçoit les journalistes étrangers et parvient par dessus le marché à imposer partout le régime sec. On ne peut pas acheter une goutte d'alcool dans les restaurants et dans les bars de Gdansk. C'est une preuve évidente que nous sommes capables de nous imposer une auto-discipline quand nous croyons qu'un règlement est vraiment nécessaire.

– Vous ne comprenez donc rien, éclate Marek. Ce qui se passe à Gdansk, à Gdynia et à Szczecin, ce sont des événements pour lesquels j'ai trimé pendant des années. Si ça marche c'est parce que les dissidents se sont organisés et que nous avons réussi à établir une collaboration avec les ouvriers. Sans cette solidarité entre les intellectuels, les ouvriers et les paysans, ça serait un bain de sang comme en 1970. Et maintenant que cela bouge enfin et que nous avons des chances d'obtenir des réformes, je suis enfermé ici, chez vous, en train de vous priver de l'usage de votre chambre à coucher et de me sentir continuellement de trop. Je suis prisonnier de ces murs et je peux me retrouver n'importe quand dans une vraie prison d'où ils ne me sortiront pas de si tôt.

– Un peu de patience, mon cher. Au lieu de vous énerver vous devriez écrire.

– Écrire, répète tristement Marek. Vous vous souvenez de mon dernier article que j'ai rédigé de peine et de misère ? Eh bien ! Helena a réussi à le faire expédier par une amie qui partait à Londres et à le faire livrer à André. En échange, elle a reçu une lettre de lui, mon meilleur ami en principe, où il dit qu'il n'est pas certain qu'il sera publié avant Noël. Vous vous rendez compte ! Ici chaque jour compte et là-bas dans leurs foutus journaux de l'immigration, ils prennent tout leur temps pour faire paraître nos textes. Non, il ne s'agit plus de réfléchir et d'écrire, mais d'agir et moi je suis paralysé et incapable de me rendre utile. J'arrive à regretter de m'être évadé de ce foutu hôtel quand l'UB est venu m'arrêter. J'aurais mieux fait de les attendre et de les suivre sagement. Ça vous aurait évité un tas de problèmes et à Helena aussi, bien que je préférerais encore vivre chez Helena que chez vous.

— Voyons Marek, dit Maria Solin, je fais ce que je peux pour vous rendre l'existence supportable.

— Il ne s'agit pas de cela, bien au contraire. Seulement chez Helena, je ne mettrais en cause qu'elle, tandis que l'idée qu'on puisse vous emmener à la milice et vous interroger, vous aussi, me rend fou.

— Helena est une femme, fort séduisante encore, tandis que moi j'ai soixante-cinq ans et je suis veuve. J'ai l'âge de la retraite dans tous les sens de ce terme.

— Quelle importance, soupire Marek, en avalant la dernière gorgée de son thé. Je sais que ce n'est pas écrit sur mon front, mais cela fait longtemps que...

— Que quoi ? demande Maria Solin, sans curiosité aucune, tout simplement pour maintenir la conversation et ne pas le laisser retomber dans ce mutisme qui parfois lui fait peur.

— Si vous voulez tout savoir eh bien ! autant vous le dire. Je suis impuissant. Cela dure depuis plusieurs années. J'ai tout essayé, y compris la présence des plus beaux corps de femmes dans mes draps. Cela a commencé en 1970 peu après le retour de Gdansk, avec Inka recroquevillée sur le siège arrière de la voiture sans un mot et sans une larme. Chaque fois que j'ai essayé depuis, j'ai eu devant les yeux la grue mécanique et une monstrueuse charge qui tombe... Je ne sais vraiment pas pourquoi je vous le raconte, mais puisque vous êtes médecin vous devez être habituée à des confessions pareilles. Après tout je ne dois pas être le seul à qui cela arrive.

— Cela se soigne, dit lentement Maria Solin. Si vous le voulez, je peux vous examiner ce soir, quand je reviendrai de l'hôpital.

— Oh, non ! proteste Marek, je n'y tiens pas du tout. Je ne suis pas malade. C'est ce monde-là dans lequel nous nous débattons depuis des années qui est malade. Vous ne pensez pas qu'il y a un parallèle à établir entre l'incapacité d'aimer et l'incapacité de s'organiser une existence à peu près normale ? Cela ne vous vient pas à l'esprit que ce n'est peut-être pas la peine d'être un homme capable de fonder une famille, quand on sait à l'avance qu'on la condamne à passer les trois quarts de son existence à lutter pour avoir un toit, de quoi manger et de quoi se vêtir ? Qu'il est inutile de fabriquer des enfants sachant qu'en grandissant ils feront les pires bassesses pour s'assurer une pitance à peu près décente, pendant qu'ailleurs, dans toute cet Europe occidentale dont culturellement nous faisons partie, on utilise moins d'énergie pour progresser, faire carrière dans une profession ou devenir riche ? Pourtant vous savez mieux que personne qu'à l'hôpital vous soignez depuis un certain temps déjà, des enfants rachitiques. Mais oui, parfaitement rachitiques, faute de lait, de vitamines et de nourriture de base. C'est un phénomène qui existe aussi ailleurs, je vous l'accorde ! En Afrique, comme en Amérique du Sud. Mais bon Dieu de bon Dieu ! nous avons derrière nous dix siècles de civilisation, nous sommes des Européens au même titre que les Français ou les Britanniques, mais parce qu'un président américain, déjà très malade à l'époque, Roosevelt, a accordé à Staline ce qu'il demandait, nous voilà en train de devenir un peuple de combinards et de mendiants. Trente-cinq ans après la fin de l'occupation, nous sommes obligés d'inscrire nos enfants à leur naissance dans les coopératives de logement, pour avoir droit d'espérer qu'ils seront logés, quand ils se marieront, ailleurs que dans la même pièce que leurs parents. Trente-cinq ans après la guerre, dans ce pays, où on aime tant se gargariser des mots tels que « justice » et « démocratie populaire », parce que les deux ne sont que des slogans de propagande vides de sens, une femme médecin, telle que vous, ne parvient pas à gagner honnêtement assez d'argent pour avoir une voiture. Et vous n'avez pas vu les taudis dans lesquels vivent les ouvriers, à Lodz par exemple, où Kazik m'a emmené avec lui. Vous n'avez pas vu les victimes des accidents de travail qui doivent survivre avec une pension de deux mille zlotys par mois. Au cours officiel cela représente cent dollars ; au marché noir, c'est vingt. Un dîner minable au Grand Hôtel peut coûter mille zlotys pour deux personnes ! C'est cela la nouvelle justice dis-tributive ! C'est pour cela que nous avons été obligés d'accepter l'envahissante amitié de notre grand et noble voisin de l'est. Et il est inutile de discuter. J'ai déjà vécu en Crimée et j'ai eu là-bas un ami, un certain Youri qui me disait en réponse à mes questions qu'il n'y a pas de raisons pour que les gens de chez nous vivent mieux que ceux de là-bas. Selon, c'est le prix à payer pour la démocratie populaire. Eh bien ! cher docteur, moi je n'aurai jamais le courage de faire des enfants dans ce paradis terrestre qu'ils nous ont créé au nom du souverain pontife nommé Karl Marx qui a vécu et écrit à l'heure du capitalisme sauvage et dont les idées sont complètement dépassées à notre époque. Je les hais et je me déteste pour avoir cru que nous pouvions avoir une issue, une chance d'évoluer dans ce maudit régime qui en plus n'est même pas le nôtre, parce qu'il est organisé et orchestré ailleurs que chez nous ; pas à Varsovie, mais à Moscou. Pasternak a écrit que les pays capi-talistes ont survécu et se sont enrichis parce qu'ils ont compris, grâce à la révolution russe, qu'il faut accepter la syndicalisation des travailleurs et organiser le système de l'État-providence. Je veux bien admettre qu'il a raison. Que sans la peur du communisme les riches n'auraient jamais accepté de se soucier du bien-être des ouvriers. Mais, pour l'amour du ciel ! la révolution a eu lieu au début de ce siècle, après la Première Guerre mondiale et les Russes n'ont pas encore fini de tolérer l'injustice et la corruption de leurs classes dirigeantes. Là-bas cela s'appelle la *nomenklatura*, chez nous la « bourgeoisie rouge » ; là-bas, ils ont des privilèges exorbitants, chez nous c'est plus atténué, je vous l'ac-corde, mais enfin nous, nous sommes capables de nous organiser un système différent. Nous sommes un pays qui a une vieille culture, profonde et enracinée dans le peuple et une tradition démocratique. Nous n'avons jamais été capables d'accepter la dictature des tsars, comme l'ont accepté les moujiks de là-bas, de vénérer des tueurs dans le genre de Staline et l'autorité absolue d'un parti unique. Je suis impuissant, comme les trente-cinq millions d'habitants de ce pays qui pour des raisons purement géographiques sont condamnés à une certaine forme d'esclavage avec la bénédiction des imbéciles qui se permettent encore, dans les pays libres, d'être mem-bres des partis communistes. Vous avez lu, pas plus tard qu'hier, cet extrait d'un article de *L'Humanité* reproduit à dessein dans *Trybuna Ludu*, où ils osaient prétendre que « les forces bourgeoises, impérialistes et réactionnaires sont à l'origine des grèves de Gdansk ». Nous ne pouvons compter sur personne d'autre que nous-mêmes. Nous sommes sacrifiés et isolés. Le socialisme à visage humain, ils ne veulent même pas savoir ce que c'est !

— Cessez de vous énerver, cela ne mène à rien. Vous allez vous rendre malade. Il faut que je m'en aille et cela m'ennuie de vous laisser seul dans cet état-là.

— Oh ! vous savez, cela fait du bien de gueuler, dit Marek. Cela soulage. Le jour où nous allons nous retrouver sous l'occupation américaine, je retrouverai ma capacité de faire des enfants. Mais comme cela n'arrivera pas, j'aime encore mieux ne pas pouvoir ensemencer une femme et me sentir coupable, par la suite, à l'égard de mes enfants. On ne crée rien dans le royaume de l'absurde quand on est conscient de ce qui va arriver à ceux qui viendront après.

— Si tout le monde réagissait comme vous, dit Maria Solin en rangeant la table, la Pologne disparaîtrait de la carte du monde. Vous êtes vraiment trop pessimiste. Nous avons une existence difficile, il est vrai, mais nous au moins nous croyons en quelque chose. Ailleurs, dans cette Amérique qui vous plaît tant, les gens font des dépressions nerveuses parce qu'ils ont une vie trop facile sans doute. Entre les deux je préfère encore notre lutte quotidienne pour la plus élémentaire survie, notre romantisme, nos sursauts fous et jusqu'à notre puritanisme solidement inculqué par une Église militante parce que constamment menacée. Bonne journée Marek ! J'ai laissé la soupe dans la casserole, vous n'aurez qu'à la réchauffer. Tâchez de manger et d'attendre sagement mon retour. Et je compte bien vous examiner, malgré tout, ce soir.

Maria Solin s'en va. Lentement, lourdement, elle descend les escaliers en se cramponnant à la rampe, puis marche jusqu'à l'arrêt de l'autobus en s'appuyant sur sa canne. Il pleut et l'attente lui paraît particulièrement longue. À l'hôpital, il y a Helena qui l'attend. Elle est très excitée.

— Les nouvelles sont mauvaises, lui annonce-t-elle en refermant la porte de son bureau. Je pars pour

Gdansk. Il est impossible de savoir ce qui se passe là-bas et l'unique moyen de s'en rendre compte c'est d'être sur place.

– Mais les routes sont fermées, objecte Maria Solin.

– Un malade que j'ai examiné ce matin, un chauffeur de taxi, est prêt à me conduire. Cela coûtera cher, mais j'ai assez d'argent et comme il a de la famille à Szczecin, il tient à passer. Vous savez que chez nous, il y a toujours moyen de se débrouiller.

– Puisque tu es décidée de le faire, vas-y !

Maria Solin n'a pas la force de discuter. D'ailleurs elle connaît Helena et sait fort bien que quand elle décide quelque chose, elle ne change jamais d'avis.

– Je vais aller voir mes malades, dit-elle. À quelle heure pars-tu ?

– Vers trois heures, le chauffeur ne peut pas avant.

– C'est bon, mais passe me dire au revoir, veux-tu ? Je t'accompagnerais volontiers, mais comme je marche difficilement, je ne te serais qu'une charge inutile. Ah ! nous ne sommes plus en 1970, en dix ans je suis devenue une ruine parfaitement inutile, juste bonne pour le cimetière.

– Voyons, quelle idée ? proteste Helena.

La matinée passe très vite, puis, à midi, Helena sort de son bureau pour aller manger à la cafétéria. Au moment où elle traverse la grande salle d'entrée une voix d'homme prononce son nom. Une voix connue, chaude, qu'Helena reconnaît tout de suite sans même avoir le temps de se retourner.

– André, dit-elle, André tu es là !

Il vient vers elle, les deux mains tendues en avant, la prend par le bras et murmure : Chérie... Un long silence s'établit entre eux pendant qu'ils se dévisagent l'un l'autre. Il n'a pas changé, pense Helena, il est toujours aussi séduisant.

– Je t'aime dit André. Je suis revenu pour te reprendre. Non, ne dis rien. Il était difficile de te l'écrire, mais je te demande pardon. J'ai eu tort. Attends quelques jours pour que je puisse te prouver que je ne suis plus le même.

– Pourquoi es-tu revenu juste maintenant quand on ne sait pas ce que nous réserve le lendemain ? Ce n'est pas raisonnable.

– Sans doute parce que je ne pouvais pas faire autrement. Je me suis bien débrouillé à Londres. J'ai même commencé à écrire pour des journaux anglais. Je t'ai envoyé des coupures, mais ce que je ne t'ai pas annoncé dans mes lettres, c'est qu'ils m'ont proposé un poste. Une bonne situation stable de reporter. J'ai hésité. J'espérais te convaincre de me rejoindre. Puis ce fut cette grève à Gdansk. Tu ne peux t'imaginer ce que racontent les journaux de là-bas. À l'aéroport, à Paris, on m'a regardé comme un héros, quand je suis monté dans l'avion de L.O.T. Je tenais à passer par Paris pour discuter avec Ula de la publication de ce manuscrit de Marek. C'est mon meilleur ami, je lui devais bien ça. Comme tu vois, j'ai mûrement réfléchi avant de quitter Londres. J'étais préparé au pire. Je t'assure qu'après toutes les mises en garde de mes camarades britanniques, sans parler des Polonais définitivement établis à l'étranger qui m'ont traité de fou, je suis très surpris par le calme qui règne dans les rues de Varsovie. Je ne sais trop à quoi je m'attendais, mais certainement pas à cette atmosphère qui semble on ne peut plus normale.

– Je pars cet après-midi à Gdansk, dit Helena.

– Bonne idée, constate André, tu permets que je t'accompagne ?

– Tu dois avoir besoin de te reposer après le voyage, proteste Helena pour la forme, parce qu'en fait elle ne veut surtout pas se séparer de cet homme séduisant qui est son mari et qui lui a manqué bien qu'elle ait fait l'impossible pour l'oublier. Inconsciemment, elle l'attendait, mais elle n'osait se l'avouer et encore moins le lui dire dans ses rares lettres, envoyées en réponse aux siennes qui lui parvenaient régulièrement toutes les semaines.

– Viens voir ta mère, ajoute-t-elle.

Ils marchent l'un à côté de l'autre dans le corridor.

– Tu sais ce que cela me rappelle, demande André, mon retour après la guerre. Te souviens-tu ? Nous nous sommes vus pour la première fois dans cet hôpital et tu m'as emmené aussitôt chez ma mère. À l'époque elle n'était pas ici, mais chez elle et nous avons fait le trajet ensemble. Je te trouve aussi belle que ce jour-là. Helena pouvons-nous recommencer à neuf ?

– Peut-être, dit-elle, je ne sais pas encore. Ce qui est certain c'est que tu n'aurais pas dû revenir. Ta mère était si contente de te savoir en sécurité à Londres. Elle a beaucoup de difficultés de ce temps-ci à cause de sa santé et de certains problèmes. Enfin, on en parlera plus tard, pour le moment prépare toi à ne pas lui montrer que tu la trouves changée. Cela lui ferait de la peine.

– Helena, dit encore André, juste en s'arrêtant devant le bureau de Maria Solin, y a-t-il quelqu'un dans ta vie ?

– Une foule, plaisante Helena, heureuse de l'inquiétude qu'elle lit dans ses yeux. Une foule telle que faute de pouvoir fixer mon choix je suis toujours encore une femme seule.

Ils entrent. Maria Solin, assise derrière son bureau, lève les yeux et voyant son fils essaye de se redresser et d'aller à sa rencontre, mais elle n'y parvient pas. Helena pousse André pour éviter à sa belle-mère l'humiliation d'admettre que ses jambes refusent de la porter. Comme s'il avait compris, André se précipite et prend sa mère dans ses bras.

– Tu es de retour, tu n'es pas resté là-bas ? dit-elle, c'est bien imprudent de ta part, mais je suis très fière de toi. Tu ne peux pas savoir comme je suis fière...

Sans faire de bruit Helena se glisse dehors. Une idée lui vient. Et si elle se débrouillait pour apporter trois plateaux afin qu'ils puissent manger ensemble sans être dérangés ? À la cafétéria elle parvient à obtenir l'aide d'une infirmière et elles reviennent peu après avec le repas. Tout en déjeunant dans le bureau de Maria Solin, les deux femmes couvent André du regard, mais c'est Helena qui pose des questions tandis que sa belle-mère avale en silence la soupe trop claire.

– Qu'est-ce qu'on écrit à Londres ! Est-ce qu'on réalise en Occident que nous n'avons besoin de personne ? Est-ce qu'ils ont compris que nous sommes tous solidaires et que même les dirigeants du Parti ressentent la nécessité des réformes ? Est-ce qu'il est clair pour les Anglais, pour les Français et pour les Américains que les ouvriers de Gdansk ne font pas uniquement la grève parce que Gierek a annoncé une augmentation du prix de la viande, mais parce qu'ils veulent des changements en profondeur ? Ont-ils compris que nous sommes en train de réinventer la véritable démocratie socialiste ? Sont-ils conscients que quoiqu'il arrive, c'est l'événement le plus important de notre époque ?

André répond tant bien que mal, puis embrasse sa mère, va chercher sa valise à l'entrée où il l'avait laissée, la dépose dans le bureau de Maria Solin et se déclare prêt à partir pour Gdansk.

Au moment où Helena et lui sortent, Maria Solin a un geste surprenant ; elle les bénit. C'est tellement inhabituel chez elle qu'ils se sentent émus.

Puis tout se passe très vite. Dehors le taxi attend, ils montent et le chauffeur part aussitôt. Impossible de parler devant lui d'autre chose que de la grève des chantiers navals. Sur la grande route, il se met à accélérer dangeureusement. De toute évidence, il a hâte de revoir sa famille et de lui apporter les victuailles qu'il a réussi à se procurer à Varsovie bien que les rayons des épiceries soient pratiquement vides.

Ils arrivent à Szczecin tard dans la nuit. Jusqu'à l'aube, ils restent dans la famille du chauffeur qui refuse de les laisser chercher une chambre. Au lieu de dormir, tout le monde discute à qui mieux mieux. Assis autour de la grande table de la cuisine, ils boivent du thé et échafaudent des hypothèses. Finalement, vers huit heures du matin, le conducteur décide de rouler jusqu'à Gdansk.

La ville semble dormir encore. Les gens marchent dans les rues pour se rendre à leur travail. La grève des autobus est déclarée et il n'y a aucun moyen de transport, mais les passants paraissent ne pas s'en soucier outre mesure. Il fait beau et relativement chaud pour la saison. À l'entrée du passage surélevé, une sorte de pont qui enjambe la voie du train électrique, les miliciens arrêtent les voitures et demandent les papiers d'identité.

— Je ne peux pas passer par là, dit le chauffeur, ils sont bien capables de me faire perdre mon permis de taxi. On va garer la voiture un peu plus loin et on ira à pied aux chantiers.

Ils descendent tous les trois et marchent jusqu'à la rue qui longe les chantiers navals. Il y a beaucoup de monde autour d'eux, des hommes et des femmes, mais surtout des femmes. Elles avancent vite, les visages fermés, puis s'arrêtent à un endroit où des grévistes montent la garde tout en haut du mur qui encercle les chantiers, et leur lancent des objets divers. Des paquets de cigarettes, des miches de pain, des pommes... Les ouvriers les saluent en souriant. Il y a une atmosphère de gaieté dans l'air. Sur les murs, des photos de Jean-Paul II, la copie d'une lettre qu'il a écrite au cardinal Wyszynski, les poèmes composés par des ouvriers et une feuille sur laquelle on a imprimé les exigences des grévistes en dix points clairs et précis. Les gens les lisent, s'attardent, puis repartent. Une femme a des larmes aux yeux, un homme dépose une gerbe de fleurs par terre, puis se ravise, et la lance par-dessus le mur. Derrière la grille fermée des chantiers dont la photo a paru dans tous les journaux du monde et sur tous les écrans de télévision, les grévistes assurent le service d'ordre. Un peu plus loin, le long de l'escalier qui mène vers les bureaux, il y a également des ouvriers, hommes et femmes qui protègent l'entrée.

Helena, sans hésiter, s'approche.

— Avez-vous besoin d'un médecin, demande-t-elle ? Je suis à votre disposition.

— Non, pas encore, plaisantent les gens qui se rassemblent autour d'elle. Vous êtes de Gdansk ?

— Nous venons d'arriver de Varsovie.

— Et vous retournez, demande un jeune ouvrier qui semble être un des responsables de l'équipe de surveillance ?

— Oui, ce soir.

— Est-ce que tout continue d'être calme à Varsovie, demande-t-il à voix basse ?

— Oui.

— On voudrait savoir ce qu'ils attendent pour nous appuyer, ceux d'Ursus et d'ailleurs.

— Est-ce que je peux avoir des circulaires à leur apporter, dit André.

— Il n'y a plus de copies. Les gars ont passé la nuit à les recopier à la main et tout a été distribué tôt ce matin. La photocopieuse s'est cassée et il n'y a pas de papier. On se débrouille comme on peu et on va passer à travers, mais ce n'est pas une partie de plaisir. On couche par terre sur le ciment. C'est plutôt froid et inconfortable ! Mais ce n'est pas grave, le moral est bon et c'est l'essentiel. Attendez un instant, je vais essayer de vous trouver un communiqué quand même.

Il disparaît dans l'entrée qui mène vers l'intérieur, tandis que la jeune fille qui se tient à côté d'Helena lui demande : Est-ce que vous êtes du KOR ?

Un léger signe de camaraderie, un sourire qu'on échange comme un cadeau.

— Je fais partie du ROPCIO, dit Helena.

Le jeune ouvrier revient avec une feuille pliée dans la main.

— Voici le dernier bulletin d'information, dit-il. Vous me promettez de le photocopier et de le distribuer à Varsovie. Notre principal problème en ce moment c'est celui des communications. Les gens du KOR qui devaient les assurer ont été arrêtés. Les journalistes polonais ont reçu l'ordre de ne pas parler de nous. Ils sont venus à la réunion hier, mais il n'y a rien dans les journaux d'aujourd'hui. Nous avons décidé de ne plus les admettre à l'intérieur. Seuls les journalistes étrangers ont accès aux chantiers. Eux au moins, ils publient, mais dans les journaux d'ailleurs, pas dans les nôtres. Or, il faut qu'on sache à Varsovie et à Lodz ce qui se passe ici. C'est très important ! Retournez à la grande porte principale. On est en train de transmettre par le haut-parleur les derniers résultats de négociations avec les membres du gouvernement. Malheureusement, le haut-parleur n'est pas très perfectionné et il faut être tout près pour bien entendre.

— Mon Dieu ! murmure André en marchant à côté d'Helena, tandis que le chauffeur de taxi s'en va retrouver la voiture parce qu'il craint qu'on ne l'endommage, personne au monde ne se rend compte dans quelles conditions tout cela se passe. Ils sont pauvres, ils n'ont même pas de papier pour imprimer leurs communiqués et pourtant toutes les agences internationales d'information parlent d'eux. C'est la victoire du courage et de la détermination sur l'arbitraire. C'est un précédent qui a valeur de symbole. S'il fallait que les ouvriers britanniques fassent leurs grèves dans des conditions semblables, l'Angleterre connaîtrait une paix sociale comme jamais auparavant.

Ils reviennent en ville, achètent ce qu'ils peuvent trouver, pêle-mêle, cigarettes, mouchoirs et même quelques morceaux d'anguille fumée qu'un homme vend dans la rue, puis retournent aux chantiers et les lancent aux grévistes assis en haut des murs. Devant eux, une femme, la tête renversée en arrière, crie quelque chose à son mari qui monte la garde juste au-dessus d'elle.

— Ils doivent s'aimer beaucoup ces deux-là, constate le chauffeur du taxi. Ils ont l'air heureux, rien qu'à se regarder du haut en bas et de bas en haut de ce mur.

Helena et André décident de repartir à Varsovie. Helena s'inquiète pour Maria Solin qui est seule là-bas, avec Marek caché dans son appartement.

André qui ne se rend pas bien compte de ce que cela signifie pour sa mère, continue à répéter d'une voix chargée d'émotion :

— Sans moyens, sans équipements, pauvres comme on ne peut l'être en Europe que chez nous, ils sont en train de donner, ces bougres-là, la meilleure leçon de démocratie à tous ceux qui ignorent sa véritable signification et le prix que nous devons payer pour ce mot-là. Qu'on gagne ou qu'on perde, jamais le monde ne pourra oublier les événements de Gdansk ! Pas cette fois-ci ! Ce n'est plus comme il y a dix ans. La complicité du silence de l'Occident est détruite désormais ! Tu comprends Helena ? C'est l'ignorance des réalités du régime soviétique qui demeure la principale cause de la séduction qu'il peut exercer encore sur des imbéciles et des doux rêveurs confortablement installés dans l'opulence. Le Kremlin le sait et cultive, à grand renfort de récompenses, versées en or ou en devises fortes, cette ignorance qui sert leur propagande dans le Tiers monde et ailleurs. La Russie soviétique a réussi ainsi à apparaître comme une sorte de modèle idéologique imaginaire, mais non moins sacré. Ce sont les gars de chez nous, ces garçons et ces filles qui dorment sur le ciment et recopient des communiqués à la main, qui sont en train de démontrer au monde qu'on lui a menti et qu'on continue à le leurrer. Au lieu de se battre, d'attaquer les postes de milice et de succomber devant la force en laissant des morts et des blessés dans les rues, comme en 1970, ils ont eu la sagesse et la patience de transformer leurs lieux de travail en forteresses de la liberté. Ils ont raison. On peut tuer, on peut tirer sur la foule, mais on ne peut pas forcer des millions d'ouvriers à travailler, s'ils ne le veulent pas. Je suis certain à présent qu'ils vont non seulement négocier, nos dirigeants du Parti, mais qu'ils vont en plus tenir leurs engagements parce qu'ils doivent sentir, comme moi, qu'ils ont perdu leur pouvoir absolu. Désormais, ils vont être obligés de compter avec les hommes et les femmes de « Solidarité ». Ils vont enfin apprendre, à respecter, les droits du peuple.

— Ils vont les infiltrer, ils vont introduire des provocateurs et ils vont organiser un affrontement, s'inquiète Helena. Avec ça, tous les avantages qu'ils ont acquis et qu'ils pourraient obtenir encore à plus long terme en tant que force d'une opposition démocratique seront perdus à tout jamais.

Ils roulent vers Varsovie, en s'arrêtant uniquement pour prendre de l'essence. Helena est de plus en plus nerveuse. C'est comme si elle pressentait un malheur. Il fait jour quand enfin le chauffeur du taxi les dépose devant la maison qu'habite Maria Solin. Ils montent et, à peine arrivés devant sa porte, ils sont aussitôt happés à l'intérieur. Maria Solin les fait entrer sans un mot. Elle est plus pâle que de coutume et paraît exténuée.

— Ils ont arrêté Marek hier après-midi, en mon absence. La concierge les a vus. Pauvre gars ! Il n'a pas la constitution assez solide pour passer à travers une détention et il est à bout de nerfs. Je crains qu'il ne fasse qu'aggraver son cas. Il est bien capable de tenir tête aux agents de l'UB et de les provoquer pour qu'ils l'achèvent au plus vite...

* * *

— Nous avons mené les bêtes à l'abattoir, dit Magda. Il n'y a pas d'autre solution. Avec ces deux années de mauvaises récoltes et cet automne pluvieux où il n'y a même pas moyen de déterrer les patates, parce qu'elles sont noyées dans la boue, j'aurais été obligée de les laisser crever de faim. Et, comme de bien entendu, ils nous ont donné un prix ridicule. J'ai juste réussi à sauver quelques morceaux et à fumer du lard. Vous en aurez cet hiver. Ce n'est pas par rapport à ça que j'en ai d'ailleurs. Mais c'est un gaspillage. J'ai demandé qu'on laisse les jeunes cochons, pas encore engraissés, dans un PGR pour qu'ils prennent du poids. Les pauvres n'avaient que la peau et les os. C'était pitié de les voir. Ils m'ont répondu que les magasins sont vides et qu'il faut aller au plus pressé. Facile à dire. Personne ne pourra en profiter parce que pour ce qu'on va faire comme jambons de leurs fesses cela ne valait vraiment pas la peine de les tuer.

— Pauvre Magda, dit Robert pour la consoler. Je crois que pour vos cochons être égorgés maintenant ou plus tard, cela revient au même et les gaspillages chez nous ce n'est pas une exception, mais un mode d'administrer. Moi, j'ai surtout des problèmes avec mes pommes de terre. J'en ai planté plusieurs rangées et la terre est à ce point boueuse que je ne sais vraiment comment m'y prendre.

— Il faut les déterrer au plus vite, conseille Magda, sinon elles vont pourrir. C'est vrai qu'elles n'ont pas profité assez, mais il vaut mieux les avoir petites et tachées que de ne pas en avoir du tout.

Irena écoute leur conversation d'une oreille distraite. Assise derrière la grande table, un tas de journaux devant elle, elle lit et découpe les articles qu'elle classe en plusieurs piles.

— Ils sont en train d'écrire l'histoire, répète-t-elle constamment. Ils ne se rendent pas compte, ces bougres de « Solidarité », qu'ils font la plus surprenante des révolutions pacifiques. Pour une fois, même nos journaux échappent en partie à la censure et sont intéressants à lire !

Depuis octobre, Irena s'est organisé une chaîne de fournisseurs de journaux. Helena et André se débrouillent tant bien que mal pour lui acheter tout ce qu'ils peuvent. Helena a séduit deux vendeuses de « Ruch » à coups de sourires et de petits cadeaux et elles lui gardent les quotidiens qu'elles reçoivent jusqu'à huit heures du matin, ce qui est un service énorme parce que généralement de ces temps-ci à sept heures toutes les copies sont déjà enlevées. Avant *Trybuna Ludu* dormait en paquets jusqu'à tard dans l'après-midi, mais désormais elle a des lecteurs ! Helena s'est arrangée aussi avec un malade qui lui passe l'hebdomadaire *Polityka*, introuvable dans les kiosques, dès qu'il l'a lu et fait lire à ses deux amis. Il y a également les journaux étrangers qu'André obtient par l'entremise d'une hôtesse de l'air. Irena les reçoit avec beaucoup de retard, mais cela ne l'énerve pas. Patiemment, elle déchiffre, avec deux dictionnaires, un article après l'autre.

— Regarde, crie-t-elle, à Robert quand elle croit faire une trouvaille. Regarde donc ! Selon ce journal ouest-allemand, les Soviétiques transigent avec les Européens pour obtenir des crédits et une aide technique afin d'exploiter leurs gisements de pétrole intouchés jusqu'à présent. En échange, ils promettent d'approvisionner l'Europe. Te rends-tu compte, avec cela, ils vont les tenir tous entre leurs mains. Quand ils ne voudront pas obéir, Moscou n'aura qu'à fermer le robinet. C'est diabolique ! Les Européens ne se rendront même pas compte quand ils aliéneront leur liberté. Ils croient que cela les rendra plus indépendants des Arabes. La belle affaire ! Les Arabes font de l'argent, c'est certain, mais ils n'ont pas les moyens d'avoir de pareilles visées impérialistes, tandis que les Soviétiques feront peu à peu la révolution mondiale sans tirer un coup de feu. Trotsky doit rire aux éclats dans sa tombe.

Robert écoute poliment sa femme, mais ne semble pas se passionner outre mesure pour ses découvertes. La seule chose qui lui importe ce sont ses plantations, son potager et le sort du maigre foin qu'ils ont ramassé sur le champ qu'on voit de la fenêtre. Avec l'arrivée des froids, Robert retrouve aussi son goût du bricolage. Tantôt, il fabrique une chaise, une armoire ou un autre meuble, tantôt encore il repeint et rafistole les divers coins de la maison en créant un désordre qui rend Irena enragée.

— Je vais tout vendre, dit encore Magda. Je n'ai plus la force de continuer et Inka ne restera pas éternellement avec moi. Il n'y a pas de bras à la campagne. Les jeunes préfèrent aller travailler à l'usine. Forcément pour ce qu'on peut tirer de la terre, il vaut mieux encore avoir un salaire et les dimanches libres, tandis que dans une ferme, on ne peut jamais compter sur de l'argent. On mange, on ne fait pas la queue devant les magasins, mais c'est à peu près tout et il faut trimer pour cela du matin au soir. Les prix qu'on nous donne pour nos produits sont trop bas et les subventions pour le lait, qu'ils ont promis sont ridicules. Le seul espoir c'est qu'ils reconnaissent « Solidarité-rurale ».

— Allons, Magda, il ne faut pas se décourager, nous en avons vu bien d'autres pendant l'occupation. Vous vous souvenez quand même de ces temps-là, proteste Irena.

— Eh oui ! soupire Magda, mais j'étais beaucoup plus jeune alors et j'avais des fils qui grandissaient tandis que maintenant il n'y a que notre Inka qui fait ce qu'elle peut. Je n'ai plus d'avenir, moi ! Pour qui voulez-vous que je continue ? Pour moi ? Je me contente de peu et avec ce que me donne le curé Marianski pour le ménage j'arriverai bien à joindre les deux bouts. D'autres ont fait ça. Ils ont vendu et ils ne s'en trouvent pas plus mal, bien au contraire.

Magda s'en va en soupirant et pendant un moment le silence s'installe dans la pièce.

— Dis donc, commence Robert, cela n'a pas l'air drôle ce que raconte Magda.

— Oh, non ! proteste Irena, je veux bien passer des heures à discuter des récoltes, des pénuries, du prix de la viande et des difficultés de faire pousser des légumes, mais quand même pas maintenant. Écoute ça. Lech Walesa a dit que si on nous permet de nous organiser, il fera de la Pologne, le Japon de l'Europe. Notre production étonnera le monde. Ce n'est pas beau ça ? Enfin un homme qui n'est ni défaitiste, ni cynique, ni corrompu. Il ne s'embarrasse pas de complexes d'infériorité. Il a confiance, lui, que nous pouvons humaniser le système et l'adapter à nos besoins. Ce n'est pas formidable ça ? Je remercie Dieu de tout ce qui nous arrive depuis octobre. « Solidarité » a fait reculer l'emprise de la dictature du Parti. Les corrompus et les profiteurs commencent à avoir peur. Tout le monde a envie de le suivre notre Walesa : les ouvriers, les paysans et les intellectuels.

— J'espère que tu ne seras pas déçue, murmure Robert en polissant une planche fraîchement taillée. On ne sait pas comment tout cela finira. Pour le moment Marek fait la grève de la faim en prison. Ce n'est qu'un individu parmi bien d'autres, mais moi j'ai travaillé avec lui et je sais ce qu'il vaut ce garçon. Helena m'avait raconté qu'on ne s'embarrasse pas chez nous de scrupules. Quand un prisonnier ne veut pas manger, on le nourrit par la force. S'il est pris de spasmes, s'il vomit, cela envahit les poumons et c'est la fin ! Il n'aurait jamais dû adhérer à ce KPN ; s'il était encore membre du KOR, « Solidarité » le réclamerait à la télévision et dans les journaux, mais que veux-tu qu'ils fassent. On ne peut quand même pas agiter le drapeau rouge devant le taureau.

— Il faut pourtant que quelqu'un ose parler d'indépendance, murmure Irena et puis la démocratie, la liberté, c'est justement cela entre autres, le pluralisme des partis !

— La vie chez nous consiste à ne jamais oublier de tenir compte de ce qui est faisable et de ce qui ne l'est pas, rétorque Robert. L'art du possible et le jeu qui consiste à se mouvoir dans un couloir qui est très étroit, c'est ce qui importe en premier lieu, pour le reste on verra plus tard. Nous, nous mourrons sans doute avant, mais les autres, ceux qui viendront après, vont en profiter.

— Cesse de parler de la mort, se fâche Irena. La vie est bien trop passionnante de ces temps-ci pour que je pense à ma place au cimetière. C'est déjà assez mal qu'on ne peut pas avoir de nouvelles fraîches parce qu'André et Helena doivent rester à Varsovie pour s'occuper de Maria Solin. Elle ne peut plus marcher. Quelle sale maladie ! Tu vois, pendant longtemps tu t'es imaginé qu'il n'y a qu'à la guerre que cela arrive eh bien, non ! Il suffit de rhumatismes et ça y est. Même pas moyen de se servir d'une prothèse. Rien ! Pas de médicaments efficaces, pas de soins appropriés. L'ignorance de la médecine n'a d'égale que les illusions que nous, les profanes, nous avons à cet égard.

— Pourquoi ne vas-tu pas à Varsovie ? propose

Robert. Je peux fort bien me débrouiller seul un jour ou deux. Prends le train et passe avec eux le dimanche.

Irena n'a pas le temps de répondre. On frappe à la porte. C'est le curé Marianski. Sa soutane flotte autour de son corps de plus en plus maigre. Mais il semble être en pleine forme. Irena est ravie. Tadeusz Marianski la comprend bien mieux que Robert. Lui au moins sait se passionner pour ses coupures de presse qu'il lit attentivement et qu'il commente d'une façon fort intelligente. Très souvent c'est lui qui attire l'attention d'Irena sur un détail, un mot, une phrase qui ne l'a pas frappée de prime abord.

– J'ai des problèmes, dit-il. Les deux enfants du chef de la milice sont venus ce matin pour le cours de catéchisme. Jusqu'à présent il leur défendait de se montrer au presbytère. J'ai fait de mon mieux pour bien les accueillir, mais les autres enfants ont été très désagréables. Aucun ne voulait s'asseoir à côté d'eux. Vous vous rendez compte, c'est comme si c'était de leur faute que leur père est officier de milice ! Il n'y a rien de plus cruel que les enfants. À l'école, c'est la même chose. L'institutrice me dit que ses élèves hauts comme trois pommes exigent maintenant qu'on leur montre les copies de ceux qui ont les meilleures notes, parce qu'ils prétendent qu'on avantage systématiquement les enfants des miliciens au détriment des autres qui sont évalués plus sévèrement. Je vous avoue que cela me chagrine quand les enfants se mêlent des affaires des grandes personnes. C'est trop tôt pour eux et c'est malsain.

– Un juste retour des choses, soupire Robert. Helena m'a raconté que certaines personnalités du Parti viennent se faire soigner à l'hôpital parce qu'elles ont peur de se montrer à la clinique spécialement organisée pour elles et qui est évidemment mieux aménagée. Eh oui ! c'est l'heure de la peur. Il paraît que la maison préfabriquée qu'un haut gradé du Parti s'était fait installer dans le bois, près de la clairière, a été démontée cette nuit. Il craint qu'on ne lui demande des comptes et qu'il soit obligé de justifier où il a trouvé l'argent pour s'offrir un luxe pareil. Pensez donc, une maison de six pièces avec salle de bains moderne, comme en Amérique, et il était même question dit-on qu'il se fasse creuser une piscine. Ailleurs, je ne dis pas, c'est peut-être possible de gagner honnêtement ce qu'il faut pour cela, mais chez nous c'est un vrai scandale. Il a dû s'enrichir à coups de combines et de pots-de-vin.

— « Solidarité » demande qu'on unifie les montants des allocations familiales et qu'on cesse de donner à la milice et aux agents de l'UB des allocations six fois plus élevées que celles qu'on reçoit normalement, dit Irena. Il semble aussi qu'ils vont fermer les résidences et les terrains de chasse que le gouvernement entretient un peu partout pour le plaisir de ces messieurs du Parti. On doit ouvrir en même temps à tout le monde, les maisons des vacanciers qui étaient réservées jusqu'à présent aux enfants chéris du régime. La « bourgeoisie rouge » va cesser d'être coupée de la population, comme l'était autrefois l'ancienne aristocratie, et comprendra enfin comment les gens vivent.

— Ce ne sont que des épiphénomènes, proteste Robert. Personnellement, cela ne me dérange pas que Gierek ait pu avoir trois villas, ou une. Ce qui est plus grave c'est tout le problème économique. Il semble qu'on faussait systématiquement les statistiques. On prétendait que telle entreprise produisait des tonnes de surplus quand en fait elle ne parvenait pas à remplir les normes minimales. En ce qui a trait aux exploitations agricoles d'État, les PGR, on raconte des drôles d'histoires. Il paraît que quand le premier secrétaire, ou un ministre, devait y faire une visite officielle, on empruntait du bétail dans toutes les fermes privées des environs et on le montrait. Si cela est vrai, nos propres dirigeants ont été dupés autant que la population en général.

— La vieille tradition russe, soupire le curé Marianski. Quand Catherine la Grande voyageait à travers la Russie, son amant faisait construire des villages en carton pour qu'elle puisse mieux se persuader que le pays évoluait. Les systèmes changent, mais l'histoire ne cesse de se répéter.

Irena prépare le thé. Ils s'installent tous les trois près du poste de radio et Robert manipule délicatement les boutons. Ils s'efforcent de rester calmes, de discuter, de réduire ce grand événement qui secoue la Pologne à une échelle humaine, mais en fait ils sont trop conscients de vivre des moments uniques et quasi miraculeux.

« À la question concernant l'éventuelle intervention de l'armée soviétique, Lech Walesa a répondu : Je ne vois pas pourquoi un pays ami interviendrait dans nos affaires intérieures. Depuis quand doit-on craindre un ami ? », dit la voix du speaker dominée par les bruits des parasites.

– S'ils viennent on se défendra crie Robert. On se défendra jusqu'au dernier. Cette fois-ci, il n'y aura pas de déportations en Sibérie. Ils ne pourront charger dans les wagons à bestiaux et envoyer chez eux que des morts. Ce qu'ils ont fait à Lvov en avril 1940, ne se reproduira plus. Plus jamais !

* * *

Inka se lave les mains et ajuste son corsage. La journée est terminée. Elle a fini de traire la vache et elle a nettoyé le poulailler comme il faut. Magda est partie faire un tour au village et Inka est seule. Le petit miroir, lui renvoie son image, les traits tirés et cette expression triste qu'elle n'aime pas.

Kazik viendra-t-il la chercher, comme promis ? Il lui a demandé un peu de temps, mais cela fait des mois qu'il ne donne pas de ses nouvelles. Est-il en prison, comme Marek ? Non, ça se saurait. Ce n'est plus comme avant où les gens disparaissaient. Le personnel carcéral signale systématiquement les noms de ceux qui sont arrêtés pour des raisons politiques, et les gens de « Solidarité » ne manquent pas de protester. Certes, ils n'ont rien fait pour Marek, mais quand même s'il s'agissait de Kazik, qui fait partie du KOR, cela serait différent. A-t-il des ennuis, ou est-il parti à l'étranger sans se soucier d'elle ? Après tout rien ne l'empêche d'aller vivre à Paris. Dans sa dernière lettre, cette Ula, une Polonaise établie depuis longtemps en France, n'a-t-elle pas écrit à Helena avec laquelle elle correspond régulièrement qu'elle est prête à recevoir n'importe quel de ses amis qui désire quitter la Pologne ? Inka songeuse, se rappelle certaines phrases de cette lettre qu'Helena lui a lue.

« Comprenez-moi, écrivait Ula, jamais je ne parviendrai à effacer le remords d'être restée ici au lieu de retourner en Pologne et de partager avec vous toutes ces années d'après-guerre. Je suis prête à faire n'importe quoi pour vous aider parce que j'ai honte. Ce n'est pas moi qui vous rends service, c'est vous qui me redonnez une raison de vivre. Je suis constamment tendue et énervée et j'écoute les nouvelles comme s'il s'agissait de ma propre existence. Les gens autour de moi, des Français et des Polonais d'immigration me disent avec sollicitude : Pauvre vous ! Vous avez de la famille là-bas. Et moi, je leur réponds comme une imbécile : Oui, les trente-cinq millions de Polonais. Pouvez-vous comprendre que le destin individuel demeure lié, quoi qu'on fasse, avec le destin collectif, quand il s'agit d'un peuple qui doit lutter pour sa survie et ses droits. »

Helena a reçu également une lettre des parents de Kazik, qui lui proposaient d'envoyer de l'argent et des colis.

« Nous avons mauvaise conscience, écrivait sa mère, quand nous faisons nos courses dans les supermarchés qui existent ici. Dans les journaux et à la télévision, on annonce et on montre même des images de gens qui font la queue devant les magasins d'alimentation de Varsovie. J'ai très envie de revenir pour être avec vous en ces moments si importants pour notre avenir à tous, mais Kazik ne veut pas. Il n'écrit pas souvent et dans sa dernière lettre il nous a menacés de ne pas vouloir nous recevoir si jamais nous devions décider de retourner à Varsovie. Et puis ici on travaille beaucoup et il n'est pas facile de prendre des longues vacances. »

Inka se souvient bien de ces passages de leurs lettres parce qu'ils l'ont beaucoup frappée. Après tout, ils ont du courage ces gens-là, qui vivent loin, à l'étranger. Ce ne sont pas des traîtres, comme on l'expliquait à une certaine époque. Ils pourraient fort bien nous oublier tous, pense Inka, dans ce confort qu'ils ont et se moquer de ce qui nous arrive ici. Passe encore pour les parents de Kazik. Après tout c'est leur fils unique, mais cette Ula, cette ancienne amie de Marek, n'a même pas de famille ici. Est-elle jeune ou vieille, jolie ou laide ? se demande Inka. Est-elle liée à Marek ou se bat-elle pour faire publier son manuscrit parce qu'elle trouve tout simplement que c'est un bon livre ?

Il pleut dehors et l'horizon est lourd de cette

grisaille qui rend triste. Inka brosse lentement ses cheveux, puis commence à préparer le repas du soir. Comme ça, quand Magda arrivera, elle ne sera pas obligée de travailler. Au moment où elle allume le feu sous le poêle de la cuisine, le chien se met à aboyer. Une visite, pense Inka. Qui peut bien venir à cette heure ? Intriguée, elle ouvre la porte et regarde dehors. Sous le rideau de la pluie, Kazik se tient debout au loin, dans sa veste de cuir couverte de gouttelettes d'eau. Ses cheveux sont trempés et collent sur ses tempes.

— Kazik, crie Inka en se précipitant à sa rencontre.

De son côté, lui aussi se met à courir. La pluie mouille le visage d'Inka et ses bras nus, ses jambes s'enfoncent dans la boue, mais elle ne le remarque pas. Elle avance de plus en plus vite vers l'homme qui lui tend les bras pour se serrer enfin, à bout de souffle, contre lui.

— Je suis venu te chercher dit-il. Nous allons nous marier où tu voudras et nous partirons ensemble. Oh ! Inka ça a été très long, mais je ne pouvais pas faire plus vite. Je te raconterai. Il fallait que je me libère de beaucoup d'attaches, et que j'oublie tout ce qui n'est pas toi, moi, nous... Ils ont protesté, ils se sont fâchés et ils m'ont relancé les copains. J'ai tenu bon. J'ai travaillé avec eux pendant des années, j'ai donné le meilleur et le pire de moi-même, mais maintenant c'est fini. Il n'y a plus de causes, plus d'obligations envers les autres, il n'y a que toi. Tu verras, nous allons être heureux et nous aurons beaucoup d'enfants. J'ai vendu l'appartement, j'ai même réussi à faire quelques affaires et te voilà propriétaire d'un domaine. Oh ! un petit domaine, mais une terre quand même et un toit sur la tête. Ce n'est pas luxueux, mais tu veux vivre sur une terre et j'ai fait de mon mieux. Le summum, un vrai Canada !

Il la soulève de terre et se met à tourner sur place avec Inka dans ses bras, puis ses lèvres rejoignent les siennes et Inka a l'impression que le monde entier tourne autour d'eux. C'est une sensation de liberté totale de tout son corps et de chacun de ses membres comme, quand on flotte dans l'eau, paresseusement, sans vouloir faire l'effort de se mettre à nager. Est-ce que c'est cela le bonheur ? se demande Inka, mais il y a un tourbillon dans sa tête qui l'empêche de penser, de réfléchir et de se poser des questions, alors elle s'abandonne dans les bras de Kazik qui la porte jusqu'à la maison en couvrant son visage de baisers.

Quelques dates et quelques faits
qui ont façonné l'évolution
de la Pologne au cours des années 1939-1980

1939

> Le pacte Ribentrop-Staline, signé le 23 août prévoit des clauses secrètes relatives au partage de la Pologne.
>
> Le *premier septembre*, Hitler attaque la Pologne. L'armée polonaise résiste.
>
> Le *seize septembre*, l'armée soviétique franchit la frontière orientale, assiège Lvov et parvient à l'isoler complètement. La ville se défend, puis capitule, au bord de la famine.

1939-1944

> Occupation d'une partie de la Pologne par Hitler. Bilan : six millions de morts, dont trois millions de Polonais de religion juive.
>
> Les Soviétiques annexent les provinces orientales qu'ils gardent actuellement encore. Principales villes : Vilnius et Lvov. Principales richesses naturelles : les gisements de pétrole. Bilan : extermination et déportation dans les camps de

Sibérie de toute la population polonaise de ces régions. Aucune statistique ne permet de préciser le nombre de femmes, hommes et enfants fusillés et déportés.

1943 : On découvre à Katyn, en U.R.S.S. les corps de 4 500 officiers polonais assassinés par les Soviétiques d'une balle dans la nuque.

1945

À Yalta, le 11 février, le président Roosevelt signe avec Staline, malgré les avis contraires de Winston Churchill, des accords concernant les nouvelles frontières de la Pologne conformes aux vœux exprimés par Moscou.

1947

Création de « Pax » et tentative de provoquer la rupture à l'intérieur du clergé, en organisant des « prêtres patriotes », soumis au Parti et récusant l'autorité du Vatican.

1948

Consolidation et reconnaissance du pouvoir du Parti communiste en Pologne. Deux divisions de l'armée soviétique stationnent en permanence au pays. L'armée polonaise formée et équipée par les Soviétiques compte 317 000 hommes. Les formations para-militaires, contrôlées par le ministère de l'Intérieur disposent au total de 1 475 000 hommes armées et jouissant de nombreux privilèges dans une situation de pénuries.

1948-1956

Arrestations, tortures, emprisonnements, procès et condamnations à mort des prêtres et des maquisards qui pendant les années d'occupation ont organisé la résistance en tant que l'Armée du Pays (AK) avec l'aide du gouvernement polonais de Londres.

Le *26 septembre 1953*, le cardinal Wyszynski est arrêté et interné.

1956

Juin : manifestations ouvrières à Poznan. On tire sur les ouvriers qui demandent « du pain et de la liberté ». Plusieurs sont tués, blessés, arrêtés et condamnés à des longues peines de prison.

Le *26 août*, lors du tricentenaire du couronnement de la Vierge de Czestochowa, plus d'un million de Polonais effectuent un pèlerinage au monastère de Jasna Gora, où un fauteuil vide placé sur les tribunes est réservé pour le cardinal Wyszynski, toujours interné.

Octobre : en Hongrie, l'insurrection de Budapest est réprimée dans un bain de sang par l'armée soviétique qui tire sur la population civile.

Octobre : en Pologne, Wladyslaw Gomulka arrive au pouvoir.

Octobre : le 26, le cardinal Wyszynski libéré, revient à Varsovie.

1960

Manifestation des ouvriers à Nowa Huta pour réclamer la construction d'une église.

1965

Le 18 novembre l'épiscopat polonais invite par lettre les évêques allemands à participer aux fêtes du millénaire de l'Église de Pologne « dans un esprit de conciliation, de paix et d'oubli des atrocités commises par les hitlériens pendant la dernière guerre mondiale ». La lettre des évêques est déformée et présentée dans les médias d'information comme une injure faite aux victimes du nazisme.

1966

L'Église catholique polonaise célèbre le millénaire et malgré les nombreuses vexations imposées par le gouvernement qui empêche, entre autres, la visite du pape Paul VI ; un demi million de pèlerins se rendent à Czestochowa.

1968

Février et mars : manifestations des étudiants. Plusieurs arrestations et exclusions des universités de professeurs et d'étudiants.

Juillet : « révolution pacifique » en Tchécoslovaquie. Le *21 août* les tanks soviétiques entrent à Prague.

1970

Décembre : à Gdansk, à Sopot et à Gdynia, les ouvriers manifestent pour protester contre l'augmentation des prix de la viande, tout en réclamant les élections syndicales libres, la suppression de la censure et la tolérance religieuse. La milice et l'armée chargent la foule. Bilan : plusieurs morts et blessés. Des centaines de mises à pied et d'emprisonnements plus ou moins prolongés.

Décembre : Wladyslaw Gomulka démissionne pour raisons de santé et Edward Gierek arrive au pouvoir. Dans une déclaration solennelle il promet « de ne jamais permettre qu'on tire sur les ouvriers ». Dix ans plus tard il tiendra parole.

1975

Décembre : lettre de protestation signée par 59 intellectuels contre les amendements à la Constitution qui remettent en cause le principe de la souveraineté de la Pologne au profit de la dépendance de l'U.R.S.S. Les contestataires réclament également la liberté d'expression, d'élections syndicales, d'enseignement de la religion et d'organisation d'une opposition démocratique, telle que prévue par les accords d'Helsinki. Cette lettre de protestation est suivie, malgré les représailles auxquelles s'exposent les signataires, d'une autre, puis d'un manifeste signé par 101 personnes. Aucune mention de ces documents n'est faite dans les médias d'information polonais contrôlés par la censure et l'écho à l'étranger demeure quasi nul.

1976

Mars : lettre épiscopale du cardinal Wyszynski qui au nom de l'Église s'oppose aux amendements constitutionnels proposés parce qu'ils vont à l'encontre des droits fondamentaux des croyants. On évalue le groupe des protestataires à 40 000 intellectuels, se recrutant autant parmi les anciens marxistes que parmi les libéraux.

Mai : création du PPN, Parti National Polonais, clandestin, qui publie son programme en 26 points et ses objectifs, sous forme de documents polycopiés distribués clandestinement.

Juin : Le premier ministre Piotr Jaroszewicz annonce le projet de l'augmentation des prix de certaines denrées alimentaires qui, pour le sucre par exemple, est de 100 %. Manifestations et grèves à Ursus, près de Varsovie, et à Radom. Le nombre d'ouvriers blessés et tués n'est pas connu. Plusieurs centaines sont détenus, tandis que d'autres perdent leurs emplois.

Juillet : Le dissident Jacek Kuron, adresse une lettre au chef du Parti communiste italien, Enrico Berlinguer, en demandant son aide pour les ouvriers polonais, battus, torturés par la milice, accusés de sabotages, condamnés à des longues peines de prison et dénoncés par les médias d'information.

Septembre : Dans son discours, prononcé le 3 septembre, Edward Gierek demande la collaboration de l'Église pour le maintien de la paix sociale.

Septembre : Dans son sermon prononcé le 26 septembre, le cardinal Wyszynski réclame la libération des ouvriers emprisonnés, la fin des répressions de la milice à l'égard des ouvriers et de leurs familles et la possibilité de trouver du travail pour ceux qui ont été renvoyés.

Septembre : Le Comité de Défense des Ouvriers, KOR, annonce le 27 septembre son existence dans la presse clandestine par un communiqué signé par 15 de ses membres qui déclarent qu'on a réuni 160 000 zlotys pour aider les familles des ouvriers.

1977

Création au *printemps* d'un autre groupe de dissidents, le Mouvement pour la Défense des droits de l'Homme et des droits civiques, ROPCIO. Création du Comité de Solidarité des Étudiants, SKS.

Juin : Dans son sermon du *10 juin* le cardinal Wyszynski demande la libération des ouvriers et des dissidents emprisonnés.

Juillet-août : on libère des prisons les ouvriers, mais plusieurs membres du KOR et de KSS « KOR » (Comité de l'auto-défense sociale) sont détenus, en butte aux perquisitions, interrogés et torturés. Les détentions de 48 h sont renouvelées pendant des semaines sans aucun contrôle judiciaire. Selon le rapport d'*Amnesty International* de 1980, entre 1976 et 1980, plusieurs centaines de personnes ont été détenues portées disparues et torturées (visages brûlés avec des cigarettes, tympans des oreilles percés à l'aide d'un bâtonnet, immersion dans l'eau bouillante, électrochocs, etc.).

Septembre-octobre : création d'une université dissidente parallèle.

1978

Élection, le 16 octobre, du cardinal Karol Wojtyla comme premier pape de nationalité polonaise de l'histoire. Le Saint-Père prend le nom de Jean-Paul II.

1979

Mai : Troisième rencontre privée du cardinal Wyszynski avec le premier secrétaire Edward Gierek.

Juin : Visite du pape Jean-Paul II en Pologne.

Septembre : Création, le 2 septembre, par Leszek Moczulski du parti politique de la Confédération de la Pologne Indépendante, KPN.

Octobre : On évalue à 25 le nombre des publications clandestines de périodicité variable, dont entre autres, *Robotnik* (l'Ouvrier) qui paraît deux fois par mois. Le tirage approximatif de ces publications est de 20 000 et elles comptent plus de 100 000 lecteurs. La maison d'édition clandestine *Nowa* (Nouvelle) a publié douze ouvrages en polycopies.

1980

Mai : Pèlerinage à Czestochowa. Plus de vingt mille personnes écoutent le sermon du cardinal Wyszynski. Les médias d'information s'abstiennent d'en faire mention.

Août : Les grèves des ouvriers de Gdansk s'étendent à travers le pays. Création du mouvement *Solidarnosc* (Solidarité) dirigé par Lech Walesa.

Pour la première fois en trente-cinq ans, soit depuis 1945, les réalités socio-politiques et géo-politiques de la Polo-

gne, sont présentées de façon détaillée et non partisane à l'opinion publique des démocraties occidentales.

* * *

Quelques ouvrages ou journaux à lire ou à relire

1. François Fejto, *Histoire des démocraties populaires*, tome 1 et 2, Paris, Éditions du Seuil, 1972.

2. R.F. Leslie, A. Polonsky, J.M. Ciechanowski, Z.A. Pelczynski, *The History of Poland since 1863*, London, Cambridge University Press, 1980.

3. Georges Castellan, *Dieu garde la Pologne*, Paris, Robert Laffont, 1981.

4. George Schopflin, Poland : *A Society in Crisis*, London, The Institute for the study of conflicts, 1979.

5. Amnesty International, *Annual Report*, London, 1980.

6. *Kultura*, mensuel publié à Paris (en polonais).

7. *Polityka*, hebdomadaire publié à Varsovie (en polonais).